O FARAÓ

fanfarrões, libertinas & outros heróis
ORGANIZAÇÃO DE MARCELO BACKES

BOLESŁAW PRUS

O Faraó

1ª edição

Tradução de TOMASZ BARCINSKI
Posfácio e glossário de MARCELO BACKES

Rio de Janeiro
2012

Copyright da tradução © Tomasz Barcinski, 2011

TÍTULO ORIGINAL
Faraon

PROJETO GRÁFICO E DIAGRAMAÇÃO DE MIOLO
Editoriarte

CIP-BRASIL. CATALOGAÇÃO-NA-FONTE
SINDICATO NACIONAL DOS EDITORES DE LIVROS, RJ

P966f   Prus, Boleslaw, 1847-1912
O faraó/ Bolesław Prus; tradução Tomasz Barcinski; posfácio e glossário e organização [da série] Marcelo Backes. — Rio de Janeiro: Civilização Brasileira, 2012.
(Fanfarrões, libertinas & outros heróis)

Tradução de: *Faraon*
Apêndice
ISBN 978-85-200-1064-8

1. Ficção polonesa. I. Barcinski, Tomasz. II. Título. III. Série.

11-1426
CDD: 891.853
CDU: 821.112.2-3

EDITORA AFILIADA

Todos os direitos reservados. Proibida a reprodução, armazenamento ou transmissão de partes deste livro, através de quaisquer meios, sem prévia autorização por escrito.

Este livro foi revisado segundo o novo Acordo Ortográfico da Língua Portuguesa.

Direitos desta tradução adquiridos pela
EDITORA CIVILIZAÇÃO BRASILEIRA
Um selo da
EDITORA JOSÉ OLYMPIO LTDA.
Rua Argentina 171 — 20921-380 — Rio de Janeiro, RJ — Tel.: 2585-2000

Seja um leitor preferencial Record.
Cadastre-se e receba informações sobre nossos lançamentos e nossas promoções.

Atendimento e venda direta ao leitor:
mdireto@record.com.br ou (21) 2585-2002

Impresso no Brasil
2012

Introdução

No canto nordeste da África fica o Egito, a pátria da mais antiga civilização do mundo. Há três, quatro e até cinco mil anos, quando na Europa Central bárbaros cobertos de peles se escondiam em cavernas, o Egito já possuía uma sofisticada estrutura social, agricultura, artesanato e literatura. E, sobretudo, era capaz de realizar extraordinárias obras de engenharia, erguendo gigantescas construções cujas ruínas provocam admiração nos mais avançados técnicos da atualidade.

O Egito é um fértil vale espremido entre os desertos líbio e árabe. Sua profundidade é de algumas centenas de metros, seu comprimento ultrapassa a cento e trinta milhas, e sua largura média é de apenas uma milha. Do lado ocidental, suas paredes são formadas por suaves porém desertas colinas líbias, e do lado oriental pelos íngremes penhascos árabes. O fundo do vale é percorrido pelo rio Nilo, no sentido sul-norte.

Vinte e cinco milhas antes de desaguar no mar Mediterrâneo, as paredes do vale parecem desaparecer e o Nilo, em vez de fluir espremido num corredor, esparrama-se sobre uma larga planície de forma triangular. O triângulo em questão, conhecido como o delta do Nilo, tem o mar Mediterrâneo como base e, como vértice, na saída do vale, a cidade do Cairo e as ruínas de sua antiga capital, Mênfis.

Se alguém pudesse elevar-se a vinte milhas de altura e, de lá, olhar para o Egito, veria um país de contornos estranhos e pecu-

6 | Bolesław Prus

liares variações em sua coloração. Daquela altura e tendo como pano de fundo areias brancas e alaranjadas, o Egito teria a aparência de uma serpente que, com movimentos enérgicos, desliza sobre o deserto até o mar Mediterrâneo, enfiando nele sua cabeça triangular ornada por dois olhos: o esquerdo — Alexandria — e o direito — Damietta.

Em outubro, quando o Nilo alaga todo o Egito, a serpente tem cor azul-celeste. Em fevereiro, quando as áreas livres das águas começam a se cobrir de vegetação primaveril, a serpente adquire uma coloração esverdeada, com uma faixa azul-escura ao longo de todo o corpo e centenas de veias azuladas sobre a cabeça, causadas pelos canais que atravessam o delta. Em março, a longa faixa azul se estreita e o corpo da serpente, em função do amadurecimento dos trigais, adquire uma coloração dourada. E finalmente, no começo de junho, a faixa do Nilo torna-se extremamente estreita e o corpo da serpente fica acinzentado, devido à seca e à poeira.

O clima do Egito é essencialmente quente. Sua temperatura varia de dez graus positivos em janeiro a vinte e sete em agosto, não raramente chegando a atingir quarenta graus, o que, para nós, europeus, equivale à temperatura de um banho turco. Além disso, na região do delta chove apenas dez dias por ano, enquanto no Egito Superior, apenas uma vez a cada dez anos.

Diante de tais condições climáticas, o Egito, em vez de ser o berço da civilização, teria sido apenas mais um desfiladeiro deserto como muitos outros espalhados pelo Saara, não fosse a irrigação anual pelas águas sagradas do Nilo. Entre o início de julho e o fim de setembro, o Nilo se eleva e cobre boa parte do território do Egito, enquanto do fim de outubro até o fim de maio do ano seguinte suas águas recuam lentamente, deixando expostas terras férteis atrás de si. As águas do rio são tão impregnadas de partículas minerais e orgânicas que o terreno adquire uma coloração brônzea, cujos sedimentos substituem os melhores fertilizantes do mundo. E é graças a esse fertilizante natural e ao calor que um egípcio, trancado entre dois desertos, pode se dar ao luxo de ter três colheitas ao ano e de tirar cerca de trezentos grãos de trigo de uma só semente!

Mas o Egito não é apenas uma planície uniforme, é também um país ondulado, no qual somente uma parte das terras pode beber a água sagrada por dois ou três meses; outras regiões não têm acesso a ela, já que estão por demais elevadas para ser alagadas. Além disso, há anos em que o nível do rio não sobe o suficiente, quando uma parte do Egito não recebe aquele adubo natural. Por fim, em função de ondas de calor, a terra resseca com rapidez.

Nessas circunstâncias, o país localizado junto do vale do Nilo teria de sucumbir, caso fosse fraco, ou então regular o fluxo das águas, caso tivesse a genialidade para isso. Os antigos egípcios possuíam essa genialidade — e formaram uma civilização.

Já há mais de seis mil anos, eles notaram que as águas do Nilo aumentavam quando o Sol aparecia abaixo da estrela Sirius, e diminuíam quando o Sol se aproximava da constelação Libra. Tais fenômenos fizeram com que se pusessem a estudar a astronomia e calcular as medidas do tempo.

Para poder dispor de água por um ano inteiro, escavaram canais com milhares de milhas de comprimento e, para evitar transbordamentos, ergueram poderosas represas e cavaram lagos artificiais, dos quais o maior de todos, Moeris, tinha uma área de trezentos quilômetros quadrados e uma profundidade de mais de trinta e cinco metros. Para completar, instalaram ao longo do Nilo centenas de simples porém eficientes dispositivos hidráulicos, através dos quais podiam bombear água dois a três andares acima. E como se isso não bastasse, tiveram de manter anualmente os canais limpos, consertar as barragens e construir estradas elevadas para a movimentação de tropas. Todos esses feitos magníficos requeriam uma

8 | Bolesław Prus

organização exemplar, além de profundos conhecimentos de astronomia, topografia, mecânica e da arte da construção. Os reforços nas barragens e as limpezas dos canais tinham de ser feitos num momento predeterminado e numa vasta extensão. Para tanto, foi preciso criar um exército de trabalhadores de dezenas de milhares de homens, todos agindo com um determinado fim e sob um comando unificado. Um exército formado por uma miríade de destacamentos e centenas de líderes, que tinham de ser aquartelados, alimentados e abastecidos com meios adequados.

O Egito conseguiu formar esse exército de trabalhadores, graças ao qual logrou imortalizar suas extraordinárias obras. Tudo indica que ele foi criado e, depois, rigorosamente planejado pelos sumos sacerdotes — os sábios egípcios. No entanto, o comando-geral ficava nas mãos dos reis, ou seja, os faraós. Em função disso, a nação egípcia, no seu ápice, tinha a característica de uma só pessoa, na qual os sumos sacerdotes eram a mente, o faraó o poder, o povo o corpo e a obediência o cimento.

Dessa forma, a própria natureza do Egito, que demandava uma eterna e rigorosa labuta, criou o esqueleto da organização social daquele país: o povo trabalhava, o faraó ordenava e os sumos sacerdotes traçavam planos e estratégias. E, enquanto esses três fatores agissem de acordo com os ditames da natureza, o país progrediria e continuaria a realizar os seus incomensuráveis feitos.

O pacífico e alegre povo egípcio se dividia em duas classes: agricultores e artesãos. Era bem possível que alguns dos agricultores possuíssem terras próprias, mas, em regra, eram arrendatários das terras pertencentes ao faraó, aos sumos sacerdotes e à aristocracia. Os artesãos exerciam seus ofícios de maneira independente (alfaiates, sapateiros, ferramenteiros), mas os que trabalhavam nas grandes construções faziam parte de um grupo subordinado a uma rígida disciplina militar.

O Faraó | 9

Os trabalhos nas construções demandavam engenhos mecânicos e enormes esforços físicos: alguém tinha de transpor as águas de um canal a outro ou carregar pedras, trazendo-as das pedreiras para os lugares das construções. Esses trabalhos mecânicos, principalmente os relativos ao deslocamento de pedras, eram executados por prisioneiros condenados por um crime qualquer, ou por escravos conquistados em guerra.

Os egípcios natos tinham a pele cor de bronze, algo de que se orgulhavam imensamente, desprezando os negros etíopes, os amarelados semitas e os brancos europeus. Aquela cor de pele, que permitia distinguir o próximo de um forasteiro, serviu para consolidar a unidade nacional muito mais do que qualquer religião — que poderia ser adotada —, ou língua — que podia ser aprendida.

No entanto, com o passar do tempo, quando o edifício do Estado começou a sofrer rachaduras, o país foi sendo invadido por elementos estranhos que foram solapando a unidade nacional, aluindo a sociedade e, finalmente, dissolvendo as características originais dos seus habitantes.

O faraó dirigia o país apoiado por um exército permanente e pela polícia, bem como por um grande número de funcionários públicos que, aos poucos, formaram uma aristocracia hereditária. Nominalmente, ele era a lei suprema, o comandante em chefe, o maior proprietário de terras, o magistrado-mor, sumo sacerdote e, até, filho de deus e deus personificado. Era tratado como deus não somente pelo povo e pelos funcionários, mas por si próprio, erguendo templos em sua homenagem e queimando incenso diante de suas imagens.

Junto dos faraós, e frequentemente acima deles, havia os sumos sacerdotes — uma ordem de sábios que guiavam os destinos da nação.

Hoje, já é quase impossível imaginar o extraordinário papel exercido pela ordem dos sumos sacerdotes no Egito. Eram eles que ensinavam as novas gerações, eram adivinhos e, portanto, também conselheiros dos adultos e juízes dos mortos, dos quais dependia a sua imortalidade. Não se ocupavam apenas com banais cerimônias religiosas junto a deuses e faraós, mas tratavam das doenças como médicos, envolviam-se, como engenheiros, nas obras públicas e, como astrólogos, em assuntos políticos. Mas, acima de tudo, eram profundos conhecedores do próprio país e dos países vizinhos.

A relação entre a ordem dos sumos sacerdotes e o faraó era de extraordinária importância. Na maior parte das vezes, o faraó cedia aos seus desejos, fazendo-lhes valiosas oferendas e construindo-lhes templos. Nesses casos, vivia ele por muito tempo e seu nome, assim como suas imagens, cobertas de glória e esculpidas em monumentos, passavam de geração em geração. Mas houve faraós que reinaram por muito pouco tempo, e alguns nem deixaram registros de seus feitos — nem mesmo de seus nomes. E houve várias ocasiões em que, ao cair uma dinastia, a coroa serpenteada do faraó assentava sobre a cabeça de um sacerdote.

O Egito continuou progredindo enquanto foi um país homogêneo, no qual reis enérgicos e sábios sumos sacerdotes uniram seus esforços para o bem geral. Mas chegou uma era na qual a população diminuiu drasticamente devido a guerras e, tendo perdido sua força, acabou diluída pelo influxo de imigrantes de outras regiões, perdendo assim sua unidade racial. E quando, finalmente, o dilúvio asiático enfraqueceu a energia dos faraós e a sabedoria dos sumos sacerdotes, e essas duas forças entraram em conflito para explorar ao máximo o próprio povo, o Egito caiu sob o domínio dos estrangeiros, e a luz da civilização que brilhara por milhares de anos às margens do Nilo apagou-se para sempre.

A narrativa a seguir se passa no século XI a.C., com a queda da vigésima dinastia, quando após o filho do Sol, o eternamente vivo Ramsés XIII, subiu ao trono e colocou na cabeça a coroa serpenteada o eternamente vivo filho do Sol San-amen-Herhor, sumo sacerdote de Amon...

capítulo 1

NO TRIGÉSIMO TERCEIRO ANO DO FELIZ REINADO DE RAMSÉS XII, O EGITO celebrava duas solenidades que encheram de orgulho e alegria os seus leais habitantes.

No mês de Mechir, ou seja, em dezembro, retornou de Tebas, coberto de suntuosas oferendas, o deus Khonsu, que durante três anos e nove meses viajara pelo país de Bukhten, curara a princesa real chamada Bent-res e exorcizara os maus espíritos não somente da família real, como também da própria fortaleza daquela região.

E no mês de Pharmuthi, ou seja, em fevereiro, o Senhor do Egito Superior e do Inferior, Soberano da Fenícia e de mais vinte países, Mer-amen-Ramsés XII, depois de conferenciar com os deuses, dos quais era um par, nomeou como seu *erpatre*, seu filho de vinte anos, chamado Ham-sem-merer-amen-Ramsés.

Essa escolha alegrou os pios sumos sacerdotes, os distintos nomarcas, o valente exército, o fiel povo e todos os seres viventes nas terras egípcias, já que os filhos mais velhos do faraó, nascidos do ventre de uma princesa hitita, haviam sido infectados por espíritos malignos. Um deles, de vinte e sete anos, perdera a capacidade de andar pelas próprias pernas ao atingir a adolescência, um segundo cortara suas veias e morrera, enquanto o terceiro, em função de um vinho envenenado que não queria parar de beber, enlouquecera e, achando que era um macaco, vivia pendurado em árvores.

Somente o quarto filho, Ramsés, filho da rainha Nikotris, filha do sumo sacerdote Amenhotep, era forte como o touro Ápis, valente como um leão e sábio como um sacerdote. Desde a mais tenra idade, vivia cercado de soldados e, quando ainda era apenas um simples príncipe, já dizia:

— Se os deuses tivessem me feito faraó em vez de o mais jovem dos seus filhos, eu teria conquistado, assim como Ramsés, o Grande, as nove nações das quais o Egito jamais ouvira falar, teria construído um templo maior do que toda Tebas e, para mim mesmo, ergueria uma pirâmide de tal tamanho que, junto dela, o túmulo de Quéops pareceria uma tenra roseira diante de uma palmeira adulta.

Tendo obtido o tão desejado título de *erpatre*, o jovem príncipe pediu a seu pai que fosse nomeado comandante do corpo de Menfi do exército do faraó. Ao que Sua Santidade Ramsés XII, consultando os deuses, aos quais se igualava, respondeu que o faria caso o sucessor do trono comprovasse sua capacidade de liderar tropas num combate.

Para tanto, foi convocada uma reunião, presidida pelo ministro da Guerra, Sam-amen-Herhor, o sumo sacerdote do maior dos templos — o de Amon, em Tebas.

O conselho decidiu que, em meados de Mesore, ou seja, em junho, o sucessor deveria juntar dez regimentos espalhados ao longo da linha que ligava Mênfis a Pi-Uto, uma cidade localizada na baía de Sebenytos, e, no comando de dez mil guerreiros devidamente armados e equipados com máquinas de guerra, dirigir-se para o leste, em direção à estrada que ligava Mênfis a Kheten, na fronteira entre as terras de Gosen e o deserto egípcio.

Ao mesmo tempo, o general Nitager, comandante em chefe de todos os exércitos que protegiam os acessos dos povos asiáticos ao Egito, partiria para os lagos Amargos, com o objetivo de impedir a passagem do sucessor.

Os dois exércitos, o asiático e o ocidental, se encontrariam nas cercanias da cidade de Pi-Bailos — mas no deserto, para que o laborioso povo de Gosen não enfrentasse quaisquer empecilhos em suas tarefas costumeiras.

O sucessor do trono seria considerado vencedor caso não fosse surpreendido por Nitager, ou seja, caso conseguisse juntar todos os regimentos e colocá-los em posição de combate para o encontro com o inimigo.

Junto do príncipe estaria o próprio distintíssimo Herhor, ministro da Guerra, que faria um detalhado relatório dos acontecimentos ao faraó.

As fronteiras entre as terras de Gosen e o deserto eram formadas por duas linhas de comunicação: um canal fluvial, ligando Mênfis ao lago Timsah, e uma estrada. O canal ficava nas terras de Gosen, enquanto a estrada já estava no deserto. O canal era totalmente visível da estrada.

Independentemente das fronteiras artificiais, as duas regiões se diferenciavam completamente sob todos os pontos de vista. Gosen, apesar de ocasionais ondulações no terreno, parecia uma planície lisa, enquanto o deserto era formado por penhascos de cal e ravinas arenosas. Gosen tinha a aparência de um gigantesco tabuleiro de xadrez, cujos quadrados verdes e amarelos se distinguiam pelo colorido das palmeiras que neles cresciam, enquanto nas amareladas areias e nos brancos penedos do deserto uma planta qualquer mais pareceria um viajante perdido na imensidão.

Nas férteis terras de Gosen, cada colina era coberta por bosques de acácias, plátanos e tamarindos, em meio aos quais podiam ser entrevistos palacetes com fachadas formadas por espessas colunas, ou então os amarelados casebres de barro dos agricultores. Às vezes, junto dos bosques brilhava uma cidadezinha com casas de tetos planos, ou então pesados portais de templos, em forma de pirâmides e adornados com símbolos esquisitos.

Enquanto isso, no deserto, além das primeiras colinas cobertas de rala vegetação esverdeada, emergiam apenas penedos rochosos. Parecia que o eternamente saciado país ocidental atirava, com majestática generosidade, flores e plantas para o outro lado, que o permanentemente esfomeado deserto devorava durante o ano, transformando-as em cinzas.

O que delas restava, espalhado sobre rochas e areias, mantinha-se vivo nas partes mais baixas, onde, através de valas cavadas durante a construção da estrada, poderia ser atingido pelas águas dos canais. Assim, nas proximidades da estrada bebiam o orvalho celestial ocultos oásis azulados, nos quais cresciam cevada, vinhedos, palmeiras e tamarindos. Os oásis eram habitados por pessoas e famílias isoladas que, ao se encontrarem no mercado de Pi-Bailos, nem se davam conta de serem vizinhos no deserto.

No dia dezesseis de Mesore, a concentração dos exércitos estava quase completada. Os dez regimentos do sucessor do trono que deveriam render as tropas asiáticas de Nitager já se encontravam em posição, junto a Pi-Bailos.

Eram comandados pelo *erpatre* em pessoa. Fora ele quem organizara duas patrulhas de reconhecimento, sendo que a mais distante tinha por função acompanhar os movimentos do inimigo, enquanto a mais próxima, deveria prevenir um ataque surpresa, algo fácil de ocorrer numa região cheia de elevações e ravinas. Ramsés, pessoalmente, passou uma semana observando o deslocamento de suas tropas, prestando grande atenção para que estivessem devidamente armadas, com capas de proteção contra o frio noturno e quantidades suficientes de torradas, carne e peixe seco. E fora ele, finalmente, quem ordenara que as esposas, os filhos e os escravos dos soldados que avançariam para o leste fossem deixados para trás, diminuindo assim o tamanho de seu acampamento e dando maior agilidade a seus soldados.

Os generais mais experientes se admiravam com a sabedoria, o ardor e a prudência do sucessor, e, acima de tudo, com sua simplicidade e disposição. Deixara sua numerosa corte em Mênfis e, trajando o uniforme de um simples oficial, cavalgava de regimento em regimento, apenas acompanhado por dois ajudantes de ordens. E foi graças a este seu empenho pessoal que a concentração das tropas, realizada com tanto êxito e no prazo previsto, encontrava-se nas cercanias de Pi-Bailos.

Já a situação do seu estado-maior, do regimento grego que o acompanhava e de algumas máquinas de guerra, era totalmente diversa.

O estado-maior, concentrado em Mênfis, teria de percorrer um caminho mais curto, razão pela qual partiu mais tarde, arrastando consigo uma gigantesca comitiva. A maioria dos oficiais, todos eles membros de famílias nobres, tinha liteiras com quatro escravos negros, carros de guerra de duas rodas puxados por dois cavalos, tendas luxuosas e grandes quantidades de caixotes com trajes, comida e vasos cheios de vinho e cerveja.

Além disso, acompanhavam os oficiais grupos de bailarinas e cantoras que, considerando-se grandes damas, tinham de ter à disposição carruagens puxadas por um ou dois bois e liteiras.

Quando aquela multidão saiu de Mênfis, ocupou mais a estrada do que todas as tropas do sucessor e deslocava-se tão lentamente que as máquinas de guerra partiram somente um dia mais tarde do que fora ordenado. Para piorar as coisas, quando as cantoras e dançarinas viram o deserto pela primeira vez — ainda não tão apavorante naquele ponto — ficaram com medo e começaram a chorar. Para acalmá-las, foi preciso antecipar o pernoite, fixar as tendas e realizar um espetáculo seguido de um banquete.

A diversão noturna, no meio do frio, sob um céu estrelado e tendo como pano de fundo uma natureza tão selvagem, encantou tanto as dançarinas e cantoras que elas decidiram que, a partir de então, somente iriam se apresentar no deserto. Enquanto isso, o sucessor do trono, tendo sido informado do que se passava com o seu estado-maior, enviou uma ordem para que as mulheres fossem despachadas imediatamente de volta para a cidade e que a marcha fosse acelerada ao máximo.

O Eminente Herhor, ministro da Guerra, encontrava-se no estado-maior, mas somente na qualidade de observador. Não se fazia acompanhar de quaisquer cantoras, mas também não emitia quaisquer observações ou reprimendas aos que estavam à sua volta. Ordenou que sua liteira fosse colocada à testa do séquito e avançava ajustando-se aos passos de seus carregadores ou descansando à sombra de um gigantesco flabelo segurado por um ajudante.

O Ilustre Herhor era um homem de quarenta anos, robusto e fechado em si mesmo. Raramente dirigia-se a alguém e também raramente olhava para quem quer que fosse. Como todo egípcio, tinha os braços, as pernas e o peito descobertos, pés calçados com sandálias e um curto saiote em torno dos quadris, adornado na frente por um pequeno avental com listras azuis e brancas. Na qualidade de sacerdote, tinha a cabeça e o rosto rapados e usava uma pele de leopardo pendurada sobre o ombro esquerdo. Sendo também soldado, usava na cabeça um capacete com um pano, também listrado de azul e branco, que protegia suas costas. Uma pesada corrente de ouro de três voltas envolvia seu pescoço e, deitado sobre seu peito, repousava um curto gládio numa bainha ricamente decorada.

Sua liteira, carregada por seis escravos negros, era sempre acompanhada por três homens: o primeiro carregava o flabelo; o segundo, o machado-símbolo de ministro; e o terceiro, uma caixa com papiros. Este último era Pentuer, sacerdote e escriba do ministro, um seco asceta que jamais cobria a cabeça rapada, por mais intenso que fosse o calor. Provinha da plebe, mas, apesar de tão baixa origem, ocupava um posto de grande importância no país, exclusivamente graças a suas excepcionais qualidades.

Embora o ministro estivesse afastado do cortejo do estado-maior e não se metesse em seus assuntos, não se podia afirmar que ele não soubesse o que se passava às suas costas. De hora em hora, e às vezes a cada meia hora, alguém se aproximava de sua liteira — fosse um sacerdote secundário, um simples "servo de deus", um soldado desgarrado, um espião ou escravo, todos aparentemente passando por acaso, mas sempre prontos a dizer algo. As palavras sussurradas por esses informantes eram ocasionalmente anotadas por Pentuer, mas na maioria das vezes ele as guardava na memória, que era espantosa.

No meio da confusão reinante no estado-maior, ninguém prestava qualquer atenção àqueles detalhes. Os oficiais, filhos de grão-senhores, estavam por demais ocupados com brincadeiras, conversas ou cantos para observarem quais eram as pessoas que se aproximavam do séquito do ministro, principalmente porque a estrada estava sempre repleta de pessoas em movimento.

No dia quinze de Mesore, o estado-maior do sucessor, junto com Sua Excelência o ministro da Guerra, passou a noite a céu aberto, a uma milha de distância dos regimentos postados em posição de batalha na estrada, logo atrás de Pi-Bailos.

À uma hora da madrugada, as colinas do deserto se fizeram violeta e, detrás delas, emergiu o disco solar. As terras de Gosen foram banhadas por uma cor rósea, enquanto as cidadezinhas, os templos, os palácios dos magnatas e as choupanas dos agricultores pareciam centenas de centelhas e chamas repentinamente acesas no meio do verdor.

Pouco tempo depois, o horizonte ficou dourado e parecia que toda aquele verde se derretia em ouro, enquanto nos incontáveis canais parecia correr prata derretida em vez de água. Enquanto isso, os penhascos do deserto ficaram ainda mais escuros, lançando sombras gigantescas sobre a areia e a vegetação.

Os sentinelas postados ao longo da estrada podiam ver claramente os campos margeados de palmeiras do outro lado do canal. Alguns verdejavam com o recém-plantado linho, trigo e alfafa, enquanto outros eram dourados pelas espigas da segunda colheita. Ao mesmo tempo, do meio das árvores começaram a emergir agricultores — homens seminus, cor de bronze e cuja única vestimenta era um saiote nos quadris e um gorro na cabeça.

Uns dirigiram-se para os canais, a fim de limpá-los ou retirar água por meio de uma espécie de grua e espalhá-la sobre o terreno. Outros, misturados entre as árvores, colhiam figos maduros e uvas. No meio deles, moviam-se muitas crianças desnudas e mulheres vestidas com camisolas brancas, amarelas ou vermelhas, todas sem mangas.

A agitação era enorme. No céu, aves de rapina perseguiam pombas e gralhas. Ao longo do canal, balançavam-se as gruas, rangendo sob o peso de baldes com água beatificada, enquanto os homens que colhiam frutas apareciam e desapareciam por entre as árvores como borboletas multicoloridas.

Enquanto isso, no deserto, a estrada estava tomada por tropas e forças auxiliares. Um destacamento de cavalaria armado de lanças passou a galope. Atrás dele marchavam arqueiros, vestidos apenas com saiotes e gorros, com arcos nas mãos, aljavas às costas e largos machetes presos à cintura. Eram acompanhados por carregadores de fundas com pedras e armados com curtas espadas.

Cem passos atrás, marchavam dois destacamentos de infantaria, um armado com lanças e o outro com machadinhas. Ambos carregavam escudos quadrangulares; seus peitos eram protegidos por grossos gibões usados como armadura, e as cabeças por barretes com lenços atrás para proteger os dorsos do calor. Tanto os barretes quanto os gibões eram listrados: listras azuis e brancas ou amarelas e pretas — com o que estes últimos pareciam vespas gigantescas.

Logo atrás do destacamento avançado deslocava-se a liteira do ministro e, depois dela, um destacamento grego com armaduras e elmos de bronze, cujo marchar era tão pesado que lembrava batidas de pesados malhos. Mais atrás, podia ouvir-se o ranger de rodas de carroças, mugidos de gado e gritos de escravos, enquanto pela beira da estrada esgueirava-se um barbudo comerciante fenício, sentado numa liteira pendurada entre dois asnos. E toda aquela confusão estava encoberta por poeira dourada.

De repente, chegou ao destacamento avançado um cavaleiro e informou o ministro de que o *erpatre* estava se aproximando. O ilustre dignitário desceu da liteira e, no mesmo instante, surgiram na estrada vários cavaleiros, que desmontaram imediatamente. O primeiro deles e o ministro começaram a caminhar um ao encontro do outro, parando a cada par de passos e se cumprimentando.

— Saúdo-o, filho do faraó, esperando que viva por muitos anos — disse o ministro.

— Seja bem-vindo, pai santo, e que possa viver por muito tempo — respondeu o sucessor.

Em seguida, acrescentou:

— Vocês avançam com tal lentidão como se alguém tivesse lhes amputado as pernas; enquanto isso Nitager estará aqui em menos de duas horas.

22 | Bolesław Prus

— O que você disse é a mais pura verdade. Seu estado-maior desloca-se muito lentamente.

— Diz-me Eunano — falou o príncipe, apontando para um oficial coberto de amuletos postado a seu lado — que vocês não despacharam todos os destacamentos para as ravinas. No caso de uma guerra de verdade, o inimigo poderia atacar-nos daquele lado.

— Não sou o comandante, mas apenas juiz — respondeu calmamente o oficial.

— E o que Pátrocles está fazendo?

— Pátrocles, junto com o regimento grego, está escoltando as máquinas de guerra.

— E o meu parente e ajudante de ordens Tutmozis?

— Provavelmente ainda está dormindo.

Ramsés bateu impacientemente o pé no chão e ficou calado. Era um jovem de extraordinária beleza, com um rosto quase feminino, cujo encanto a raiva e o bronzeado de sol aumentavam ainda mais. Trajava um gibão com listras brancas e azuis, um pano com as mesmas cores por baixo do capacete, uma corrente de ouro no pescoço e um valioso gládio sobre o ombro esquerdo.

— Vejo — disse o príncipe — que somente você, Eunano, está preocupado com a minha honra.

O oficial coberto de amuletos inclinou-se até o chão.

— Tutmozis é um preguiçoso — o príncipe voltou a falar. — Volte, Eunano, para o seu posto. Que pelo menos a patrulha avançada tenha um comandante digno do nome.

Depois, vendo que o dia já estava raiando, acrescentou:

— Tragam a minha liteira. Estou exausto como se fosse um carregador de pedras.

— Como se deuses pudessem se cansar!... — sussurrou Eunano, ainda próximo do príncipe.

— Vá para o seu posto! — disse Ramsés.

O Faraó | 23

— Mas talvez, ó, imagem da lua, vós não queirais me ordenar que inspecione as ravinas? — perguntou baixinho o oficial. — Imploro que me deis esta ordem, pois esteja onde estiver, meu coração vos segue permanentemente, querendo adivinhar e executar as vossas ordens.

— Sei disso — respondeu Ramsés. — Vá, e observe tudo.

— Pai Santíssimo — disse Eunano ao ministro —, ofereço-me a Vossa Eminência para os mais humildes serviços.

Assim que Eunano partiu, o final do cortejo ficou extremamente agitado. Todos procuravam a liteira do sucessor, mas em vão. Em vez dela apareceu, empurrando sem cerimônia os soldados gregos, um jovem de aparência assaz peculiar. Estava vestido com uma camisa de musselina, uma tanga ricamente adornada e uma faixa dourada atravessando o peito. Mas o que mais chamava a atenção era sua enorme peruca formada por dezenas de trancinhas e uma barbicha falsa, mais parecida com a de um bode.

Era Tutmozis, o homem mais elegante de Mênfis, que, mesmo em campanhas militares, costumava se vestir primorosamente e se cobrir de perfumes.

— Salve, Ramsés! — gritava o janota, empurrando violentamente os soldados gregos. — Imagine que ninguém consegue encontrar sua liteira. Portanto, terá de se alojar na minha, que, embora não seja digna de você, não deixa de ser confortável.

— Estou zangado com você — respondeu o príncipe. — Em vez de zelar pelas tropas, ficou dormindo.

O dândi olhou para o príncipe com espanto.

— Eu, dormindo?! — exclamou. — Que resseque a língua daquele que lhe contou tamanha mentira. Sabendo que estava vindo, fiquei me vestindo por horas e preparando banhos perfumados para você.

24 | Bolesław Prus

— E, enquanto isso, as tropas avançam sem ter alguém no comando.

— Quer dizer que eu devo ser o comandante de um exército que conta com a presença de Sua Excelência o ministro da Guerra e um líder como Pátrocles?

O sucessor do trono permaneceu calado, enquanto Tutmozis, aproximando-se dele, sussurrou:

— Olhe para você, filho do faraó!... Está sem peruca, seus cabelos e trajes estão cobertos de poeira, sua pele rachada e escurecida pelo sol... A mais bondosa das rainhas-mãe teria me expulsado do palácio ao vê-lo neste estado.

— Apenas estou cansado.

— Então entre na liteira. Ela está cheia de coroas de rosas frescas, algumas aves assadas e um vaso de vinho de Chipre. Além disso — falou ainda mais baixo —, Senura está no meio da comitiva...

— É verdade?... — perguntou o príncipe, e os seus há pouco brilhantes olhos ficaram embaciados.

— Deixe que o exército siga em frente — disse Tutmozis —, enquanto nós esperamos aqui por ela...

Ramsés pareceu despertar de um sonho.

— Vá embora, seu tentador! Teremos uma batalha em menos de duas horas.

— Grande batalha! — respondeu desdenhosamente Tutmozis.

— Pelo menos, ela decidirá o destino do meu comando.

— Não precisa se preocupar com isso — sorriu o janota. — Sou capaz de jurar que ainda ontem o ministro da Guerra enviou um relatório à Sua Santidade com a recomendação de que lhe seja entregue o corpo de Menfi.

— Independentemente disso, hoje eu não seria capaz de pensar em mais nada a não ser no exército.

— Como é terrível essa sua atração pela guerra, na qual um homem passa meses sem tomar um banho somente para acabar morrendo... Mas se você, pelo menos, pudesse lançar um olhar sobre Sanura... bastaria um olhar...

— Pois é exatamente por isso que não pretendo lançá-lo — respondeu enfaticamente Ramsés.

No exato momento em que oito homens traziam a gigantesca liteira de Tutmozis para o sucessor do trono, apareceu, vindo a pleno galope, um cavaleiro proveniente da guarda avançada. Tendo pulado do cavalo, corria com tamanha pressa que os amuletos com os nomes dos deuses chacoalhavam no seu peito. Era Eunano, em evidente estado de excitação.

Todos olharam para ele, o que pareceu lhe dar uma enorme satisfação.

— *Erpatre!* — exclamou, inclinando-se diante de Ramsés. — Quando, seguindo as vossas sagradas ordens, cavalgava à testa do destacamento olhando com atenção para tudo, notei dois deslumbrantes escaravelhos. Cada um dos santos insetos empurrava diante de si uma esfera de barro, atravessando a estrada em direção às areias do deserto.

— E daí? — interrompeu-o o sucessor.

— É sabido — respondeu Eunano, lançando um olhar ao ministro — que, de acordo com os mandamentos sagrados, eu e os meus homens, tendo feito oferendas aos dourados representantes do Sol, paramos nosso avanço. É um presságio de tal magnitude que nenhum de nós ousou seguir em frente sem receber uma ordem superior nesse sentido.

— Vejo que você é um egípcio autêntico, embora seus traços sejam hititas — respondeu o eminente Herhor.

Em seguida, virando-se para os dignitários que estavam mais próximos, disse:

— Não poderemos mais prosseguir pela estrada, sob risco de pisarmos nos insetos sagrados. Pentuer, se desviarmos por este desfiladeiro à direita, poderemos contornar a estrada?

— Sim — respondeu o escriba do ministro. — O desfiladeiro tem uma milha de comprimento e retorna à estrada quase em frente a Pi-Bailos.

— O que representaria uma tremenda perda de tempo — observou o sucessor.

— Seria capaz de jurar que não eram escaravelhos, mas os espíritos dos meus agiotas fenícios — disse o janota Tutmozis. — Morrendo antes de cobrar o que eu lhes devia, agora estão me castigando, obrigando-me a andar pelo deserto!

A comitiva do príncipe esperava impacientemente por uma decisão e, diante disso, Ramsés virou-se para Herhor e perguntou:

— O que o santo pai acha disso?

— Olhe para os seus oficiais — respondeu o sacerdote — e você verá que teremos de seguir pelo desfiladeiro.

Ao que o comandante dos gregos, general Pátrocles, deu um passo à frente e disse ao sucessor:

— Se Vossa Alteza permitir, o meu regimento seguirá pela estrada. Os nossos soldados não temem escaravelhos.

— Os seus soldados também não temem túmulos reais — respondeu o ministro. — No entanto, aqueles túmulos não devem ser tão inofensivos, já que nenhum dos seus soldados retornou vivo de lá.

O encabulado grego recuou confuso.

— Admita, santo pai — sussurrou o *erpatre*, mal ocultando sua raiva —, que um empecilho desses não deteria nem um asno.

— E é exatamente por isso que nenhum asno poderá chegar a ser faraó — respondeu calmamente o ministro.

— Sendo assim, será o senhor, ministro, quem conduzirá as tropas pelo desfiladeiro! — exclamou Ramsés. — Eu não entendo de táticas sacerdotais!

Em seguida, virou-se para Tutmozis:

— Além do mais, estou exausto. Venha comigo, meu primo — disse, indo em direção às desertas colinas.

capítulo 2

S UA EMINÊNCIA HERHOR ORDENOU IMEDIATAMENTE AO SEU AJU-
dante de ordens que portava o machado-símbolo para que assumisse o comando da patrulha avançada, no lugar de Eunano.
Depois, ordenou que as máquinas mais pesadas, destinadas a atirar pedras sobre o inimigo, fossem removidas da estrada e colocadas no desfiladeiro, e os soldados gregos deveriam ajudar naquela
tarefa. Quanto a todas as carroças e liteiras dos oficiais do séquito,
deveriam ser as últimas a abandonar a estrada.

Enquanto Herhor dava as suas ordens, o flabelífero aproximou-
se de Pentuer e sussurrou:

— Pelo jeito, nunca mais alguém poderá viajar sobre esta estrada...

— Pois é — respondeu o sacerdote. — Tivemos de nos desviar
do nosso caminho por causa de dois insetos sagrados. Caso contrário, poderia acontecer uma desgraça.

— A desgraça já aconteceu de qualquer modo, ou você não
notou que o príncipe ficou zangado com o ministro? E o nosso
amo não pertence àquele tipo de pessoas que costumam esquecer
afrontas.

— Não foi o príncipe que ficou zangado com o nosso amo, mas o nosso amo que se zangou com ele, e lhe deu uma lição — respondeu Pentuer. — No que fez muito bem, porque o jovem príncipe já se acha um segundo Meneses...

— Talvez até Ramsés, o Grande... — ajuntou o flabelífero.

— Ramsés, o Grande, ouvia os deuses e, graças a isso, todos os templos têm menções ao seu nome, enquanto Meneses, o primeiro faraó do Egito, era um perturbador da ordem e só tem o seu nome lembrado graças à generosidade paternal dos sacerdotes... Muito embora eu duvide que a sua múmia exista.

— Meu caro Pentuer — respondeu o ajudante de Herhor —, você é um sábio, portanto pode entender muito bem que, para nós, tanto faz termos dez ou onze amos...

— Mas não ao povo, para quem faz uma grande diferença ter de conseguir uma montanha de ouro para o faraó, ou duas: uma para o faraó e outra para os sacerdotes — respondeu Pentuer, com os olhos faiscando.

— Você está comentando assuntos perigosos — sussurrou o ajudante.

— E por quantas vezes você mesmo andou se queixando do excesso de luxo do faraó e dos nomarcas? — indagou espantado o sacerdote.

— Fale mais baixo... ainda teremos oportunidade de falar sobre esse assunto, mas não agora.

Apesar da areia, as máquinas de guerra, puxadas por pares de bois, deslocavam-se mais rapidamente no desfiladeiro do que na estrada. Ao lado de uma delas caminhava Eunano, preocupado e tentando desvendar o motivo pelo qual o ministro o destituíra do comando da guarda avançada. Será que ele tinha em mente confiar-lhe um posto mais relevante?

Com a esperança de uma nova carreira, ou talvez no intuito de abafar a preocupação que tomara seu coração, pegou um grande bastão e, com toda a força, enfiava-o debaixo das máquinas para acelerar seu avanço na areia, animando com gritos os soldados gregos que, a bem da verdade, não lhe davam muita atenção.

O séquito já havia avançado por mais de meia hora pelo tortuoso desfiladeiro, quando a patrulha avançada voltou a parar. Diante deles, o desfiladeiro era atravessado perpendicularmente por outro que, na verdade, era um canal.

O mensageiro enviado com essa informação ao ministro retornou com uma ordem para que o canal fosse imediatamente aterrado.

Uma centena de guerreiros gregos, munidos de pás e picaretas, pôs-se a trabalhar. Uns arrancavam pedras das paredes rochosas, enquanto outros atiravam-nas no canal, cobrindo-as com areia.

Foi quando, de dentro do canal, emergiu um homem com uma picareta em forma de pescoço de cisne. Era um agricultor egípcio, velho e totalmente nu. Por um certo tempo ficou olhando espantado para o trabalho dos soldados, para em seguida se atirar sobre eles, gritando:

— O que vocês estão fazendo? Não estão vendo que isto é um canal?

— E como você ousa levantar a voz contra guerreiros de Sua Santidade? — perguntou-lhe Eunano, que estava junto dos soldados.

— Vejo que estou me dirigindo a um dignitário egípcio — respondeu o felá —, portanto digo-lhe que este canal pertence a um homem poderoso: o escriba do flabelífero de Sua Excelência o nomarca de Mênfis. Portanto, tenha cuidado para não se defrontar com uma desgraça.

— Continuem com o trabalho — disse Eunano num tom protetoral aos soldados gregos, que olhavam espantados para o felá. Embora não entendessem o que ele dizia, estavam impressionados com sua atitude.

O Faraó | 31

— Eles continuam aterrando o canal! — dizia o camponês, com terror cada vez maior.

Em seguida, atirou-se sobre um dos soldados, gritando:

— Seja maldito, seu filho de uma cadela!

O grego arrancou-lhe a picareta das mãos e desferiu-lhe um soco nos dentes, a ponto de o sangue jorrar dos lábios. Em seguida, voltou a jogar areia no canal.

Atordoado pelo golpe, o felá perdeu a coragem e começou a implorar:

— Meus senhores! — dizia —, eu cavei este canal por dez anos, todos os dias, inclusive nos feriados! O meu amo me prometeu que, caso eu conseguisse fazer a água chegar à sua gleba, ele me cederia uma quinta parte da sua propriedade e me faria um homem livre... Os senhores estão ouvindo? Liberdade para mim e para os meus três filhos... Tenham piedade!

Em seguida, erguendo as mãos aos céus, virou-se para Eunano:

— Esses barbudos de além-mar não me entendem; são descendentes de cães e irmãos de fenícios e judeus! Mas o senhor vai se compadecer de mim... Há dez anos, enquanto outros iam ao mercado ou a festas, ou seguiam procissões sagradas, eu venho para este lugar. Não visitava o túmulo da minha mãe, mas cavava e cavava; esqueci os mortos somente para poder, nem que fosse por um dia, dar liberdade e um pouco de terra aos meus filhos... Oh, deuses, vós sois minha testemunha de quantas noites passei aqui trabalhando... de quantas vezes ouvi as risadas funestas de hienas e vi os olhos esverdeados de lobos. Mas nunca fugi, pois para onde eu, um infeliz, poderia fugir, se estava cercado de perigos e a perspectiva da liberdade me mantinha preso a este canal? Certa feita, logo ali, nesta curva, me defrontei com um leão, o faraó de todos os animais. A picareta caiu das minhas mãos e eu me pus de joelhos e disse o seguinte: "Senhor do deserto, por que irias me devorar?... Eu não passo de um escravo!" E o poderoso leão apiedou-se de mim, não fui atacado pelos lobos e até os traiçoeiros morcegos pouparam a minha cabeça, enquanto o senhor, um egípcio...

Neste ponto, o felá interrompeu a fala, avistando o séquito de Herhor. Pelas dimensões do flabelo, deu-se conta de que se tratava de alguém muito importante e, pela pele de leopardo, de que era um sacerdote. Sendo assim, correu até ele, atirando-se no chão e batendo com a testa na areia.

— O que queres, homem? — perguntou o dignitário.

— Luz solar, ouça-me! — exclamou o felá. — Que nunca haja gemidos nos vossos aposentos e que jamais sejais atingido por uma desgraça! Que os vossos feitos sejam eternos e que não sejais pego pela correnteza quando estiveres navegando pelo Nilo...

— Eu perguntei o que você quer — repetiu o ministro.

— Magnífico senhor — dizia o camponês —, líder dos destinos, distribuidor de justiça e destruidor das falsidades... Vós que sois o pai dos pobres, marido de viúvas, um manto daquele que não tem uma mãe... Permiti que eu possa ter a oportunidade de enaltecer o vosso nome como se fosse a lei deste país... Ouvi o que tenho a dizer e fazei justiça, nobre senhor, o mais magnânimo dos magnânimos...

— Ele quer que o canal não seja aterrado — disse Eunano.

O ministro deu de ombros e avançou para o canal, sobre o qual foi colocada uma longa tábua. No mesmo instante, o desesperado camponês agarrou-o pelas pernas.

— Afastem-no daqui! — gritou Sua Eminência, recuando como se estivesse prestes a ser picado por uma víbora.

O escriba Pentuer desviou o olhar; seu magro rosto adquirira uma coloração acinzentada. Enquanto isso, Eunano agarrou o felá pelo cangote, mas, não conseguindo arrancá-lo dos pés do ministro, chamou alguns soldados para ajudá-lo. Momentos depois, Sua

Eminência, já libertado, atravessava o canal, enquanto os soldados levavam o camponês até o fim das suas fileiras, onde lhe deram uma surra, e os oficiais, sempre munidos de chicotes, açoitaram-no por uma dezena de vezes. Em seguida, atiraram-no na entrada do desfiladeiro.

Espancado, ensanguentado e, acima de tudo, apavorado, o infeliz ficou sentado por um certo tempo na areia. Em seguida, esfregou os olhos e, levantando-se, começou a correr em direção à estrada, se lamentando:

— Que a terra me trague! Maldito o dia em que vi a luz, assim como a noite em que foi dito: "nasceu um homem"... No manto da justiça não há um pedacinho sequer para escravos... E nem os próprios deuses hão de olhar para um ser que só tem braços para trabalhar, olhos para chorar e costados para receber pancadas... Oh, morte sagrada, transforme o meu corpo em pó para que eu não possa lá, nos campos de Osíris, nascer pela segunda vez como um escravo...

capítulo 3

ESPUMANDO DE RAIVA, O PRÍNCIPE RAMSÉS ESCALAVA UMA COLINA, seguido por Tutmozis. O janota estava com a peruca desalinhada e carregava na mão sua barba postiça. Apesar do cansaço, não fosse a sua espessa maquiagem, seu rosto estaria pálido

Finalmente, o príncipe chegou ao topo. Do desfiladeiro, chegava até ele a barulheira da soldadesca e o ranger das máquinas de guerra, enquanto diante dos seus olhos se descortinava a planície de Gosen, ainda banhada pelos raios solares. Parecia não ser feita de terra, mas de uma nuvem dourada, sobre a qual a imaginação pintara uma paisagem com cores de esmeraldas, prata, rubis, pérolas e topázios.

O sucessor estendeu o braço.

— Olhe — disse para Tutmozis —, é lá que devem ser as minhas terras, e aqui, o meu exército... E no entanto, lá as maiores edificações são os palácios dos sacerdotes, e aqui, o comandante em chefe dos exércitos é um sacerdote! Como é possível suportar uma situação dessas?

— Sempre foi assim — respondeu Tutmozis, olhando furtivamente para os lados.

— Não é verdade! Conheço a verdadeira história deste país, que foi ocultada de vocês. Os comandantes dos exércitos e chefes dos funcionários sempre foram exclusivamente os faraós, pelo menos os mais enérgicos deles. Aqueles líderes não passavam dias fazendo oferendas e meditações, mas ocupando-se com a condução do país...

— Se for este o desejo de Sua Santidade... — ajuntou Tutmozis.

— Não é o desejo do meu pai que os nomarcas reinem independentemente nas suas capitais, nem que o vice-rei da Etiópia se julgue quase um rei dos reis; como também não pode ser o seu desejo que um exército inteiro se desvie por causa de dois insetos dourados somente porque o ministro da Guerra é um sacerdote.

— Que não deixa de ser, também, um grande guerreiro — sussurrou o cada vez mais assustado Tutmozis.

— Um grande guerreiro?! Só porque derrotou um punhado de líbios que, simplesmente ao avistar os gibões de soldados egípcios, se poriam em fuga? Pegue, por exemplo, o que fazem os nossos vizinhos. Israel atrasa suas vassalagens e quando paga, paga cada vez menos. Os espertos fenícios, a cada ano, retiram mais navios da nossa frota. No Oriente, temos de manter um grande exército para conter o apetite dos hititas, e perto da Babilônia e de Nínive reina uma agitação que pode ser sentida em toda a Mesopotâmia.

Neste ponto, o príncipe ficou ainda mais exaltado.

— E, afinal de contas — perguntou —, qual o resultado da administração dos sacerdotes? O meu bisavô tinha uma receita anual de cem mil talentos e cento e sessenta mil guerreiros, enquanto meu pai tem apenas uns míseros cinquenta mil talentos e cento e vinte mil soldados... E que soldados, ainda por cima!... Não fosse o regimento grego, que os mantêm na linha como um cão pastor a um rebanho de ovelhas, os atuais soldados egípcios seguiriam exclusivamente as ordens dos sacerdotes, e o faraó não passaria de um simples nomarca.

— Como você sabe de tudo isso?... De onde vêm essas ideias? — espantou-se Tutmozis.

— Pois eu não descendo de sacerdotes? Eles me fizeram um deles mesmo antes de eu ter sido nomeado sucessor do trono. Oh, quando eu me tornar o faraó, após o meu pai (que viva eternamente), hei de colocar sobre seus dorsos uma sandália com pregos pontudos nas solas... Mas antes vou meter a mão no seu tesouro, que sempre esteve repleto de dinheiro, mas que, desde os tempos de Ramsés, o Grande, começou a engordar e, agora, está tão repleto de ouro que ultrapassa o do faraó.

— Que os deuses apiedem-se de você e de mim! — suspirou Tutmozis. — Os seus projetos são tão ambiciosos que, caso estas colinas os ouvissem e compreendessem, se curvariam diante do seu peso. Onde você vai encontrar forças para implementá-los? Quem vai ajudá-lo? Com que tropas você poderá contar?... Você se defrontará com o país inteiro, dirigido por uma classe poderosa... E quem ficará do seu lado?

O príncipe ouviu calado, respondendo finalmente:

— O exército...

— O grosso dele ficará do lado dos sacerdotes.

— O regimento grego...

— Não passa de um barril no meio do Nilo.

— Os funcionários...

— A metade deles já está nas mãos dos sacerdotes.

Ramsés sacudiu a cabeça tristemente e se calou.

Do deserto e rochoso topo, os dois amigos passaram para o outro lado da colina. De repente, Tutmozis, que se adiantara um pouco, exclamou:

— Será que estou delirando?... Olhe, Ramsés!... Lá, no meio daquelas rochas, está escondido um segundo Egito...

— Deve ser propriedade dos sacerdotes que não pagam impostos — respondeu o príncipe, com amargura na voz.

O Faraó | 37

Aos seus pés estendia-se uma verdejante ravina em forma de tridente, cujas pontas se escondiam no meio das rochas. Numa delas, podiam ser vistas algumas choupanas de empregados e o elegante palacete do proprietário. Por toda parte havia palmeiras, vinhedos, oliveiras, figueiras com as raízes expostas, ciprestes e até baobás. No meio delas, corria um riacho, enquanto a cada cem passos, junto dos pés dos penhascos, havia pequenos poços de águas cristalinas.

Tendo entrado no vinhedo, cheio de uvas maduras, ouviram uma voz feminina que chamava, aliás mais cantarolava, saudosamente:

— Onde você está, minha galinha querida, diga-me, onde se escondeu? Você fugiu de mim, embora eu lhe desse de beber e a alimentasse com tantos grãos que as escravas chegavam a suspirar. Onde você se meteu? Não se esqueça de que quando cair a noite, você não conseguirá voltar para casa, onde todos lhe querem bem, ou então um gavião dourado do deserto cairá sobre você e arrancará o seu coração. Aí, certamente você teria preferido estar junto da sua ama, assim como eu quero agora estar junto de você. Responda, ou ficarei zangada e você terá de sair sozinha à minha procura...

O canto aproximava-se dos recém-chegados e a cantora já estava a poucos passos deles quando Tutmozis, enfiando a cabeça por entre os arbustos, exclamou:

— Venha ver, Ramsés, a jovem é deslumbrante!

O príncipe, em vez de olhar, saltou sobre o caminho da jovem, bloqueando sua passagem. Efetivamente, tratava-se de uma donzela de extraordinária beleza, com traços gregos e pele cor de marfim. Debaixo do véu que cobria sua cabeça, emergiam longos cabelos escuros, amarrados num coque. Trajava uma veste branca, suspensa de um lado por uma das mãos; através do diáfano tecido, podia-se ver um par de seios virginais que mais pareciam duas maçãs.

— Quem é você, jovem? — perguntou Ramsés, enquanto seu rosto se desanuviava e seus olhos adquiriam um novo brilho.

38 | Bolesław Prus

— Por Jeová! — exclamou a apavorada jovem, parando de chofre. Mas logo em seguida acalmou-se e seus olhos aveludados adquiriram uma expressão de calma tristonha.

— Como você veio parar aqui? — perguntou a Ramsés com voz trêmula. — Posso ver que você é um soldado, mas os soldados não têm permissão de entrar nesta propriedade.

— E por quê?

— Porque ela pertence a um grande dignitário, senhor Sezforis. Ramsés soltou uma gargalhada.

— Não ria, porque logo você ficará pálido. O senhor Sezforis é o escriba do senhor Khaires, o flabelífero do mais distinto dos nomarcas de Mênfis, e o meu pai já esteve diante dele, prostrado a seus pés.

O príncipe continuava a rir.

— Sua atitude é muito ousada — disse a jovem, franzindo o cenho. — Se seu rosto não denotasse tanta honestidade, seria capaz de pensar que você é um mercenário grego ou um bandido qualquer.

— Algo que ele ainda não é, mas poderá se tornar o maior bandido que já houve nesta terra — acrescentou o elegante Tutmozis, ajustando sua peruca.

— Quanto a você, deve ser um dançarino — respondeu a jovem, já com mais desenvoltura. — Sou capaz de jurar que já o vi na feira de Pi-Bailos encantando uma serpente.

O humor dos dois jovens foi às alturas.

— E quem é você? — perguntou Ramsés à jovem, pegando na sua mão, que ela retirou mais do que rapidamente.

— Não seja tão atrevido. Sou Sara, filha de Gedeon, o administrador desta propriedade.

— Uma judia? — disse Ramsés, e uma sombra passou pela sua face.

— E daí?... E daí?... — exclamou Tutmozis. — Você acha, por acaso, que as judias são menos doces que as egípcias? Elas são apenas mais tímidas e mais difíceis, o que torna o seu amor ainda mais atraente.

O Faraó | 39

— Quer dizer que vocês são pagãos — disse Sara, com grande dignidade. — Descansem se estiverem cansados, peguem algumas uvas e partam com Deus. Os nossos servos não gostam de gente como vocês.

Quis partir, mas Ramsés a reteve.

— Espere um pouco... Você não pode nos abandonar assim, sem mais nem menos.

— Um espírito maligno deve ter se apossado de você. Ninguém, neste vale, ousaria falar comigo dessa forma — retrucou Sara, em tom ofendido.

— Você tem de saber — ajuntou Tutmozis —, que este jovem é um oficial do regimento de Ptah e escriba do escriba de um dignitário que porta um flabelo sobre o flabelífero do nomarca de Habu.

— Por certo que é um oficial — respondeu Sara, olhando meditativa para Ramsés.

Em seguida, colocando o dedo sobre os lábios, ajuntou:

— Quem sabe você não é também um grão-senhor?

— Quem quer que eu seja, a sua beleza ultrapassa o meu cargo — respondeu Ramsés.

Em seguida, sem qualquer motivo aparente, perguntou:

— Diga-me, é verdade que vocês comem carne de porco?

Sara olhou para ele ofendida, enquanto Tutmozis acrescentava:

— Como está claro que você não conhece as judias! Saiba que um judeu preferiria morrer a comer carne de porco, uma carne que, para dizer a verdade, eu aprecio muitíssimo.

— E que vocês matam gatos? — insistiu Ramsés, apertando as mãos de Sara e olhando fundo nos seus olhos.

— Não passa de uma outra lenda, aliás uma lenda nefasta! — exclamou Tutmozis. — Você poderia ter perguntado a mim, em vez de falar bobagens, pois já tive três amantes judias.

40 | Bolesław Prus

— Até agora, você falou a verdade, mas agora está mentindo — disse Sara, com grande dignidade —, porque uma judia jamais seria amante de quem quer que seja.

— Nem mesmo de um escriba de um flabelífero do nomarca de Mênfis? — perguntou Tutmozis, de forma galhofeira.

— Nem mesmo dele.

— Nem mesmo do próprio flabelífero?

Sara hesitou por um instante, mas respondeu:

— Nem mesmo dele.

— E do próprio nomarca?

A jovem ficou atordoada. Olhou atentamente para os dois homens, com lábios trementes e olhos marejados de lágrimas.

— Quem são vocês? — perguntou assustada. — Vocês desceram das colinas como viajantes à procura de algo para comer e beber, mas falam comigo como se fossem grão-senhores... Afinal, quem são vocês? O seu gládio — acrescentou, virando-se para Ramsés — é adornado de esmeraldas e a corrente que você usa no pescoço é tão valiosa que nem o nosso amo, Sezforis, possui uma semelhante no seu tesouro...

— Antes responda-me se eu lhe agrado — indagou insistentemente Ramsés, apertando ainda mais suas mãos e olhando fixamente nos seus olhos.

— Você é tão belo quanto o anjo Gabriel, mas me mete medo, porque não sei quem é.

No mesmo momento, detrás das colinas, ouviram-se sons de trombetas.

— Estão chamando você! — exclamou Tutmozis.

— E se eu fosse tão poderoso quanto o seu Sezforis? — insistiu o príncipe.

— Você bem que poderia ser... — sussurrou Sara.

— E se eu fosse o flabelífero do nomarca de Mênfis?

O Faraó | 41

— Estou convencida de que você poderia ser tão poderoso quanto ele.

Novos sons de trombetas soaram atrás das colinas.

— Vamos, Ramsés — insistiu Tutmozis, já bastante assustado.

— E se eu fosse... o sucessor do trono? Você viria viver comigo, minha jovem? — perguntou o príncipe.

— Jeová, me acuda! — exclamou a donzela, caindo de joelhos.

Os sons das trombetas ecoavam com força cada vez maior, provindo das mais diversas direções.

— Temos de correr! — gritava o desesperado Tutmozis. — Será que você não está ouvindo o toque de alarme?!

O sucessor do trono arrancou a corrente do pescoço e pendurou-a no de Sara.

— Entregue isto a seu pai — disse. — Estou comprando-a dele. Passe bem!

Em seguida, beijou os lábios da donzela, enquanto esta abraçava suas pernas.

O príncipe afastou-se alguns passos, mas voltou logo para acariciar e beijar o lindo rosto e os cabelos cor de graúna da jovem, como se não estivesse ouvindo os impacientes chamados do exército.

— Em nome de Sua Santidade o faraó, eu o convoco a vir comigo! — exclamou Tutmozis, agarrando o príncipe pelo braço.

Os dois jovens foram correndo na direção do som das trombetas. Ramsés, vez por outra, virava-se e cambaleava como se estivesse bêbado. Finalmente, chegaram ao pé da colina e começaram a escalá-la.

— E é este homem — murmurou consigo mesmo Tutmozis — que pretende travar uma luta de vida ou morte com os sacerdotes!...

capítulo 4

O SUCESSOR E O SEU COMPANHEIRO CORRERAM POR UM QUARTO DE hora sobre a rochosa colina, ouvindo o toque de alarme das trombetas cada vez mais próximo. Finalmente, chegaram ao topo, do qual podiam avistar toda a região.

Do lado esquerdo, estendia-se a estrada, no fim da qual eram claramente visíveis a cidade de Pi-Bailos, os exércitos do sucessor e uma densa nuvem de poeira, que se elevava sobre o exército inimigo, vindo do leste.

Do lado direito, no fundo do desfiladeiro, os soldados gregos empurravam as máquinas de guerra. Ao chegar perto da estrada, o desfiladeiro se juntava a outro, mais largo, que emergia de dentro do deserto.

E era exatamente naquele ponto que acontecia algo extraordinário. Os gregos, com suas máquinas, estavam parados perto da junção dos desfiladeiros, enquanto no exato ponto da junção, entre a estrada e o estado-maior do sucessor, podiam ser vistas quatro alas de um outro exército, mais parecendo quatro cercas de lanças pontudas.

Apesar do declive da colina, o príncipe desceu-a correndo para junto do seu regimento, onde se encontrava o ministro da Guerra, cercado de oficiais.

— O que está se passando? — gritou, furioso. — Por que soam o alarme em vez de avançar?

— A nossa ligação foi bloqueada — disse Herhor.

— Qual ligação?... Por quem?...

— A ligação do nosso regimento com o restante do estado-maior, por três regimentos de Nitager, que acabaram de surgir do deserto.

— Quer dizer que lá, junto da estrada, está o nosso inimigo?

— É lá que está o invencível Nitager.

Por um momento, pareceu que o sucessor do trono iria enlouquecer. Seu rosto se contorceu e seus olhos pareciam saltar das órbitas. Sacou de seu gládio e, correndo para os gregos, gritou:

— Sigam-me! Vamos atacar os que ousam bloquear a nossa passagem!

— Que possas viver eternamente, *erpatre!* — exclamou Pátrocles.

Em seguida, desembainhou também seu gládio e gritou para seus soldados:

— Sigam-me, descendentes de Aquiles! Vamos mostrar a esses vaqueiros egípcios que eles não têm o direito de bloquear nossa passagem!

Soou o som de ataque das trombetas, e quatro alas, curtas porém eretas, avançaram em direção ao inimigo, envoltas em nuvens de poeira e gritos de vivas a Ramsés.

Em poucos minutos, os gregos chegaram onde estavam os regimentos egípcios — e hesitaram.

— Em frente! — gritou o príncipe, com o gládio na mão.

Os gregos inclinaram suas lanças. No meio das hostes inimigas houve uma certa agitação, um murmúrio percorreu suas alas, e elas também inclinaram suas lanças.

— Quem são vocês, seus malucos? — ouviu-se uma possante voz do lado inimigo.

— O sucessor do trono! — respondeu Pátrocles.

Houve um momento de silêncio.

— Abrir alas! — ecoou a mesma possante voz de antes.

Como se fossem duas partes de um possante portão, os regimentos dos exércitos do leste abriram-se lentamente — e os gregos passaram.

No mesmo instante, aproximou-se do sucessor um guerreiro trajando armadura e elmo dourados que, inclinando-se respeitosamente, disse:

— Você venceu, *erpatre*. Somente com tal ousadia um grande líder poderia livrar-se de uma situação que lhe era tão desfavorável.

— Você, Nitager, é o mais valente dos valentes! — exclamou o príncipe.

No mesmo momento, aproximou-se deles o ministro da Guerra, que, ouvindo o diálogo, disse de forma mordaz:

— E se do lado de vocês também houvesse um líder estouvado como o *erpatre*? Como teriam terminado as manobras?

— Deixe o jovem guerreiro em paz! — respondeu Nitager. — Não lhe bastou sua demonstração de ter as garras de um leão, como cabe ao filho de um faraó?

Ao notar o curso que a conversa estava tomando, Tutmozis virou-se para Nitager e indagou:

— Como você veio parar aqui, líder supremo, se as suas forças principais estão na frente das nossas?

— Eu sabia quão lentamente se deslocavam as tropas de Mênfis enquanto o sucessor juntava os seus regimentos perto de Pi-Bailos, e quis pregar-lhes uma peça, bloqueando sua passagem... Para a minha desgraça, o sucessor estava aqui e pôs por terra o meu plano. Aja sempre assim, Ramsés, obviamente diante de inimigos de verdade.

— E quando, como hoje, ele tiver de enfrentar forças três vezes mais poderosas do que as suas? — perguntou Herhor.

O Faraó | **45**

— Uma mente ousada vale mais do que a força — respondeu o velho líder. — Um elefante é cinquenta vezes mais forte do que um homem, e assim mesmo o obedece, ou é morto por ele.

Herhor ouviu em silêncio.

As manobras foram consideradas concluídas. O sucessor do trono, acompanhado pelo ministro e por líderes militares foi para Pi-Bailos, saudou os veteranos de Nitager e dispensou os seus regimentos, ordenando-lhes que partissem para o leste. Em seguida, cercado por um numeroso séquito, tomou a estrada de volta a Mênfis, no meio de uma multidão que, com galhos verdejantes nas mãos e trajes domingueiros, saudava o vencedor.

Quando a estrada dobrou para o deserto, a multidão começou a se dispersar, e quando chegaram ao lugar onde o estado-maior do sucessor entrou no desfiladeiro por causa dos escaravelhos, não havia mais ninguém.

Ramsés fez um sinal a Tutmozis e, apontando para a colina deserta, sussurrou:

— Vá até lá e procure por Sara...

— Compreendo.

— E diga a seu pai que lhe ofereço uma propriedade perto de Mênfis.

— Entendido. Você a terá depois de amanhã — respondeu Tutmozis, recuando para trás das tropas que formavam o séquito.

A alguns passos da estrada, quase defronte do desfiladeiro no qual penetraram as máquinas naquela manhã, havia um pequeno, porém velho, tamarindeiro. A patrulha avançada do príncipe parou diante dele.

— Será que vamos encontrar novos escaravelhos? — perguntou, rindo, o príncipe ao ministro.

— Já vamos ver — respondeu Herhor.

E, efetivamente, viram: de um dos galhos da árvore ressecada pendia o corpo de um homem desnudo.

46 | Bolesław Prus

— O que significa isso? — perguntou o sucessor.

Seus ajudantes correram até a árvore e constataram que o corpo em questão era o daquele velho felá cujo canal fora aterrado.

— Ele fez muito bem em se enforcar! — gritava Eunano. — Imaginem que este mísero escravo teve a ousadia de agarrar pelas pernas Sua Eminência o ministro da Guerra!

Ao ouvir isso, Ramsés freou seu cavalo, desmontou e aproximou-se da sinistra árvore.

O camponês pendia com a cabeça esticada para a frente, os lábios bem abertos, as palmas das mãos viradas para os espectadores, e uma expressão de terror nos olhos arregalados. Tinha a aparência de um homem que queria dizer algo, mas ao qual faltaram palavras.

— Pobre-diabo — suspirou o príncipe, com compaixão.

Ao retornar ao séquito, ordenou que lhe fosse relatada a história do felá, depois ficou cavalgando em silêncio por um longo tempo. A imagem do suicida permanecia em sua mente, e seu coração lhe dizia que aquele escravo sofrera uma profunda injustiça — uma injustiça de tais proporções que era incompreensível até para ele, filho e sucessor do faraó.

Fazia muito calor; a poeira ressecava os lábios e penetrava nos olhos de homens e animais. Os líderes decidiram parar o avanço por alguns momentos, enquanto Nitager terminava sua conversa com o ministro.

— Os meus oficiais — dizia o velho líder — não ficam olhando para os próprios pés enquanto marcham, mas sempre para a frente. E é provavelmente por causa disso que nunca fui pego de surpresa por qualquer inimigo.

— Com o que Vossa Excelência lembrou-me de que devo pagar certas dívidas — respondeu Herhor, ordenando que fossem trazidos à sua presença os oficiais e soldados que estavam por perto.

Em seguida, disse:

— Chamem Eunano.

O oficial coberto de amuletos apareceu tão rapidamente como se estivesse esperando havia tempo por aquela convocação e tentando, com dificuldade, ocultar humildemente a alegria estampada no rosto.

Ao vê-lo, Herhor começou:

— Por ordem de Sua Santidade, com o fim das manobras, o comando-geral de todos os exércitos volta às minhas mãos.

Os presentes inclinaram a cabeça.

— Eunano — continuou o ministro —, sempre soube que você foi um dos mais dedicados oficiais...

— A mais pura verdade emana dos seus lábios, digníssimo senhor — respondeu Eunano. — Assim como uma palmeira anseia por orvalho, eu anseio pelas ordens dos meus superiores; e quando não as recebo, sinto-me como um órfão num deserto à procura de um caminho.

Os guerreiros de Nitager cobertos de cicatrizes ouviam com admiração o modo desembaraçado de Eunano se expressar, pensando: "Este, sim, certamente será elevado acima dos demais!"

— Eunano — dizia o ministro —, você não é somente dedicado, mas também religioso, e não só religioso, mas atento como um íbis sobre a água. Os deuses o agraciaram com grandes dons: a prudência de uma serpente e a visão de um falcão...

— A mais pura verdade emana dos vossos lábios — repetiu Eunano. — Não fosse a minha visão tão aguçada, eu não teria notado os dois escaravelhos sagrados.

— Sim — disse o ministro —, e você não teria salvado os nossos exércitos de cometerem um sacrilégio. Por este seu ato, digno do mais devoto dos egípcios, entrego-lhe...

Neste ponto, o ministro tirou um anel do dedo.

48 | Bolesław Prus

— ... entrego-lhe este anel com o nome da deusa Mut, cuja prudência e bondade há de acompanhá-lo até o fim da sua caminhada terrena, caso você venha a merecê-la.

Sua Eminência entregou o anel a Eunano e os presentes soltaram um grito em homenagem ao faraó, batendo com afinco nas espadas.

Como o ministro permaneceu no mesmo lugar, Eunano continuou onde estava, olhando atentamente para os seus olhos, como um cão que, recebendo de seu dono um petisco, continuava abanando o rabo no aguardo de algo mais.

— E agora — o ministro voltou a falar —, confesse por que você não informou para onde foi o sucessor do trono enquanto seus homens avançavam com dificuldade no desfiladeiro... Você cometeu um grave crime, em função do qual tivemos de soar as trombetas nas proximidades do inimigo.

— Os deuses são testemunha de que eu não tinha a mínima ideia de onde estava o príncipe — respondeu o espantado Eunano.

Herhor sacudiu a cabeça.

— Não é possível que um homem agraciado com uma visão como a sua, capaz de enxergar escaravelhos na areia a dezenas de passos de si, pudesse não ver uma pessoa tão poderosa como é o sucessor do trono.

— Mas não o vi! — explicava-se Eunano, batendo com os punhos no peito. — Além do mais, ninguém me ordenou que ficasse de olho nele.

— E eu não o substituí no comando da patrulha avançada?... E, ao fazer isso, dei-lhe, por acaso, qualquer outra função? — perguntava o ministro. — Você estava totalmente livre, exatamente como um homem destinado a ficar atento a coisas de suma importância. E você acha que desempenhou a contento esta tão importante tarefa?... Na verdade, se não estivéssemos em manobras, mas numa guerra de verdade, a sua falha teria de ser punida com a morte...

O infeliz oficial empalideceu.

— Mas eu tenho um coração paterno para com você, Eunano — disse o dignitário —, e lembrando do serviço que você prestou ao exército ao notar os escaravelhos, símbolos do santo Sol, julgo-o não como um ministro severo, mas como o bondoso sacerdote. Condeno-o a receber cinquenta chicotadas.

— Eminência...

— Eunano, você soube estar feliz, portanto seja agora viril e aceite esta pequena advertência com a dignidade que se espera de um oficial dos exércitos de Sua Santidade.

Mal o distinto Herhor concluíra sua fala, já um grupo de oficiais superiores deitou Eunano num lugar confortável à beira da estrada. Depois, um deles sentou no seu dorso, um outro nas suas pernas, enquanto outros dois aplicaram-lhe cinquenta chicotadas na parte desnuda do seu corpo.

O valente guerreiro não soltou um só gemido; pelo contrário, ficou cantarolando uma canção militar e até quis se levantar, mas suas pernas recusaram-se a suportar seu peso. Caiu com o rosto enfiado na areia e teve de ser transportado até Mênfis deitado numa carruagem, na qual, sorrindo para os soldados, ficou pensando como os ventos no Egito Inferior mudavam mais rapidamente do que a sorte de um pobre oficial!

Quando, após aquela breve parada, o séquito do sucessor do trono voltou a se deslocar, Herhor montou num cavalo e, cavalgando ao lado de Nitager, ficou conversando em voz baixa sobre os povos asiáticos e, principalmente, sobre o despertar da Assíria.

Ao mesmo tempo, os dois ajudantes do ministro — o flabelífero e o escriba Pentuer — também iniciaram uma conversação.

— O que você achou da aventura do Eunano? — perguntou o flabelífero.

50 | Bolesław Prus

— E o que você achou daquele felá que se enforcou? — disse o escriba.

— Acredito que, para o camponês, este foi o melhor dos seus dias, e que a corda no seu pescoço nunca lhe pareceu mais macia — respondeu o ajudante. — Também quero crer que, a partir de agora, Eunano vai ficar permanentemente observando os movimentos do príncipe.

— Pois você está enganado — respondeu Pentuer. — Eunano nunca mais verá um escaravelho, mesmo que ele seja do tamanho de um boi. Quanto àquele camponês, você não acha que ele devia se sentir muito infeliz, nesta abençoada terra do Egito?

— Você diz isso porque não conhece a vida dos felás.

— E quem poderia conhecê-la melhor do que eu? — respondeu soturnamente o escriba. — Você já se esqueceu de que eu cresci no meio deles?... De que vi meu pai irrigando terras, limpando canais, semeando, colhendo e, acima de tudo, pagando impostos? É você quem não sabe como é duro o destino de um camponês no Egito!

— Em compensação, sei muito bem qual é o destino de um forasteiro — respondeu o ajudante. — O meu bisavô, ou tataravô, foi um dignitário hicso, mas que resolveu ficar por aqui porque se acostumou a esta terra. E qual foi o resultado? Não só lhe tiraram as propriedades, como pesa ainda sobre mim a pecha de descender de um forasteiro! Você mesmo já teve a oportunidade de presenciar como sou destratado, embora tenha um cargo relevante... Diante disso, como você pode esperar de mim que me apiede de um camponês egípcio que, ao ver a minha pele amarelada, sussurra entre dentes: "um pagão... um forasteiro"? Quanto a ele, mesmo sendo apenas um reles felá, não é pagão nem forasteiro.

— Apenas um escravo — ajuntou o escriba. — Um escravo a quem casam, divorciam, agridem, vendem e, às vezes, assassinam,

O Faraó | 51

além de sempre lhe assegurar que, lá, no outro mundo, continuará sendo um escravo.

— Como você é estranho, apesar de ser tão sábio — respondeu o ajudante. — Não está claro para você que cada um de nós ocupa uma função? Alta, baixa ou insignificante, mas que precisa ser exercida? Você está triste por não ser um faraó, sem sequer uma pirâmide sobre o seu túmulo? Não; você nem pensa nisso, porque compreende que essa é a ordem das coisas no mundo. Cada um tem de cumprir com as suas obrigações: o touro ara a terra, o asno carrega viajantes no seu dorso, eu abano Sua Eminência, você pensa e anota tudo para ele, e o felá trabalha a terra e paga impostos. O que nos importa o fato de um touro ter nascido Ápis e receber homenagens, ou um homem ser um faraó ou nomarca?

— Eles destruíram o trabalho de dez anos daquele felá — murmurou Pentuer.

— E o ministro não destrói o seu trabalho? — perguntou o ajudante. — Quem sabe se não é você quem manda neste país, em vez do distintíssimo Herhor?

— Ledo engano — disse o escriba —, é ele quem manda de fato. Ele tem o poder e a força, enquanto eu... eu apenas disponho de informações. De qualquer modo, eles não batem em nós, como naquele camponês.

— Mas bateram em Eunano, o que significa que não estamos imunes a algo semelhante. Portanto, devemos nos contentar com as funções que nos foram dadas, principalmente por sabermos que o nosso espírito, o imortal Ka, sempre se aperfeiçoa e galga degraus cada vez mais altos para, daqui a milhares ou milhões de anos, junto com as almas dos faraós e escravos, e até dos deuses, fundir-se com o inominável e onipotente deus da vida.

— Você fala como um sacerdote — respondeu Pentuer, com amargura na voz. — Caberia mais a mim ter esta paz de espírito...

E, no entanto, sinto apenas dor na minha alma diante da miséria de tantos seres humanos.

— E quem o força a sentir esta dor?

— Meus olhos e meu coração. Eles são como um vale preso entre duas montanhas que não pode gritar, mas que, ao ouvir um grito, responde-lhe com o eco.

— Pois eu lhe digo, Pentuer, que você pensa demais em coisas perigosas. Não se pode andar impunemente sobre as escarpas das montanhas do leste, porque há o perigo de cair a qualquer momento, nem vagar pelo deserto, onde há leões famintos e sopra o seco vento *khamisn* vindo do Saara.

Enquanto isso, o valente Eunano, deitado na carruagem e querendo mostrar sua virilidade, pediu que lhe trouxessem algo para comer e beber. Tendo comido uma torrada coberta de alho e bebido um caneco de cerveja azeda, ordenou ao cocheiro que espantasse com um galho as moscas que cobriam seu corpo ensanguentado.

E deitado assim, sobre sacos e embrulhos, numa carruagem rangente e com o rosto virado para baixo, o pobre Eunano cantarolava a triste vida de um oficial de baixa patente:

Por qual motivo dizes que é melhor ser um oficial do que um escriba? Venha e olhe para as arroxeadas marcas de chicote e a minha carne dilacerada, e eu lhe contarei as desditas de um oficial.

Fui trazido às barracas militares quando ainda era criança. Para o desjejum, recebia um soco na barriga, a ponto de desmaiar. Para o almoço, um golpe no olho que ficava roxo. E ao anoitecer, minha cabeça estava coberta de feridas e quase destroçada.

Venha, e eu lhe contarei como foi a minha viagem para a Síria. Tive de levar minha própria comida e bebida, sobrecarregado como um asno. Meu pescoço endureceu e minhas vértebras quase racharam. Bebia água podre e, diante do inimigo, sentia-me como um pássaro pego numa armadilha.

Voltei para o Egito, mas aqui sou apenas um tronco de árvore carcomido por vermes. Pelo menor deslize, sou jogado por terra e espancado, a ponto de ter o corpo todo dolorido. Estou doente e preciso ficar deitado, enquanto meu servo rouba o meu casaco e foge com ele...

*Portanto, ó escriba, mude a sua opinião quanto à sorte de um oficial.**

Era assim que cantava o viril Eunano — e o seu canto cheio de lágrimas sobreviveu ao Egito Antigo.

---

* Texto autêntico. (*N. do A.*)

capítulo 5

À MEDIDA QUE O SÉQUITO DO SUCESSOR DO TRONO SE APROXIMAVA de Mênfis, o sol se inclinava para o ocaso, enquanto dos incontáveis canais e do distante mar começava a soprar um vento saturado de fresca umidade. A estrada voltou a se aproximar de locais habitados e, no meio dos campos e bosques, podiam ser vistas ininterruptas fileiras de homens trabalhando, mesmo com o deserto já estando coberto por uma coloração rosada e os topos das montanhas parecendo arder em chamas.

De repente, Ramsés parou seu cavalo. Foi imediatamente cercado pelo séquito, com os líderes militares a cavalo e os soldados de passos firmes e ritmados.

No meio daquela luz purpúrea do sol poente, o príncipe parecia um deus; os soldados olhavam para ele com orgulho e amor, e os oficiais, com admiração.

Ramsés ergueu o braço, e todos se calaram quanto ele começou a falar:

— Distintos líderes, valentes oficiais e obedientes soldados! Hoje, os deuses deram-me o privilégio de conduzir homens como vocês. Meu coração está repleto de alegria e, como é meu desejo

O Faraó | 55

que vocês, líderes, oficiais e soldados, sempre possam compartilhar a minha felicidade, gratifico com uma dracma cada soldado daqueles que foram para o oeste e dos que estão retornando conosco da fronteira oriental. Além disso, destino uma dracma a cada soldado grego que hoje, sob o meu comando, abriu a nossa saída do desfiladeiro, e uma dracma a cada um dos homens dos regimentos do distinto Nitager, que pretendiam impedir nossa passagem até a estrada.

Uma explosão de alegria eclodiu no meio da soldadesca.

— Glória eterna ao nosso líder inconteste! Que os deuses o abençoem, sucessor do faraó, e que possa viver para sempre! — gritavam os soldados, os gregos mais do que todos.

O príncipe continuou:

— Destino também cinco talentos para serem divididos entre os oficiais dos meus exércitos e dos exércitos do distinto Nitager. Finalmente, para serem divididos entre Sua Eminência o ministro da Guerra e os mais altos oficiais, destino dez talentos.

— Eu abro mão da parte que me cabe em prol dos exércitos — respondeu Herhor.

— Que você seja abençoado, sucessor do trono!... Que você seja abençoado, senhor ministro! — gritaram os oficiais e soldados.

O vermelho disco solar já atingira as areias do deserto ocidental. Ramsés despediu-se dos seus homens e galopou em direção a Mênfis, enquanto Sua Eminência, no meio de gritos de alegria, sentou-se na sua liteira e ordenou que os portadores ultrapassassem os regimentos em marcha.

Quando se afastaram suficientemente para vozes individuais se misturarem num único murmúrio, como de uma cachoeira, o ministro inclinou-se para fora da liteira e perguntou a Pentuer:

— Está guardando tudo isso na memória?

— Sim, distinto amo.

56 | Bolesław Prus

— Sua memória é como o granito sobre o qual escrevemos história, e sua sabedoria é como o Nilo, que alaga e fertiliza tudo — disse o ministro. — Além disso, os deuses o agraciaram com a maior das virtudes: a da humilde prudência.

O escriba permaneceu calado.

— Portanto, ninguém é mais capaz do que você para avaliar as atitudes e a sabedoria do sucessor do trono, que possa viver eternamente.

Neste ponto, o ministro calou-se para tomar fôlego, pois não costumava falar por muito tempo.

— Sendo assim, diga-me, Pentuer, e o anote: cabe a um sucessor do trono expressar sua vontade diante da soldadesca?... Isso é algo que somente pode ser feito por um faraó, por um traidor, ou então por um jovem leviano que realiza atos impensados com a mesma facilidade com a qual atira palavras ímpias ao vento.

O sol já se pôs e, momentos depois, o céu cobriu-se de estrelas. Sobre os incontáveis canais do Egito Inferior começou a juntar-se uma névoa prateada que, empurrada suavemente pelo vento em direção ao deserto, refrescava os soldados e saciava a sede da quase ressecada vegetação.

— Ou então me diga, Pentuer — continuou o ministro —, analisando o seguinte: de onde o sucessor do trono vai tirar vinte talentos para manter a promessa que fez hoje com tanta leviandade? Além disso, independentemente de onde ele arrumar o dinheiro, parece-me... e acho que você pensa da mesma forma... que é muito perigoso o sucessor distribuir prêmios entre soldados no mesmo dia em que Sua Santidade não dispõe de recursos para pagar o soldo dos homens de Nitager que estão retornando do leste. Não pergunto a sua opinião sobre este assunto porque já a conheço, assim como você conhece os meus mais secretos pensamentos. Apenas lhe peço para que se lembre de tudo o que viu, para relatar detalhadamente no Colégio dos Sacerdotes.

— E ele será convocado em breve?

— Ainda não há razões para isso. Antes, pretendo frear os ímpetos desse touro selvagem com a ajuda da mão paterna de Sua Santidade... Seria uma pena desperdiçar esse rapazola, porque ele possui muitas habilidades e tem a energia do vento austral. Mas quando este vento, em vez de enxotar para fora do Egito os seus inimigos, se põe a derrubar os trigais e arrancar as palmeiras...

Neste ponto, o ministro se calou, e o seu séquito mergulhou na escura aleia de árvores que levava a Mênfis.

No mesmo instante, Ramsés chegava ao palácio do faraó.

O palácio, envolto por um parque, ficava numa colina, atrás da cidade. No parque, havia as mais estranhas árvores: baobás provenientes do sul e cedros, pinheiros e carvalhos, do norte. Graças à ciência botânica, viviam eles por muitos anos, chegando a alturas fenomenais.

Do seu gigantesco portão, da altura de um prédio de três andares, emergia uma aleia sombreada. De cada lado do portão erguia-se uma possante construção, como uma torre em forma de pirâmide cortada, com a base de quarenta passos e a altura de cinco andares. À noite, davam a impressão de duas gigantescas tendas de arenito, com janelas quadradas e telhados planos. Do topo de uma delas, sentinelas zelavam pelas redondezas, e do da outra, o sacerdote de plantão observava as estrelas.

À direita e à esquerda daquelas torres, chamadas pilonos, estendiam-se muros, mais parecidos com longos prédios horizontais, com janelas estreitas e telhado plano, sobre o qual se moviam sentinelas. De ambos os lados do portão principal se erguiam ainda duas estátuas, cujas cabeças chegavam ao primeiro andar dos pilonos, em volta das quais havia mais sentinelas.

58 | Bolesław Prus

Quando o príncipe, na companhia de alguns cavaleiros, aproximou-se do palácio, o sentinela reconheceu-o, apesar da escuridão. Imediatamente emergiu do pilono um funcionário palaciano, vestido com uma saia branca, uma capa negra e uma peruca que, pelo tamanho, mais parecia um capuz.

— O palácio já está fechado? — perguntou o príncipe.

— Disseste verdade, distinto amo — respondeu o funcionário. — Sua Santidade está vestindo os deuses para a noite.

— E depois, o que ele vai fazer?

— Se dignará a receber o ministro da Guerra, Herhor.

— E depois?

— Depois, Sua Santidade apreciará um balé na sala principal, e depois se banhará e rezará as preces vesperais.

— E quando eu poderei ser recebido? — perguntou o sucessor.

— Amanhã, logo após o conselho de guerra.

— E as rainhas, o que estão fazendo?

— A primeira rainha está rezando no quarto do seu falecido filho, enquanto vossa distinta genitora está recebendo um emissário fenício, que lhe trouxe presentes das mulheres de Tiro.

— Está acompanhado de donzelas?

— Algumas, e cada uma delas está coberta de joias que valem mais de dez talentos.

— E quem são aqueles homens que andam por aí, com tochas acesas? — perguntou o príncipe, apontando com o braço para o interior do parque.

— Estão tentando tirar o irmão de Vossa Alteza de uma árvore, na qual ele está sentado desde o meio-dia.

— E ele se recusa a descer?

— Agora, não mais, porque a primeira rainha enviou até lá o seu bufão, que prometeu levá-lo a uma taverna onde costumam beber os parasitas que embalsamam os mortos.

O Faraó | **59**

— E quanto às manobras de hoje, o que você ouviu falar?

— Que o estado-maior foi impedido de se unir ao restante das tropas.

— E o que mais?

O funcionário hesitou.

— Fale o que você ouviu.

— Que, por causa disso, Vossa Alteza ordenou que um dos oficiais recebesse cinquenta chicotadas e que o guia das tropas fosse enforcado.

— Um monte de mentiras! — falou baixinho um dos ajudantes do sucessor.

— Os soldados também andaram comentando entre si que isso não poderia ser verdade — respondeu, com mais confiança, o funcionário.

O sucessor do trono virou o cavalo e cavalgou para a parte inferior do parque, onde tinha o seu palacete. Na verdade, tratava-se de um pavilhão de dois andares, construído em madeira. Tinha a forma de um cubo com duas varandas — uma superior e uma inferior — que circundavam a construção e estavam apoiadas sobre pilastras. No interior do pavilhão ardiam tochas, graças às quais era possível ver que as paredes eram feitas com tábuas decoradas como se fossem de renda e protegidas do vento por panos multicoloridos. O telhado do palacete era plano, cercado por uma balaustrada e com algumas tendas sobre o piso.

Efusivamente cumprimentado por empregados seminus, uns com tochas nas mãos e outros prostrados no chão diante dele, o sucessor entrou no palacete. Tirou a roupa empoeirada, tomou banho numa banheira de pedra e vestiu uma toga branca, prendendo-a com um grampo junto do pescoço e apertando-a com um cinto feito de corda. Em seguida, subiu para o segundo andar, onde comeu uma panqueca de trigo, um punhado de tâmaras e bebeu

60 | Bolesław Prus

uma taça de cerveja leve. Depois, subiu ao terraço e, deitando-se sobre um divã coberto por pele de leão, despachou os serviçais, ordenando-lhes que trouxessem à sua presença Tutmozis, assim que ele aparecesse.

Perto da meia-noite parou diante do palacete uma liteira, da qual desceu Tutmozis, que, arfando pesadamente, subiu as escadas até o terraço. Ao vê-lo, o príncipe levantou-se de um pulo.

— E então?! — exclamou.

— Você ainda não está dormindo? — espantou-se Tutmozis. — Oh, deuses, depois de tanta movimentação eu esperava poder tirar uma soneca, pelo menos até o sol raiar.

— Fale-me de Sara.

— Estará aqui depois de amanhã, ou então você vai ter com ela naquela propriedade do outro lado do rio.

— Somente depois de amanhã?...

— Somente? Por favor, Ramsés, vá dormir. Demasiado sangue negro se acumulou no seu coração e, em função disso, o fogo sobe à sua cabeça.

— E como foi a conversa com o pai dela?

— Trata-se de um homem honesto e ponderado. Chama-se Gedeon. Quando lhe disse que você queria a filha dele, atirou-se ao chão e começou arrancar os cabelos da cabeça. Como achei aquilo muito razoável, esperei que passasse o desespero paterno, comi alguma coisa, bebi um pouco de vinho, e pusemo-nos a negociar. Gedeon começou jurando que preferiria ver sua filha morta a vê-la como amante de quem quer que fosse. Aí, eu lhe disse que ele receberia uma propriedade perto de Mênfis, à beira do Nilo, que lhe traria dois talentos de renda anual, sem precisar pagar impostos. Ficou furioso. Aí, eu disse que haveria a possibilidade de adicionar-se a isso um talento em ouro e prata a cada ano. Ele soltou um suspiro e lembrou que a filha estudara por três anos em Pi-

Bailos. Acrescentei mais um talento à oferta. Aí Gedeon, ainda inconsolado, mencionou o fato de que perderia o atraente posto de administrador da propriedade de Sezofris. Respondi que não havia qualquer motivo para ele deixar aquele emprego, e acrescentei à oferta dez vacas leiteiras. Neste ponto, ele se acalmou e me disse, em grande segredo, que Sara despertara interesse de um importante dignitário, o flabelífero do nomarca de Mênfis. Diante disso, eu lhe prometi mais um touro, uma pequena corrente de ouro e uma grande pulseira. Em resumo: sua Sara vai lhe custar uma propriedade, dois talentos anuais em espécie, dez vacas, um touro, uma corrente e uma pulseira de ouro. Isso é o que você deverá pagar ao pai dela, o distinto Gedeon; quanto a ela mesma, você dará o que quiser.

— E o que Sara achou disso tudo?

— Durante as negociações, ela ficou andando por entre as portas. E quando celebramos o acerto com um excelente vinho judaico, você sabe o que ela disse ao pai? Que se ele não a entregasse a você, ela subiria no topo da montanha e se atiraria, de cabeça, no desfiladeiro. Diante disso, acho que você agora poderá dormir tranquilo — concluiu Tutmozis.

— Pois eu acho que não — respondeu o sucessor, apoiando-se na balaustrada e olhando para a parte mais vazia do parque. — Você soube que, no nosso caminho de volta, encontramos um camponês enforcado numa árvore?

— Oh! Isso é muito pior do que escaravelhos — murmurou Tutmozis.

— Foi ele mesmo quem se enforcou de puro desespero, porque os soldados aterraram um canal que ele cavou, por dez anos, no meio do deserto.

— Diante disso, ele deve estar dormindo profundamente, o que significa que nós podemos fazer o mesmo.

— Aquele homem foi injustiçado — disse o príncipe. — Vamos ter de encontrar seus filhos, comprá-los e dar-lhes um pedaço de terra.

— Só se for em segredo — observou Tutmozis —, caso contrário todos os felás vão querer se enforcar, e nenhum fenício vai querer emprestar uma moeda sequer a nós, os donos dos camponeses.

— Não brinque com uma coisa tão séria... Se você tivesse visto a expressão no rosto daquele felá, também não conseguiria dormir em paz.

De repente, embaixo, do meio das árvores, ouviu-se uma voz — não muito forte, mas suficientemente alta para ser ouvida claramente.

— Que o Deus único e onipotente, que não tem nome na língua dos seres humanos nem estátuas em quaisquer templos o abençoe, Ramsés!

Os dois jovens correram para a balaustrada e olharam espantados para baixo.

— Quem é você? — gritou o príncipe.

— Sou o injustiçado povo egípcio — respondeu a voz, calma e lentamente.

Depois, tudo ficou em silêncio — nenhum movimento, nenhum sussurro de galhos traiu uma presença humana naquele local.

O príncipe mandou que homens com tochas e cães fizessem uma busca nas redondezas, mas ninguém foi encontrado.

— Quem poderia ser? — indagava o emocionado príncipe a Tutmozis. — Talvez o espírito daquele felá?...

— Um espírito? — repetiu o amigo. — Nunca ouvi falar de um espírito falador, mesmo tendo ficado de guarda diante de templos e túmulos. A mim, mais parece que se trata de um dos seus amigos.

— E por que ele se esconderia?

— E isso é motivo para ficar preocupado? — respondeu Tutmozis. — Cada um de nós tem centenas de inimigos invisíveis. Portanto, agradeça aos deuses por ter, pelo menos, um amigo invisível.

— Já vejo que não conseguirei dormir esta noite — murmurou o príncipe.

— Pare com isso! Em vez de ficar correndo pelo terraço, ouça-me e vá se deitar. Saiba que o sono é um deus poderoso e não lhe cabe ficar correndo atrás daqueles que se movem tanto. Por outro lado, quando você se deitar num divã confortável, o sono, que gosta de conforto, sentará a seu lado e o envolverá no seu vasto manto; um manto que não apenas cobre os olhos das pessoas, mas também as suas lembranças.

Dizendo isso, Tutmozis deitou Ramsés no divã e colocou um apoio de marfim em forma de meia-lua debaixo da sua cabeça. Depois, saiu da tenda e deitou-se no piso do telhado. Momentos depois, ambos adormeceram.

capítulo 6

PARA ENTRAR NO PALÁCIO DO FARAÓ EM MÊNFIS, ERA PRECISO PASsar por um portão situado entre dois pilonos de arenito, com cinco andares de altura e cujas paredes externas eram totalmente cobertas por altos-relevos.

No topo do portão erguia-se o símbolo nacional: uma esfera alada debaixo da qual emergiam duas serpentes. Logo abaixo havia uma fileira de deuses sentados, aos quais os faraós ofereciam dádivas. As paredes externas de cada umbral também estavam decoradas com imagens de deuses, em cinco fileiras, uma acima da outra, enquanto as suas bases continham hieróglifos.

Nas paredes de cada um dos pilonos, o lugar principal era ocupado por uma imagem de Ramsés, o Grande, em alto-relevo, com um machado numa das mãos e, na outra, segurado pelos cabelos, um grupo de pessoas atadas umas às outras como um molho de salsa. Acima do rei, havia novas fileiras de imagens de deuses; acima deles, fileiras de pessoas carregando dádivas e, junto do topo, imagens de serpentes aladas misturadas com escaravelhos.

Aqueles enormes pilonos elevando-se ao céu, o portão de três andares de altura que os unia, os altos-relevos nos quais havia uma

O Faraó | 65

mistura de ordem com soturna fantasia e sentimentos pios com brutalidade, causavam uma impressão desagradável. Tinha-se a impressão de que era um lugar no qual era difícil entrar, impossível sair — e muito duro de se viver no seu interior.

Ao atravessar o portão, diante do qual havia tropas e uma multidão de funcionários de segundo escalão, entrava-se num pátio cercado de pórticos sustentados por pilastras. Tratava-se de um bonito jardim, no qual havia aloés, pequenas palmeiras, laranjeiras e cedros, todos alinhados e dispostos em função das respectivas alturas.

Debaixo dos pórticos, passeavam funcionários graduados do reino, conversando em voz baixa entre si.

Do pátio, atravessava-se uma grande porta e se entrava num salão com doze espessas colunas de três andares de altura, com que, embora o salão fosse grande, parecia ser apertado. Apesar da luz proveniente de pequeninas janelas nas paredes e de uma grande abertura quadrangular no teto, o salão era um tanto escuro, mas não o suficiente para que não pudessem ser vislumbradas as colunas e as paredes amarelas cobertas de pinturas. Na parte superior — folhas e flores; um pouco mais abaixo — deuses; mais baixo ainda — homens carregando estátuas de deuses ou fazendo oferendas, além de muitos hieróglifos. Tudo pintado em cores vivas: verde, vermelho e azul.

Sobre o piso de mosaico do salão, estavam reunidos — em silêncio, vestidos de branco e descalços — os sacerdotes, os principais funcionários do país, o ministro da Guerra, Herhor, bem como os líderes militares Nitager e Pátrocles, todos convocados pelo faraó.

Sua Santidade Ramsés XII, como de costume antes de qualquer reunião, fazia oferendas aos deuses na sua capela particular. Era uma função demorada e, a cada instante, irrompia no salão um sacerdote ou um funcionário informando sobre o desenrolar da cerimônia.

66 | Bolesław Prus

— Sua Santidade acabou de quebrar o selo da capela... Já está banhando os deuses... Já os está vestindo... Já fechou a porta...

Apesar da dignidade dos seus cargos, os rostos dos presentes denotavam preocupação e abatimento. Apenas Herhor parecia estar alheio a tudo. Pátrocles estava impaciente, enquanto Nitager, vez por outra, interrompia o silêncio com sua voz possante. Cada vez que isso ocorria, os cortesãos agitavam-se como um assustado rebanho de ovelhas e se entreolhavam, como se quisessem dizer:

"Trata-se de um grosseirão. Como passou a vida toda combatendo bárbaros, pode ser perdoado por esta falta de polidez..."

Dos aposentos mais distantes, ouviu-se um repicar de sinos, e entraram no salão duas fileiras de guardas com elmos e armaduras douradas e gládios desembainhados, seguidos de duas fileiras de sacerdotes e, finalmente, do faraó em pessoa, sentado em um trono e envolto em nuvens de incenso.

O senhor do Egito, Ramsés XII, era um homem de cerca de 60 anos e rosto emaciado. Vestido com uma toga branca e portando uma mitra vermelha e branca com serpente dourada na cabeça, carregava um longo bastão numa das mãos.

Assim que o séquito entrou no salão, todos se prostraram por terra, exceto Pátrocles que, sendo bárbaro, apenas se inclinou, enquanto Nitager também só se ajoelhou, levantando-se logo em seguida.

A liteira parou diante de um baldaquino, sob o qual, em cima de um estrado, encontrava-se o trono de ébano. O faraó desceu lentamente, olhou por um instante para os presentes e depois, sentando-se no trono, fixou o olhar na cornija do salão, sobre a qual estava pintada uma esfera rósea com asas azuis e serpentes verdes.

Do lado direito do faraó postou-se o grão-escriba e do lado esquerdo, o juiz — ambos com grandes perucas.

A um sinal dado pelo juiz, todos se sentaram no chão, e o grão-escriba disse, dirigindo-se ao faraó:

O Faraó | 67

— Senhor nosso e líder inconteste! O seu servidor Nitager, defensor das fronteiras orientais, acaba de retornar, querendo saudá-lo e lhe trazer os tributos das nações conquistadas: um vaso verde cheio de ouro, trezentos bois, cem cavalos e madeiras perfumadas.

— Trata-se de um tributo mísero, meu amo — disse Nitager. — Os verdadeiros tesouros poderiam ser encontrados perto do Eufrates, onde orgulhosos e ainda fracos reis precisam ser lembrados dos tempos de Ramsés, o Grande.

— Responda ao meu servo Nitager — disse o faraó ao escriba — que suas palavras serão levadas em consideração, e pergunte-lhe o que ele achou das qualidades militares do meu filho e sucessor, com quem teve a honra de se confrontar em Pi-Bailos.

— O nosso líder, senhor de nove nações, indaga-lhe, Nitager... — começou o escriba.

No que, para o horror dos cortesãos, o guerreiro o interrompeu rudemente.

— Posso ouvir diretamente o que me diz o meu amo, e saiba que somente o sucessor do trono e não vós, grão-escriba, poderia representar os seus lábios quando se dirigir a mim.

O escriba olhou com horror para o ousado guerreiro, mas o faraó disse:

— O que o meu servo Nitager falou está correto.

Neste ponto, o juiz informou aos presentes que podiam se retirar para o pátio, e ele próprio, junto com o escriba, foram os primeiros a sair, fazendo uma profunda reverência diante do trono. No salão, permaneceram apenas o faraó, Herhor e os dois líderes militares.

— Ceda-me os vossos ouvidos, meu líder supremo, e ouvi a minha queixa — começou Nitager. — Hoje pela manhã, quando o sacerdote-funcionário, seguindo vossas ordens, veio ungir os meus cabelos, disse-me que eu deveria tirar minhas sandálias antes de entrar neste salão. No entanto, é sabido em todo o Egito Superior e

Inferior, assim como entre os hititas, na Líbia, na Fenícia e em Punt que, há vinte anos, vós me concedestes o direito de apresentar-me calçado diante de vós.

— É verdade — disse o faraó. — De um certo tempo para cá, certas desordens começaram a aparecer na minha corte...

— Basta Sua Santidade ordenar, e os meus soldados restabelecerão a devida ordem — respondeu imediatamente Nitager.

A um sinal feito pelo ministro da Guerra, vieram correndo dois funcionários; um deles trouxe as sandálias de Nitager e calçou-as em seus pés, enquanto o outro colocou tamboretes diante do trono, para o ministro e os dois guerreiros.

Quando os três dignitários se sentaram, o faraó perguntou:

— Diga-me, Nitager. Em sua opinião, meu filho poderá ser um líder militar?... Mas seja sincero.

— Juro sobre Amon e sobre a fama dos meus antepassados em cujas veias corria sangue real que, caso os deuses permitam, Ramsés, seu sucessor, será um grande guerreiro — respondeu Nitager. — Ele ainda é muito jovem, mas conseguiu juntar os regimentos com grande habilidade, abasteceu-os adequadamente e facilitou a sua marcha. E o que mais me agradou foi o fato de ele não ter perdido a cabeça quando bloqueei sua passagem, mas, pelo contrário, ter-se lançado ao ataque. Ele será um líder capaz de derrotar os assírios, que têm de ser combatidos desde já, caso não queiramos que nossos netos os vejam às margens do Nilo.

— E o que você tem a dizer sobre isso, Herhor? — perguntou o faraó.

— No que se refere aos assírios, creio que o distinto Nitager está se preocupando demasiadamente cedo. Ainda sentimos os efeitos das últimas guerras e precisamos recuperar nossas forças antes de começar uma nova — respondeu o ministro. — No que tange ao sucessor, Nitager está coberto de razão quando afirma que o jovem tem todos os atributos de um líder militar: é cauteloso como uma raposa e ousado como um leão. Apesar disso, ontem ele cometeu diversos erros...

— Quem de nós não os comete! — observou o até então calado Pátrocles.

— O sucessor — continuou o ministro — conduziu sabiamente o corpo principal das tropas, mas deixou totalmente à deriva seu estado-maior, a ponto de Nitager ter tempo de bloquear nossa passagem.

— Não podia ser que Ramsés contasse com Vossa Excelência? — perguntou Nitager.

— Em questões de Estado e de guerra não se deve contar com ninguém; basta tropeçar numa pedrinha para cair no chão — respondeu o ministro.

— Se Vossa Excelência — disse Pátrocles — não tivesse desviado as tropas da estrada por causa daqueles escaravelhos...

— O senhor é um forasteiro e pagão — respondeu Herhor —, e é por isso que fala assim. Quanto a nós, egípcios, sabemos que quando o povo e a soldadesca param de respeitar os escaravelhos, seus filhos deixam de temer as *uraeus*. É do desrespeito a deuses que nascem rebeliões contra o faraó.

— E para que servem os machados? — interrompeu Nitager. — Todo aquele que quer manter a cabeça sobre os ombros deve obedecer ao líder supremo.

— Diante disso, qual é a sua avaliação final do sucessor? — perguntou o faraó a Herhor.

— Digníssimo representante do Sol na terra e filho de deuses — respondeu o ministro. — Mande Ramsés ser ungido com óleos sagrados, dê-lhe uma corrente de ouro e dez talentos, mas não o nomeie ainda chefe de um dos corpos dos exércitos de Menfi. O príncipe é ainda demasiadamente jovem para este cargo; é por demais impulsivo e inexperiente. Como poderemos compará-lo a Pátrocles, que, em doze batalhas, esmagou os etíopes e os líbios? Ou colocá-lo em pé de igualdade com Nitager, cujo nome empalidece os rostos dos nossos inimigos do leste e do norte?

O faraó apoiou a cabeça na mão, refletiu um pouco e disse:

— Partam em paz. Serei sábio e justo.

Os dignitários inclinaram-se respeitosamente, enquanto Ramsés XII, sem aguardar seu séquito, dirigiu-se aos seus aposentos.

Quando os dois guerreiros se encontraram na antessala, Nitager disse a Pátrocles:

— Pelo que vejo, os sacerdotes mandam aqui como se estivessem em sua própria casa. Mas temos de admitir que Herhor é um líder nato! Acabou conosco antes que pudéssemos abrir a boca e não dará o corpo ao sucessor...

— Ele me elogiou de tal forma que não tive o que dizer — respondeu Pátrocles.

— Ele enxerga longe, embora não fale tudo o que pensa. Junto com o sucessor, enfiar-se-iam nas nossas tropas vários filhinhos de dignitários que gostam de levar cantoras nas expedições militares e, em pouco tempo, seriam eles que ocupariam as principais funções. Com isso, os oficiais mais antigos iriam reclamar que foram preteridos nas promoções, e o exército se esfacelaria mesmo antes de confrontar-se com um inimigo. Herhor é um sábio!

— Tomara que sua sabedoria não venha a nos custar mais do que a inexperiência de Ramsés — murmurou o grego.

Enquanto isso, o faraó atravessou vários aposentos cheios de colunas e pinturas onde, a cada porta, era saudado respeitosamente por sacerdotes e funcionários, chegando ao seu gabinete. Era uma sala de dois andares, com paredes de alabastro nas quais pinturas douradas e multicoloridas reproduziam os maiores feitos de Ramsés XII: as homenagens prestadas pelos habitantes da Mesopotâmia, a chegada dos emissários do rei de Bukhten e a triunfal viagem do deus Khonsu por aquele país. O gabinete continha ainda uma pequena estátua de malaquita de Hórus, com cabeça de pássaro e coberta de ouro e pedras preciosas, um altar em forma de uma pirâmide cortada, poltronas, bancos e mesinhas cobertas de pequenos objetos.

Quando o faraó apareceu, um dos sacerdotes acendeu um incenso, enquanto um outro anunciou a chegada do sucessor do trono, que logo entrou, inclinando-se respeitosamente diante do pai. No expressivo rosto do príncipe era visível uma febril preocupação.

— Estou feliz, *erpatre* — disse o faraó —, por você ter retornado com saúde de uma viagem exaustiva.

— Que Vossa Santidade possa viver eternamente e encher com seus feitos ambos os mundos — respondeu o príncipe.

— Os meus conselheiros militares falaram-me do seu trabalho e do seu discernimento — disse o faraó.

O rosto do sucessor tremia. Fixou seus olhos no faraó e ficou aguardando.

— Seus feitos não deixarão de ser devidamente recompensados. Você receberá dez talentos, uma longa corrente de ouro e dois regimentos gregos para treinamentos militares.

O príncipe pareceu petrificado e somente após alguns momentos conseguiu balbuciar:

— E o corpo de Menfi?

— Dentro de um ano repetiremos as manobras e, caso você não cometa qualquer erro, ele será seu.

— Já sei; isso foi obra de Herhor! — exclamou o príncipe, mal conseguindo conter a raiva.

Olhou em volta e acrescentou:

— Nunca posso estar sozinho com você, pai... Sempre estamos cercados de pessoas estranhas.

O faraó moveu ligeiramente o cenho, e seu séquito sumiu como um bando de sombras.

— O que você tem a me dizer?

— Apenas uma coisa, pai... Herhor é meu inimigo... Foi ele quem me denunciou perante vossa augusta pessoa e me expôs a tamanha vergonha.

Apesar da atitude humilde, o príncipe mordia os lábios e cerrava os punhos.

— Herhor é um fiel servidor meu e seu amigo. Foi graças a ele que você foi nomeado sucessor do trono. Sou eu que não quero entregar um corpo de Menfi a um jovem líder que permitiu que fosse separado do grosso das suas tropas.

— Mas eu consegui juntar-me a elas! — respondeu o abalado príncipe. — Foi Herhor quem ordenou que desviássemos do caminho por causa de dois besouros...

— E você quer que um sacerdote, por razões militares, desrespeite as tradições religiosas?

— Pai — sussurrava Ramsés, com voz trêmula —, para não atrapalhar a passagem dos besouros, foi aterrado um canal e morto um homem.

— Aquele homem matou a si mesmo.

— Mas por culpa de Herhor.

— Naqueles regimentos que você juntou com tanta habilidade em Pi-Bailos, trinta homens morreram de exaustão e mais de uma centena adoeceu.

O príncipe baixou a cabeça.

— Ramsés — continuou o faraó —, da sua boca não emanam palavras de um dignitário da nação preocupado com canais e com a vida dos trabalhadores, mas as de uma pessoa com raiva. A raiva não combina com a justiça, assim como um gavião não combina com uma pomba.

O Faraó | **73**

— Oh, meu pai! — explodiu o sucessor. — Se estou com raiva é porque vejo a má vontade de Herhor e dos sacerdotes para comigo.

— Mas você é neto de um sumo sacerdote e foi educado pelos sacerdotes... Nenhum outro príncipe teve tamanha oportunidade de conhecer seus segredos.

— O que conheci foi a sua desmedida empáfia e o seu desejo de poder. E como eu pretendo diminuir exatamente este poder, eles já me tratam como um inimigo... Herhor não quer me dar o corpo porque prefere ter o comando sobre todos os exércitos...

Proferidas aquelas audaciosas palavras, o príncipe assustou-se. Mas o monarca elevou para ele seus olhos bondosos e respondeu calmamente:

— Quem comanda os exércitos e o país sou eu. É de mim que partem todas as ordens e sentenças. Neste mundo, eu sou a balança de Osíris e sou eu que avalio as questões dos meus servos, sejam eles o sucessor do trono, ministros ou simples gente do povo. Insensato é todo aquele que pensa que eu não sei de tudo o que está se passando.

— No entanto, pai, se vós pudésseis ter visto as manobras com vossos próprios olhos...

— Provavelmente teria visto um líder — interrompeu-o o faraó —, que, num momento de fundamental importância, abandona seu exército para correr no meio de um bosque atrás de uma jovem israelita. Mas eu não quero saber dessas banalidades.

O príncipe atirou-se aos pés do pai, sussurrando:

— Foi Tutmozis quem vos contou isso, pai?

— Tutmozis é uma criança, assim como você. Ele já está se endividando, achando que vai ser o chefe do estado-maior do corpo de Menfi e pensando que o olho do faraó não pode ver seus negócios no deserto...

capítulo 7

ALGUNS DIAS MAIS TARDE, O PRÍNCIPE RAMSÉS FOI CONVOCADO À presença da sua distintíssima mãe, Nikotris, a segunda esposa do faraó e a mais importante dama do Egito.

Os deuses não se enganaram ao escolhê-la para ser a mãe do futuro rei. Era uma mulher alta, um tanto corpulenta e, apesar dos 40 anos, ainda muito bela. Seus olhos, seu rosto e toda a sua postura tinham tal majestade que, mesmo quando andava sozinha e vestida como uma simples sacerdotisa, as pessoas se inclinavam à sua passagem.

A distinta dama recebeu o filho num gabinete com paredes de barro esmaltado, sentada numa poltrona incrustada, debaixo de uma palmeira. A seus pés, estava deitado um cachorrinho e, a seu lado, havia uma escrava negra com um flabelo. A rainha trajava um vestido de musselina decorado com fios de ouro e uma peruca adornada por pedras preciosas.

O príncipe cumprimentou-a respeitosamente e ela, fazendo um gesto com a cabeça, perguntou:

— Por que motivo, Ramsés, você pediu para ter uma audiência comigo?

O Faraó | 75

— Solicitei-a dois dias atrás.

— Eu sabia que você estava ocupado, mas agora, já que ambos dispomos de tempo, posso ouvir o que você tem a me dizer.

— Você fala comigo, mãe, como se eu estivesse envolto pelo vento noturno do deserto, a ponto de não ousar mais fazer-lhe um pedido.

— Imagino que se trata de dinheiro, não é verdade?

Ramsés, confuso, baixou a cabeça.

— E de quanto você precisa?

— Quinze talentos...

— Pelos deuses! — exclamou a dama. — Você não acabou de receber dez talentos do Tesouro Real?

Em seguida, virou-se para a escrava e disse:

— Vá dar um passeio pelo jardim, minha jovem, porque deve estar cansada.

E, quando ficaram a sós, perguntou ao príncipe:

— Quer dizer que a sua judia é tão exigente?

Ramsés corou, mas não baixou a cabeça.

— A senhora sabe que não se trata disso — respondeu. — É que eu prometi um prêmio aos soldados e não tenho como pagá-lo...

A rainha olhou para o filho com calma dignidade.

— Como é ruim — disse, após um intervalo — quando um filho toma decisões sem consultar antes a sua mãe. Eu havia planejado lhe dar, para o seu aniversário, uma escrava fenícia recebida de Tiro, com um dote de dez talentos... Mas você preferiu ficar com a judia.

— Porque fiquei atraído por ela. Não há uma só serva de Sua Santidade que possa comparar-se a ela em beleza.

— Mas não deixa de ser uma judia!

— Não se oponha, mãe, eu lhe imploro... Aquilo que andam dizendo, que os judeus comem carne de porco e matam gatos, não passa de uma grande mentira.

A distinta dama sorriu.

— Você se expressa como um menino da escola primária dos sacerdotes — respondeu. — Não se esqueça do que disse Ramsés, o Grande: "Os povos de pele amarelada são mais numerosos e mais ricos do que nós; devemos ficar precavidos para que eles não se tornem ainda mais fortes..." Portanto, não me parece ser adequado que uma jovem daquele povo seja a primeira amante do sucessor do trono.

— Será que as palavras de Ramsés poderiam referir-se à filha de um mísero arrendatário? — exclamou o príncipe. — Além do mais, o que representam os judeus no meio de nós? Eles abandonaram o Egito há três séculos, e hoje formam um reino irrisório e liderado por sacerdotes.

— Posso ver — respondeu a distinta dama — que a sua amante não perde tempo. Tenha cuidado, Ramsés! Não se esqueça de que o líder deles, Messu, é um sacerdote traidor, que é maldito nos nossos templos até os dias de hoje. Saiba que os judeus tiraram do Egito mais do que valeu o trabalho de várias das suas gerações; eles não só levaram o nosso ouro, como a crença num deus único e as nossas leis, que hoje proclamam como sendo deles. Por fim, quero que saiba que as filhas daquele povo preferem a morte ao leito de um estrangeiro, e quando chegam a se entregar a líderes inimigos, fazem-no com o propósito de convertê-los à sua causa, ou para assassiná-los...

— Saiba, mãe, que todas essas calúnias são espalhadas pelos sacerdotes. Eles não querem que pessoas de outra fé possam chegar perto dos pés do trono, temendo que elas influenciem o faraó contra eles.

A rainha levantou-se da poltrona e, cruzando os braços sobre o peito, ficou olhando com espanto para o filho.

— Quer dizer que é verdade o que me contaram, que você se tornou um inimigo dos sacerdotes? Logo você, o mais querido dos seus alunos?

— Ainda devo ter marcas nas costas das chicotadas que recebi deles! — respondeu o príncipe.

— Mas o seu avô e meu pai, Amenhotep, que vive no meio dos deuses, foi um sumo sacerdote e detinha muito poder no país.

— E é exatamente porque o meu avô foi o mandatário do país e, depois dele, o meu pai, que eu não posso suportar o poder de Herhor.

— Foi o seu avô, o santo Amenhotep, quem o conduziu àquela posição.

— Uma posição que eu acabarei perdendo.

A mãe olhou com tristeza para o filho.

— E é você que quer ser o comandante de um corpo do exército?!... Você não passa de uma criança mimada, nem homem feito, nem líder...

— Como?! — interrompeu-a o príncipe, mal podendo conter sua indignação.

— Não reconheço o meu filho, e não vejo nele um futuro faraó do Egito! Sob o seu mando, a dinastia será como um bote sem leme vagando pelo Nilo... Expulse os sacerdotes do seu palácio, e com quem você poderá contar? Quem será os seus olhos no Egito Superior e no Inferior, e nos países vizinhos? O faraó tem de saber de tudo aquilo sobre o que caem os divinos raios de Osíris!

— Os sacerdotes serão meus servos, e não ministros.

— Pois eles são também os mais leais dos servos. Graças às suas preces, seu pai reina por trinta e três anos e evita guerras que poderiam causar uma desgraça...

— Aos sacerdotes.

— Não! Ao faraó e ao país! Você sabe as condições em que está o nosso tesouro, do qual você acaba de receber dez talentos, e ainda demanda mais quinze? Pois saiba que, não fosse a generosidade dos sacerdotes, que, para fortalecer o Tesouro Real retiram das imagens dos deuses pedras preciosas e substituem-nas por falsas, todos os bens reais já estariam nas mãos dos fenícios!

— Uma guerra bem-sucedida cobriria o nosso tesouro como o Nilo cobre as nossas terras.

78 | Bolesław Prus

A grande dama soltou uma risada.

— Não — respondeu. — Você, Ramsés, é ainda tão infantil que as suas palavras hereges não podem ser consideradas como pecaminosas. Peço-lhe que se ocupe dos seus regimentos gregos e se desfaça rapidamente da jovem judia. Quanto a questões políticas, deixe-as... nas nossas mãos.

— E por que eu deveria desfazer-me de Sara?

— Porque caso você venha a ter um filho com ela, poderiam surgir distúrbios no país, que já tem preocupações suficientes. Quanto aos sacerdotes, pode reclamar deles à vontade, desde que não os ofenda publicamente. Eles sabem que têm de perdoar muitas coisas a um sucessor do trono, especialmente a um que tem um caráter tão explosivo quanto o seu. Mas o tempo há de curar tudo, para a glória da dinastia e proveito da nação.

— Quer dizer que não posso contar com o dinheiro do Tesouro Real?

— Não. O grão-escriba já não teria recursos para pagar as dívidas, caso eu não lhe tivesse dado os quarenta talentos que recebi de Tiro.

— E como poderei cumprir a minha promessa aos soldados? — disse o príncipe, esfregando a testa.

— Devolva a judia e peça aos sacerdotes... Talvez eles lhe emprestem.

— Jamais!... Prefiro tomar emprestado aos fenícios.

— Você é *erpatre*, portanto, pode fazer o que quiser... Mas eu o previno de que terá de dar pesadas garantias e de que um fenício, quando se torna um credor seu, não o solta tão cedo. Eles são ainda mais traiçoeiros que os judeus.

— Para cobrir a dívida, bastará uma ínfima parte das minhas receitas.

— Vamos ver. Gostaria de poder ajudá-lo, mas não tenho como — disse a dama, com tristeza na voz. — Portanto, faça aquilo que achar mais adequado, mas não se esqueça de que, nas nossas propriedades, os fenícios são como ratos num celeiro; quando um deles consegue entrar por uma fresta, os outros vêm logo atrás.

Ramsés ficou postergando a hora de se despedir.

— Você tem algo mais a me dizer? — perguntou a rainha.

— Sim, mãe. Meu coração me diz que a senhora tem alguns planos a meu respeito. Quais são eles?

A rainha acariciou a face do filho.

— Ainda não está na hora! Hoje, você está livre, como qualquer jovem nobre neste país, portanto, aproveite... Mas, Ramsés, chegará um momento em que você terá de se casar com uma mulher cujos filhos serão príncipes de sangue real e cujo filho homem será o seu sucessor. E é sobre isso que eu ando pensando...

— E?...

— Ainda não tenho uma ideia clara. De qualquer modo, a sapiência política me diz que a sua esposa deveria ser filha de um sacerdote...

— Talvez a filha de Herhor? — exclamou, rindo, o príncipe.

— Que objeção poderíamos ter a isso? Herhor, em breve, se tornará o sumo sacerdote de Tebas, e sua filha tem apenas catorze anos.

— E ela aceitaria assumir um lugar hoje ocupado por uma judia? — perguntou ironicamente o príncipe.

— Você terá de se esforçar para que o seu erro de hoje seja esquecido.

— Beijo os seus pés, mãe, e me despeço — disse Ramsés. — Ouvi tanta coisa estranha aqui, que chego a temer que o Nilo passe a correr em direção das cataratas ou que as pirâmides passem para o deserto oriental.

— Não blasfeme, meu filho — sussurrou a dama, olhando com preocupação para o filho. — Coisas ainda mais estranhas ocorreram neste país.

— Como, por exemplo, o fato de as paredes do palácio real escutarem às escondidas as palavras dos seus reis?

— Houve casos em que faraós morreram alguns meses após terem assumido o trono, assim como quedas de dinastias que reinaram sobre nove países.

— Porque aqueles faraós abandonaram a espada em prol de turíbulos — respondeu o príncipe.

Depois disso, inclinou-se e saiu.

À medida que o som dos passos do sucessor ia se afastando, o rosto da distinta dama se transfigurava: dor e medo substituíram a majestade e seus grandes olhos encheram-se de lágrimas.

Correu até a estátua da deusa, ajoelhou-se e, derramando incenso indiano no turíbulo, começou a rezar:

— Ísis, Ísis, Ísis! Clamo vosso nome por três vezes. Oh, Ísis, vós que dais vida a serpentes, crocodilos e avestruzes... que o vosso nome seja louvado três vezes... Oh, Ísis, vós que protegeis os grãos de trigo dos ventos devastadores e os corpos dos nossos antepassados da corrosão do tempo, apiede-se e proteja o meu filho... Que o vosso nome seja repetido por três vezes, hoje e por séculos e séculos, até o momento em que os templos dos nossos deuses não puderem mais se refletir nas águas do Nilo.

E rezando assim, com o rosto coberto de lágrimas, a rainha inclinou-se até tocar com a testa no chão. No mesmo instante, ouviu um leve sussurro:

— A voz do justo será sempre ouvida.

A distinta dama levantou-se de um salto e, cheia de espanto, ficou olhando em volta. Mas o gabinete estava deserto. Das paredes, olhavam para ela flores pintadas e, de cima do altar, a estátua da deusa — cheia de uma sobrenatural tranquilidade.

capítulo 8

O PRÍNCIPE RETORNOU AO SEU PALACETE E CHAMOU TUTMOZIS.

— Você terá de me ensinar a arrumar dinheiro.

— Aha! — gargalhou o janota. — Eis uma coisa que não ensinam nas escolas sacerdotais, mas nas quais eu poderia ser um mestre.

— Lá, eles nos ensinam a nunca pedir dinheiro emprestado.

— Se não temesse que os meus lábios pudessem ser manchados por heresia, eu diria que os sacerdotes estão perdendo o seu tempo em vão. Coitados, embora santos. Não comem carne, mantêm apenas uma esposa ou evitam mulheres por completo, e não sabem o que significa "tomar um empréstimo". Estou muito feliz, Ramsés, que você adquirirá este conhecimento por meu intermédio — respondeu Tutmozis. — Pelo que vejo, você já sabe como é doloroso sentir falta de dinheiro. Um homem sem dinheiro perde o apetite, desperta no meio da noite, olha para mulheres com espanto, como se perguntasse: para que elas servem? No mais fresco dos templos sente o rosto ardendo e, no meio do mais intenso calor desértico, tremores de frio percorrem seu corpo. Olha em volta estonteado, não escuta o que lhe dizem, na maioria das vezes anda

82 | Bolesław Prus

com a peruca desarrumada, esquecendo de untá-la com perfume, e somente se acalma diante de um jarro de vinho, e, assim mesmo, por pouco tempo, já que, assim que recupera a consciência, volta a achar que o chão está desabando sob seus pés.

Neste ponto, o janota parou para retomar fôlego, voltando a falar:

— Vejo, pelo seu andar vacilante e pelos movimentos agitados dos seus braços, que você está entrando em desespero por falta de dinheiro. No entanto, em pouco tempo, terá a sensação de que alguém tirou uma pesada esfinge do seu peito. Depois, você cederá ao doce estado de esquecimento das suas agruras recentes e situação presente, e depois... depois, Ramsés, você passará por experiências nunca antes vividas! Porque quando os credores começarem a visitá-lo, sob o pretexto de quererem prestar-lhe uma homenagem, você se sentirá como um veado perseguido por cães, ou como uma jovem egípcia que, tirando água do Nilo, se defronta repentinamente com o horripilante dorso de um crocodilo.

— Isso tudo parece muito divertido — disse Ramsés —, mas não traz sequer uma dracma...

— Pare! — interrompeu-o Tutmozis. — Já estou indo procurar o banqueiro fenício Dagon, e, antes do anoitecer, mesmo que ele ainda não lhe tenha dado sequer uma moeda, você terá recuperado sua paz de espírito.

Antes do pôr do sol, o fenício Dagon, um dos mais preeminentes banqueiros de Mênfis, chegou ao palacete do sucessor. Era um homem já avançado em anos, magro e de pele amarelada. Estava vestido com uma túnica azul coberta por um fino manto branco e, ao contrário das perucas e barbas postiças dos janotas egípcios, tinha longos cabelos próprios presos por uma argola de ouro, assim como uma espessa barba negra.

O Faraó | **83**

A residência do sucessor estava cheia de jovens aristocratas. Uns, no térreo, banhavam-se e ungiam seus corpos com cremes perfumados, outros jogavam xadrez, enquanto outros, ainda, na companhia de dançarinas, bebiam nas tendas do terraço. O sucessor não bebia, não jogava, não conversava com as mulheres, restringindo-se a andar pelo terraço e aguardando nervosamente o fenício. Quando o viu chegar numa liteira carregada por dois asnos, desceu para o andar térreo, onde havia um aposento desocupado.

Dagon parou à porta do aposento, ajoelhou-se e exclamou:

— Saúdo-o, nascente sol do Egito! Que possas viver eternamente e que a sua fama chegue àquelas margens distantes onde aportam os navios fenícios.

A um sinal do príncipe, levantou-se e começou a falar gesticulando:

— Quando o distinto Tutmozis apareceu diante da minha choupana — pois só a uma choupana pode-se comparar a minha casa diante dos seus palácios, *erpatre*! —, o seu rosto estava tão iluminado que eu logo gritei para a minha esposa: "Tamara, o distinto Tutmozis está vindo não em seu nome, mas em nome de alguém mais alto, como o Líbano é mais alto do que as areias do além-mar!" E minha esposa perguntou: "Por que o meu amo acha que o distinto Tutmozis não está vindo em seu próprio nome?" Ao que eu respondi: "Porque não poderia estar trazendo dinheiro, já que não o tem, assim como não poderia ter vindo em busca de mais, porque eu também não tenho." Fizemos uma profunda reverência ao distinto Tutmozis, e quando ele nos revelou que vós, distintíssimo senhor, desejais receber quinze talentos do vosso escravo, perguntei à minha esposa: "Tamara, meu coração não estava certo?" E ela me respondeu: "Dagon, você é tão perspicaz que poderia ser o conselheiro do sucessor do trono."

84 | Bolesław Prus

Ramsés, embora mal conseguisse conter a impaciência, ficou ouvindo o banqueiro. Ele, capaz de explodir diante da sua mãe e do faraó!

— Quando — continuou o fenício — nos demos conta de que o senhor deseja meus serviços, ficamos tão felizes que distribuí dez vasos de cerveja entre os meus servos, e minha esposa, Tamara, demandou que lhe comprasse um vestido novo. A minha alegria foi tão grande que, durante o trajeto para cá, proibi ao condutor dos asnos que os açoitasse. E quando os meus indignos pés tocaram o piso do palacete de Vossa Alteza, tirei um anel de ouro (maior do que aquele que Herhor deu a Eunano) e o dei ao escravo que lavou as minhas mãos. Se Vossa Alteza permitir, gostaria de indagar qual a procedência daquele vaso de prata do qual derramaram água sobre as minhas mãos.

— Comprei-o, por dois talentos, de Azariah, filho de Gaber.

— De um judeu?!... Vossa Alteza negocia com judeus?! O que dirão os deuses de uma coisa dessas?!

— Azariah é um comerciante igual a você — respondeu o sucessor.

Ao ouvir isso, Dagon agarrou a cabeça com ambas as mãos e começou a cuspir e gemer:

— Oh, Baal Tammuz!... Oh, Baaleth!... Oh, Ashtoreth!... Azariah, filho de Gaber e judeu, ser considerado um comerciante igual a mim?! Oh, pernas minhas, por que me trouxestes para cá? Oh, meu coração, por que estás sendo exposto a tal humilhação?... Distintíssimo príncipe — gritava o fenício —, me mate, me bata, corte fora um dos meus braços caso eu venha a falsificar ouro, mas não diga que um judeu pode ser um comerciante. Tiro terá desaparecido e Sídon se transformará num monte de areia antes de um judeu ser considerado um comerciante. Eles até podem ordenhar suas cabritas ou, sob pesados bastões egípcios, misturar barro com feno, mas

O Faraó | 85

negociar, jamais! Trata-se de uma raça de escravos impura, facínoras e bandidos!

Sem qualquer motivo aparente, o príncipe começou a ficar furioso — mas logo voltou a se acalmar, algo que deixou espantado a ele mesmo, já que, até então, nunca achara que teria a necessidade de frear os seus ímpetos.

— O que quero saber, distinto Dagon — disse —, é se você está disposto a me emprestar quinze talentos.

— Oh, Ashtoreth!... Quinze talentos? Trata-se de uma quantia de tal magnitude que eu teria de me sentar para poder refletir melhor.

— Pode sentar-se.

— Com um talento — falou o fenício, sentando confortavelmente numa cadeira — pode-se comprar vinte correntes de ouro, ou sessenta lindas vacas leiteiras, ou dez escravos comuns, ou ainda um escravo que saiba tocar flauta, pintar e até curar pessoas. Um talento é muito dinheiro!

Os olhos do príncipe brilharam ameaçadoramente.

— Bem, se você não tem quinze talentos... — começou a dizer.

O apavorado fenício deslizou da cadeira para o chão.

— Quem, nesta cidade — exclamou —, não tem dinheiro às vossas ordens, filho do Sol?! É verdade que eu não passo de um indigente, cujo ouro e cujas joias e todas as propriedades não valem um só olhar de Vossa Alteza, mas quando eu disser aos nossos comerciantes a mando de quem estou vindo, seremos capazes de arrumar os quinze talentos, mesmo se tivermos de cavar debaixo da terra. Caso vós, *erpatre*, parásseis diante de uma figueira ressecada e dissésseis: "Preciso de dinheiro!", a figueira pagaria um resgate... Só não fiqueis olhando desse jeito para mim, filho de Hórus, porque começo a sentir uma dor no meu coração e a minha mente fica confusa.

— Vamos, acalme-se e volte a se sentar — disse o príncipe, com um sorriso.

Dagon levantou-se do chão e instalou-se ainda mais confortavelmente na cadeira.

— Por quanto tempo Vossa Alteza vai precisar desse montante? — perguntou.

— Pelo menos, por um ano.

— Digamos logo: por três anos. Somente Sua Santidade poderia devolver quinze talentos em um ano, e não um jovem príncipe que precisa entreter diariamente nobres jovens e belas mulheres... Ah, essas mulheres!... É verdade que Vossa Alteza trouxe para casa a Sara, filha de Gedeon?

— E quais os juros que você pretende cobrar? — interrompeu-o o príncipe.

— É um detalhe tão insignificante que nem cabe ser mencionado pelos lábios sagrados de Vossa Alteza. Pelos quinze talentos, Vossa Alteza pagará cinco talentos por ano e, ao final dos três anos, eu virei pegá-los de volta de uma forma tão discreta que Vossa Alteza nem vai sentir...

— Você está dizendo que vai me emprestar quinze talentos e, após três anos, receberá trinta?!!

— A lei egípcia permite que a soma dos juros seja equivalente ao valor do empréstimo — respondeu o fenício.

— Mas isso não é demais?

— Demais?! — exclamou Dagon. — Todo grão-senhor tem uma corte luxuosa, grandes propriedades e paga juros elevados. Eu teria vergonha de cobrar menos do sucessor do trono, sem mencionar o fato de que Vossa Alteza poderia mandar que eu fosse surrado e expulso daqui caso tivesse ousado cobrar um valor mais baixo.

— E quando você me trará o dinheiro?

— Trazer?!... Isso não é tarefa para uma só pessoa. Eu farei algo melhor: farei todos os pagamentos de Vossa Alteza, para que o sucessor do trono não precise preocupar-se com questões tão banais.

O Faraó | 87

— E, por acaso, você sabe o que eu tenho a pagar?

— Tenho uma vaga noção — respondeu negligentemente o fenício. — Vossa Alteza quer despachar seis talentos para o exército oriental, o que poderá ser feito pelos nossos banqueiros de lá, e mais três talentos ao distinto Nitager e outros três ao distinto Pátrocles, o que poderá ser feito localmente... Quanto a Sara e seu pai, Gedeon, eu mesmo poderei tratar desse assunto por intermédio daquele patife Azariah, o que será ainda melhor, porque eles enganariam Vossa Alteza nas contas.

Ramsés começou a andar nervosamente pelo aposento.

— Quer dizer que devo lhe dar uma nota promissória de trinta talentos?

— Uma promissória?... Para quê?... O que eu poderia fazer com uma nota promissória?... Vossa Alteza me arrendará, por três anos, suas propriedades em Takens, Ses, Neha-Ment, Neha-Pekhu, Sabt-Het, Hab...

— Um arrendamento? — disse o príncipe. — Não me agrada essa ideia.

— E como, de outra forma, eu poderei recuperar os meus trinta talentos?

— Vamos com calma. Antes, tenho de perguntar ao administrador das propriedades quanto elas me rendem por ano.

— Por que Vossa Alteza tem de se preocupar com isso?... O que pode saber um administrador?... Nada. Cada ano traz uma colheita e um rendimento diferente e eu poderei acabar perdendo dinheiro nesse negócio, dinheiro que o administrador não terá condições de me ressarcir.

— Mas acontece, Dagon, que eu tenho a impressão de que aquelas propriedades todas rendem mais de dez mil talentos por ano.

— Vossa Alteza não confia em mim? Muito bem, basta ordenar-me e eu abrirei mão da propriedade de Ses... Vossa Alteza ainda não acredita na sinceridade do meu coração? Pois eu abro mão também da de Sabt-Het... Para que precisamos do administrador? Por acaso, caberá a ele ensinar sabedoria a Vossa Alteza? Oh, Ashtoreth! Eu perderia o sono e o apetite caso um administrador qualquer, um servo e escravo, ousasse dar palpites a Vossa Alteza. O que precisamos é de um escriba que registre por escrito que vós, distintíssimo amo, me entregastes em arrendamento por três anos tais e tais propriedades. Também há a necessidade de dezesseis testemunhas para presenciarem a honra com a qual fui agraciado. Por que míseros serviçais precisariam saber que Vossa Alteza está pegando um empréstimo de mim?

O entediado príncipe deu de ombros.

— Amanhã — disse —, traga o dinheiro, o escriba e as testemunhas. Não quero mais pensar nesse assunto.

— Sábias palavras! — exclamou o fenício. — Que Vossa Alteza possa viver eternamente!

capítulo 9

A PROPRIEDADE QUE O SUCESSOR DO TRONO DESTINOU A SARA, A filha do judeu Gedeon, ficava no limite setentrional de Mênfis, à margem esquerda do Nilo.

O sítio tinha trinta acres e formava um pequeno quadrado que, de seu topo, podia ser visto como se estivesse na palma de uma mão. Ficava sobre uma elevação e tinha quatro níveis. Os dois mais baixos e mais extensos, que sempre eram alagados pelas águas do Nilo, eram destinados ao cultivo de cereais e frutas. No nível imediatamente acima, que costumava não ser alagado, cresciam palmeiras, figueiras e outras árvores frutíferas. No último, o mais alto, havia um jardim com oliveiras e vinhedos, no meio dos quais se encontrava a casa principal.

A casa era de madeira, de dois andares e, como de costume, com um terraço encortinado e coberto por um toldo. No andar de baixo morava um escravo negro de Ramsés, enquanto o andar de cima era ocupado por Sara e sua empregada, Tafet. A casa era cercada por um muro de tijolos não cozidos, atrás do qual e a uma certa distância ficavam os estábulos e as construções destinadas aos lavradores e capatazes.

90 | Bolesław Prus

Os aposentos de Sara não eram espaçosos, mas requintados. Os pisos eram cobertos por tapetes, e as janelas por longas cortinas com listras de cores diversas. Continham camas e cadeiras de madeira trabalhada, baús incrustados para roupas e mesinhas de um ou três pés, sobre as quais estavam dispostos vasos com flores, esbeltos jarros de vinho, frascos de perfumes, cálices e copos de pé de ouro e prata, vasos e bacias de faiança, lamparinas de bronze. Cada um dos objetos, por menor que fosse, era adornado por um alto-relevo ou por uma pintura; cada item do vestuário, por bordados e franjas.

Sara já vivia naquele lugar isolado há dez dias. Por medo e vergonha, escondia-se das pessoas, a ponto de quase não ser vista pelos empregados. Trancada no seu *boudoir*, costurava ou tecia panos num pequeno tear, ou ainda fazia guirlandas de flores para Ramsés. De vez em quando, dava uma escapada para o terraço e, suspendendo as abas das cortinas, olhava para o Nilo repleto de barcos com pescadores cantando alegres cantigas, ou então, elevando os olhos, olhava com temor para os cinzentos pilonos do palácio real que, soturno e silencioso se erguia do outro lado do rio. Nessas horas, fugia para dentro da casa e chamava Tafet.

— Fique aqui, mãe — dizia —, o que você tem a fazer lá embaixo?

— O jardineiro trouxe frutas e, da cidade, enviaram pães, vinho e aves; tive de recebê-los.

— Fique aqui e converse comigo, pois estou com muito medo...

— Como você é tolinha! — respondeu rindo Tafet. — No primeiro dia, eu também senti um terror olhando para mim de cada canto; mas bastou sair para o outro lado do muro para tudo acabar. A quem deveria eu temer, se todos caem de joelhos diante de mim? Diante de você, então, eles deverão plantar bananeiras!... Dê uma volta pelo jardim; ele é tão lindo quanto o paraíso... Dê um passeio pelos campos nos quais colhem trigo... Sente-se naquele barco tão

O Faraó | 91

lindamente decorado, cujos condutores sonham em vê-la e levá-la para navegar sobre o Nilo...

— Tenho medo...

— De quê?

— E eu lá sei?... Enquanto estou tecendo, tenho a impressão de estar no nosso vale e que papai vai aparecer a qualquer momento. Mas quando uma lufada de vento levanta a cortina da janela e eu olho, daqui de cima, para esta vastidão... esta amplidão... tenho a impressão... sabe de quê?... de que fui raptada por um abutre, que me levou para o seu ninho no topo de uma rocha, do qual não há meios de sair...

— Mas que bobagem! Se você tivesse visto a banheira que o príncipe enviou hoje para você; uma banheira de bronze! E que tripé, que grelha e espetos para a churrasqueira! E quero que você saiba que botei duas galinhas para chocar e, em pouco tempo, teremos pintinhos...

Após o pôr do sol, quando ninguém podia vê-la, Sara se sentia mais corajosa. Saía para o terraço e olhava para o rio. E quando via, lá longe, um barco iluminado com tochas cujos raios formavam esbraseadas listras sanguíneas na escura superfície da água, apertava com ambas as mãos o seu pobre coração, que trepidava como um pássaro pego numa armadilha. Era o jovem príncipe que vinha em sua direção, e ela não sabia descrever o que sentia: a alegria pela aproximação daquele belo mancebo a quem conhecera no vale, ou o medo de ver diante de si aquele grão-senhor que a intimidava.

Certo dia, na véspera do sabá, Sara recebeu a visita de seu pai; a primeira desde que ela se instalara naquela casa. A filha atirou-se chorando nos seus braços, lavou ela mesma os seus pés, derramou fragrâncias sobre a sua cabeça e cobriu-o de beijos. Gedeon era um homem grisalho e de feições severas. Vestia uma camisola com a

92 | Bolesław Prus

bainha decorada com um bordado multicolorido que chegava aos tornozelos e, sobre ela, uma espécie de colete dourado, que cobria seu peito e suas costas. Na cabeça, tinha um pequeno gorro em forma de cone.

— Você chegou!... Você chegou! — gritava Sara, voltando a beijar as mãos e a cabeça do pai.

— Eu mesmo estou espantado por estar aqui! — respondeu tristemente Gedeon. — Entrei no jardim às escondidas, como se fosse um ladrão. Durante todo o trajeto, tive a impressão de que todos os egípcios apontavam para mim com o dedo, e que cada judeu que me via, cuspia no chão...

— Mas pai, não foi o senhor mesmo quem me entregou ao príncipe? — sussurrou Sara.

— Entreguei, pois o que mais poderia ter feito? De qualquer modo, apenas tenho a impressão de que cospem e apontam para mim. No meio dos egípcios, aqueles que me conhecem inclinam-se diante de mim; quanto mais alto o seu cargo, maior é a reverência. Desde que você veio para cá, o nosso amo, Sezforis, disse que a minha casa deve ser aumentada, o senhor Caires enviou-me uma barrica do seu melhor vinho, e o nosso digníssimo nomarca mandou um dos seus mais confiáveis servos para indagar como você está e se eu não gostaria de ser um dos seus administradores.

— E os judeus?... — perguntou Sara.

— Os judeus? Eles sabem muito bem que eu não cedi você de livre vontade. Além do mais, qualquer um deles bem que gostaria de ter sido violado dessa forma. Que Deus Nosso Senhor nos julgue. Mas vamos ao que interessa: como você está?

— Nem no colo de Abraão ela poderia estar melhor — falou Tafet. — A toda hora trazem-nos frutas, vinho, pães e carne, tudo que desejarmos. E que banheira nós temos!... toda de cobre! E os utensílios!

O Faraó | 93

— Três dias atrás — interrompeu-a Sara —, esteve aqui aquele fenício, Dagon. Eu não quis recebê-lo, mas ele insistiu tanto...

— Me deu um anel de ouro — intrometeu-se Tafet.

— Ele me disse — falou Sara — que era um arrendatário do meu amo, presenteou-me com duas pulseiras, um colar de pérolas e um frasco de perfume das terras de Punt.

— Em troca do quê ele lhe deu esses presentes? — perguntou o pai.

— Em troca de nada. Apenas pediu que eu pensasse nele com afeto e para, numa ocasião qualquer, dizer a meu amo que Dagon é o mais fiel dos seus servidores.

Gedeon sorriu e disse:

— Você vai, em muito pouco tempo, encher este baú de pulseiras e colares.

Em seguida, acrescentou:

— Sabe, o melhor que você pode fazer é juntar uma fortuna considerável da forma mais rápida possível, para ambos fugirmos para o nosso país, pois aqui sempre estaremos mal. Mal, quando as coisas estão ruins, e pior ainda quando estão bem.

— E o que diria a isso o meu amo? — perguntou Sara, com tristeza na voz.

O pai sacudiu a cabeça.

— Em menos de um ano, o seu senhor vai abandoná-la, no que será ajudado por outros. Se você fosse egípcia, ele a levaria para o seu palacete, mas uma judia...

— Vai me abandonar?... — repetiu Sara, soltando um suspiro.

— Por que deveremos nos preocupar com dias futuros, que estão nas mãos de Deus? Eu vim para cá para passar o sabá com você.

— E eu tenho excelentes peixes, carne e vinho *kosher* — falou rapidamente Tafet. — Também comprei, em Mênfis, um candelabro de sete braços e velas de cera. Teremos um jantar melhor do que o da casa do senhor Chaires.

Gedeon saiu com a filha para o terraço. Quando ficaram a sós, disse:

— Tafet me disse que você não sai de casa. Por quê? Pelo menos, passeie pelo jardim.

Um arrepio percorreu o corpo de Sara.

— Tenho medo — sussurrou.

— Por que você deveria ter medo do seu próprio jardim? Não se esqueça de que você é dona dele, uma grande dama.

— Uma vez, saí para o jardim durante o dia. Fui vista por algumas pessoas que começaram a comentar entre si: "Olhem... é a judia do sucessor do trono... É por causa dela que o Nilo está demorando a transbordar!..."

— Não passam de uns tolos! — respondeu Gedeon. — Quantas vezes o Nilo já não se atrasou por mais de uma semana? De qualquer modo, você poderia sair ao anoitecer.

Sara tremeu ainda mais.

— Não quero... não quero! — exclamou. — Certa noite eu saí e fui até aquelas oliveiras. De repente, emergiram de uma trilha secundária, como se fossem sombras, duas mulheres... Fiquei apavorada e quis fugir... Aí, uma delas, a mais jovem e mais baixa, agarrou meu braço, dizendo: "Não fuja, queremos olhar para você...", enquanto a outra, mais velha e mais alta, plantou-se a alguns passos de mim e olhou fixamente nos meus olhos... Oh, meu pai, pensei que iria transformar-me em pedra... Que mulher mais extraordinária... que olhar!...

— Quem poderia ser? — perguntou Gedeon.

— A mais velha parecia uma sacerdotisa.

— E não falou nada para você?

— Nada. Somente quando elas se afastaram, pude ouvir a voz, que estou certa ter sido a da mais velha, dizendo apenas as seguintes palavras: "Tenho de admitir que ela é bonita..."

Gedeon ficou pensativo.

— Talvez elas fossem algumas altas damas da corte — falou finalmente.

O sol estava se pondo. Ambas as margens do Nilo estavam repletas de pessoas, aguardando impacientemente pela elevação das águas, que efetivamente estava atrasada. Já por dois dias soprava um vento do mar e o rio adquirira uma coloração esverdeada; o sol já havia ultrapassado a estrela Sotis, mas no poço sacerdotal de Mênfis o nível d'água não se elevou nem à espessura de um dedo. As pessoas estavam preocupadas, mormente porque no Egito Superior, de acordo com os sinais, a enchente estava ocorrendo normalmente e era bastante promissora.

— O que poderia estar retendo-a em Mênfis? — indagavam-se os preocupados agricultores, suspirando ansiosamente pelo sinal.

Quando surgiram as primeiras estrelas no céu, Tafet cobriu a mesa da sala de jantar com uma toalha branca, pôs nela o candelabro de sete braços, acendeu as velas, colocou três cadeiras e anunciou que estava pronta para servir o jantar sabático.

Gedeon cobriu a cabeça e, elevando os braços sobre a mesa, começou a rezar, olhando para cima:

— Deus de Abraão, Isaac, Jacó, que conduzistes o nosso povo para fora do Egito, que destes uma pátria aos escravos e exilados, que fizestes um acordo solene com os filhos da Judeia... Deus Jeová, Deus Adonai, permiti que nós ingiramos os frutos de uma terra inimiga, libere-nos do medo e da tristeza nos quais estamos mergulhados, e leve-nos de volta às margens do Jordão, que abandonamos para a sua glória...

No mesmo instante, ouviu-se uma voz proveniente do outro lado do muro:

— Sua Excelência, o nobre Tutmozis, o mais fiel dos servidores da Sua Santidade e do sucessor do trono...

96 | Bolesław Prus

— Que possa viver eternamente! — ecoaram diversas vozes no jardim.

— Sua Excelência — voltou a falar a voz solitária — envia suas saudações à mais bela rosa do Líbano!

Quando a voz se calou, ouviram-se sons de flauta e harpa.

— Música! — exclamou Tafet, batendo palmas de contentamento. — Vamos comemorar o sabá ao som de música!

Sara e Gedeon, de início assustados, começaram a rir e se sentaram à mesa.

— Que toquem à vontade — disse Gedeon —, sua música não estragar o nosso apetite.

A flauta e a harpa tocaram uma introdução, logo após ouviu-se uma voz de tenor, cantando:

Você é a mais bela de todas as donzelas que se miram nas águas do Nilo. Seus cabelos são mais negros que penas de corvo, seus olhos miram mais docemente que os de uma corça saudosa do seu veado. Sua altura é como a de uma palmeira e a flor de lótus tem ciúmes do seu encanto. Seus seios são como cachos de uvas, cujo suco intoxica reis.

Novamente ouviu-se a flauta e a harpa, seguidas do restante da canção:

Venha e repouse no jardim. Os servos que lhe pertencem vão lhe trazer copos e cervejas das mais diversas espécies. Venha comemorar esta noite e a madrugada que a seguirá. À minha sombra, à sombra da figueira que dá frutos tão doces, o seu amante descansará à sua direita; e você o intoxicará, entregando-se a todos os seus desejos...

A flauta e a harpa — em seguida, mais canto:

Eu sou calado por natureza, nunca conto o que vejo e não estrago a doçura dos meus frutos com vãs futricas... *

---

* Canção autêntica (*N. do A.*)

capítulo 10

DE REPENTE, O CANTO CESSOU, ABAFADO POR UM TUMULTO E POR um ruge-ruge de pessoas correndo.

— Pagãos! Inimigos do Egito! — gritava alguém. — Vocês ficam cantando, enquanto nós todos estamos aflitos... e louvam a judia que, com suas magias negras, interrompeu o fluxo do Nilo...

— Que a desgraça se abata sobre vocês! — gritava um outro. — Vocês esmagam com os pés as terras do sucessor do trono... A morte cairá sobre vocês e seus filhos!...

— Iremos embora daqui, mas antes queremos que a judia apareça diante de nós, para que possamos falar-lhe da nossa desgraça...

— Fujamos! — gritou Tafet.

— Para onde? — perguntou Gedeon.

— Jamais! — respondeu Sara, em cujo rosto sereno apareceu um rubor de fúria. — Não pertenço ao sucessor do trono, diante de quem aquela gente cai prostrada?

E, antes que o pai ou a empregada se recuperassem do choque, saiu para o terraço, gritando para a multidão:

— Aqui estou! O que vocês querem de mim?

O tumulto cessou por um instante, mas logo novas vozes ameaçadoras voltaram a soar:

— Seja amaldiçoada, estrangeira cujo pecado reteve as águas do Nilo!

Algumas pedras voaram na direção do terraço, sendo que uma delas atingiu a fronte de Sara.

— Pai!... — gritou ela, levando as mãos à cabeça.

Gedeon pegou-a nos braços e tirou-a do terraço. Na penumbra, podiam ser vistos homens com barretes brancos e pequenos aventais escalando o muro.

No andar de baixo, Tafet berrava a plenos pulmões, enquanto o escravo negro, agarrando um machado, colocou-se diante da porta, avisando que destroçaria a cabeça do primeiro que ousasse se aproximar.

— Vamos apedrejar esse cão núbio! — gritavam os que estavam em cima do muro.

Repentinamente, todos se calaram, pois emergiu do jardim um homem vestido com pele de leopardo e de cabeça rapada.

— Um profeta!... Santo padre... — murmúrios percorreram a multidão, e os que estavam em cima do muro saltaram imediatamente dele.

— Povo egípcio — disse o sacerdote, com voz calma —, quem lhe deu o direito de levantar o braço contra uma propriedade do sucessor do trono?

— Lá, naquela casa, vive a judia impura que retarda o alagamento do Nilo... Estamos perdidos!... Miséria e fome pairam sobre o Egito Inferior!

— Homens de pouca fé e falta de juízo — dizia o sacerdote —, onde vocês ouviram falar que uma só mulher pudesse alterar os desejos dos deuses? A cada ano, no mês Tot, o nível das águas do Nilo começa a se elevar, e cresce até o mês Choiak. Sempre foi assim, embora nosso país estivesse constantemente cheio de estrangeiros, até de sacerdotes e príncipes de fora que, gemendo sob os grilhões da escravidão e sofrendo as desgraças dos trabalhos forçados, poderiam ter lançado sobre nós as piores maldições pelos seus sofrimentos! Estes sim, bem que gostariam que desabassem sobre nós as maiores desgraças, e muitos deles estariam dispostos a sacrificar suas vidas para que o sol não nascesse sobre o Egito ao amanhecer, ou que o Nilo não transbordasse no início de cada ano. E qual foi o resultado das suas preces?... Ou não foram ouvidos nos céus, ou os deuses estrangeiros não tiveram forças suficientes diante dos nossos. Portanto, como seria possível a uma mulher, que vive feliz entre nós, causar-nos uma desgraça, algo que nem os mais poderosos inimigos não conseguiram?

— O santo pai está certo!... Sábias são as palavras do profeta! — ouviu-se na multidão.

— No entanto, Messu, o líder dos judeus, trouxe escuridão e pestilência ao Egito! — contestou uma voz.

— Que se apresente aquele que disse isso! — exclamou o sacerdote. — Desafio-o a aparecer, caso não seja um inimigo do povo egípcio...

Um murmúrio semelhante ao do vento no meio de árvores distantes percorreu a multidão; mas ninguém deu um passo à frente.

— Na verdade, lhes digo — continuou o sacerdote — que circulam entre vocês homens maus, como hienas num rebanho de ovelhas. Eles não têm pena da sua miséria; apenas querem empurrá-los para que destruam a casa do sucessor do trono e provoquem uma rebelião contra o faraó. E, caso conseguissem seu intento nefasto e sangue começasse a jorrar dos seus peitos, esses homens se esconderiam das lanças, da mesma forma como, agora, ocultam-se ao meu desafio.

— Escutem o profeta!... Que sejas louvado, homem dos deuses! — gritava a multidão, baixando as cabeças. Os mais devotos prostravam-se ao chão.

100 | Bolesław Prus

— Ouçam-me, homens do Egito... Pela sua fé nas palavras do sacerdote, pela sua obediência ao faraó e ao seu sucessor, pelo respeito demonstrado a este servo dos deuses — vocês serão agraciados. Voltem em paz para suas casas e, talvez, até mesmo antes de vocês descerem deste planalto, o Nilo começará a transbordar...

— Tomara que assim seja!

— Vão!... Quanto maior for sua fé e sua devoção, mais rapidamente vocês serão agraciados...

— Vamos!... Vamos!... Seja abençoado, profeta, filho de profetas...

E a multidão começou a se dispersar, beijando as bordas das vestes do sacerdote. De repente, alguém gritou:

— Um milagre!... Aconteceu um milagre!...

— Acenderam um fogo na torre de Mênfis... O Nilo está começando a transbordar!... Olhem, cada vez mais luzes!... Estávamos ouvindo um homem santo... Que ele possa viver eternamente!

Todos se viraram na direção do sacerdote, mas este desaparecera na escuridão.

A multidão, excitada ainda há pouco e, em seguida, estupefata e emocionada de gratidão, esqueceu a raiva e o milagroso sacerdote. Foi tomada por uma alegria incontrolável, e começou a correr em direção da margem do rio, sobre a qual já ardiam várias fogueiras e ecoava o canto de centenas de vozes:

Sede bem-vindo, Nilo, rio sagrado que vos revelastes sobre esta terra. Estais vindo em paz, para dar vida ao Egito. Oh, deus oculto, que dissipais a escuridão, que borrifais os campos para trazer alimento aos animais. Oh, caminho que desce dos céus para saciar a sede da terra, oh, amigo do pão que alegra o interior das nossas choupanas... Vós sois o amo dos peixes e, quando chegardes aos nossos campos, nenhum pássaro ousará tocar no que nela for plantado. Vós sois o criador do trigo e o pai da cevada; vós dais um descanso aos braços de milhões de infelizes e preservais os templos por séculos.*

Enquanto isso, o iluminado barco do sucessor do trono se aproximava daquela mesma margem, em meio a gritos e cantos de louvor. Aqueles mesmos homens que, ainda há pouco, queriam entrar à força na vila do príncipe, agora atiravam-se no chão diante dele ou se jogavam na água, para beijar os remos e os lados da nave que trouxera o filho do senhor do Egito.

Alegre e cercado de tochas, Ramsés, na companhia de Tutmozis, entrou na casa de Sara. Ao vê-lo, Gedeon disse para Tafet:

— Temo pela minha filha, mas temo ainda mais me encontrar com o seu amo...

E, aproveitando-se da escuridão, pulou o muro, atravessou o jardim e os campos, tomando o caminho de Mênfis.

No pátio, Tutmozis gritava:

— Salve, bela Sara! Espero que você nos receba graciosamente, em retribuição à música que lhe enviei.

Sara, com a cabeça enfaixada, apareceu no vão da porta.

— O que significa isso? — perguntou o espantado príncipe.

— Coisas terríveis! — exclamou Tafet. — Um bando de pagãos atacou a sua casa, e um deles atingiu a cabeça de Sara com uma pedrada...

— Que pagãos?

— Aqueles... os egípcios! — esclareceu Tafet.

O príncipe lançou para ela um olhar cheio de desprezo, mas logo foi tomado por um acesso de fúria.

— Quem acertou Sara? Quem atirou a pedra? — gritou, agarrando o escravo negro pelo braço.

— Eles, lá da beira do rio — respondeu o escravo.

---

* Oração autêntica. (*N. do A.*)

— Chamem os capatazes! — gritou o príncipe, espumando de raiva. — Quero todos os homens da propriedade armados! Vamos dar uma lição àquela turba!

O enorme negro pegou novamente seu machado, os capatazes começaram a chamar os empregados para fora das suas choupanas, enquanto alguns dos soldados do séquito do príncipe levaram instintivamente as mãos às espadas.

— Pelo amor de Deus, o que você pretende fazer? — sussurrou Sara, pendurando-se ao pescoço do príncipe.

— Vingar você — respondeu ele. — Aquele que ataca algo que me pertence, ataca a mim!

Tutmozis empalideceu e ficou meneando a cabeça.

— Ouça-me, meu amo — disse. — Como, no meio do negrume e da multidão, o senhor poderá reconhecer os que ousaram este ato infame?

— Não estou interessado. A turba fez isso, e a turba responderá por isso.

— Nenhum juiz se pronunciaria dessa forma — ponderou Tutmozis. — E, a bem da verdade, você deveria se comportar como o maior de todos os juízes.

O príncipe se acalmou, enquanto seu companheiro continuava:

— Pense no que diria amanhã o nosso amo, o faraó?... Sem falar na alegria dos inimigos do Egito, tanto do leste quanto do oeste, quando ouvirem que o sucessor do trono, quase do lado do palácio real, atacou seu próprio povo na calada da noite!

— Ah, se o meu pai tivesse me dado pelo menos a metade dos exércitos, todos os inimigos do Egito, de todo o mundo, se calariam para sempre! — disse o príncipe, batendo com o pé no chão.

— E, por fim... lembre-se daquele camponês que se enforcou... Você sentiu pena pela morte de um inocente, e hoje... você quer matar inocentes?

O Faraó | **103**

— Basta! — interrompeu o sucessor. — A minha raiva é como um vaso cheio d'água... Azar daquele sobre quem ele se derramar... Entremos na casa.

Tutmozis, assustado, calou-se. O príncipe pegou Sara pela mão e subiu com ela para o primeiro andar. Colocou-a sentada junto da mesa com o jantar não acabado e, aproximando o candelabro, desatou sua atadura.

— Ah! — exclamou — não é um ferimento; apenas uma contusão.

Olhou para Sara com curiosidade.

— Nunca pensei — disse — que você pudesse ter uma mancha azulada. Isso muda muito o seu rosto...

— Quer dizer que não lhe agrado mais? — murmurou Sara baixinho, levantando para ele seus grandes olhos cheios de temor.

— Oh, não... além do mais, vai passar logo...

Depois ordenou que lhe relatassem os acontecimentos daquela noite.

— Ele nos defendeu — disse Sara. — Pegou um machado e se plantou diante da porta.

— Você fez isso? — perguntou o príncipe ao escravo, olhando atentamente nos seus olhos.

— E como eu poderia permitir que homens estranhos invadissem a casa do senhor?

O príncipe bateu carinhosamente na sua carapinha.

— Você agiu — disse — como um homem valente. Concedo-lhe alforria. Amanhã, você receberá uma recompensa e poderá retornar aos seus.

O negro cambaleou e esfregou os olhos, cujas alvas brilhavam. Em seguida, caiu de joelhos, batendo com a testa no chão e gritando:

— Não me mande para longe de vós, meu senhor!

— Muito bem — respondeu o sucessor. — Permaneça comigo, mas como soldado livre. É desse tipo de homens que preciso —

acrescentou, olhando para Tutmozis. — Ele não sabe falar como um capataz de uma propriedade principesca, mas está pronto para lutar...

Em seguida, voltou a indagar sobre os detalhes do ataque, e quando o negro falou do aparecimento do sacerdote e do milagre por ele perpetrado, o príncipe levou as mãos à cabeça, exclamando:

— Sou o mais desgraçado dos homens do Egito! Muito em breve vou encontrar sacerdotes na minha cama... De onde ele veio? Quem era?

Isso o negro não sabia esclarecer. No entanto, afirmou que o aparecimento do sacerdote foi muito providencial para o príncipe e para Sara; que o ataque fora provocado não por egípcios, mas por aqueles aos quais o sacerdote chamara de inimigos do Egito, e aos quais ele desafiou, em vão, para que se mostrassem.

— Coisas estranhas estão acontecendo! — disse o príncipe atirando-se sobre a cama. — O meu escravo negro revela-se um valente soldado e um homem dotado de grande sabedoria... O sacerdote defende a judia por ela ser uma propriedade minha... Quem é esse sacerdote tão diferente dos demais?... Os egípcios, que caem de joelhos diante dos cães do faraó, investem sobre a casa do sucessor do trono e são liderados por pessoas que o sacerdote chamou de inimigos do Egito... Vou ter de investigar tudo isso...

capítulo 11

TERMINOU O MÊS TOT E COMEÇOU O MÊS PAOFI, OU SEJA, A SEGUNDA metade de junho. As águas do Nilo passaram de esverdeadas a esbranquiçadas, depois a avermelhadas, continuando a subir. O "nilômetro real" de Mênfis estava cheio quase à altura de dois homens e o nível do Nilo continuava a crescer dois palmos a cada dia. Os baixios estavam totalmente alagados, enquanto fibras de linho, uvas e uma espécie de algodão eram retiradas, às pressas, das partes mais elevadas. Onde, de madrugada, o solo estava ainda seco, ondas se agitavam ao anoitecer.

Tinha-se a impressão de que um vento possante, embora invisível, soprava sobre a superfície do rio. Parecia arar sobre ela sulcos profundos, enchendo-os de espuma, mantendo a superfície calma por alguns momentos, para, logo em seguida, contorcê-la em profundos redemoinhos, voltando a arar, alisar, torcer, enviar novas levas de água, novas listras de espuma, sempre elevando o nível do rio e conquistando cada vez mais partes de terra. Em alguns casos, a água, tendo chegado a um aparente limite, ultrapassava-o e, num piscar de olhos, formava um lago num lugar onde, ainda há pouco, tufos de grama ressecada se transformavam em pó.

Embora a enchente tivesse atingido apenas um terço da sua dimensão, todas as margens já estavam alagadas. A cada momento, uma pequena propriedade sobre um elevado transformava-se numa ilha, de início separada de outras por estreitos canais que iam se alargando aos poucos. Houve casos em que alguém que saíra de casa para o trabalho a pé precisou de um barco para retornar.

Cada vez mais barcaças e balsas eram vistas sobre o Nilo. Numas, pescadores recolhiam peixes nas redes; em outras, colheitas eram levadas para paióis e gado para estábulos; outras ainda eram usadas para visitar vizinhos, no intuito de avisá-los, no meio de risos e gritos, que o nível do rio subia (algo que todos observavam com a maior atenção). De vez em quando, todas essas embarcações, agrupadas como um bando de patos, dispersavam-se para todos os lados a fim de dar passagem a gigantescas barcaças que, vindas do Egito Superior, traziam enormes blocos de pedras retirados das pedreiras.

Por toda parte, ouvia-se o sussurro das águas, os gritos de aves em voo e os alegres cantos do povo. O Nilo está subindo — teremos bastante pão!

Durante todo aquele mês, decorreu o inquérito relativo ao assalto à casa do sucessor do trono. A cada madrugada, um barco com funcionários e policiais aportava em alguma fazenda. Pessoas eram arrancadas dos seus trabalhos e cobertas de perguntas ardilosas ou espancadas com bastões. Ao anoitecer, retornavam a Mênfis duas embarcações: uma com funcionários e outra com presos.

Desta forma, foram pescadas algumas centenas de malfeitores, dos quais uma metade não sabia de coisa alguma, enquanto sobre a outra pesava a possibilidade de passar vários anos na cadeia ou de ser enviada para trabalhos forçados nas pedreiras. No entanto, nada ficou esclarecido — nem sobre os líderes do ataque, nem sobre o tal misterioso sacerdote que fez com que a multidão se dissolvesse.

No íntimo do príncipe Ramsés conviviam duas características opostas: a impetuosidade de um leão e a teimosia de um boi. Além disso, ele possuía uma grande dose de sabedoria e um profundo sentido de justiça.

Ao constatar que o inquérito não traria qualquer resultado, o príncipe viajou para Mênfis e visitou a prisão, localizada sobre uma elevação, cercada por altos muros e formada por uma série de edificações de pedra, de tijolos e de madeira. Essas construções eram, na maioria das vezes, apenas casernas dos guardas. Quanto aos prisioneiros, ficavam alojados em masmorras escavadas em rochas calcárias.

Quando o sucessor entrou na prisão, notou um grupo de mulheres que lavavam e alimentavam um preso. Este, nu e mais parecendo um esqueleto, estava sentado no chão, com as mãos e os pés enfiados nos quatro furos de uma tábua à guisa de grilhões.

— Há quanto tempo este homem está sofrendo este castigo? — perguntou o príncipe.

— Há dois meses.

— E quanto tempo mais ainda terá de ficar assim?

— Mais um mês.

— O que ele fez?

— Insultou o funcionário que cobrava impostos.

O príncipe olhou para o outro lado e viu um grupo de mulheres e crianças. Entre elas, encontrava-se um ancião.

— São prisioneiros?

— Não, Alteza. São os familiares que aguardam o corpo do condenado, que deverá ser estrangulado... Já está sendo levado para a sala das execuções — respondeu o diretor da prisão.

Depois virou-se para o grupo e disse:

— Tenham mais um pouco de paciência, minha boa gente, e logo terão o corpo.

108 | Bolesław Prus

— Agradecemos profundamente, distinto senhor — respondeu o ancião, na certa o pai do delinquente. — Saímos de casa ontem à noite, o linho ficou no campo e o nível do rio está subindo!...

O príncipe empalideceu e parou.

— Você sabe — disse ao funcionário — que eu tenho a prerrogativa de conceder perdão?

— Sim, *erpatre* — respondeu este, fazendo uma profunda reverência e acrescentando: — De acordo com as regras, para comemorar a visita do filho do Sol a este lugar, os condenados por ofensas à religião ou ao Estado que tiveram bom comportamento poderão ser anistiados. A relação com os seus nomes estará aos seus pés, filho do Sol, dentro de um mês.

— E quanto a este, que será estrangulado agora, ele não teria o direito a um perdão meu?

O diretor estendeu os braços e inclinou-se em silêncio.

Seguiram adiante e atravessaram diversos pátios cercados por jaulas de madeira, todas cheias de presos amontoados. Num dos prédios podiam-se ouvir gritos aterradores: era um prisioneiro sendo torturado para confessar algo.

— Quero ver os que foram acusados de terem atacado a minha casa — disse o príncipe, visivelmente chocado.

— São mais de trezentos — respondeu o diretor.

— Escolham aqueles que, em sua opinião, são os mais culpados e interroguem-nos na minha presença. No entanto, não quero que eles me reconheçam.

O sucessor do trono foi levado a uma sala, na qual um funcionário iria conduzir um interrogatório. O príncipe ordenou-lhe que permanecesse onde estava, enquanto ele mesmo se escondia atrás de uma pilastra.

Em pouco tempo, começaram a aparecer os acusados, um a um. Todos estavam magros; seus cabelos e barbas haviam crescido

O Faraó | 109

bastante e todos tinham uma expressão de subjugada insanidade no olhar.

— Dutmoz — disse o funcionário —, conte para nós como você atacou a casa do distintíssimo *erpatre*.

— Falarei a verdade, como se estivesse sendo julgado por Osíris. Foi ao anoitecer daquele dia em que o Nilo começou a encher. Minha mulher me diz: "Venha, pai, vamos até o topo do morro para podermos ver melhor as luzes de Mênfis." Foi quando um soldado se aproximou da minha mulher e disse: "Venha comigo para aquele jardim; poderemos achar algumas uvas ou ainda algo mais." Aí, a minha mulher foi para o jardim com aquele soldado, e eu fiquei furioso, olhando para eles por cima do muro. No entanto, se eles lançaram pedras contra a casa, isso eu não posso responder, já que estava tão escuro e havia tantas árvores que não consegui enxergar nada.

— Como você pôde permitir que sua mulher fosse com o soldado? — perguntou o funcionário.

— Com a permissão de Vossa Dignidade, o que mais poderia fazer? Eu não passo de um simples campônio, e ele é um guerreiro e soldado de Sua Santidade...

— E quanto àquele sacerdote que falou com vocês, você chegou a vê-lo?

— Não era um sacerdote — respondeu o camponês, com convicção. — Deveria ter sido o próprio deus Nun, pois ele saiu de dentro da figueira e tinha cabeça de carneiro.

— Você chegou a ver se ele tinha cabeça de carneiro?

— Com sua permissão, não estou bem lembrado se eu mesmo vi ou se os outros me contaram. Meus olhos estavam turvados pela preocupação com a minha mulher.

— E você atirou pedras para dentro do jardim?

— Por que eu deveria atirá-las, senhor da vida e da morte? Se acertasse a minha mulher, iria ter problemas por mais de uma semana e,

110 | Bolesław Prus

se acertasse o soldado, levaria um soco na barriga que faria com que a minha língua saltasse para fora. Afinal, eu sou apenas um campônio, e ele é um guerreiro do nosso eternamente vivo amo e senhor.

O sucessor saiu de trás da pilastra. Dutmoz foi levado para fora e, no seu lugar, foi trazido Anupa. Era um camponês de pequena estatura e suas costas tinham marcas de golpes de bastão.

— Diga-nos, Anupa — começou novamente o funcionário —, o que se passou naquele ataque ao jardim do sucessor do trono.

— Olho do sol — respondeu o felá —, vaso de sabedoria, o senhor sabe melhor do que eu que eu não participei daquele ataque. O que aconteceu foi o seguinte: um vizinho meu veio até a minha casa e disse: "Anupa, vamos ao topo do morro, porque o Nilo está enchendo." E eu: "Será que está enchendo mesmo?" E ele diz: "Você é mais tolo que um asno, pois até um asno teria ouvido a música que estão tocando, e você não a ouve." Aí eu respondo: "Posso ser tolo, porque não aprendi a escrever, mas, com sua permissão, música é uma coisa e o aumento do nível do Nilo é outra." Ao que ele: "Se o Nilo não estivesse subindo, as pessoas não teriam motivo para estar contentes, tocar e cantar." Então, fomos, digo a Vossa Dignidade, para aquela elevação, mas a música já fora interrompida e as pessoas estavam atirando pedras no jardim.

— Quem atirava?

— Não deu para identificar. Aqueles homens não tinham a aparência de felás; mais pareciam aqueles seres impuros que preparam os corpos para serem embalsamados.

— E o sacerdote? Você o viu?

— Com a permissão de Vossa Dignidade, ele não era um sacerdote, mas uma espécie de espírito que zela pela propriedade do príncipe sucessor — que possa viver eternamente!...

— Por que um espírito?

— Porque ora aparecia, ora desaparecia.

— Talvez ele ficasse encoberto pela multidão.

— Na certa ele foi encoberto várias vezes pela multidão, mas mudava de tamanho; ora era mais alto, ora mais baixo.

— Não poderia ter subido e descido de uma elevação?

— Sem dúvida ele poderia subir e descer, mas também é possível que ele mudasse de tamanho, porque era um ser milagroso. Bastou ele dizer "O Nilo vai encher" — e o Nilo logo começou a encher.

— E quanto às pedras, você atirou algumas, Anupa?

— Como eu poderia me atrever a atirar pedras no jardim do sucessor do trono?... Eu sou um simples campônio e o meu braço ressecaria por tamanha blasfêmia.

O príncipe mandou que o interrogatório fosse interrompido e, quando os prisioneiros foram retirados da sala, perguntou ao funcionário:

— Quer dizer que são estes os mais culpados?

— Vós o dissestes, Alteza — respondeu o funcionário.

— Neste caso, é preciso que todos sejam liberados ainda hoje. É inadmissível que pessoas sejam presas por quererem se certificar de que o Nilo sagrado estava enchendo, ou ouvirem música.

— A mais alta sabedoria emana das vossas palavras, *erpatre* — respondeu o funcionário. — Recebi ordens para trazer os mais culpados e, diante disso, escolhi estes. Mas não tenho poderes para liberá-los.

— Por quê?

— Olhe para este baú, Alteza. Ele está cheio de papiros, nos quais estão registradas as atas do caso. O juiz, em Mênfis, recebe diariamente um relatório sobre o andamento, e o transmite a Sua Santidade. Em que se transformaria este trabalho de tantos sábios e grão-senhores caso os acusados fossem liberados?

— Mas eles são inocentes! — exclamou o príncipe.

— Houve um ataque, portanto, houve um crime. Onde houve um crime tem de haver criminosos, e todo aquele que caiu nas mãos das autoridades e cujo nome figura nos autos não pode simplesmente ir embora, sem qualquer resultado. Numa taverna, os homens bebem e pagam; na feira, alguém vende algo e é pago por isso; no campo, semeia e colhe; nas tumbas, recebe a bênção dos antepassados que já se foram. Portanto, como pode ser possível que alguém, tendo sido levado a um tribunal, possa retornar como um viajante que para no meio do caminho e volta para casa, sem atingir seu objetivo?

— Sábias palavras — respondeu o sucessor. — No entanto, me diga se Sua Santidade não teria o direito de liberar estes homens?

O funcionário cruzou os braços sobre o peito e baixou a cabeça.

— Ele, que se equipara a deuses, pode fazer tudo o que desejar: liberar acusados e até condenados, até mesmo destruir os autos, algo que, caso fosse feito por um simples mortal, seria um ato de lesa-santidade.

O príncipe despediu-se do funcionário e recomendou ao chefe dos guardas para que, à sua custa, alimentasse melhor os acusados pelo ataque. Depois, exasperado, navegou para o outro lado das cada vez mais cheias águas do Nilo em direção ao palácio, com o intuito de pedir ao faraó que acabasse com aquela ridícula investigação.

No entanto, naquele dia Sua Santidade tinha vários compromissos religiosos e uma reunião com seus ministros, de modo que o sucessor não pôde ser recebido. Diante disto, o príncipe foi procurar o grão-escriba, que, logo depois do ministro da Guerra, era a pessoa que tinha mais prestígio no palácio. O velho dignitário, sacerdote de um dos templos de Mênfis, recebeu o príncipe de forma polida, porém fria, e, tendo-o ouvido, respondeu:

— Acho muito estranho que Vossa Alteza queira preocupar o nosso amo com questões dessa natureza. Seria o mesmo que pedir que não se exterminasse as nuvens de gafanhotos que destroem os nossos campos.

— Mas se trata de pessoas inocentes!

— Nós, distinto amo, não temos condições de saber isso, pois a decisão de quem é inocente ou culpado cabe à justiça e ao tribunal. A única coisa que sei é que não podemos permitir que um jardim de qualquer cidadão seja atacado e, muito menos ainda, que alguém ouse levantar a mão contra o sucessor do trono.

— Muito justas as suas palavras, mas onde estão os culpados? — perguntou o príncipe.

— Onde não há culpados, pelo menos alguém deve ser punido. Após um crime, não é a culpa, mas o castigo que ensina aos outros que ele não deve ser cometido.

— Vejo — interrompeu o sucessor — que Vossa Excelência não vai apoiar o meu pleito junto a Sua Santidade.

— Grande sabedoria emana da sua boca, *erpatre* — respondeu o dignitário. — Eu jamais seria capaz de dar ao meu amo um conselho que pudesse diminuir a sua autoridade.

O príncipe retornou abatido e espantado a sua casa. Sentia que algumas centenas de homens estavam sofrendo injustamente, e via que estava impossibilitado de salvá-los. Era como se não pudesse ajudar um homem sobre quem caíra um obelisco ou a coluna de um templo.

"Os meus braços não são suficientemente fortes para erguer este edifício", pensou, sentindo um peso na alma. Sentiu, pela primeira vez, que havia um poder muito superior ao seu e reconhecido até pelo onipotente faraó: o interesse do Estado, diante do qual ele, o sucessor, tinha de se curvar!

Caiu a noite. Ramsés ordenou aos empregados que ninguém fosse trazido à sua presença e, sozinho, ficou andando e meditando pelo terraço da sua vila:

114 | Bolesław Prus

"Que coisa mais terrível!... Lá, abriram-se diante de mim os regimentos de Nitager, enquanto aqui, o administrador da prisão, o interrogador e o grão-escriba se interpõem no meu caminho... Quem eles pensam que são?... Míseros servos do meu pai — que viva eternamente —, que, a qualquer momento, pode derrubá-los dos seus postos, transformá-los em escravos e enviá-los para as pedreiras. Por que o meu pai não deveria libertar aqueles inocentes?... Porque o Estado assim o quer!... E que Estado é esse?... O que ele come, onde dorme, onde estão os seus braços e a sua espada, a qual todos tanto temem?..."

Olhou para o jardim e viu, por entre as árvores e no topo da elevação, as duas gigantescas silhuetas dos pilonos, sobre os quais ardiam as tochas dos sentinelas. Ocorreu-lhe que os sentinelas nunca dormem e que os pilonos não comem, e, no entanto, estão lá. Os imutáveis pilonos, tão poderosos quanto o monarca que os construiu, Ramsés, o Grande.

Mover estas construções e centenas de outras como elas, enganar estes sentinelas e milhares de outros, que zelam pela segurança do Egito; demonstrar desobediência às leis introduzidas por Ramsés, o Grande e por outros ainda maiores do que ele e que, por vinte dinastias, as santificaram com o seu respeito...

Na alma do príncipe, pela primeira vez em toda sua vida, começou a se desenhar um vago, porém tremendo, conceito — o conceito de Estado. Um Estado é algo mais magnificente do que o templo de Tebas, algo maior do que a pirâmide de Quéops, algo mais antigo que os subterrâneos da esfinge, algo mais resistente que o granito. Neste imenso, embora invisível edifício, as pessoas são como formigas numa fenda de rocha, e o faraó é como um arquiteto viajante, que mal tem tempo de colocar uma pedra numa parede e já se vai. Enquanto isso, as paredes continuam crescendo, geração após geração, e as construções seguem crescendo sem cessar.

O Faraó | 115

Nunca antes ele, o filho do monarca, se sentira tão pequeno como naquele momento, quando seus olhos vagavam pela escuridão sobre o Nilo, por entre os pilonos do palácio real e pelas difusas, porém dominantes silhuetas dos templos de Mênfis.

De repente, do meio das árvores, cujos ramos chegavam até o terraço, ouviu-se uma voz:

— Sei da sua angústia e o abençoo. O tribunal não absolverá os camponeses presos. No entanto, seu processo poderá ser suspenso e eles poderão voltar aos seus lares, caso o administrador da sua propriedade desistir da queixa pelo ataque.

— Quer dizer que o meu administrador apresentou uma queixa? — perguntou o espantado príncipe.

— Sim. Ele a fez em seu nome. Mas se não houver julgamento, não haverá quem se sinta prejudicado; e quando não há alguém prejudicado, não houve crime algum.

Os arbustos farfalharam.

— Espere! — gritou Ramsés. — Quem é você?

Não houve resposta. Apenas o príncipe teve a impressão de ter visto, no raio de luz emanante da tocha acesa no primeiro andar, uma cabeça rapada e uma pele de leopardo.

— Um sacerdote?... — sussurrou o príncipe. — Por que ele está se escondendo?

Mas, no mesmo instante, ocorreu-lhe que o sacerdote em questão poderia ser severamente punido por dar conselhos que atrapalhariam a administração da justiça.

capítulo 12

RAMSÉS PASSOU A MAIOR PARTE DA NOITE TENDO VISÕES FEBRIS. Ora via o espectro do Estado como um gigantesco labirinto de paredes espessas e intransponíveis, ora via a sombra do sacerdote, cuja simples frase lhe mostrara uma saída. E eis que, inesperadamente, surgiram diante dele duas potências: o interesse do Estado, que até então nunca pressentira, mesmo sendo o sucessor do trono, e a ordem dos sacerdotes, à qual queria destruir, transformando seus membros em seus servos.

Foi uma noite dura. O príncipe se revirava no leito e fazia-se a seguinte pergunta: teria sido ele um cego que somente hoje recuperara a visão, apenas para que pudesse se dar conta da sua estupidez e nulidade? Quão diferentes, nessas horas, lhe pareceram as admoestações maternas, o comedimento do pai ao dar a palavra final, e até o comportamento severo do ministro Herhor.

"O Estado e a ordem dos sacerdotes!", repetia o príncipe, semiadormecido e coberto de suor frio.

Só os deuses celestes sabem o que teria acontecido caso os pensamentos que germinaram na alma do príncipe naquela noite tivessem tido tempo de se desenvolver e maturar. Talvez, ao se tornar faraó, ele teria sido um dos que foram mais felizes e que reinaram por mais tempo; talvez o seu nome, gravado nas paredes dos templos, teria passado para a posteridade coberto de glória; talvez ele, e a sua dinastia, não teriam perdido o trono, e o Egito teria sido poupado de um grande choque, exatamente no pior período da sua história.

Mas a luz do dia dissipou as fantasmagorias que ocuparam a febril cabeça do príncipe, e os dias que se seguiram mudaram significativamente a sua percepção quanto à inflexibilidade dos interesses estatais.

A passagem do príncipe pela prisão não deixou de resultar numa melhoria para os acusados. O interrogador relatou tudo imediatamente ao juiz, que reviu o processo, interrogou pessoalmente alguns dos presos e, em questão de dias, liberou a maior parte deles, abrindo rapidamente o processo contra os demais. E quando, no dia do julgamento, o queixoso não apareceu, embora tivesse sido chamado, tanto na sala do tribunal quanto no mercado público, o caso foi dado por encerrado e os prisioneiros, libertados.

Embora um dos juízes tivesse expressado a opinião de que, de acordo com a lei, o administrador da propriedade do príncipe devesse ser processado por falsa acusação e, caso condenado, sofrer a mesma pena que ameaçava os acusados, o caso foi esquecido.

O administrador desaparecera dos olhos da corte; fora despachado pelo príncipe para o reino de Takens e, pouco tempo depois, desapareceu misteriosamente o baú com os autos do processo.

Ao tomar conhecimento disso, o príncipe Ramsés procurou o grão-escriba e, com um sorriso maroto, perguntou:

— E então, Excelência, os inocentes foram soltos, os autos foram destruídos de forma sacrílega e, apesar disso, a autoridade do Estado não foi arranhada?

— Meu príncipe — respondeu o grão-escriba, com sua habitual frieza —, eu não me dei conta de que Vossa Alteza fez uma queixa com uma das mãos e retirou-a com a outra. Vossa Alteza fora ofendido pela turba, portanto, o nosso dever era o de castigá-la. Mas como Vossa Alteza resolveu perdoá-la, o Estado não tinha mais o que fazer.

— O Estado!... o Estado! — ficou repetindo o príncipe. — O Estado somos NÓS! — acrescentou, semicerrando os olhos.

— Sim, o Estado é o faraó e... e os seus mais fiéis servidores — respondeu o escriba.

Bastou este diálogo com um dignitário de tal importância para obliterar da alma do sucessor o recém-despertado, porém ainda não claro, conceito de "Estado". Chegou à conclusão de que o Estado não era um edifício eterno e imutável, ao qual cada faraó tinha por dever acrescentar uma pedra de glória, mas um monte de areia, que cada monarca molda do modo que mais lhe apraz. No Estado não há aquelas portas estreitas, chamadas leis, diante das quais todos devem se curvar, seja um felá ou o sucessor do trono. Naquele edifício há várias entradas e saídas: estreitas, para os acanhados e fracos, e extremamente largas, até confortáveis, para os fortes.

"Se é assim", passou pela cabeça do príncipe, "eu vou arrumá-lo da forma que mais me aprouver!..."

No mesmo instante, lembrou-se de dois homens: do ex-escravo negro que, sem esperar por uma ordem, esteve disposto a sacrificar a própria vida na defesa da propriedade do príncipe, e do desconhecido sacerdote.

"Se eu pudesse contar com mais homens como esses dois, minha vontade seria respeitada em todo o Egito e além de suas fronteiras!...", disse a si mesmo, e teve um insaciável desejo de encontrar o tal sacerdote.

— Um homem inestimável!... Tenho de tê-lo...

A partir daquele dia, o príncipe, usando um bote com apenas um remador, começou a visitar as choupanas em volta da sua propriedade. Vestido com uma túnica, com uma enorme peruca na cabeça e carregando um bastão com marcas de medição, o príncipe parecia um engenheiro que media o nível do Nilo.

Os felás lhe davam todos os esclarecimentos referentes às alterações do terreno em função da enchente e, aproveitando a ocasião, pediam-lhe que o governo desenvolvesse um sistema mais fácil de recolher a água do rio, em vez dos tradicionais baldes e gruas. Falavam também sobre o ataque à propriedade do príncipe, afirmando que não conheciam as pessoas que atiraram as pedras. Por fim, lembravam do sacerdote que tão milagrosamente conseguiu dispersar a multidão; mas não sabiam dizer quem fora ele.

— Temos aqui, nas redondezas — dizia um camponês —, um sacerdote que cura os olhos da gente, temos um outro que cura ferimentos e junta ossos quebrados. Há também dois sacerdotes que ensinam a ler e escrever, e um que toca flauta, aliás muito bem. Mas quanto àquele que apareceu no jardim do sucessor do trono, não é nenhum deles, sendo que nem eles mesmos sabem quem é ele. Certamente, deve ter sido o próprio deus Nun, ou algum espírito que zela pelo príncipe, que viva eternamente e tenha bom apetite.

"Talvez tenha sido realmente um espírito!", pensou o príncipe. No Egito sempre foi mais fácil encontrar bons ou maus espíritos do que uma gota de chuva.

As águas do Nilo passaram do vermelho ao castanho-avermelhado, e em junho, no mês Hátor, chegaram à metade do seu nível máximo. Comportas foram abertas nas barragens, e a água começou, com violência, a encher os canais e o lago artificial Moeris, na província Fayum, famosa pela beleza das suas rosas. O Egito Inferior parecia um braço do mar, semeado por topos de morros e, sobre eles, jardins e casas. A comunicação terrestre cessara de todo, e o rio vivia repleto de barcos: brancos, amarelos, vermelhos e escuros, mais parecendo folhas de outono. Nos pontos mais elevados do país, a colheita de algodão estava terminando e, pela segunda vez no ano, cortava-se alfafa, enquanto se começavam a colher frutos de tamarineiras e azeitonas.

Certo dia, navegando ao longo das propriedades alagadas, o príncipe notou uma movimentação fora do comum. No meio das árvores de uma das ilhotas temporárias, podiam-se ouvir altos gritos femininos.

"Alguém deve ter morrido...", pensou o príncipe.

De uma outra ilhota, partiam alguns barcos carregados com trigo e gado, enquanto as pessoas paradas na beira ameaçavam e amaldiçoavam os barqueiros.

"Deve ser uma discussão entre vizinhos...", disse o príncipe a si mesmo.

Nas propriedades mais distantes tudo estava calmo, e os habitantes, em vez de trabalhar ou cantar, estavam sentados e calados.

"Na certa, terminaram o trabalho e estão descansando."

Em compensação, de uma outra ilhota partia um barco com várias crianças chorando, enquanto uma mulher, tendo entrado na água até a cintura, fazia gestos ameaçadores com os punhos cerrados.

"Devem estar levando crianças para a escola", pensou Ramsés. No entanto, a sequência daqueles acontecimentos despertou seu interesse.

Na ilhota seguinte ouviam-se novos gritos. O príncipe protegeu os olhos com a mão e viu um homem deitado no chão sendo agredido com um bastão por um negro possante.

— O que está se passando? — Ramsés perguntou ao seu remador.

— O senhor não está vendo? — respondeu o homem, soltando uma risada. — Estão surrando um mísero campônio. Ele deve ter feito algo errado e, agora, está apanhando.

— E você é o quê?

— Eu? — respondeu com orgulho o remador. — Eu sou um pescador livre e, desde que eu entregue a devida quota de peixes à Sua Santidade, posso navegar pelo Nilo para onde quiser, das primeiras cataratas até o mar. Um pescador é como um peixe ou um pato selvagem, enquanto um campônio é como uma árvore que alimenta seus amos com os seus frutos e não tem como fugir quando os administradores arrancam sua casca.

Momentos depois, o debochado pescador voltou a exclamar:

— Oh, oh! Olhe para aquilo, senhor!... Ei! Pai! Não beba a água toda, senão a colheita vai ficar prejudicada!...

O alegre grito foi dirigido a um grupo de pessoas que executavam uma estranha atividade. Alguns homens desnudos seguravam pelas pernas um outro homem, mergulhando-o, de cabeça para baixo, nas águas do rio. A alguns passos daí, a cena era observada por um homem com uma bengala na mão e vestido com uma túnica manchada e uma peruca de pele de ovelha. Um pouco mais longe, uma mulher, segura por três homens, gritava desesperadamente.

Ser surrado com bastões era algo tão comum no feliz reino dos faraós quanto comer e dormir. Crianças e adultos, felás, artesãos, soldados, oficiais e funcionários viviam sendo surrados. Os únicos que escapavam das bordoadas eram os sacerdotes e os altos funcionários, já que não havia quem pudesse surrá-los. Portanto, a visão do felá sendo agredido não causou qualquer espanto ao príncipe; mas a do homem sendo afogado, sim.

— Ha! Ha! Ha! — ria alegremente o remador. — Como eles estão forçando-o a beber!... Ele vai ficar com a barriga tão estufada que sua mulher terá de alargar sua tanga!

O príncipe ordenou que o barco fosse levado até a margem. Enquanto isso, o felá foi retirado do rio e permitiram que vomitasse parte da água que havia ingerido, depois agarraram-no novamente pelas pernas, apesar dos gritos inumanos da mulher, que começou a morder os seus captores.

— Alto! — gritou o príncipe para os algozes do camponês.

— Continuem com a sua tarefa! — gritou com voz nasalada o indíviduo com peruca de pele de ovelha. — Quem é você, seu ousado, para...

No mesmo instante, o príncipe aplicou-lhe um golpe na cabeça com sua vara de medição que, por sorte, era leve. Assim mesmo, o proprietário da túnica manchada caiu sentado no chão e, tendo apalpado a peruca e a cabeça, olhou para o sucessor do trono com olhos embaciados.

— Deduzo — disse, dessa vez com voz natural — que tenho a honra de me dirigir a alguém muito distinto... Que os deuses permitam, grão-senhor, que o seu bom humor jamais o abandone e que sentimentos de raiva jamais possam se apossar do seu ser...

— O que vocês estão fazendo com este homem? — interrompeu-o o príncipe.

— O grão-senhor pergunta — respondeu o indivíduo, com voz novamente nasalada — como se fosse um estrangeiro que desconhece os costumes locais e se dirige às pessoas de forma demasiadamente atrevida. Portanto, quero que saiba que sou o coletor de impostos do eminente Dagon, o primeiro banqueiro de Mênfis. E, como você ainda não empalideceu, saiba que o eminente Dagon é arrendatário, procurador e amigo do sucessor do trono — que possa viver eternamente! —, e que você cometeu um crime que poderá ser testemunhado pelos meus homens, nas terras do príncipe Ramsés...

— Quer dizer que estas terras... — interrompeu-o o príncipe, parando logo em seguida. — Então, com que direito vocês torturam de forma semelhante um camponês do príncipe?

— Porque o desgraçado não quer pagar os impostos, e o tesouro do príncipe precisa urgentemente de recursos.

Os ajudantes do coletor de impostos, diante da catástrofe que atingiu seu amo, largaram a vítima e ficaram parados sem saber o que fazer, como se fossem partes de um corpo cuja cabeça fora decepada. O felá voltou a vomitar e a derramar água dos ouvidos, enquanto sua esposa caía de joelhos diante de seu salvador.

— Não importa quem sejas — gemeu, juntando as mãos como numa prece —, um deus ou até um enviado do faraó, mas ouça o nosso pleito. Somos camponeses do sucessor do trono — que possa viver eternamente! — e já pagamos todos os impostos: em milho, trigo, flores e couro de gado. Mas, no último decênio, veio aqui este homem, exigindo que lhe entregássemos mais dez medidas de trigo. "Com que direito?", pergunta o meu marido. "Nós já pagamos o que era devido." Ao que ele derruba o meu marido, dá-lhe um chute e diz: "Com o direito de que o eminente Dagon deu esta ordem." "E, onde eu poderei encontrar este trigo todo?", responde o meu marido, "Não temos mais nem um grão e nos alimentamos com raízes de lótus, que também andam escassas, porque os grão-senhores gostam de se enfeitar com suas flores."

Neste ponto, a mulher se engasgou e se pôs a chorar. O príncipe aguardou pacientemente até ela se acalmar, mas o camponês que estava sendo afogado resmungou:

— Esta mulher, com a sua mania de falar tanto, ainda vai nos trazer alguma desgraça... Já lhe disse mil vezes para não se meter onde não é chamada.

Enquanto isso, o funcionário de Dagon aproximou-se do remador e perguntou baixinho, apontando para Ramsés:

— Quem é esse garoto?

— Que a sua língua resseque na boca! — respondeu o remador. — Você não está vendo que ele tem de ser um grão-senhor? Paga bem e bate com força.

124 | Bolesław Prus

— Eu logo percebi que deve ser alguém muito importante — sussurrou o funcionário —, porque passei a minha mocidade no meio de grão-senhores.

— Ah, então deve ser por isso que a sua túnica está tão manchada; na certa são manchas de restos de comida daqueles banquetes dos quais você participou — escarneceu o remador.

Enquanto isso, a mulher, tendo chorado bastante, voltou a falar:

— E hoje veio este escriba com os seus homens e nos diz: "Já que você não tem trigo, me dê dois dos seus filhos, e o eminente Dagon não só perdoará o seu imposto, como ainda lhe pagará anualmente uma dracma por cada um deles."

— Oh, mulher desgraçada! — exclamou o felá recém-tirado da água. — Você e a sua tagarelice serão a nossa perdição... Não a escute, nobre senhor — disse, virando-se para Ramsés. — Assim como uma vaca acha que vai se livrar das moscas abanando o rabo, as mulheres pensam que com suas línguas vão se ver livres de um coletor de impostos. Mas elas não sabem, pois são tolas...

— Tolo é você! — interrompeu-o a mulher. — Nobre senhor de aparência principesca...

— Convoco vocês como testemunhas de que esta mulher está blasfemando — sussurrou o funcionário para os seus homens.

— Flor perfumada, cuja voz é como o som de uma flauta, ouça-me!... — implorava a mulher a Ramsés. — Aí meu marido disse para este funcionário: "Preferiria perder dois tourinhos, caso os tivesse, a entregar os meus meninos, mesmo se me pagassem quatro dracmas anuais por cada um deles. Pois se eles saírem daqui, nunca mais os veremos..."

— Que eu morra esganado!... Que os peixes do Nilo devorem o meu corpo!... — gemia o felá. — Você, com essas suas lamentações, vai pôr tudo a perder, mulher linguaruda...

O funcionário, vendo que tinha o apoio da parte mais interessada, deu um passo à frente e voltou a falar de forma nasalada:

— Desde os tempos em que o sol nasce atrás do palácio real e se põe atrás das pirâmides, coisas muito estranhas aconteceram neste país... Durante o reinado do faraó Semempses ocorreram coisas misteriosas e uma praga assolou o Egito. No reinado de Boetos, a terra abriu-se em Bubastis e engoliu muitas pessoas, enquanto no de Neferches, as águas do Nilo ficaram doces como mel por onze dias. Isso foi visto, assim como muitas outras coisas das quais sei, porque sou cheio de sabedoria. No entanto, o fato de um estranho aparecer vindo do Nilo e, nas terras do distintíssimo sucessor do trono, proibir a cobrança de impostos, isso jamais foi visto...

— Cale-se! — gritou Ramsés. — E suma da minha frente!

Depois, virando-se para a mulher, disse:

— Pode ficar tranquila; ninguém vai levar seus filhos.

— Não terei qualquer dificuldade de sumir da sua frente, pois tenho um barco e cinco remadores. No entanto, peço a Vossa Excelência que me dê um sinal para que eu possa levá-lo ao meu amo, o eminente Dagon.

— Tire a peruca e mostre-lhe o sinal que deixei no topo da sua cabeça — respondeu o príncipe. — E diga a Dagon que eu deixarei sinais semelhantes em todo o seu corpo.

— Vocês ouviram estas blasfêmias? — sussurrou o coletor de impostos aos seus homens, recuando para a margem e fazendo profundas mesuras.

Entrou no barco, e quando este já estava afastado a algumas dezenas de passos, levantou o braço e se pôs a berrar:

— Que vocês venham a ter nós nas tripas, seus desordeiros blasfemos!... Vou ter com o sucessor do trono e lhe direi o que se passa nas suas propriedades!

Depois, pegou a bengala e começou a bater com ela nos ajudantes por estes não terem tomado seu partido na discussão.

— É isto que espera você! — gritava ameaçadoramente para Ramsés.

O príncipe correu para o seu barco e ordenou ao remador que tentasse alcançar o atrevido funcionário do agiota. Mas o indivíduo de peruca de pele de ovelha largou a bengala, pegou também um remo e, ajudado pelos seus homens, que remavam furiosamente, tornou impossível qualquer perseguição.

— É mais fácil uma coruja alcançar uma andorinha do que nós a eles, meu belo amo — disse, rindo, o remador. — Mas o senhor não deve ser um engenheiro, mas um oficial, e provavelmente da guarda pessoal de Sua Santidade. Começa logo dando uma cacetada na cabeça dos outros! Entendo dessas coisas, porque passei cinco anos no exército. Também aplicava golpes na cabeça, ou na barriga, e vivia feliz. E quando alguém fazia isso comigo, logo me dava conta de que estava lidando com alguém poderoso... No nosso Egito — que os deuses nunca o abandonem! — tudo é apertado; uma cidade encostada na outra, casa a casa, pessoa a pessoa. Todo aquele que quer ter um espaço nesse aperto, tem de dar logo cacetadas na cabeça dos outros.

— Você é casado? — perguntou o príncipe.

— Que nada! Quando tenho uma mulher e um quarto para uma pessoa e meia, me considero casado, mas o resto do tempo sou solteiro. Não se esqueça de que servi no exército e sei que uma mulher pode ser boa por um dia, e mesmo assim nem sempre. Elas atrapalham a gente.

— Que tal colocar-se a meu serviço? Acho que você não se arrependeria.

— Com a permissão de Vossa Excelência, eu logo notei que Vossa Excelência poderia comandar um regimento inteiro, apesar do rosto tão jovem. Mas não pretendo colocar-me a serviço de quem quer que seja. Sou um pescador livre; o meu avô — com a permissão de Vossa Excelência — foi pastor no Egito Inferior e a minha linhagem provém dos hicsos. É verdade que estamos nos transformando em estúpidos camponeses egípcios, mas isso me faz rir. Um felá e um hicso, digo a Vossa Excelência, são como um boi e um touro. Um felá pode andar na frente, ou atrás, de um arado; mas um hicso não se coloca a serviço de ninguém. Só se for ao exército de Sua Santidade, pois aí se trata de um exército.

O animado remador continuou tagarelando, mas o príncipe já não mais o escutava. No fundo da sua alma, começaram a pipocar perguntas dolorosas, especialmente por serem totalmente novas. Então aquelas ilhotas entre as quais navegara faziam parte das suas propriedades? Que coisa mais estranha! Ele não tinha a mais vaga ideia de onde ficavam e qual era a sua aparência... Quer dizer que Dagon, na qualidade de seu procurador, resolveu cobrar mais impostos dos camponeses, e toda aquela agitação que ele vira estava ligada à cobrança desses novos tributos? Aquele camponês surrado numa das margens certamente não tinha mais como pagá-los, aquelas crianças que choravam nos barcos haviam sido vendidas por uma dracma a cabeça a cada ano, e a mulher que entrara na água até a cintura e atirava pragas aos remadores devia ser sua mãe...

"As mulheres são por demais agitadas", dizia o príncipe a si mesmo. "Sara é a mais calma das mulheres, mas as outras gostam de falar, chorar e gritar..."

Veio-lhe à mente o camponês que tentara mitigar a exaltação da esposa. Ele, que estava sendo afogado, não se queixava; enquanto ela, a quem não fizeram mal algum, gritava como uma desesperada.

"É... as mulheres são agitadas demais", voltava a repetir na sua mente, "até a minha mãe, tão digna de respeito... Que diferença entre ela e o meu pai! Sua Santidade nem quis saber que eu havia

128 | Bolesław Prus

abandonado as minhas tropas por causa de uma garota, enquanto a rainha sente prazer em se ocupar com o fato de eu ter trazido uma judia para minha casa... Sara é a mais calma de todas as mulheres que conheço. Em compensação, Tafet fala, chora e grita mais do que quatro juntas..."

Depois, o príncipe lembrou-se das palavras da esposa do camponês, de que havia mais de um mês não comiam trigo, mas apenas raízes de lótus. Ele não seria capaz de comê-las por mais de três dias. Vieram-lhe à mente os ensinamentos dos sacerdotes que curam os doentes, de que a alimentação deveria ser variada. Ainda na escola, diziam-lhe que se deve comer carne junto com peixes, tâmaras com trigo, figos com cevada. Como, então, era possível alimentar-se por um mês exclusivamente com raízes de lótus?... No entanto, se olharmos para cavalos e vacas... Eles gostam de feno e as panquecas de cevada têm de ser enfiadas, à força, goela abaixo. Portanto, era de se supor que os felás preferissem raízes de lótus a panquecas de trigo ou cevada. Além disso, os sacerdotes mais pios, aqueles que realizam milagres, jamais tocam em carne e peixes. Aparentemente, os magnatas e filhos de reis precisam de carne, como leões e águias, enquanto os felás precisam de grama, como bois.

Mas... quanto àquela enfiação n'água por causa de impostos não pagos?... Bem, quantas vezes ele, brincando no rio com seus amigos, não havia dado caldo neles, ou mesmo não os mergulhara na água ele mesmo? Mergulhar é divertido. E no que se refere às bastonadas, quantas ele não recebera na escola?... É verdade que era muito dolorido, mas, aparentemente, não para todos os seres. Um cachorro que recebe umas bastonadas uiva e morde, enquanto um boi nem parece ligar para elas. Do mesmo modo, é bem possível que um grão-senhor possa sentir dor, enquanto um felá grita somente para dar vazão à sua vontade de gritar, sendo que nem todos eles gritam e os soldados e oficiais chegam a cantar enquanto são castigados com bastões.

Mas estes pensamentos, apesar de tão sábios, não conseguiram abafar uma leve, porém incômoda, sensação na alma do sucessor. Eis que o seu arrendatário, Dagon, impôs um imposto adicional e injusto, que os camponeses não tinham mais condições de pagar!

Naquele momento, o príncipe não estava preocupado com os felás, mas com a mãe. Era evidente que ela sabia como os fenícios costumavam administrar as propriedades. O que ela dirá ao filho, olhando sarcasticamente para ele?... E ela não seria uma mulher, se não lhe dissesse: "Eu não o preveni, Ramsés, de que aquele fenício iria arruinar as suas propriedades?"

"Se aqueles perversos sacerdotes", refletia o príncipe, "me oferecessem hoje vinte talentos, eu dispensaria Dagon amanhã, meus camponeses não receberiam bordoadas com bastões e não seriam afogados, nem minha mãe zombaria de mim. Uma décima... não... uma centésima parte daqueles tesouros que estão expostos nos templos para satisfazer os olhares gulosos daqueles carecas me tornaria independente dos fenícios, por anos..."

No mesmo instante, um estranho conceito passou pela mente de Ramsés: o da existência de um profundo antagonismo entre felás e sacerdotes.

"Por causa de Herhor", pensou, "foi enforcado aquele camponês, lá na fronteira com o deserto... Para manter os sacerdotes e os templos, dois milhões de egípcios têm de trabalhar pesadamente. Se as propriedades dos sacerdotes pertencessem ao tesouro do faraó, eu não teria de pedir emprestados quinze talentos, e os meus camponeses não seriam explorados tão vergonhosamente... Eis a fonte de todas as desgraças do Egito e da fraqueza dos seus reis!..."

O príncipe se dera conta de que os felás estavam sendo injustiçados; e sentiu um grande alívio ao descobrir que os culpados por isso eram os sacerdotes. Nem lhe passou pela cabeça que a sua conclusão pudesse ser errada ou injusta.

Aliás, ele não estava fazendo qualquer juízo de valor; apenas estava furioso. Nessas ocasiões, a fúria de um homem jamais se vira contra ele mesmo, mas segue o exemplo de um leopardo faminto, que não devora a sua própria carne, mas agita a cauda, encolhe as orelhas e fica olhando em volta à procura de uma vítima.

capítulo 13

AS EXPEDIÇÕES DO SUCESSOR DO TRONO, EFETUADAS COM O OBJETIvo de encontrar o sacerdote que salvara Sara e dera sábios conselhos ao príncipe, tiveram um resultado imprevisto.

O sacerdote não foi encontrado, mas, em compensação, começaram a circular diversas lendas sobre Ramsés entre os felás.

Um homem desconhecido navegava ao anoitecer de vilarejo em vilarejo, contando aos felás que o sucessor do trono liberara os homens que, acusados de terem invadido a sua casa, estavam ameaçados de ser enviados a trabalhos forçados nas pedreiras. Além disso, ele surrara um funcionário que queria extorquir dos camponeses um imposto indevido. Finalmente, o desconhecido acrescentou que o príncipe Ramsés gozava de uma proteção especial do deus do deserto ocidental, Amon, de quem era filho.

Os homens simples do povo ouviam com sofreguidão aqueles relatos, não somente por eles serem factuais, mas também porque aquele que os contava mais parecia um espírito, e não um ser humano: ele surgia sem se saber de onde, e desaparecia logo em seguida.

O príncipe Ramsés não falou com Dagon sobre os seus camponeses, nem chegou a convocá-lo à sua presença. Sentia-se vexado diante do fenício, de quem tomara dinheiro emprestado e de quem poderia ter de voltar a pedir ainda mais.

Assim mesmo, alguns dias após o incidente com o escriba de Dagon, o próprio banqueiro visitou o sucessor do trono, trazendo algo embrulhado nas mãos. Ao entrar nos aposentos do príncipe, ajoelhou-se, desfez o embrulho e retirou dele uma deslumbrante taça de ouro.

A taça era incrustada com multicoloridas pedras preciosas e coberta de baixos-relevos, representando, na base, a colheita e o esmagamento de uvas e, na parte superior, cenas de um banquete.

— Aceite esta taça do seu humilde servidor, distinto amo — disse o banqueiro — e use-a por cem... não... por mil anos... até o final dos tempos.

Mas o príncipe adivinhou logo o que o fenício tinha em mente. Sem tocar no presente dourado, falou com voz severa:

— Você está vendo, Dagon, este reflexo avermelhado no fundo da taça?

— Por certo — respondeu o banqueiro —, como eu poderia não notar esta púrpura que é a prova definitiva de que a taça é de ouro puro?

— Pois eu lhe digo que é o sangue de crianças tiradas dos seus pais — respondeu rispidamente o sucessor do trono, virando-se e saindo do aposento.

— Oh, Ashtoreth!... — gemeu o fenício. Seus lábios se arroxearam, e suas mãos começaram a tremer tanto que mal conseguiu enrolar de novo a taça no pano no qual estivera envolta.

Alguns dias mais tarde, Dagon foi, junto com sua taça, até a propriedade de Sara. Estava vestido com trajes feitos com fios de ouro, no meio da sua espessa barba havia uma esfera de vidro da qual escorriam essências aromáticas e sua cabeça estava adornada por duas penas.

— Belíssima Sara — começou —, tomara que Jeová derrame sobre a sua família tantas bênçãos quanto as atuais águas do Nilo. Nós, fenícios, e vocês, judeus, somos vizinhos e quase irmãos. Quanto a mim, sinto tanta atração por você que, caso você não pertencesse ao nosso excelentíssimo amo, eu daria a Gedeon — que viva em permanente saúde! — dez talentos por você e a tomaria por esposa legítima. Tal é a paixão que me move!

— Valha-me Deus — respondeu Sara — de eu precisar de um outro amo a não ser o que já tenho. Mas por que você, digníssimo Dagon, teve o desejo de visitar hoje a serva do nosso amo?

— Dir-lhe-ei a mais pura verdade, como se você fosse Tamara, a minha esposa que, embora seja uma legítima filha de Sídon, está velha e não é digna de tirar as suas sandálias, Sara.

— Há muito absinto no mel que emana dos seus lábios — observou Sara.

— Que o mel seja para você — disse Dagon, sentando-se confortavelmente —, enquanto o absinto amargue o meu coração. Nosso amo, o príncipe Ramsés — que possa viver eternamente! — tem lábios de leão e astúcia de abutre. Ele condescendeu arrendar-me as suas propriedades, o que me encheu de alegria. No entanto, ele desconfia tanto de mim que eu, só de amargura, fico acordado noites inteiras, apenas suspirando e cobrindo de lágrimas o meu leito, no qual bem que gostaria que você pudesse repousar a meu lado, em vez da minha mulher, Tamara, que não consegue mais despertar qualquer desejo em mim.

— Não creio que tivesse sido isso o que você queria dizer — respondeu Sara, com o rosto em brasa.

— Já nem sei o que queria dizer desde que a vi e desde que o nosso amo, espionando as minhas atividades nas suas terras, agrediu a pauladas e privou de saúde o meu escriba que estava coletando impostos dos camponeses. Pois aqueles impostos, Sara, não

134 | Bolesław Prus

eram para mim, mas para o nosso amo... Não sou eu que vou me deliciar com figos e pães de trigo daquelas propriedades, mas você, Sara, e o nosso amo... Eu dei dinheiro a ele e joias a você, portanto por que os miseráveis camponeses egípcios deveriam empobrecer a ele e a você, Sara? E, para você se dar conta da paixão que desperta em mim e saber que não desejo qualquer lucro daquelas propriedades, mas entregar tudo a vocês dois, aceite esta taça de ouro puro, incrustada com pedras preciosas e decorada com baixos-relevos cuja beleza encantaria os próprios deuses.

E, tendo dito isso, tirou do pano a taça recusada pelo príncipe.

— Eu nem quero, Sara — disse —, que você mantenha esta taça na sua casa e a use para servir vinho ao nosso amo. Entregue este objeto de ouro a seu pai, Gedeon, a quem amo como a um irmão. E diga-lhe o seguinte: "Dagon, o seu irmão gêmeo, o infeliz arrendatário das propriedades do príncipe, está arruinado. Portanto, meu pai, beba desta taça e pense no seu irmão gêmeo, Dagon, pedindo a Jeová que o nosso amo, o príncipe Ramsés, não ataque mais os seus escribas e não provoque uma rebelião no meio dos felás, que já estão começando a se recusar a pagar impostos." Quanto a você, Sara, caso viesse a me permitir certas intimidades, dar-lhe-ia dois talentos e, a seu pai, um. E ainda ficaria envergonhado por ter lhe dado tão pouco, pois você merece ser acariciada pelo faraó em pessoa, o sucessor do trono, o distinto ministro Herhor, o valoroso Nitager e os mais ricos banqueiros fenícios. Você é tão deleitável, que quando a vejo desfaleço, e quando não a vejo, fecho os olhos e lambo os lábios. Você é mais doce que um figo e mais perfumada que uma rosa... Eu lhe daria cinco talentos... Fique com esta taça, Sara...

Sara afastou-se, com os olhos baixos.

— Não vou aceitá-la — respondeu —, porque o meu amo me proibiu de aceitar presentes de quem quer que seja.

Dagon olhou para ela com espanto.

— Você sabe, Sara, quanto vale uma taça dessas?... Além disso, eu não estou presenteando você, mas seu pai, meu irmão...

— Não posso aceitar... — sussurrou Sara.

— Não acredito no que estou ouvindo! — exclamou Dagon. — Sara, você pode pagar-me por ela de uma outra forma, sem que o seu amo venha a saber disso... Uma mulher tão bela quanto você precisa ter ouro e joias e deveria ter o seu próprio banqueiro, que poderá lhe fornecer dinheiro quando você quiser, e não somente quando seu amo estiver disposto a lhe dar algum!

— Não posso! — voltou a sussurrar Sara, sem mais poder esconder a repugnância que sentia por Dagon.

O fenício, num piscar de olhos, mudou de tom e disse, rindo:

— Muito bem, Sara!... Eu apenas quis testar você, para me certificar se você é fiel ao nosso amo. E vejo que você é realmente muito fiel, muito embora haja uns tolos que andam comentando por aí...

— O quê?! — exclamou Sara, atirando-se sobre Dagon, com os punhos cerrados.

— Ha! Ha! Ha! — riu o fenício. — Que pena que o nosso amo não pôde apreciar esta cena... Mas pode deixar; eu lhe contarei um dia, quando ele estiver mais disposto para comigo, que você não somente é fiel, como também não aceitou uma taça de ouro só porque ele a proibiu de receber presentes... Quanto a esta taça, quero que saiba, Sara, que ela seduziria mais de uma mulher... e não apenas uma mulherzinha qualquer...

Dagon permaneceu ainda por um certo tempo na casa de Sara, elogiando sua virtude e sua obediência. Por fim, despediu-se dela carinhosamente, entrou na tenda do seu barco e partiu para Mênfis. À medida que o barco se afastava da propriedade, o sorriso desaparecia do rosto do fenício, e era substituído por uma expressão

136 | Bolesław Prus

de raiva. E quando a casa de Sara foi ocultada pelas árvores, levantou-se e, elevando os braços, se pôs a gritar:

— Oh, Baal Sídon! Oh, Ashtoreth! Vinguem este insulto da maldita filha da Judeia!... Que a sua beleza traiçoeira desapareça como uma gota de chuva no deserto... Que doenças devorem o seu corpo e loucura se aposse da sua alma... Que o seu amo a expulse de casa, como a uma porca imunda... E, assim como ela hoje rejeitou a minha taça, que chegue uma hora em que as pessoas hão de rejeitar o seu emaciado braço estendido quando, sedenta, mendigará por um caneco de água turva...

Depois, ficou cuspindo e murmurando palavras incompreensíveis, mas aterradoras, até uma nuvem negra cobrir o sol e as até então tranquilas águas do Nilo se agitarem, formando ondas enormes. Quando terminou, o sol voltou a brilhar, mas o rio permaneceu inquieto, como se estivesse sendo agitado por uma nova enchente.

Os remadores de Dagon se assustaram e pararam de cantar, mas, separados de seu amo pelas abas da tenda, não notaram as suas práticas nefastas.

A partir daquele dia, o fenício não apareceu mais diante do sucessor do trono. Mas quando um dia o príncipe adentrou sua vila, encontrou no quarto de dormir uma belíssima dançarina fenícia de apenas dezesseis anos, vestida somente com uma faixa dourada na cabeça e um delicado xale transparente atirado sobre os ombros.

— Quem é você? — perguntou o príncipe.

— Sou uma sacerdotisa e serva sua, enviada pelo nobre Dagon para expulsar de si a sua raiva contra ele.

— E como você conseguirá fazer isso?

— Assim... Sente-se aqui — respondeu a jovem, fazendo-o sentar-se na poltrona. — Vou ficar na ponta dos pés para ficar maior do que a sua raiva e, com este xale consagrado, expulsarei os maus espíritos que se apossaram da sua alma... Xô!... Xô! — murmurava, dançando em volta de Ramsés. — Que os meus braços removam a soturnez dos seus cabelos... que os meus beijos devolvam o brilho dos seus olhos... que as batidas do meu coração encham de música os seus ouvidos, senhor do Egito... Xô!... Xô!... ele é meu, não de vocês... O amor precisa de um silêncio tão profundo que, diante dele, até a raiva tem de se calar.

E, dançando, brincava com os cabelos de Ramsés, abraçava seu pescoço e beijava seus olhos. Finalmente, cansada, sentou-se aos pés do príncipe e, apoiando a cabeça nos seus joelhos, olhou fixamente para ele, ofegante e com lábios entreabertos.

— Já não está mais zangado com o seu servo Dagon? — sussurrava, acariciando o rosto do príncipe.

Ramsés quis beijar sua boca, mas ela levantou-se de um pulo e fugiu, exclamando:

— Oh, não! Não pode!

— Por quê?

— Porque sou virgem e sacerdotisa da grande deusa Ashtoreth... Você teria de me amar muito e adorar a minha protetora para ter o direito de me beijar na boca.

— E você pode?

— Eu posso tudo, porque sou uma sacerdotisa e jurei manter a castidade.

— Então, para que você veio até aqui?

— Para dissipar a sua raiva. Fiz isso, e vou-me embora. Fique com saúde e seja sempre bom! — acrescentou.

— Onde você mora?... Qual o seu nome?... — indagava o príncipe.

— Meu nome é Carícia, e moro... aliás, por que deveria dizer-lhe isso? Ainda se passará muito tempo até você ir ter comigo.

Fez um sinal de adeus e desapareceu, enquanto o príncipe, estupefato, permanecia na poltrona. Quando, momentos depois, olhou pela janela, viu uma rica liteira que, carregada por quatro núbios, descia rapidamente na direção do Nilo.

Ramsés não lamentou sua partida; ela o espantara, mas não o excitara.

"Sara é mais calma do que ela", pensou, "e mais bonita. Além disso, tenho a impressão que esta fenícia deve ser fria, e as suas carícias, estudadas."

No entanto, a partir daquele momento, o príncipe deixou de ter raiva de Dagon, ainda mais depois de ter recebido, quando esteve um dia na casa de Sara, um grupo de camponeses que vieram lhe agradecer pela proteção e informá-lo de que o fenício cessara de cobrar impostos adicionais.

Isso ocorria nas propriedades próximas de Mênfis. Em compensação, nas mais distantes, o arrendatário do príncipe recuperava suas perdas.

capítulo 14

No MÊS DE CHOIAK, AS ÁGUAS DO NILO ATINGIRAM O PONTO MÁximo e começaram a baixar. Nos pomares, colhiam-se tamarindos, tâmaras e azeitonas, enquanto as árvores floresciam pela segunda vez.

Sua Santidade Ramsés XII abandonou seu ensolarado palácio de Mênfis e, com uma grande comitiva, partiu para Tebas, a fim de agradecer aos deuses daquela cidade pela enchente tão grandiosa e, ao mesmo tempo, oferecer dádivas nos túmulos dos eternamente vivos antepassados.

O grandioso amo despediu-se afetuosamente do seu filho e sucessor, mas entregou o comando dos assuntos do país a Herhor.

O príncipe Ramsés sentiu tão profundamente aquela falta de confiança do monarca, que se trancou por três dias na sua vila, recusando-se a receber quaisquer alimentos e chorando compulsivamente. Depois, deixou de fazer a barba e mudou-se para a casa de Sara, no intuito de evitar um encontro com Herhor e irritar sua mãe, a quem considerava a grande responsável pelas suas desgraças.

Logo no segundo dia do seu retiro, foi visitado por Tutmozis, que trouxe consigo dois barcos com músicos e dançarinas, e mais um terceiro, repleto de cestos com comida, flores e vasos com vinho. Mas o príncipe, tendo despachado de volta os músicos e as dançarinas, levou Tutmozis para o jardim e disse:

— Na certa, você foi enviado para cá pela minha mãe — que possa viver eternamente! —, no intuito de separar-me da judia... Pois diga à distintíssima dama que, mesmo se Herhor se tornasse não só o substituto do faraó, mas até seu filho, eu continuarei a agir como quero... Conheço este jogo... Hoje, eles querem privar-me de Sara, e amanhã, do mando... Vou lhes mostrar que não estou disposto a ceder em nada.

O príncipe estava exaltado, mas Tutmozis meneou a cabeça e disse:

— Assim como o vento leva as aves para o deserto, a raiva atira as pessoas para as margens da injustiça. Como você pode se espantar com o fato de os sacerdotes não estarem felizes porque o sucessor do trono vai se juntar a uma mulher de outro país e de outra fé? É verdade que Sara não lhes agrada, principalmente por ser a única. Caso você, a exemplo de todos os jovens nobres, tivesse várias mulheres, eles nem teriam notado a judia. Mas, concretamente, o que de mau eles fizeram contra ela? Nada. Pelo contrário, um dos sacerdotes chegou a protegê-la da turba de assaltantes, a quem você achou por bem libertar da prisão.

— E quanto à minha mãe? — contrapôs o sucessor.

Tutmozis soltou uma gargalhada.

— A sua venerada mãe — disse — o ama de todo o coração. É verdade que ela não gosta de Sara, mas você sabe o que ela me sugeriu um dia?... Que eu a tirasse de você!... Você está vendo como ela zomba desse assunto?... Ao que eu respondi também de forma zombeteira: "Ramsés me deu uma matilha de cães e dois cavalos sírios quando ficou entediado com eles; portanto, talvez ele me presenteie também com sua amante, que eu, certamente, terei de aceitar, junto com algo mais..."

— Nem pense nisso. Hoje, eu não entregaria Sara a quem quer que fosse, exatamente por ter sido por causa dela que o meu pai não me nomeou seu substituto.

Tutmozis voltou a menear a cabeça.

— Você está enganado — disse —, e tão enganado que chego a ficar com medo. Será que você, realmente, não sabe o motivo pelo qual caiu em desfavor, um motivo conhecido por todos os homens esclarecidos do Egito?

— Não tenho a mais vaga ideia.

— O que é ainda pior — disse o consternado Tutmozis. — Quer dizer que você não sabe que, desde aquelas manobras, os soldados, principalmente os gregos, bebem à sua saúde em todas as tavernas?

— Foi para isso que eles receberam aquele dinheiro todo.

— Sim, mas não para gritarem a plenos pulmões que quando você substituir Sua Santidade — que viva eternamente! — vai começar uma guerra, após a qual ocorrerão grandes mudanças no Egito... Quais mudanças?... E quem pode ousar falar dos planos do sucessor do trono enquanto o faraó ainda está vivo?

Agora, foi a vez de o príncipe ficar sombrio.

— E tem mais — continuou Tutmozis —, pois as coisas ruins andam em pares, como hienas. Você sabia que os campônios cantam hinos de louvor à sua pessoa, lembrando como você libertou da prisão aqueles assaltantes e, o que é ainda pior, que você, ao assumir o trono, vai eliminar os impostos?... E devo acrescentar que toda vez que os felás começam a falar de injustiças e impostos, sempre acaba eclodindo uma rebelião. E quando isso acontece, ou um inimigo externo cai sobre o país enfraquecido ou o Egito se divide em tantas partes quanto há nomarcas... Finalmente, diga-me você mesmo: é aceitável que, no Egito, alguém seja mais louvado do que o faraó? Ou que alguém possa se intrometer entre o povo e o nosso amo?... Se você permitir, contar-lhe-ei como os sacerdotes olham para esta questão...

— Mas é lógico, pode falar...

— Um sábio sacerdote que, do alto do templo de Amon observa os corpos celestes, inventou a seguinte parábola: "O faraó é o sol, e o sucessor do trono é a lua. Quando a lua segue lentamente o radiante deus a uma certa distância, temos luz de dia e de noite. Quando a lua quer se aproximar demasiadamente do sol, ela desaparece e as noites passam a ser escuras. No entanto, quando a lua se coloca diante do sol, ocorre um eclipse e o mundo é tomado por terror."

— E todas essas tagarelices — interrompeu Ramsés — chegam aos ouvidos de Sua Santidade?... Estou desgraçado!... Teria preferido nunca ter sido o filho do rei!

— O faraó, sendo um deus na terra, sabe de tudo, mas é demasiadamente poderoso para dar ouvidos a gritos embriagados de soldados e camponeses. Ele sabe muito bem que todos os egípcios dariam suas vidas por ele, com você em primeiro lugar.

— Você falou uma verdade! — respondeu o preocupado príncipe. — No entanto, vejo nisso tudo novas infâmias e hipocrisias dos sacerdotes... Quer dizer que eu obscureço a majestade do nosso amo ao liberar inocentes ou não permitir ao meu arrendatário que sufoque meus camponeses com impostos indevidos? E o que faz o eminente Herhor ao comandar os exércitos, nomear os comandantes, fazer acordos com príncipes de outras terras, enquanto manda o meu pai passar o tempo em orações?...

Tutmozis tapou os ouvidos e, batendo violentamente com os pés no chão, exclamou:

— Cale-se! Cale-se!... Cada palavra sua é uma blasfêmia... O país é comandado exclusivamente por Sua Santidade, e tudo que aqui ocorre é fruto da sua vontade. Quanto a Herhor, ele não passa

O Faraó | 143

de um servo do faraó e faz o que o seu amo lhe manda... Chegará o dia em que você se dará conta disso... e espero que as minhas palavras não sejam mal interpretadas!

O príncipe ficou tão sombrio que Tutmozis interrompeu a conversa e, mais do que rapidamente, despediu-se do amigo. Quando entrou em seu barco com baldaquim e cortinas, deu um profundo suspiro e, tendo tomado uma grande taça de vinho, começou a pensar consigo mesmo:

"Agradeço aos deuses por não me terem dado um temperamento como o de Ramsés. Ele é o mais infeliz dos homens, na mais feliz das circunstâncias... Ele poderia ter as mais belas mulheres de Mênfis, mas se prende a uma só, exclusivamente para aborrecer sua mãe. No entanto, ele não só aborrece sua mãe, mas a todas as virtuosas donzelas e fiéis esposas, que definham de desgosto pelo fato do sucessor do trono, e um rapaz tão belo ainda por cima, não as desvirginar ou forçá-las a serem infiéis aos seus maridos. Ele não só poderia beber, mas até banhar-se em vinho de primeiríssima qualidade e, no entanto, prefere a barata cerveja soldadesca e uma torrada ressecada lambuzada com alho. De onde ele tirou esses costumes campesinos?... Não sei. Quem sabe se a venerada dama Nikotris, no momento mais inadequado, ficou olhando com admiração para alguns trabalhadores que estavam almoçando?...

"Ele poderia ficar de papo para o ar por dias a fio. Se quisesse, os mais distintos dignitários, assim como suas esposas, irmãs e filhas, levariam comida à sua boca. E o que ele faz? Não só se alimenta sozinho, como também se banha e veste sozinho, e o seu cabeleireiro passa os dias caçando passarinhos e desperdiçando seu talento...

"Oh, Ramsés, Ramsés! Como poderemos esperar por um desenvolvimento da moda em torno de um príncipe desses? Já faz mais de um ano que usamos as mesmas tangas, e as perucas so-

144 | Bolesław Prus

mente sobrevivem graças aos dignitários, porque Ramsés se recusa a usá-las, o que é uma grande humilhação para os membros da nobreza.

"E tudo isso... brr!... é fruto da maldita politicagem. Oh, como sou feliz por não ter de adivinhar o que pensam em Tiro ou em Nínive, preocupar-me com o pagamento do soldo das tropas, ou calcular em quanto aumentou ou diminuiu a população do Egito e qual o valor dos impostos a serem cobrados! É terrível pensar que o meu camponês não me paga tanto quanto preciso para cobrir os meus gastos, mas quanto permite a enchente do Nilo. Afinal de contas, o Pai Nilo não pergunta aos meus credores quanto lhes devo!..."

Era assim que pensava o distinto Tutmozis, mitigando com vinho dourado a sua alma angustiada. Antes mesmo de o seu barco chegar a Mênfis, ele caiu num sono tão profundo que os seus servos tiveram de carregá-lo nos braços até a liteira.

Após a partida de Tutmozis, que mais parecera uma fuga, o príncipe ficou pensativo, chegando a se mostrar assustado.

O príncipe era um cético, até por ser ex-aluno das mais altas escolas sacerdotais e membro da fina flor da aristocracia. Sabia que enquanto alguns sacerdotes eram capazes de evocar espíritos graças a jejuns prolongados e mortificações, outros chamavam os tais espíritos de alucinações ou fraudes. Já vira, também, que o sagrado touro Ápis, diante do qual todo o Egito se prostrava por terra, era frequentemente açoitado por sacerdotes do mais baixo estrato, que o alimentavam e traziam-lhe vacas para acasalamento.

Acima de tudo, tinha a consciência de que seu pai, Ramsés XII, que, para as massas, era um deus imortal e onipotente senhor do mundo, não passava de um homem igual aos outros, apenas mais adoentado que os demais anciãos e muito limitado pelos sacerdotes.

O príncipe sabia de tudo isso, zombando internamente de muitas coisas, chegando até a fazê-lo publicamente. Mas todo esse seu liberalismo desabou diante de uma verdade factual — a de que ninguém pode zombar impunemente dos títulos do faraó!

Ramsés conhecia a história de seu país e se lembrava de que, no Egito, muitas coisas foram perdoadas aos que detinham o poder. Um grão-senhor podia aterrar um canal, matar sorrateiramente um homem, zombar, às escondidas, dos deuses, receber presentes dos emissários de outros impérios... No entanto, havia dois pecados imperdoáveis: trair os segredos dos sacerdotes e trair o próprio faraó. Um homem que tivesse praticado qualquer um deles, em menos de um ano desaparecia do meio dos seus servos e amigos. Quanto ao seu paradeiro e ao que aconteceu com ele, eram perguntas que ninguém ousava fazer.

E eis que Ramsés sentiu que se encontrava num semelhante plano inclinado, desde o momento em que os soldados e os camponeses começaram a louvar seu nome, falar dos seus pretensos planos, das mudanças no país e de guerras futuras. Pensando nisso, o príncipe teve a sensação de que ele, o sucessor do trono, estava sendo empurrado por uma multidão de pobretões e agitadores para o topo de um obelisco, do qual só era possível cair e espatifar-se no chão.

Depois, quando após a mais longa possível vida de seu pai, ele se tornar faraó, terá o direito e os meios para realizar feitos tão grandiosos que ninguém no Egito ousaria imaginar sem sentir medo. Mas, hoje, ele precisava agir com cuidado, para que não fosse considerado um traidor e um insurgente contra as leis básicas do país.

No Egito, havia apenas um soberano incontestável: o faraó. Era ele quem governava, desejava e pensava em nome de todos os demais — e ai daquele que ousasse duvidar em público da sua onipotência, ou falar sobre pretensos planos futuros, ou até mesmo de simples mudanças de um modo geral.

146 | Bolesław Prus

Todos os planos eram elaborados unicamente num lugar: na sala onde o faraó ouvia as sugestões dos membros do seu conselho e emitia sua opinião. Portanto, quaisquer mudanças somente poderiam emanar dali. Era lá que ardia a única luz de sabedoria da nação, cujo brilho iluminava todo o Egito.

Todas essas reflexões passaram pela cabeça do sucessor com a velocidade de uma lufada de vento, enquanto ele permanecia sentado num banco de pedra, debaixo de uma castanheira no jardim de Sara, e olhando para a paisagem à sua volta.

As águas do Nilo já haviam baixado um pouco e estavam ficando transparentes como cristal. Mas o país todo mais parecia uma baía pontilhada de ilhas, nas quais podiam ser avistadas construções, hortas, pomares e, aqui e acolá, grupos de árvores ornamentais.

Em volta de todas aquelas ilhas, podiam ser vistas gruas com baldes, com os quais homens seminus, de corpos cor de bronze e tangas e gorros sujos, tiravam a água do Nilo e a derramavam em poços cada vez mais elevados.

Uma daquelas propriedades chamou particularmente a atenção de Ramsés. Era uma íngreme elevação com três gruas sendo acionadas ao mesmo tempo. A primeira transportava a água do rio para o mais baixo dos poços; a segunda retirava a água do poço mais baixo e derramava-a num outro poço, algumas braças acima; a terceira, transferia a água do poço intermediário para o mais alto, localizado no topo da elevação. De lá, outros homens, também seminus, retiravam-na do poço com baldes e irrigavam as plantações de legumes ou, usando regadores, borrifavam as raízes das árvores.

O movimento das gruas, ora se abaixando ora se elevando, o enchimento dos baldes e o despejamento dos regadores eram tão ritmados que os homens ocupados com o seu manejo poderiam ser considerados autômatos. Nenhum deles dirigia uma palavra sequer ao vizinho, somente se inclinando e levantando sempre do mesmo modo, desde o raiar do sol até o anoitecer, mês após mês e, muito provavelmente, desde a infância até a morte.

"E são esses seres", pensou o príncipe, olhando para o trabalho dos felás, "que querem fazer de mim o executor das suas previsões!... A que tipo de mudanças eles podem aspirar neste país? Só se for a de aquele que retira a água do poço inferior passar a fazê-lo a partir de um poço mais alto, ou a de em vez de irrigar legumes, passar a regar árvores!..."

Cheio de raiva, sentiu-se humilhado pelo fato de ele, o sucessor do trono, não ter sido escolhido como o substituto natural do faraó por causa desse tipo de criatura, que passa a vida inteira se balançando diante de poços de água turva!

No mesmo momento, ouviu um sussurro no meio das árvores — e duas mãos delicadas pousaram nos seus ombros.

— Sara? — disse o príncipe, sem virar a cabeça.

— O meu amo está triste? — respondeu ela. — Pois saiba que nem Moisés ficou tão feliz ao ver a Terra Prometida quanto eu quando você disse que vai se mudar para cá e morar comigo, mas já estamos juntos há mais de vinte e quatro horas e eu ainda não vi o seu sorriso. Você nem fala comigo, anda soturno e, de noite, não me acaricia, mas suspira.

— Estou preocupado.

— Compartilhe as suas preocupações comigo. Um contratempo é como um tesouro que nos foi entregue para ser guardado. Enquanto zelamos por ele sozinhos, até o sono nos abandona, e somente sentimos um alívio quando encontramos alguém que possa velar por ele conosco.

Ramsés abraçou-a e colocou-a no banco, a seu lado.

— Quando um felá — disse, com um sorriso — não consegue fazer a colheita antes da enchente, sua esposa vem em seu auxílio. Ela também o ajuda a ordenhar as vacas, traz sua comida quando ele está fora de casa e o lava quando ele retorna do campo. É daí que surgiu a crença que as mulheres são capazes de aliviar as preocupações dos homens.

— E você não acredita nisso, meu senhor?

— As preocupações de um príncipe — respondeu Ramsés — não podem ser dissipadas por uma mulher, mesmo uma tão sábia e poderosa como a minha mãe.

— Pois conte para mim, eu lhe peço! — insistiu Sara, aninhando-se nos braços do sucessor. — De acordo com a nossa crença, Adão abandonou o paraíso por Eva, mesmo sendo o maior dos reis do mais belo dos reinos...

O príncipe ficou pensativo, dizendo após longa pausa:

— Também os nossos sábios ensinam que mais do que um homem renunciou a grandes honras em prol de uma mulher. Mas nunca se falou de um que tivesse obtido algo graças a uma mulher; exceto, talvez, um comandante militar a quem o faraó deu a mão da sua filha, junto com um grande dote e um posto elevado. Fora isso, uma mulher não tem condições de auxiliar um homem a galgar postos mais avançados, nem mesmo livrá-lo de suas preocupações.

— Talvez ela não o amasse tanto quanto eu amo você, meu senhor... — sussurrou Sara.

— Sei que você me ama perdidamente... Você nunca me pediu presentes, nem interferiu em favor daqueles que não hesitam em buscar um avanço nas suas carreiras até debaixo da cama das amantes do príncipe. Você é mais gentil que um cordeiro e quieta como a noite sobre o Nilo; seus beijos são como perfumes das terras de Punt, e o seu abraço é como o sono de um exausto. Sua beleza é indescritível e faltam-me palavras para listar as suas virtudes. Você é um assombro entre as mulheres, cujos lábios estão cheios de discórdia e cujo amor custa muito caro. Mas, apesar de todas essas qualidades, em que você poderá me ser útil nas minhas preocupações? Você teria condições de fazer com que Sua Santidade empreendesse uma grande expedição para o leste e me colocasse na liderança das tropas? Ou de, pelo menos, me dar aquele corpo de Menfi, que eu tanto pedi a ele, ou me nomear o representante do faraó no Egito Inferior? Você poderia fazer com que todos os súditos de Sua Santidade pensassem e sentissem da mesma forma que eu, o mais fiel dos seus súditos?

Sara pôs as mãos nos joelhos e sussurrou tristemente:

— É verdade que não posso... Não posso fazer coisa alguma!

— Sim, você pode, e muito... você pode me alegrar — respondeu Ramsés. — Sei que você teve aulas de dança e canto. Portanto, tire estes trajes que se arrastam pelo chão, mais adequados a sacerdotisas que zelam pelas chamas sagradas, e vista um véu transparente, como o das... das dançarinas fenícias... e, assim vestida, dance e me acaricie como elas fazem...

Sara agarrou as mãos do príncipe e, lançando chamas pelos olhos, exclamou:

— Você se dá com aquelas sem-vergonhas?... Vamos, diga... quero saber da minha desgraça... e depois, envie-me de volta para o meu pai, para aquela propriedade no deserto na qual tive a infelicidade de ver você pela primeira vez!...

— Calma, calma — disse o príncipe, brincando com os seus cabelos. — Afinal de contas eu não posso deixar de ver as dançarinas, se não em banquetes, pelo menos nas festividades reais, ou ainda durante os cultos realizados nos templos. No entanto, elas todas juntas me interessam menos do que você, a única. Além do que... qual delas poderia chegar aos seus pés? O seu corpo é como uma estátua de Ísis esculpida em marfim, enquanto cada uma delas tem um defeito; algumas são gordas demais, outras têm pernas finas ou mãos feias, e outras ainda usam cabeleiras falsas. Qual delas poderia comparar-se a você?... Se você fosse egípcia, todos os templos brigariam entre si para tê-la como a líder dos seus coros... E tem mais: se você aparecesse agora em Mênfis, vestida com um traje transparente, os sacerdotes fariam as pazes com você, desde que você concordasse em participar das suas procissões.

— Nós, filhas da Judeia, estamos proibidas de usar trajes indecentes.

— Nem dançar e cantar?... Por que, então, você teve aulas disso?

— Nossas mulheres dançam entre elas para a glória do Senhor, e não para despertar desejos carnais no coração dos homens. Quanto a cantar... Espere, meu amo, e eu cantarei para você.

Levantou-se do banco e encaminhou-se para a casa. Reapareceu logo, seguida por uma jovem de grandes olhos negros assustados e com uma harpa na mão.

— Quem é esta jovem? — perguntou o príncipe. — Espere um momento, eu já vi antes esse olhar... Já sei, foi quando estive aqui a última vez. Esta jovem assustada ficou olhando para mim do meio dos arbustos.

— Seu nome é Esther e ela é minha parente e serva — respondeu Sara. — Mora comigo há mais de um mês, mas tem tanto medo de você, meu amo, que foge assim que o vê. É bem possível que tenha sido ela quem ficou espionando-o de dentro dos arbustos.

— Pode ir, minha criança — disse o príncipe para a petrificada garota. E, quando ela desapareceu por trás da porta, acrescentou: — Ela também é judia?... E quanto a esse vigia da sua casa, que olha para mim como um carneiro para um crocodilo?

— É Samuel, filho de Esdra, também um parente. Contratei-o para o lugar daquele negro a quem você concedeu liberdade. Você não me autorizou a escolher livremente os meus empregados?

— Por certo. E já posso imaginar que o capataz também é judeu, pois tem a pele tão amarelada quanto o outro e olha para mim com mais humildade do que qualquer egípcio seria capaz.

O Faraó | 151

— É Esequiel, filho de Rubens, parente do meu pai — respondeu Sara. — Ele não lhe agrada? Todos eles são fiéis servos seus.

— Se me desagrada? — disse o desanimado príncipe, tamborilando com os dedos sobre o banco. — Ele não está aqui para me agradar, mas para zelar pela sua propriedade... De qualquer forma, não estou interessado nessas pessoas... Cante, Sara.

Sara ajoelhou-se no gramado aos pés do príncipe, pegou a harpa, dedilhou alguns acordes, e começou:

Onde está aquele que não tem preocupações? Onde está aquele que, ao se deitar, teria o direito de dizer: eis um dia que passei sem qualquer tristeza? Onde encontrar um homem que, ao se deitar no túmulo, pudesse dizer: a minha vida passou sem dor nem medo, como um calmo entardecer à beira do Jordão?

No entanto, como o mundo está cheio daqueles que, a cada dia, cobrem o seu pão com lágrimas e enchem sua casa com suspiros!

O choro é o primeiro som do homem nesta terra, e o gemido a sua última despedida. Cheio de temores ele entra na vida, cheio de pena ele se deita na sua morada final, e ninguém lhe pergunta onde gostaria de ficar.

Onde está aquele que nunca conheceu a amargura da existência? Seria a criança cuja mãe morreu, ou o recém-nascido a quem o peito que lhe era devido foi esvaziado pela fome, antes mesmo de ter conseguido grudar nele os seus lábios?

Onde está aquele homem ciente do seu destino e que, com olhar audaz, aguarda pelo amanhã? Seria aquele que trabalha no campo, sabendo que não está em seu poder decidir se vai chover ou não, ou mostrar o caminho às nuvens de gafanhotos? Ou um comerciante que entrega sua riqueza aos ventos vindos não se sabe de onde e confia a sua vida às ondas do mar, que tudo devoram e nada devolvem?

Onde está aquele homem desprovido do temor d'alma? Seria ele o caçador que persegue a ágil corça e encontra no seu caminho um

152 | Bolesław Prus

leão que zomba das suas setas? Seria o soldado à procura da glória, que se defronta com uma floresta de lanças pontudas e espadas de bronze sedentas de seu sangue? Seria o grande rei com pesada armadura sob o seu manto purpúreo e que, com seus olhos insones, acompanha os movimentos das hostes dos seus poderosos vizinhos, enquanto capta, com seus ouvidos, o sussurro das cortinas, para evitar que seja atraiçoado na sua própria tenda?

Portanto, o coração humano, em qualquer lugar e a qualquer hora, vive cheio de angústia. No deserto, sente-se ameaçado pelo leão e pelo escorpião; nas grutas — pelo dragão; entre flores — por uma serpente venenosa. À luz do dia, o ganancioso vizinho planeja uma forma de roubar suas terras, e à noite, o astuto ladrão tateia a porta do seu quarto. Na infância, é desajeitado, na velhice — sem força; na plenitude da sua força — cercado por perigos, como uma baleia pelas profundezas d'água.

Portanto, oh, Senhor Criador meu, é a Vós que se dirige a exausta alma humana. Fostes Vós quem a trouxestes para este mundo cheio de armadilhas. Fostes Vós que a inoculastes com o temor da morte. Fostes Vós que fechastes todos os caminhos da paz, exceto aquele que leva a Vós. E é assim como uma criança que ainda não sabe andar se agarra à saia da mãe para não cair, que os homens humildes estendem suas mãos para a Vossa misericórdia e, com isso, libertam-se das incertezas da vida.

Sara calou-se. O príncipe ficou pensativo, dizendo finalmente:

— Vocês, judeus, são um povo mórbido. Se os egípcios acreditassem no que prega a sua canção, ninguém riria à beira do Nilo. Os ricos se esconderiam nas masmorras dos templos e o povo, em vez de trabalhar, fugiria para as grutas, aguardando por uma compaixão que nunca viria. O nosso mundo é diferente: pode-se ter tudo nele, desde que obtido com seu próprio esforço. E nossos deuses não vêm em ajuda a chorões. Eles descem à terra somente quando um herói, que realizou um feito sobre-humano, ficou exaurido. Foi o que ocorreu com Ramsés, o Grande, quando ele se atirou sobre dois mil e quinhentos carros inimigos, cada um com três guerreiros. Foi somente então que o imortal pai Amon veio em sua ajuda. Se, em vez de combater, o grande faraó tivesse ficado no aguardo do vosso deus, há muito tempo os egípcios estariam andando às margens do rio com baldes e tijolos, e os miseráveis hititas, com papiros e bastões!

O príncipe tomou fôlego e concluiu:

— E é por isso, Sara, que eu, para me livrar das minhas preocupações, conto mais com a sua sedução do que com o seu canto. Se eu fosse agir como ensinam os sábios judaicos e ficasse aguardando ajuda divina, o vinho fugiria da minha boca e as mulheres debandariam das minhas casas. E, acima de tudo, eu não poderia ser o sucessor do faraó, a exemplo dos meus dois meios-irmãos, dos quais um não pode atravessar o quarto sem a ajuda de dois serviçais, e o outro vive no meio de árvores, saltando de galho em galho.

capítulo 15

NO DIA SEGUINTE, RAMSÉS DESPACHOU PARA MÊNFIS O SEU EX-ESCRAVO negro, com ordens para o comandante das tropas gregas. No começo da tarde, chegou à propriedade de Sara um grande barco repleto de soldados usando altos capacetes e armaduras brilhantes.

A uma ordem de seu comandante, dezesseis guerreiros com escudos e lanças desceram do barco e formaram duas alas. Já estavam prontos para marchar em direção à casa, quando foram retidos por um segundo emissário do príncipe, com ordens para que os soldados permanecessem à beira do rio e que somente seu líder, Pátrocles, fosse ter com o sucessor do trono.

Os soldados permaneceram imóveis, como duas fileiras de colunas cobertas de aço polido. Pátrocles, com um elmo adornado por plumas e uma túnica purpúrea coberta por uma armadura de ouro e decorada na parte frontal com a imagem de uma cabeça de mulher com cobras em vez de cabelos, seguiu o emissário.

O príncipe recebeu o renomado general no portão do jardim. Não estava sorridente, como de costume, nem chegou a responder à profunda reverência de Pátrocles. Com uma expressão severa no rosto, disse:

— Diga, Excelência, aos soldados gregos dos meus regimentos, que eu não participarei dos seus exercícios militares até Sua Santidade, nosso amo, não reafirmar o meu comando sobre eles. Eles perderam esta honra por terem feito, nas tavernas, exclamações típicas de bêbados, que me ofenderam. Chamo também a atenção de Vossa Excelência para o fato de os regimentos gregos não serem suficientemente disciplinados. Seus membros discutem assuntos políticos em lugares públicos, como, por exemplo, a possibilidade de uma guerra, o que soa como uma traição. Esses assuntos somente podem ser discutidos por Sua Santidade e membros do Conselho Supremo. Quanto a nós, soldados e servos do nosso amo, independentemente do posto que ocupamos, somente nos cabe executar as ordens do nosso benigno senhor, e permanecermos sempre calados. Peço a Vossa Excelência que transmita isso aos meus regimentos, e desejo-lhe um bom dia.

— Será feito assim como ordena Vossa Alteza — respondeu o grego. Em seguida, deu meia-volta e, com passos marciais, retornou ao barco.

O general estava ciente dos tumultos nas tavernas e compreendeu de imediato que isso causara um dissabor ao príncipe, por quem a soldadesca nutria uma autêntica adoração. Diante disso, assim que chegou perto dos guerreiros perfilados à margem do rio, adotou uma expressão severa e, agitando os braços com raiva, gritou:

— Valentes soldados gregos!... Seus cães sarnentos... que a peste os infecte!... Se, a partir desse momento, qualquer grego pronunciar o nome do príncipe numa taverna, quebrarei um vaso na sua cabeça, enfiarei os cacos goela abaixo e o expulsarei do regimento!... Ele passará a tomar conta de porcos nos chiqueiros dos camponeses egípcios, enquanto galinhas botarão ovos no seu capacete! Eis a sorte que aguarda os soldados imbecis, que não sabem conter suas línguas! E agora, meia-volta volver e marchar para o barco...

156 | Bolesław Prus

que o diabo os carregue!... Um soldado de Sua Santidade tem de beber, em primeiro lugar, à saúde do faraó e ao bem-estar do ministro da Guerra, Herhor, que possam viver eternamente!

— Que possam viver eternamente! — ecoaram os soldados.

Todos embarcaram com expressões soturnas nos rostos. Mas, ao se aproximarem de Mênfis, Pátrocles desanuviou seu semblante e mandou que os homens cantassem a canção sobre a filha de um sacerdote que amava tanto os exércitos que em vez de dormir em sua cama colocava nela uma boneca, passando a noite na guarita dos sentinelas.

Era ao ritmo daquela canção que se marchava mais alegremente e mais agilmente se remava.

Antes do anoitecer, atracou no cais de Sara um outro barco, do qual desembarcou o administrador-chefe das propriedades do príncipe. O príncipe recebeu-o também no portão do jardim; talvez por severidade, ou talvez por querer poupá-lo de ter que entrar na casa da sua amante judia.

— Chamei-o à minha presença — disse o sucessor — para lhe dizer que circulam, no meio dos meus camponeses, umas conversas indecentes sobre uma possível redução de impostos, ou algo semelhante... Desejo que eles sejam informados de que não tenho a intenção de reduzir os impostos, e caso algum deles, apesar dessa advertência, insistir nesta estupidez e continuar a falar sobre impostos, quero que receba algumas bastonadas...

— Talvez fosse melhor ele pagar uma multa... Um deben, ou uma dracma, conforme Vossa Alteza decidir — intrometeu-se o administrador.

— Boa ideia... que pague uma multa... — respondeu o príncipe, após uma breve hesitação.

— Independentemente disso, não seria bom dar umas bastonadas nos mais agitados, para que não se esqueçam desta ordem de Vossa Alteza? — sussurrou o administrador.

— Sim, os mais agitados podem levar umas bordoadas.

— Ouso dizer a Vossa Alteza — murmurou o respeitosamente curvado administrador — que, efetivamente, os felás, incitados por um desconhecido, andaram comentando a possibilidade de uma eliminação de impostos, mas, nos últimos dias, pararam de falar disso.

— Bem, nesse caso não vai ser preciso castigá-los com bastões — observou Ramsés.

— A não ser de uma forma preventiva?... — sugeriu o administrador.

— Não seria um desperdício de bastões?

— Jamais nos faltará essa mercadoria.

— De qualquer forma... com moderação — admoestou-o o príncipe. — Não quero... não quero que cheguem aos ouvidos de Sua Santidade boatos de que estou castigando meus camponeses à toa... Nos casos de conversas insurrecionais, cabem bordoadas e multas, mas quando não há motivo para isso, é possível mostrar-se misericordioso.

— Entendi — respondeu o administrador, olhando firmemente nos olhos do príncipe. — Vossa Alteza não faz objeção a que eles gritem à vontade, desde que não blasfemem...

As duas conversas: a com Pátrocles e a com o administrador, percorreram o Egito. Após a partida do administrador, o príncipe soltou um bocejo e, olhando em volta com olhar entediado, disse consigo mesmo:

"Fiz o que pude... agora, não farei mais nada, desde que consiga..."

No mesmo instante, chegaram aos ouvidos do príncipe gemidos abafados e sons de golpes, provenientes das edificações da propriedade. Ramsés virou a cabeça e viu o capataz dos peões, Esequiel, filho de Rubens, bater com um bastão num dos seus subordinados, rosnando entre dentes:

— Calado, calado!... Seu porco imundo!

O peão jazia por terra e cobria a boca com a mão, para não gritar.

O primeiro impulso do príncipe foi o de atirar-se, qual um leopardo, na direção do edifício. Mas parou repentinamente.

— O que eu posso fazer por ele?... — murmurou. — Esta propriedade é de Sara, e aquele judeu é um parente dela...

Mordeu os lábios e escondeu-se no meio das árvores, sobretudo porque a aplicação do castigo já havia terminado.

"Quer dizer que é assim que se comportam os humildes judeus?", pensou o príncipe. "Então é isso?... Este aí olha para mim como um cão assustado, mas agride camponeses!... Será que eles todos são assim?..."

E, pela primeira vez, despertou na alma de Ramsés a suspeita de que sob a fachada da bondade de Sara pudesse estar oculta uma dissimulação.

Em Sara, efetivamente, ocorreram certas mudanças, principalmente de cunho moral.

Desde o primeiro momento, quando viu o príncipe lá no deserto, ele lhe agradara. Mas esse sentimento logo desapareceu diante da revelação de que aquele belo rapaz era filho do faraó e sucessor do trono. E quando Tutmozis negociou com Gedeon sua transferência para a casa do príncipe, Sara ficou atordoada.

Nem por todo o dinheiro no mundo, nem mesmo pela sua própria vida, ela estaria disposta a desistir de Ramsés, embora não se pudesse dizer que, naquela época, estivesse apaixonada por ele. O amor precisa de liberdade e de tempo para florescer; no entanto, não foi lhe dado nem tempo, nem liberdade. Conheceu o príncipe num dia e no dia seguinte foi raptada, praticamente sem ser consultada, e transferida para uma vila nas cercanias de Mênfis. E, alguns dias mais tarde, tornou-se uma amante espantada, assustada e sem compreender direito o que estava acontecendo com ela.

Para agravar a situação, antes que tivesse tempo de se adaptar aos novos sentimentos, foi hostilizada pelas pessoas à sua volta por ser judia, depois, visitada por desconhecidos e, finalmente, sua propriedade sofreu um ataque.

O fato de Ramsés ter tomado seu partido e demonstrado a intenção de lançar-se contra os atacantes assustou-a ainda mais. Quase desfaleceu só de pensar que estava em poder de um homem tão intempestivo e poderoso, e que, caso o desejasse, tinha o direito de derramar sangue de outros, matar...

Sara, por um momento, entrou em desespero; parecia-lhe que iria enlouquecer ao ouvir as ferozes ordens do príncipe, convocando os servos às armas. Mas, no mesmo instante, ocorreu um pequeno incidente que fez com que ela recuperasse a sobriedade e desse um novo rumo a seus sentimentos.

O príncipe, achando que ela fora ferida, arrancou sua atadura e, constando que era apenas uma contusão, exclamou:

— É somente uma contusão?... Como essa contusão muda o seu rosto!...

Diante daquela observação, Sara esqueceu-se da dor e do medo. Foi tomada por uma nova preocupação: teria ela mudado tanto a ponto de espantar o príncipe?... E ele apenas se espantara?!...

A contusão passou em poucos dias, mas na alma de Sara permaneceram e se desenvolveram sentimentos até então desconhecidos. Começou a ter ciúmes de Ramsés e a temer que ele pudesse abandoná-la.

Além disso, atormentava-a ainda outra coisa: o fato de se sentir como uma serva e escrava do príncipe. Ela era — e queria ser — a mais fiel das suas servas, a mais dedicada das escravas, inseparável dele como uma sombra. Mas, ao mesmo tempo, desejava que ele não a tratasse como um amo, pelo menos nos momentos das carícias amorosas.

160 | Bolesław Prus

Afinal, ela era dele, e ele era dela... Portanto, por que ele não demonstrava, nem que fosse um pouquinho, que também pertencia a ela, em vez de, a cada gesto e a cada palavra, deixar claro que havia um precipício entre eles? Que precipício? Por acaso ela não o aninhava nos seus braços? Ou ele não beijava seus lábios e seios?...

Certo dia, o príncipe apareceu com um cachorro. Ficou apenas por algumas horas, mas, durante esse tempo, o cão ficara aos pés do príncipe, no lugar de Sara, e quando ela quis ocupar aquele espaço, rosnou para ela... E o príncipe ficou rindo, brincando com os pelos daquele animal imundo, da mesma forma com que costumava brincar com os cabelos da jovem. E o cão olhara para o príncipe da mesma forma que ela — apenas, talvez, com mais ousadia.

Sara odiara aquele esperto animal que tirara dela uma parte das carícias, sem ligar para elas e comportando-se com uma intimidade com o príncipe da qual ela não seria capaz. Ela não teria condições de nem mesmo manter a mesma expressão de indiferença ou ficar olhando para o lado quando a mão do sucessor estivesse repousando sobre a sua cabeça.

Mais recentemente, o príncipe voltou a mencionar as dançarinas. Foi quando Sara explodiu de indignação. Como ele pôde permitir que fosse acariciado por aquelas impudicas mulheres desnudas?... E Jeová, vendo isso lá do céu, não atirara raios de fúria sobre aquelas sem-vergonhas?...

É verdade que Ramsés dissera que ela era para ele a mais cara de todas. Mas suas palavras não acalmaram Sara; o seu único efeito foi o de ela decidir não pensar em mais nada que estivesse fora da abrangência do seu amor.

O que trará o amanhã?... Pouco importa. E quando ela, sentada aos pés do príncipe, cantara sobre as desgraças que acompanham os homens desde o berço até o túmulo, exprimira naquele canto o estado da sua própria alma e da sua esperança final em Deus.

Por ora, Ramsés estava junto dela — e isso lhe bastava; estava de posse de toda a felicidade que a vida podia lhe proporcionar. Mas foi exatamente aí que começou para Sara a maior amargura da sua vida.

O príncipe morava com ela sob o mesmo teto, passeava com ela pelo jardim e, às vezes, navegava com ela sobre as águas do Nilo. No entanto, não estava nem um pouco mais próximo dela do que quando se encontrava do outro lado do rio, dentro do parque real.

Estava com ela, mas pensava em outras coisas, em algo que Sara não tinha condições de saber. Abraçava-a ou brincava com os seus cabelos, mas mantinha os olhos virados para Mênfis, para os gigantescos pilonos do palácio do faraó, ou então para sabe-se lá onde.

Houve momentos em que ele nem respondia às suas perguntas ou olhava repentinamente para ela, como se estivesse surpreso por vê-la sentada a seu lado.

capítulo 16

ERA ASSIM QUE DECORRIAM OS ENCONTROS — ALIÁS, NÃO MUITO frequentes — entre Sara e seu amante principesco. Pois, após ter dado ordens a Pátrocles e ao administrador-geral das suas propriedades, o sucessor do trono passava a maior parte do dia longe da residência, quase sempre no seu barco, ora atirando uma rede e pegando peixes que, aos milhares, pululavam no rio sagrado, ora desembarcando em terra firme e, escondido no meio dos caules de lótus, disparando flechas em aves selvagens, cujos bandos barulhentos eram tão abundantes quanto moscas. Mas, mesmo nessas ocasiões, seus pensamentos ambiciosos não o abandonavam e, diante disso, ele transformava o resultado das caçadas em presságios. Por mais de uma vez, ao avistar um bando de gansos amarelos no rio, estirava o arco e dizia:

— Se eu acertar, um dia serei comparável a Ramsés, o Grande...

O projétil partiu silenciosamente, e a ave, atravessada por ele, agitou suas asas e se pôs a gritar tão desesperadamente que todo o matagal ficou agitado. Bandos de gansos, patos e cegonhas levantavam voo e, depois de descrever um grande círculo sobre o agonizante companheiro, voltaram a pousar num outro ponto.

O Faraó | 163

Quando o matagal silenciou, o príncipe avançou cuidadosamente com o barco, guiando-se pelo movimento dos caules e pelos gritos das aves. E, quando avistou uma área desimpedida e cheia de novos bandos de aves, voltou a estirar o arco e dizer:

— Se eu acertar, serei faraó — se não acertar...

Dessa vez, a flecha bateu na água e, tendo quicado várias vezes sobre a superfície, perdeu-se no meio dos lótus, enquanto o febril príncipe disparava mais e mais flechas, matando aves ou pondo os seus bandos em fuga. Os que se encontravam na propriedade de Sara sempre podiam saber exatamente onde ele estava pelos gritos das aves que sobrevoavam seu bote.

Quando ele, ao anoitecer, retornava exausto à vila, Sara já o aguardava na porta, com uma bacia de água, um vaso de vinho e guirlandas de rosas. O príncipe sorria para ela, acariciava seu rosto, mas olhando para os seus meigos olhos, pensava:

"Me pergunto se ela seria capaz de bater nos camponeses egípcios da mesma forma como o fazem seus permanentemente assustados parentes?... Devo admitir que a minha mãe tinha razão quando me alertou para tomar cuidado com os judeus... no entanto, talvez Sara seja diferente..."

Certa feita, tendo retornado inesperadamente, viu uma grande quantidade de crianças desnudas brincando no pátio da vila. Todas tinham a pele amarelada e, quando o viram, dispersaram-se, com grande gritaria, como aves no meio de caules de lótus. Antes que ele chegasse ao terraço todas haviam desaparecido, sem deixar vestígios.

— Quem eram aqueles pequerruchos — perguntou a Sara — que fugiram de mim com tanto alarde?

— Filhos dos seus servos — respondeu ela.

— Judeus?

— Meus irmãos...

164 | Bolesław Prus

— Pelos deuses! Como esse povo se multiplica — exclamou o príncipe, soltando uma risada. — E quem é aquele que se esconde por trás do muro e olha para mim com tanto medo?

— É Aod, filho de Barak, um parente meu... Ele gostaria de entrar para o seu serviço, meu amo. Posso contratá-lo?

O príncipe deu de ombros.

— Esta propriedade é sua — respondeu —, portanto você pode contratar quem quiser. Só que se essa gente proliferar com tanta rapidez, em pouco tempo se apossará de Mênfis...

— Você odeia os meus irmãos?... — sussurrou Sara, olhando com temor para Ramsés e caindo a seus pés.

O príncipe olhou para ela com espanto.

— Eu nem penso neles — respondeu orgulhosamente.

Tais pequenos incidentes, que caíam na alma de Sara qual gotas ardentes, não alteravam a atitude de Ramsés para com ela. Continuava sendo gentil como sempre e acariciava-a como de costume, embora seus olhos, com frequência cada vez maior, virassem para o outro lado do Nilo, pousando nos imponentes pilonos do palácio real.

Em pouco tempo, o príncipe descobriu que não era o único a sentir o isolamento imposto pelo seu autoexílio. Certo dia, uma magnífica embarcação real partiu da outra margem, atravessou o Nilo em direção a Mênfis e começou a navegar tão perto da propriedade de Sara que Ramsés pôde reconhecer seus ocupantes. Primeiro, viu sua mãe, sentada debaixo de um baldaquim, e, depois, o substituto do faraó, Herhor, sentado num banquinho diante da nobre dama. Muito embora ambos não estivessem olhando para a propriedade, o príncipe tinha certeza de que estava sendo observado.

"Aha!", pensou, rindo, o príncipe. "A minha venerável mãe e Sua Eminência o ministro da Guerra bem que gostariam de tirar-me daqui antes do retorno de Sua Santidade!"

O Faraó | 165

Chegou o mês Tobi, ou seja, fim de outubro e início de novembro. O nível do Nilo baixou o equivalente à altura de um homem e meio, cada dia revelando mais áreas de terras negras e encharcadas. Assim que recuava de um espaço, logo aparecia nele um estreito arado de madeira, puxado por uma parelha de bois. Atrás do arado, caminhava um felá desnudo e, junto dos bois, um condutor munido com um curto açoite e, mais atrás, um semeador que, afundando até os tornozelos na lama, levava sementes de trigo no avental, atirando-as, aos punhados, nos sulcos feitos pelo arado.

Começava a mais bela época do ano egípcio — o inverno. A temperatura não ultrapassava quinze graus, o solo se cobria quase que imediatamente de vegetação esmeraldina, da qual brotavam violetas e narcisos. No meio do acre cheiro da terra e da água, seu perfume era cada vez mais perceptível.

O barco com a venerável Nikotris e o distinto Herhor apareceu várias vezes perto da residência de Sara, e o príncipe via sua mãe conversando alegremente com as demais damas e o ministro, chegando à conclusão de que eles não olhavam em sua direção propositadamente, querendo demonstrar seu menosprezo.

— Esperem só! — murmurou, com raiva. — Vou convencê-los de que eu, também, não estou me entediando...

E, certo dia, quando, pouco antes do pôr do sol, o barco real com a tenda decorada com plumas de pavão partiu da outra margem, Ramsés ordenou que fosse preparado um bote para duas pessoas e disse a Sara que iria navegar com ela.

— Por Jeová! — exclamou ela, juntando as mãos. — Naquele barco estão sua mãe e o substituto do faraó!

— E neste estará o sucessor do trono. Leve a sua harpa, Sara.

— E levar a harpa, ainda por cima?... — perguntou a temerosa jovem. — E se a sua venerável mãe quiser falar com você?... Acho que vou me atirar na água!...

166 | Bolesław Prus

— Não seja criança, Sara — respondeu alegremente o príncipe. — Sua Eminência o substituto do faraó e minha mãe gostam muito de cantos. Você até poderá cativá-los se cantar uma bela canção judaica que fale de amor...

— Não conheço esse tipo de canção — respondeu Sara, em quem as palavras do príncipe despertaram um certo alívio. — Quem sabe se o seu canto viria a agradar aquelas pessoas tão poderosas, e aí...?

Os ocupantes do barco real notaram que o príncipe e Sara entraram num simples bote, e que o príncipe em pessoa manejava os remos.

— Vossa Eminência notou — sussurrou a rainha para o ministro — que ele está vindo em nossa direção, junto com aquela sua judia?

— O sucessor do trono tomou uma atitude tão apropriada no caso dos seus soldados e camponeses e demonstrou tamanha humildade ao afastar-se dos limites do palácio, que Vossa Alteza bem que poderia perdoar-lhe esse pequeno deslize — respondeu o ministro.

— Oh! Se ele não estivesse naquela casca de noz, eu ordenaria que ela fosse destruída! — disse, com fúria, a distinta dama.

— Para quê? — perguntou o ministro. — O príncipe não seria um descendente de sumos sacerdotes e faraós se não tentasse se liberar das amarras com as quais, infelizmente!, se sente atado pelas nossas leis e pelos nossos costumes. De qualquer modo, ele mostrou que, em momentos importantes, sabe ter controle sobre si mesmo. Até foi capaz de reconhecer os seus deslizes, o que é algo muito raro e inestimável no caso de um sucessor do trono. O fato de ele nos provocar com a sua favorita indica que está sofrendo por causa da nossa indiferença, provocada por ele, mas com as mais nobres intenções.

— Mas ela é uma judia!... — murmurava a dama, agitando seu leque de penas.

— Já não estou mais preocupado com ela — disse o ministro. — Ela é uma criatura bela, porém bobinha, incapaz de pensar por si mesma e sem a mínima possibilidade de exercer qualquer tipo de influência sobre o príncipe. Ela não aceita presentes e nem vê quem quer que seja, permanecendo trancada na sua gaiola dourada. É possível que, com o tempo, ela possa aprender a tirar algum proveito da sua condição de amante do príncipe, nem que seja para diminuir em uns poucos talentos o tesouro do sucessor. Mas até isso acontecer, Ramsés vai ter se cansado dela...

— Tomara que o onissapiente Amon esteja falando através da sua boca.

— Estou convicto do que digo. O príncipe nunca esteve louco por ela, como costuma acontecer no meio dos nossos jovens aristocratas, dos quais uma esperta intrigante seria capaz de tirar suas propriedades e sua saúde, e até levá-los às barras de um tribunal. O príncipe se diverte com ela como um homem adulto com uma escrava e, como ela está grávida...

— Será verdade?! — exclamou a dama. — Como Vossa Eminência sabe disso?

— De algo que nem Sua Alteza o sucessor, nem Sara, têm conhecimento? — sorriu Herhor. — Nós precisamos saber de tudo. No caso desse segredo, não foi difícil descobri-lo. Sara tem uma empregada, uma parenta chamada Tafet, que é muito loquaz.

— E eles já chamaram um médico?

— Repito a Vossa Alteza que Sara não sabe que está grávida. Quanto à meritória Tafet, ela tem tanto medo que o príncipe possa perder interesse pela sua protegida, que seria capaz de abafar esse segredo. Mas nós não vamos permitir uma coisa dessas. Afinal, trata-se de uma criança com sangue real.

— E se for um filho?... Vossa Eminência deve saber que ele poderia nos causar sérios problemas — observou a dama.

— Tudo está previsto — disse o sacerdote. — Se for uma menina, dar-lhe-emos um dote e uma educação adequada a uma jovem de alta linhagem. E se for um menino, ele permanecerá sendo judeu!

— Por deuses! Terei um neto judeu!...

— Não o despreze antecipadamente, Alteza. Nossos emissários nos informam que o povo judeu começa a ansiar por um rei. Até a criança atingir a puberdade, o desejo dos judeus terá atingido o ápice, e aí... aí, nós lhes daremos um rei com o mais distinto dos sangues nas veias!

— Vossa Eminência é como uma águia que, com um simples olhar, abrange o leste e o oeste! — respondeu a rainha, olhando com admiração para o ministro. — Sinto que a minha aversão a essa jovem começa a diminuir.

— A menor das gotas de sangue de um faraó deve elevar-se sobre os povos assim como uma estrela sobre a terra — disse Herhor.

No mesmo instante, o bote do sucessor do trono chegou a apenas algumas braçadas do barco real. A esposa do faraó cobriu o rosto com o leque e, através das plumas, olhou para Sara.

— Tenho de admitir que ela é muito bonita — sussurrou.

— Já é a segunda vez que Vossa Alteza diz isso.

— Quer dizer que Vossa Eminência sabe até disso? — perguntou, sorrindo, a rainha.

Herhor baixou os olhos.

Do bote, ouviu-se o som de uma harpa e Sara, com voz trêmula, começou a cantar:

Como é grande o Senhor! Como é grande o Senhor, seu Deus, ó Israel!

— Que voz maravilhosa!... — murmurou a rainha.

O sumo sacerdote ficou escutando atentamente.

Seus dias não têm começo, cantava Sara, *e Sua casa não tem limites. O eterno céu, sob o Seu olhar, altera-se como as roupas que os homens vestem e despem. As estrelas acendem-se e apagam como fagulhas de madeira ressecada, e a terra é como um tijolo tocado pelos pés de um passante, que segue em frente. Como é grandioso o seu Senhor, Israel. Não há quem Lhe possa dizer: "Faça isso", como não há um ventre que O possa trazer ao mundo. Foi Ele quem criou o imenso abismo, sobre o qual Ele aparece quando Lhe convém. É Ele quem extrai luz da escuridão e, do pó da terra, criaturas que emitem sons.*

Quando Ele estende Sua mão sobre as águas, estas se transformam em pedra. É Ele quem derrama os mares de um lugar para outro, assim como uma mulher faz com o fermento nos recipientes de massa de pão. É Ele quem rasga a terra como se fosse um tecido roto e cobre com neve os desnudos picos das montanhas.

É Ele quem esconde uma centena de grãos diferentes dentro de um grão de trigo e faz com que aves choquem ovos. É Ele quem faz com que uma sonolenta crisálida se transforme numa borboleta, e ordena aos corpos dos homens deitados nos túmulos que aguardem pela ressurreição...

Os remadores, embevecidos pelo canto, levantaram seus remos — e o barco purpúreo real passou a navegar lentamente, ao sabor da correnteza. De repente, Herhor levantou-se e gritou:

— Retornar a Mênfis!

Os remos foram postos em ação; o barco deu meia-volta e começou a subir rio acima, seguido pelo minguante canto de Sara:

É Ele quem vê os movimentos do coração do menor dos animais, assim como as ocultas trilhas pelas quais passam os pensamentos do mais solitário dos homens. No entanto, não há quem possa olhar no Seu coração e adivinhar as Suas intenções.

170 | Bolesław Prus

Diante do brilho das Suas vestes, todos os espíritos cobrem seus rostos. Diante do Seu semblante, os deuses de cidades e de nações poderosas se contorcem e ressecam como folhas no outono. Ele é a força, Ele é a sabedoria, Ele é o seu amo e senhor, Israel!...

— Por que Vossa Eminência ordenou que o barco se afastasse? — perguntou a venerável Nikotris.

— Vossa Alteza sabe que canção era esta? — respondeu Herhor, numa língua somente entendida por sacerdotes. — Aquela estúpida jovem cantava, no meio do Nilo, uma oração que somente pode ser rezada nos mais secretos recantos dos nossos templos...

— Quer dizer que ela blasfemava?...

— Por sorte, somente há um sacerdote neste barco — disse o ministro. — E eu não ouvi aquele canto, e se o ouvi, já esqueci. No entanto, temo que os deuses venham a colocar suas mãos sobre aquela jovem.

— Mas como ela poderia conhecer esta oração tão terrível?... Não posso acreditar que Ramsés a tenha ensinado a ela...

— O príncipe não tem qualquer culpa. Vossa Alteza não deve esquecer que os judeus roubaram mais do que um dos nossos tesouros dessa espécie. É por isso que nós os tratamos como os maiores sacrílegos de todos os povos do mundo.

A rainha agarrou o braço do sumo sacerdote.

— E quanto ao meu filho?... — sussurrou, olhando firmemente em seus olhos. — Ele corre algum perigo?

— Garanto a Vossa Alteza que ninguém vai sofrer qualquer mal, já que eu nada ouvi e nada sei... No entanto, vai ser preciso separar o príncipe daquela jovem.

— Mas de uma forma gentil!... Não é verdade, Eminência? — indagou a mãe.

— Da forma mais gentil e mais discreta possível, mas vai ser preciso... Cheguei a pensar — dizia o sacerdote, como se para si mesmo — que eu previra tudo... Tudo, exceto um processo por sacrilégio que, por causa dessa estranha mulher, ameaça o sucessor do trono!...

Herhor calou-se, para acrescentar logo em seguida:

— Sim, Alteza! Pode-se zombar de muitos dos nossos preconceitos, mas a verdade é que o filho do faraó jamais deveria ter se juntado a uma judia...

capítulo 17

DESDE A TARDE NA QUAL SARA CANTARA NO BOTE, O BARCO REAL não voltou a aparecer no Nilo, e o príncipe Ramsés começou a ficar deveras entediado.

Aproximava-se o mês Mechir, ou seja, dezembro. As águas foram baixando, expondo áreas cada vez maiores de terra umedecida. A grama ficava mais alta a cada dia e, no meio dela, emergiam flores das mais diversas cores e com perfumes indescritíveis. Como ilhas num mar esverdeado, surgiam diariamente novos tufos floridos: brancos, amarelos, cor-de-rosa, ou então mantas multicoloridas, que exalavam aromas inebriantes.

Apesar disso, o príncipe se entediava e parecia temer algo. Desde a partida de seu pai, não pusera os pés no palácio e ninguém viera de lá visitá-lo, nem mesmo Tutmozis, que, desde o último encontro, desaparecera como uma serpente na grama. Estariam todos respeitando a sua solidão ou queriam vexá-lo, ou ainda, simplesmente, tinham receio de visitar um príncipe que caíra em desfavor? Ramsés não sabia.

"Quem sabe se o meu pai não vai me afastar da linha sucessória, a exemplo do que fez com meus irmãos mais velhos...?", pensava às vezes o príncipe, com a fronte coberta de suor e as pernas bambas.

Nesse caso, o que lhe caberia fazer?

Além disso, Sara estava adoentada: magra, pálida e com olheiras, queixava-se de enjoos nas madrugadas.

— Alguém deve ter lançado um mau-olhado à pobrezinha... — gemia a esperta Tafet, a quem o príncipe detestava por causa de sua tagarelice e de seus hábitos suspeitos.

Por mais de uma vez o sucessor vira Tafet despachar para Mênfis enormes cestos com comida, roupas de cama e até utensílios. Já no dia seguinte, ela clamava aos céus que na casa faltavam farinha, vinho ou panelas. Desde o dia em que o príncipe se mudara para a propriedade, o consumo de bens aumentara dez vezes.

"Tenho certeza", pensava Ramsés, "que essa tagarela rouba de mim para dar aos seus judeus, que somem de Mênfis durante o dia, mas que, como ratos, se amontoam à noite nas ruas mais imundas da cidade!"

Naqueles dias, a única diversão do príncipe era observar a colheita de tâmaras.

Um empregado nu aproximava-se de uma alta palmeira desprovida de galhos, envolvia sua cintura e o tronco da árvore com um frouxo pedaço de corda e, apoiado nos calcanhares, subia tronco acima atirando seu peso para trás, onde era retido pela corda. Em seguida, elevava o anel formado pela corda, voltava a subir, elevava novamente o anel, subia mais um pouco e, repetindo a operação, ia subindo cada vez mais, sempre correndo o perigo de cair e quebrar o pescoço, até atingir o topo coberto de folhas e tâmaras.

Esses exercícios ginásticos não eram observados somente pelo príncipe, mas também pelas crianças judias. No começo, elas não eram visíveis. Depois, do meio dos arbustos começaram a emergir cabecinhas encaracoladas e brilhantes olhos negros. Ao notarem que o príncipe não as afugentava, as crianças foram saindo dos seus esconderijos e, lentamente, se aproximaram da tamareira. A menor das meninas pegou do chão uma linda tâmara e deu-a a Ramsés. Um dos meninos comeu um dos frutos, ao que as demais crianças passaram ora a comê-las, ora a entregá-las ao príncipe. No início, davam-lhe as melhores; depois, as piores, e, por fim, as já totalmente estragadas.

O futuro dono do mundo ficou pensativo e disse para si mesmo:

"Eles vão se enfiar em todos os lugares e sempre hão de me tratar dessa forma: com frutas boas para me atrair... e com podres, a título de agradecimento!"

Levantou-se e foi embora taciturno, enquanto as crianças de Israel, qual um bando de aves, atiraram-se sobre o fruto do trabalho do empregado egípcio que, no topo da tamareira, cantarolava alegremente sem pensar nos seus ossos e sem se dar conta de que não estava fazendo a colheita para si.

A incompreensível doença de Sara, as suas frequentes lágrimas, o desaparecimento gradual dos seus encantos e, acima de tudo, a presença dos judeus que, tendo parado de se esconder, moviam-se com desenvoltura cada vez maior pela propriedade, quebraram definitivamente o encanto que o príncipe pudesse sentir por aquele belíssimo recanto do mundo. Não navegava mais no seu bote, não mais caçava e não observava a colheita das tâmaras — pelo contrário, com o semblante sombrio, passeava a esmo pelo jardim ou, plantando-se no terraço, seguia com os olhos o palácio real.

Sem ser convocado, ele jamais retornaria à corte, e já estava cogitando a possibilidade de se mudar para as suas propriedades à beira do mar, no Egito Inferior.

E foi nesse estado de espírito que foi encontrado por Tutmozis, que, vindo no grandioso barco real, visitou o príncipe com uma convocação do faraó. Sua Santidade estava retornando de Tebas e desejava que o sucessor do trono fosse ao seu encontro a fim de saudá-lo.

O príncipe tremia, empalidecia e enrubescia ao ler a afável missiva do soberano. Estava tão emocionado que nem chegou a notar a nova gigantesca peruca de Tutmozis, da qual emanavam quinze perfumes diferentes, nem a sua túnica, nem a capa mais transparente que a neblina, nem mesmo as sandálias decoradas com ouro e pedras preciosas.

Depois de um certo tempo, conseguiu controlar-se e, ainda sem olhar para Tutmozis, disse:

— Por que você passou tanto tempo sem me visitar? Ficou com medo do desfavor que caiu sobre mim?

— Pelos deuses! — exclamou o dândi. — Quando foi que você esteve em desfavor, e por parte de quem?! Todos os emissários de Sua Santidade perguntavam como você estava, e a venerável Nikotris e Sua Eminência Herhor por diversas vezes vieram de barco até aqui, na esperança de você dar alguns passos na direção deles, já que eles deram mais de mil... Isso, sem falar dos soldados, que treinam em silêncio como se fossem palmeiras e não saem das casernas, enquanto o distinto Pátrocles está tão arrasado que passa os dias bebendo e praguejando...

Portanto, o príncipe não estava em desfavor, e, se antes estivera, isso já acabara?... Tal pensamento teve no príncipe um efeito comparável ao de um cálice de vinho. Foi tomar banho, untou-se com fragrâncias, vestiu novos trajes de baixo, uma túnica militar e um elmo adornado de plumas e, assim vestido, foi ter com Sara que, pálida e fraca, jazia na cama sob os cuidados de Tafet. Ao vê-lo assim trajado, Sara chegou a soltar um grito. Sentou-se na cama e, pendurando-se em seu pescoço, começou a sussurrar:

— Você está partindo, meu amo?... Você não vai mais retornar!

— Por que diz isso? — espantou-se o príncipe. — Quantas vezes parti e sempre retornei?

— Lembro-me de você com trajes semelhantes... lá, no meu vale... quando o vi pela primeira vez! Oh, onde estão aqueles tempos?... Eles passaram tão rapidamente.

— Pois saiba que vou retornar, trazendo comigo o melhor dos médicos.

— Para quê? — intrometeu-se Tafet. — Ela não está doente; só precisa ficar de repouso. Os médicos egípcios farão com que ela fique doente de vez.

O príncipe nem se dignou a olhar para a tagarela.

— Este mês foi o mais feliz que passei com você — dizia Sara, aninhando-se nos braços de Ramsés —, mas ele não me trouxe felicidade.

No barco real soaram trombetas, repetindo os sons provenientes do alto do rio.

Sara sentiu um tremor percorrer seu corpo.

— Você está ouvindo esses sons terríveis, meu senhor? Sim, está ouvindo e sorrindo e... para a minha desgraça, você se afasta dos meus braços... Quando soam trombetas, nada pode detê-lo, quanto mais esta sua escrava...

— E você queria que eu ficasse para sempre ouvindo o cacarejar das galinhas? — respondeu o príncipe, com impaciência. — Fique bem, e espere por mim com alegria.

Sara soltou-o, mas olhou para ele com tanta tristeza que o príncipe se apiedou e acariciou sua face.

— Fique tranquila... — disse. — Você está com medo das nossas trombetas, mas o que de mau elas podem pressagiar?

— Meu amo — disse Sara —, eu sei que eles vão retê-lo lá... portanto, faça-me um último favor... Vou lhe dar uma gaiola com pombos... eles nasceram e cresceram aqui... Toda vez que sentir saudades de mim, abra a gaiola e deixe que um deles saia... Ele me trará notícias de você, enquanto eu... vou beijá-lo e abraçá-lo... E agora, vá para onde o chamam!

O príncipe abraçou-a e foi para o barco, ordenando ao seu ex-escravo negro que esperasse pelos pombos, e os levasse, depois, para ele.

Diante da aproximação do sucessor, soaram tambores e pífaros, mesclados com gritos de alegria. Ao encontrar-se no meio de soldados, o príncipe soltou um profundo suspiro e estendeu os braços, como se estivesse se libertando de grilhões.

— Que bom! — disse para Tutmozis. — Já não aguentava mais aquelas mulheres e os judeus... Por Osíris!... Prefiro ser queimado em fogo brando a ter que ficar novamente preso nesta propriedade.

— Sim — confirmou Tutmozis —, o amor é como o mel: pode-se degustá-lo com prazer, mas não se deve se banhar nele. Brr!... Chego a ficar arrepiado de horror só de pensar que você passou quase dois meses alimentado por beijos à noite, com tâmaras pelas manhãs e com leite de mulas ao meio-dia.

— Sara é uma mulher muito boa — disse o príncipe.

— Não estou me referindo a Sara, mas àqueles judeus que ocuparam toda a propriedade como papiros num matagal. Você está vendo como eles continuam olhando de longe para você?... Talvez estejam lhe dizendo adeus... — falou o cortesão.

O príncipe deu as costas com desprezo, enquanto Tutmozis piscava alegremente para os oficiais, como se quisesse lhes prenunciar que Ramsés iria abandonar os tais judeus em muito pouco tempo.

Quanto mais avançavam rio acima, mais pessoas se juntavam em ambas as margens, mais barcos singravam as águas do Nilo e mais flores, guirlandas e buquês eram atirados na direção da nave do faraó.

A uma milha de Mênfis, uma multidão com bandeiras e música lançava sons que mais pareciam o prenúncio de uma tempestade.

178 | Bolesław Prus

— E eis Sua Santidade em pessoa! — exclamou Tutmozis alegremente.

Diante da multidão surgiu uma visão única. No meio de uma larga curva do rio navegava a gigantesca nave do faraó, com a frente levantada como o pescoço de um cisne. De ambos os lados, como se fossem suas asas, singravam incontáveis barcos de súditos e, mais atrás, como um gigantesco abanador, estendia-se o séquito do monarca do Egito.

Todos cantavam, gritavam, batiam palmas ou atiravam flores aos pés do Grande Amo, a quem, na verdade, ninguém conseguia ver. Para todos, bastava a bandeira vermelha e azul que tremulava sobre a dourada tenda adornada com penas de avestruz, e que indicava a presença do faraó.

As pessoas nos barcos pareciam bêbadas, e as que estavam às margens, enlouquecidas. A cada momento um barco esbarrava em outro e alguém caía na água, da qual, por sorte, os crocodilos haviam fugido diante da extraordinária algazarra. Nas margens, as pessoas se empurravam, pois ninguém olhava para o seu vizinho, pai ou filho — de olhos fixos na proa do navio e na tenda real. Mesmo os que foram derrubados, pisados pela turba e sentindo suas costelas sendo quebradas não emitiam quaisquer outros gritos a não ser os de:

— Viva eternamente, oh, nosso líder!... Brilhe, oh, Sol do Egito!...

O frenesi de boas-vindas também contagiou os ocupantes do barco do sucessor do trono: oficiais, soldados e remadores disputavam entre si quem gritava mais alto, enquanto Tutmozis, esquecendo-se por completo da presença do sucessor do trono, escalou a proa do barco e quase caiu na água.

De repente, soou uma trombeta na nave do faraó, que logo depois foi respondida por uma no barco do sucessor. A troca de saudações foi repetida mais uma vez — e o barco do sucessor encostou no do faraó.

O Faraó | **179**

Um funcionário chamou Ramsés; uma pequena ponte de cedro foi colocada entre as duas embarcações — e o príncipe encontrou-se diante do pai.

A visão do faraó e a gritaria à sua volta deixaram o príncipe tão atordoado que ele não conseguiu pronunciar uma palavra sequer. Caiu aos pés de seu pai, e o senhor do mundo apertou-o contra o peito sagrado. As abas da tenda foram erguidas e todo o povo, aglomerado em ambas as margens do Nilo, pôde ver seu líder máximo sentado no trono e, junto dele e com a cabeça apoiada no peito paterno, o príncipe Ramsés.

Todos se calaram, a ponto de se poder ouvir a tremulação das flâmulas nos barcos. Em seguida, ecoou um grito ainda mais possante que os anteriores. Através dele, o povo do Egito celebrava o reencontro do pai com filho, dava as boas-vindas ao seu atual amo e saudava o seu sucessor.

Caso alguém achasse que havia alguma discórdia no seio da sagrada família real, teria uma prova concreta de que o novo ramo real estava firmemente preso ao tronco principal da árvore.

Sua Santidade tinha uma aparência adoentada. Após o caloroso abraço no filho, mandou-o sentar-se a seu lado, e disse:

— Minha alma ansiava por você, Ramsés, principalmente por ter recebido informações tão positivas a seu respeito. Hoje, posso constatar que você não é somente um jovem dotado de um coração de leão, mas também um homem comedido, que sabe avaliar seus feitos, se refrear e ter uma profunda noção dos interesses do país.

E, quando o emocionado príncipe permaneceu calado e beijou os pés paternos, o grão-senhor do Egito continuou:

— Você fez muito bem em renunciar aos dois regimentos gregos, pois você merece o corpo de Menfi, que a partir de hoje, passará a comandar.

— Meu pai!... — sussurrou o trêmulo príncipe.

— Além disso, como o Egito Inferior está exposto a ataques inimigos, vou precisar de um homem corajoso e prudente, capaz de captar tudo que se passa à sua volta, avaliar a situação com seu coração e agir rapidamente em caso de necessidade. Em função disso, nomeio-o meu substituto naquela metade do nosso reino.

Uma torrente de lágrimas emanou dos olhos de Ramsés. Com elas, ele se despedia da sua juventude e assumia o poder pelo qual, por anos e com apreensão, ansiara sua alma.

— Estou cansado e doente — dizia o monarca —, e, não fosse minha preocupação com a sua pouca idade e com os destinos da nação, ainda hoje imploraria aos eternamente vivos antepassados para que me chamassem para a sua glória. Mas, a cada dia, o peso da responsabilidade torna-se maior, e é por isso que você, Ramsés, vai começar a compartilhá-lo comigo. Assim como uma galinha ensina seus pintinhos a procurarem grãos e se protegerem do falcão, eu vou lhe ensinar a difícil arte de governar um país e a observar os movimentos dos seus inimigos. Tomara que você possa, no futuro, cair sobre eles como uma águia sobre perdizes atordoadas!

A nave real e seu magnífico séquito chegaram ao palácio. O exausto monarca entrou na liteira e, no mesmo instante, o ministro Herhor aproximou-se do sucessor.

— Permita, distinto príncipe — disse —, que eu seja o primeiro a expressar minha alegria pela sua ascensão. Que Vossa Alteza possa, com o mesmo sucesso, comandar os exércitos e reinar sobre a mais importante província do país, para a eterna glória do Egito.

Ramsés apertou firmemente sua mão.

— É a você que devo isso, Herhor? — perguntou.

— Vossa Alteza fez por merecer — respondeu o ministro.

— Você tem a minha gratidão, e logo verá que ela tem um certo valor.

— Já me sinto recompensado ao ouvir isso — respondeu Herhor.

O príncipe quis se afastar, mas Herhor o reteve.

— Ainda uma palavrinha — disse. — Alerte, sucessor, uma das suas mulheres, Sara, para que não cante mais hinos religiosos.

E, diante do sincero espanto de Ramsés, acrescentou:

— Durante aquele passeio pelo Nilo, ela entoou o mais sagrado dos nossos hinos, que somente pode ser ouvido pelo faraó e por sumos sacerdotes. A pobre criança poderá ser severamente castigada pelo seu talento de cantora e desconhecimento daquilo que canta.

— Teria ela blasfemado?!... — perguntou o atordoado príncipe.

— Involuntariamente — respondeu o sumo sacerdote. — Por sorte, eu fui o único a ouvi-la e acredito que a semelhança entre aquele canto e o nosso hino não seja tão grande assim. Mas, de qualquer modo, diga-lhe para que nunca mais o repita.

— Sim, além de ter de se purgar — observou o príncipe. — Será que bastará que ela, uma estrangeira, ofereça trinta vacas ao templo de Ísis?

— Sim, que ela faça essa oferenda — respondeu Herhor, com um leve esgar. — Os deuses jamais se ofendem com dádivas...

— Quanto a você, nobre senhor — disse Ramsés —, queira aceitar este maravilhoso escudo que eu ganhei do meu santo avô.

— Eu?... O escudo de Amenhotep? — exclamou o emocionado ministro. — Serei digno dele?...

— Você já se iguala a ele em sabedoria, e estou certo que vai igualar-se também em estatura.

Herhor, calado, fez uma profunda reverência. O escudo em questão, incrustado de pedras preciosas, além do grande valor monetário, era também um amuleto; portanto, um autêntico presente real.

Pórem, mais significativas ainda foram as palavras do príncipe; as de que ele, Herhor, viria a se igualar a Amenhotep em estatura. Amenhotep era sogro do faraó... Será que o príncipe já decidira se casar com a sua filha?...

Aquilo sempre fora o mais desejado dos sonhos do ministro e da rainha Nikotris. No entanto, era forçoso reconhecer que Ramsés, ao falar de futuros postos de Herhor, não pensou, nem por um momento, na ideia de casar-se com sua filha, mas na de lhe conferir novos postos hierárquicos, disponíveis aos montes, tanto nos templos quanto na corte.

capítulo 18

DESDE O DIA EM QUE SE TORNOU REPRESENTANTE DO FARAÓ NO Egito Inferior, Ramsés passou a levar uma vida muito mais exaustiva do que imaginara, apesar de ter nascido e sido criado no meio da corte real.

Sentia-se tiranizado, e seus algozes eram pessoas interessadas em todo tipo de questões e provenientes das mais diversas classes sociais.

Já no primeiro dia a multidão chegou a derrubar uma parte do muro que cercava a sua vila, e o sucessor teve de pedir que a mesma fosse protegida por uma guarda real. Mas, mesmo assim, foi obrigado a fugir dela no terceiro dia, indo se refugiar no palácio real, onde, graças a um corpo de guarda mais numeroso e muros elevados, o acesso era dificultado às pessoas comuns.

No decurso da década precedente à sua partida, passaram diante dos olhos de Ramsés representantes de todo o Egito, se não de todo o mundo daquela época.

Os primeiros a serem admitidos foram os grandes do reino: sumos sacerdotes dos templos e ministros, além de emissários fenícios, gregos, judeus, assírios, núbios. Em seguida, vieram os líderes dos reinos vizinhos, juízes, escribas, oficiais de alta patente do corpo de Menfi e proprietários de terras. Não vinham lhe pedir algo, mas apenas demonstrar sua satisfação. No entanto, o príncipe, tendo de ouvi-los desde a madrugada até o anoitecer, sentia uma confusão na cabeça e um tremor em todos os membros.

Depois, vieram os representantes dos estratos mais baixos da sociedade, trazendo-lhe dádivas: comerciantes com ouro, âmbar, tecidos estrangeiros, incensos e frutas. Depois, banqueiros e agiotas. Depois ainda, arquitetos com planos de novas edificações, escultores com projetos de estátuas e baixos-relevos, pedreiros, fabricantes de utensílios de barro, carpinteiros, ferreiros, fundidores, curtidores, vinheiros, tecelões, até parasitas que preparavam os cadáveres para serem embalsamados.

Ainda não terminara a procissão dos que o homenageavam, e já surgira um exército de pedintes. Viúvas e órfãos de oficiais demandavam soldos, membros da aristocracia pediam cargos para seus filhos, engenheiros apresentavam formas alternativas de irrigação, médicos sugeriam ervas contra todo tipo de doenças, adivinhos ofereciam seus serviços na interpretação de horóscopos. Parentes de prisioneiros pediam reduções de penas, doentes imploravam que o príncipe os tocasse ou, pelo menos, lhes desse um pouco da sua saliva.

Finalmente, vinham mulheres de rara beleza, bem como mães de donzelas atraentes, pedindo humilde e insistentemente que o príncipe as aceitasse em sua casa, indicando a remuneração almejada e louvando a virgindade e os inúmeros talentos das suas filhas.

Tendo passado dez dias olhando para aquela procissão de pessoas e rostos e ouvindo seus pedidos que, caso fossem atendidos, teriam esgotado todos os tesouros do mundo e dos deuses, o príncipe Ramsés sentiu-se esgotado. Estava tão exasperado que não conseguia mais dormir e ficava irritado até com o zumbido de uma mosca, chegando a ponto de não entender o que lhe diziam.

E foi aí que Herhor veio novamente em sua ajuda. Ordenou que fosse dito aos dignitários que o príncipe não iria mais recebê-los. Quanto ao populacho, que, apesar dos diversos avisos de que deveria se dispersar continuava aglomerado diante do palácio, enviou uma companhia de soldados núbios munidos de bastões. Estes, de uma forma incomparavelmente mais fácil do que seria capaz Ramsés, souberam satisfazer a ganância humana. Em menos de uma hora, os pedintes sumiram das cercanias do palácio e, nos dias seguintes, um ou outro fazia compressas na cabeça ou em outras partes doloridas do corpo.

Depois desse teste do exercício do poder supremo, o príncipe adquiriu um profundo desprezo pelo povo e entrou num estado de apatia. Ficou por dois dias deitado num sofá, com os braços debaixo da cabeça e o olhar vagando pelo teto. Já não se espantava com o fato de seu digníssimo pai passar dias inteiros diante dos altares dos deuses, mas não conseguia compreender como Herhor podia dar conta da avalanche de interesses que, como uma tempestade, não só excedia a resistência de um homem, como até poderia esmagá-lo.

"Como poderei implementar meus planos se a multidão de pedintes confunde a minha capacidade de escolha, devora os meus pensamentos e suga o meu sangue?... Depois de dez dias já estou doente, e após um ano certamente terei enlouquecido!... Nesta função é impossível traçar quaisquer projetos, mas simplesmente se defender da loucura..."

Estava tão apavorado com sua impotência que convocou Herhor e, de forma chorosa, lhe expôs sua aflição.

O estadista escutou com um sorriso as lamúrias do jovem timoneiro da nação, dizendo finalmente:

186 | Bolesław Prus

— Vossa Alteza sabia que este gigantesco palácio foi construído somente por um arquiteto, chamado Senebi, e que ele morreu antes de concluí-lo? E Vossa Alteza sabe por que aquele eternamente vivo arquiteto conseguiu seu intento sem ficar exausto e sempre mantendo seu bom humor?

— Por quê?

— Por não ter feito tudo sozinho; não carregou tábuas e pedras, não cozeu tijolos, não os levou para os andaimes, não os colocou uns sobre os outros, nem os uniu. Ele apenas desenhou a planta e, mesmo assim, teve quem o ajudou naquela tarefa. Enquanto isso você, príncipe, quis fazer tudo você mesmo; ouvir e resolver pessoalmente todos os assuntos. E isso, Alteza, excede as forças humanas.

— Mas como poderia agir de outra forma, quando no meio dos pedintes havia pessoas que foram injustiçadas ou não recompensadas de forma adequada? Afinal, a justiça é o fundamento da nação — respondeu o sucessor.

— Quantas pessoas Vossa Alteza é capaz de ouvir num dia, sem se cansar? — perguntou Herhor.

— Digamos... vinte...

— Então Vossa Alteza é um homem afortunado — observou o sumo sacerdote, fazendo a seguinte preleção:

"Eu nunca ouço mais do que de seis a dez, mas não simples pedintes, e sim grão-escribas e ministros. Nenhum deles me reporta coisas sem importância, mas apenas os acontecimentos mais significativos que ocorreram no exército, nas propriedades do faraó, em questões religiosas, nos tribunais, nas províncias, nos movimentos do Nilo. Eles não me trazem assuntos triviais por terem, antes de falar comigo, ouvido dezenas de escribas secundários, sendo que cada um desses escribas secundários e administradores colheu informações de dez subescribas e subad-

O Faraó | 187

ministradores, e estes, por sua vez, receberam relatórios de dez funcionários subordinados a eles.

"Dessa forma, eu e Sua Santidade, conversando apenas com dez homens por dia, tomamos conhecimento de tudo de importante que aconteceu em cem mil pontos do país e do mundo.

"Um guarda que zela por um pedaço de uma rua de Mênfis vê apenas algumas casas. Um decurião conhece a rua inteira, um centurião um bairro da cidade e o comandante dos guardas, a cidade inteira. Quanto ao faraó, ele paira acima de tudo, como se estivesse no mais alto dos pilonos do templo de Ptah, e não vê somente Mênfis, mas todas as demais cidades e suas cercanias, bem como um pedaço do deserto ocidental.

"Embora, daquela altura, Sua Santidade não possa enxergar pessoas injustiçadas ou não recompensadas, ele poderá ver uma multidão de trabalhadores desempregados. Não poderá notar se um soldado está fora da formação, mas terá condições de se certificar se o regimento está treinando adequadamente. Não verá o que está sendo cozinhado numa choupana, mas notará imediatamente o início de um incêndio no bairro de uma cidade.

"Essa forma de administração é a nossa glória e o nosso poder. E quando Snofru, um dos faraós da primeira dinastia, perguntou a um dos seus sacerdotes qual monumento deveria erguer em sua homenagem, este lhe respondeu: 'Desenhe, meu amo, um quadrado no chão e cubra-o com seis milhões de rochas. Elas representarão o povo. Sobre essa camada, coloque sessenta mil pedras não polidas. Elas serão os seus funcionários subalternos. Sobre elas, coloque seis mil pedras lapidadas, que representarão os funcionários mais graduados. Sobre elas, coloque sessenta peças adornadas por baixos-relevos. Esses serão os seus conselheiros mais próximos e líderes militares. Finalmente, no topo, coloque um único bloco, adornado com uma imagem dourada do sol; ela será Vossa Santi-

188 | Bolesław Prus

dade.' O faraó fez o que lhe fora sugerido, e foi assim que surgiu a primeira pirâmide com degraus, a autêntica representação do nosso país, da qual nasceram todas as demais. Trata-se de estruturas irremovíveis, de cujos topos é possível ver todos os recantos do mundo, e que serão objeto de admiração para as gerações futuras.

"E é nesse arranjo que consiste a nossa predominância sobre os nossos vizinhos. Os etíopes eram tão numerosos quanto nós, mas o seu rei zelava pessoalmente pelo seu gado, castigava pessoalmente os seus súditos, sem mesmo saber quantos eles eram e sem ser capaz de juntá-los quando as nossas tropas invadiram seu território. Lá não houve uma grande Etiópia, mas uma gigantesca aglomeração de gente desorganizada. O resultado disso é que eles hoje são nossos vassalos.

"O príncipe da Líbia julga pessoalmente cada caso, principalmente os dos que são mais ricos, e dedica tanto tempo a eles que mal tem tempo de olhar em volta de si.

"E saiba ainda, Alteza, que caso a Fenícia tivesse um governante único, capaz de saber do que se passa à sua volta e cujas ordens fossem obedecidas por todos, aquele país não nos pagaria sequer uma dracma de tributos. Como é afortunado para nós que os reis de Nínive e de Babel tenham apenas um ministro cada e vivam soterrados por problemas cotidianos, assim como Vossa Alteza está hoje! Eles querem saber de tudo, tudo julgar e tudo ordenar e, devido a isso, emaranham as questões do Estado para os próximos cem anos. Se aparecesse por lá um mísero escriba egípcio e lhes explicasse os seus erros e os convencesse a instituir a nossa forma hierárquica de administrar, em menos de dez anos, tanto a Judeia quanto a Fenícia se livrariam do jugo assírio e, algumas décadas mais tarde, nós teríamos de enfrentar exércitos poderosos vindos por mar e por terra, do leste e do norte, aos quais, eventualmente, não poderíamos resistir."

O Faraó | 189

— Então deveríamos atacá-los hoje, aproveitando-nos da sua falta de organização! — exclamou o príncipe.

— Ainda não descansamos o suficiente depois de nossas últimas conquistas — respondeu Herhor friamente, começando a despedir-se de Ramsés.

— Por acaso as nossas vitórias nos enfraqueceram?! — explodiu o príncipe.

— E não fica cego o gume de um machado usado na derrubada de árvores? — perguntou Herhor, saindo da sala.

O príncipe compreendeu que o grande ministro desejava paz a qualquer custo, apesar de ser o comandante em chefe das forças armadas.

"Veremos!...", murmurou para si mesmo.

Alguns dias antes de partir, Ramsés foi chamado à presença de Sua Santidade. O faraó estava sentado numa poltrona, no interior de uma deserta sala de mármore, cujas quatro entradas eram guardadas por guerreiros núbios.

Junto da poltrona do faraó havia um banquinho para o príncipe e uma pequena mesa repleta de papiros. As paredes da sala eram cobertas de baixos-relevos coloridos e, nos cantos, viam-se tesas estátuas de Osíris, com um sorriso melancólico no rosto.

A um sinal de seu pai, o príncipe sentou-se, e Sua Santidade disse:

— Eis aqui, caro príncipe, os documentos que o tornam comandante do corpo de Menfi e meu representante no Egito Inferior. É verdade que os seus primeiros dias de mando o deixaram esgotado?

— Estando a serviço de Vossa Santidade, hei de recuperar as forças.

— Bajulador! — sorriu o monarca. — Saiba que não quero que você fique assoberbado... Divirta-se; a juventude necessita de entretenimento... o que não quer dizer que você não vá ter assuntos importantes para resolver.

— Estou pronto.

— Em primeiro lugar... vou lhe confidenciar as minhas aflições. O nosso tesouro está num estado lastimável; os impostos arrecadados diminuem a cada ano, especialmente no Egito Inferior, ao passo que as despesas aumentam...

O faraó ficou pensativo.

— As mulheres... as mulheres, Ramsés, devoram os bens não só dos mortais, mas também os meus. Tenho algumas centenas delas, e cada uma quer ter o maior número de empregadas, modistas, cabeleireiras, escravos para carregar liteiras, escravos para arrumar seus aposentos, cavalos, remadores, até seus favoritos e filhos... criancinhas!... Quando estava retornando de Tebas, uma dessas mulheres, da qual nem me lembro, plantou-se diante de mim e, apresentando-me um gorducho de uns três anos, exigiu que eu lhe desse uma propriedade, alegando que ele era filho meu... Um filho de três anos, está ouvindo?... Obviamente, eu não pude discutir com aquela mulher, especialmente por se tratar de um assunto tão delicado. No entanto, para um homem bem-nascido é muito mais fácil ser polido do que arrumar dinheiro para tal tipo de fantasia...

Balançou a cabeça, descansou um pouco e voltou a falar:

— Enquanto isso, desde o início do meu reinado, as minhas receitas, principalmente as provenientes do Egito Inferior, foram reduzidas pela metade. Eu pergunto: o que significa isso? E eles respondem: o povo empobreceu, a população diminuiu, o mar se apossou de uma parte das terras no norte e o deserto de uma parte das terras no leste, algumas colheitas não foram boas, em suma, desculpas e mais desculpas; enquanto isso, o tesouro continua minguando...

O Faraó | 191

Mais uma pausa, e em seguida o faraó continuou:

— Diante disso, peço-lhe que esclareça esta questão. Olhe em volta, trave conhecimento com pessoas bem informadas e confiáveis e forme com elas uma comissão investigadora. E quando ela começar a lhe apresentar relatórios, não confie demasiadamente nos papiros e verifique alguns pontos pessoalmente. Ouço que você tem o olho de um líder; se isso for verdade, bastará um olhar seu para saber se aquilo que lhe apresentam é verdadeiro ou não. Mas não se apresse no julgamento e, acima de tudo, não o anuncie. Registre por escrito cada uma das conclusões importantes que lhe vierem à cabeça num determinado dia e, passados alguns dias, volte a analisar a mesma questão, registrando a sua nova conclusão. Isso lhe ensinará a ter cautela nos julgamentos e acuidade nas observações.

— Será feito assim como Vossa Santidade ordena — disse o príncipe.

— A sua segunda missão é mais difícil. Algo estranho está acontecendo na Assíria, e isso começa a preocupar o nosso governo. Os nossos sacerdotes contam que, atrás do mar do Norte, há uma montanha piramidal, normalmente coberta de vegetação na base e com neve no topo, que se comporta de forma estranha. Depois de permanecer calma por anos, repentinamente começa a expelir fumaça, tremer, ribombar e expelir de si tanto fogo líquido quanto há água no Nilo. Esse rio de fogo escorre por seus lados por quilômetros e destrói o trabalho dos agricultores. Pois saiba, meu príncipe, que a Assíria é como essa montanha. Pode ficar calma por séculos e, sem mais nem menos, explodir como uma tempestade interna, expelindo não se sabe de onde exércitos poderosos que destroem seus pacíficos vizinhos. Neste momento, há uma certa agitação em Nínive e Babel; a montanha está fumegando. Portanto, você terá de se certificar se essa fumaça prenuncia de fato uma erupção e, em caso positivo, encontrar meios de preveni-la.

— Será que serei capaz disso? — perguntou baixinho o príncipe.

— É preciso aprender a olhar — disse o monarca. — Quando você quiser ter certeza de algo, não se contente apenas com aquilo que viu com seus próprios olhos, mas peça ajuda de outros pares. Não se limite apenas àquilo que lhe dizem os egípcios, pois cada nação e cada povo têm a sua própria forma de ver as coisas e, com isso, não capta toda a realidade. Portanto, ouça o que os fenícios, judeus, hititas e egípcios têm a dizer sobre os assírios. Depois, analise cuidadosamente, no seu coração, o que há de comum no que eles lhe disserem. Se todos lhe disserem que a Assíria representa um perigo, você pode estar certo de que ele virá. Mas mesmo se cada um lhe contar uma versão diferente, continue atento, pois a sabedoria humana nos ensina que devemos esperar pelo pior, e não pelo melhor.

— Vossa Santidade fala como deuses! — sussurrou Ramsés.

— Sou velho, e da altura do trono se veem coisas que simples mortais nem podem imaginar. Se você indagasse ao Sol o que ele acha dos assuntos terrenos, ouviria coisas ainda mais surpreendentes.

— Entre os homens que devo consultar sobre a Assíria, o pai não mencionou os gregos — observou o sucessor.

O faraó sacudiu a cabeça e sorriu benignamente.

— Os gregos!... Ah, os gregos!... — disse. — Um grande futuro aguarda aquele povo. Perto de nós, eles não passam de criancinhas, mas que alma poderosa vive nos seus peitos!... Você está lembrado daquela imagem minha esculpida por um artista grego?... É um outro eu, um homem vivo!... Mantive-a por meses no palácio, mas acabei doando-a a um templo em Tebas. Sabe por quê? Porque fiquei com medo de este eu de pedra levantar-se do trono e demandar o direito de compartilhar o poder faraônico comigo... Que confusão isso não iria causar no Egito!... Ah, os gregos!... Você chegou a ver os vasos que eles moldam ou os palácios que constroem?... Do barro e da pedra emerge algo que alegra a minha velhice e me faz esquecer da minha doença... E a sua fala?... Oh, deuses!... É como música!... Digo-lhe com toda a franqueza: caso o Egito pudesse morrer como um ser humano, a sua descendência seria absorvida pelos gregos... e eles ainda seriam capazes de anunciar aos quatro ventos que tudo isso foi obra deles e que nós simplesmente nunca existimos... E, no entanto, eles são apenas alunos nas nossas escolas primárias, já que, como você bem sabe, não podemos conferir estudos superiores a estrangeiros.

— E, apesar disso tudo, o pai parece não confiar neles...

— Porque se trata de um povo muito peculiar. Não se pode confiar neles nem nos fenícios. Um fenício, quando quer, é capaz de falar a verdade mais pura, uma verdade egípcia... só que você nunca sabe quando ele está disposto a isso. Já um grego, simples como uma criança, sempre diria a verdade... só que ele é incapaz disso. Os gregos veem o mundo de forma diversa de nós. Aos seus olhos, todas as coisas brilham, tremulam e mudam de cor, como o céu e as águas do Egito. Como, então, poderíamos dar crédito às suas palavras? Nos tempos da dinastia de Tebas, lá longe, no norte, havia uma cidadezinha chamada Troia, igual às vinte mil semelhantes que temos no Egito. Pois esse galinheiro foi atacado por alguns vagabundos gregos que tanto maltrataram os seus pobres habitantes que estes, após dez anos de sofrimento, incendiaram a cidade e se mudaram para uma outra. Uma simples história de banditismo! Pois você precisa ouvir os hinos heroicos que os gregos entoam sobre as tais "guerras troianas"!... Nós achamos graça desses milagrosos atos heroicos, uma vez que o nosso governo dispõe de relatos convincentes de tudo que se passou. Vemos as evidentes mentiras que são contadas e... no entanto... ouvimos esses cantos como uma criança ouve fábulas contadas pela mãe... e não conseguimos deixar de nos encantar com eles!... Assim são os gregos: mentirosos

194 | Bolesław Prus

natos, mas agradáveis e... valentes. Cada um deles prefereria sacrificar sua própria vida a dizer uma verdade; não por ganância, como os fenícios, mas por uma necessidade d'alma.

— E o que devo pensar dos fenícios? — perguntou o sucessor.

— São homens sábios, extremamente laboriosos e corajosos, mas têm alma de comerciantes. Para eles, a vida se resume em lucro; quanto maior, melhor! Um fenício é como água: traz muito, mas também muito leva, além de se infiltrar em todos os lugares. Deve-se-lhes dar o mínimo possível e, acima de tudo, ficar atento para que não penetrem no Egito às escondidas, através de fendas. Se você remunerá-los adequadamente, eles podem ser ótimos agentes; tudo o que sabemos sobre os misteriosos movimentos dos assírios, obtivemos por intermédio deles.

— E quanto aos judeus? — sussurrou o príncipe, baixando os olhos.

— Um povo esperto, mas formado por fanáticos mórbidos e eternos inimigos do Egito. Somente quando sentirem as pesadas sandálias da Assíria sobre os seus pescoços é que buscarão nossa ajuda. Tomara que não seja tarde demais. Mas nada impede que utilizemos seus serviços... evidentemente não aqui, mas em Nínive e Babel.

O faraó estava cansado. Diante disso, o príncipe se prostrou diante dele e, tendo recebido o abraço paterno, foi ter com sua mãe.

A dama, sentada no seu gabinete, tramava um tecido para uma veste dos deuses, enquanto suas damas de companhia cosiam e bordavam roupas ou faziam buquês. Um jovem sacerdote queimava incenso diante da imagem de Ísis.

— Venho — disse o príncipe — para lhe agradecer e me despedir.

A rainha se ergueu e, abraçando o filho, disse, através das lágrimas:

— Como você mudou!... Já é um homem!... Vejo você tão pouco que até seria capaz de esquecer sua fisionomia, caso não a estivesse contemplando sempre no meu coração. Seu malvado!... Por quantas vezes eu, acompanhada pelo mais alto dignitário do país, naveguei até aquela propriedade esperando que você não estivesse mais zangado comigo, mas você só apareceu com a sua concubina...

— Perdoe-me!... Perdoe-me! — dizia o príncipe, beijando a mãe.

A rainha conduziu-o até o jardim e, vendo que estavam sozinhos, disse:

— Sou uma mulher e, portanto, estou interessada na mulher e na mãe. Você pretende levar aquela jovem consigo? Não se esqueça de que qualquer agitação poderá prejudicar o desenvolvimento da criança. Para uma mulher grávida, o melhor é ficar em repouso.

— Você está se referindo a Sara? — perguntou o espantado Ramsés. — Ela está grávida?... Ela não comentou isso comigo...

— Talvez ela estivesse com vergonha, ou nem mesmo soubesse — disse a dama. — De qualquer modo, uma viagem...

— Mas eu não tenho a mínima intenção de levá-la comigo! — exclamou o príncipe. — Apenas... por que ela ocultou isso de mim... como se a criança não fosse minha?

— Não fale bobagens! — repreendeu-o a mãe. — Trata-se de uma típica timidez de jovens... Além do quê, talvez ela tenha ocultado o seu estado com medo de que você a abandonasse.

— Mas eu nunca tive intenção de instalá-la na minha corte! — interrompeu-a o príncipe, com tal ênfase que os olhos da rainha chegaram a brilhar, algo que ela ocultou imediatamente baixando suas pestanas.

— Bem, não é muito digno abandonar repentinamente uma mulher que tanto o amou. Sei que você já assegurou seu sustento. Nós também lhe daremos algo, da nossa parte. Uma criança de sangue real precisa receber uma educação adequada e dispor de bens.

— É lógico — respondeu Ramsés. — O meu primogênito, embora não tenha as prerrogativas de um príncipe, precisa ser criado

196 | Bolesław Prus

de tal forma que eu não possa sentir vergonha dele nem ele ter mágoa de mim.

Depois de se despedir da mãe, Ramsés quis visitar Sara e, com essa intenção, dirigiu-se aos seus aposentos. No seu âmago havia um conflito de dois sentimentos: raiva, por ela ter ocultado dele o seu estado, e orgulho diante da perspectiva de tornar-se pai. Ser pai! Este título elevou a gravidade da sua condição de substituto do faraó. Um pai já não é mais um simples jovem obrigado a olhar com respeito para os mais velhos.

O príncipe estava encantado e comovido. Queria ver Sara, repreendê-la e, depois, abraçá-la e cobri-la de presentes. No entanto, ao chegar à sua ala do palácio, encontrou nela dois nomarcas do Egito Inferior, com informações sobre os seus reinos. Quando terminou de ouvi-los, já estava cansado, e, além disso, haveria uma recepção naquela noite nos seus aposentos, à qual ele não queria chegar atrasado.

"Coitada, mais uma vez não vou ter com ela", pensou. "A pobrezinha já não me vê há mais de vinte dias."

Chamou o ex-escravo.

— Você está com aquela gaiola que Sara lhe deu quando saudávamos Sua Santidade?

— Sim — respondeu o negro.

— Pegue um dos pombos e deixe-o partir.

— Todos os pombos já foram comidos.

— Quem os comeu?

— Vossa Alteza. Quando eu disse ao cozinheiro que os pombos eram um presente da senhora Sara, ele os usou exclusivamente para fazer assados e patês para Vossa Alteza.

— Tomara que vocês sejam devorados por crocodilos! — exclamou o perturbado príncipe.

Em seguida, chamou Tutmozis e despachou-o imediatamente ao encontro de Sara. Contou-lhe o incidente com os pombos e concluiu:

— Leve para ela um par de brincos de esmeralda, braceletes para pernas e braços e dois talentos. Diga-lhe que fiquei zangado por ela ter ocultado a gravidez de mim, mas que a perdoarei se a criança for bonita e sadia. E se for um menino, então lhe darei mais uma propriedade!... No entanto, convença-a a despedir pelo menos alguns dos judeus e contratar alguns egípcios e egípcias. Não quero que meu filho venha ao mundo em tal companhia e ainda acabe brincando com crianças judias. Elas o ensinariam a dar ao seu pai as tâmaras mais podres!...

capítulo 19

O BAIRRO DE ESTRANGEIROS DE MÊNFIS FICAVA NO CANTO NORDESTE da cidade, perto da margem do Nilo. Era formado por algumas centenas de casas e contava com mais de 10 mil habitantes das mais diversas nacionalidades: assírios, judeus, gregos e — principalmente — fenícios.

Era um bairro rico. Sua artéria principal consistia numa avenida com 30 passos de largura, bastante reta e pavimentada com lajes. Ao longo, de ambos os lados, erguiam-se casas de tijolo, arenito ou pedras calcárias, de três a cinco andares. As matérias-primas eram armazenadas nos porões, os andares térreos eram ocupados por lojas, nos primeiros andares moravam as pessoas mais ricas, nos intermediários estavam instaladas as oficinas de tecelagem, sapatarias e ourivesarias, enquanto nos mais altos ficavam os apinhados alojamentos dos empregados.

A maioria dos edifícios do bairro, aliás como do restante da cidade, era branca. No entanto, aqui e ali podiam ser vistas construções verdes como gramados, amarelas como campos de trigo, azuis como o céu ou vermelhas como sangue. Suas portas de entrada eram decoradas com imagens indicativas das profissões dos seus ocupantes.

O Faraó | 199

Na casa do ourives, uma série de desenhos anunciava que o seu proprietário vendia colares e pulseiras de sua fabricação a reis de países estrangeiros. O gigantesco palácio de um comerciante era coberto por pinturas que descreviam as dificuldades e os perigos da atividade comercial — cenas marítimas com homens sendo agarrados por monstros com caudas de peixe, paisagens desérticas com dragões alados soltando fogo pelas ventas, ou imagens de ilhas distantes e habitadas por gigantes cujas sandálias eram maiores do que navios fenícios.

Na parede do seu consultório, um médico pintara retratos das pessoas que, graças aos seus serviços, recuperaram braços e pernas, dentes e até a juventude. No prédio ocupado pelas autoridades administrativas do bairro, podiam ser vistas imagens de um barril no qual pessoas atiravam moedas, de um escriba a quem alguém sussurrava algo no ouvido e de um penitente prostrado ao chão e sendo chicoteado por dois serviçais.

A rua estava cheia. Ao longo das paredes, dezenas de carregadores de liteiras, portadores de flabelos, meninos de recados e toda sorte de outros profissionais, prontos para oferecerem seus serviços. Na pista central, uma interminável corrente de mercadorias transportadas por carregadores, asnos ou bois atrelados a carroças. As calçadas eram tomadas por vendedores ambulantes, anunciando seus produtos em altos brados: água, uvas, tâmaras, peixes secos e, entre eles, vendedoras de flores, malabaristas, músicos e outros artistas.

No meio daquela torrente humana, que fluía, se estendia, contorcia, comprava e vendia nas mais diversas línguas, destacavam-se os membros da polícia. Vestidos com túnicas marrons e um pequeno avental com listras azuis e vermelhas, tinham as pernas desnudas e estavam armados com uma curta espada presa à cintura e um possante porrete na mão. Passeavam pela calçada, volta e meia falavam algo a um dos seus colegas, mas, na maioria das vezes, ficavam parados em cima de uma pedra, para poder observar melhor a multidão que deslizava a seus pés.

Diante de tal vigilância, os ladrões de rua tinham de agir com muita cautela. Em regra, dois deles simulavam uma briga, e quando se juntava uma multidão e os policiais davam bastonadas tanto nos brigões quanto nos espectadores, seus comparsas se aproveitavam da confusão para roubar.

A meio caminho da rua, ficava o albergue de um fenício de Tiro, Asarhadon, no qual eram obrigados a se alojar todos os viajantes provenientes do estrangeiro. Era um grande prédio quadrangular, com dezenas de janelas em cada parede e erguido no centro do terreno, de modo que podia ser circundado e observado de todos os lados. Sobre o portão principal pendia a miniatura de um navio fenício, enquanto suas paredes frontais eram adornadas por pinturas representando Sua Santidade Ramsés XII oferecendo dádivas a deuses e abençoando estrangeiros, no meio dos quais os fenícios se destacavam por sua elevada estatura e brilhante tez avermelhada.

As janelas eram estreitas, quase sempre abertas e somente cobertas em caso de necessidade por cortinas de pano ou fieiras de contas multicoloridas. Os aposentos do hospedeiro e dos viajantes ocupavam três andares, e no andar térreo ficava o restaurante e uma loja de vinhos. Os marinheiros, carregadores, artesãos e demais viajantes mais pobres comiam e bebiam no pátio, sob tendas de pano, enquanto os mais bem-nascidos ou ricos banqueteavam-se nas galerias que o circundavam.

No pátio, as pessoas comiam sentadas no chão, junto a pedras que serviam de mesas. Nas galerias, onde o ar era mais fresco, havia mesinhas, bancos e cadeiras, além de pequenos sofás com almofadas, sobre os quais se podia tirar uma soneca. Em cada galeria havia uma mesa com pão, carnes, peixes e frutas, bem como vasos com cerveja, vinho e água. Escravos negros de ambos os sexos distribuíam comida entre os convivas, removendo recipientes vazios e trazendo outros cheios do porão, enquanto atentos escribas, postados junto das mesas, anotavam cuidadosamente cada pedaço de pão, cada dente de alho e cada caneco d'água. Dois funcionários munidos de bastões ficavam em cima de um estrado no meio do pátio, mantendo os olhos nos empregados e escribas e, com a ajuda dos bastões, mitigavam as disputas entre os hóspedes de várias nacionalidades. Graças a esse arranjo, roubos e brigas eram muito raros, sendo mais comuns nas galerias do que no pátio.

O dono do estabelecimento, Asarhadon, um homem de cinquenta anos, grisalho e vestido com uma camisola e capa de musselina, andava entre os hóspedes, assegurando-se de que cada um recebia o que precisava.

— Comam e bebam à vontade, meus filhos — dizia aos marinheiros gregos —, pois não há no mundo uma carne de porco ou uma cerveja que se igualem às daqui. Ouvi dizer que vocês pegaram uma tempestade perto de Rafi. Vocês deveriam fazer uma oferenda aos deuses por terem se safado dela!... Aqui, em Mênfis, pode-se passar a vida inteira sem se ver uma tempestade, mas no mar é mais fácil ver um raio do que uma mísera dracma... Tenho aqui mel, farinha e incenso para dádivas e lá, nos cantos, imagens de deuses de todas as nações. Nesta hospedaria, um homem pode se alimentar e ser pio ao mesmo tempo, sem ter que gastar uma fortuna para isso.

Deu meia-volta e subiu para as galerias.

— Comam e bebam, veneráveis senhores — encorajava os comerciantes. — As coisas vão bem! O distintíssimo sucessor, que possa viver eternamente, está de partida para Pi-Bast com um séquito enorme e, do Reino Superior, veio um carregamento de ouro, que deverá proporcionar aos senhores lucros consideráveis. Temos codornas, tenros gansos, peixes vindos diretamente do rio e um maravilhoso assado de corça. E que vinho acabei de receber do Chipre!... Que eu me transforme num judeu se um caneco desse néctar não valer duas dracmas! Mas para vocês, que são meus amigos, ofereço-o hoje por uma dracma. Mas somente hoje, para aguçar o seu apetite!

— Se você cobrar meia dracma por caneco, seremos capazes de prová-lo — respondeu um dos comerciantes.

— Meia dracma?!... — repetiu o hospedeiro. — É mais provável o Nilo inverter o seu curso do que eu oferecer tal delícia por meia dracma. Só se for a vós, senhor Belezis, que sois a pérola de Sídon... Ei!... Escravos!... Tragam uma barrica de vinho do Chipre para estes cavalheiros.

Quando Asarhadon se afastou, o comerciante Belezis comentou:

— Duvido que este vinho valha mais de meia dracma. Mas vamos tomá-lo; pelo menos não teremos complicações com a polícia.

A atenção dispensada aos hóspedes das mais diversas nacionalidades não impediu o hospedeiro de ficar atento ao trabalho dos escribas que anotavam o consumo, aos funcionários que cuidavam dos empregados e dos escribas e, principalmente, a um viajante que, sentado com as pernas encolhidas sobre uma almofada na galeria frontal, dormitava sobre um punhado de tâmaras e um caneco d'água. O viajante em questão tinha cerca de quarenta anos, longos cabelos, espessa barba negra e traços surpreendentemente refinados que, aparentemente, jamais haviam sido enrugados pela raiva ou contorcidos pelo medo.

"Eis um tipo perigoso", pensava o hoteleiro, olhando para ele furtivamente. "Tem o semblante de um sacerdote, mas veste uma capa escura... Depositou comigo ouro e joias que valem mais de um talento, mas não come carne nem bebe vinho... Ou é um grande profeta ou um grande ladrão!..."

Dois encantadores de serpentes, desnudos e com uma bolsa cheia de répteis venenosos, entraram no pátio e iniciaram o espetáculo. O mais jovem tocava uma flauta, ao passo que o mais velho se enrolava na cobras, das quais uma só bastaria para pôr em fuga todos os hóspedes do albergue. A flauta soava cada vez mais aguda enquanto o encantador se contorcia, babava, agitava convulsivamente e provocava os répteis. Por fim, uma das serpentes mordeu seu braço, uma outra seu rosto, enquanto uma terceira — a menor de todas — foi engolida por ele.

Os hóspedes e empregados olhavam para o espetáculo preocupados. Tremeram quando o encantador provocara os répteis, fecharam os olhos quando um deles o mordeu, mas quando este engoliu a serpente — soltaram gritos de alegria e admiração.

Somente o viajante instalado na galeria frontal não abandonou suas almofadas, nem mesmo dignou-se a olhar para a exibição, e quando o encantador se aproximou dele para receber uma gorjeta, atirou duas moedas no chão e fez um sinal com a mão para que não chegasse mais perto.

O espetáculo durara uma hora. Assim que os encantadores abandonaram o pátio, uma das camareiras veio correndo para junto de Asarhadon e sussurrou-lhe algo no ouvido. Depois surgiu, não se sabe de onde, um decurião da polícia que, tendo levado Asarhadon para um canto, ficou conversando com ele durante bastante tempo, enquanto o distinto hoteleiro batia no peito, retorcia as mãos e levava-as à cabeça. Em seguida, o hospedeiro deu um pontapé na camareira, ordenou que fosse dado ao decurião um ganso assado e um vaso de vinho do Chipre, e dirigiu-se para o hóspede sentado na galeria frontal, que parecia continuar dormitando, embora tivesse os olhos abertos.

— Tenho más notícias ao distintíssimo senhor — disse, sentando-se a seu lado.

— Os deuses fazem desabar sobre homens chuva e tristeza quando bem lhes apraz — respondeu despreocupadamente o viajante.

— Enquanto nós estávamos apreciando o espetáculo — continuou o hospedeiro, puxando os fios da barba grisalha — ladrões conseguiram penetrar no segundo andar e roubaram os seus pertences... Três sacos e um baú, certamente muito valioso.

— Você deverá informar à delegacia policial sobre essa ocorrência.

— Para que envolver a delegacia? — sussurrou o hospedeiro. — Aqui, os ladrões têm suas próprias corporações... Vamos chamar o presidente da mais importante delas, avaliaremos os seus pertences, você pagará 20% do seu valor, e os seus bens lhe serão devolvidos. Posso ajudá-lo nisso.

— Em meu país — respondeu o viajante — ninguém faz qualquer tipo de acordo com ladrões. Estou hospedado no seu albergue; foi a você que confiei a minha bagagem e é você quem responde por ela.

O venerável Asarhadon coçou a cabeça.

— Homem vindo de uma nação distante — dizia, com voz abafada. — Vocês, hititas, e nós, fenícios, somos povos irmãos; portanto recomendo-lhe de todo o coração a não se envolver com delegacias egípcias, pois elas só têm uma porta: a de entrada, e não têm uma pela qual se possa sair.

— Os deuses têm o poder de conduzir os inocentes até através de paredes — respondeu o hóspede.

— Inocentes!... Quem de nós é inocente nesta terra de escravidão? — sussurrava o hospedeiro. — Olhe para lá. Está vendo o decurião comendo aquele ganso maravilhoso que eu teria devorado com o maior prazer? E você sabe por que tirei aquela coisa deliciosa da minha boca e a entreguei a ele? Porque ele veio aqui para perguntar sobre você...

E, tendo dito isso, olhou de soslaio para o viajante, que não demonstrou qualquer sinal de preocupação.

— Ele me perguntou — continuava o hospedeiro — quem era este homem que está sentado há mais de duas horas diante de um punhado de tâmaras, e eu respondi: "Trata-se de um homem muito distinto, o senhor Phut." —"De onde veio?" — "Da cidade de Harran, do Império Assírio, onde tem uma casa de três andares e uma propriedade rural." — "E o que ele veio fazer aqui?" — "Veio cobrar cinco talentos de um sacerdote, emprestados por seu pai." E o senhor sabe o que o decurião me respondeu? "Asarhadon, eu sei que você é um fiel servo de Sua Santidade o faraó; a sua comida é boa e o seu vinho não é falsificado. Por isso, lhe digo para tomar cuidado com estrangeiros que não fazem amizades, evitam o vinho e outros prazeres e ficam calados no seu canto. Esse tal Phut de Harran pode ser um espião assírio."

O hospedeiro se calou e soltou um suspiro.

— Quando ele disse isso, cheguei a ficar com a respiração presa. Mas vejo que você não se importa com isso! — exclamou, ao notar que nem mesmo a terrível suspeita de ser um espião abalara a serenidade do harranse.

— Asarhadon — respondeu o hóspede. — Eu confiei a você a minha pessoa e os meus pertences. Portanto, trate de providenciar para que os meus sacos e o baú sejam devolvidos. Caso contrário, vou denunciá-lo a este mesmo decurião que está se deliciando com aquele ganso que estava destinado a você.

— Pelo menos, permita que eu pague aos ladrões 15% do valor dos seus pertences! — exclamou o hospedeiro.

— Não!

— Nem umas míseras trinta dracmas?

— Nem uma.

— Dê aos coitados pelo menos dez...

— Vá em paz, Asarhadon, e peça aos deuses que lhe devolvam a sua inteligência — respondeu o viajante, sempre com a mesma serenidade.

O hospedeiro levantou-se de um pulo, bufando de raiva.

"É um réptil imundo!", pensou. "Ele não veio para cá apenas para cobrar aquela dívida, mas para tratar de algum negócio lucrativo. Meu coração me diz que é um rico comerciante, talvez até um albergueiro que, em sociedade com sacerdotes e juízes, vai abrir uma pousada junto da minha... Tomara que você seja tragado pelo fogo do céu!... Que seja infectado pela peste negra!... Trata-se de um meliante, patife e ladrão, de quem um homem honesto não poderá auferir qualquer lucro..."

Mal o distinto Asarhadon conseguira acalmar a sua raiva, soaram na rua sons de flautas e tambores e, momentos depois, adentravam o pátio quatro seminuas dançarinas-sacerdotisas. Os marinheiros e carregadores saudaram-nas com gritos de alegria, e até os circunspectos comerciantes das galerias começaram a olhar com curiosidade para elas, comentando sua beleza. As dançarinas cumprimentaram a audiência com gestos de braços e sorrisos. Uma delas começou a tocar flauta, uma segunda acompanhou-a com o tambor, enquanto as duas restantes se puseram a dançar em volta do pátio de tal forma que quase nenhum dos espectadores deixou de ser acariciado por seus véus de musselina.

Os que estavam bebendo começaram a cantar e gritar, chamando as dançarinas para se juntarem a eles, provocando uma confusão que logo foi acalmada pelos bastões dos dois zeladores da ordem interna. Apenas um líbio, furioso com a visão dos bastões, sacou de uma faca; mas logo foi dominado por dois escravos negros que o desarmaram, arrancaram alguns anéis dos seus dedos a título de pagamento pelo que bebera, e o puseram no olho da rua. Enquanto isso, uma das dançarinas ficou com os marinheiros, duas outras foram ter com os comerciantes e a sacerdotisa mais velha passou a circular pelas mesas, cobrando o pagamento pela exibição.

— É para o templo da divina Ísis! — gritava. — Paguem, distintos estrangeiros, para o templo de Ísis, a deusa que se ocupa de todos os seres vivos... Quanto mais vocês pagarem, tanto mais serão recompensados com bênçãos e felicidade... Para o templo da mãe Ísis !...

Rolos de fio de cobre e ocasionais grãos de ouro foram atirados dentro do seu tambor, e um dos comerciantes perguntou-lhe se podia visitá-la — ao que ela respondeu com um aceno positivo da cabeça.

Quando chegou a vez do harranse Phut, este enfiou a mão num saco de couro e, extraindo dele um anel de ouro, disse:

— Isthar é uma deusa poderosa e boa; aceite isto para o seu templo.

A sacerdotisa olhou para ele e sussurrou:

— Anael, Sachiel...

— Amabiel, Satihel — respondeu o desconhecido, no mesmo tom de voz.

— Vejo que você ama a mãe Ísis — disse a sacerdotisa em voz alta. — Você deve ser um homem rico e generoso, portanto vale a pena ler sua mão.

Sentou-se a seu lado, comeu algumas tâmaras e olhou para a palma a mão do homem:

— Você veio de longe e sua viagem foi tranquila — disse em voz alta, para acrescentar logo, à surdina. — Há vários dias que está sendo espionado por fenícios... Você veio em busca de dinheiro, embora não seja um comerciante... Venha à minha casa após o pôr do sol... Moro na rua dos Túmulos, na casa denominada "Estrela Verde".

Ao notar que o distinto Asarhadon estava tentando escutar a conversa, a sacerdotisa concluiu, já com voz suficientemente audível:

— Apenas fique atento a ladrões que querem apossar-se das suas coisas.

— Na minha casa não há ladrões! — exclamou o hospedeiro. — E se algo é roubado, é por gente de fora!

208 | Bolesław Prus

— Não fique zangado à toa, meu bom velhinho — respondeu sarcasticamente a sacerdotisa —, pois logo aparece uma mancha vermelha no seu pescoço, o que indica uma morte sofrida.

Ao ouvir isso, Asarhadon cuspiu três vezes e murmurou uma prece contra mau-olhado. Quando se afastou, a sacerdotisa deu ao harranse uma rosa tirada da guirlanda, abraçou-o a título de despedida e foi circular entre as outras mesas.

O viajante fez um sinal para o hospedeiro.

— Quero — disse — que essa mulher me faça companhia. Mande alguém levá-la para meu quarto.

Asarhadon olhou para ele com espanto e soltou uma gargalhada.

— Tifon deve ter se apoderado da sua mente, viajante de Harran! — exclamou. — Caso algo semelhante viesse a ocorrer com uma sacerdotisa no meu estabelecimento, eu seria expulso da cidade. Aqui, é permitido apenas receber mulheres estrangeiras.

— Nesse caso, sou eu que vou ter com ela — respondeu Phut —, pois se trata de uma mulher sábia e pia, que poderá aconselhar-me em várias questões. Assim que o sol se pôr, você me dará um guia, para que eu não me perca pelo caminho.

— Todos os espíritos malignos devem ter penetrado no seu coração — respondeu o hospedeiro. — Você se dá conta de que essa visita vai lhe custar duzentas ou até trezentas dracmas, sem contar o que você terá de dar aos empregados e ao templo? Por uma quantia dessas, você poderá conhecer uma jovem e virtuosa, a minha filha, que tem apenas catorze anos e, como cabe a uma donzela inteligente, está juntando dinheiro para seu dote. Portanto, não vá perambular pelas ruas de uma cidade desconhecida, onde você poderá ser preso pela polícia ou atacado por ladrões, mas aproveite aquilo que os deuses lhe oferecem nesta casa. Você quer?...

— E a sua filha estaria disposta a partir comigo para Harran? — perguntou Phut.

O hospedeiro olhou para ele espantado. De repente, bateu com a palma da mão na testa, como se tivesse decifrado o mistério e, agarrando o viajante pelo braço, arrastou-o até um canto da galeria.

— Já sei de tudo! — sussurrava furioso. — Você trafica mulheres... Mas não se esqueça que o ato de levar uma egípcia para fora do país é punido com a perda de todos os bens e uma sentença de trabalhos forçados nas minas. A não ser que... a não ser que você faça uma sociedade comigo, pois eu conheço todos os caminhos...

— Sendo assim, você não terá dificuldade em indicar-me aquele que leva à casa da sacerdotisa — respondeu Phut. — E não se esqueça de me fornecer um guia logo após o pôr do sol e repor, amanhã, os meus sacos e o baú. Caso contrário, serei obrigado a denunciá-lo na delegacia de polícia.

E tendo dito isso, Phut levantou-se e subiu para seu quarto.

Asarhadon, furioso, foi até uma das mesinhas em torno da qual bebiam alguns comerciantes fenícios e levou um deles, Kusz, para o lado.

— Que belos hóspedes você traz para a minha estalagem! — exclamou, mal conseguindo conter o tremor na voz. — Esse Phut quase não come, ordena-me que eu pague o resgate dos seus pertences roubados, e agora, mostrando total desprezo pela minha casa, pretende ir ao encontro de uma dançarina egípcia, em vez de desfrutar as minhas mulheres.

— E o que há de estranho nisso? — respondeu, rindo, Kusz. — Ele deve ter conhecido várias mulheres fenícias em Sídon, e agora está com desejo de conhecer uma egípcia. Tolo é aquele que, estando no Chipre, não prova no seu vinho e prefere tomar um vinho de Tiro...

— Pois eu lhe digo — interrompeu-o o hospedeiro — que se trata de um homem perigoso... Finge ser um reles citadino, mas tem a postura de um sacerdote!

— E você, Asarhadon, mais parece um sumo sacerdote e não passa de um dono de estalagem! Uma mesa não deixa de ser uma mesa, mesmo com uma pele de leão em cima dela.

— Mas por que ele quer visitar sacerdotisas?... Seria capaz de jurar que isso não passa de uma simulação e que esse grosseirão harranse vai a um encontro de conspiradores, e não farrear com mulheres.

— Os sentimentos da raiva e da ganância devem ter turvado a sua mente — respondeu Kusz. — Você parece um homem que, procurando uma abóbora numa figueira, não enxerga os figos. Para qualquer comerciante está claro que se Phut quer cobrar cinco talentos de um sacerdote, ele tem de conquistar as simpatias de todos aqueles que circulam pelos templos. Mas você não consegue compreender uma coisa dessas.

— Porque o meu coração me diz que ele deve ser um emissário da Assíria que planeja a ruína de Sua Santidade...

Kusz olhou com desdém para Asarhadon.

— Então fique de olho nele e observe todos os seus passos. E se você descobrir algo, talvez poderá ficar com uma parte dos seus pertences.

— Agora, sim, você falou uma coisa inteligente! — disse o hospedeiro. — Vou deixar esse rato ir até as sacerdotisas; só que vou enviar atrás dele os meus olhos, aos quais nada escapa!

capítulo 20

ERCA DAS NOVE DA NOITE, PHUT DEIXOU A HOSPEDARIA ACOMPA-nhado por um escravo com uma tocha. Meia hora antes, Asarhadon despachara um homem de sua confiança para a rua dos Túmulos, com ordens de observar atentamente se o harranse não iria se esgueirar da casa "Estrela Verde", e caso o fizesse — para onde?

Um segundo homem de confiança do hospedeiro foi caminhando alguns passos atrás de Phut, escondendo-se entre as casas nas ruas estreitas, e nas mais largas fingindo-se de bêbado.

As ruas já estavam vazias; os carregadores e os camelôs dormiam. Havia luzes apenas nas janelas das oficinas dos artesãos ou nas residências dos mais ricos, que ceavam nas lajes superiores dos prédios. Em várias partes da cidade ecoavam sons de harpas e flautas, cantos, risos, batidas de martelos e o irritante barulho de serras de carpinteiros. De vez em quando, o grito de um bêbado ou algum pedido de socorro.

As ruas pelas quais caminhavam Phut e o escravo eram, na maior parte das vezes, estreitas, tortuosas e cheias de buracos. À medida que foram se aproximando de seu destino, as casas iam ficando cada vez mais baixas e construídas no meio de jardins — mais precisamente, em amontoados de palmeiras, figueiras e míseras acácias que, espremendo-se por cima dos muros, pareciam querer fugir dali.

Ao chegarem à rua dos Túmulos, o aspecto mudou radicalmente: em vez de prédios, viam-se jardins bem cuidados e, no meio deles, belos palacetes. O escravo parou diante de um dos portões e apagou a tocha.

— Esta é a "Estrela Verde" — disse, fazendo uma profunda reverência e se afastando.

O harranse bateu no portão. Imediatamente, veio um porteiro que, olhando para o visitante com atenção, sussurrou:

— Anael, Sachiel...

— Amabiel, Satihel — respondeu Phut.

— Seja bem-vindo — disse o porteiro, abrindo rapidamente o portão.

Depois de andar uma dezena de passos por entre as árvores, Phut estava no vestíbulo do palacete, onde foi cumprimentado pela sacerdotisa que conhecera na estalagem. No fundo, encontrava-se um homem com barba e cabelos negros, e tão parecido com o recém-chegado, que este não pôde ocultar o espanto.

— Ele vai substituí-lo perante os olhos daqueles que o estão seguindo — disse a sacerdotisa, com um sorriso maroto.

O homem disfarçado de harranse colocou na cabeça uma guirlanda de rosas e, acompanhado pela sacerdotisa, subiu para o primeiro andar onde, pouco depois, puderam ser ouvidos sons de flautas e tilintar de cálices. Quanto a Phut, foi levado por dois sacerdotes secundários às termas, localizadas no jardim, onde foi banhado, penteado e vestido com uma túnica branca. Em seguida, os três saíram para o meio das árvores, atravessaram alguns jardins e pararam numa praça vazia.

O Faraó | 213

— Lá — disse um dos sacerdotes a Phut — estão os túmulos antigos, ali, a cidade, e aqui, o templo. Vá para onde quiser, e que a sabedoria guie os seus passos e vozes santas o protejam de quaisquer perigos.

Os dois sacerdotes retornaram ao jardim, e Phut ficou sozinho. A noite, embora sem lua, era suficientemente clara. Ao longe, envolto em neblina, faiscava o Nilo; acima dele, cintilavam as sete estrelas da Ursa Maior. Sobre a cabeça do viajante, elevava-se o solitário Órion, e acima dos escuros pilonos brilhava a estrela Sirius.

"Na nossa terra, as estrelas brilham com mais força", pensou Phut. Em seguida, rezou numa língua estranha e foi para o templo.

Mal tinha dado alguns passos, quando, do meio das árvores, saiu um homem que passou a segui-lo. Mas, no mesmo instante, a praça foi encoberta por uma neblina tão espessa que, nada mais podia ser visto, exceto os telhados do templo.

Depois de caminhar por um certo tempo, o harranse deparou com um muro. Olhou para o céu, e começou a andar na direção oeste. A cada momento, sobrevoavam-no aves noturnas e morcegos. A neblina ficara tão densa que ele teve de tatear ao longo do muro. A caminhada foi longa, até Phut ver diante de si um pequeno portão adornado com centenas de pregos de bronze. Começou a contá-los a partir do canto superior esquerdo, pressionando alguns e torcendo outros.

Quando, finalmente, chegou ao último prego, o portão se abriu silenciosamente. O harranse avançou alguns passos e se encontrou num cômodo apertado e mergulhado na escuridão. Em seguida começou a tatear cuidadosamente o terreno com o pé, até encontrar a borda de um poço do qual emanava uma corrente de ar frio. Embora estivesse pela primeira vez naquele país e naquele lugar, não hesitou nem por um instante e, sentando-se na beirada do poço, deslizou destemidamente para dentro dele.

O poço não era profundo, e Phut logo estava de pé sobre um piso levemente inclinado que levava a um estreito corredor, que

214 | Bolesław Prus

ele atravessou com tamanha segurança, que parecia conhecer o caminho de longa data.

No fim do corredor havia uma porta. O harranse encontrou a argola de metal e bateu três vezes. Em resposta, ouviu-se uma voz vinda não se sabe de onde:

— Você, que a altas horas da noite perturba a calma deste lugar sagrado, tem o direito de entrar nele?

— Nunca fiz um mal a homem, mulher ou criança... Minhas mãos nunca foram manchadas de sangue... Jamais comi alimentos impuros... Não me apossei dos bens de outros... Nunca menti nem traí o grande segredo — respondeu calmamente o harranse.

— Você é aquele que é aguardado ou alguém que se passa por ele? — indagou a voz.

— Sou aquele que devia ter vindo do leste ao encontro dos seus irmãos, mas o outro nome que uso também é meu e, na cidade setentrional, tenho casa e terras, como revelei aos estrangeiros — respondeu Phut.

A porta foi aberta e o harranse entrou num largo porão, iluminado por uma lamparina sobre uma mesinha diante de uma cortina púrpura. A cortina era decorada com uma dourada esfera alada e duas serpentes. A seu lado, encontrava-se um sacerdote egípcio vestido de branco.

— Você, que entrou aqui — disse o sacerdote, apontando para Phut —, sabe o que significa este símbolo bordado na cortina?

— A esfera — respondeu o recém-chegado — representa o mundo no qual vivemos, enquanto as asas indicam que este mundo paira no céu, como uma águia.

— E as serpentes?... — indagou o sacerdote.

— As duas serpentes lembram ao sábio que todo aquele que trair o grande segredo terá duas mortes — a do corpo e a da alma.

Depois de um longo silêncio, o sacerdote voltou a indagar:

— Se você é efetivamente Beroes (nesse ponto o sacerdote inclinou respeitosamente a cabeça), o grande profeta da Caldeia (uma nova reverência), para quem não há segredos nem na terra nem no céu, digne-se a dizer a este seu servo: qual é a mais estranha de todas as estrelas?

— Estranha é a Hor-set,* que circunda o céu por doze anos, pois em torno dela giram quatro estrelas menores. No entanto, a estrela Horka,** que circunda o céu por trinta anos, é ainda mais estranha, já que, além de possuir estrelas subalternas, também tem um anel gigantesco que, vez por outra, desaparece.

Ao ouvir isso, o sacerdote egípcio prostrou-se diante do caldeu. Em seguida, entregou-lhe uma estola purpúrea e um véu de musselina, mostrou-lhe onde ficavam os incensos, fez uma reverência e retirou-se da caverna.

O caldeu ficou sozinho. Colocou a estola no braço direito, cobriu o rosto com o véu e, pegando uma colher de ouro, encheu-a com incenso, que acendeu na chama da lamparina. Murmurando uma prece, girou sobre si por três vezes, e a fumaça do incenso pareceu envolvê-lo com três anéis.

Enquanto isso, uma estranha efervescência apossou-se da caverna. Parecia que o teto se elevava e as paredes se distanciavam. A cortina purpúrea se agitava, como se movida por mãos ocultas. O ar ficou agitado como se estivesse sendo percorrido por bandos de pássaros invisíveis.

O caldeu retirou do peito uma medalha de ouro com símbolos misteriosos. A caverna estremeceu, a cortina sagrada agitou-se ainda mais e, em vários pontos do local, saíram línguas de fogo.

Em seguida, o feiticeiro ergueu os braços e começou a falar:

---

* O planeta Júpiter. *(N. do A.)*
** O planeta Saturno. *(N. do A.)*

*Pai do céu, magnânimo e misericordioso, limpe a minha alma...
Abençoe este Seu servo indigno e estenda o Seu braço onipotente
sobre os espíritos malignos, para que eu possa mostrar o Seu poder...*

*Eis o signo que eu toco na presença de vocês... Eu, apoiado pelas
forças divinas, profético e audaz, conclamo a vocês todos... Obedeçam e venham aqui, Aye, Saraye, Aye, Saraye...*

No mesmo instante, ouviram-se várias vozes emanando de todas as partes. A lamparina foi sobrevoada por um pássaro, depois
por um manto cor de bronze, depois por um homem com cauda e,
finalmente, por um galo com uma coroa na cabeça, que pousou sobre a mesinha diante da cortina.

Enquanto isso, o caldeu continuava a falar:

*Em nome do Deus eterno e onipotente... Amorul, Tanekha, Rabur,
Latisten... Em nome do verdadeiro e eternamente vivo Eloy, Arkhima,
Rabur, eu vos conjuro e convoco... Em nome da estrela que é o Sol, em
nome deste signo, em nome do glorioso e temível nome do deus vivo...**

De repente, tudo ficou em silêncio. Diante do altar, apareceu
um espectro com a cabeça coroada, montado num leão e com um
cetro na mão.

— Beroes!... Beroes!... — chamou o espectro, com voz abafada. — Por que me evocas?

— Quero que os irmãos deste templo me recebam de coração
aberto e ouçam as palavras que lhes trago dos irmãos da Babilônia — respondeu o caldeu.

— Que seja assim! — respondeu o espectro, desaparecendo
em seguida.

O caldeu permaneceu imóvel como uma estátua, com a cabeça
jogada para trás e os braços erguidos. Ficou nessa posição por mais
de meia hora, um feito impossível para qualquer mortal.

---

* A conjuração dos magos. (*N. do A.*)

Enquanto isso, um pedaço da parede da caverna se afastou e adentraram a caverna três sacerdotes egípcios. Ao verem o caldeu, que parecia flutuar no ar, com as costas apoiadas num anteparo invisível, se entreolharam com espanto, e o mais velho disse:

— Antigamente, havia entre nós sacerdotes capazes disso, mas hoje ninguém mais sabe fazê-lo.

Circundaram-no com atenção, tocando nos seus membros petrificados e olhando com preocupação para seu rosto, lívido como o de um cadáver.

— Será que ele morreu? — perguntou o mais jovem.

Como se fosse em resposta, o inclinado corpo do caldeu retornou à posição vertical, seu rosto readquiriu o colorido e seus braços baixaram. Soltou um suspiro e esfregou os olhos, como um homem que acaba de acordar. Olhou para os presentes:

— Você — disse para o mais velho — é Mefres, o sumo sacerdote do templo de Ptah, em Mênfis... Você é Herhor, o sumo sacerdote de Amon, em Tebas, e, depois do faraó, o mais alto dignitário desse país... Você é Pentuer, o segundo profeta do templo de Amon e conselheiro de Herhor.

— E você, indubitavelmente, é Beroes, grão-sacerdote e sábio da Babilônia, cuja vinda para cá nos foi prenunciada há mais de um ano — respondeu Mefres.

— É verdade — disse o caldeu, abraçando-os um a um, enquanto eles inclinavam suas cabeças diante dele. — Trago-lhes palavras da nossa pátria comum, que é a sabedoria. Peço que me ouçam e, depois, que ajam como lhes ditar a consciência.

A um sinal de Herhor, Pentuer foi até o fundo da caverna e trouxe três poltronas de madeira para os mais velhos e um tamborete para si. Em seguida, sentou-se perto da lamparina e pegou um estilete e uma tabuleta coberta de cera.

Quando todos se sentaram, o caldeu começou:

218 | Bolesław Prus

— A você, Mefres, o Colégio Supremo dos sacerdotes da Babilônia tem a dizer que a sagrada classe sacerdotal do Egito está em declínio. Muitos dos seus membros amealham dinheiro e mulheres, levando a vida em meio a folguedos. A erudição está sendo negligenciada. Vocês não têm mais controle não somente sobre o mundo invisível, como até sobre as suas próprias almas. Alguns de vocês já perderam a fé sagrada e o futuro está oculto aos seus olhos. Na verdade, a situação é ainda pior, pois muitos sacerdotes, pressentindo que suas forças espirituais estão esgotadas, tomaram o caminho da mentira e da falsidade e, por meio de truques, enganam os ingênuos homens do povo. Portanto, a mensagem que lhes trago do Colégio Supremo é a seguinte: se vocês querem retomar o caminho da verdade, Beroes poderá ficar com vocês por alguns anos, para que, com o auxílio da centelha trazida do altar da Babilônia, possa ajudá-los a reacender a luz verdadeira sobre o Nilo.

— Tudo que você está dizendo é a mais pura verdade — respondeu tristemente Mefres. — Portanto, fique conosco por alguns anos, para que os jovens que estão se formando possam usufruir de sua sabedoria.

— Quanto a você, Herhor, eis o que o Colégio Supremo tem a dizer...

Herhor baixou a cabeça.

— Diante da negligência dos grandes segredos, seus sacerdotes não perceberam que o Egito terá pela frente muitos anos difíceis. Vocês estão ameaçados por desastres internos, que somente poderão ser afastados por virtude e inteligência. Mas o pior de tudo é que, caso vocês iniciem uma guerra com a Assíria nos próximos dez anos, os exércitos assírios esmagarão os de vocês, chegarão às margens do Nilo e destruirão tudo que aqui existe há séculos. Esta tão terrível conjunção astral que pende hoje sobre o Egito ocorreu pela primeira vez na décima quarta dinastia, quando o seu país foi

O Faraó | 219

tomado e saqueado pelos hicsos. Ela voltará a se repetir, pela terceira vez, somente daqui a quinhentos ou seiscentos anos, com a participação da Assíria e de um outro povo, a oeste da Caldeia.

Os sacerdotes escutavam-no apavorados. Herhor estava pálido, Pentuer deixou cair a tabuleta, enquanto Mefres, tendo agarrado o amuleto pendurado a seu peito, rezava com lábios ressecados.

— Portanto, tomem cuidado com a Assíria — prosseguiu o caldeu —, pois hoje é a sua hora. Trata-se de um povo terrível, que despreza o trabalho e vive da guerra! Os assírios empalam seus inimigos ou arrancam suas peles, destroem as cidades conquistadas e escravizam seus habitantes. Nas horas vagas, caçam animais selvagens, e sua diversão é disparar flechas nos prisioneiros ou vazar seus olhos. Transformam os templos dos outros em ruínas, usam os objetos sagrados nos seus banquetes e fazem dos sábios e sacerdotes bobos da corte. As paredes das suas casas são forradas com peles humanas, e suas mesas são decoradas com as cabeças de seus inimigos.

Quando o caldeu se calou, o venerável Mefres disse:

— Grande profeta, você encheu nossas almas de horror, mas não indicou qualquer forma de salvação. É bem provável, aliás é certo, já que você o diz, que nos aguardam tempos difíceis; mas como isso pode ser evitado? O Nilo está cheio de lugares perigosos, dos quais nenhum barco escapa incólume, mas a sabedoria dos timoneiros faz com que eles sejam evitados. O mesmo ocorre com os países. Uma nação é um barco, e o tempo, um rio, no qual, em certas épocas, há redemoinhos traiçoeiros. Se um delicado barco pesqueiro consegue livrar-se deles, por que milhares de pessoas não poderiam, em condições semelhantes, escapar da tragédia?

— Sábias são as suas palavras — respondeu Beroes —, mas eu somente posso responder a elas parcialmente.

— Quer dizer que você não sabe de tudo que vai acontecer? — perguntou Herhor.

220 | Bolesław Prus

— Não me pergunte sobre o que sei e que não lhes posso revelar. Para vocês, o primordial é obter um tratado de paz de dez anos com a Assíria; isso está dentro do âmbito das suas possibilidades. Os assírios ainda têm medo de vocês, não estão a par das desgraças que pendem sobre o Egito e querem travar uma guerra com os povos do norte e do leste. Portanto, se vocês quiserem, poderão assinar este tratado ainda hoje...

— Em que condições? — interrompeu-o Herhor.

— Muito vantajosas. Os assírios lhes cederiam as terras de Israel até a cidade de Akko, e mais o reino de Edom, até a cidade de Elath. Dessa forma, vocês, sem qualquer guerra, avançariam suas fronteiras a dez dias de marcha para o norte e outros dez para o leste.

— E a Fenícia?... — perguntou Herhor.

— Não sejam gananciosos! — exclamou Beroes. — Se o faraó fizer qualquer gesto de ameaça à Fenícia, em menos de um mês os exércitos assírios destinados ao norte e ao leste virar-se-iam para o sul e, um ano depois, seus cavalos iriam banhar-se nas águas do Nilo.

— Mas o Egito não pode abrir mão da sua influência sobre a Fenícia! — rebateu Herhor, de forma arrebatada.

— Estou apenas repetindo as palavras do Colégio Supremo: "Diga ao Egito", ordenaram-me os irmãos da Babilônia, "para que se grude por dez anos à sua terra como uma perdiz, porque o falcão dos infortúnios paira sobre ele. Diga-lhe que nós, caldeus, odiamos os assírios ainda mais que os egípcios, pois sofremos o peso do seu domínio; no entanto, assim mesmo, recomendamos ao Egito que assine um tratado de paz com aquele povo sanguinário. Um tratado de paz de dez anos é um espaço de tempo relativamente curto, após o qual vocês não só poderão recuperar suas posições anteriores, como também ajudar a salvar a Babilônia."

— É verdade! — disse Mefres.

— Caso haja uma guerra entre vocês e a Assíria — continuou o caldeu —, a Babilônia, que tem horror a guerras, acabará sendo envolvida, exaurindo seus meios e retendo o avanço da ciência. Mesmo se vocês não forem derrotados, seu país ficará devastado por muitos anos e não somente perderá uma boa parte da população, mas também todas aquelas terras que, sem os esforços de vocês, serão cobertas de areia em menos de um ano.

— Isso está claro para nós — disse Herhor —, e é por isso que nem pensamos em provocar a Assíria. Mas quanto à Fenícia...

— Qual é o prejuízo do Egito — disse Beroes — pelo fato de os bandidos assírios atormentarem os ladrões fenícios? Os comerciantes, tanto os de vocês quanto os nossos, somente podem lucrar com isso. E se querem ter os fenícios sob controle, basta que vocês lhes permitam se instalar no litoral. Estou convencido de que os mais ricos e mais espertos viriam correndo, para se livrarem do jugo assírio.

— Mas o que aconteceria com a nossa frota caso a Assíria se apossasse da Fenícia? — perguntou Herhor.

— Na verdade, a frota é fenícia, e não sua — respondeu o caldeu. — Sendo assim, quando vocês acharem que os navios de Tiro e de Sídon não são suficientes, vocês começarão a construir seus próprios navios e a treinar o povo egípcio na arte da navegação. Se forem espertos e ousados, poderão arrancar dos fenícios todo o comércio do mundo ocidental.

Herhor pareceu se dar por satisfeito.

— Disse-lhes aquilo que me ordenaram dizer — finalizou Beroes —, e cabe a vocês fazerem o que lhes aprouver. No entanto, não se esqueçam que pairam sobre vocês dez anos difíceis.

— Tive a impressão de que o senhor, santo homem — disse Pentuer —, mencionou desastres internos que ameaçarão o Egito. Que desastres seriam esses, se é que o senhor estaria disposto a responder a este seu servo?

— Não me perguntem sobre isso. São coisas que vocês deveriam conhecer muito melhor do que eu, que venho de fora. A precaução mostrar-lhes-á a doença, e a experiência indicar-lhes-á o devido remédio.

— O povo está sendo oprimido pelos poderosos — murmurou Pentuer.

— A devoção está em declínio!... — disse Mefres.

— Muitas pessoas anseiam por uma guerra com outro país — acrescentou Herhor. — Quanto a mim, sempre estive convencido de que não estamos em condições de travá-la. Talvez, daqui a uns dez anos...

— Quer dizer que vocês estão dispostos a firmar um tratado com a Assíria? — perguntou o caldeu.

— Amon, que conhece a fundo o meu coração — disse Herhor —, sabe como me repugna um tratado desses. Ainda há pouco tempo os miseráveis assírios nos pagavam tributos!... No entanto, se você, pai santo, assim como o Colégio Supremo nos diz que a sorte está contra nós, temos de firmá-lo.

— É verdade que temos! — acrescentou Mefres.

— Neste caso, informem o Colégio de Babilônia da sua decisão, e ele fará com que o rei Assar lhes envie uma delegação. Confiem em mim de que o tratado será muito vantajoso para vocês e que, sem uma guerra, vocês aumentarão os seus domínios! Afinal, este assunto foi profundamente analisado pelo nosso Colégio de Sacerdotes.

— Que todas as graças divinas caiam sobre você: riquezas, poder e sabedoria — disse Mefres. — Sim, temos de reerguer a nossa classe sacerdotal e, para isso, contamos com sua ajuda, santo Beroes.

— Em primeiro lugar, temos de aliviar o sofrimento do povo — disse Pentuer.

O Faraó | 223

— Sacerdotes... o povo! — dizia Herhor, como se falasse consigo mesmo. — Antes de tudo, temos de refrear aqueles que desejam a guerra... É verdade que Sua Santidade compartilha a minha visão e tenho impressão de ter conseguido alguma influência no coração do distinto sucessor — que viva eternamente! Mas Nitager, a quem a guerra é tão necessária quanto a água é para os peixes... e os comandantes das tropas mercenárias, que somente em época de guerra recebem a devida atenção... e os nossos aristocratas, que pensam que a guerra vai apagar suas dívidas com os fenícios e aumentará suas fortunas...

— Enquanto isso, os felás caem de exaustão e os que trabalham nas obras públicas se rebelam contra a extorsão praticada por seus superiores — voltou a insistir Pentuer.

— Esse aí continua sempre com a mesma ladainha — disse Herhor, imerso em seus pensamentos. — Muito bem, Pentuer, fique pensando nos seus camponeses e trabalhadores; e você, Mefres, nos sacerdotes. Não sei o que vocês hão de conseguir, mas quanto a mim, juro que esmagarei todo aquele que quiser empurrar o Egito para uma guerra, mesmo se fosse o meu próprio filho.

— Pois faça isso — disse o caldeu. — De qualquer modo, se alguém quiser guerrear, que guerreie à vontade, desde que não seja numa região na qual possa entrar em conflito com a Assíria.

Neste ponto, a reunião chegou ao fim. O caldeu voltou a colocar a estola no braço e cobriu seu rosto com o véu. Mefres e Herhor colocaram-se a seu lado, e Pentuer mais atrás, todos virados para o altar.

Quando Beroes, cruzando os braços sobre o peito, começou a rezar baixinho, a caverna voltou a ficar agitada e foi possível ouvir um tumulto distante, que provocou espanto nos três assistentes. Então o mago passou a falar em voz alta:

— Baralanensis, Baldachensis, Paumachiae, convoco-vos para testemunharem o nosso acordo e apoiarem os nossos intentos...

224 | Bolesław Prus

Ouviu-se um som de trombetas tão claro que Mefres e Herhor olharam em volta com espanto, enquanto Pentuer caía de joelhos e, com o corpo todo tremendo, cobria seus ouvidos com as mãos.

A cortina purpúrea frufrutou e suas bordas adquiriram uma forma como se um homem estivesse por trás dela.

— Sejam testemunhas — exclamava o caldeu, com voz alterada —, forças celestes e infernais! E todo aquele que não cumprir este acordo ou trair seu segredo... que seja amaldiçoado!

— Amaldiçoado!... — repetiu uma voz.

— E destruído...

— E destruído!

— Nesta vida visível e naquela invisível. Em inexprimível nome de Jeová, cuja evocação faz tremer a terra, recuar o mar, apagar o fogo e desfazer os elementos da natureza...

A caverna foi assolada por uma autêntica tempestade. O som de trombetas se misturava ao de trovões. A cortina se elevou, ficando numa posição quase horizontal, e, de trás dela, no meio de raios fulgurantes, surgiram duas figuras monstruosas, meio humanas, meio animalescas, emaranhadas uma na outra.

De repente, tudo ficou em silêncio e Beroes começou a flutuar sobre a cabeça dos três sacerdotes.

Às oito horas da manhã seguinte, o caldeu Phut retornou ao albergue fenício, onde encontrou os sacos e o baú levados pelos ladrões.

Quinze minutos depois dele, chegou o empregado de confiança de Asarhadon, a quem o hospedeiro levou ao porão e perguntou ansiosamente:

— E então?...

— Passei a noite toda — respondeu o empregado — junto daquela praça onde fica o templo. Cerca das dez horas da noite, do

O Faraó | 225

jardim que fica a cinco mansões daquela que é chamada "Estrela Verde", saíram três sacerdotes. Um deles, com barba e cabelos negros, atravessou a praça e encaminhou-se ao templo de Set. Corri atrás dele, mas caiu uma neblina tão espessa que o perdi de vista. Se ele voltou para a "Estrela Verde", não sei.

O dono da hospedaria, tendo ouvido o relato, coçou a cabeça e começou a murmurar consigo mesmo:

"Se esse harranse anda vestido como um sacerdote e visita templos, deve ser, também, um sacerdote. E como tem barba e cabelos compridos, deve ser um sacerdote caldeu. E como se encontra, às escondidas, com sacerdotes locais, deve estar tramando algo suspeito. Não vou falar disso com a polícia, para não acabar envolvido nessa tramoia. Mas vou informar um dos eminentes sidônios, pois vejo a possibilidade de tirar algum proveito desta história; se não para mim, pelo menos para os meus patrícios."

Pouco tempo depois, retornou o segundo empregado de Asarhadon, que também foi levado ao porão, onde fez o seguinte relato:

— Passei a noite inteira diante da casa "Estrela Verde". O harranse não saiu de lá, embriagou-se e fez tanto barulho que um policial teve de repreender o porteiro da casa.

— O quê?!... — exclamou o hospedeiro. — O harranse não saiu daquela casa e você o viu o tempo todo?

— Não somente eu, mas também o policial.

Asarhadon chamou o primeiro empregado e ordenou a ambos que repetissem seus relatos, o que eles fizeram, cada um com a sua versão. Diante disso, ficou patente que Phut passou toda a noite se divertindo na "Estrela Verde" e, ao mesmo tempo, foi ao templo de Set, do qual não mais saiu.

— Que coisa mais estranha! — murmurou o fenício. — Há algo de podre nesta história... Preciso avisar imediatamente os anciãos da comunidade fenícia de que esse caldeu tem o dom de estar em dois lugares ao mesmo tempo. Além disso, vou lhe pedir que saia do meu estabelecimento... Não gosto de gente que tem duas formas: uma própria e uma segunda, de reserva. Homens assim ou são magos, ou grandes ladrões, ou conspiradores.

Como Asarhadon tinha medo dessas coisas, buscou proteção em orações a todas as estátuas dos mais diversos deuses espalhadas por seu albergue. Em seguida, correu para a cidade, onde avisou o ancião-mor da comunidade fenícia e o líder da mais importante corporação de ladrões. Depois, voltando para casa, chamou o decurião da polícia e lhe afirmou que Phut poderia ser um homem perigoso. Por fim, pediu ao harranse que saísse de seu estabelecimento, argumentando que ele não lhe trazia qualquer lucro, mas, pelo contrário, apenas suspeitas e prejuízos.

Phut aceitou a sugestão e informou ao hospedeiro que partiria para Tebas ainda naquela noite.

"Espero que você nunca mais retorne!", pensou o gentil hospedeiro. "Tomara que apodreça nas pedreiras ou caia no rio e seja devorado por crocodilos."

capítulo 21

A VIAGEM DO PRÍNCIPE TEVE INÍCIO NA MAIS BELA ÉPOCA DO ANO, no mês de Famenut (final de dezembro e começo de janeiro).

As águas baixaram pela metade, descobrindo partes de terreno cada vez maiores. De Tebas, barcaças cheias de trigo navegavam para a costa; no Egito Inferior, colhiam-se alfafa e sena. As laranjeiras e os maracujazeiros cobriram-se de flores, e, nos campos, semeavam-se feno, tremoços, cevada, favas, feijão, pepinos e outras verduras.

Escoltado até o porto de Mênfis por sacerdotes, por funcionários graduados do país, pela guarda de Sua Santidade e por uma multidão, o sucessor do trono embarcou na nave dourada. Sob uma plataforma coberta de tendas, duzentos soldados manejavam os remos, enquanto junto do mastro e nas duas pontas da nave os mais capazes engenheiros navais ocupavam suas posições. Uns zelavam pelas velas, outros comandavam os remadores, e um terceiro grupo se ocupava da navegação propriamente dita.

Ramsés convidou para a sua nave o venerável sumo sacerdote Mefres e o santo pai Mentezufis, que deveriam acompanhá-lo na viagem e no exercício do poder. Convidou também o nomarca de

228 | Bolesław Prus

Mênfis, que iria acompanhar o príncipe até as fronteiras de sua província.

Uma centena de passos diante do sucessor, navegava a bela nave do distinto Otoes, nomarca de Aa, a província vizinha à de Mênfis. E, atrás da nave do príncipe formou-se um séquito de inúmeros barcos ocupados pelos membros da corte, sacerdotes, oficiais e funcionários. Os mantimentos e serviçais haviam partido antes.

Até Mênfis, o Nilo flui através de um cinturão de colinas; depois, estas seguem para o leste e o oeste, enquanto o rio se subdivide em vários braços, cujas águas correm para o mar através de uma extensa planície.

Quando o navio desatracou, o príncipe quis conversar com o sumo sacerdote Mefres, mas a multidão gritava tão alto que ele teve de sair da tenda e mostrar-se ao povo.

No entanto, a gritaria, em vez de diminuir — aumentou. As margens estavam repletas de felás seminus ou de citadinos vestidos em trajes domingueiros. Muitos deles usavam coroas de flores na cabeça, e quase todos tinham palmas verdejantes nas mãos. Alguns cantavam, outros tocavam flautas ou batiam em tambores.

As incontáveis gruas dispostas ao longo do rio permaneciam ociosas, enquanto centenas de botes deslizavam sobre a superfície da água, atirando flores sobre a nave do sucessor. Pessoas se jogavam na água, nadando atrás da nau principesca.

"Eles me saúdam da mesma forma que a Sua Santidade!...", pensou o príncipe. Seu coração se encheu de orgulho diante da visão de tantos barcos que ele, caso quisesse, poderia parar com apenas um gesto, além das milhares de pessoas que abandonaram seus afazeres e arriscavam suas vidas apenas para poderem ver seu semblante divino.

Ramsés sentiu-se intoxicado pelo incessante clamor do povo. Os gritos enchiam seu peito, abarrotavam sua cabeça e o elevavam.

Teve a sensação de que, caso pulasse da amurada, nem chegaria a tocar na água, pois o entusiasmo do povo o elevaria ao céu, como a um pássaro.

O navio aproximou-se da margem esquerda, as silhuetas das pessoas ficaram mais nítidas, e o príncipe viu algo que não esperava. Enquanto as primeiras fileiras de pessoas aplaudiam e gritavam, sobre as mais distantes viam-se bastões sendo baixados com violência sobre dorsos invisíveis.

O espantado sucessor virou-se para o nomarca de Mênfis.

— Olhe, Excelência... Não lhe parece que aqueles homens estão sendo espancados?

O nomarca protegeu os olhos do sol, enquanto seu pescoço enrubescia.

— Perdoe-me, distintíssimo amo, mas meus olhos já estão fracos...

— Estão sendo agredidos com bastões... posso ver claramente — repetiu o príncipe.

— É possível — respondeu o nomarca. — Na certa, a polícia pegou um bando de ladrões...

Não satisfeito com a resposta, o príncipe foi para a popa do navio, onde estavam os engenheiros que, naquele exato momento, viravam a nave para o centro do rio. O sucessor pôde enxergar claramente as colinas que se estendiam até Mênfis.

As margens estavam praticamente desertas e as gruas voltaram a funcionar, como se nada tivesse acontecido.

— As festividades já terminaram? — perguntou ao engenheiro.

— Sim... As pessoas retornaram aos seus trabalhos — respondeu este.

— Tão rapidamente?

— Elas têm que recuperar o tempo perdido — respondeu imprudentemente o engenheiro.

230 | Bolesław Prus

O sucessor estremeceu e lançou um olhar irado a seu interlocutor, mas logo em seguida se acalmou e retornou para sua tenda. Já não estava mais interessado nos gritos da população. Estava soturno e calado. Após a sensação de orgulho, sentiu desprezo pelo populacho, capaz de retornar tão rapidamente aos trabalhos junto às gruas.

O Nilo começava a se subdividir em vários braços. O navio do nomarca de Aa virou para o oeste e, após uma hora de navegação, chegou à margem. Ali, a multidão, ainda maior que a de Mênfis, erguia mastros com bandeiras e arcos triunfais cobertos de ramos. Entre o povo, eram visíveis cada vez mais numerosos rostos e trajes estrangeiros.

Quando o príncipe desembarcou, foi saudado por sacerdotes, enquanto o distinto nomarca Otoes lhe dizia:

— Seja bem-vindo às terras de Aa, representante do divino faraó. Como um sinal da sua benquerença, que é como um orvalho para nós, queira fazer uma oferenda ao deus Ptah, nosso patrono, e coloque sob sua proteção e mando este nomo, com seus templos, funcionários, habitantes, gado, trigo e tudo o mais que nele se encontra.

Em seguida, apresentou-lhe um grupo de jovens cortesãos perfumados, com guirlandas de flores na cabeça e vestidos com trajes bordados a ouro. Eram os parentes próximos e distantes do nomarca — a aristocracia local.

Ramsés olhou para eles com especial atenção.

— Bem que notei que faltava algo nestes senhores! — exclamou. — Vejo que eles não usam perucas...

— Tendo em vista que o senhor, distintíssimo príncipe, não usa peruca, os nossos jovens juraram também não usá-las — respondeu o nomarca.

Depois dessa explicação, um dos jovens, portando um flabelo, colocou-se atrás do príncipe, enquanto outros dois — um com um escudo e outro com uma lança — colocaram-se a seu lado, e o séquito seguiu adiante. O sucessor caminhava debaixo de um baldaquino, tendo à sua frente um sacerdote queimando incenso. Fileiras de donzelas atiravam rosas sobre o caminho a ser percorrido pelo príncipe.

As pessoas humildes, com roupas de festa e ramos nas mãos, gritavam saudações e se atiravam no chão, mas o príncipe pôde notar que, apesar dos gritos de satisfação, seus rostos estavam tensos e sem vida. Notou, também, que a multidão era dividida em grupos, cada um dirigido por alguém, e que a aparente alegria era forçada. E, mais uma vez, sentiu desprezo por aquela ralé incapaz de demonstrar uma alegria genuína.

O séquito aproximou-se da coluna de mármore que separava o nomo de Aa do de Mênfis. Três dos lados da coluna continham inscrições com dados referentes às dimensões, à população e os nomes das cidades que formavam a província, enquanto o quarto era adornado pela imagem do deus Ptah, com um simples gorro na cabeça e um cajado na mão.

Um dos sacerdotes entregou ao príncipe uma colher de ouro com incenso aceso. O sucessor, recitando as orações de praxe, elevou-a até o rosto da imagem e se inclinou profundamente várias vezes.

Os gritos dos sacerdotes e do povo aumentaram de volume, embora no rosto dos jovens aristocratas se pudesse detectar sorrisos de afetação e zombaria. O príncipe, que, desde que fizera as pazes com Herhor, passou a demonstrar grande respeito pelos deuses e sacerdotes, franziu o cenho levemente, o que bastou para os jovens adotarem outra postura — todos ficaram sérios, e alguns se jogaram ao chão diante da coluna.

"Tenho de admitir", pensou o príncipe, "que os homens bemnascidos são melhores que os provenientes da ralé... Tudo que fazem, fazem-no de coração, não como aqueles que, gritando meu

232 | Bolesław Prus

nome, só pensam em retornar, o mais rapidamente possível, a seus estábulos ou oficinas..."

Agora, mais do que nunca, conseguia perceber a distância que o separava do populacho, e compreendeu que somente a aristocracia era a classe social com a qual compartilhava os mesmos sentimentos. Caso desaparecessem os elegantes jovens e as belas mulheres, e o príncipe se encontrasse no meio da plebe, sentir-se-ia mais solitário do que no meio de um deserto.

O príncipe acomodou-se numa liteira carregada por oito escravos negros e adornada por um baldaquino com penas de avestruz, e foi conduzido para Sochem, a capital do nomo, onde fixou residência num palácio governamental.

A estada de Ramsés naquela província durou um mês, que ele passou todo em audiências com pedidos, honrarias e apresentações de funcionários, além de constantes banquetes. Estes últimos eram realizados duplamente: uns no palácio, dos quais participavam exclusivamente os membros da aristocracia, e outros no pátio externo, nos quais eram assados bois inteiros e consumidos centenas de pães e ingeridos centenas de vasos de cerveja pelos serviçais do príncipe e funcionários menos graduados do nomo.

Ramsés ficou muito bem impressionado com a generosidade do nomarca e a dedicação dos grão-senhores, que não o abandonavam dia e noite, atentos a seus menores gestos e sempre prontos a cumprir suas ordens.

Por fim, cansado de tantas festividades, o príncipe disse ao distinto Otoes que desejava travar conhecimento mais detalhado com a economia da província, já que fora esta a incumbência dada por Sua Santidade o faraó.

O nomarca pediu ao príncipe que se acomodasse numa liteira carregada por apenas dois escravos e, acompanhando-o com um grande séquito, conduziu-o até o templo da deusa Hátor. O séquito

O Faraó | **233**

parou à porta do templo, enquanto o príncipe e o nomarca foram até o topo de um dos seus pilonos.

Do topo daquela torre de seis andares, local de onde os sacerdotes observavam o céu e, por meio de bandeiras de cores diversas se comunicavam com os templos de Mênfis, Atribis e Anu, podia se ver praticamente toda a extensão da província. Então o distinto Otoes mostrou ao príncipe onde ficavam os campos e os vinhedos do faraó, quais os canais que estavam sendo limpos naquele momento, qual das comportas estava sendo consertada, a localização dos fornos para derreter bronze, os celeiros reais, os pântanos cobertos de lótus e papiro, os campos que foram cobertos pela areia, e assim por diante.

Ramsés estava encantado com o belo panorama e agradeceu calorosamente a Otoes por ter lhe proporcionado aquele prazer. No entanto, ao retornar ao palácio e, segundo a recomendação de seu pai, começar a anotar suas impressões daquilo que vira, deu-se conta de que seus conhecimentos sobre a situação econômica de Aa não se expandiram. Diante disso, alguns dias depois pediu a Otoes explanações adicionais sobre a administração da província.

O distinto nomarca ordenou que todos os funcionários se apresentassem e desfilassem no pátio diante do príncipe. Compareceram tesoureiros, escribas encarregados do controle de grãos, vinho, gado e tecidos, capatazes de pedreiros e escavadores, engenheiros, agrimensores, médicos especializados nas mais diversas doenças, oficiais dos batalhões de trabalhadores braçais, escreventes de polícia, juízes, administradores de prisões e até parasitas responsáveis pelo embalsamamento de corpos. Em seguida, o distinto senhor apresentou a Ramsés os funcionários do próprio príncipe alocados naquela província. Foi assim que Ramsés, não sem grande espanto, descobriu que possuía na província de Aa e na sua capital: um cocheiro, um arqueiro, um portador de escudo, lança e

234 | Bolesław Prus

machado, uma dezena de carregadores de liteiras, dois cozinheiros, um cabeleireiro e muitos outros serviçais, todos dedicados a ele de corpo e alma, muito embora Ramsés não conhecesse seus nomes, nem mesmo soubesse de sua existência.

Exausto e entediado com o desfile de funcionários, o príncipe ficou desanimado. Sentiu-se apavorado com a ideia de que não conseguia compreender a complexidade do poder e que, portanto, não seria capaz de reinar sobre o Egito — algo que ele não tinha coragem de admitir nem para si mesmo.

Pois se ele não tivesse capacidade para reinar sobre o Egito, e isso for percebido por outros, o que lhe restaria?... Somente morrer! Ramsés estava convencido de que, sem o trono, jamais poderia ser feliz — e de que sem o poder simplesmente não existiria.

Após alguns dias de descanso — se é que se pode descansar numa corte agitada —, voltou a chamar Otoes à sua presença, e lhe disse:

— Eu pedi a Vossa Excelência que me revelasse os segredos da administração desta província. Vossa Excelência me mostrou a região e os funcionários, mas eu continuo desinformado. Sinto-me como um homem perdido nas masmorras dos nossos templos, que vê diante de si tantos caminhos que acaba sem saber por qual deles sair para o ar livre.

O nomarca ficou aflito.

— O que devo fazer? — perguntou. — O que Vossa Alteza quer de mim? Basta dizer uma palavra, e eu entregarei a Vossa Alteza o meu posto, as minhas propriedades, até a minha cabeça!

E, ao constatar que o príncipe aceitava de bom grado as suas asserções, continuou:

— Durante sua vinda, Vossa Alteza viu o povo deste nomo. Poderá dizer que não viu todo ele, e, sendo assim, ordenarei que todos se apresentem, muito embora, entre homens, mulheres, velhos e crianças, eles cheguem a cerca de duzentos mil. Do topo do pilono, Vossa Alteza dignou-se a ver o nosso território, mas se for este o desejo de Vossa Alteza, poderemos ver de perto cada campo, cada vilarejo e cada rua da capital. Por fim, apresentei a Vossa Alteza todos os funcionários; é verdade que apenas os mais importantes, mas basta uma palavra de Vossa Alteza e amanhã, todos, sem exceção, estarão prostrados a seus pés. O que mais devo fazer? Diga-me, distintíssimo amo.

— Tenho absoluta confiança na sua lealdade — respondeu o príncipe. — Portanto, quero que me explique dois pontos: por que as receitas de Sua Santidade o faraó estão diminuindo, e exatamente o que você, pessoalmente, faz neste nomo?

Otoes ficou confuso, e o príncipe acrescentou rapidamente:

— O que quero saber é o que você faz e como você reina, pois sou ainda muito jovem e estou apenas começando a reinar...

— Mas tem a sabedoria de um velho! — sussurrou o nomarca.

— Portanto — continuou o príncipe —, cabe-me consultar os mais experientes, e a você me aconselhar.

— Mostrarei e explicarei tudo a Vossa Alteza — disse Otoes. — No entanto, deveríamos ir para um lugar menos barulhento.

Efetivamente, no palácio ocupado pelo príncipe, tanto no pátio interno quanto no externo, circulavam tantas pessoas que mais parecia uma feira. As pessoas comiam, bebiam, cantavam, disputavam competições esportivas — tudo em homenagem ao príncipe, de quem eram servos.

Diante disso, o nomarca ordenou que fossem trazidos dois cavalos e, junto com o príncipe, saiu da cidade. A corte permaneceu no palácio e passou a divertir-se ainda com mais desenvoltura.

O dia estava lindo e fresco, e a terra coberta de vegetação e flores. Sobre a cabeça dos cavaleiros ouvia-se o canto de aves e o ar estava impregnado de perfume.

— Como é lindo e agradável aqui! — exclamou o príncipe. — Pela primeira vez, desde que cheguei, estou em condições de pensar claro, pois cheguei a ter a sensação de que um regimento inteiro se instalou na minha cabeça.

— Esse é o destino dos potentados do mundo — respondeu o nomarca.

Pararam no topo de uma colina. A seus pés jazia um prado verdejante e atravessado por uma faixa azul-turquesa. Ao norte e ao sul, brilhavam muros de cidadezinhas e, mais ao longe, estendiam-se as avermelhadas areias do deserto, das quais, vez por outra, vinham rajadas de vento quente.

No prado, pastava uma infinidade de animais: bois chifrudos e desprovidos de chifres, cabras, asnos, antílopes, até rinocerontes. Aqui e ali, podiam ser vistos brejos cobertos de vegetação aquática e, em meio a esta, milhares de gansos, patos, cegonhas, íbis e pelicanos.

— Olhe, Alteza — disse o nomarca —, eis uma visão do nosso país, o Egito. Osíris apaixonou-se por este pedaço de terra no meio de desertos, e cobriu-o de vegetação e animais, para poder tirar proveito dele. Depois, o grande deus adotou a forma humana e foi o primeiro dos faraós. E quando sentiu que seu corpo estava enfraquecendo, abandonou-o e penetrou no corpo do seu filho e, depois, no filho deste. Deste modo, Osíris vive entre nós há séculos sob a forma dos faraós, desfrutando do Egito e de suas riquezas, criadas por ele mesmo. Ele cresceu como uma árvore gigantesca, cujos galhos mais grossos são os reis do Egito, os médios são os nomarcas e sacerdotes, e os mais finos representam a casta dos guerreiros. O deus visível senta no trono terrestre e recolhe o que é lhe devido pelo país; o invisível recebe oferendas nos templos e dita suas ordens através da boca dos sacerdotes.

— Assim está escrito — disse o príncipe.

— Como Osíris-faraó — continuou o nomarca — não pode se ocupar pessoalmente da administração terrena, passou essa tarefa a nós, os nomarcas, que somos descendentes do mesmo sangue.

— É verdade — disse Ramsés. — Houve até ocasiões em que o deus-sol penetrou no corpo de um nomarca e deu início a uma nova dinastia. Foram assim que surgiram as dinastias menfita, tebana e outras.

— E agora — disse Otoes —, vou responder àquilo que Vossa Alteza me perguntou. Eu zelo pela propriedade de Osíris-faraó, assim como pela pequena porção dela que me cabe. Olhe para estes rebanhos: são compostos dos mais diversos animais. Alguns dão leite, outros dão carne, e outros ainda dão lã e peles. O mesmo ocorre com a população do Egito: uns fornecem grãos, outros nos suprem de vinho, tecidos e ferramentas, e outros ainda constroem prédios. A minha função é cobrar o que é devido e depositar o resultado dessa cobrança aos pés do faraó.

Neste ponto, o nomarca apontou para os rebanhos, dizendo:

— Eu não teria condições de zelar por todos estes animais sozinho, portanto tomei o cuidado de escolher cães atentos e pastores espertos. Uns ordenham os animais, penteiam seus pelos e tiram suas peles; outros ficam tomando conta para que eles não sejam roubados por ladrões ou destroçados por predadores. O mesmo ocorre com um nomarca: eu não poderia, sozinho, recolher todos os impostos e proteger a população de qualquer mal; sendo assim, tenho funcionários que fazem aquilo que é devido e me prestam contas das suas atividades.

— Tudo isso é verdade — interrompeu-o o príncipe. — Estou ciente disso e o entendo. O que não consigo compreender é o motivo pelo qual, apesar de todo esse zelo, as receitas de Sua Santidade diminuíram tanto.

— Vossa Alteza não pode se esquecer — respondeu o nomarca — que o deus Set, embora seja irmão de sangue do deus solar

Osíris, nutre ódio por ele, combate-o e faz de tudo para destruir seus feitos. É ele quem lança doenças mortais sobre homens e animais, faz com que as enchentes do Nilo não sejam suficientemente grandes ou devastadoras, e é ele quem atira sobre o Egito tempestades de areia nos meses mais quentes do ano. Quando um ano é bom, o Nilo chega até o deserto; quando é ruim, é o deserto que chega junto do Nilo e, consequentemente, as receitas do faraó têm de diminuir.

O nomarca apontou novamente para o pasto.

— Olhe, Alteza, para esta planície. Os rebanhos são grandes, mas, na minha juventude, eles eram maiores. E quem é culpado por isso? Ninguém outro a não ser Set, a quem nenhuma força humana pode se opor. Esta planície ainda é vasta, mas já foi maior, a ponto de não podermos ver daqui este deserto que tanto nos assusta. Quando dois deuses lutam entre si, nenhum homem tem condições de interferir; quando Set vence Osíris, quem ousaria colocar-se no seu caminho?

O distinto Otoes terminou sua preleção; o príncipe baixou a cabeça. Já ouvira muito sobre a bondade de Osíris e a maldade de Set e, ainda criança, esbravejava por não ter havido um acerto de contas com este último.

"Quando eu crescer", dizia naqueles dias, "pegarei uma lança, procurarei Set e acertarei as contas com ele!..."

Hoje, olhando para aquela imensurável quantidade de areia, domínio daquele deus inimigo que diminuía as receitas do Egito, o jovem príncipe não pensava mais em combatê-lo. Como se pode lutar com o deserto?... Somente se pode evitá-lo, ou nele morrer.

capítulo 22

A ESTADA EM AA EXAURIU TANTO O SUCESSOR DO TRONO QUE ELE, para poder descansar um pouco e pensar com calma, decretou o fim de todas as festividades em sua homenagem e ordenou que a população não mais comparecesse para aclamá-lo durante a viagem.

O séquito do príncipe acatou essas determinações com espanto, e até com um certo desgosto, mas Ramsés conseguiu com isso um pouco de paz de espírito. Passou a dispor de tempo para treinar seus soldados, algo que lhe dava imenso prazer, bem como para concatenar seus pensamentos. Trancado no mais oculto canto do palácio, ficou se perguntando a que ponto havia cumprido as instruções paternas.

Vira, com seus próprios olhos, todo o nomo — seus campos, vilarejos e funcionários. Também constatara pessoalmente que o lado oriental da província estava sendo tomado pelo deserto. Constatou que o povo era apático e tolo; que só fazia aquilo que lhe mandavam e, assim mesmo, a contragosto. Finalmente, se convenceu de que súditos realmente dedicados e leais somente podiam ser encontrados entre os aristocratas, que eram aparentados com o faraó ou faziam parte da casta militar — netos dos guerreiros que combateram sob Ramsés, o Grande. Constatou que eles eram os únicos a apoiar a dinastia com sinceridade e estavam prontos a defendê-la a todo custo, diferentemente dos camponeses, que, tendo gritado as saudações, retornavam imediatamente aos seus porcos e vacas.

No entanto, o real propósito da sua missão não fora alcançado. Ramsés não só não descobriu a razão pela qual as receitas reais estavam diminuindo, como nem mesmo conseguiu responder a uma simples pergunta: por que a situação estava ruim, e como ela poderia ser melhorada? Apenas sentiu que a lendária guerra entre os deuses Set e Osíris não explicava coisa alguma e não fornecia qualquer pista quanto às medidas preventivas a serem tomadas.

O príncipe, na qualidade de futuro faraó, queria voltar a dispor dos grandes rendimentos auferidos pelos faraós do passado, e chegava a ferver de raiva só de pensar que poderia assumir o trono ainda mais pobre do que seu pai.

— Nunca! — gritava o príncipe, cerrando os punhos.

Para aumentar o número de propriedades reais, o jovem sucessor estava pronto a lançar-se, de espada na mão, contra o próprio deus Set, e cortá-lo em pedacinhos, assim como este fizera com o irmão, Osíris. Mas em vez de ver diante de si o cruel deus e suas legiões, via, à sua volta, apenas pânico, silêncio e ignorância.

Instigado por esses sentimentos sombrios, foi procurar o sumo sacerdote Mefres.

— Diga-me, santo pai, dono de toda a sabedoria: por que as receitas do país estão diminuindo e de que modo poderiam ser aumentadas?

O sumo sacerdote ergueu os braços para o céu.

— Que seja abençoado o espírito que trouxe estes pensamentos a Vossa Alteza! — exclamou o ancião, chegando a chorar de emoção. — Tomara que Vossa Alteza siga os passos dos grandes faraós que cobriram o Egito de templos e, através de barragens e canais, aumentaram a extensão das terras férteis...

— Em primeiro lugar — respondeu o príncipe —, responda ao que lhe perguntei, pois como se pode pensar em cavar canais e construir templos tendo o Tesouro Real vazio? Abateu-se sobre o Egito a pior das desgraças: seus nomarcas estão ameaçados pela pobreza. Esta é a questão fundamental, que devemos examinar e consertar; o resto virá automaticamente.

— Isso, benigno príncipe, você somente poderá descobrir nos templos, diante dos altares — disse o sumo sacerdote. — Somente lá é que a sua louvável curiosidade poderá ser saciada.

Ramsés respondeu, com veemente impaciência:

— Os templos ocultam dos olhos de Vossa Excelência a real situação do país e do Tesouro Real! Eu frequentei a escola dos sacerdotes, fui criado à sombra dos templos, conheço as místicas representações nas quais vocês mostram a maldade de Set, bem como a morte e a ressurreição de Osíris... E de que me adianta isso?... Quando meu pai me perguntar o que deve ser feito para aumentar os rendimentos reais, não saberei o que lhe responder. Pior ainda: deverei lhe recomendar rezar mais e com maior frequência do que até agora!

— Vossa Alteza está blasfemando, pois não conhece os mais altos ritos da religião. Caso os conhecesse, encontraria resposta para muitas das dúvidas que o afligem e, caso tivesse visto o que eu já presenciei, acreditaria que a questão primordial do Egito é a de reerguer seus templos e a casta sacerdotal...

"Os velhos tendem a voltar a ser crianças", pensou o príncipe, e interrompeu a conversa. O sumo sacerdote Mefres sempre fora muito religioso, mas, ultimamente, sua religiosidade chegava a ser excêntrica.

"Eu faria um belo papel", dizia a si mesmo o príncipe, "caso me entregasse às mãos dos sacerdotes para participar das suas brinca-

242 | Bolesław Prus

deiras infantis. É bem possível que Mefres me forçasse a ficar horas diante de altares, com as mãos erguidas e aguardando um milagre como se comenta que ele anda fazendo..."

No mês de Farmuti (final de janeiro e início de fevereiro), o príncipe despediu-se de Otoes, para seguir para a província de Hak. Agradeceu ao nomarca e à sua corte pela belíssima recepção, mas sentia uma tristeza na alma, sabendo que não estava cumprindo a missão que recebera do pai.

Acompanhado por Otoes e seus cortesãos, o sucessor do trono atravessou o Nilo para a margem direita, onde foi recebido pelo distinto nomarca Ranuzer, acompanhado de grão-senhores e sacerdotes daquela província. Quando o príncipe pisou o solo de Hak, os sacerdotes ergueram a imagem do deus Atum, patrono da província, os funcionários se prostraram no chão e o nomarca lhe entregou uma foicezinha de ouro, pedindo-lhe que ele, na qualidade de substituto do faraó, desse início à colheita de cevada.

Ramsés pegou a foicezinha, cortou algumas espigas e queimou-as, junto com incenso, diante do deus que zelava pelas fronteiras. Logo em seguida, o nomarca e os grão-senhores fizeram o mesmo, e só então os camponeses começaram a colheita de verdade. Cortavam fora apenas as espigas, que enfiavam em sacos, deixando as hastes no campo.

Tendo assistido ao serviço religioso, que o entediou, o príncipe subiu numa biga e logo se formou um séquito: soldados, sacerdotes, uma outra biga com o nomarca Ranuzer, cortesãos e serviçais palacianos. O povo, de acordo com o desejo de Ramsés, não veio até a beira da estrada, mas os camponeses que faziam a colheita prostravam-se ao chão diante da comitiva.

O cortejo, depois de atravessar algumas pontes provisórias sobre os canais do Nilo, chegou ao anoitecer a Anu, a capital da província.

O Faraó | **243**

Os dias seguintes foram tomados por banquetes, homenagens ao sucessor e apresentações de funcionários. Finalmente, Ramsés ordenou que as homenagens fossem cessadas e pediu ao nomarca que o informasse sobre a situação econômica do nomo.

A inspeção começou na manhã seguinte e durou algumas semanas. A cada dia, vinham ao palácio onde o príncipe se instalara as mais diversas corporações de artesãos, a fim de mostrar ao sucessor os frutos do seu trabalho: fabricantes de armamentos com espadas, lanças e machados, fabricantes de instrumentos musicais com pífaros, trombetas, tambores e harpas, carpinteiros com cadeiras, mesas, poltronas, liteiras e carruagens ricamente decoradas com madeiras de cores diferentes, madrepérola e marfim. Apresentavam-lhe, também, utensílios domésticos de bronze, espetos para grelhas, panelas de abas duplas e sopeiras com tampas. Ourives exibiam a beleza dos anéis de ouro, pulseiras de electro, ou seja, uma liga de ouro e prata, correntes e outras joias, todas ricamente decoradas com esmalte ou incrustadas de pedras preciosas.

A procissão era fechada por oleiros trazendo mais de uma centena de objetos de barro: vasos, panelas, potes, gamelas, tigelas dos mais variados formatos e cobertas com pinturas de cabeças de aves e pássaros.

Cada corporação oferecia ao príncipe as mais belas peças dos seus produtos, que chegaram a encher uma grande sala, sendo que não havia entre elas duas iguais.

Após aquela extenuante apresentação, o distinto Ranuzer perguntou ao príncipe se estava satisfeito.

O sucessor pensou antes de responder.

— Acho que somente vi peças mais lindas — disse finalmente — nos templos ou no palácio do meu pai. No entanto, como elas somente podem ser adquiridas por pessoas ricas, não vejo como o Tesouro Real possa auferir algum lucro delas.

O nomarca se mostrou surpreso com a indiferença do jovem príncipe por objetos de arte, além de ficar transtornado com a sua preocupação com as receitas do reino. Diante disso, querendo satisfazer Ramsés, levou-o para visitar as fábricas reais.

Assim, já no dia seguinte, visitaram os moinhos nos quais escravos preparavam farinha, padarias onde eram assados pães e secadas torradas para os soldados, bem como fábricas de conservas de peixe e de carne.

Visitaram também grandes curtumes e oficinas nas quais eram feitas sandálias, fundições do bronze usado na fabricação de armas e utensílios, olarias e corporações de alfaiates e tecelões.

No início, Ramsés olhava para tudo com grande curiosidade, mas logo ficou enjoado diante da visão dos trabalhadores: todos apavorados, magros, com pele de cor doentia e marcas de bastões nas costas. A partir daí, deixou de vistoriar fábricas, preferindo visitar as cercanias de Anu.

De longe, a leste, podia ser avistado o deserto no qual, no ano anterior, haviam sido realizadas as manobras militares das suas tropas com o exército de Nitager. O príncipe pôde ver, como na palma da mão, o caminho percorrido por seus regimentos, o local onde, por causa de dois escaravelhos, suas máquinas de guerra tiveram que se desviar, e até a árvore na qual se enforcara aquele camponês que cavava um canal. Do topo daquela colina, na companhia de Tutmozis, havia olhado para as terras de Gosen e amaldiçoado os sacerdotes. E, mais ao longe, vira Sara pela primeira vez.

Como os tempos mudaram!... Desde o momento em que recebera o comando do corpo de Menfi e fora nomeado representante do faraó graças a Herhor, ele deixara de nutrir ódio à casta sacerdotal, e, quanto a Sara, embora não estivesse mais atraído por ela como amante, estava cada vez mais interessado na criança da qual ela seria mãe.

"O que será que ela anda fazendo?", perguntava-se o príncipe. "Faz muito tempo que não tenho qualquer notícia dela."

Enquanto Ramsés olhava pensativo para as distantes colinas e rememorava os acontecimentos do passado recente, o nomarca Ranuzer, postado a seu lado, estava convencido de que o príncipe, notando alguns excessos nas fábricas, pensava num meio de castigá-lo.

"Gostaria de saber o que ele descobriu", perguntava a si mesmo o distinto nomarca. "Teria sido o fato de a metade dos tijolos ter sido vendida para comerciantes fenícios, ou que faltam dez mil sandálias no depósito, ou então talvez algum salafrário lhe tenha sussurrado algo sobre as fundições?"

E o coração de Ranuzer encheu-se de preocupação.

De repente, o príncipe chamou Tutmozis, que tinha por obrigação estar sempre por perto.

Tutmozis veio correndo, e o príncipe levou-o para longe dos demais.

— Escute — disse, apontando para o deserto. — Está vendo aquelas colinas?

— Foi lá que estivemos no ano passado... — suspirou o cortesão.

— Lembrei-me de Sara...

— Já vou acender incenso aos deuses! — exclamou Tutmozis —, pois estava achando que Vossa Alteza, depois de ter assumido o posto de representante do faraó, já se havia esquecido dos seus mais leais servos...

— Examine os presentes que recebi — disse o príncipe — e escolha os mais belos utensílios, tecidos e, acima de tudo, pulseiras e colares, e leve-os a Sara.

— Que você possa viver eternamente, Ramsés — sussurrou o janota —, pois o seu gesto é de grande nobreza.

— Diga-lhe — continuou o príncipe — que o meu coração está cheio de pensamentos carinhosos para com ela, que desejo que cuide da saúde e tome conta da criança que está por vir ao mundo. Diga-lhe também que quando eu tiver cumprido a tarefa confiada a mim pelo meu pai, vou querer que ela venha se juntar a mim e passe a morar na minha casa. Não posso permitir que a mãe do meu filho fique morrendo de saudades... Vá, faça o que lhe disse, e retorne com notícias alvissareiras.

Tutmozis prostrou-se por terra diante do nobre amo, e partiu imediatamente. O séquito do príncipe, sem saber o teor da conversa dos dois, ficou com inveja das boas graças que Tutmozis gozava ante o príncipe, enquanto o distinto Ranuzer sentiu uma crescente inquietação na alma.

"Espero", pensava preocupado, "que eu não precise levantar a minha mão contra mim mesmo e, na flor da idade, deixar órfãos os meus filhos... Por que eu, antes de me apossar de bens de Sua Santidade o faraó, não pensei que poderia chegar um dia no qual seria julgado por isso?..."

Seu rosto adquiriu uma coloração acinzentada e suas pernas tremeram, mas o príncipe, imerso em suas reminiscências, não notou seu pavor.

capítulo 23

ENTÃO, EM ANU, SEGUIU-SE UMA INTERMINÁVEL SÉRIE DE BANQUETES e festividades. O distinto Ranuzer tirou das adegas os melhores vinhos e trouxe, dos nomos vizinhos, as mais belas dançarinas, os melhores músicos e os artistas mais afamados. O príncipe Ramsés tinha seus dias plenamente preenchidos. De manhã, treinamentos militares e audiências com dignitários; depois, um banquete, seguido de caçadas e mais um banquete.

Quando o nomarca de Hak já estava convencido de que o sucessor não estava mais interessado em questões econômico-administrativas, o príncipe convocou-o à sua presença e perguntou:

— Não é verdade que o nomo de Vossa Excelência é um dos mais ricos do Egito?

— Sim... muito embora tivéssemos tido alguns anos difíceis... — respondeu Ranuzer, com o coração aos pulos e as pernas tremendo.

— Pois é isso que tanto me espanta — disse o príncipe. — Não consigo compreender o motivo pelo qual as receitas de Sua Santidade diminuem ano a ano. Vossa Excelência teria uma explicação para isso?

— Alteza — disse o nomarca, inclinando-se até o chão. — Vejo que meus inimigos conseguiram incutir suspeitas a meu respeito em sua alma e, diante disso, qualquer informação que eu possa lhe fornecer não merecerá seu crédito. Permita, portanto, não responder à sua pergunta, mas trazer à sua presença escribas com documentos, que Vossa Alteza poderá tocar com as mãos e verificar pessoalmente...

O príncipe ficou espantado com a inesperada ênfase da resposta, mas aceitou a sugestão, achando que os relatórios dos escribas poderiam lhe revelar os mistérios da arte de governar.

Diante disso, logo no dia seguinte, vieram ao palácio o grão-escriba do nomo Hak, que, junto com seus auxiliares, trouxe vários rolos de papiros preenchidos de ambos os lados. Quando desenrolados, os papiros formaram uma faixa de quatro palmos de largura e mais de sessenta passos de comprimento. O príncipe nunca antes vira um documento com tais dimensões, no qual constava a descrição de um ano de atividades de apenas uma província.

O grão-escriba sentou-se no chão, com as pernas encolhidas, e começou:

— No trigésimo terceiro ano do reinado de Sua Santidade Meramen-Ramsés, o Nilo demorou a transbordar. Os felás, atribuindo tal fato a maldições lançadas pelos estrangeiros residentes na província de Hak, começaram a destruir as casas dos infiéis judeus, hititas e fenícios, matando alguns deles. Segundo ordens do distintíssimo nomarca, os transgressores foram levados às cortes, que condenaram vinte e cinco camponeses, dois pedreiros e seis sapateiros a trabalhos forçados nas minas, e um pescador a ser estrangulado...

— Que documento é esse? — interrompeu-o o príncipe.

— É o relatório dos tribunais, destinado aos pés de Sua Santidade.

— Deixe-o de lado, e leia sobre as receitas do Tesouro Real.

— No quinto dia do mês Tot, foram trazidos aos armazéns reais seiscentas medidas de trigo, pelas quais o responsável assinou o devido recibo. No dia sete de Tot, o grão-tesoureiro foi informado, e verificou pessoalmente, que foram retirados dos armazéns cento e quarenta e oito medidas de trigo. Durante a verificação, dois trabalhadores roubaram uma medida de trigo e esconderam-na no meio dos tijolos. Uma vez comprovado o furto, os culpados foram levados ao tribunal e condenados a trabalhos forçados nas minas por terem ousado roubar algo do Tesouro de Sua Santidade...

— E quanto às restantes cento quarenta e sete medidas?... — indagou o príncipe.

— Foram comidas por ratos — respondeu o escriba, voltando a ler:

— No dia oito de Tot, chegaram vinte vacas e oitenta e quatro ovelhas, que foram entregues ao regimento Gavião, mediante o comprovante de praxe...

E foi assim que o substituto do faraó foi sendo informado da movimentação diária dos armazéns reais: da quantidade de grãos de cereais e favos de feijão que deram entrada, quantos foram entregues aos moinhos, quantos foram roubados e quantos trabalhadores foram punidos por aqueles atos.

O relatório era tão tedioso e caótico que, na metade do mês Paofi, o príncipe ordenou que a leitura fosse interrompida.

— Diga-me, grão-escriba — perguntou —, o que você depreende deste relatório? O que ele lhe revela?

— Tudo que Vossa Alteza desejar...

E voltou a recitar, desde o início, dessa vez de memória:

— No quinto dia do mês Tot, foram trazidos aos armazéns reais...

— Basta! — exclamou o furioso príncipe, expulsando-o da sala.

O escriba prostrou-se ao chão, em seguida recolheu os papiros e saiu correndo.

O príncipe convocou o nomarca Ranuzer. Este veio com as mãos cruzadas sobre o peito, mas com uma expressão tranquila, já

250 | Bolesław Prus

que soubera dos escribas que o substituto do faraó não conseguira encontrar coisas comprometedoras nos relatórios nem chegara a prestar atenção à sua leitura.

— Diga-me, Excelência — começou o sucessor. — Eles lhe leem, também, estes relatórios?

— Diariamente...

— E você entende seu conteúdo?

— Perdoe-me, Alteza, mas... como eu poderia reinar neste nomo se não o entendesse?

O príncipe ficou preocupado. Seria possível que ele era o único a ser tão incompetente?... Nesse caso, como seria o seu reinado?...

— Sente-se — disse, após uma breve pausa, indicando uma cadeira a Ranuzer. — Sente-se e me diga como você reina neste nomo.

O nomarca empalideceu e seus olhos quase saltaram das órbitas. Ramsés notou-o imediatamente, e começou a se explicar:

— Não pense que eu não confie na sua competência... Pelo contrário, não conheço alguém que possa reinar mais adequadamente do que você. O fato é que sou muito jovem e curioso: o que significa "reinar"? Sendo assim, peço-lhe que me ceda um pouco da sua experiência. Sei que você reina neste nomo, mas quero que me diga como se faz isso.

O nomarca respirou aliviado e começou:

— Descreverei a Vossa Alteza todo o desenrolar da minha vida, para que Vossa Alteza possa se certificar quão pesado é o fardo de um nomarca:

"De manhã, após o banho, faço oferendas ao deus Atum. Depois, chamo o tesoureiro e lhe pergunto: os impostos de Sua Santidade estão sendo pagos devidamente? Quando ele responde que sim, eu o elogio; quando informa que estes ou aqueles deixaram de fazê-lo, ordeno que eles sejam presos.

"Depois, convoco o responsável pelos celeiros reais, para saber quantos grãos ingressaram neles. Se forem muitos, o elogio; se forem poucos, ordeno que os responsáveis sejam açoitados. Depois, vem o grão-escriba e me relata o que precisa ser retirado dos bens do Tesouro Real para pagar ao exército, aos funcionários e aos trabalhadores. Então, autorizo tais retiradas, sempre mediante um recibo. Se ele requer pouco, eu o elogio; se muito, instalo um inquérito.

"Na parte da tarde, recebo os comerciantes fenícios aos quais vendo trigo, depositando o dinheiro no Tesouro Real. Depois, faço as minhas orações e confirmo as sentenças das cortes, sendo que, antes do anoitecer, a polícia me informa dos acontecimentos do dia. Ainda há poucos dias, alguns homens do meu nomo invadiram o território da província Ka e profanaram a estátua do deus Sebak. Embora tivesse ficado contente no fundo do meu coração, já que ele não é patrono da nossa província, assim mesmo condenei dois deles à morte, enviei vários para as minas e mandei que todos os demais fossem açoitados.

"E é graças a estas ações que reina calma no meu nomo, e os impostos ingressam no Tesouro Real diariamente..."

— Muito embora as receitas do faraó venham diminuindo também aqui — aparteou o príncipe.

— Vossa Alteza disse a mais pura verdade — suspirou o distinto Ranuzer. — Os sacerdotes dizem que os deuses estão zangados com o Egito pelo grande influxo de estrangeiros; no entanto, eu não vejo os deuses desprezarem o ouro e as pedras preciosas dos fenícios...

Neste momento, o oficial de guarda anunciou a chegada do sacerdote Mentezufis, que viera convidar o substituto do faraó e o nomarca para uma cerimônia religiosa. Ambos os dignitários atenderam ao convite, e Ranuzer demonstrou tanta devoção que chegou a espantar o príncipe.

Quando, após a cerimônia, Ranuzer se afastou, o sucessor do trono virou-se para o sacerdote e disse:

252 | Bolesław Prus

— Tendo em vista que você, santo profeta, está aqui na qualidade de representante do venerável Herhor, peço-lhe que me explique uma coisa que atormenta o meu coração.

— Serei capaz disso? — respondeu o sacerdote.

— Tenho certeza que sim, pois você tem a Sabedoria, da qual é servo. Portanto, preste atenção ao que vou lhe dizer... Você sabe o motivo pelo qual fui enviado para cá por Sua Santidade o faraó...

— Para que Vossa Alteza trave conhecimento com as riquezas e a arte de governar o país — respondeu Mentezufis.

— E é o que tento fazer. Questiono os nomarcas, inspeciono as terras, olho para o povo, escuto os relatórios dos escribas, mas não entendo coisa alguma, e isso envenena a minha vida e me espanta. Quando tenho de lidar com tropas, sei tudo: a quantidade de soldados, cavalos, carroças, quais oficiais são relapsos porque bebem em demasia, e quais são os que cumprem rigorosamente os seus deveres. Também sei o que fazer com os exércitos: se o inimigo estiver em posição ofensiva, precisarei de dois corpos para derrotá-lo; se estiver na defensiva, não ousaria atacá-lo com menos de três. Se as tropas inimigas não são bem treinadas, mesmo que sejam mil, poderei derrotá-las com quinhentos homens...

Neste ponto, o príncipe interrompeu a torrente de palavras e deu um suspiro.

— No exército, santo pai — voltou a falar —, tudo é claro como os dedos da mão, e para qualquer pergunta há uma resposta lógica e compreensível para mim. Enquanto aqui, na administração de nomos, tudo é opaco e eu fico tão confuso que chego a esquecer o verdadeiro propósito da minha missão. Portanto, peço-lhe que me responda com toda a sinceridade, como um sacerdote e oficial: o que significa isso? Será que os nomarcas estão me iludindo, ou eu sou incapaz de compreender essas coisas?

O santo profeta pensou por um longo tempo.

— Se eles podem ousar tentar iludir Vossa Alteza — respondeu —, eu não sei, porque não controlo seus atos. No entanto, tenho a impressão de que eles são incapazes de esclarecer a Vossa Alteza porque também não sabem de coisa alguma. Os nomarcas e seus escribas são como oficiais menos graduados de um exército: cada um conhece seu pelotão e presta contas a um oficial superior. Eles dão ordens a seus subordinados, mas não conhecem os planos globais, elaborados pelo estado-maior. Sua obrigação é a de fazer relatórios e enviá-los aos pés do faraó, quando o Conselho Supremo extrai deles o mel da sabedoria...

— Pois este é o mel que eu quero! — exclamou o príncipe. — Por que eles não me dão?...

Mentezufis meneou a cabeça.

— A sabedoria do país — disse — pertence aos mistérios sacerdotais, de modo que somente pode ter acesso a ela alguém consagrado aos deuses. Vossa Alteza, embora educado por sacerdotes, evita ostensivamente os templos...

— Quer dizer que caso eu não me torne um sacerdote vocês me negarão acesso à Sabedoria?...

— Há coisas a que Vossa Alteza, como *erpatre*, já tem acesso, e há outras, às quais terá acesso quando se tornar faraó. No entanto, há ainda outras, que são somente conhecidas por sumos sacerdotes.

— Todo faraó é um sumo sacerdote — interrompeu-o o príncipe.

— Nem todos. Além disso, mesmo entre os sumos sacerdotes existe uma hierarquia.

— Quer dizer — exclamou o irado sucessor — que vocês estão ocultando de mim dados de fundamental importância... e eu não poderei cumprir a missão que me foi dada pelo meu pai!

— Vossa Alteza, sendo um sacerdote de mais baixo grau, tem acesso a tudo o que precisa saber — respondeu calmamente Mentezufis. — Quanto a questões mais profundas, elas estão ocultas por trás das cortinas dos templos, que ninguém, sem estar devidamente preparado, poderá levantar.

— Pois eu pretendo levantá-las!

— Que os deuses protejam o Egito de tal blasfêmia! — respondeu o sacerdote, elevando as mãos ao céu. — Vossa Alteza não sabe que todo aquele que tocar naquelas cortinas sem fazer as necessárias preces será atingido por um raio? Mande, meu príncipe, que um escravo ou um condenado seja levado a um templo. Bastará que ele leve a mão na direção da cortina para cair morto.

— Porque vocês o matarão.

— Qualquer um de nós cairia morto, como o mais cruel bandido, caso se aproximasse dos altares de forma furtiva. Para os deuses, meu príncipe, o faraó e os sacerdotes têm o mesmo valor que um escravo.

— Então, o que devo fazer?... — perguntou Ramsés.

— Procurar nos templos a resposta para suas angústias, purificando-se através de orações e jejuns — respondeu o sacerdote. — Desde que o Egito é Egito, nenhum mandante conseguiu a Sabedoria de outra forma.

— Pensarei nisso — disse o príncipe. — Muito embora veja, pelo que me disseram o venerável Mefres e você, santo profeta, que vocês querem envolver-me em rezas, assim como fizeram com meu pai.

— Nada disso. Caso Vossa Alteza, quando se tornar faraó, quiser se limitar a comandar os exércitos, não precisará comparecer a mais de uma ou duas cerimônias religiosas por ano, pois os demais assuntos ficariam por conta dos sumos sacerdotes. No entanto, se quiser travar conhecimento com os segredos dos templos, terá de homenagear os deuses, pois eles são a fonte de toda a Sabedoria.

capítulo 24

AGORA RAMSÉS JÁ SABIA QUE NÃO TERIA CONDIÇÕES DE CUMPRIR as ordens do faraó caso não se submetesse aos desejos dos sacerdotes, o que o enchia de raiva e de má vontade para com a casta sacerdotal.

Não estava com pressa para se inteirar dos segredos dos templos, e dispunha de bastante tempo para começar a jejuar e dedicar-se a cerimônias religiosas. Diante disso, resolveu participar com maior empenho dos banquetes oferecidos em sua homenagem.

Tutmozis, o mestre das diversões, acabara de retornar, trazendo ao príncipe notícias de Sara. Ela estava bem de saúde e linda, o que já não interessava tanto a Ramsés. Mas os sacerdotes fizeram horóscopos tão promissores para o filho que estava por nascer, que o príncipe ficou radiante.

— Os sacerdotes afirmaram que o filho será abençoado por deuses e, caso o pai venha a amá-lo, alcançará altos postos no decorrer da vida.

O príncipe achou graça da segunda parte da profecia.

— Como é estranha a sua sabedoria — dizia para Tutmozis. — Sabem que será um homem, algo que eu não sei, mesmo sendo o pai;

têm dúvidas quanto ao meu amor por ele, quando é óbvio que eu amaria aquela criança mesmo se ela fosse uma filha. Quanto aos altos postos, eles podem estar tranquilos, pois hei de me ocupar disso!

No mês de Pachon (janeiro e fevereiro), o sucessor do trono chegou à província de Ka, onde foi recepcionado pelo nomarca Sofra. Embora Anu ficasse apenas a sete horas de marcha de Atribis, o príncipe levou três dias para percorrê-la. Diante da perspectiva de rezas e jejuns que o aguardavam para ser iniciado nos segredos dos templos, Ramsés passou a sentir cada vez mais vontade de se divertir; seu séquito percebeu, de modo que os festejos passaram a ser contínuos.

O caminho para Atribis voltou a ser tomado por multidões aos gritos, flores e música. Ao chegarem à cidade, a excitação atingiu o ápice, a ponto de um trabalhador gigantesco ter se atirado diante da biga do representante do faraó e, quando Ramsés freou os cavalos, um grupo de mulheres emergiu da multidão e cobriu-o de flores.

"Apesar de tudo, eles me amam!...", pensou o príncipe.

Uma vez na província, já não fez mais perguntas ao nomarca sobre as receitas do faraó, não visitou fábricas nem pediu que lhe fossem lidos relatórios. Sabendo de antemão que nada compreenderia, deixou essas tarefas para mais tarde, quando já estivesse iniciado nos segredos sacerdotais. Apenas uma vez, quando notou que o templo de Savak ficava em cima de uma colina, expressou o desejo de subir no seu pilono, para ter uma visão mais abrangente do nomo.

O distinto Sofra imediatamente satisfez o desejo do sucessor, que, tendo galgado o topo da torre, passou nele várias horas deliciando-se com a paisagem.

A província de Ka era uma planície fértil. Dezenas de canais e estreitos braços do Nilo cortavam-na em todas as direções, como uma rede tecida com fios prateados e azul-celestes. Melões e trigo, plantados em novembro, já estavam amadurecendo. Os campos estavam cobertos de homens seminus que colhiam pepinos ou semeavam algodão. O terreno era pontilhado de construções que, em uma dezena de pontos, agrupavam-se mais intensamente, formando pequenas cidades.

A maior parte das casas, especialmente as espalhadas nos campos, eram simples choupanas de barro, cobertas de palha ou folhas de palmeira. Em compensação, as casas nas cidades eram feitas de tijolos, com telhados planos, mais parecendo hexágonos brancos, com buracos nos lugares das portas e janelas. Frequentemente, os tais hexágonos tinham sobre si hexágonos menores e, sobre estes, um outro, ainda menor, sendo que cada um desses "andares" era pintado de cor diferente. Debaixo do escaldante sol do Egito, essas casas pareciam punhados de pérolas, rubis e safiras, atiradas a esmo em meio aos campos verdejantes, e cercadas por palmeiras e acácias.

Daquele ponto, Ramsés notou algo que o fez pensar: as casas mais luxuosas ficavam perto dos templos, enquanto nos campos movimentavam-se mais pessoas.

"As propriedades dos sacerdotes são as mais ricas!...", notou, olhando mais uma vez para os templos e capelas, cujas torres eram visíveis às dezenas.

Como, no entanto, havia feito as pazes com Herhor e precisava do auxílio dos sacerdotes, não quis mais prolongar esses pensamentos.

Nos dias seguintes, o distinto Sofra organizou para o príncipe uma série de caçadas. Junto dos canais, caçavam-se aves com flechas disparadas de arcos, redes atiradas de surpresa, ou ainda com o uso de falcões. Quando o séquito do príncipe entrou no deserto oriental, tiveram início as caçadas com cães e panteras, destinadas a quadrúpedes, dos quais foram mortos ou pegos várias centenas.

Quando o distinto Sofra notou que o príncipe já estava cansado de tantas atividades e pernoites em tendas, interrompeu as caçadas e, tomando o caminho mais curto possível, levou seus convivas de volta a Atribis. Chegaram à capital às quatro da tarde, e o no-

258 | Bolesław Prus

marca convidou a todos para um banquete em seu palácio. Levou pessoalmente o príncipe aos banhos, assistiu suas abluções e tirou de seu próprio baú as fragrâncias para untá-lo.

Depois, supervisionou o trabalho do cabeleireiro que arrumava os cabelos do príncipe e, finalmente, ajoelhou-se diante dele, implorando que aceitasse um novo jogo de roupa, formado por uma recém-tecida camisa bordada, um avental incrustado com pérolas e uma capa entremeada com fios de ouro, mas tão delicada que podia ser amassada e oculta em duas mãos.

O príncipe aceitou os trajes, declarando que jamais recebera um presente tão lindo.

O sol já havia se posto, e o nomarca conduziu o príncipe para o salão de baile. Este, na verdade, era um grande pátio interno, cercado por uma colunata e decorado com mosaicos. Todas as paredes eram decoradas com pinturas representando cenas da vida dos antepassados de Sofra, ou seja — guerras, viagens marítimas e caçadas. Sobre o salão, em vez de um telhado, pendia uma gigantesca borboleta de asas multicoloridas, que eram agitadas por escravos ocultos, com o propósito de refrescar o ambiente.

Em suportes de ferro presos às colunas, tochas acesas, além de iluminar o pátio, exalavam perfumes delicados.

O salão era dividido em duas partes: uma vazia e outra repleta de mesas e cadeiras para os convivas. No fundo, havia um estrado sobre o qual, debaixo de uma espécie de baldaquino, havia uma mesinha e um leito para Ramsés.

Sobre cada mesa havia vasos com flores de palmeiras, acácias e figueiras, enquanto a mesa de Ramsés era cercada de plantas coníferas, das quais emanava um cheiro doce e agradável.

Os convivas saudaram o príncipe com gritos de alegria, e ocuparam seus lugares assim que Ramsés se acomodou em seu lugar sob o baldaquino.

Ouviu-se o som de harpas, enquanto belas damas, com trajes transparentes e seios de fora, adentravam o salão. As quatro mais belas cercaram Ramsés, enquanto as demais se sentavam junto dos dignitários do seu séquito.

O ar ficou repleto de fragrâncias de rosas, lírios-do-vale e violetas, e o príncipe sentiu suas têmporas latejarem.

Escravos e escravas, vestidos com camisolas brancas, cor-de-rosa e azul-celestes, começaram a servir bolos, carne e aves assadas, peixes, vinho e frutas, bem como coroas de flores, que os presentes colocavam sobre a cabeça. A gigantesca borboleta sacudia suas asas com cada vez mais vigor, enquanto na parte vazia do salão teve início um espetáculo. Surgiram dançarinas, ginastas, palhaços, malabaristas e espadachins, e quando um dos artistas executava um feito extraordinário, os convivas lhe atiravam flores tiradas de suas coroas, ou anéis de ouro.

O príncipe, semideitado no leito coberto por pele de leão com garras de ouro, era atendido pelas quatro damas. Uma o abanava, a segunda trocava as coroas de flores da sua cabeça, e as duas restantes serviam-lhe comida. Quando o banquete estava chegando ao fim, aquela com a qual o príncipe mais conversara trouxe-lhe um cálice de vinho. Ramsés bebeu a metade e ofereceu o restante à dama, e, quando ela o bebeu, beijou seus lábios.

Foi o sinal para os escravos começarem a apagar as tochas, a borboleta cessou de agitar as asas e o salão mergulhou em penumbra e silêncio, que, vez por outra, era interrompido por nervosos risos femininos.

De repente, ouviram-se passos apressados e um grito terrível.

— Larguem-me! — gritava uma rouca voz masculina. — Onde está o sucessor do trono? Cadê o representante do faraó?!

O salão fervia; as mulheres choravam e os homens gritavam:

— O que está acontecendo?!... Um atentado contra o príncipe!... Guardas!...

260 | Bolesław Prus

— Onde está o sucessor?! — urrava o desconhecido.

— Acendam as tochas! — ouviu-se a jovem voz do sucessor. — Quem está me procurando?... Eis-me aqui.

As tochas foram acesas. No salão viam-se pilhas de mesas e cadeiras derrubadas, e os comensais se escondendo no meio delas. No estrado, o príncipe tentava desvencilhar-se das mulheres que, apavoradas, prendiam-no pelas pernas e pelos braços. Ao lado do príncipe, Tutmozis, com a peruca desalinhada e um pesado vaso de bronze nas mãos, estava pronto a atirar-se sobre o primeiro que ousasse se aproximar. Às portas, surgiram soldados com espadas desembainhadas.

— Quem está aí?... O que está acontecendo? — gritava o apavorado nomarca.

Finalmente, o causador do tumulto foi localizado. Um gigante nu, coberto de lama e com marcas sangrentas de bastonadas nas costas estava ajoelhado junto dos degraus que levavam ao estrado, com as mãos estendidas em súplica para o sucessor.

— Eis o assassino! — gritou o nomarca. — Peguem-no!

Tutmozis ergueu seu vaso e soldados vieram correndo da porta. O ferido caiu com o rosto sobre um dos degraus, gritando:

— Tende piedade, Sol do Egito!...

Os soldados já estavam prontos para agarrá-lo quando Ramsés, tendo se livrado das mãos das mulheres, aproximou-se do desgraçado.

— Não toquem nele! — gritou para os soldados. — O que você quer de mim, meu bom homem?

— Quero lhe falar das nossas desgraças, nobre amo...

No mesmo instante, Sofra aproximou-se do príncipe e sussurrou:

— É um hitita... Basta olhar para sua barba e seus cabelos... Além do mais, nenhum egípcio teria ousado cometer um ato desses...

— Quem é você? — perguntou o príncipe.

— Me chamo Bakura e faço parte do batalhão de cavadores das minas de Sochem, na província de Aa. Como não temos serviço, o nomarca Otoes nos ordenou...

— É um louco e bêbado... — sussurrou Sofra. — Como ele ousa falar dessa forma a Vossa Alteza?

O príncipe lançou um olhar tão furioso para o nomarca que o dignitário fez uma reverência e deu um passo para trás.

— E o que lhes ordenou o distinto Otoes? — perguntou a Bakura.

— Ele nos ordenou, distintíssimo amo, que andássemos à beira do Nilo, nadássemos no rio, nos postássemos ao longo do caminho e fizéssemos algazarra, gritando o nome de Vossa Alteza. Em troca disso, ele nos prometeu pagar o que nos era devido, pois é bom Vossa Alteza saber que estamos sem receber qualquer pagamento há mais de dois meses... nem mesmo panquecas de trigo, peixes, nem óleos para untarmos nossos corpos.

— O que Vossa Excelência tem a dizer sobre isso? — perguntou o príncipe ao nomarca.

— Trata-se de um bêbado perigoso... um mentiroso infame... — respondeu Sofra.

— Que tipo de algazarra vocês faziam em minha homenagem?

— O que nos foi ordenado — respondeu o gigante. — Minha esposa e minha filha gritavam: "Que viva para sempre!", enquanto eu me atirava na água e jogava coroas de flores ao barco de Vossa Alteza. E quando Vossa Alteza se dignou a entrar na cidade de Atribis, fui designado para atirar-me na frente de sua biga, fazendo com que Vossa Alteza parasse...

O príncipe começou a rir.

— Que coisa! — disse. — Nunca imaginei que fôssemos terminar este banquete de forma tão divertida. Mas diga-me: quanto você recebeu para se atirar diante da minha biga?

— Me prometerem três utenas, mas não pagaram coisa alguma; nem a mim, nem a minha esposa e filha, além de não terem dado nada de comer a todo o batalhão nos últimos dois meses.

— E de que vocês vivem?

— De esmolas e daquilo que conseguimos ganhar dos felás quando obtemos um trabalho com eles. Diante disso, resolvemos nos rebelar por três vezes e retornar às nossas casas. Mas os oficiais ora nos prometiam que iriam pagar o que nos deviam, ora nos espancavam com os seus bastões...

— Por causa daquele tumulto em minha homenagem? — perguntou, rindo, o príncipe.

— Vossa Alteza está dizendo a mais pura verdade... Ontem, resolvemos nos rebelar mais uma vez e Sua Excelência o nomarca Sofra ordenou que a cada dez de nós, um recebesse dez bastonadas, sendo que eu, por ser o mais forte e ter três bocas para alimentar — a minha, a da minha esposa e a da minha filha —, recebi o dobro... Ferido e exausto, consegui escapar, vir até aqui e atirar-me aos pés de Vossa Alteza para contar as nossas desgraças. Vossa Alteza, caso julgue que somos culpados, pode mandar que nos batam, mas que os escribas nos paguem o que nos devem, caso contrário morreremos de fome, nós, as nossas mulheres e os nossos filhos...

— É um louco! — gritou Sofra. — Basta olhar, Alteza, para o prejuízo que ele me causou... Eu não aceitaria menos de dez talentos por estes vasos, mesas e cadeiras quebrados.

Os convivas, que a essa altura já haviam se recuperado do susto, começaram a murmurar.

— Trata-se de um bandido! — diziam. — Olhem o estrago feito por este hitita... está claro que ainda ferve nele o maldito sangue dos seus antepassados, que atacaram e destruíram o Egito... quantos objetos de arte destruídos!...

— Uma rebelião de trabalhadores não pagos traz mais prejuízo ao país do que todos estes objetos! — falou rispidamente Ramsés.

— Santas palavras!... Deveriam ser inscritas nos monumentos! — imediatamente pôde-se ouvir entre os cortesãos. — Uma rebelião afasta os trabalhadores dos seus afazeres e entristece Sua Santidade... É inadmissível que trabalhadores possam ficar dois meses sem receber seus soldos...

O príncipe lançou um olhar de profundo desprezo aos cortesãos mutáveis como nuvens e virou-se para o nomarca.

— Entrego aos seus cuidados — disse severamente — este pobre-diabo. Tenho certeza de que nem um só fio cairá da sua cabeça. Amanhã, vou querer inspecionar o batalhão ao qual ele pertence e me certificar de que ele está dizendo a verdade.

E, tendo dito isso, o príncipe saiu do salão, deixando o nomarca e seus convidados profundamente preocupados.

No dia seguinte, ao se vestir com a ajuda de Tutmozis, perguntou a ele:

— Os trabalhadores já vieram?

— Sim, meu amo. Desde a madrugada aguardam as suas ordens.

— E esse tal... Bakura... está entre eles?

Tutmozis fez uma careta e respondeu:

— Aconteceu algo estranho. O mui distinto Sofra mandou que ele fosse trancado num porão vazio. Pois não é que aquele desgraçado, forte como é, conseguiu arrancar a porta das suas dobradiças e entrar numa adega cheia de vinho? Derrubou uma porção de vasos e se embebedou tanto que...

— Que o quê? — perguntou o príncipe.

— Morreu.

O sucessor do trono se levantou de um pulo.

— E você acredita — exclamou — que ele se embebedou a ponto de morrer?!

264 | Bolesław Prus

— Tenho que acreditar, já que não disponho de provas de que foi assassinado — respondeu Tutmozis.

— Pois pode deixar que eu vou encontrá-las! — explodiu o príncipe, andando furiosamente pelo aposento, como um irritado filhote de leão.

Tutmozis esperou até ele se acalmar, e em seguida, disse:

— Não procure, meu príncipe, uma culpa que não é evidente. Mesmo se alguém, a mando do nomarca, tivesse assassinado aquele trabalhador, jamais confessaria este crime. Mortos não falam, e, mesmo se pudessem falar, qual seria o peso da palavra de um trabalhador contra a de um nomarca? Nenhum tribunal ordenaria uma investigação...

— E se eu mandar que ela seja feita? — perguntou o sucessor.

— Aí eles vão fazer uma investigação que resultará na absolvição de Sofra, com o que você, meu amo, passará por uma vergonha, e todos os nomarcas, seus parentes e servos, tornar-se-ão seus inimigos.

O príncipe parou no meio do quarto e ficou pensando.

— Para complicar ainda mais a situação — continuou Tutmozis —, tudo parece indicar que o infeliz Bakura era um bêbado ou um louco, e acima de tudo um homem de procedência estrangeira. Pois como um egípcio de quatro costados, mesmo sem ter recebido qualquer soldo por um ano e ter levado o dobro de bastonadas, teria a ousadia de invadir o palácio de um nomarca e dirigir-se daquela forma ao sucessor do trono?...

Ramsés baixou a cabeça e, vendo que no quarto contíguo havia cortesãos, disse em voz baixa:

— Sabe de uma coisa, Tutmozis? Desde que parti nesta viagem, o Egito que vejo é bem diferente do que eu imaginava. Chego a me indagar: será que estou num outro país? Meu coração está inquieto, como se tivesse um véu cobrindo meus olhos, por trás do qual acontecem coisas inomináveis que eu não consigo enxergar...

— Então, não tente vê-las, pois acabará achando que todos nós deveríamos acabar nas minas — respondeu Tutmozis. — Não se esqueça de que nomarcas e funcionários são pastores do seu rebanho. Se um deles ordenhar uma vaca ou matar uma ovelha em seu próprio benefício, você não vai querer expulsá-lo por isso. A verdade é que você tem muitas ovelhas e poucos pastores.

O sucessor, já vestido, passou para o outro quarto, onde o aguardava um séquito de sacerdotes, oficiais e funcionários. Junto com eles, saiu do palácio e dirigiu-se para o pátio interno, cercado de acácias sob cuja sombra os trabalhadores esperavam por ele. Ao som de uma trombeta, a multidão se levantou rapidamente e entrou em formação, compondo cinco fileiras.

Ramsés, cercado de dignitários, parou por um instante, para ver de longe o batalhão de mineiros. Era formado por homens com gorros brancos na cabeça e tangas da mesma cor em torno dos quadris. Podia-se facilmente distinguir os brônzeos egípcios, negros africanos, amarelados asiáticos e os brancos habitantes da Líbia e das ilhas do mar Mediterrâneo.

Na primeira fileira ficavam os cavadores com picaretas; na segunda, os com enxadas; e na terceira, os com pás. A quarta fileira era formada por carregadores com um pedaço de pau e dois baldes, e a quinta, também por carregadores, mas com grandes caixas com alças dos dois lados; sua função era a de retirar a terra escavada. Junto das fileiras, apresentavam-se os capatazes, cada um munido de um bastão e de um compasso ou esquadro.

Quando o príncipe se aproximou, todos gritaram "Que possas viver eternamente!" e, ajoelhando-se, bateram com a testa no chão.

O sucessor mandou que se levantassem e ficou olhando para eles com atenção.

Os homens eram sadios e fortes, e certamente não tinham a aparência de terem sobrevivido por dois meses à custa de esmolas.

O nomarca e seu séquito aproximaram-se do príncipe, mas este, fingindo não tê-los visto, virou-se para um dos capatazes.

— Vocês são mineiros de Sochem? — indagou.

O capataz prostrou-se ao chão e permaneceu calado.

O príncipe deu de ombros e gritou para os trabalhadores:

— Vocês são de Sochem?

— Somos mineiros de Sochem — responderam em coro.

— Receberam o soldo?

— Recebemos o soldo, estamos bem alimentados e somos felizes servos de Vossa Alteza — respondeu o coro, em perfeita cadência.

— Meia-volta, volver! — ordenou o príncipe.

Todos se viraram. A maioria tinha sinais de bastonadas nas costas, mas nenhuma cicatriz recente.

"Estão me enganando!...", pensou o príncipe. Em seguida, ordenou ao batalhão que retornasse à caserna e, sem cumprimentar nem se despedir, retornou ao palácio.

No caminho, perguntou a Tutmozis:

— Será que você também vai me dizer que esses homens são os trabalhadores das minas de Sochem?

— Eles mesmos afirmaram isso — respondeu Tutmozis.

O príncipe ordenou que lhe trouxessem seu cavalo e partiu para junto de suas tropas, aquarteladas fora da cidade. Passou o dia exercitando os soldados, e quando, ao anoitecer, surgiram carregadores com tendas, comidas e bebidas, despachou-os de volta a Atribis, ceando com os soldados panquecas de cevada e carne-seca.

As tropas eram formadas por mercenários líbios. Quando, já à noite, o príncipe lhes ordenou que depusessem as armas e se despediu deles, os soldados e oficiais pareciam ter enlouquecido. Soltando vivas em homenagem ao príncipe, beijavam suas mãos e seus pés, fizeram uma liteira com suas lanças e, cantando alegre-

O Faraó | 267

mente, levaram-no de volta à cidade, disputando entre si a honra de poder carregar a improvisada liteira.

O nomarca e seus funcionários ficaram assustados diante de tal demonstração de afeto dos bárbaros líbios pelo príncipe.

— Eis um líder nato — sussurrou o grão-escriba a Sofra. — Se ele quiser, estes homens estarão prontos para massacrar a nós e a nossos filhos...

O preocupado nomarca deu um suspiro e entregou-se à proteção dos deuses.

Quando o príncipe entrou no palácio, foi informado de que lhe havia sido destinado um aposento diferente do que ocupara até então.

— Por quê?

— Porque naquele outro foi vista uma serpente venenosa que se escondeu de tal forma que não pôde ser achada.

Os novos aposentos ficavam numa ala vizinha da casa do nomarca. Era um grande quarto cercado por colunas. Suas paredes eram de alabastro decorado com baixos-relevos e pinturas. No centro ficava uma cama feita de ébano, marfim e ouro e, presas às colunas, tochas acesas iluminavam o ambiente e perfumavam-no com suaves fragrâncias. Debaixo da colunata, havia mesinhas com vinho, iguarias e guirlandas de rosas, e no teto uma enorme abertura, coberta por um pano.

O príncipe tomou banho e deitou-se na cama. Seus servos saíram e ele ficou só. As tochas começaram a se extinguir, enquanto do teto se ouvia o som de harpas.

Ramsés ergueu a cabeça. O teto de pano se descerrou e, através da abertura, podia-se ver a constelação de Leo, com a estrela Regulus brilhando mais que todas. O som de harpas ficou mais forte.

"Será que os deuses estão vindo visitar-me?", pensou o príncipe, com um leve sorriso.

Na abertura do teto brilhou um suave feixe de luz e, logo em seguida, surgiu uma liteira em forma de barco de ouro, com um caramanchão de flores; suas colunas eram envoltas por guirlandas de rosas, enquanto o telhado era formado por violetas e flores de lótus.

O barco dourado, suspenso por cordas, desceu silencioso, pousando suavemente no chão do aposento, e do seu interior surgiu uma jovem desnuda de estonteante beleza. Seu corpo parecia feito de mármore branco, e seus cabelos dourados emanavam um perfume embriagador.

A jovem, depois de sair de sua nave flutuante, ajoelhou-se diante do príncipe.

— Você é filha de Sofra? — perguntou o sucessor.

— Sim, Alteza...

— E mesmo assim veio ter comigo?

— Para lhe implorar que perdoe o meu pai... Como ele está infeliz!... Passou a tarde toda banhado em lágrimas e coberto de cinzas...

— E se eu não o perdoar, você vai embora?

— Não... — respondeu baixinho.

Ramsés puxou-a para si e beijou-a com ardor. Seus olhos brilhavam de desejo.

— Por causa disso, eu o perdoo — disse.

— Oh! Como você é bondoso! — exclamou a jovem, aninhando-se em seus braços.

Depois, fazendo beicinho, acrescentou:

— E você mandará reembolsá-lo pelos prejuízos causados por aquele trabalhador maluco?

— Mandarei...

— E vai me levar consigo para sua casa...

— Sim, porque você é linda.

— Realmente?... — respondeu ela, abraçando o pescoço de Ramsés. — É melhor você olhar para mim com mais atenção, pois no meio das belas do Egito ocupo apenas o quinto lugar.

— O que você quer dizer com isso?

— Em Mênfis vive a primeira de todas... que, felizmente, é judia. Em Sochem, a segunda...

— Não tenho conhecimento disso — disse o príncipe.

— Oh, meu pombinho inocente... Na certa você também não sabe da existência de uma terceira, em Anu...

— Também ela pertence à minha casa?

— Seu malvado! — exclamou a jovem, batendo nele com uma flor de lótus. — Aposto que, em menos de um mês, você dirá o mesmo sobre mim... Mas eu sou diferente, e não permitirei ser maltratada...

— Assim como seu pai.

— Mas você já não o perdoou? Quer que eu vá embora?

— Não... fique!

No dia seguinte, o príncipe dignou-se a receber as homenagens prestadas por Sofra. Elogiou-o publicamente pela forma como administrava a província e, para compensar as perdas causadas pelo trabalhador embriagado, doou-lhe metade dos bens que recebera de presente em Anu.

A outra metade dos bens foi tomada pela filha do nomarca, a deslumbrante Abeb, na qualidade de dama da corte do príncipe. Não satisfeita com isso, ordenou que lhe fossem dados, do tesouro do príncipe, cinco talentos — para vestidos, cavalos e escravos.

Ao anoitecer, o príncipe comentou com Tutmozis:

— Sua Santidade, o meu pai, me disse uma grande verdade: as mulheres custam muito caro!

— Assim mesmo, é muito pior sem elas — respondeu o janota.

— Pois eu já tenho quatro e nem sei direito como isso aconteceu. Poderia ceder duas a você.

— Inclusive Sara?

— Esta não, principalmente se me der um filho.

— Se Vossa Alteza der um grande dote a essas rolinhas, vai ser fácil encontrar maridos para elas.

O príncipe soltou um bocejo.

— Não gosto de falar de dotes — disse. — Você nem pode imaginar como estou feliz em me ver livre de vocês e me juntar aos sacerdotes...

— Você realmente pretende fazer isso?

— Preciso. Finalmente, vou poder descobrir por intermédio deles o motivo pelo qual os faraós estão empobrecendo... Além do que, vou poder descansar um pouco.

capítulo 25

EM MÊNFIS, NAQUELE MESMO DIA, DAGON, O DISTINTO BANQUEIRO do sucessor do trono, descansava num sofá de sua varanda. Dois escravos negros o abanavam com grandes leques, enquanto ele, brincando com um macaquinho, ouvia a prestação de contas apresentada por seu escriba.

De repente, um outro escravo, munido de espada, lança e escudo, e com um elmo na cabeça (o banqueiro gostava de uniformes militares), anunciou a vinda do distinto Rabsun, um comerciante fenício estabelecido em Mênfis.

O visitante entrou e, depois de fazer uma profunda reverência, ergueu uma sobrancelha de tal forma que Dagon imediatamente mandou que os escravos e o escriba saíssem da varanda. Depois, sendo um homem extremamente desconfiado, olhou para todos os lados, para somente então dizer ao visitante:

— Podemos falar à vontade.

Rabsun começou, sem mais preâmbulos:

— Vossa Senhoria já foi informado de que Sua Alteza Hiram, príncipe de Tiro, chegou à cidade?

Dagon levantou-se de um salto.

272 | Bolesław Prus

— Que a peste caia sobre ele e sobre seu reino! — gritou.

— Ele me disse — continuou calmamente o visitante — que ocorreu um mal-entendido entre vocês dois...

— Um mal-entendido?! — exclamou Dagon. — Aquele homem me roubou e causou a minha ruína... Quando eu, seguindo os navios de Tiro, despachei os meus para o oeste em busca de prata, aquele safado disparou flechas flamejantes, e eles tiveram de voltar vazios e danificados... Que o fogo dos céus se abata sobre ele! — concluiu o furioso banqueiro.

— E se Hiram tivesse um negócio altamente rentável para Vossa Senhoria? — perguntou, com flegma, o visitante.

A fúria de Dagon apagou-se de imediato.

— E que tipo de negócio ele tem a propor? — perguntou.

— Isso ele mesmo poderá responder e, para tanto, quer marcar um encontro com Vossa Senhoria.

— Então que venha.

— Na opinião dele, cabe a Vossa Senhoria ter com ele, já que ele faz parte do Conselho Supremo de Tiro.

— Isso está fora de questão! — exclamou o banqueiro, novamente irritado.

O visitante aproximou sua cadeira do sofá e bateu informalmente na coxa do ricaço.

— Dagon — disse —, seja razoável.

— Por que eu deveria ser razoável e por que você, Rabsun, não me trata por "Vossa Senhoria"?

— Dagon, não seja tolo... — respondeu o visitante. — Se você não for ao encontro dele e ele não vier ao seu, como vocês poderão fazer o negócio?

— É você quem está sendo tolo, Rabsun! — explodiu o banqueiro. — Se eu for procurar Hiram, essa cortesia vai me custar metade do eventual lucro.

O visitante pensou um pouco e respondeu:

— Agora você disse uma verdade. Diante disso, deixe-me fazer uma sugestão: venham vocês dois à minha casa, onde poderão discutir o negócio.

Dagon baixou a cabeça e, semicerrando um olho, perguntou ardilosamente:

— Rabsun, diga logo de uma vez, quanto ele lhe pagou?

— Para fazer o quê?

— Para fazer com que eu vá à sua casa e discuta um negócio com aquele desgraçado.

— É um negócio que é do interesse de toda a Fenícia, portanto eu não preciso ser remunerado para promovê-lo — respondeu Rabsun, em tom ofendido.

— Que os seus devedores lhe paguem as suas dívidas, se isso for verdade!

— Que não me paguem, se eu ganhar algo com isso! O meu único interesse é o bem da Fenícia! — exclamou Rabsun, saindo da casa do banqueiro.

Ao anoitecer, o distinto Dagon acomodou-se numa liteira carregada por seis escravos, precedida por dois homens com bastões e mais dois com tochas, e seguida por quatro servos armados dos pés à cabeça — não por segurança, mas porque Dagon, de um certo tempo para cá, gostava de se cercar de guerreiros.

Saiu da liteira com muita dignidade e, acompanhado de dois servos, entrou na casa de Rabsun.

— Onde está aquele... Hiram? — perguntou com empáfia ao dono da casa.

— Não está aqui.

— Como?!... Quer dizer que eu deverei ficar esperando por ele?

— Ele não está neste quarto, mas num outro, conversando com minha esposa — respondeu o anfitrião. — Está fazendo uma visita de cortesia a ela.

274 | Bolesław Prus

— Pois saiba que eu não irei até lá! — disse o banqueiro, acomodando-se num sofá.

— Você irá para outro quarto e, no mesmo instante, ele também irá para lá.

Depois de uma leve resistência, Dagon cedeu e, momentos mais tarde, a um sinal do anfitrião, dirigiu-se para o outro quarto. No mesmo instante, vindo de outros aposentos, adentrou um homem de barba grisalha, vestido com uma toga dourada e com uma fita também dourada em volta da cabeça.

— Eis — disse o anfitrião, postando-se no centro do aposento — Sua Alteza o príncipe Hiram, membro do Conselho Supremo de Tiro... e eis o distinto Dagon, banqueiro do sucessor do trono e arrendatário do faraó no Egito Inferior.

Os dois dignitários inclinaram-se respeitosamente, com os braços cruzados sobre o peito, depois se sentaram junto de mesinhas separadas, especialmente colocadas no centro do aposento. Hiram afastou negligentemente a parte frontal da toga, no intuito de mostrar um grande medalhão de ouro pendurado ao pescoço. Ato contínuo, Dagon começou a brincar com a pesada corrente de ouro que recebera do príncipe Ramsés.

— Eu, Hiram — disse o ancião —, cumprimento o distinto Dagon e lhe desejo muita fortuna e sucessos nos seus negócios.

— Eu, Dagon, cumprimento o senhor Hiram e lhe desejo o mesmo que ele me deseja...

— Você já está querendo começar a discutir? — interrompeu-o Hiram.

— E eu estou discutindo?... Que Rabsun diga se eu estou discutindo!...

— Seria melhor se Vossas Senhorias falassem de negócios — respondeu o dono da casa.

Depois de um longo silêncio, Hiram começou:

O Faraó | 275

— Os seus amigos de Tiro lhe enviam saudações.

— E são somente saudações que eles me enviam? — perguntou Dagon, num tom zombeteiro.

— E o que o senhor queria que lhe enviassem? — respondeu Hiram, elevando a voz.

— Calma!... Parem com isso!... — intrometeu-se o anfitrião.

Hiram controlou sua raiva e falou:

— É verdade. Temos que nos controlar, pois graves ameaças pesam sobre a Fenícia.

— Por acaso o mar cobriu Tiro e Sídon? — perguntou Dagon, com um sorriso irônico.

— Por que o senhor está hoje de tão péssimo humor?

— Eu sempre fico de mau humor quando não sou chamado de "Vossa Senhoria".

— E por que o senhor não me chama de "Vossa Alteza"?... Afinal, sou um príncipe...

— Talvez na Fenícia — respondeu Dagon. — Mas na Assíria você tem de aguardar por mais de três dias para ser recebido por um mísero sátrapa, e, quando finalmente é recebido, prostra-se ao chão como qualquer comerciante fenício.

— E o que o senhor faria diante de um selvagem pronto a empalá-lo?! — exclamou Hiram.

— Não sei — respondeu Dagon. — Mas sei que, no Egito, eu me sento no mesmo sofá que o sucessor do trono, que hoje é o substituto do faraó no Egito Inferior.

— Concórdia, nobres senhores!... Concórdia! — intrometeu-se novamente o anfitrião.

— Como pode haver concórdia entre nós, se este simples comerciante fenício não quer me tratar com o devido respeito?! — exclamou Dagon.

— Eu tenho cem navios! — gritou Hiram.

— E Sua Santidade o faraó tem vinte mil cidades e vilarejos...

— Vossas Excelências não chegarão a qualquer acordo, e com isso afundarão a Fenícia! — falou, já com voz alterada, o exasperado Rabsun.

Hiram cerrou os punhos, mas se acalmou e retomou o início da conversa.

— Vossa Senhoria — disse a Dagon — há de convir que, das vinte mil cidades, poucas são as que pertencem, realmente, a Sua Santidade.

— Vossa Alteza quer dizer — respondeu Dagon — que sete mil delas pertencem aos sacerdotes e outras sete mil aos grão-senhores do reino?... Mesmo assim, Sua Santidade possui as sete mil restantes.

— Não é bem assim, pois se deduzirmos delas as três mil que estão penhoradas aos sacerdotes e outras duas mil que estão arrendadas aos nossos fenícios...

— Vossa Alteza está certo — respondeu Dagon. — Mas, mesmo assim, sobram duas mil cidades bastante ricas a Sua Santidade...

— Será que vocês endoidaram de vez?!... — gritou Rabsun. — Vocês pretendem ficar enumerando as cidades do faraó enquanto uma desgraça paira sobre a Fenícia?!

— Então, digam-me de uma vez por todas que desgraça é essa — disse Dagon.

— Se você deixar Hiram falar, ele lhe dirá — respondeu o anfitrião.

— Pois que fale...

— Vossa Senhoria sabe o que aconteceu na estalagem do nosso irmão Asarhadon?

— Não tenho irmãos no meio de donos de estalagens! — respondeu sarcasticamente Dagon.

— Cale a boca! — explodiu Rabsun, segurando o punho de sua adaga. — Você é tão imbecil quanto um cão que ladra enquanto dorme...

— Por que está tão furioso este... este negociante de ossos? — respondeu Dagon, também levando a mão a seu punhal.

— Calma!... Concórdia! — acalmava-os o idoso príncipe, ao mesmo tempo em que aproximava sua mão macilenta de seu cinturão.

Por um momento, os três contendores ficaram se mirando, de respiração ofegante e olhos soltando faíscas. Finalmente Hiram, que foi o primeiro a se acalmar, retomou a conversa como se nada tivesse acontecido.

— Há alguns meses, hospedou-se na estalagem de Asarhadon um certo Phut, vindo de Harran...

— Ele veio cobrar cinco talentos de um sacerdote — interrompeu-o Dagon.

— E o que mais?

— Mais nada. Caiu nas graças de uma sacerdotisa e, seguindo o seu conselho, foi procurar seu devedor em Tebas.

— Você tem a mente de uma criança e a loquacidade de uma mulher — disse Hiram. — Este homem não vinha de Harran, mas da Caldeia, e o seu nome não é Phut, mas Beroes...

— Beroes?... Beroes?... — repetiu Dagon, como se quisesse lembrar-se de algo. — Acho que já ouvi este nome antes...

— Você acha? — disse com desprezo Hiram. — Beroes é o mais sábio de todos os sacerdotes da Babilônia, além de ser conselheiro dos príncipes da Assíria e do próprio rei.

— Ele pode ser conselheiro de quem quiser, desde que não seja do faraó; em que isso poderá me interessar?... — disse o banqueiro.

Rabsun levantou-se de um salto e, ameaçando Dagon com o punho cerrado, exclamou:

— Seu porco alimentado pelos restos da comida do faraó! Você se preocupa tanto com a Fenícia quanto eu com o Egito!... Se você pudesse, venderia sua pátria por uma dracma, seu cão imundo!

Dagon empalideceu e respondeu com voz calma:

— O que está charlando este mascate?... Meus filhos estão em Tiro; em Sídon, vivem a minha filha e seu marido... Emprestei metade da minha fortuna ao Conselho Supremo, cobrando apenas 20% de juros... E este vendedor ambulante ousa dizer que eu não me importo com a Fenícia!... Quantos fenícios eu trouxe para cá, para que eles pudessem fazer fortuna neste país?... E o que ganhei com isso?... Hiram destruiu dois navios meus e, assim mesmo, como se trata de um assunto importante para a Fenícia, estou sentado com ele no mesmo quarto...

— Porque você pensou que vai conversar com ele para definir quem vai roubar quem! — exclamou Rabsun.

— Como você é tolo! — respondeu Dagon. — Você acha que eu sou uma criança e não sei que, se Hiram vem a Mênfis, não o faz para fazer negócios. Oh, Rabsun!... Você poderia, no máximo, varrer o chão dos meus estábulos...

— Basta! — gritou Hiram, desferindo um murro na mesa.

— Nós nunca conseguiremos dar cabo daquele sacerdote caldeu — murmurou Rabsun, com uma voz tão calma como se não tivesse sido xingado momentos antes.

Hiram pigarreou e voltou a falar, longa e pausadamente:

— Esse homem tem, realmente, uma casa e propriedades em Harran e lá é conhecido como Phut. Ele tinha cartas de comerciantes de Chet para comerciantes de Sídon, de modo que se juntou à nossa caravana. Fala fenício fluentemente, paga muito bem, não faz qualquer tipo de exigência, e os nossos homens gostaram muito dele.

"Mas sempre que um leão se cobre com a pele de um boi, um pedaço de seu rabo acaba aparecendo. Como esse Phut era muito cheio de si, o líder da caravana resolveu examinar seus pertences. Não achou coisas suspeitas, exceto uma medalha da deusa Ashtoreth. Isso despertou sua curiosidade. Como uma medalha fenícia acabou nas mãos de um comerciante de Chet?

"Diante disso, assim que a caravana chegou a Sídon, o líder da caravana comunicou o fato ao conselho de anciões e, a partir daquele momento, nossa polícia secreta passou a seguir seus passos. No entanto, ele era tão esperto e sábio que, após alguns dias em Sídon, angariou a simpatia de toda a população. Rezava e fazia oferendas a Ashtoreth, pagava com ouro, não tomava dinheiro emprestado e convivia exclusivamente com fenícios. Em função disso, relaxamos a nossa vigilância e ele, calmamente, prosseguiu sua viagem até Mênfis.

"Uma vez chegando aqui, nosso pessoal voltou a observá-lo, mas não detectou qualquer coisa suspeita; apenas se convenceu de que ele deveria ser um grão-senhor e não um simples habitante de Harran. Foi somente graças a Asarhadon que descobrimos que este suposto Phut passara uma noite inteira no antigo templo de Set, que aqui, em Mênfis, tem muito significado..."

— Ele é frequentado exclusivamente por sumos sacerdotes em reuniões de grande importância — observou Dagon.

— É verdade — respondeu Hiram. — Mas mesmo esse fato não teria tido grande significado, não fosse uma informação trazida por um dos nossos comerciantes recém-chegado da Babilônia. Depois de subornar um dos cortesãos do sátrapa, este lhe disse que a Fenícia corria um sério perigo: "Vocês serão ocupados pelos assírios, enquanto os egípcios tomarão Israel. Com esse intuito, o grão-sacerdote caldeu, Beroes, viajou para se encontrar com os sacerdotes de Tebas e firmar com eles um tratado." E vocês precisam saber que os sacerdotes caldeus consideram os sacerdotes egípcios seus irmãos, e, como Beroes tem muito prestígio na corte do rei Assar, é bem possível que a informação sobre esse tratado seja verdadeira.

280 | Bolesław Prus

— Qual o interesse dos assírios em tomar a Fenícia? — perguntou Dagon, roendo as unhas.

— O mesmo que ladrões têm por celeiros de outros — respondeu Hiram.

— Que importância pode ter um tratado firmado entre Beroes e os sacerdotes do Egito? — perguntou Rabsun, coçando a cabeça.

— Você é muito ingênuo! — respondeu Dagon. — O faraó faz exclusivamente o que foi decidido pelos sacerdotes.

— Vocês podem estar certos de que haverá, também, um tratado com o faraó — interrompeu-o Hiram. — Em Tiro, já temos a confirmação de que um emissário assírio, Sargon, acompanhado de uma grande comitiva, e levando presentes, está de partida para o Egito. Para despistar, sua missão será a de acertar com os ministros egípcios que não figure nos registros do Egito o fato de a Assíria pagar tributos ao faraó. Mas, na verdade, ele está vindo para cá com o intuito de firmar um tratado sobre a divisão dos países que ficam entre o nosso mar e o rio Eufrates.

— E o que vocês fariam, caso fossem realmente atacados por Assar? — indagou Dagon.

— O que faríamos? — respondeu Hiram, tremendo de raiva. — Embarcaríamos nos nossos navios, com nossas famílias e tesouros, e deixaríamos para aqueles cães apenas ruínas das nossas cidades e os apodrecidos cadáveres dos escravos... Não conhecemos, por acaso, países maiores e mais belos do que a Fenícia, onde poderemos fundar uma nova pátria, ainda mais rica que a atual?

— Que os deuses os protejam de tal necessidade — disse Dagon.

— Eis o cerne da questão; devemos fazer de tudo para evitar o desaparecimento da Fenícia atual — disse Hiram. — E você, Dagon, poderá nos ajudar, e muito, nessa tarefa.

— O que eu poderia fazer?

— Você poderia descobrir dos sacerdotes se Beroes esteve com eles e se firmou o tal tratado.

— Não será uma tarefa fácil — murmurou Dagon. — Mas há a possibilidade de se encontrar um sacerdote que possa me fornecer essa informação.

— E será que você poderia — continuou Hiram — usar a sua influência na corte para evitar que o tratado com Sargon fosse assinado?

— Acho que não... Sozinho então, nem pensar...

— Eu estarei do seu lado e o ouro necessário será fornecido pela Fenícia. Já foi criado um imposto adicional, exclusivamente para esse fim.

— Desde já, pode contar com dois talentos meus! — exclamou Rabsun.

— E eu darei dez — disse Dagon. — Mas o que ganharei em troca?

— O quê?... Digamos, dez navios — respondeu Hiram.

— E você, quanto vai ganhar com essa história? — perguntou Dagon.

— Você acha dez navios pouco?... Muito bem, dar-lhe-emos quinze...

— Não foi o que eu perguntei. Quero saber quanto você vai levar — insistiu Dagon.

— Vamos dar-lhe vinte. Está satisfeito?

— Tudo bem, desde que vocês me mostrem o caminho até a prata.

— Mostraremos.

— E o caminho de onde provém o estanho.

— Também.

— E o de onde nasce o âmbar — finalizou Dagon.

282 | Bolesław Prus

— Que seja! — disse o benigno príncipe Hiram, estendendo a mão. — Mas quero que você esqueça as nossas desavenças anteriores.

Dagon suspirou.

— Farei de tudo para isso... Só que vai ser difícil esquecer como estaria rico hoje, se vocês não tivessem bloqueado meu acesso àquele tesouro.

— Parem com isso... — intrometeu-se Rabsun — e pensem na Fenícia.

— Por intermédio de quem você vai obter a informação sobre Beroes e o tratado?

— É melhor que você não saiba. Trata-se de um assunto delicado, que envolverá sacerdotes.

— E quem o ajudará a evitar o tratado com o faraó?

— Acho que será o sucessor do trono. Ele me deve muito dinheiro.

Hiram elevou as mãos aos céus, e disse:

— O sucessor! Que maravilha, pois ele será o próximo faraó, o que poderá acontecer em breve...

— Cale-se! — interrompeu-o Dagon, dando um murro na mesa. — Que você perca a língua, dizendo uma coisa dessas!

— Seu porco! — exclamou Rabsun, agitando o punho cerrado diante do nariz do banqueiro.

— Parem com isso! — interrompeu-os Hiram. — Ainda não terminei de falar.

— Pois fale, porque você é inteligente e o meu coração o compreende — disse Rabsun.

— Se você tem influência sobre o sucessor, tanto melhor — continuou Hiram. — Porque se ele quiser esse tratado, o tratado não será somente assinado, mas assinado com o nosso sangue, sobre as nossas peles; no entanto, se o sucessor quiser travar uma guerra com a Assíria, então haverá uma guerra, mesmo se os sacerdotes se opuserem e pedirem ajuda a todos os deuses.

O Faraó | 283

— Não é bem assim — respondeu Dagon. — Se os sacerdotes fizerem questão absoluta do tratado, ele será assinado. No entanto, existe a possibilidade de que eles não queiram...

— Por isso, Dagon — disse Hiram —, nós deveremos ter do nosso lado todos os líderes militares.

— Isso poderá ser arranjado.

— E os nomarcas...

— Isso também poderá ser arranjado.

— E o sucessor — continuou Hiram. — Mas se você for o único a empurrá-lo para a guerra, dificilmente conseguirá seu intento. O ser humano é como uma harpa; tem muitas cordas, que precisam ser tocadas por dez dedos, e você, Dagon, é apenas um dedo.

— Não vejo como eu possa me dividir em dez partes.

— Você tem de evitar que as pessoas saibam que você é partidário de uma guerra; mas, em compensação, é fundamental que ela seja desejada por todos os cozinheiros do sucessor, todos seus engenheiros, carregadores de liteira, escribas, camareiros, oficiais, cocheiros... Em suma, que todos que o cercam anseiem por uma guerra com a Assíria, para que ele ouça isso dia e noite, mesmo quando estiver dormindo.

— Farei isso.

— Você conhece as amantes dele? — perguntou Hiram.

Dagon fez um gesto de desdém com a mão.

— São umas garotas tolas — respondeu. — Elas só pensam em se vestir, se pintar e se untar com fragrâncias... Mas de onde vêm esses perfumes e quem os traz para o Egito, isso não interessa.

— Temos de lhe arrumar uma amante que se interesse — disse Hiram.

— E onde eu vou achar uma assim? — perguntou Dagon. — Espere... já sei! Você conhece Kama, a sacerdotisa de Ashtoreth?

— O quê?!... — intrometeu-se Rabsun. — Uma sacerdotisa da deusa Ashtoreth tornar-se amante de um egípcio?

— Por que não? Você preferiria que ela se tornasse sua? — zombou dele Dagon. — Ela, quando chegar a hora de aproximá-la da corte, será feita sumo sacerdotisa.

— Mas isso é uma blasfêmia! — exclamou o revoltado Rabsun.

— E é por isso que toda sacerdotisa que fizer isso deverá morrer — sentenciou o venerável Hiram.

— Tomara que aquela judia, Sara, não atrapalhe os nossos planos — falou Dagon. — Ela está esperando uma criança, à qual o príncipe já está afeiçoado. Se a criança for um menino, todas as demais amantes serão relegadas a um segundo plano.

— Teremos dinheiro suficiente para subornar também Sara — disse Hiram.

— Só que ela é insubornável! — explodiu Dagon. — Aquela desgraçada rejeitou um vaso de ouro que lhe levei pessoalmente...

— Porque achou que você queria enganá-la — falou Rabsun.

— Não precisamos nos preocupar com isso — disse Hiram. — Onde o ouro não resolve, sempre há um pai, uma mãe ou uma amante. E quando nem uma amante resolve, sempre haverá...

— Um punhal... — sussurrou Rabsun.

— Algum veneno... — sussurrou Dagon.

— Dagon está certo; um punhal é algo muito vulgar — concluiu Hiram, alisando a barba e ficando pensativo.

Em seguida, levantou-se e tirou do bolso uma fita purpúrea com três imagens douradas da deusa Ashtoreth. Sacou uma faca da cintura e cortou a fita em três partes, entregando duas a Dagon e Rabsun.

Os três fenícios foram até um canto do aposento, onde se encontrava uma imagem alada da deusa; dobraram os braços sobre o peito, e Hiram começou a falar baixinho, mas com voz clara:

— A Vós, oh, mãe da vida, juramos cumprir solenemente o que combinamos, e não descansarmos enquanto as nossas cidades não estiverem protegidas dos inimigos... Caso um de nós não cumprir

O Faraó | 285

esta promessa ou trair este segredo, que caiam sobre ele todas as desgraças... Que a fome contorça suas entranhas e o sono fuja dos seus olhos injetados de sangue... Que resseque a mão daquele que vier em sua ajuda... Que o pão apodreça na sua mesa e o seu vinho azede... Que seus filhos naturais morram e sua casa seja tomada por filhos bastardos que o expulsarão dela... Que morra solitário e em grande sofrimento, e que seu corpo degenerado não seja aceito nem por terra, nem por água, que não seja consumido por fogo nem devorado por animais selvagens... Assim seja!

Após esse terrível juramento, os três homens permaneceram em silêncio por muito tempo, depois Rabsun os convidou para uma ceia em que, com vinho, música e dançarinas, puderam se esquecer por um momento dos pesados encargos que haviam assumido.

capítulo 26

Perto da cidade de Pi-Bast encontrava-se o grandioso templo da deusa Hátor.

No mês Paoni (março-abril), às nove horas da noite do equinócio, quando a estrela Sirius chegava ao poente, aproximaram-se do portão do templo dois sacerdotes, acompanhados de um penitente descalço, com a cabeça coberta de cinzas e o corpo, inclusive o rosto, coberto por um grosso pano de algodão.

Embora a noite fosse clara, as fisionomias dos peregrinos não eram visíveis, já que estavam ocultos pela sombra de duas gigantescas estátuas da deusa que, com suas cabeças de vaca e seus olhos bondosos, zelavam pela entrada do templo e protegiam o nomo Hab.

Depois de repousar um pouco, o penitente ficou rezando por muito tempo, e em seguida acionou o batente do portão. O poderoso som metálico ressoou por todos os pátios, repercutindo nos grossos muros do templo e voando sobre os campos de trigo, as choupanas de barro dos felás e as argênteas águas do Nilo, onde foi respondido por gritos de aves recém-despertadas.

— Quem está nos acordando? — indagou uma voz atrás do portão.

O Faraó | 287

— Ramsés, um servo dos deuses — respondeu o penitente.

— Por que você veio para cá?

— Em busca da luz da Sabedoria.

— Com que direito?

— Passei por um noviciado na escola de sacerdotes e carrego tochas em procissões.

O portão se abriu. No centro encontrava-se um sacerdote vestido de branco que, estendendo o braço, disse lenta e claramente:

— Entre. Que, ao atravessar este portão, a calma divina se acomode em sua alma e que se cumpram os desejos que, em humildes preces, você implora aos deuses.

E quando o penitente prostrou-se a seus pés, o sacerdote fez alguns gestos misteriosos sobre sua cabeça e murmurou:

— Em nome Daquele que é, e sempre será... Que tudo criou... Cujo sopro divino preenche o mundo visível e invisível e que é a vida eterna.

Quando o portão se fechou, o sacerdote pegou Ramsés pelo braço e o conduziu até o aposento que lhe fora destinado. Era uma cela minúscula, iluminada por uma tocha. Sobre o chão de pedra havia uma braçada de grama ressecada, um vaso com água e uma panqueca de cevada.

— Vejo que aqui poderei realmente descansar das recepções dos nomarcas! — exclamou alegremente Ramsés.

— Pense na eternidade — respondeu o sacerdote, saindo da cela.

Aquela resposta não agradou ao príncipe. Apesar de estar com fome, não quis comer a panqueca nem beber a água. Sentado sobre a grama e olhando para os seus pés feridos durante a longa caminhada, ficou se perguntando: "Por que vim para cá?... O que me fez renunciar voluntariamente à minha posição?..."

Ao olhar para aquelas paredes nuas, vieram-lhe à memória os anos que passara na escola sacerdotal. Quantas bastonadas ele rece-

288 | Bolesław Prus

bera naquele local! Quantas noites tivera de passar ajoelhado, de castigo no duro piso da sua cela!... Ramsés voltou a sentir o mesmo medo e ódio dos inclementes sacerdotes que, invariavelmente, respondiam às suas indagações com a mesma resposta: "Pense na eternidade!..."

O que o fez abandonar as alegrias das cortes e voltar a sentir o peso daqueles muros, sem música, banquetes e mulheres?

"Devo ter enlouquecido de vez...", dizia a si mesmo.

Chegou a pensar em fugir, mas se deu conta de que os sacerdotes não lhe abririam o portão. A visão dos seus pés imundos, das cinzas que caíam dos seus cabelos e da pobreza do seu manto encheu-o de repugnância. Se, pelo menos, ele tivesse sua espada consigo!... No entanto, seria ele capaz de usá-la naquele lugar e vestido daquela maneira?

Sentiu-se apavorado, e isso serviu para trazê-lo de volta à realidade. Lembrou-se de que, nos templos, os deuses enchiam os homens de medo, e que este medo era o primeiro passo para se chegar à Sabedoria.

"Não posso me esquecer de que sou o substituto e o sucessor do faraó", pensou, "portanto, quem teria a coragem de me fazer qualquer mal?"

Com isso em mente, levantou-se e saiu de sua cela. Encontrou-se num enorme pátio cercado de colunas. Como as estrelas brilhavam, pôde ver enormes pilonos num dos lados do pátio e, no outro, a entrada do templo. Dirigiu-se para lá. O templo estava mergulhado em escuridão, com apenas algumas lamparinas brilhando ao longe, como se estivessem suspensas em pleno ar. Olhando com atenção, pôde notar uma floresta de colunas cujos topos se perdiam na escuridão e, mais ao fundo, as gigantescas pernas da estátua da deusa sentada, com as mãos apoiadas sobre os joelhos.

De repente, ouviu um sussurro. De longe, de uma nave lateral, emergiu uma procissão de sacerdotes, caminhando em pares e rezando preces à deusa. Suas vozes, indistintas de início, foram ficando cada vez mais fortes, a ponto de ele compreender cada palavra dita. Quando a procissão se afastou, elas foram minguando por entre as colunas, até cessarem de todo.

"Tenho que admitir que estes homens", pensou Ramsés, "não só comem, bebem e acumulam riquezas, como cumprem os seus rituais, mesmo no meio da noite... muito embora não possa imaginar o que esta estátua ganha com isso!..."

O príncipe já vira inúmeras estátuas de deuses cobertas de lama por habitantes de um outro nomo ou atingidas por pedras ou flechas disparadas por soldados de regimentos inimigos. Se os deuses não se revoltavam com tais sinais de desrespeito, não deveriam, também, dar muita importância a rezas e procissões.

As dimensões do templo, suas inúmeras colunas e as luzes flutuando no ar despertaram a curiosidade de Ramsés. Querendo ver mais de perto aquela imensidão, avançou para o interior.

De repente, teve a impressão de uma mão tocando suas costas... Virou-se rapidamente, mas não viu vivalma, e seguiu em frente. Dessa vez, duas mãos invisíveis agarraram-no pela cabeça e uma terceira, enorme, se apoiou a suas costas...

— Quem está aí? — exclamou o príncipe, correndo para o meio das colunas, mas tropeçou e quase caiu, sentindo que algo o agarrava pelas pernas.

Ramsés ficou apavorado; muito mais do que antes, na sua cela. Começou a fugir às cegas, esbarrando nas colunas que bloqueavam sua passagem.

— Santa deusa, ajude-me! — sussurrou.

No mesmo instante, viu diante de si a porta aberta do templo e, atrás dela, o céu estrelado. Olhou para trás: no meio da floresta de colunas, viu as lamparinas cujos raios se refletiam suavemente nos joelhos de bronze da sagrada Hátor.

O príncipe retornou à sua cela. Estava perturbado e contrito; seu coração se agitava no peito como um pássaro preso numa rede. Pela primeira vez, em anos, caiu com o rosto por terra e rezou fervorosamente.

— As suas preces serão atendidas! — ecoou uma voz suave e doce.

Ramsés levantou a cabeça, mas a cela estava vazia, a porta fechada por trás dos muros espessos. Diante disso, voltou a rezar com ainda mais fervor e assim adormeceu — com o rosto apoiado no chão de pedra e os braços em cruz.

Quando acordou na manhã seguinte, era outro homem: conhecera o poderio dos deuses e recebera a promessa de sua benquerença.

A partir daquele momento, passou vários dias se dedicando, com fé e determinação, a exercícios pios. Trancado em sua cela, passava horas rezando, permitindo que sua cabeça fosse rapada, vestindo trajes sacerdotais e participando do coro dos sacerdotes mais jovens.

Sua vida anterior, cheia de prazeres mundanos, o revoltava, enquanto sua falta de fé, convivendo com jovens dissolutos e estrangeiros, enchia-o de pavor. E, caso alguém lhe perguntasse o que preferiria — o trono ou o sacerdócio —, teria hesitado.

Certo dia, o profeta do templo convocou-o à sua presença, lembrando-o de que ele viera àquele lugar não somente para rezar, mas também para alcançar a Sabedoria. Elogiou seu comportamento, disse-lhe que já fora limpo das imundícies mundanas e lhe ordenou que travasse conhecimento com as escolas ligadas ao templo.

Movido mais por obediência do que por curiosidade, o príncipe foi direto ao pátio externo, junto ao qual ficavam os departamentos da escrita e da leitura. Era uma sala enorme, iluminada por uma abertura no teto, com algumas dezenas de alunos desnudos sentados sobre esteiras e com tabuletas de cera nas mãos. Uma das paredes era de alabastro polido e, diante dela, um professor, com gizes de diversas cores, escrevia algo.

Quando o príncipe entrou, os alunos (quase todos da mesma idade que ele) prostraram-se ao chão, enquanto o professor interrompia a aula para fazer uma preleção aos jovens sobre a importância da educação.

— Meus queridos! — disse. — *Um homem que não tem vocação para a Sabedoria, terá de se ocupar com trabalhos braçais e cansar os olhos. Mas todo aquele que compreende o valor da educação e se aplica no seu desenvolvimento, poderá alcançar poder e todos os cargos importantes no reino. Lembrem-se disso.*

"Olhem para a vida que levam aqueles que não sabem ler e escrever. O ferreiro é sujo, tem as mãos calejadas e trabalha dia e noite. O cortador de pedras arranca fora seu próprio braço para poder encher o estômago. O pedreiro, que ergue os capitéis em forma de lótus, frequentemente é derrubado do telhado pelo vento. O tecelão tem as pernas encurvadas. O fabricante de armas vive viajando: mal chega em casa ao anoitecer, já tem que abandoná-la. O pintor de paredes tem os dedos fedorentos e passa a maior parte do tempo cortando pedaços de pano. O mensageiro, ao se despedir da sua família, deveria deixar um testamento, pois se arrisca a encontrar em seu caminho animais selvagens ou guerreiros asiáticos.

"Mostrei a vocês a sina de várias profissões, pois quero que passem a amar a arte de escrever, que é a sua mãe. Agora, quero mostrar-lhes sua beleza. Ela não é uma palavra vazia na terra, mas a mais importante de todas as atividades. Todo aquele que usa a arte de escrever é respeitado desde a infância, enquanto aquele que não toma parte nela vive na miséria.

"O aprendizado da escrita pode ser pesado como montanhas, mas basta um dia para lhes ser útil por toda a eternidade. Portanto, apressem-se em travar conhecimento com ela e aprendam a amá-la... A

292 | Bolesław Prus

casta dos escribas é uma casta principesca, e seu tinteiro e seu livro trazem-lhe prazeres e riquezas!*

Depois dessa longa preleção sobre a importância da educação, algo que os estudantes egípcios ouviam invariavelmente por mais de três mil anos, o mestre pegou os pedaços de giz e começou a escrever o alfabeto sobre o quadro de alabastro. Cada letra era representada por símbolos hieroglíficos ou sinais demóticos. O desenho de um olho, um pássaro ou uma pluma representava a letra A. Uma ovelha ou um vaso — B; um homem em pé ou um barco — K; uma serpente — R; um homem sentado ou uma estrela — S. A quantidade de símbolos que representavam uma mesma letra tornava o aprendizado da leitura muito penoso. Em função disso, Ramsés ficou entediado com a aula, na qual a única parte divertida era quando um aluno errava ao escrever uma letra e recebia bastonadas do professor.

Após se despedir do professor e dos alunos, o príncipe saiu da escola de leitura e escrita e passou para a dos agrimensores. Ali, os jovens aprendiam a fazer plantas de campos, quase todos retangulares, bem como a nivelar o terreno por meio de duas réguas e um esquadro. Os alunos eram também instruídos na arte de escrever números, não menos complicados que os hieróglifos ou sinais demóticos. No entanto, as mais simples operações aritméticas faziam parte de um curso superior e eram ministradas com a ajuda de pequenas esferas.

Ramsés ficou entediado de vez e, somente após alguns dias, concordou em visitar a escola de medicina.

A escola era também um hospital; na verdade, um amplo jardim, cheio de árvores e plantas aromáticas. Os doentes passavam os dias ao ar livre, deitados em camas com simples panos em vez de colchões.

---

*Trecho autêntico. (*N. do A.*)

Quando o príncipe chegou, reinava no hospital uma atividade intensa. Alguns pacientes se banhavam em água corrente, outros eram untados com ervas aromáticas, enquanto outros ainda eram incensados. Alguns haviam sido adormecidos através de olhares e movimentos de mãos, sendo que um deles gemia após ter tido recolocada no lugar uma perna deslocada.

O príncipe, acompanhado pelo médico-mor, visitou a farmácia, na qual um dos sacerdotes preparava remédios feitos com ervas, peles de cobras e lagartixas e ossos de animais. Indagado pelo príncipe, o laborioso sacerdote não levantou os olhos de seu trabalho, continuando a pesar e misturar os ingredientes, e rezando ao mesmo tempo:

Isto curou Ísis, curou Ísis e Hórus... Oh, Ísis, grã-feiticeira, cure também a mim e me libere de todos os males, da febre dos deuses e da febre da deusa... Oh, Schaugat, filho de Eenegate! Erugate! Kaurauschugate! Paparuca, paparuca, paparuca...*

— O que ele está dizendo? — perguntou o príncipe.

— É um segredo... — respondeu o médico-mor, colocando um dedo nos lábios.

Quando saíram para o pátio, Ramsés disse ao médico-mor:

— Diga-me, santo pai: o que é a arte medicinal e em que se baseiam seus meios? Pois sempre ouvi dizer que uma doença é um espírito maligno e faminto que penetra no corpo de um homem e o faz sofrer até ser saciado. E que esses espíritos malignos, ou seja, as doenças, se alimentam com mel ou óleo de azeitonas, e que alguns deles inclusive têm preferência por fezes de animais. Portanto, um médico, antes de tudo, precisa saber qual o espírito que penetrou num doente, para, depois, definir quais os alimentos que vai precisar para cessar de atormentá-lo.

---

* Reza autêntica. (*N. do A.*)

294 | Bolesław Prus

O sacerdote pensou por um certo tempo, respondendo em seguida:

— Não estou em condições de lhe dizer qual doença e de que forma ela penetrou no corpo de uma pessoa. No entanto, posso lhe esclarecer, já que você foi purificado, o que nos guia na prescrição dos remédios.

"Neste ponto, os sábios se dividem em duas escolas: há os que recomendam dar àqueles que sofrem do fígado tudo aquilo que é subordinado a Peneter-Deva,* ou seja: cobre, lazurita, chás de flores, principalmente os de verbena e valeriana, além de pedaços de rolinhas e cabras. Mas há outros que afirmam que, como é o fígado que está doente, ele deve ser tratado com remédios que são contrários a ele, e, como o oposto de Peneter-Deva é Sebeg,** eles deveriam ser: prata, esmeralda, ágata e avelã, assim como partes secadas e trituradas de corpos de rãs e corujas.

"Mas isso não é tudo. É preciso saber exatamente o dia, o mês e a hora na qual o remédio deve ser dado, já que cada um deles sofre a influência das estrelas, que podem reforçar ou enfraquecer seu efeito. Além disso, também é necessário saber qual é o signo do zodíaco que rege o doente. Somente quando souber de todos esses detalhes é que o médico estará em condições de prescrever o remédio adequado."

— E vocês conseguem ajudar todos os doentes que vêm ao templo?

O sacerdote meneou a cabeça negativamente.

— Não — respondeu. — A mente humana, que precisa levar em conta todos esses detalhes que acabei de lhe relatar, erra com frequência. E o que é ainda pior: espíritos invejosos e gênios de ou-

---

* O planeta Vênus. (*N. do A.*)
** O planeta Mercúrio. (*N. do A.*)

O Faraó | 295

tros templos, querendo manter sua fama, costumam atrapalhar os médicos e fazem com que os efeitos dos remédios sejam ineficientes. Com isso, o resultado final pode ser diverso: alguns doentes ficam totalmente curados, outros apenas melhoram e outros, ainda, permanecem no estado em que vieram. Não faltam também ocasiões em que a doença ainda se agrava ou em que o paciente acaba morrendo... São os desígnios dos deuses!...

O príncipe escutava com atenção, mas tinha de admitir que, no fundo, pouco aprendera. Ao mesmo tempo, lembrado-se do propósito de sua vinda ao templo, perguntou ao médico-mor:

— Vocês, santos pais, prometeram me revelar os segredos que cercam o tesouro do faraó. Teriam sido eles as coisas que vi até agora?

— De forma alguma — respondeu o médico. — Nós não nos ocupamos com assuntos governamentais. Dentro de poucos dias, deverá chegar o santo sacerdote Pentuer, que é um grande sábio. Caberá a ele retirar o véu dos seus olhos.

Ramsés despediu-se do médico, mais curioso do que nunca sobre aquilo que ainda lhe ia ser mostrado.

capítulo 27

O TEMPLO DE HÁTOR RECEBEU PENTUER COM GRANDE REVERÊNCIA, sendo que os sacerdotes de níveis mais baixos haviam saído meia hora antes da chegada do distinto visitante para saudá-lo no caminho. Os mais diversos profetas e homens santos do Egito Inferior vieram ao templo e, alguns dias mais tarde, chegaram o sumo sacerdote Mefres e o profeta Mentezufis.

Todas essas homenagens não eram somente por Pentuer ser o conselheiro do ministro da Guerra e, apesar da juventude, membro do Conselho Supremo, mas também por ser famoso em todo o Egito. Os deuses haviam-no agraciado com uma memória extraordinária, o dom da palavra e, acima de tudo, uma maravilhosa clarividência — pois em todas as questões era capaz de enxergar coisas ocultas aos demais homens, e sabia apresentá-las de uma forma compreensível a todos.

Não eram poucos os nomarcas ou outros altos funcionários do faraó que, tendo sido informados de que Pentuer iria celebrar uma cerimônia religiosa no templo de Hátor, sentiram inveja dos sacerdotes do mais baixo nível, por poderem ouvir aquele homem inspirado pelos deuses.

O Faraó | 297

Os que o aguardavam no pátio estavam convencidos de que Pentuer chegaria numa luxuosa carruagem ou numa liteira carregada por oito escravos. Para sua desmedida surpresa, viram um magro asceta sentado num burrico, com a cabeça descoberta e vestido com um simples manto, e que os cumprimentou com grande humildade.

Pentuer entrou no templo, fez uma oferenda aos deuses e, logo em seguida, foi inspecionar a praça na qual seria realizada a cerimônia. Depois, não foi mais visto.

Enquanto isso, o templo e suas adjacências fervilhavam. Foram trazidos diversos objetos preciosos, grãos, trajes, bem como centenas de camponeses e trabalhadores, com os quais Pentuer se trancou num pátio, fazendo os devidos preparativos.

Após oito dias de trabalho, anunciou ao sumo sacerdote de Hátor que tudo estava pronto.

Durante todo aquele tempo, Ramsés permaneceu trancado em sua cela, jejuando e se dedicando às preces. Finalmente, foi visitado por uma delegação formada por uma dezena de sacerdotes, e convidado formalmente para a solenidade.

Na antessala do templo, o príncipe foi saudado pelos sumos sacerdotes e, com eles, acendeu incenso diante da gigantesca estátua de Hátor. Depois, todos entraram num apertado e baixo corredor lateral, onde, no final, ardia uma chama. O ar do corredor estava impregnado de cheiro de piche fervido num caldeirão, e de sua abertura saíam terríveis gritos humanos e maldições.

— O que quer dizer isso? — perguntou Ramsés a um dos sacerdotes, que nada lhe respondeu.

No rosto de todos os presentes viam-se claramente emoção e medo. O sumo sacerdote pegou numa grande concha e, mergulhando-a no piche fervente, encheu-a, falando em voz solene:

— Que morra assim todo aquele que trair os segredos sagrados!...

298 | Bolesław Prus

E, proferindo aquelas palavras, derramou o piche na abertura, da qual saiu um grito desesperado:

— Matem-me... caso vocês tenham ainda um pingo de piedade!

— Que o seu corpo seja devorado por vermes! — disse Mentezufis, derramando no buraco o conteúdo de uma segunda concha com piche derretido.

— Seus cães danados!... Chacais!... — gemia a voz.

— Que seu coração seja queimado e suas cinzas espalhadas pelo deserto... — falou um outro sacerdote, repetindo o ritual.

— Oh, deuses... Como é possível sofrer tanto? — responderam-lhe debaixo da terra.

— Que sua alma, com a imagem da infâmia e do crime, vagueie por lugares onde vivem homens desgraçados! — falou um outro sacerdote, derramando mais uma concha de piche.

Quando chegou a vez de Ramsés, a voz debaixo da terra já se calara.

— É assim que os deuses castigam os traidores! — disse-lhe o sumo sacerdote do templo.

Ramsés parou e lhe lançou um olhar cheio de fúria. Estava a ponto de explodir e deixar aquele bando de carrascos, mas sentiu medo da ira divina e, em silêncio, seguiu os demais.

O orgulhoso sucessor do trono se dera conta de que havia um poder diante do qual até os faraós têm que se curvar. Foi tomado por desespero, quis fugir, renunciar ao trono... mas permaneceu calado, caminhando em frente e cercado por sacerdotes entoando hinos.

"Agora já sei", pensou, "como acabam aqueles que não são simpáticos aos servos dos deuses!..."

Essa reflexão, no entanto, não serviu para diminuir o seu horror.

Saindo do estreito e enfumaçado corredor, a procissão encontrou-se a céu aberto, em cima de um estrado. A seus pés havia um enorme pátio, com prédios térreos fechando três dos lados e formando um anfiteatro com uma arquibancada de cinco níveis.

O palco do anfiteatro estava vazio, mas havia pessoas nas janelas dos prédios.

O sumo sacerdote Mefres, na qualidade da maior autoridade presente, apresentou Pentuer ao príncipe. A suavidade do rosto do asceta estava tão fora dos horrores recém-presenciados que o príncipe chegou a se espantar. Sentindo-se confuso, disse a Pentuer:

— Tenho a impressão de já o ter visto, pio pai.

— No ano passado, durante as manobras em Pi-Bailos. Estive lá, ao lado de Sua Eminência Herhor — respondeu o sacerdote.

A voz calma e musical de Pentuer fez o príncipe pensar. Ele já a ouvira antes, numa ocasião especial. Mas quando e onde?...

De qualquer modo, o sacerdote causou-lhe uma ótima impressão... Ah, se ele pudesse, pelo menos, esquecer os gritos desesperados daquele homem sendo queimado com piche derretido!...

— Podemos começar — disse o sumo sacerdote Mefres.

Pentuer foi ao palco do anfiteatro e bateu palmas. Dos prédios saíram dançarinas e sacerdotes com música e uma pequena estátua da deusa Hátor. Os músicos vinham na frente, seguidos pelas dançarinas e, no fim, a estátua, envolta pela fumaça dos turíbulos. O séquito deu uma volta no anfiteatro, parando a cada dez passos para pedir bênção aos deuses e expulsar os espíritos malignos daquele lugar, no qual se realizaria um rito religioso cheio de segredos.

A procissão retornou aos prédios e Pentuer foi cercado por vinte ou trinta dignitários.

— De acordo com o desejo de Sua Santidade o faraó — disse — e com a concordância de todas as autoridades da casta sacerdotal, cabe a nós iniciar o sucessor do trono, Ramsés, em certos detalhes da vida do Egito que são conhecidos apenas dos deuses,

300 | Bolesław Prus

mandatários do país e dos templos. Sei, distintos pais, que qualquer um de vós poderia expô-los melhor, pois sois cheios de Sabedoria e a deusa Mut fala pelas vossas bocas. Como, no entanto, coube a mim esta tarefa e eu, diante de vós, sou apenas um reles aluno e um punhado de pó, permitais que eu o faça sob vossa liderança e supervisão.

Um murmúrio de satisfação ouviu-se entre os assim honrados sacerdotes. Pentuer virou-se para o príncipe:

— Há meses que você, Ramsés, servo dos deuses, mais parecendo um viajante perdido no deserto, procura em vão a resposta à seguinte pergunta: por que diminuíram, e continuam diminuindo, as receitas de Sua Santidade? Você fez esta pergunta aos nomarcas e, embora eles tivessem respondido dentro das suas possibilidades, a resposta não o satisfez, apesar de toda a sabedoria dos que lhe responderam. Aí, você procurou os grão-escribas, mas estes, apesar de todos os esforços, não lhe deram uma resposta satisfatória, já que eles, mesmo educados na escola da escrita, não estavam em condições de absorver a magnitude da questão. Finalmente, cansado de ouvir respostas inúteis, você passou a observar as terras dos nomos, seus habitantes e o resultado do trabalho de suas mãos, o que, também, não lhe forneceu a resposta. Pois saiba, meu príncipe, que há coisas sobre as quais os homens se calam como pedras, mas que poderiam lhes ser explicadas pelas próprias pedras, caso elas fossem iluminadas pela luz dos deuses. Quando você ficou desapontado com as mentes das pessoas esclarecidas e poderosas, resolveu apelar aos deuses. Descalço, com a cabeça coberta de cinzas, você veio, como um simples penitente, a este templo onde, graças a preces e sacrifícios, limpou seu corpo e fortificou sua alma. Os deuses, principalmente a poderosa Hátor, ouviram seus pedidos e, através dos meus lábios indignos, lhe darão a resposta, resposta esta que você deverá guardar nas profundezas de seu coração.

"Como ele soube", perguntou-se o príncipe, "que eu andei perguntando aos nomarcas e escribas?... Ah, já sei... ele ouviu de Mefres e de Mentezufis... Mas o que importa isso? Eles sabem tudo!..."

— Ouça — falava Pentuer —, e eu, com a permissão dos dignitários aqui presentes, lhe revelarei o que foi o Egito há quatrocentos anos, durante a mais famosa e mais pia das dinastias, a décima nona, e o que ele é agora... Quando Ramsés I, o primeiro faraó daquela dinastia, assumiu o comando da nação, as receitas do país em grãos, gado, cerveja, peles e minérios chegavam a trinta mil talentos. Se houvesse um país que pudesse transformar todos aqueles produtos em ouro, o faraó receberia anualmente cento e trinta e três *minae** daquele metal. Como um soldado só pode carregar nas costas vinte e seis *minae*, para transportar aquele ouro todo seriam necessários cerca de cinco mil soldados.

Os sacerdotes começaram a sussurrar entre si, sem esconder o espanto. Até o príncipe se esqueceu do homem morto daquela forma terrível no subsolo do templo.

— Hoje — continuava Pentuer —, a receita anual de Sua Santidade, proveniente de toda a produção deste país, mal chega a noventa e oito mil talentos, e bastariam, para transportar o seu equivalente em ouro, menos de quatro mil soldados.

— Que as receitas estão diminuindo, eu já sei — interrompeu-o Ramsés. — A questão é: por quê?

— Seja paciente, servo dos deuses — respondeu Pentuer. — Saiba que não foram somente as receitas de Sua Santidade que sofreram redução... Durante a décima nona dinastia, o Egito tinha cento e oitenta mil guerreiros. Se, por intercessão dos deuses, cada um daqueles soldados fosse transformado numa pedrinha do tamanho de uma uva...

---

* Uma *mina* equivalia a 1,5 quilos. (*N. do A.*)

302 | Bolesław Prus

— Algo totalmente impossível... — murmurou o príncipe.

— Os deuses são capazes de tudo — admoestou-o severamente o sumo sacerdote Mefres.

— Ou melhor — corrigiu-se Pentuer —, se cada soldado colocasse na terra uma pedrinha, teríamos cento e oitenta mil pedrinhas, que ocupariam o seguinte espaço...

E apontou com o dedo para um retângulo avermelhado colocado no centro do palco.

— Nesta figura caberiam as pedrinhas atiradas por cada um dos soldados de Ramsés I. Ela tem nove passos de comprimento e cinco de largura. Sua cor é avermelhada, que é a cor do Egito, já que, naqueles tempos, todos as nossas tropas eram formadas exclusivamente por egípcios...

Os sacerdotes voltaram a sussurrar, enquanto o príncipe franzia o cenho, pois tivera a impressão de que a última frase fora dirigida diretamente a ele, que nutria uma evidente predileção por soldados estrangeiros.

— Hoje — continuava Pentuer —, os nossos exércitos contam com menos de cento e vinte mil homens; e se cada um deles atirasse uma pedrinha, poder-se-ia formar com elas a seguinte figura... Olhai...

Ao lado do primeiro retângulo, encontrava-se um outro, com a mesma altura, mas uma base significativamente menor. Além disso, não era só de uma cor, mas tinha várias faixas de cores diferentes.

— Esta figura tem os mesmos cinco passos de largura, mas somente seis de comprimento. Portanto, o país perdeu um terço do seu efetivo militar.

— O país necessita mais da sabedoria de homens como você, profeta, do que de soldados — sentenciou o sumo sacerdote Mefres.

Pentuer inclinou-se diante dele e continuou a preleção:

— Nesta nova figura, que representa as atuais tropas dos faraós, Vossas Eminências poderão notar que, ao lado das pedras vermelhas, que representam egípcios natos, há outras três faixas: uma negra, uma amarela e uma branca. Elas representam os regimentos de mercenários: etíopes, asiáticos e gregos. Eles têm trinta mil homens, mas custam tanto quanto os cinquenta mil egípcios...

— Precisamos acabar imediatamente com esses regimentos estrangeiros! — exclamou Mefres. — Eles são caros, desnecessários e nos ensinam impiedade e insolência. Hoje, já são muitos os egípcios que não se prostram ao chão diante dos sacerdotes, sem contar que mais do que um ousou profanar templos e túmulos! Fora com os mercenários! O país só perde com eles, e os nossos vizinhos suspeitam de nós, achando que temos intenções hostis.

— Fora com os mercenários!... Dispersemos os pagãos rebeldes!... — gritaram os sacerdotes.

— Quando você, Ramsés, ascender ao trono — disse Mefres —, terá de cumprir esta obrigação sagrada para com o país e com os deuses...

— Sim! Cumpra-a!... Libere seu povo dos infiéis! — gritavam os sacerdotes.

Ramsés baixou a cabeça e permaneceu calado. O sangue fugiu de seu coração, e ele teve a sensação de que a terra se desfazia sob seus pés. Então era isso? Ele, que almejava ter um exército quatro vezes maior e quatro vezes mais mercenários, deveria reduzir o poderio militar do Egito?

— Continue com sua preleção, Pentuer — disse Mefres.

— E assim, Vossas Eminências travaram conhecimento com as duas desgraças que se abateram sobre o Egito: decresceram as receitas do faraó e diminuiu seu exército... Agora, com a graça dos deuses e a concordância de Vossas Eminências, mostrarei as razões pelas quais diminuíram, e continuarão diminuindo no futuro, tanto o tesouro quanto o exército.

304 | Bolesław Prus

O príncipe ergueu a cabeça e fixou seu olhar no palestrante que, seguido por dignitários, caminhou alguns passos pelo anfiteatro.

— Estais vendo esta longa faixa esverdeada e terminada por um triângulo? Ela é cercada de granito, calcário e arenito, e, mais ao longe, por grandes porções de areia. No seu centro, corre um riacho que, na altura do triângulo, se divide em várias ramificações.

— É o Nilo!... É o Egito! — gritaram os sacerdotes.

— Observai isto — interrompeu-os um emocionado Mefres. — Estou desnudando o meu braço... Estais vendo essas duas veias azuladas que correm do cotovelo até o punho? Elas não representam o Nilo, que corre dos montes de alabastro até Fayum? Agora, olhai para o dorso do meu punho: ele tem tantas veias quantas ramificações tem o santo rio. E quanto aos meus dedos; eles não lembram os braços através dos quais o Nilo deságua no mar?

— É verdade! — exclamavam os sacerdotes, olhando para as mãos.

— Pois eu vos digo — continuava o febril sumo sacerdote — que o Egito é a impressão do braço de Osíris. Foi aqui que ele o apoiou, com seu cotovelo em Tebas e seus dedos tocando o mar e o Nilo é a impressão das suas veias... Não é à toa que este país é chamado de abençoado!

— Está evidente — diziam os sacerdotes. — O Egito é a impressão do braço de Osíris.

— O que quer dizer — intrometeu-se o príncipe — que Osíris tinha sete dedos, já que o Nilo deságua no mar por sete braços.

Um pesado silêncio caiu sobre o anfiteatro.

— Meu jovem — respondeu Mefres, com bondosa ironia —, você realmente acha que Osíris, caso assim quisesse, não poderia ter sete dedos?

— É óbvio que sim! — afirmaram os sacerdotes.

— Continue falando, ilustre Pentuer — insistiu Mentezufis.

— Vossas Eminências estão certos — voltou a falar Pentuer. — Esta faixa e suas ramificações representam o Nilo, e o estreito trecho relvado e cercado por pedras e areia é a visão do Egito Inferior, a mais pia e mais rica parte do país. Sabei que, no início da décima nona dinastia, o Egito todo, desde as cataratas do Nilo até o mar, cobria quinhentas mil medidas de terra e que, em cada medida, viviam dezesseis pessoas: homens, mulheres e crianças. No entanto, nos quatrocentos anos seguintes, a cada geração o território foi minguando...

Pentuer fez um sinal com a mão. Uma dezena de jovens sacerdotes saiu correndo dos prédios e se pôs a atirar areia sobre diversos pontos do relvado.

— Hoje — falou o sacerdote, em tom solene — a nossa pátria, em vez das quinhentas mil medidas, tem apenas quatrocentas mil... o que significa que, no decorrer de apenas duas dinastias, o Egito perdeu terras que alimentavam quase dois milhões de pessoas...

Um murmúrio de horror percorreu a audiência.

— E você, Ramsés, servo dos deuses, sabe onde foram parar aqueles prados nos quais cresciam trigo e cevada ou pastavam rebanhos de gado? Você só sabe que eles foram cobertos pela areia do deserto... mas alguém lhe disse por que isso ocorreu?... Pois eu vou lhe dizer: porque faltaram felás que, com a ajuda de baldes e arados, lutassem noite e dia contra o deserto. E, finalmente, você sabe por que faltaram esses santos trabalhadores? Aonde eles foram parar? O que os fez desaparecer?... As guerras de conquista. Nossos guerreiros obtinham vitórias impressionantes, nossos faraós eternizavam seus veneráveis nomes à beira do Eufrates, e os nossos camponeses, como animais de carga, seguiam as tropas, levando provisões e outros fardos, morrendo aos milhares pelo caminho... E, dessa forma, em troca daqueles ossos espalhados pelos desertos orientais, as areias ocidentais devoraram as nossas terras,

306 | Bolesław Prus

que para serem recuperadas requererão esforços sobre-humanos de várias gerações...

— Ouçam!... Ouçam!... — gritava Mefres. — É um dos nossos deuses que fala pela boca deste homem. Sim, as nossas guerras triunfais foram a desgraça do Egito.

Ramsés não conseguia concatenar seus pensamentos; parecia-lhe que montanhas de areia desabavam sobre a sua cabeça.

— Eu disse — continuava Pentuer — que será necessário muito trabalho para desenterrar o Egito e lhe devolver a riqueza que já teve e que foi devorada pelas guerras. Mas será que temos as forças necessárias para uma tarefa de tal magnitude?

O sábio, seguido por seu emocionado *entourage*, andou mais alguns passos. Nunca alguém havia exposto as mazelas do Egito com tal clareza, embora todos estivessem cientes delas.

— Durante a décima nona dinastia, o Egito tinha oito milhões de habitantes. Se cada um deles atirasse sobre este pátio um grão de feijão, eles formariam a seguinte figura...

Apontou para o pátio onde, alinhadas lado a lado e em duas fileiras, havia oito enormes quadrados formados por avermelhados grãos de feijão.

— Esta figura tem sessenta passos de comprimento e trinta de largura, e, como podereis notar, é formada por grãos da mesma cor, assim como era a população daqueles dias, quando todos eram egípcios natos... E hoje... Olhai!...

Andou mais um pouco e mostrou um outro grupo de quadrados, porém de cores diferentes.

— Estais vendo uma figura que tem, também, trinta passos de largura, mas apenas quarenta e cinco de comprimento. Por quê? Porque ela contém apenas seis quadrados, já que o Egito não conta mais com oito, mas com apenas seis milhões de habitantes... Além disso, notai que a figura anterior continha exclusivamente grãos do avermelhado feijão egípcio, enquanto esta apresenta faixas de grãos negros, amarelos e brancos. Isso é causado porque, assim como nos nossos exércitos, também em meio à nossa população se encontram muitos estrangeiros: os negros etíopes, os amarelos sírios e fenícios e os brancos gregos e líbios...

A preleção foi interrompida por gritos de admiração. Os sacerdotes o abraçavam. Mefres chorava.

— Jamais houve um profeta igual! — ouviam-se gritos exaltados.

— É inconcebível como ele conseguiu fazer esses cálculos! — dizia o maior matemático do templo de Hátor.

— Santos pais! — disse Pentuer. — Não exagerai os meus méritos. No passado, nós sempre costumávamos apresentar desta forma as questões do país. Eu apenas desenterrei aquilo que foi esquecido pelas gerações seguintes.

— Mas os dados... de onde vêm os dados? — perguntou o matemático.

— Os dados são colhidos incessantemente em todos os nomos e templos — respondeu Pentuer. — Quanto aos dados gerais do país, eles estão disponíveis no palácio de Sua Santidade.

— E as figuras?... As figuras! — gritava o matemático.

— Os nossos campos são divididos em figuras semelhantes, e os estudantes de geometria aprendem-nas nas escolas.

— É impossível definir o que mais devemos admirar nesse homem: se a sua inteligência ou a sua humildade — disse Mefres. — Vejo que os deuses não se esqueceram de nós, já que podemos contar com alguém como ele...

Neste ponto, o sentinela postado na torre do templo convocou todos os presentes para as preces.

— Concluirei a minha preleção ao anoitecer — disse Pentuer. — Por enquanto, apenas desejo satisfazer vossa curiosidade quanto ao fato de eu ter usado grãos na minha apresentação. Assim

308 | Bolesław Prus

como um grão jogado na terra resulta numa colheita anual ao dono do terreno, da mesma forma os homens pagam impostos anuais ao Tesouro Real. Caso, num nomo, fossem semeados menos dois milhões de grãos do que no ano anterior, sua colheita seria sensivelmente menor, e seus administradores teriam menos receitas. O mesmo ocorre com um país: quando ele perde dois milhões de habitantes, as receitas dos impostos têm de diminuir.

Ramsés ouviu tudo com muita atenção — e afastou-se pensativo e calado.

capítulo 28

QUANDO, AO ANOITECER, OS SACERDOTES E O SUCESSOR RETORnaram ao pátio, encontraram-no tão iluminado por tochas que mais parecia dia.

A um sinal de Mefres, surgiu novamente a procissão de músicos, dançarinas e sacerdotes com a estátua de cabeça de vaca da deusa Hátor. Quando os maus espíritos foram exorcizados, Pentuer voltou a falar:

— Vossas Eminências já viram que, desde os tempos da décima nona dinastia, perdemos cem mil medidas de terra e dois milhões de habitantes, o que explica o motivo pelo qual as receitas do país diminuíram em trinta e dois mil talentos, algo que é do conhecimento de todos. Mas isso é apenas o início do declínio do Egito e do seu tesouro. Um simples cálculo demonstra que restou ainda a Sua Santidade uma receita de vinte e oito mil talentos. No entanto, vós achais que o faraó recebe toda esta receita?...

"Para vos dar um exemplo do que ocorre, vou contar o que Sua Excelência Herhor descobriu numa das províncias.

"Durante a décima nona dinastia, moravam lá vinte mil pessoas, que pagavam impostos anuais no valor de trezentos e cinquenta

310 | Bolesław Prus

talentos. Hoje, vivem naquela província apenas quinze mil pessoas que, obviamente, recolhem ao tesouro somente duzentos e setenta talentos. Acontece que o faraó, em vez de duzentos e setenta, recebe somente cento e setenta talentos!...

"Por quê? — quis saber o eminente Herhor, e eis o que revelou sua investigação: na época da décima nona dinastia, a província tinha cem funcionários, que recebiam um salário anual de mil dracmas cada. Hoje, no mesmo território, apesar de a população ter diminuído, há mais de duzentos funcionários, com salários anuais de duas mil e quinhentas dracmas cada.

"Sua Excelência, o eminente Herhor, não sabe se o mesmo ocorre nas demais províncias, mas uma coisa é certa: o tesouro do faraó, em vez de receber noventa e oito, recebe apenas setenta e quatro mil talentos anuais..."

— Diga-me, santo padre: cinquenta mil... — interrompeu-o Ramsés.

— Já explicarei isso — respondeu o sacerdote. — Por enquanto, príncipe, lembre-se de que o Tesouro do faraó gasta hoje vinte e quatro mil talentos com seus funcionários, enquanto, durante a décima nona dinastia, gastava somente dez mil.

Um pesado silêncio caiu sobre os dignitários; mais de um deles tinha algum parente empregado no governo — e muito bem pago.

Mas Pentuer não se assustava com facilidade.

— E agora — disse — vou lhe mostrar, príncipe, como era a vida dos funcionários e do povo no passado, e como ela é hoje.

— Isso não seria uma perda de tempo?... Afinal, cada um pode constatar isso por si mesmo... — murmuraram os sacerdotes.

— Pois eu quero saber — disse o sucessor, em tom terminante.

O murmúrio cessou. Pentuer, seguido pelo príncipe, Mefres e os demais sacerdotes, desceu das arquibancadas para o centro do pátio e parou diante de uma cortina. A um gesto seu, aproximou-se um grupo de jovens sacerdotes com tochas. Mais um gesto — e uma parte da cortina se abriu.

Da boca dos espectadores escapou um grito de espanto. Diante deles, iluminado pelas tochas, surgiu um quadro vivo com cerca de cem figurantes.

O quadro era dividido em três andares: um inferior, ocupado por agricultores, um intermediário, com funcionários, e um superior, com o trono dourado do faraó, apoiado sobre dois leões, cujas cabeças formavam os apoios dos braços.

Pentuer voltou a falar:

— Era assim que se apresentava o Egito durante a décima nona dinastia. Olhai para os felás. A seu lado, vedes bois ou asnos; suas pás e enxadas são de bronze. Olhai como eles são fortes e bem nutridos! Hoje, homens assim só podem ser encontrados na guarda pessoal de Sua Santidade. Braços e pernas possantes, peitos musculosos e rostos sorridentes. Todos estão limpos e untados com óleo. Suas esposas estão ocupadas com afazeres domésticos, enquanto suas crianças brincam ou vão para a escola.

"O felá daqueles tempos, como vedes, comia pão de centeio, carne, peixes e frutas, e bebia cerveja e vinho. Olhai como eram lindos seus vasos e suas tigelas. Observai os gorros, os aventais e as capas dos homens: todos adornados com bordados multicoloridos. Os bordados dos trajes das mulheres eram ainda mais rebuscados... Haveis notado como elas se penteavam com cuidado ou como se enfeitavam com broches, anéis e pulseiras? Tais adornos eram feitos de bronze esmaltado, e era fácil encontrar no meio deles alguns feitos de ouro, nem que fosse um filete.

"Agora, erguei vossos olhos para os funcionários. É verdade que eles andam com capas, mas, nos dias festivos, cada felá vestia uma igual. Comem exatamente a mesma alimentação que os felás, ou seja, adequadamente, mas com moderação. Suas ferramentas são

312 | Bolesław Prus

mais rebuscadas que as dos camponeses e, nas suas arcas, podem-se encontrar mais anéis de ouro. Viajam em lombos de burros ou em carroças puxadas por bois."

Pentuer bateu palmas, e o quadro vivo se pôs em movimento. Os camponeses começaram a entregar aos funcionários cestos com uvas, sacos de grãos, jarros de vinho, cerveja, leite e mel, além de animais abatidos e grandes quantidades de panos brancos e coloridos. Os funcionários recebiam aqueles produtos, guardando uma parte para si, mas levando para cima, ao trono, os mais valiosos e belos. A plataforma na qual se encontrava o símbolo do poder do faraó ficou repleta de produtos, que chegavam a formar uma espécie de montanha.

— Como podeis ver, Eminências — falou Pentuer —, naqueles tempos, quando os felás estavam bem alimentados e ricos, o Tesouro de Sua Santidade mal podia absorver as dádivas dos seus súditos. E agora, vede o que se passa nos dias de hoje...

Um novo sinal — e abriu-se a outra parte da cortina, revelando um novo quadro vivo que, de modo geral, se assemelhava ao anterior.

Pentuer retomou seu discurso, com voz impregnada de indignação:

— Eis os felás de hoje. Seus corpos não passam de pele e ossos, parecem adoentados, estão sujos e já se esqueceram de se untar com óleo. Em compensação, seus dorsos guardam marcas de bastonadas.

"Já não se veem asnos e bois a seu lado, pois não são mais necessários; os arados são puxados por suas esposas e seus filhos... Suas pás e enxadas são de madeira, que quebra facilmente e aumenta a carga de trabalho. Não têm roupas de qualquer espécie; apenas suas mulheres vestem grossas camisolas, e nem em sonhos podem vislumbrar os bordados que adornavam as vestes de seus avós.

"E o que eles comem? De vez em quando, um punhado de cevada e um peixe seco, mas, na maioria das vezes, apenas sementes de lótus; jamais carne, cerveja ou vinho. Vós ides perguntar: aonde fo-

O Faraó | 313

ram parar seus utensílios e suas ferramentas? Sumiram. Eles não dispõem de nada além de um jarro para água, já que nada mais caberia no buraco que lhes serve de moradia...

"Perdoai-me pela cena para a qual desejo chamar a vossa atenção. Vedes aquelas crianças deitadas no chão? Elas estão mortas. É espantosa a frequência com que, nos dias de hoje, morrem crianças dos felás... de fome e de excesso de trabalho! E estas são ainda as mais felizes, pois as que sobrevivem são agredidas pelos capatazes ou são vendidas aos fenícios, como se fossem carneirinhos..."

Neste ponto, a voz de Pentuer lhe faltou por excesso de emoção. Descansou por um instante e voltou a falar, em meio a um ameaçador silêncio dos sacerdotes:

— Agora, olhai para os funcionários... Como eles estão bem-dispostos, risonhos e bem-vestidos!... Suas esposas andam com pulseiras e brincos de ouro, e seus vestidos são feitos de panos tão delicados que poderiam causar inveja a príncipes. Entre os camponeses não se veem nem asnos nem bois; em compensação, os funcionários viajam montados em belos cavalos ou em liteiras. Só bebem vinho, e que vinho!...

Bateu palmas e, novamente, o quadro vivo se pôs em movimento. Os camponeses começaram a entregar aos funcionários sacos de trigo, cestos de frutas, animais, vinho... A exemplo dos do quadro anterior, os funcionários passavam-nos ao trono, mas... numa proporção muito menor. Na plataforma real já não havia mais uma montanha de produtos, enquanto o andar dos funcionários estava repleto.

— Eis o Egito de hoje — disse Pentuer. — Felás miseráveis, ricos escribas e o tesouro mais vazio que dantes. E agora...

Fez mais um sinal, e aconteceu algo inesperado: mãos misteriosas começaram a recolher o trigo, as frutas e os tecidos dos andares dos funcionários e do faraó. E, quando a quantidade das

314 | Bolesław Prus

mercadorias diminuiu consideravelmente, as mesmas mãos passaram a raptar camponeses, suas esposas e seus filhos...

Os espectadores olhavam com espanto para a atividade daquelas mãos misteriosas. De repente, alguém gritou:

— São os fenícios!... São eles quem nos roubam!...

— É isso mesmo, santos pais — falou Pentuer. — Estas mãos são as mãos dos fenícios ocultos entre nós. Eles roubam o rei e os escribas e, como não conseguem arrancar mais nada dos camponeses, levam-nos com eles e transformam-nos em escravos...

— Sim!... São uns chacais!... Que sejam amaldiçoados!... Fora com os desgraçados!... — gritavam os sacerdotes. — São eles os que mais mal causam ao nosso país!

No entanto, nem todos gritavam daquela forma.

Quando a gritaria cessou, Pentuer mandou que as tochas fossem levadas para um outro ponto do pátio, para onde se dirigiu seguido por seus ouvintes. Não havia ali quadros vivos, e o local mais parecia uma feira de produtos industrializados. O sábio sacerdote retomou sua preleção:

— Dignai-vos, Eminências, a olhar para isto. Durante a décima nona dinastia, essas coisas nos foram enviadas do estrangeiro: incensos de Put, ouro, armas de ferro e carros de combate da Síria. Nada mais do que isso.

"Só que, naqueles dias, o Egito tinha a sua própria indústria... Olhai para estes vasos gigantescos. Admirai os mais diversos formatos e as mais belas cores! Ou, então, observai os utensílios domésticos: esta cadeira é incrustada com dez mil pedaços de ouro, madrepérola e madeiras coloridas... olhai para os trajes daquela época: a excelência dos bordados, a delicadeza do tecido, a gama de cores... enchei vossos olhos com estes gládios de bronze, broches, pulseiras, brincos, utensílios... Tudo feito aqui, por nós, durante a décima nona dinastia."

O Faraó | 315

Em seguida, dirigiu-se para um outro grupo de objetos, apontou para eles e voltou a falar:

— E o que nós produzimos hoje? Olhai. Os jarros são pequenos e quase desprovidos de decoração; os utensílios são simples e os tecidos, grossos e sempre iguais. Nenhum destes objetos atuais pode se comparar com os antigos do ponto de vista de dimensões, resistência ou beleza. Por quê? Pois tudo de que precisamos nos é vendido pelos fenícios, que trazem aqueles produtos dos mais distantes pontos da Ásia.

"Compreendeis agora, Eminências, a razão pela qual os fenícios arrancam trigo, frutas e gado dos escribas e do faraó? Para trocá-los por estes produtos estrangeiros, que destruíram os nossos artesãos como uma nuvem de gafanhotos destrói uma plantação.

"De todos os produtos fornecidos pelos fenícios a Sua Santidade, aos nomarcas e aos escribas, o principal é o ouro. Este tipo de comércio é a mais clara demonstração do mal que aqueles asiáticos causam ao Egito.

"Quando alguém pega um talento em ouro emprestado de um fenício, fica obrigado a devolver dois talentos após três anos. Na maior parte das vezes, os fenícios, sob o pretexto de poupar os devedores de quaisquer dores de cabeça, se oferecem para cobrar eles mesmos a dívida, sob a forma de um arrendamento, por três anos, de trinta trabalhadores e duas medidas de terra a cada talento emprestado...

"Olhai, Eminências, para este quadrado de terra, com cento e oitenta passos de comprimento e a mesma largura. Ele representa duas medidas. Já aquele grupo de homens, mulheres e crianças forma oito famílias. Tudo isso, ou seja, a terra e as pessoas, passam a ser escravizados por três anos, enquanto seu proprietário, mesmo sendo o faraó ou um nomarca, não desfruta mais daquilo. Após aquele prazo, ele recebe de volta uma terra exaurida, e quanto às pessoas... no máximo, vinte... já que as demais morreram em terríveis sofrimentos!..."

Um murmúrio de horror percorreu a audiência.

— Como já vos disse, estas duas medidas de terra e trinta pessoas são arrendadas ao fenício em troca de um pedaço de ouro no valor de um talento. Observai as dimensões dessas terras e a quantidade de pessoas e, agora, olhai para a minha mão...

"Este pedaço de ouro que tenho na mão, este torrão menor do que um ovo de galinha, representa um talento!...

"Eminências, será que sois capazes de vos dar conta de toda a infâmia dos fenícios nesse tipo de escambo? Este pedacinho de ouro não possui qualquer valor intrínseco; ele é amarelo, pesado e não azinhavra, mas isso é tudo. Um homem não pode se vestir com ouro, nem saciar com ele sua sede ou fome... Caso eu tivesse um bloco de ouro do tamanho de uma pirâmide, seria, ao lado dele, tão miserável quanto um líbio vagando pelo deserto ocidental, onde não há nem uma tâmara ou uma gota d'água... E, no entanto, por este mísero pedacinho de metal, um fenício se apossa de uma gleba de terra capaz de alimentar e vestir trinta e duas pessoas... e não é só isso... ele também se apossa daquelas pessoas!... Durante três anos ele assume total controle sobre seres que sabem semear e colher, preparar farinha e cerveja, tecer panos, construir casas e utensílios...

"Enquanto isso, o faraó ou o nomarca são desprovidos, pelo mesmos três anos, dos serviços daquelas pessoas. Elas não lhe pagam impostos e não carregam pesos atrás dos exércitos, trabalhando exclusivamente para o ganancioso fenício.

"Saibais, Eminências, que nos dias de hoje não há um só ano em que, num ou noutro nomo, não ocorram levantes dos felás esfomeados, exauridos por trabalhos desumanos e agredidos com bastões. Nesses levantes, muitos deles morrem, enquanto outros são

O Faraó | 317

condenados a trabalhos forçados nas minas; o país fica cada vez menos povoado pelo fato de um fenício ter dado a alguém uma pepita de ouro!... É possível imaginar uma desgraça maior do que esta? E se as coisas continuarem como estão, o Egito não vai perder mais terras e homens a cada ano? As bem-sucedidas guerras de conquista abalaram os alicerces da nação, mas o que completa a sua destruição é o comércio com ouro dos fenícios."

O rosto dos sacerdotes denotava satisfação; era-lhes mais agradável ouvir as desgraças causadas pelos fenícios do que a desproporcional remuneração dos escribas.

Pentuer descansou por um momento e, em seguida, virou-se para o príncipe.

— Há vários meses — disse — você, Ramsés, servo dos deuses, pergunta preocupado: por que as receitas do faraó diminuíram? A sabedoria dos deuses lhe mostrou que não diminuiu apenas a receita do Tesouro Real, mas também os seus exércitos, e que ambas essas fontes do poder real continuarão diminuindo. Só existem duas possibilidades: ou a nação ficará totalmente arruinada, ou surgirá um líder capaz de deter este dilúvio de derrotas que, há centenas de anos, cobre o nosso país. Quando tínhamos muitas terras e homens, o Tesouro dos faraós vivia repleto. Portanto, será preciso arrancar do deserto aquelas terras férteis que ele devorou e tirar das costas do povo o peso que o esmaga e reduz.

Os sacerdotes voltaram a ficar preocupados, temendo que Pentuer fosse mencionar, mais uma vez, a casta dos escribas.

— Você pôde ver, príncipe, com seus próprios olhos e diante de testemunhas, que na época em que o povo estava bem nutrido e feliz, o Tesouro do faraó permanecia cheio. Você viu, também, que quando o povo começou a definhar, quando esposas e filhos tiveram que assumir os arreios dos arados, quando sementes de lótus substituíram cevada e carne... a receita do Tesouro Real diminuiu.

318 | Bolesław Prus

Portanto, se você quer restaurar a potência que o país teve antes das guerras da décima nona dinastia... se você deseja que o faraó, seus escribas e suas tropas possam viver em conforto, assegure ao país uma paz duradoura e um bem-estar a seu povo. Que os adultos voltem a comer carne e se vistam com trajes bordados, e que os filhos, em vez de morrerem de fome e exaustão, possam brincar ou frequentar escolas... Finalmente, meu príncipe, não se esqueça de que o Egito carrega, em seu peito, uma serpente venenosa...

Os espectadores ouviam atentamente... e com apreensão.

— Essa serpente, que suga o sangue do povo, as propriedades dos nomarcas e o poder do faraó... são os fenícios!

— Fora com eles! — gritaram os presentes. — Cancelemos todas as dívidas... Não recebamos mais seus comerciantes e navios...

A gritaria foi interrompida por Mefres, que, com lágrimas nos olhos, virou-se para Pentuer:

— Não tenho dúvidas — disse — de que a deusa Hátor falou pelos seus lábios. Não só por nenhum homem poder ser tão sábio e onisciente como você, mas por ter visto, sobre a sua cabeça, lampejos de chamas em forma de chifres. Agradeço-lhe pelas grandiosas palavras, com as quais você dissipou a nossa ignorância... Abençoo-o, e peço aos deuses que, ao me convocarem para o seu julgamento, o nomeiem como meu sucessor...

O ininterrupto grito dos ouvintes apoiou a bênção do distinto Mefres. Os sacerdotes estavam especialmente felizes e... aliviados, já que pendera sobre eles o temor de Pentuer levantar, mais uma vez, a questão dos escribas. Mas o grande sábio sabia ser arguto: mostrou a chaga interna do país, mas não a inflamou, e, graças a isso, seu triunfo foi completo.

O príncipe Ramsés não agradeceu a Pentuer; apenas apertou a cabeça do sábio contra o peito. No entanto, ninguém duvidou de que a preleção do grande profeta sacudira a alma do sucessor e se

O Faraó | 319

transformara numa semente da qual poderia brotar a glória e o bem-estar do Egito.

No dia seguinte, Pentuer, sem se despedir, partiu ao raiar do sol para Mênfis.

Ramsés passou vários dias sem falar com ninguém, permanecendo trancado em sua cela ou, mergulhado em seus pensamentos, perambulando, sozinho, pelos sóbrios corredores do templo. Ao analisar detalhadamente as palavras de Pentuer, chegou à conclusão de que ele não dissera nada de novo; todos reclamavam da diminuição das terras e da população do Egito, da miséria dos felás, dos excessos dos escribas e da exploração representada pelos fenícios. Mas a preleção do profeta arrumara na sua mente as desorganizadas informações das quais dispusera até então, dando-lhes mais forma e clareando certos fatos.

O que ouvira sobre os fenícios deixara-o apavorado; o príncipe não havia percebido a grandiosidade dos malefícios causados por eles ao país. Seu horror era intensificado pelo fato de ele mesmo ter arrendado seus súditos a Dagon e ter testemunhado a forma com que este os tratava! No entanto, a vinculação do príncipe aos fenícios provocara nele uma reação estranha: toda vez que ascendia nele uma chama de raiva contra os usurpadores, ela se apagava por um sentimento de vergonha. Afinal, em certa medida, ele não deixava de ser um de seus cúmplices.

Por outro lado, o príncipe assimilou a importância da diminuição das terras e da população, e concentrou seus pensamentos naquela questão.

"Caso possuíssemos", dizia a si mesmo, "aqueles dois milhões de pessoas que o Egito perdeu, poderíamos reconquistar do deserto muitas terras férteis e até aumentar nosso território... Aí, apesar dos fenícios, a sorte dos felás seria melhor e as receitas do país cresceriam..."

Mas onde arranjar pessoas?

A resposta a esta questão veio por acaso. Certo dia, quando o príncipe andava imerso em seus pensamentos, viu um grupo de escravos que o general Nitager capturara na fronteira oriental e enviara à deusa Hátor. Os homens eram de compleição robusta, trabalhavam mais que os egípcios e, como eram bem alimentados, se mostravam conformados com o seu destino.

Ao vê-los, um raio inspirador clareou a mente do sucessor, a ponto de quase desmaiar de emoção. O Egito precisava de homens, de milhares e até de milhões deles... E eis que esses homens estavam disponíveis! Bastava penetrar na Ásia, pegar tudo o que fosse possível pelo caminho e enviar essas presas para o Egito, mantendo a campanha bélica até o momento em que cada camponês egípcio viesse a ter seu próprio escravo...

E foi assim que nasceu um plano simples e colossal, graças ao qual o país aumentaria sua população, os felás teriam ajudantes para suas tarefas e o Tesouro do faraó uma fonte inesgotável de recursos. O príncipe estava exultante, mas já no dia seguinte foi assaltado por uma nova dúvida: Pentuer afirmara, e com grande insistência, algo que Herhor já havia dito antes — que a fonte das desgraças do Egito haviam sido suas guerras de conquista, ainda que vitoriosas. Diante disso, parecia que o Egito não poderia se reerguer por meio de uma guerra.

"Pentuer é um grande sábio, e Herhor também o é", pensou o príncipe, "e se ambos consideram a guerra algo maléfico, opinião compartilhada pelo sumo sacerdote Mefres e pelos demais sacerdotes, talvez uma guerra possa ser, realmente, algo perigoso... E deve ser, já que é isso que afirmam tantos homens santos e sábios."

O príncipe ficou preocupado. Havia descoberto um simples meio de reerguer o Egito, e eis que os sacerdotes afirmam que ele poderia causar a derrocada definitiva do país. E isso, dito pelos sacerdotes, os mais santos e mais esclarecidos dos homens!

O Faraó | 321

Foi quando ocorreu um incidente que serviu para resfriar a crença do príncipe na clarividência dos sacerdotes, ou, mais precisamente, para despertar a antiga desconfiança que nutria em relação a eles.

Ramsés, acompanhado por um médico, estava se dirigindo à biblioteca, quando chegou à entrada de um corredor frio e escuro. O sucessor recuou com repugnância.

— Me recuso a passar por este corredor! — afirmou.

— Por quê? — espantou-se o médico.

— Não está lembrado, santo pai, de que, no fundo deste corredor há uma masmorra, na qual vocês torturaram barbaramente um traidor?

— Ah, sim... — respondeu o médico. — Uma masmorra na qual, antes da preleção de Pentuer, nós derramamos piche derretido.

— E mataram uma pessoa.

O médico sorriu. Era um homem bom e alegre que, vendo a indignação do príncipe, pensou por um momento e respondeu:

— É verdade. Obviamente, ninguém deve trair os segredos sagrados... Antes de qualquer grande cerimônia, nós relembramos isso aos jovens candidatos a sacerdotes...

O tom usado pelo médico fora tão peculiar que Ramsés exigiu uma explicação.

— Não posso revelar segredos — respondeu o médico —, mas se Vossa Alteza me jurar guardar o que direi para si, contar-lhe-ei uma história.

Ramsés prometeu, e o médico contou:

— Quando um certo sacerdote egípcio estava visitando os templos dos pagãos de Aram, encontrou, num deles, um homem que lhe pareceu muito gordo e feliz, apesar de esfarrapado. "Diga-me, meu bom homem" — perguntou ao alegre pobretão —, "como é possível que você, sendo tão pobre, tem um corpo que mais parece o de um guardião do templo?" O homem, olhando em volta para se assegurar de que não estava sendo ouvido, respondeu: "É que eu tenho uma voz muito chorosa, e em função disso represento o papel de sofredor. Toda vez que há uma cerimônia e o templo se enche de pessoas, eu entro num buraco no chão e gemo com toda a força; em troca disso, eles me dão bastante comida durante o ano inteiro e um jarro de cerveja por cada dia de sofrimento."

— É isto que ocorre nas terras pagãs de Aram — concluiu o médico, colocando um dedo sobre os lábios. — Não se esqueça, meu príncipe, o que me prometeu, e pense sobre o nosso piche da forma que mais lhe parecer adequado.

A historieta do médico despertou sentimentos dúbios no príncipe; se, por um lado, sentiu alívio por saber que ninguém fora morto, por outro, reavivaram-se nele as antigas suspeitas quanto aos sacerdotes. O fato de eles iludirem o populacho era algo que ele sabia. Lembrava-se das procissões do sagrado touro Ápis, nos tempos em que frequentara a escola sacerdotal. A plebe acreditava piamente que Ápis conduzia os sacerdotes, enquanto cada um dos alunos sabia que o animal sagrado ia precisamente para onde eles queriam que fosse.

Portanto, quem poderia garantir que a preleção de Pentuer não fora uma dessas procissões de Ápis, preparada especialmente para ele? Afinal, espalhar grãos de feijão na terra e formar quadros vivos não era tão difícil assim. Quantos espetáculos mais maravilhosos, como, por exemplo, o combate de Set com Osíris, ele já não tinha presenciado? Será que também nele os sacerdotes teriam trapaceado? Naquele espetáculo, Osíris morria; no entanto, o sacerdote que o representara continuava sadio como um rinoceronte. Quantos milagres foram presenciados naquela apresentação!... Águas que se elevavam, raios e trovões que desabavam do céu, terra que tremia e expelia labaredas. E tudo aquilo era de mentirinha... Por que, então, a apresentação de Pentuer deveria representar a verdade?

O Faraó | 323

De qualquer modo, o príncipe dispunha de motivos para suspeitar que estava sendo enganado. Nem que fosse o fato de aquele homem sofrendo na masmorra e banhado por piche derretido não passar de um embuste. Mas o importante era que o príncipe já tivera várias oportunidades de se convencer de que Herhor não queria uma guerra, que Mefres também não a queria, e que Pentuer era ajudante do primeiro e predileto do segundo.

Na mente do príncipe travava-se um conflito: ora achava que entendera tudo, ora sentia-se envolto em trevas; num momento estava cheio de esperanças e, em outro, duvidava de tudo. A cada hora, a cada dia, sua alma se erguia e baixava, como as águas do Nilo no decurso de um ano inteiro.

No entanto, aos poucos, Ramsés recuperava o equilíbrio, e quando chegou o momento de partir do templo, já tinha formulado certas convicções, e a mais importante delas era a de saber exatamente do que o Egito mais precisava: mais terras e mais habitantes.

Além disso, acreditava que a forma mais simples de atingir aqueles objetivos era a de travar uma guerra com a Ásia. No entanto, Pentuer lhe demonstrara que uma guerra somente provocaria um aumento dos infortúnios da nação. Consequentemente, surgia uma nova indagação: Pentuer estava sendo sincero ou mentia?

Se estivesse sendo sincero, levava o príncipe ao desespero, já que Ramsés não via qualquer outra forma de reerguer o Egito a não ser por meio da guerra. Sem uma guerra, o Egito continuaria declinando ano a ano, até o ponto em que o processo terminaria numa terrível catástrofe, talvez até durante o próximo reinado.

E se Pentuer estivesse mentindo? Por que ele o faria? Obviamente, convencido por Herhor, Mefres e toda a casta sacerdotal. Mas por que os sacerdotes se opunham à guerra? Afinal, todas as guerras sempre trouxeram grandes lucros, tanto a eles quanto ao faraó.

324 | Bolesław Prus

Além disso, seriam os sacerdotes capazes de enganá-lo numa questão de tal importância? É verdade que costumavam fazê-lo com frequência, mas sempre em questões secundárias — jamais nas que tratavam do futuro e da própria existência do país. Também não se podia afirmar que eles trapaceavam sempre. Eles eram servos dos deuses e guardiões de grandes segredos. Espíritos viviam nos seus templos, algo que Ramsés pôde comprovar por si mesmo logo na primeira noite em que entrou naquele lugar sagrado. E se os deuses não permitem que leigos se aproximem de seus altares, se zelam com tanto cuidado por seus lugares sagrados, por que não deveriam zelar pelo Egito, que é o maior de seus templos?

Quando, alguns dias mais tarde, Ramsés — após um solene culto e no meio das bênçãos dos sacerdotes — partia do templo de Hátor, duas questões fundamentais perturbavam sua mente:

Se uma guerra com a Ásia poderia, realmente, prejudicar o Egito.

Se os sacerdotes poderiam enganar a ele, o sucessor do trono, numa questão de tal magnitude.

capítulo 29

ACOMPANHADO POR ALGUNS DE SEUS OFICIAIS, O PRÍNCIPE CAVALgava para Pi-Bast, a famosa capital do nomo Hab.

Terminava o mês Paoni e começava Epifi (abril-maio). O sol estava cada vez mais alto no céu, prenunciando a época de maior calor no Egito. O terrível vento vindo do deserto já soprava com frequência, homens e animais caíam por terra de tanto calor e nos campos e árvores depositavam-se camadas de pó acinzentado, sob o qual as plantas morriam.

Os felás colhiam rosas, extraindo seu óleo. As gruas trabalhavam dobrado, derramando água barrenta sobre a terra, a fim de prepará-la para uma nova semeadura. Colhiam-se, também, figos e uvas.

As águas do Nilo baixaram, e os canais tornaram-se rasos e fedorentos. O país inteiro estava coberto de poeira.

Apesar de tudo isso, o príncipe cavalgava feliz. Estava cansado da vida reclusa no templo e ansiava por banquetes, mulheres e agitação.

A região que atravessava, embora plana e recortada por canais, era interessante. A população de Hab era formada por um povo diferente: não de egípcios natos, mas descendentes dos valentes hicsos, que haviam conquistado o Egito séculos antes.

Os egípcios puros nutriam um certo desprezo por aquela sobra dos conquistadores expulsos, mas Ramsés olhava para eles com prazer. Eram altos, fortes e cheios de dignidade. Ao contrário dos egípcios, não se prostravam ao chão diante do príncipe e seus oficiais; olhavam para os dignitários de forma amigável, mas sem subserviência. Suas costas não tinham marcas de bastonadas, pois os escribas os respeitavam, sabendo que um hicso agredido costumava reagir, não raramente matando seu agressor. Além disso, eles contavam com a benquerença do faraó, pois lhe forneciam os melhores soldados.

Quanto mais o séquito do sucessor se aproximava de Pi-Bast, cujos templos e palacetes podiam ser vistos através das nuvens de poeira, a região se tornava mais movimentada, com gado, trigo, frutas, vinho, flores e pães sendo transportados pela larga estrada ou pelos inúmeros canais. A torrente de pessoas e coisas se deslocando na direção da cidade, que ocorria em torno de Mênfis somente na época das festas — ali era um fato corriqueiro. O barulhento vai e vem persistia durante o ano todo, cessando somente ao anoitecer. O motivo para tanto era simples: a cidade possuía um antigo e famoso templo erguido em homenagem à deusa Ashtoreth, adorada por toda a Ásia Ocidental e que atraía multidões de peregrinos árabes, fenícios, judeus, filisteus, assírios e outros. O governo egípcio comportava-se muito gentilmente com os peregrinos, que lhe traziam receitas consideráveis; os sacerdotes os toleravam e os habitantes de vários nomos mantinham com eles lucrativas transações comerciais.

Ainda a uma hora de distância da cidade, começaram a surgir choupanas e tendas espalhadas sobre a terra. À medida que a cidade ficava mais próxima, ela aumentavam e podiam ser vistos habitantes locais, ora cozinhando a céu aberto, ora comprando mercadorias trazidas, ora ainda acompanhando procissões ao santuário. Aqui e ali, havia grandes grupos de espectadores admirando domadores de animais, encantadores de serpentes, atletas, dançarinas e malabaristas.

Junto ao portão da cidade, o séquito de Ramsés foi saudado pelo nomarca de Hab e seus funcionários. A saudação, apesar de gentil, fora tão fria que o espantado sucessor sussurrou para Tutmozis:

— Por que todos estão olhando para mim como se eu estivesse vindo para proferir sentenças e distribuir castigos?

— Porque Vossa Alteza — respondeu o favorito — tem o rosto de um homem que esteve no meio de deuses.

Tutmozis dissera uma verdade. Fosse graças à vida ascética ou ao longo período que passara na companhia de sacerdotes, ou ainda por ter mergulhado em profundas meditações, o príncipe mudara. Emagrecera, sua pele escurecera e de sua postura emanava uma grande dignidade. Em apenas poucas semanas, envelhecera alguns anos.

Numa das ruas principais, a multidão era tão compacta que os policiais tiveram de abrir caminho para o príncipe e sua comitiva. Só que a multidão não estava ali para cumprimentar o sucessor, mas se aglomerava em torno de um palacete, como se estivesse aguardando alguém.

— O que significa isso? — perguntou Ramsés ao nomarca, sentindo-se desprestigiado pela indiferença do populacho.

— Neste palacete — respondeu o nomarca —, vive Hiram, um príncipe de Tiro e homem de grande compaixão. Ele distribui esmolas diariamente e, por isso, os miseráveis cercam sua morada.

O príncipe virou-se no seu cavalo, olhou e disse:

— Vejo, no meio desses homens, trabalhadores reais. Quer dizer que até eles vêm para cá em busca da esmola de um ricaço fenício?

O nomarca permaneceu calado. Por sorte, estavam se aproximando do palácio do governo, e o príncipe se esqueceu de Hiram.

Os dias seguintes foram passados em homenagens ao sucessor, mas o príncipe não ficou encantado; não havia alegria, e chegaram a ocorrer alguns incidentes desagradáveis.

Numa ocasião, uma das amantes do príncipe começou a chorar. Ramsés abraçou-a e perguntou o que acontecera. A princípio, a jovem não quis responder, mas vendo a boa vontade de seu amo, se pôs a chorar ainda mais:

— Nós somos, Alteza, suas mulheres. Descendemos de famílias distintas e merecemos o devido respeito... No entanto, seu tesoureiro limita os nossos gastos. Chegou a ponto de querer nos desprover de nossas servas, sem as quais não somos capazes de nos lavar ou pentear.

Ramsés chamou o tesoureiro e lhe ordenou severamente que providenciasse tudo que suas mulheres demandassem, já que isso lhes era devido por suas nobres linhagens e seus altos postos. O tesoureiro prostrou-se diante do príncipe e prometeu cumprir todas as ordens das mulheres.

Logo em seguida, os escravos reais se rebelaram por não receberem vinho. O sucessor ordenou que o vinho lhes fosse servido, mas, já no dia seguinte, durante a inspeção das tropas, veio a ele uma delegação, com a humilde queixa de que lhes fora diminuída a ração de carne e pão. Também nesse caso o príncipe ordenou que o pedido das tropas fosse atendido.

Alguns dias depois, Ramsés foi acordado de madrugada por uma grande barulheira junto ao palácio. Ao indagar sobre o motivo da algazarra, foi informado de que ela estava sendo produzida pelos trabalhadores reais, demandando salários atrasados.

O tesoureiro foi convocado, e o furioso príncipe gritou:

— O que está se passando?!... Desde que cheguei só ouço reclamações! Se isso ocorrer mais uma vez, mandarei instaurar um inquérito e acabarei de vez com a roubalheira de vocês!...

O trêmulo tesoureiro caiu aos pés do príncipe e gemeu:

O Faraó | **329**

— Mate-me, meu amo!... Mas o que posso fazer se seu Tesouro e suas despensas estão vazios...

Apesar da sua fúria, o príncipe se deu conta de que talvez o tesoureiro fosse inocente. Diante disso, dispensou-o e chamou Tutmozis.

— Escute — disse a seu protegido. — Estão acontecendo coisas que não entendo e às quais não estou acostumado. Minhas mulheres, os escravos, os soldados e os trabalhadores não estão recebendo o que lhes é devido ou são limitados nos seus gastos. Ao questionar o tesoureiro quanto ao motivo disso, ele respondeu que não temos mais nada, nem no nosso tesouro, nem nas nossas despensas.

— E ele falou a mais pura verdade.

— Como isso é possível?! — explodiu o príncipe. — Sua Santidade destinou à minha viagem duzentos talentos em ouro e mercadorias. Será que toda essa soma foi dissipada?

— Sim — respondeu Tutmozis.

— Em quê?!... De que modo?!... — gritava o sucessor. — Nós não fomos sempre hospedados pelos nomarcas?

— Sim, só que pagamos por isso.

— Então eles não passam de meros trapaceiros e ladrões; fingem que nos recebem em grande estilo e, depois, cobram os nossos gastos!

— Se você prometer não ficar furioso, explicar-lhe-ei tudo.

— Sente-se.

Tutmozis sentou-se, e disse:

— Você sabe que há mais de um mês eu me alimento de víveres de sua cozinha, bebo vinho de seus jarros e visto-me com seus trajes?...

— Você tem direito a isso.

— Mas jamais o exerci; sempre vivi, me vesti e farreei à minha custa, para não pesar no seu orçamento. É verdade que você andou pagando algumas das minhas dívidas, mas elas eram apenas uma parte dos meus gastos.

330 | Bolesław Prus

— Esqueça as dívidas.

— E é numa situação semelhante — continuou Tutmozis — que se encontram algumas dezenas de jovens da sua corte. Eles sustentavam-se com seus próprios recursos para manter o brilho do poder, mas hoje, assim como eu, vivem à sua custa, pois não têm mais dinheiro para gastar.

— Um dia hei de recompensá-los.

— Mas hoje — disse Tutmozis — sacamos do seu Tesouro, porque não temos recursos próprios, assim como os nomarcas. Caso eles os tivessem, organizariam todas as festividades por conta própria; mas como não os têm, aceitam ser reembolsados. Diante disso, você ainda os considera trapaceiros?

— Talvez eu tenha sido apressado em acusá-los assim — respondeu o príncipe. — A raiva é como fumaça: cobre os olhos. Estou envergonhado pelo que disse, mas ainda assim quero que meus cortesãos, soldados e trabalhadores não sejam prejudicados, e como meus recursos estão esgotados, vai ser preciso fazer um empréstimo. Você acha que cem talentos serão suficientes?

— Eu acho que ninguém vai nos emprestar cem talentos — murmurou Tutmozis.

O príncipe olhou com empáfia para o favorito.

— E é assim que se responde a uma indagação do filho do faraó? — perguntou.

— Você pode até me expulsar do seu palácio — respondeu tristemente Tutmozis —, mas falei a verdade. Hoje, ninguém nos fará um empréstimo...

— E para que serve Dagon? — espantou-se o príncipe. — Ele não está na minha corte; terá morrido?

— Dagon mora em Pi-Bast, mas passa seus dias dentro do templo da deusa Ashtoreth, jejuando e rezando junto com outros comerciantes fenícios.

— De onde provém essa religiosidade toda? Será que o fato de eu ter estado num templo fez com que meu banqueiro achasse necessário consultar os deuses?

Tutmozis movia-se desconfortavelmente no tamborete.

— Os fenícios — disse — estão assustados, até deprimidos, com os boatos...

— Que tipo de boatos?

— De que quando Vossa Alteza subir ao trono, os fenícios serão expulsos do país e seus bens confiscados...

— Então eles ainda dispõem de muito tempo — sorriu o príncipe.

Tutmozis continuava a hesitar.

— Dizem por aí — falou num tom baixo — que a saúde de Sua Santidade — que possa viver eternamente! — está muito abalada...

— É mentira! — interrompeu-o o príncipe. — Se fosse verdade, eu saberia disso...

— No entanto, os sacerdotes realizam cultos religiosos secretos pelo restabelecimento da saúde do faraó — sussurrou Tutmozis.

O príncipe espantou-se.

— O quê?! — exclamou. — Quer dizer que meu pai está gravemente enfermo, os sacerdotes rezam pela sua saúde e não me dizem nada?!...

— Comenta-se que a doença de Sua Santidade poderá durar um ano.

Ramsés fez um gesto depreciativo com o braço e disse:

— Você escuta boatos infundados e me preocupa à toa. Faria melhor se me falasse mais sobre os fenícios, pois isso me interessa.

— Tudo o que ouvi — respondeu Tutmozis — é o que se comenta: que Vossa Alteza, tendo se convencido no templo da nocividade dos fenícios, assumiu o compromisso de expulsá-los.

— No templo?... — repetiu o sucessor. — E quem poderia saber do que eu me convenci e quais os compromissos que assumi no templo?

Tutmozis permaneceu calado.

— Será que até lá reina a traição?... — murmurou o príncipe.

Em seguida, já em voz alta, ordenou a Tutmozis:

— De qualquer modo, convoque Dagon à minha presença. Preciso descobrir a fonte dessas mentiras e acabar de uma vez com elas!

— O que será muito bom, meu amo — respondeu este —, pois todo o Egito está agitado. Já não há possibilidade de se tomar um empréstimo, e caso a situação continue nesse ritmo, cessará todo o comércio. Os nossos aristocratas já estão empobrecidos e não veem saída, enquanto sua corte, meu amo, se ressente de falta de recursos. Daqui a um mês, o mesmo poderá ocorrer na corte de Sua Santidade...

— Cale-se — interrompeu-o o príncipe —, e traga imediatamente Dagon.

Tutmozis saiu correndo, mas o banqueiro apareceu somente ao cair da noite, vestido com uma longa capa branca de listras pretas.

— Vocês endoidaram?!... — exclamou o príncipe diante de tal visão. — Já vou desanuviá-los... Preciso de cem talentos. Suma da minha frente, e retorne somente quando os trouxer.

O banqueiro cobriu o rosto e começou a chorar.

— O que significa isso? — impacientou-se o príncipe.

— Distintíssimo amo — respondeu Dagon, pondo-se de joelhos —, pegue os meus bens, venda a mim e minha família... Pegue tudo, até as nossas vidas. Mas cem talentos... onde eu poderia achar uma quantia dessas?... Não no Egito, nem na Fenícia...

— O espírito maligno de Set apossou-se de você, Dagon! — riu o príncipe. — Até você acreditou que eu estou cogitando expulsá-los?

O banqueiro prostrou-se ao chão.

— Eu não sei de nada, sou apenas um simples comerciante e seu servo... Bastaram apenas tantos dias quantos separam a lua nova da cheia para me transformar em pó, e as minhas propriedades, em saliva...

— Você não é capaz de me explicar o que significa isso? — perguntou impacientemente o sucessor.

— Eu não sei de nada, e mesmo se soubesse meus lábios estão selados... Hoje, só rezo e choro...

"Será que os fenícios rezam?", pensou o príncipe.

— Não estou em condições de lhe prestar qualquer serviço, meu amo — continuou Dagon —, mas pelo menos posso lhe dar um conselho... Aqui, em Pi-Bast, mora um famoso príncipe fenício, Hiram. É um homem idoso, sábio e muito rico... Convide-o, *erpatre*, e peça cem talentos a ele. Talvez ele possa atender ao pedido de Vossa Alteza.

Como Ramsés não conseguiu obter quaisquer dados adicionais do banqueiro, despachou-o de volta, prometendo enviar uma delegação a Hiram.

capítulo 30

Na manhã do dia seguinte, Tutmozis e um séquito de oficiais e cortesãos foram visitar o príncipe fenício e convidaram-no a ter com o sucessor.

Ao meio-dia, Hiram compareceu ao palácio, trazido numa leve liteira, carregada por oito mendigos egípcios. Estava acompanhado pelos mais distintos negociantes fenícios e pela mesma multidão que costumava cercar seu palacete.

Foi com uma certa dose de surpresa que Ramsés cumprimentou o ancião, de cujos olhos emanavam sabedoria e dignidade. Hiram estava vestido com um gibão branco, e sua cabeça era adornada por uma tiara de ouro. Inclinou-se respeitosamente diante do sucessor e, erguendo as mãos sobre a cabeça do príncipe, pronunciou uma breve bênção. Os presentes ficaram profundamente emocionados.

Quando o sucessor lhe indicou uma poltrona e dispensou os cortesãos, Hiram disse:

— Ontem, o servo de Vossa Alteza, Dagon, me disse que o príncipe precisa de cem talentos. Imediatamente, despachei mensageiros para os portos nos quais estão ancorados nossos navios, ordenando que descarregassem todas as mercadorias, e creio que, dentro de alguns dias, Vossa Alteza terá à sua disposição essa insignificante quantia.

— Insignificante?! — respondeu, rindo, o príncipe. — Vossa Alteza é um homem feliz, já que pode chamar cem talentos de quantia insignificante.

Hiram balançou a cabeça, pensou um pouco, e respondeu:

— O avô de Vossa Alteza, o eternamente vivo Ramesses-as-Ptah, honrou-me com a sua amizade; conheço também Sua Santidade — que possa viver eternamente! — e vou tentar apresentar-lhe os meus respeitos, caso meu acesso a ele não venha a ser negado...

— De onde vem essa dúvida? — interrompeu-o o príncipe.

— Há aqueles — respondeu o visitante — que permitem a uns e proíbem a outros o acesso à presença do faraó, mas não nos preocupemos com eles... Vossa Alteza não é culpado disso, portanto ousarei fazer-lhe uma pergunta, na qualidade de velho amigo de seu avô e de seu pai.

— Pois faça.

— Por que — disse Hiram lenta e pausadamente —, por que o sucessor do trono e substituto do faraó precisa pegar emprestados cem talentos, quando seu país deveria receber mais de cem mil talentos?

— De onde?! — exclamou o príncipe.

— Como de onde?... Dos tributos dos povos asiáticos... A Fenícia deve cinco mil talentos, e eu lhe asseguro que os pagará, a não ser que ocorra algo inesperado... Mas, além dela, Israel deve três mil, os filisteus e os moabitas devem dois mil cada, os hititas, trinta mil... não consigo me lembrar de todos, mas sei que o total chega a cem ou até cento e cinquenta mil talentos.

Ramsés mordia os lábios e no seu rosto expressivo era possível ver uma fúria impotente. Baixou os olhos e permaneceu calado.

336 | Bolesław Prus

— Então é verdade... — suspirou Hiram, olhando atentamente para o rosto do sucessor. — Então é verdade... Pobre Fenícia e pobre Egito...

— De que Vossa Alteza está falando? — perguntou o príncipe, franzindo o cenho. — Não consigo compreender seus lamentos...

— Vossa Alteza sabe muito bem do que estou falando, já que não deseja responder à minha pergunta — respondeu Hiram, erguendo-se como se pretendesse se retirar. — Apesar disso, não recuarei da minha promessa... Os cem talentos, príncipe, ser-lhe-ão entregues.

Tendo dito isso, o fenício fez uma profunda reverência e preparou-se para sair, mas o príncipe o reteve.

— Vossa Alteza está escondendo algo de mim — disse em voz ofendida. — Quero que me explique que tipo de ameaça paira sobre a Fenícia ou sobre o Egito.

— E Vossa Alteza não sabe? — perguntou Hiram, com incredulidade.

— Não sei de nada. Passei mais de um mês num templo.

— Pois lá era o lugar ideal para tomar conhecimento de tudo...

— Quero que Vossa Alteza me conte! — gritou o sucessor, batendo com o punho fechado no tampo da mesa. — Não gosto que brinquem à minha custa!

— Então contarei, desde que Vossa Alteza me prometa solenemente que não o revelará a quem quer que seja... Assim mesmo, não consigo acreditar que um príncipe e sucessor do trono não tenha sido informado disso!

— Vossa Alteza não confia em mim?! — perguntou o espantado príncipe.

— Nessa questão, eu demandaria a mesma promessa do próprio faraó — respondeu categoricamente Hiram.

— Muito bem... Juro, pelo meu gládio e pelas bandeiras dos nossos exércitos, que não revelarei a quem quer que seja aquilo que Vossa Alteza me revelar.

— Isso me basta — disse Hiram. — Vossa Alteza sabe o que, neste momento, está se passando na Fenícia?

— Não — respondeu o irritado sucessor.

— Os nossos navios — sussurrou Hiram — estão retornando à pátria, para poderem, ao primeiro sinal, transportar a população e os tesouros para além-mar... para o oeste.

— Por quê? — espantou-se o sucessor.

— Porque a Assíria vai ocupar nosso país e submetê-lo ao seu jugo.

O príncipe soltou uma gargalhada.

— Será que você endoidou de vez, distinto senhor?! — exclamou. — Imagine a Assíria apossar-se da Fenícia! E quanto a nós, o Egito?

— O Egito já concordou.

— O calor deve ter afetado sua mente, caro ancião — disse o príncipe, com raiva contida. — Você chegou a esquecer até de que isso não poderia ocorrer sem a aprovação do faraó... e da minha!

— E ela virá. Por enquanto, eles firmaram um acordo com os sacerdotes.

— Com quem?... Quais sacerdotes?

— Com o sumo sacerdote caldeu Beroes, autorizado pelo rei Assar — respondeu Hiram. — Quanto aos de vocês, não posso afirmar com toda a certeza, mas creio que foram os eminentes Herhor e Mefres, e o profeta Pentuer.

O príncipe empalideceu.

— Meça as suas palavras — disse —, pois você está acusando de traição os mais altos dignitários deste país.

— Está enganado, príncipe, pois não se trata de uma traição; o mais velho sumo sacerdote do Egito e o ministro da Guerra de Sua Santidade têm todo o direito de fazer acordos com impérios vizinhos. Além disso, como Vossa Alteza sabe que tudo isso não foi previamente acertado com o faraó?

Ramsés teve de admitir em seu íntimo que um tratado desses não seria uma traição... apenas uma afronta a ele, o sucessor do trono. Então era assim que os sacerdotes tratavam a ele, que dentro de um ano poderia vir a ser o faraó?... Então fora por isso que Pentuer se pronunciara de modo tão desfavorável a uma guerra, no que fora apoiado por Mefres!

— Quando isso teria ocorrido... e onde? — perguntou o príncipe.

— Aparentemente, durante uma noite, no templo de Set, nas cercanias de Mênfis — respondeu Hiram. — Não sei exatamente quando, mas quero crer que foi na noite anterior ao dia em que Vossa Alteza partiu de Mênfis.

"Miseráveis!...", pensou o príncipe. "É assim que eles respeitam a minha posição?... Provavelmente, da mesma forma me enganaram no que se refere à situação do país... Deve ter sido um deus benévolo que despertou as minhas dúvidas no templo de Hátor..."

Após um momento de luta interna, Ramsés disse em voz alta:

— Não acredito nisso!... E continuarei não acreditando enquanto Vossa Alteza não me apresentar uma prova para suas afirmações.

— E apresentarei — respondeu Hiram. — Dentro de poucos dias, chegará a Pi-Bast um grão-senhor da Assíria, Sargon, amigo do rei Assar. Ele virá sob o pretexto de estar fazendo uma peregrinação ao templo de Ashtoreth, trará oferendas a você, príncipe, e a Sua Santidade e, depois, firmará o tratado... Na verdade, apenas selará aquilo que foi decidido pelos sacerdotes para a desgraça da Fenícia e, talvez, do próprio Egito.

O Faraó | **339**

— Nunca! — disse o príncipe. — Imagine as compensações que a Assíria teria que dar ao Egito!

— Eis palavras dignas de um rei: quais as compensações que o Egito receberia? Pois, para um país, todo tratado é bom, desde que resulte em lucro para ele... E é exatamente este o ponto que me deixa surpreso — falou Hiram —, pois tudo indica que este tratado do qual estamos falando seria péssimo para o Egito: a Assíria não ocupará somente a Fenícia, mas quase toda a Ásia, deixando para o Egito, como esmola, os israelitas, os filisteus e a península do Sinai... Está claro que, com isso, o Egito deixará de receber tributos, e o faraó jamais recolherá os tais cento e cinquenta mil talentos.

O sucessor meneou negativamente a cabeça.

— Vossa Alteza não conhece os sacerdotes egípcios; nenhum deles aceitaria um tratado dessa natureza.

— E por que não? Há um provérbio fenício que diz: "É melhor um grão no celeiro do que uma pepita de ouro no deserto." Se o Egito se sentisse muito fraco, seria melhor para ele receber de graça o Sinai e a Palestina do que travar uma guerra com a Assíria. Mas é este ponto que me espanta, pois, na atual situação, não é o Egito, mas a Assíria que está mais vulnerável; ela tem conflitos no nordeste e não dispõe de um exército numeroso e bem treinado. Caso fosse atacada, seria facilmente derrotada, o Egito se apossaria dos incontáveis tesouros de Nínive e da Babilônia e estabeleceria de uma vez por todas sua predominância sobre toda a Ásia.

— Mais um motivo para não acreditar na possibilidade de um tratado desses — aparteou Ramsés.

— Somente em uma circunstância eu compreenderia tal pacto: a de os sacerdotes quererem derrubar o poder real no Egito... algo que eles vêm tentando desde os tempos do seu avô, príncipe...

— Mais uma vez, Vossa Alteza está falando bobagens — interrompeu-o Ramsés. Mas, em seu íntimo, sentiu um desconforto.

— Talvez eu esteja enganado — respondeu Hiram, olhando atentamente para os olhos de seu interlocutor. — Mas ouça-me, Alteza...

O fenício aproximou sua poltrona da do príncipe, e falou em voz baixa:

— Caso o faraó declarasse guerra à Assíria, e a ganhasse, acabaria tendo um enorme exército ligado à sua pessoa. Além disso, coletaria cem mil talentos de tributos não pagos, mais duzentos mil talentos de Nínive e da Babilônia e, finalmente, cerca de cem mil talentos anuais de novos tributos das nações conquistadas. Uma fortuna de tais proporções permitir-lhe-ia retomar as propriedades dadas em garantia aos sacerdotes e acabar para sempre com a mania de se meterem em assuntos do Estado.

Os olhos de Ramsés brilhavam, enquanto Hiram continuava:

— Hoje, o exército está nas mãos de Herhor, ou seja, dos sacerdotes e, exceto os regimentos estrangeiros, o faraó não pode contar com ele em caso de conflito interno. Além disso, o Tesouro do faraó está vazio, e a maior parte dos seus bens pertence aos templos. O rei, nem que seja apenas para manter sua corte, precisa tomar novos empréstimos e, como não haverá mais fenícios no Egito, terá de pegá-los com os sacerdotes... Desta forma, em menos de dez anos, Sua Santidade — que viva eternamente! — perderá todos seus bens, e o que virá em seguida?

A fronte de Ramsés cobriu-se de suor.

— Como podeis ver, distinto amo — dizia Hiram —, só haveria uma razão para os sacerdotes firmarem um tratado tão ignóbil com a Assíria: se quisessem reduzir, ou até eliminar, o poder do faraó... Na verdade, existe ainda mais uma possibilidade: a de o Egito sentir-se tão fraco que precisaria manter a paz com a Assíria a qualquer custo...

O príncipe levantou-se de um pulo.

O Faraó | 341

— Cale-se! — exclamou. — Prefiro uma traição dos mais fiéis servos a uma tal debilidade da nação!... O Egito teria de devolver a Ásia à Assíria e, no ano seguinte, submeter-se ele mesmo a seu jugo, já que, ao assinar um tratado tão desonroso, estaria admitindo sua falta de solidez...

Furioso, e com o semblante soturno, Ramsés andava nervosamente pela sala, enquanto Hiram olhava para ele com pena ou solidariedade. De repente, o príncipe parou diante do fenício e disse:

— Isso não passa de um monte de mentiras!... Algum espertalhão o enganou, e você, Hiram, acreditou nele. Caso existisse um tratado desses, ele teria sido pactuado em total segredo. Nesse caso, um dos quatro sacerdotes que você mencionou seria um traidor, não somente do rei, mas até de seus comparsas na conspiração.

— Poderia haver uma quinta pessoa, que os espionou — observou Hiram.

— E lhe vendeu o segredo?

Hiram sorriu.

— Ainda me espanto — disse — com o fato de Vossa Alteza não ter se apercebido do valor do ouro.

— Mas pense um pouco, Alteza. Não é verdade que os nossos sacerdotes têm mais ouro do que você, o mais rico dos ricos?

— Sim, mas eu não me queixo quando a minha fortuna aumenta nem que seja em uma dracma. Por que eles deveriam desprezar talentos?

— Porque eles são servos dos deuses — respondeu febrilmente o príncipe —, e temeriam o castigo que estes lhes impusessem.

O fenício voltou a sorrir, e respondeu:

— Já vi muitos templos, em vários países, com estátuas de deuses em seu interior; estátuas grandes e pequenas, de madeira, de pedra e até de ouro. Mas nunca deuses...

342 | Bolesław Prus

— Seu blasfemo! — gritou o príncipe. — Pois saiba que eu vi um, senti seu braço sobre mim e ouvi sua voz...

— Onde foi isso?

— No templo de Hátor; no vestíbulo e na minha cela.

— De dia? — perguntou Hiram.

— De noite — respondeu o príncipe, e ficou pensativo.

— De noite... o príncipe ouviu a voz de deuses... e sentiu... o toque das suas mãos — repetia o fenício, pausando entre as expressões. — Muitas coisas podem ser vistas à noite. Como se passou aquilo?

— Fui agarrado pela cabeça, pelos braços e pelas pernas, e juro...

— Psiu!... — interrompeu-o Hiram, com um sorriso. — Não se deve jurar em vão. Vossa Alteza é ainda inexperiente e está cercado de teias de intrigas. Já eu, fui amigo de seu avô e de seu pai. Vou lhe render um serviço. Venha numa noite ao templo de Ashtoreth, mas em segredo e sozinho. Terá a oportunidade de constatar que tipo de deuses falam e tocam em nós nos templos.

— Irei — disse Ramsés, depois de refletir um pouco.

— Avise-me, príncipe, no dia em que quiser fazer isso, e eu lhe darei a senha noturna do templo para que possa ser admitido. Só não me traia, nem a si mesmo — disse o fenício, com um sorriso benigno. — Às vezes, os deuses perdoam quem trai seus segredos, mas os homens, jamais...

E tendo dito isso, Hiram fez uma reverência e, erguendo os braços, começou a abençoar o príncipe.

— Seu farsante! — exclamou este. — Você reza a deuses nos quais não acredita!

Hiram concluiu a bênção, e disse:

— Sim. Não acredito nos deuses egípcios, assírios e fenícios, mas creio num Único, que não mora nos templos, e cujo nome não é conhecido.

— Os nossos sacerdotes também creem num Único — observou Ramsés.

— Assim como os sacerdotes caldeus; no entanto, tanto os primeiros quanto os segundos se uniram contra nós... Não há justiça no mundo, meu príncipe!

Após a saída de Hiram, Ramsés trancou-se no quarto mais escondido do palácio, sob o pretexto de ter que estudar papiros sagrados.

Num piscar de olhos, sua flamejante imaginação absorveu as novas informações e traçou um plano. Em primeiro lugar, se deu conta de que havia uma guerra de vida e morte entre os fenícios e os sacerdotes. Com que finalidade?... Obviamente por prestígio e tesouros. Hiram dissera uma verdade: caso os fenícios saíssem do Egito, todos os bens do faraó, dos nomarcas e dos aristocratas acabariam nos templos.

Ramsés nunca gostara da casta sacerdotal, e já há muito tempo sabia e via que a maior parte do Egito já se encontrava nas mãos dos sacerdotes. Também estava ciente de que bastaria a metade dos tesouros dos templos para libertar o faraó de seus problemas financeiros e reforçar o poder real. No entanto, quando, graças à interferência de Herhor, tornou-se o representante do faraó e comandante do corpo de Menfi, fez as pazes com os sacerdotes e guardou a mágoa contra eles no fundo de seu coração.

Agora, toda essa mágoa aflorou.

Podia até aceitar que a questão do tratado fosse um segredo supremo dos templos e do país. Mas por que os sacerdotes ocultaram dele o valor dos tributos não pagos pelos diversos países asiáticos?... Cem mil talentos — aquilo era uma soma que poderia resolver de imediato o lastimável estado do Tesouro do faraó!... Por que eles teriam ocultado algo que sabia até um príncipe de Tiro, um dos membros do conselho daquela cidade?... Que humilhação

344 | Bolesław Prus

para ele, o sucessor do trono e substituto do faraó, ter os olhos abertos por um estrangeiro!

Mas havia ainda algo pior: Pentuer e Mefres tentaram, de todas as maneiras, convencê-lo de que o Egito deveria evitar uma guerra.

Já no templo de Hátor aquela insistência lhe parecera suspeita — afinal, a guerra poderia trazer à nação milhares de escravos e aumentar sua receita. Agora, ela se apresentava ainda mais necessária, já que o Egito tinha grandes somas a receber, além de conquistar novas.

O príncipe apoiou as mãos na mesa e ficou calculando:

"Temos cem mil talentos de tributos não recolhidos...", calculou, "Hiram estima que a conquista da Babilônia e de Nínive nos traria mais duzentos. Com trezentos mil talentos podem-se cobrir os custos da maior das guerras, tendo, como lucro, centenas de milhares de escravos e cem mil talentos anuais a título de tributos dos territórios conquistados. Depois", concluiu os seus pensamentos, "acertaremos as contas com sacerdotes."

Apesar de seu estado quase febril, não deixou de refletir:

"E se o Egito não obtiver vitória numa guerra com a Assíria?"

Tal reflexão fez seu sangue ferver. Como o Egito poderia não esmagar a Assíria, se à testa das suas tropas estiver ele, Ramsés, descendente de Ramsés, o Grande, que, sozinho, se atirou sobre os carros hititas e os destruiu?! O príncipe era capaz de aceitar tudo, exceto a possibilidade de ser derrotado e se mostrar incapaz de arrancar uma vitória do maior dos impérios. Sentia-se cheio de coragem interior, e teria se espantado caso qualquer inimigo não fugisse ao ver seus cavalos a pleno galope. Afinal, no carro bélico do faraó estão presentes os deuses, que o protegem com seus escudos e, com seus raios celestes, põem em fuga os inimigos.

"Só que... o que foi mesmo que Hiram falou sobre os deuses?", pensou o príncipe. "E o que ele pretende me mostrar no templo de Ashtoreth? Veremos."

capítulo 31

HIRAM CUMPRIU A PROMESSA. A CADA DIA, CHEGAVAM AO PALÁCIO do príncipe em Pi-Bast levas de escravos e longas filas de asnos, trazendo trigo, cevada, carne-seca, tecidos e vinho. Ouro e pedras preciosas eram trazidos por comerciantes fenícios, sob a supervisão de funcionários da casa de Hiram.

Desta forma, em cinco dias o sucessor recebeu os prometidos cem talentos. O príncipe de Tiro cobrou juros modestos: um talento anual a cada quatro talentos emprestados, sem pedir garantias reais através de arrendamentos, mas contentando-se apenas com uma nota promissória assinada pelo príncipe e registrada num cartório.

As necessidades da corte estavam resolvidas. Três amantes do sucessor receberam novas vestes, incensos, perfumes e escravas das mais diversas cores de pele. Os empregados tinham o que comer e beber; os trabalhadores reais receberam os soldos atrasados e os soldados passaram a receber rações dobradas. Diante disso, vivia-se em banquetes e festas, apesar do calor cada vez mais forte.

O príncipe, ao ver a alegria geral, também estava feliz. Preocupava-o apenas uma coisa: o comportamento de Mefres e dos de-

346 | Bolesław Prus

mais sacerdotes. Achara que estes o admoestariam por ter tomado um empréstimo de tal vulto de Hiram, contradizendo o que lhe fora ensinado no templo. E, no entanto, os santos pais permaneciam calados e nem apareciam no palácio.

— O que significa — perguntou a Tutmozis — essa falta de qualquer repreensão da parte dos sacerdotes? Você sabe que nunca antes havíamos nos permitido tais luxos. Músicos tocam dia e noite, enquanto bebemos desde a madrugada e adormecemos nos braços de mulheres ou usando jarros de bebida por travesseiros.

— E por que eles deveriam nos repreender? — respondeu Tutmozis, indignado. — Não estamos na cidade da deusa Ashtoreth, para a qual farrear é a forma mais completa de homenageá-la e para quem o amor é a dádiva mais preciosa? Além disso, os sacerdotes compreendem que você, após tantas preocupações e jejuns, merece um descanso.

— Eles lhe disseram isso? — perguntou o príncipe, preocupado.

— Por mais de uma vez. Ainda ontem, o santo Mefres me disse, rindo, que um jovem como você sente mais atração por festas do que por cerimônias religiosas ou pelas complexidades de governar a nação.

Ramsés ficou pensativo. Quer dizer que os sacerdotes consideram-no um jovem leviano, apesar de ele, em questão de dias, vir a ser pai?... Tanto melhor; terão uma surpresa quando o ouvirem falar em seus próprios termos...

A bem da verdade, o príncipe repreendia secretamente a si mesmo; desde que saíra do templo de Hátor, em momento algum se ocupara com questões relativas à administração do nomo Hab. Os sacerdotes poderiam supor que ou ele ficara totalmente satisfeito com as explanações de Pentuer, ou se entediara com tarefas administrativas.

— Tanto melhor... — murmurava. — Tanto melhor...

Na jovem alma do príncipe começava a despertar o instinto da dissimulação. Ramsés intuía que os sacerdotes não tinham a mais vaga ideia sobre o que ele conversara com Hiram e quais eram os planos que estava elaborando em sua cabeça. Para aqueles cegos, bastava que ele estivesse se divertindo, o que os levava a concluir que o comando da nação permaneceria em suas mãos.

"Os deuses confundiram tanto as suas mentes", dizia Ramsés a si mesmo, "que nem chegaram a se perguntar por que Hiram me emprestou tanto dinheiro... Quem sabe se o esperto fenício consegue fazer com que adormeçam seus corações cheios de suspeitas?... Tanto melhor... tanto melhor!..."

A ideia de ter conseguido enganar os sacerdotes dava-lhe um grande prazer, de modo que continuou farreando como louco.

O príncipe estava certo. Os sacerdotes, principalmente Mefres e Mentezufis, haviam se enganado a respeito dele e de Hiram. O arguto tirano fingia, diante deles, ser um homem extremamente orgulhoso de sua relação com o sucessor do trono, enquanto este último, com o mesmo sucesso, representava o papel de um jovem leviano e despreocupado. Mefres chegou a ficar convencido de que o príncipe pretendia, realmente, expulsar os fenícios e que ele e seus cortesãos estavam pegando empréstimos deles, sabendo, de antemão, que não iriam pagá-los.

Enquanto isso, o templo de Ashtoreth, seus inúmeros jardins e pátio, viviam repletos de fiéis. A cada dia, se não a cada hora, chegava à grande deusa um novo grupo de peregrinos.

Eram peregrinos estranhos: cansados, cobertos de suor e poeira, moviam-se acompanhados de música, dançando e cantando — não raro, canções obscenas. Passavam os dias bebendo e as noites em licenciosa devassidão, em homenagem à deusa Ashto-

348 | Bolesław Prus

reth. Cada grupo podia não ser apenas visto, mas também sentido de longe, pois trazia consigo enormes buquês de flores frescas e... cadáveres de gatos que morreram naquele ano. Os corpos dos gatos eram entregues para serem embalsamados e, depois, levados de volta para casa, como relíquias sagradas.

No começo do mês Misori (maio-junho), o príncipe Hiram avisou Ramsés que poderia vir, ao anoitecer, para o templo de Ashtoreth. Assim que escureceu, o sucessor pendurou um curto gládio à cintura, vestiu uma capa com capuz e, sem ser visto por nenhum dos empregados, esgueirou-se para a casa de Hiram.

O velho magnata aguardava por ele.

— E então — disse, com um sorriso —, Vossa Alteza não está com medo de entrar num templo fenício, cujo altar é ocupado por selvageria e é servido por crueldade?

— Ter medo?... — perguntou Ramsés, com desprezo na voz. — Ashtoreth não é Baal, e eu não sou uma criança que possa ser atirada no flamejante ventre do vosso deus.

— E Vossa Alteza acredita nessa história?

— Quem me contou isso foi alguém digno de fé — respondeu —, que presenciou o sacrifício que vocês fazem com seus filhos. Certa vez, uma tempestade pôs a pique alguns navios de vocês. Imediatamente, os sacerdotes de Tiro anunciaram uma cerimônia, à qual compareceu uma multidão... Diante do templo de Baal, havia uma estátua de bronze com cabeça de touro. Seu ventre estava aquecido a ponto de estar rubro... Então, a uma ordem dos vossos sacerdotes, estúpidas mães fenícias começaram a colocar as mais belas crianças aos pés do cruel deus...

— Apenas meninos... — interpôs Hiram.

— Sim, somente meninos — repetiu o príncipe. — Os sacerdotes borrifaram-nos com perfume e cobriram-nos com flores. Então, a estátua os pegou com seus braços de bronze, abriu sua bocarra e os engoliu, um a um. As crianças gritavam desesperadamente, enquanto da boca do deus emergiam línguas de fogo.

— E Vossa Alteza acreditou nisso?

— Como já lhe disse, quem me contou foi um homem que nunca mente.

— E ele falou exatamente o que viu — respondeu Hiram. — No entanto, ele não ficou espantado com o fato de nenhuma das mães cujos filhos foram devorados ter chorado?

— Sim. Comentou comigo que ficou surpreso com a indiferença das mulheres, sempre prontas a derramar lágrimas, mesmo diante de uma galinha morta. Mas isso comprova ainda mais a enorme selvageria do seu país.

— Quando isso ocorreu? — perguntou o velho fenício.

— Alguns anos atrás.

— Muito bem — disse pausadamente Hiram. — Caso Vossa Alteza queira visitar Tiro um dia, terei a honra de lhe mostrar uma dessas cerimônias...

— Não quero vê-la!

— Depois, iremos para um outro pátio do templo, onde o príncipe verá uma linda escola e, nela, alegres e sadios meninos... aqueles que foram devorados alguns anos antes.

— O quê?! — exclamou Ramsés. — Quer dizer que eles não morreram?!

— Estão vivos e se transformarão em grandes marinheiros. Quando Vossa Alteza assumir o trono — que Sua Santidade possa viver eternamente! —, provavelmente alguns deles comandarão seus navios.

— Vocês enganam seu próprio povo? — espantou-se o príncipe.

— Nós não enganamos ninguém — respondeu o tiriano. — As pessoas enganam a si mesmas, quando não pedem esclarecimentos sobre uma cerimônia que não entendem.

— Não compreendo... — disse Ramsés.

— Na Fenícia — falou Hiram —, quando a mãe não tem condições de criar adequadamente um de seus filhos, ela o oferece ao Estado. Eles são efetivamente engolidos pela estátua do deus Baal, em cujo interior há uma fornalha aquecida. No entanto, esse ritual não quer dizer que eles são queimados vivos, mas que passaram a ser propriedade do templo e, dessa forma, não pertencem mais às suas mães, como se fossem consumidos pelas chamas.

O sucessor olhava espantado para o velho fenício.

— Na verdade — continuava ele —, eles não são jogados na fornalha, mas entregues a babás, que cuidam deles por anos. Quando atingem uma determinada idade, são levados para a escola dos sacerdotes de Baal, onde recebem educação. Os mais aptos tornam-se funcionários ou sacerdotes, enquanto os menos dotados intelectualmente são engajados na marinha, na qual muitos deles chegam a angariar verdadeiras fortunas. É por isso, meu príncipe, que as mães de Tiro não choram por seus filhos, e dir-lhe-ei mais uma coisa: no nosso país não há leis que punem pais que tenham matado um filho... já no Egito...

— Existem pessoas más em qualquer parte do mundo — disse o príncipe.

— Só que não há infanticidas entre nós — continuou Hiram —, porque, no nosso país, as crianças que não podem ser alimentadas por suas mães recebem a proteção do Estado e do templo.

O príncipe ficou pensativo. De repente, abraçou Hiram e exclamou, emocionado:

— Vocês são muito melhores do que aqueles que contam histórias tão horrendas a seu respeito... Estou muito feliz por isso...

— Não pense, meu príncipe, que não há pessoas malvadas entre nós — respondeu Hiram —, mas todos seremos seus fiéis servidores, assim que formos convocados...

O Faraó | 351

— De verdade? — indagou o príncipe, olhando diretamente nos seus olhos.

O ancião colocou a mão no peito.

— Juro a vós, o sucessor do trono do Egito e futuro faraó, que a qualquer momento em que vós empreenderdes uma luta com nossos inimigos comuns, toda a Fenícia virá em vosso auxílio, como um só homem...

Em seguida, tirou de dentro da veste uma medalha de ouro coberta por sinais misteriosos, pendurou-a no pescoço de Ramsés e disse:

— Aceite isto, meu príncipe, como uma lembrança da nossa conversa de hoje. Com este amuleto, poderá viajar pelo mundo inteiro... e em qualquer lugar onde encontrar um fenício, ele lhe ajudará com conselhos, ouro e até espada... E, agora, vamos.

Já se haviam passado algumas horas desde o pôr do sol, mas a noite estava clara, devido ao luar. O insuportável calor cedeu lugar a uma brisa fresca e, no ar puro, não havia mais aquela terrível poeira que envenenava os pulmões e irritava os olhos. No escuro céu, aqui e ali, brilhavam estrelas, fundindo-se com a luz proveniente da lua.

As ruas estavam desertas, mas os telhados planos de todas as casas se mostravam repletos de pessoas festejando. Parecia que Pi-Bast era um grande salão de festas, cheio de música, cantoria, risos e sons de taças se chocando.

O príncipe e o fenício caminhavam rápido para fora da cidade, evitando as partes mais iluminadas das ruas. Assim mesmo, quando as pessoas que estavam festejando nos terraços os vislumbravam, convidavam-nos para se juntarem a eles, ou atiravam flores sobre suas cabeças.

— Ei, vocês, vagantes da noite — gritavam dos telhados. — Se não são ladrões que se aproveitam da noite para roubar, juntem-se a nós; temos vinho excelente e mulheres alegres...

352 | Bolesław Prus

Os dois caminhantes não respondiam àqueles gentis convites e apressavam o passo. Finalmente, chegaram a uma parte da cidade onde havia menos casas e mais jardins, cujas árvores, graças à úmida brisa marítima, cresciam mais alto e mais exuberantemente que nas províncias meridionais do Egito.

— Falta pouco — disse Hiram.

O príncipe ergueu os olhos e viu, através dos frondosos ramos das árvores, uma quadrada torre azulada e, sobre ela, uma outra, mais fina e pintada de branco. Era o templo de Ashtoreth.

Pouco tempo depois, adentraram o jardim, de onde o templo podia ser visto em toda sua amplitude. Era uma estrutura com vários andares. O primeiro era formado por um terraço quadrado, com quatrocentos passos de lado e apoiado sobre um muro de alguns metros de altura, pintado de preto. A face oriental tinha uma projeção, com largas escadarias em ambos os lados. Ao longo de cada uma das outras faces havia dez pequenas torres, e um espaço com cinco janelas entre cada uma.

No centro do terraço, erguia-se uma segunda construção quadrada, com duzentos passos de lado. Tinha apenas uma escadaria, torres nos cantos e era de cor purpúrea. No seu topo plano, havia mais um terraço quadrado com alguns metros de altura, desta vez dourado, e sobre ele duas torres, uma sobre a outra: uma azul e a outra branca.

Todo o conjunto dava a impressão de alguém ter colocado um gigantesco bloco negro, sobre ele um outro, menor e purpúreo, sobre este um terceiro, dourado, encimado por um azul, e, acima de todos, um argênteo.

Junto das escadas e dos portões, alternavam-se enormes esfinges egípcias e alados touros assírios de cabeças humanas.

O sucessor olhava com prazer para aquela construção que, iluminada pelo luar e no meio da exuberante vegetação, era deslumbrante. O santuário fora erguido em estilo caldeu, diferente do dos

O Faraó | 353

templos egípcios, principalmente por ter vários andares e suas paredes serem retas. No Egito, toda construção de certa importância tinha as paredes inclinadas, como se fossem se juntar no topo.

O jardim não estava vazio. Em vários pontos podiam ser vistas casinhas e palacetes, havia luzes nas janelas, ouviam-se cantos e música. Por entre as árvores, volta e meia passavam sombras de casais de namorados.

De repente, aproximou-se deles um sacerdote idoso; trocou algumas palavras com Hiram, fez uma profunda reverência ao príncipe e disse:

— Queira seguir-me, distinto amo.

— E que os deuses zelem por Vossa Alteza — acrescentou Hiram, afastando-se em seguida.

Ramsés seguiu o sacerdote. Ao lado do templo, no meio da espessa vegetação, havia um banco de pedra e, a cem passos dele, um palacete, junto ao qual se ouviam cantos.

— Eles estão rezando? — perguntou o príncipe.

— Não — respondeu o sacerdote, sem esconder um certo desagrado. — Lá se aglomeram os admiradores de Kama, a sacerdotisa que zela pelo fogo diante do altar de Ashtoreth.

— E qual deles ela vai receber esta noite?

— Nenhum deles, jamais! — respondeu o chocado sacerdote. — Caso a sacerdotisa não mantivesse seu voto de castidade, teria de morrer.

— Que lei mais cruel! — disse o príncipe.

— Queira, distinto senhor, aguardar neste banco — falou friamente o sacerdote fenício. — E quando ouvir três batidas numa placa de bronze, dirija-se ao templo, suba para o terraço e entre no edifício purpúreo.

— Sozinho?...

— Sim.

O príncipe sentou-se no banco de pedra e ficou ouvindo os risos femininos vindos do palacete.

"Kama?", pensou. "Que nome mais lindo!... Deve ser jovem e, provavelmente, muito bonita, e esses estúpidos fenícios ameaçam-na com a morte, caso ela... Será que, graças a isso, eles esperam poder assegurar a existência de algumas virgens em seu país?"

Embora o pensamento fosse jocoso, sentiu pena daquela mulher desconhecida, para quem o amor era equivalente à entrada num túmulo.

"Imagino o que aconteceria com Tutmozis, caso ele fosse nomeado sacerdotisa de Ashtoreth. Seria morto antes de extinguir-se a primeira vela naquele templo!"

De repente, ouviu-se o som de uma flauta tocando uma melodia melancólica. A flauta cessou e foi substituída por uma bela voz masculina, cantando em grego:

Quando a sua veste lampeja no balcão, as estrelas perdem o brilho, os rouxinóis cessam seu canto e, no meu coração, desperta um silêncio tão profundo quanto o que cai sobre a terra quando é desperta pela madrugada...

E quando, imersa em preces, você se dirige ao templo, violetas a cercam com seu perfume, borboletas voam em volta de seus lábios, palmeiras se inclinam diante de sua beleza...

Quando não a vejo, olho para o céu, para me lembrar da doce calma de seu semblante. Em vão! O céu não possui a sua tranquilidade, e seu calor é como uma lufada de ar frio diante das chamas que transformaram em cinzas o meu coração...

Certo dia, fiquei no meio de rosas, às quais o esplendor do seu olhar deu cores brancas, purpúreas e douradas. Cada uma das suas folhas trouxe-me a lembrança de uma hora... cada flor, de um mês passado a seus pés. E as gotas de orvalho me lembram minhas lágrimas, com as quais sacia sua sede o cruel vento do deserto...

Dê-me um sinal, e eu a raptarei e levarei para a minha pátria. O mar nos separará dos nossos perseguidores, as folhas de murta ocultarão as nossas carícias, e os deuses dos amantes zelarão pela nossa felicidade.

Ramsés semicerrou os olhos e começou a devanear. Através de seus cílios, já não via mais o jardim; apenas o brilho do luar fundido ao canto do desconhecido homem para uma mulher desconhecida. Houve momentos em que o canto o tocava tanto, penetrava tanto em sua alma, que ele teve o desejo de perguntar se não seria ele mesmo quem estava cantando, ou até se ele mesmo não seria aquele canto de amor?

Naquele instante, seu título, seu poder e os pesados encargos do futuro monarca — tudo aquilo lhe pareceu frívolo, diante daquela noite enluarada e daqueles gritos de um coração apaixonado. Caso lhe fosse dado escolher entre todo o poder de um faraó e aquele sentimento de languidez no qual se encontrava, teria optado por este último; teria preferido seus devaneios, nos quais o mundo todo sumia, ele mesmo e até o tempo, ficando apenas uma saudade, voando nas asas daquela canção.

Repentinamente, o príncipe voltou a si. O canto cessara, as luzes no palacete se apagaram, e ele somente pôde ver suas janelas escuras. Poderia até se pensar que o palacete estivesse desabitado. Até o jardim silenciara, e nem uma brisa sacudia as tenras folhas das árvores.

Um!... Dois!... Três!... Do templo, foram ouvidos possantes sons.

"Ah, devo ir para lá...", pensou o príncipe, sem saber ao certo aonde e para quê.

Levantou-se do banco e se dirigiu ao templo, cuja torre argêntea se sobrepunha às árvores, como se estivesse convocando-o a se aproximar. Sentiu-se comprimido entre as árvores, querendo subir ao topo daquela torre e aspirar ar fresco, abrangendo com a vista

356 | Bolesław Prus

um amplo horizonte. Ao se lembrar de que estava no mês de Misori e que já se passara um ano desde aquelas manobras no deserto, sentiu saudade desse horizonte. Como gostaria de poder sentar no seu leve carro de batalha e, puxado por dois cavalos, galopar pela sua imensidão, em que tudo não seria tão abafado e nenhuma árvore bloquearia sua visão!

Já estava junto ao templo, de modo que subiu ao terraço. Um silêncio sepulcral, como se todos tivessem morrido; apenas o sussurro de uma fonte distante. Chegando à segunda escadaria, retirou seu albornoz e seu gládio, olhou mais uma vez para o jardim, como se não quisesse abandonar o luar, e adentrou o templo. Acima dele, erguiam-se ainda mais três pavimentos. O portão principal estava aberto, tendo, de cada lado, figuras de touros alados com cabeças humanas mostrando expressões de calmo orgulho estampado nas faces.

"Devem ser reis assírios", pensou o príncipe, olhando para suas barbas cheias de trancinhas.

O interior do templo era escuro como a mais escura das noites. Ao fundo, ardiam duas lamparinas diante da efígie da deusa Ashtoreth. Um estranho efeito de iluminação vindo de cima fazia com que a efígie fosse claramente visível. Tinha a forma de uma mulher gigantesca, com asas de avestruz. Estava vestida com uma longa toga ondulada e um gorro pontudo na cabeça. Na mão direita, segurava duas pombas. Seu belo rosto e seus olhos timidamente baixados davam-lhe um ar de tanta doçura e inocência que chegou a espantar o príncipe; afinal, ela era a deusa da vingança e da mais profunda devassidão.

A Fenícia lhe revelava mais um dos seus segredos.

"Que povo mais estranho!", pensou. "Seus canibais não comem ninguém e sua lascívia é zelada por sacerdotisas virgens e uma deusa de rosto bondoso e infantil..."

O Faraó | 357

De repente, sentiu algo roçando entre os seus pés, como se fosse uma serpente gigantesca. Em seguida, ouviu um sussurro:

— Ramsés!... Ramsés!...

Era impossível identificar se a voz era masculina ou feminina, e de onde ela provinha.

— Ramsés!... Ramsés!... — repetiu o sussurro, que parecia sair de baixo do piso.

O príncipe recuou para o lugar mais escuro e, escutando atentamente, inclinou-se sobre o chão. De repente, sentiu duas mãos tocando delicadamente sua cabeça. Ergueu-se de um salto, querendo agarrá-las, mas suas mãos encontraram somente espaço vazio.

— Ramsés!... — sussurrou outra voz, dessa vez vinda de cima.

O príncipe ergueu a cabeça, e sentiu uma flor de lótus tocando seus lábios. Quando estendeu a mão no intuito de pegá-la, alguém se apoiou levemente em seus ombros.

Ramsés se virou e ficou pasmado. A alguns passos dele, e iluminado por um feixe de luz, estava parado um jovem de rara beleza e muito parecido com ele. Por um instante, o príncipe pensou que estava diante de um espelho, mas tão grande que nem o faraó possuía um igual. Mas, logo depois, se deu conta de que seu sósia não era um reflexo dele, mas uma pessoa de carne e osso.

No mesmo instante, sentiu um beijo no pescoço. Voltou a virar-se e, mais uma vez, não viu ninguém, enquanto seu sósia desaparecia.

— Quem está aí?... Quero saber! — exclamou o príncipe, enfurecido.

— Sou eu... Kama... — respondeu-lhe uma voz doce.

No mesmo instante, surgiu uma bela jovem desnuda, com uma faixa dourada em torno dos quadris.

Ramsés correu até ela e a pegou pela mão. Ela não fugiu.

— Você é Kama?... Não, você é... já sei... você é aquela jovem enviada por Dagon, mas naquele dia você se chamava Carícia...

358 | Bolesław Prus

— Porque sou, também, Carícia.

— E foi você quem me tocou ainda há pouco?

— Sim.

— De que modo?

— Deste... — respondeu a jovem, colocando os braços em torno do pescoço de Ramsés e dando-lhe um beijo.

Ramsés envolveu-a nos braços, mas ela se libertou deles com uma força inimaginável numa pessoa tão frágil.

— Quer dizer que você é a sacerdotisa Kama, para quem cantava aquele grego? Quem é ele?

Kama fez um gesto de desprezo com os ombros.

— É um dos funcionários do templo — disse.

Os olhos de Ramsés brilhavam, suas narinas estavam dilatadas, e ele sentia um zumbido na cabeça. Alguns meses atrás, aquela mesma mulher não o impressionara de uma forma especial, mas agora ele estava disposto a cometer qualquer loucura por ela. Sentiu ciúmes do grego, mas, ao mesmo tempo, foi tomado de tristeza ao pensar que, caso ela se tornasse sua amante, teria de morrer.

— Você é tão linda — dizia. — Onde você mora?... Ah, sim... já sei, naquele palacete... Posso visitá-la?... Se você recebe visitas de cantores, deve poder também receber a mim... É verdade que você é a sacerdotisa que zela pelo fogo sagrado?

— Sim.

— E que as suas leis são tão cruéis que não lhe permitem amar?... Acho que tudo isso não passa de ameaças vãs e que, para mim, você abriria uma exceção...

— Eu seria amaldiçoada por toda a Fenícia, e os deuses iriam se vingar — respondeu ela, rindo.

Ramsés voltou a abraçá-la e ela, mais uma vez, se libertou.

— Tome cuidado, príncipe — falou em tom desafiador. — A Fenícia é um país poderoso, e seus deuses...

— E eu estou ligando para a Fenícia ou para seus deuses? Se cair um só fio dos seus cabelos, eu esmagarei a Fenícia como a uma erva daninha...

— Kama!... Kama!... — chamou uma voz vinda do altar.

A jovem ficou assustada.

— Está vendo? Estão me chamando... talvez até tenham ouvido as suas palavras blasfemas...

— Tomara que não ouçam a minha cólera — explodiu o príncipe.

— A cólera dos deuses é muito mais terrível — respondeu Kama, desaparecendo na escuridão do templo.

Ramsés correu atrás dela, mas teve de recuar: o espaço entre ele e o altar ficou coberto de chamas cor de sangue, no meio das quais se viam figuras horrendas: morcegos gigantescos, serpentes com cabeças humanas, sombras...

As chamas, que cobriam toda a largura do templo, avançaram sobre Ramsés, e ele, apavorado, teve de recuar cada vez mais, até sentir um sopro de ar fresco. Virou a cabeça e viu que estava do lado de fora do templo, enquanto o portão se fechava com grande estrondo.

O príncipe esfregou os olhos e olhou em volta. A lua já se afastara do seu ponto mais alto no céu e tendia para o poente. Junto à coluna, estavam seu albornoz e seu gládio. Ramsés pegou-os e desceu as escadas, como um bêbado.

Quando retornou ao palácio, Tutmozis, vendo seu rosto pálido e seu olhar perdido, exclamou:

— Por deuses! Onde você esteve, *erpatre*? Toda a corte está acordada e morrendo de preocupação...

— Fui dar uma volta na cidade. A noite está tão linda...

— Pois saiba — acrescentou Tutmozis rapidamente, como se temesse que alguém pudesse se antecipar a ele com a notícia — que Sara lhe deu um filho.

— Não diga... — respondeu Ramsés desinteressadamente — Quero que ninguém do meu séquito se preocupe comigo quando eu for dar um passeio.

— Sozinho?

— Se eu não pudesse ir sozinho para onde quisesse, seria o mais infeliz dos escravos deste país — respondeu o sucessor.

Em seguida, foi para os seus aposentos. Ainda ontem, a notícia do nascimento do seu filho o teria enchido de alegria. Agora, recebeu-a com indiferença. Sua alma estava repleta das lembranças daquela noite, a mais estranha que já experimentara em toda sua vida. Ainda via o luar e, nos seus ouvidos, ecoava o canto do grego...

Não conseguiu adormecer até o raiar do dia.

capítulo 32

NO DIA SEGUINTE, O PRÍNCIPE ACORDOU TARDE, BANHOU-SE E VES-
tiu-se sozinho, depois convocou Tutmozis à sua presença.

O perfumado e aprumadamente vestido janota apareceu em
seguida, olhando com cuidado para o príncipe, a fim de se assegurar do seu estado de espírito e, em função dele, adequar sua expressão facial. Mas o rosto de Ramsés denotava exclusivamente enfado.

— E então — perguntou, bocejando —, você tem certeza de
que é um menino?

— Fui informado disso pelo santo Mefres.

— Ah, é?... E desde quando os profetas se preocupam com a
minha casa?

— Desde o dia em que Vossa Alteza resolveu lhes demonstrar
afeto.

O príncipe ficou pensativo. Lembrou-se do que se passara no
templo de Ashtoreth e comparou aqueles acontecimentos com os
ocorridos no templo de Hátor.

"Sussurravam o meu nome", pensava, "tanto aqui como lá. Só
que lá, a minha cela era muito estreita e os muros grossos. Enquanto aqui, aquele que sussurrava, ou seja, Kama, poderia estar escon-

362 | Bolesław Prus

dido atrás de uma pilastra... Além disso, aqui tudo se passou no escuro, enquanto a minha cela estava clara..."

De repente, perguntou a Tutmozis:

— E quando isso aconteceu?

— Quando nasceu o seu distinto filho?... Parece que foi há uns dez dias... Tanto a mãe quanto o filho estão ótimos... O parto foi feito por Menes em pessoa, o médico particular da sua distinta mãe e de Herhor.

— Não diga... — falou o príncipe, e voltou a meditar:

"Tanto lá quanto aqui, fui tocado com perícia... Houve alguma diferença?... Acho que sim, pois aqui eu estava preparado para presenciar algum milagre, e lá, não... Só que aqui me mostraram um sósia, algo que os outros não foram capazes de fazer... Como são inteligentes esses sacerdotes!... Gostaria de saber quem era ele; um deus ou um homem de carne e osso?... Sim senhor, os sacerdotes são muito espertos, e nem sei em quais acreditar mais: nos nossos ou nos fenícios?..."

Ramsés interrompeu suas divagações e, virando-se para Tutmozis, disse:

— Tutmozis. Quero que eles venham para cá... Afinal, devo ver o meu filho... Finalmente, ninguém poderá mais se achar no direito de se considerar melhor do que eu...

— A distinta Sara e seu filho devem vir para cá imediatamente?

— O mais rapidamente possível. Assim que sua saúde lhes permitir. Nas vizinhanças do palácio há várias construções confortáveis. Vai ser preciso encontrar um lugar no meio de árvores, que seja aconchegante e fresco, pois está chegando a época do calor. Quero mostrar meu filho ao mundo!

Tendo dito isso, Ramsés voltou a ficar pensativo.

"Que eles são espertos, isso eu sei! Sempre soube que enganavam o populacho. Coitado do santo Ápis! Como ele é cutucado nas procissões, enquanto os camponeses se prostram diante dele!...

Mas que tivessem o desplante de enganar a mim, isso eu jamais seria capaz de acreditar!... Aquelas vozes de deuses, mãos invisíveis, o homem sobre o qual derramavam piche derretido... tudo mentira! Depois, veio a cantilena de Pentuer sobre a diminuição das terras e da população, sobre os funcionários, os fenícios... e tudo isso para me levar a ser contrário a uma guerra..."

— Tutmozis — disse repentinamente.

— Às ordens!...

— Quero que sejam trazidos para cá, lentamente, os regimentos das cidades costeiras... Quero passá-los em revista e recompensar sua lealdade.

— E quanto a nós, os aristocratas, nós não somos leais a você? — perguntou o confuso Tutmozis.

— Os nobres e o exército formam uma unidade.

— E os nomarcas e os funcionários?

— Sabe de uma coisa, Tutmozis? Acredito que até os funcionários sejam leais — respondeu o príncipe. — Até os fenícios! No entanto, há muitos traidores entre os que detêm cargos importantes.

— Por deuses, fale mais baixo... — sussurrou Tutmozis, olhando assustado para o quarto ao lado.

— Oho!... — riu o príncipe. — De onde vem este medo? Quer dizer que não é um segredo para você que estamos cercados de traidores?

— Sei a quem Vossa Alteza está se referindo — respondeu Tutmozis —, porque Vossa Alteza sempre teve uma prevenção contra eles...

— Contra quem?

— Contra quem? Sei ver as coisas, mas achei que, depois de ter feito as pazes com Herhor e passado uma temporada no templo...

— E você acha que aquilo serviu para alguma coisa? Tanto no templo quanto no restante do país, vejo e me convenço da mesma coisa: de que as melhores terras, os homens mais capazes e as maiores riquezas não pertencem ao faraó...

— Fale mais baixo... fale mais baixo... — sussurrava Tutmozis.

— Mas continuo me mantendo calado, continuo sorrindo... portanto, permita que eu desabafe pelo menos com você... Na verdade, mesmo no Conselho Supremo eu teria todo o direito de dizer que neste Egito, que pertence a meu pai, eu, o seu sucessor, tive de pegar emprestados cem talentos de um principezinho fenício!... Você não acha isso vergonhoso?!

— Tudo bem, mas o que fez você pensar nisso logo hoje? — sussurrava Tutmozis, querendo encerrar o mais rapidamente possível aquela conversa perigosa.

— O quê?... — repetiu o príncipe, voltando a mergulhar em seus pensamentos.

"Se eles se limitassem a iludir apenas a mim", pensava, "ainda seria aceitável; sou apenas o sucessor do faraó e não posso ter acesso a todos os segredos. Mas quem pode me garantir que eles não estão agindo da mesma forma com meu venerável pai?... Por trinta anos, ele confiou neles de forma irrestrita, humilhou-se diante dos seus milagres, deu valiosas oferendas aos deuses... e tudo isso para que suas propriedades e seu mando passassem para as mãos de ambiciosos espertalhões... E ninguém abriu seus olhos, porque o faraó não pode, como eu, entrar, à noite, em templos fenícios; porque, na verdade, ninguém tem acesso a Sua Santidade.... E tem mais: quem pode me garantir hoje que os sacerdotes não pretendem se apossar do trono, como me disse Hiram?... O meu venerável pai me alertou que os fenícios são mais confiáveis quando seu interesse está em jogo e, por deuses, eles estão mais do que interessados em não ser expulsos do Egito e cair sob o jugo dos assírios... daquela cambada de leões ferozes!... Por onde eles passam, não sobra nada a não ser cadáveres e cinzas, como depois de um incêndio!..."

O Faraó | 365

De repente, Ramsés ergueu a cabeça. De longe, ouviam-se sons de flautas e cornos.

— O que significa isso? — indagou a Tutmozis.

— Grandes novidades! — respondeu o cortesão com um sorriso. — Os asiáticos estão dando as boas-vindas a um importante peregrino vindo da distante Babilônia.

— Da Babilônia? E quem seria ele?

— Seu nome é Sargon...

— Sargon?... — interrompeu-o o príncipe, soltando uma risada. — E quem é ele?

— Dizem que é um alto dignitário da corte do rei Assar. Vem acompanhado de dez elefantes, uma manada dos mais belos cavalos do deserto e uma multidão de servos e escravos.

— E com que intuito está vindo para cá?

— Curvar-se diante da deusa Ashtoreth, adorada por toda a Ásia — respondeu Tutmozis.

O príncipe, lembrando-se da predição de Hiram sobre a vinda de um emissário assírio, começou a rir:

— Ha! Ha! Ha!... quer dizer que Sargon, um parente do rei Assar, tornou-se pio repentinamente e empreendeu uma viagem tão desconfortável até Pi-Bast somente para prestar uma homenagem à deusa Ashtoreth, enquanto em Nínive ele poderia encontrar deuses mais poderosos e sacerdotes mais sábios... Ha! Ha! Ha!

Tutmozis olhava com espanto para o príncipe.

— O que está se passando com você, Ramsés? — perguntou.

— Eis um milagre — dizia o príncipe — que jamais deve ter sido descrito nos livros de qualquer templo... Imagine, Tutmozis, que no exato momento em que você está quebrando a cabeça para encontrar uma forma de pegar um ladrão que o rouba incessantemente, esse mesmo ladrão vem enfiar as mãos em seu tesouro,

diante dos seus olhos e na presença de milhares de testemunhas...
Ha! Ha! Ha!... Sargon, um devoto romeiro!

— Não compreendo... — sussurrava Tutmozis.

— E continue sem compreender — respondeu o sucessor. — Lembre-se somente de que Sargon veio para cá com o intuito de homenagear a santa Ashtoreth...

— Tenho a impressão de que tudo o que você está dizendo é algo muito perigoso...

— Portanto, não comente minhas palavras com ninguém.

— Eu jamais faria uma coisa dessas. No entanto, será que você, meu príncipe, sendo tão intempestivo, não poderá trair a si mesmo?... Você é mais rápido que um raio...

O sucessor colocou o braço no ombro de seu cortesão.

— Não se preocupe — disse, olhando fundo nos seus olhos. — Desde que vocês, os nobres e o exército, mantenham-se fiéis a mim, ocorrerão fatos extraordinários e... os tempos difíceis acabarão!

— Você sabe que todos estamos prontos para morrer a um aceno seu — respondeu Tutmozis, colocando a mão sobre o peito.

O rosto de Tutmozis denotava tanta determinação que o príncipe, finalmente e pela primeira vez, se deu conta de que debaixo daquela postura de jovem frívolo ocultava-se um homem valente, em cujo gládio e inteligência podia confiar.

Desde aquele dia, o príncipe nunca mais teve uma conversa tão estranha com Tutmozis. No entanto, o fiel servo e amigo adivinhou que, além da chegada de Sargon, estavam ocultos outros interesses do país, tratados arbitrariamente pelos sacerdotes.

Na verdade, há um certo tempo que toda a aristocracia egípcia, os nomarcas, os funcionários mais graduados e os líderes militares sussurravam entre si, mas muito baixinho, que estavam por suceder grandes acontecimentos. Pois os fenícios, demandando juras de segredo, contavam-lhes sobre uns tratados com a Assíria, graças aos quais a Fenícia pereceria e o Egito se cobriria de desonra e, com toda a probabilidade, acabaria se tornando um vassalo da Assíria.

Os aristocratas estavam revoltados, mas nenhum deles se traiu. Pelo contrário, tanto na corte do sucessor quanto nas dos nomarcas do Egito Inferior divertiam-se à vontade. Parecia que, junto com o calor, descera sobre eles uma louca onda de folguedos e devassidão. Não se passava um só dia sem uma briga nem uma só noite sem luzes e gritos. E não somente em Pi-Bast, mas também em todas as outras cidades, surgiu a moda de percorrer as ruas com tochas, música e, principalmente, vasos cheios de vinho. As pessoas invadiam residências, acordavam os moradores e convidavam-nos para se juntarem aos folguedos, e, como os egípcios tinham uma grande tendência para farrear, todos aceitavam o convite.

Durante a estada de Ramsés no templo de Hátor, os fenícios pareceram estar tomados de um profundo terror, passavam os dias em orações nos templos e recusavam quaisquer empréstimos. Mas, logo após a conversa do sucessor com Hiram, abandonaram sua devoção e sua cautela, passando a conceder crédito aos grão-senhores egípcios em proporções nunca antes vistas. Nem os mais velhos habitantes do Egito Inferior haviam visto tamanha quantidade de ouro emprestada a juros tão baixos.

A severa e sábia classe sacerdotal notou os excessos praticados pelo estrato mais alto da sociedade egípcia, mas se enganou na interpretação de seu motivo. O santo Mentezufis, que a cada par de dias enviava um relatório a Herhor, continuava a informar que o príncipe, entediado com as práticas religiosas no templo de Hátor, farreava sem cessar, e junto com ele toda a aristocracia.

O digníssimo ministro nem respondia àquelas informações, o que levava a crer que considerava o comportamento do príncipe totalmente natural e até conveniente.

368 | Bolesław Prus

Quanto a este, aproveitava o fato de a maioria de seus cortesãos estar embriagada e desatenta para sair às escondidas do palácio. Oculto sob um manto de oficial, esgueirava-se pelas ruas, saindo da cidade e dirigindo-se aos jardins do templo de Ashtoreth.

Uma vez lá, encontrava seu banco de pedra perto do palacete de Kama e, oculto no meio das árvores, olhava para as tochas acesas, escutava os cantos dos adoradores da sacerdotisa — e sonhava com ela.

A lua surgia no céu cada vez mais tarde, aproximando-se da fase de lua nova, as noites iam ficando cada vez mais cinzentas, os efeitos luminosos cessaram, mas, apesar disso, Ramsés via sempre a luminosidade daquela primeira noite e ouvia os apaixonados versos do grego.

Por mais de uma vez ergueu-se do banco no intuito de dirigir-se ao palacete, mas ficava envergonhado. Sentia que não seria apropriado a um sucessor do trono mostrar-se na casa de uma sacerdotisa visitada por qualquer peregrino que tivesse feito uma substancial oferenda ao templo. Além disso — o que era mais estranho —, tinha medo de que a visão de Kama cercada de adoradores pudesse apagar a deslumbrante visão daquela noite enluarada.

Quando ela lhe fora enviada por Dagon para diminuir a raiva que o príncipe sentira, Kama lhe parecera uma jovem até bela, mas incapaz de fazê-lo perder a cabeça. No entanto agora, quando pela primeira vez na vida ele, o sucessor do trono, teve de ficar escondido diante da casa de uma mulher, quando ouviu as ardentes declarações amorosas feitas por outro homem, então, também pela primeira vez em sua vida, nasceu nele um novo sentimento: uma mistura de desejo, saudade e ciúme.

Caso pudesse dispor de Kama a seu bel-prazer, certamente se entediaria em pouco tempo. Mas o espectro da morte parado à sua porta, o enamorado cantor e, finalmente, a humilhante postura do maior dignitário do país diante de uma sacerdotisa — todo esse conjunto criava em Ramsés uma sensação que ainda não conhecera e, portanto, tentadora. E era por isso que ele vinha praticamente todas as noites aos jardins da deusa Ashtoreth, cobrindo o rosto diante dos passantes.

Certa noite, tendo abusado de vinho num dos banquetes, Ramsés esgueirou-se do palácio com um claro intento: o de adentrar o palacete de Kama, deixando seus adoradores cantando do lado de fora das janelas.

Quando saiu do meio das árvores, notou que a casa da sacerdotisa estava mais iluminada e mais barulhenta do que de costume. Efetivamente, os aposentos e os terraços estavam repletos de pessoas, e em volta do palacete circulava uma multidão.

"Que bando é esse?", pensou.

O ajuntamento era extraordinário. Perto do palacete havia um enorme elefante, com uma espécie de liteira dourada no dorso. A seu lado, relinchavam, se empinavam e se impacientavam dezenas de cavalos de pescoço grosso, pernas musculosas, cauda amarrada na ponta e um tipo de capacete de metal na cabeça. No meio dos agitados animais, movimentavam-se algumas dezenas de homens que Ramsés nunca havia visto antes. Desgrenhados, barbudos, de gorros pontudos na cabeça, estavam vestidos em trajes diversos. Uns, com grossos gibões que chegavam aos tornozelos, outros, com casacos curtos e calças, e outros, ainda, calçados em botas de cano alto. Todos estavam armados com gládios, arcos e lanças.

Ao ver aqueles estrangeiros — fortes, desajeitados, barulhentos, malcomportados, fedendo a sebo e falando uma língua dura e desconhecida —, o príncipe foi tomado por um acesso de fúria. Assim como um leão se prepara para atacar um outro animal mesmo não estando com fome, Ramsés sentiu um ódio indescritível por aquela gente que, a bem da verdade, não lhe fizera qualquer mal. O

370 | Bolesław Prus

sangue subiu à sua cabeça, e ele sacou do gládio, querendo lançar-se sobre aqueles homens e matar todos eles e seus animais. Mas conseguiu se deter a tempo.

"Será que Set lançou um feitiço sobre mim?", pensou.

No mesmo instante, passou junto dele um egípcio desnudo, com apenas um gorro na cabeça e uma faixa de tecido nos quadris. O príncipe sentiu que o homem lhe era próximo, somente por ser um egípcio. Tirou um anel de um saquinho e entregou-o ao escravo.

— Diga-me — falou. — Que homens são esses?

— Assírios — sussurrou o egípcio, com um brilho de ódio no olhar.

— Assírios!... — repetiu o príncipe. — E o que eles estão fazendo aqui?

— O seu amo, Sargon, está fazendo a corte à sacerdotisa Kama, e eles são sua guarda pessoal. Que a lepra se aposse deles, filhos de porcos...

— Pode ir embora.

O homem desnudo fez uma reverência e saiu correndo, na certa em direção à cozinha.

"Então é assim que são os assírios?", pensou o príncipe, olhando para aqueles seres estranhos e escutando a sua odiada e incompreensível língua. "Quer dizer que os assírios já estão à beira do Nilo, para fazer um acordo conosco ou nos enganar, enquanto seu líder, Sargon, está cortejando Kama?..."

Ramsés retornou ao palácio. Apesar de ser um homem gentil por natureza, sentiu um incontrolável ódio pelos eternos inimigos do Egito, com os quais se defrontara pela primeira vez.

Quando, após ter deixado o templo de Hátor e depois da conversa com Hiram, começara a cogitar uma guerra com a Ásia, aquilo não passara de cogitações. O Egito precisava de homens e o faraó, de tesouros, e como uma guerra sempre fora a melhor forma de conseguir ambas as coisas e se adequava perfeitamente aos seus sonhos de glória, passou a pensar nela com afinco.

Só que agora ele não estava mais interessado em tesouros, escravos, nem mesmo em glória, pois uma voz mais alta se elevava — a voz do ódio. Os faraós lutaram por tantos anos contra os assírios, os dois lados verteram tanto sangue e as guerras criaram raízes tão profundas, que o príncipe, só ao avistar soldados assírios, levou a mão à espada. Era como se todos os espíritos dos guerreiros tombados, todas as suas dificuldades e sofrimentos, houvessem ressuscitado na alma do sucessor e clamassem por vingança.

Quando o príncipe retornou ao palácio, convocou Tutmozis.

— Você sabe o que acabei de ver? — perguntou ao favorito.

— Um dos sacerdotes? — sussurrou Tutmozis.

— Assírios!... Por deuses!... O que eu senti!... Que povo mais desgraçado... seus corpos são cobertos da cabeça aos pés, fedem a sebo podre, e você precisava ouvir sua fala e ver suas barbas e cabelos!...

Ramsés não conseguia se conter, andando pelo quarto num estado febril.

— Até agora — dizia —, eu sempre achei que tinha desprezo pela desonestidade dos escribas e pela hipocrisia dos nomarcas, que odiava os espertos e ambiciosos sacerdotes... que sentia repugnância pelos judeus e tinha medo dos fenícios... Pois agora vejo que aquilo não passava de galhofas. Somente agora, quando vi e ouvi os assírios, sei o que é ódio e compreendo o motivo pelo qual um cão destroça um gato que atravessa seu caminho...

— Vossa Alteza já se acostumou com os judeus e os fenícios, enquanto viu os assírios pela primeira vez — aparteou Tutmozis.

— Os fenícios são nada!... — continuava Ramsés, como se estivesse falando consigo mesmo. — Os fenícios, os filisteus, os líbios, até os etíopes, são como membros da nossa família. Quando não

372 | Bolesław Prus

pagam os tributos, ralhamos com eles, e quando pagam, os perdoamos... Mas os assírios nos são tão estranhos e tão ameaçadores que não descansarei enquanto não vir um campo coberto com seus cadáveres, enquanto não contar cem mil mãos decepadas!

Tutmozis nunca antes vira Ramsés em tal estado de espírito.

capítulo 33

ALGUNS DIAS MAIS TARDE, O PRÍNCIPE DESPACHOU SEU FAVORITO para convocar Kama à sua presença. A sacerdotisa chegou imediatamente numa liteira com as cortinas cerradas.

Ramsés a recebeu num quarto separado.

— Certa noite — disse —, estive perto do seu palacete.

— Por Ashtoreth! — exclamou ela. — O que fiz para merecer tamanha honra?... E o que o impediu, grande amo, de chamar a sua escrava?

— Estavam lá uns animais; aparentemente assírios.

— Quer dizer que Vossa Alteza se deu ao trabalho de sair da cidade no meio da noite? Jamais ousei supor que o nosso governante pudesse ter estado a alguns passos de mim.

O príncipe enrubesceu. Como ela teria se espantado caso viesse a saber que o príncipe passara dez noites debaixo de suas janelas! A julgar por seu sorriso e seu olhar zombeteiro, era até possível que ela o soubesse.

— Quer dizer que agora — dizia o príncipe — você recebe assírios na sua casa?

— Trata-se de um grande magnata! — exclamou Kama. — Sargon, um parente do rei, que ofereceu cinco talentos à nossa deusa...

374 | Bolesław Prus

— E você vai recompensá-lo por isso? — zombou o sucessor. — E sendo ele um magnata tão poderoso, os deuses fenícios não condenarão você à morte?...

— O que você está dizendo, meu amo?! — exclamou a sacerdotisa. — Então não sabe que um asiático, caso me encontrasse sozinha num deserto, jamais pousaria a mão em mim, mesmo se eu me oferecesse a ele? Eles temem a ira dos deuses.

— Então por que aquele fedorento... não, aquele devoto asiático foi ter contigo?

— Ele quer me convencer de que eu devo partir para o templo de Ashtoreth na Babilônia.

— E você vai aceitar?

— Aceitarei, caso você, meu amo, assim ordenar — respondeu Kama, cobrindo o rosto com um véu.

O príncipe pegou sua mão. Seus lábios tremiam.

— Não me toque, amo — sussurrou ela. — Você é o amparo de todos os fenícios neste país, mas... seja misericordioso...

O sucessor largou-a e começou a andar pelo aposento.

— Como faz calor aqui — disse. — Parece que há países onde, no mês de Mechir, cai sobre a terra um pó branco que, ao ser aquecido, se transforma em água e refresca o ambiente. Oh, Kama, peça aos seus deuses para que me enviem um pouco daquela penugem! Mas o que estou dizendo?... Mesmo se ela viesse a cobrir todo o Egito, jamais conseguiria arrefecer meu coração!

— Porque você é divino como Amon... é o próprio sol personificado — respondeu Kama. — A escuridão desaparece diante do seu semblante e flores nascem sob o brilho do seu olhar...

O príncipe voltou a aproximar-se.

— Mas seja misericordioso — implorou ela. — Afinal, você é um deus bondoso e não seria capaz de fazer mal à sua sacerdotisa...

Ramsés voltou a recuar, enquanto Kama o fitava com um leve sorriso. Quando o silêncio começou a pesar, ela perguntou:

— Você me convocou, meu amo. Eis-me aqui, aguardando suas ordens.

— Ah, sim... — disse o príncipe, parecendo acordar de um sonho. — Quero que você me diga quem era aquele meu sósia que vi no templo.

— É um segredo sagrado... — respondeu ela, colocando um dedo sobre os lábios.

— Ora é um segredo, ora é algo proibido — respondeu Ramsés. — Pelo menos me diga se ele é um ser humano ou um espírito?

— Um espírito.

— E, no entanto, esse mesmo espírito entoava canções de amor debaixo da sua janela.

Kama sorriu.

— Não quero violar os segredos do seu templo... — continuou o príncipe.

— Foi o que você prometeu a Hiram... — lembrou-lhe a sacerdotisa.

— Sei... sei! — interrompeu-a o enervado sucessor. — E é por isso que não vou falar dele com Hiram, nem com qualquer outra pessoa, mas apenas com você. Pois diga, Kama, diga àquele espírito ou homem que é tão parecido comigo para que parta do Egito o mais rapidamente possível e que jamais se mostre a quem quer que seja. Saiba que nenhum país pode ter dois sucessores do trono...

De repente, parou de falar e bateu com a mão na testa. Até então, havia levantado aquele assunto somente para deixar Kama embaraçada, mas agora lhe vinha à mente uma ideia.

— Me pergunto — disse, olhando astuciosamente para Kama — a razão pela qual seus conterrâneos me mostraram uma cópia viva de mim?... Estariam querendo me prevenir de que

376 | Bolesław Prus

dispõem de um substituto para o sucessor do trono?... Tenho que confessar que isso me deixou bastante intrigado...

Kama prostrou-se a seus pés.

— Meu amo — sussurrou. — Como você, que carrega sobre o peito o mais sagrado dos nossos talismãs, pode sequer imaginar que os fenícios fariam qualquer coisa contra a sua pessoa?... Pense... Caso você fosse correr algum perigo ou quisesse enganar seus inimigos, um sósia seu não lhe seria útil?... Foi somente isso que os fenícios quiseram lhe mostrar.

O príncipe pensou, e deu de ombros.

"Se eles acham que eu não consigo me defender sozinho, então escolheram um péssimo protetor para si", pensou.

Enquanto isso, Kama acrescentava:

— E você não sabia que Ramsés, o Grande, tinha dois sósias, e que aquelas duas sombras morreram, enquanto ele permaneceu vivo?...

— Muito bem — interrompeu-a o príncipe. — Para que os povos da Ásia saibam que sou bondoso, ofereço cinco talentos para festejos em homenagem a Ashtoreth e um vaso precioso para seu templo.

E tendo dito isso, encerrou a conversa, despedindo-se da sacerdotisa.

Após a saída de Kama, uma nova ideia apossou-se de sua mente:

"Como são espertos esses fenícios! Se aquela minha imagem viva for um homem, eles poderiam fazer dele um grande presente para mim, e eu realizaria milagres jamais antes vistos no Egito. O faraó vive em Mênfis e, ao mesmo tempo, aparece em Tebas ou Tanis!... O faraó avança, com seu exército, sobre a Babilônia; os assírios agrupam lá as suas forças para a defesa da cidade, e enquanto isso, o mesmo faraó, mas com um outro exército, toma Nínive... Como os assírios iriam ficar espantados!"

E, ao pensar assim, novamente despertou nele o enorme ódio contra os poderosos asiáticos, voltando a vislumbrar campos cobertos com seus cadáveres e cestos cheios de mãos decepadas. Agora, a guerra tornava-se tão necessária à sua alma como o pão é necessário para o corpo, pois através dela ele não só enriqueceria o Egito e adquiriria fama eterna, mas também aplacaria o até então desconhecido instinto de esmagar a Assíria.

O príncipe não conseguia avaliar qual tinha sido o papel desempenhado no seu estado de espírito por Hiram e Kama. Sentia apenas a necessidade de travar uma guerra com a Assíria, assim como uma ave migratória sente, no mês de Pachon, a necessidade de voar para o norte.

A paixão pela guerra impregnou o príncipe por completo. Falava menos, sorria ainda mais raramente, ficava pensativo nos banquetes, e passava cada vez mais tempo entre os nobres e os soldados. Ao notarem a preferência demonstrada aos que andavam armados, os jovens da nobreza, e mesmo os nobres mais idosos, passaram a alistar-se nos regimentos. Aquilo chamou a atenção do santo Mentezufis, que enviou a Herhor uma carta com o seguinte teor:

Desde a chegada dos assírios a Pi-Bast, o sucessor do trono comporta-se de uma maneira febril e sua corte adota uma atitude extremamente bélica. Os cortesãos continuam bebendo e jogando dados como de costume, mas todos abandonaram os trajes luxuosos e as perucas e, apesar do forte calor, andam com pesados trajes e gorros soldadescos. Temo que essa atitude guerreira possa ofender o distinto Sargon.

Ao que Herhor respondeu imediatamente:

Não vejo qualquer problema no fato de a nossa efeminada nobreza ter adotado uma atitude guerreira durante a estada dos assírios, já que isso somente causará uma melhor impressão neles. O distintíssimo sucessor, certamente iluminado pelos deuses, acertou em cheio ao achar que devemos agitar armas quando temos entre nós emissários de um país tão guerreiro. Estou convencido de que a

378 | Bolesław Prus

corajosa atitude da nossa juventude fará Sargon pensar duas vezes e o tornará mais flexível no decurso das negociações do acordo.

Pela primeira vez na história do Egito um jovem príncipe conseguiu enganar os astuciosos sacerdotes. É verdade que foi ajudado pelos fenícios e pelo conhecimento da secreta informação sobre o tratado com a Assíria, algo que os sacerdotes nem sequer suspeitavam.

Além disso, o melhor disfarce do sucessor diante da comunidade sacerdotal era a instabilidade de seu caráter. Todos estavam lembrados da facilidade com que ele, logo após as manobras de Pi-Balos, se recolhera silenciosamente na propriedade de Sara, e como, nos últimos tempos, vivia entre banquetes, tarefas administrativas, devoção a deuses, para, em seguida, retornar à vida fútil da corte.

Sendo assim, com a única exceção de Tutmozis, ninguém acreditaria que aquele jovem intempestivo tivesse um plano — uma meta que iria perseguir com todo afinco.

Mas não foi preciso passar muito tempo para, mais uma vez, ficar evidenciada a volubilidade do príncipe.

Apesar do sufocante calor, chegaram a Pi-Bast Sara, sua corte e seu filho. Sara estava um pouco pálida, a criança parecia adoentada ou cansada, mas ambos estavam lindos. O príncipe ficou encantado. Escolheu para Sara um palacete na parte mais bela do jardim e passava dias inteiros sentado ao lado do berço do filho.

As manobras, os banquetes e os pensamentos soturnos de Ramsés desapareceram como por encanto. Seus cortesãos tiveram que beber e se divertir sozinhos e, em pouco tempo, abandonaram os gládios, voltando a vestir trajes finos. A mudança de trajes foi, em parte, causada pelo fato de o príncipe convidar muitos deles ao palacete de Sara, para lhes mostrar seu filho.

— Olhe, Tutmozis — dizia ao seu favorito —, como é linda esta criança! Uma autêntica pétala de rosa. Imagine que desta coisinha mínima há de crescer um homem, que caminhará, falará e até adquirirá conhecimentos em escolas sacerdotais... Olhe para estas mãozinhas! Lembre-se delas, para poder mencioná-las quando eu lhe der um regimento e permitir que carregue o meu machado atrás de mim... E ele é meu filho!...

Não era de estranhar que, quando assim falava um amo, seus cortesãos se lamentassem de não poderem ser babás, ou mesmo amas de leite de uma criança que, embora não tivesse quaisquer direitos dinásticos, não deixava de ser o primeiro filho do futuro faraó.

Mas essa fase idílica durou pouco, pois não convinha aos interesses dos fenícios.

E assim, certo dia, o distinto Hiram, acompanhado de um enorme séquito de comerciantes fenícios, escravos e pobres egípcios aos quais dava esmolas, foi ao palácio e, prostrando-se diante do príncipe, falou:

— Magnífico amo nosso! Como uma prova de que o seu coração está cheio de benquerença por nós, asiáticos, você nos ofereceu cinco talentos para prepararmos um espetáculo em homenagem à deusa Ashtoreth. Seu desejo foi cumprido, o espetáculo está pronto e, agora, estamos aqui para lhe implorar que se digne a iluminá-lo com sua presença.

Tendo dito isso, o grisalho príncipe de Tiro se pôs de joelhos e estendeu a Ramsés uma chave de ouro sobre uma bandeja também dourada.

Ramsés aceitou de bom grado o convite, enquanto os santos sacerdotes Mefres e Mentezufis não demonstraram qualquer objeção ao fato de o príncipe participar de uma homenagem à deusa Ashtoreth.

— Ashtoreth — dizia o distinto Mefres a Mentezufis — é a deusa equivalente à nossa Ísis e à Isthar dos caldeus. Além disso, se nós permitimos aos asiáticos construírem um templo a ela nas nossas terras, cabe sermos, de vez em quando, gentis com seus deuses.

380 | Bolesław Prus

— Ao firmarmos aquele tratado com a Assíria, passamos a ter até uma obrigação de fazer um mimo aos fenícios — acrescentou, rindo, o distinto Mentezufis.

Às quatro da tarde, o sucessor, o nomarca e os principais funcionários do nomo dirigiram-se a um circo, erguido nos jardins do templo de Ashtoreth. Era uma arena rodeada por uma cerca da altura de dois homens, que formava uma espécie de anfiteatro, com bancos e camarotes. A construção não tinha teto, mas sobre os camarotes se moviam panos em forma de asas de borboletas e impregnados de fragrâncias.

Quando o sucessor entrou em seu camarote, a plateia, composta de egípcios e asiáticos, saudou-o com altos brados. Em seguida, teve início o espetáculo.

O príncipe olhou em volta. Do seu lado direito, ficava o camarote de Hiram e dos mais importantes fenícios e, do esquerdo, o de sacerdotes e sacerdotisas fenícios, no meio das quais se encontrava Kama, que chamava a atenção não só por ocupar o lugar de honra, mas também por sua beleza e pela riqueza dos seus trajes: uma veste transparente, argolas douradas nos braços e nas pernas e, na cabeça, uma tiara com uma joia em forma de flor de lótus.

Tendo feito uma profunda reverência ao príncipe, Kama virou-se para o camarote localizado à sua esquerda e iniciou uma animada conversa com um estrangeiro de porte magnífico e cabelos agrisalhados. O cavalheiro em questão, assim como seus acompanhantes, tinha os cabelos e as barbas entrelaçados em forma de finas tranças curtas.

Ramsés, que veio para o circo quase que diretamente do quarto de seu filho, estava de excelente humor. No entanto, assim que viu Kama conversando com o estrangeiro, ficou emburrado.

— Você sabe — perguntou a Tutmozis — quem é aquele tipo com o qual está flertando a sacerdotisa?

— É o próprio digníssimo peregrino da Babilônia, o eminente Sargon.

— Mas ele é um ancião! — disse o príncipe.

— Sem dúvida, ele é mais velho do que nós dois, mas não deixa de ser um belo homem.

— Como um bárbaro desses pode ser considerado belo?! — protestou o sucessor. — Aposto que ele fede a sebo...

Ambos se calaram; o príncipe, de raiva, e Tutmozis, de medo, por ter ousado elogiar um homem que desagradara a seu amo.

Enquanto isso, no picadeiro continuavam os espetáculos: ginastas, encantadores de serpentes, dançarinos, malabaristas, palhaços — todos provocando gritos de admiração dos espectadores. Somente o príncipe permanecia com ar soturno. Na sua alma renasceram as duas sensações temporariamente adormecidas: o ódio aos assírios e os ciúmes de Kama.

"Como é possível", pensava, "esta mulher se engraçar com um homem tão velho e que, além disso, tem a pele da cor de couro tratado, olhos negros e irrequietos e uma barba de bode?..."

Apesar de sua irritação, houve um momento em que o príncipe prestou atenção ao que se passava na arena. Foi quando adentraram três caldeus desnudos. O mais velho deles fincou na areia três lanças, com as pontas viradas para cima, e com gestos das mãos fez dormir o mais jovem. Em seguida, os dois restantes ergueram-no do chão e o depuseram sobre as lanças, de tal forma que uma apoiava sua cabeça, a do meio, sua coluna vertebral, e a terceira, seus pés.

O jovem adormecido estava duro como uma tora de madeira. Então, o mais velho fez ainda alguns gestos com os braços e retirou a lança que apoiava os pés do jovem. Em seguida, retirou a lança sobre a qual repousavam os ombros e, finalmente, aquela que apoiava a cabeça.

Então, em plena luz do dia e diante de milhares de testemunhas, o adormecido caldeu permaneceu deitado na posição horizontal em pleno ar, sem qualquer ponto de apoio. Finalmente, o velho colocou-o na posição vertical e o despertou.

A plateia do circo ficou pasmada. Ninguém teve coragem de gritar ou aplaudir; apenas de alguns camarotes foram atiradas flores sobre a arena.

Ramsés também estava muito impressionado. Inclinou-se para o camarote de Hiram e sussurrou ao velho príncipe:

— Vocês seriam capazes de realizar um milagre desses no templo de Ashtoreth?

— Não conheço todos os segredos dos nossos sacerdotes — respondeu o príncipe de Tiro —, mas sei que os caldeus são muito habilidosos...

— No entanto, todos pudemos ver que aquele jovem ficou suspenso em pleno ar.

— A não ser que tenha sido lançado um encanto sobre todos nós — respondeu Hiram, com evidente desagrado.

Após um breve intervalo, durante o qual flores frescas, bebidas e biscoitos foram distribuídos nos camarotes dos dignitários, teve início a parte mais importante do espetáculo — uma tourada.

Ao som de trombetas, tambores e flautas, foi introduzido na arena um possante touro, com a cabeça coberta por um pano. Em seguida, adentraram a arena vários homens, armados com lanças e, um deles, com um curto gládio. A um sinal do príncipe, o pano foi retirado. O animal ficou por um tempo parado e atordoado, para logo em seguida sair em perseguição aos lanceiros, sem conseguir alcançá-los e caindo exausto no chão, em meio às gargalhadas dos espectadores.

O entediado príncipe, em vez de olhar para a arena, observava o camarote dos sacerdotes fenícios, vendo Kama aproximar-se

O Faraó | 383

ainda mais de Sargon e mantendo com ele uma conversa animada. O assírio devorava-a com os olhos, enquanto ela, sorridente e meio encabulada, volta e meia inclinava-se para tão perto dele, que seus belos cabelos chegavam a se misturar com a desgrenhada cabeleira do bárbaro. Ramsés sentiu uma dor no coração. Pela primeira vez uma mulher qualquer dava preferência a alguém diante dele; e isso a um quase ancião assírio!...

Enquanto isso, foi introduzido na arena um segundo touro. Quando o pano que cobria sua cabeça foi retirado, o animal olhou em volta como se quisesse contar seus adversários e, quando começou a ser picado pelas lanças, recuou até a cerca, a fim de proteger sua parte traseira. Depois, baixou a cabeça e ficou seguindo seus atormentadores com os olhos. Estes, no início com cautela, aproximavam-se dele de lado, porém, como o animal continuava imóvel, se fizeram mais corajosos e passaram a atacá-lo de frente.

O touro baixou ainda mais a cabeça e continuou sem se mexer. O público começou a rir, mas o riso transformou-se repentinamente num grito de horror. O touro detectara o momento adequado e, avançando pesadamente, acertou um dos lanceiros com os chifres, atirando-o para o ar.

O ferido caiu, com forte estalido de ossos, enquanto o touro trotava para outro canto da arena, onde assumiu uma nova posição defensiva. Foi cercado pelos lanceiros, enquanto funcionários do circo entravam correndo no picadeiro, a fim de retirar o ferido. O touro, apesar dos golpes das lanças, continuava parado, mas, assim que três homens colocaram nos ombros o desmaiado guerreiro, lançou-se sobre o grupo com a rapidez de um raio, derrubando-o e pisoteando-o.

O público ficou agitado. As mulheres choravam e os homens praguejavam, atirando sobre o touro o que tinham às mãos. Sobre a arena, começaram a cair pedaços de madeira, facas e até tábuas dos bancos.

384 | Bolesław Prus

O homem armado com o gládio aproximou-se da fera, mas como os lanceiros haviam perdido a cabeça, não conseguiram protegê-lo adequadamente, e o touro o derrubou, passando a perseguir os demais. O que se passou em seguida nunca antes havia sido visto num circo: na arena jaziam cinco homens, enquanto vários outros fugiam de um touro furioso, em meio aos gritos de raiva e horror do público.

De repente, tudo ficou em silêncio. Os espectadores se levantaram, enquanto o aterrorizado Hiram levava as mãos à cabeça... Dos camarotes, saltaram simultaneamente para a arena dois homens: o príncipe Ramsés, com seu gládio desembainhado, e Sargon, com um machado de cabo curto.

O touro, de cabeça baixa e cauda erguida, corria pela arena, levantando atrás de si uma coluna de pó. Corria diretamente ao príncipe, mas, no último momento, como se tivesse sido desviado pela majestade do filho do faraó, mudou de rumo, atirando-se sobre Sargon — caindo morto imediatamente. O ágil e extremamente forte assírio derrubou-o com um golpe certeiro do machado, bem no meio dos olhos.

O público berrava de felicidade e começou a atirar flores sobre Sargon e sua vítima. Enquanto isso, Ramsés permanecia parado, furioso e espantado, vendo Kama arrancar flores das mãos dos seus vizinhos no camarote e atirá-las sobre o assírio.

Sargon recebia as demonstrações do encantamento do público com a maior indiferença. Chutou desdenhosamente o corpo do touro, para se certificar de que estava realmente morto, e depois deu alguns passos na direção do príncipe, falou algumas palavras na sua língua incompreensível e fez a mesura típica de um grão-senhor.

Uma neblina cor de sangue passou diante dos olhos de Ramsés; por um momento, pensou em enfiar seu gládio desnudo no peito daquele vencedor. Mas conseguiu se controlar. Pensou por um momento e, tirando do pescoço uma grossa corrente de ouro, entregou-a a Sargon.

O assírio voltou a inclinar-se respeitosamente, beijou a corrente e colocou-a no pescoço. O príncipe, com o rosto em brasa, dirigiu-se para a portinhola pela qual os atores entravam na arena e, em meio aos gritos entusiásticos da plateia, abandonou o circo.

capítulo 34

COMEÇARA O MÊS TOT (FINAL DE JUNHO E INÍCIO DE JULHO). O EXcessivo calor diminuiu a afluência de pessoas a Pi-Bast e suas redondezas. Enquanto isso, na corte de Ramsés, continuavam as festanças e os comentários sobre o que se passara no circo.

Alguns cortesãos exaltavam a coragem do príncipe, enquanto outros, menos espertos, admiravam a força de Sargon. Os sacerdotes, mostrando rostos sérios, murmuravam entre si que o sucessor do trono não deveria se envolver em lutas com touros. Para isso, segundo eles, havia profissionais especializados, pagos e que não eram objetos de respeito público.

Ramsés parecia não ouvir tais comentários ou então não dava atenção a eles. Em sua mente, aquele espetáculo deixara gravados dois episódios: o assírio derrotara o touro, e seu gesto o enaltecera perante Kama, que passou a aceitar sua corte com o maior prazer!

Como não seria conveniente convocar a sacerdotisa fenícia ao palácio, o príncipe enviou-lhe uma carta, expressando seu desejo de vê-la e indagando quando poderia recebê-lo. Kama respondeu, por intermédio do mesmo portador, que o receberia ainda naquela noite.

Assim que surgiram as primeiras estrelas no céu, o príncipe, convicto de que ninguém o notaria, saiu sorrateiramente do palácio. O jardim do templo de Ashtoreth estava praticamente vazio e o palacete da sacerdotisa em silêncio e iluminado por apenas duas lamparinas.

O príncipe bateu timidamente na porta, que foi aberta pela própria sacerdotisa. Ela beijou sua mão e sussurrou que teria morrido, caso ele, na arena do circo, tivesse sofrido qualquer mal.

— Só que agora você deve estar mais calma — respondeu, com raiva, o príncipe —, já que fui salvo pelo seu amante!

Quando entraram num aposento iluminado, o príncipe notou que Kama chorava.

— O que significa isso? — perguntou.

— O coração do meu amo virou-se contra mim — respondeu ela. — Talvez até com razão...

— Quer dizer que você, uma virgem sagrada, já é sua amante, ou ainda pretende ser?...

— Uma amante?!... Jamais!... Mas poderei me tornar esposa daquele homem terrível.

Ramsés levantou-se de um salto.

— Estarei sonhando?!... — exclamou. — Ou será que Set atirou um feitiço sobre mim?... Você, a sacerdotisa que zela pelo fogo sagrado diante do altar de Ashtoreth e precisa permanecer virgem sob pena de ter de morrer, vai se casar?!...

— Ouça-me, meu amo — respondeu Kama, enxugando as lágrimas —, e depois, caso achar que o mereço, despreze-me para sempre. Sargon quer me tomar como sua primeira esposa. De acordo com as nossas leis, há ocasiões especiais, nas quais uma sacerdotisa pode contrair matrimônio, mas somente com um homem de sangue real... e Sargon é aparentado do rei Assar...

— E você vai se casar com ele?

— Se o Conselho Supremo dos sacerdotes de Tiro me ordenar, o que mais poderei fazer? — respondeu Kama, voltando a se cobrir de lágrimas.

— E em que Sargon pode interessar o Conselho? — indagou o príncipe.

— Aparentemente, em muito — respondeu Kama, dando um triste suspiro. — A Fenícia será tomada pela Assíria e Sargon será nomeado seu sátrapa.

— Você está louca!... — exclamou o príncipe.

— Estou lhe dizendo o que sei. Já é a segunda vez que rezamos no nosso templo para que a Fenícia seja poupada de tamanha desgraça... A primeira vez que entoamos aquelas rezas foi antes da sua chegada a Pi-Bast...

— E por que voltaram a rezar agora?

— Porque chegou ao Egito o sacerdote caldeu Istubar, trazendo cartas nas quais o rei Assar nomeia Sargon seu emissário, com plenos poderes para firmar com vocês um tratado que representará o fim da Fenícia.

— Mas eu... — interrompeu-a o príncipe, querendo dizer "não sei de nada disso", mas se conteve. Começou a rir, e respondeu. — Kama, eu lhe juro pela glória de meu pai que, enquanto eu viver, a Assíria jamais se apossará da Fenícia. Isso basta para você se acalmar?

— Meu amo!... Meu amo!... — exclamou a sacerdotisa, caindo a seus pés.

— E, sendo assim, você ainda pretende se tornar esposa daquele brutamontes?

— Oh! Como você pode perguntar uma coisa dessas?

— E se entregará a mim?... — sussurrou o príncipe.

— Será que você deseja a minha morte? — respondeu ela, assustada. — Mas se é isso que você quer, estou pronta a qualquer sacrifício.

— Quero que você viva... comigo!

— Mas isso não é possível.

— E o Conselho dos sacerdotes de Tiro?

— Ele só pode permitir que eu me case...

— Mas você viverá no meu palácio...

— Se eu entrar nele não como sua esposa, serei morta imediatamente... Mas estou pronta... até para nem ver o sol amanhã...

— Não se preocupe — respondeu o exaltado príncipe. — Eu a protegerei sempre, mesmo se tiver de sacrificar meu trono para isso!

— Oh, não! — exclamou Kama. — Nem pense em renunciar ao trono, pois, nesse caso, o que aconteceria com suas promessas de defender a Fenícia?!

Ramsés sentiu uma ferida no coração, pela qual escoou uma certa sensação. Não a de desejo — pois esta continuava —, mas de respeito e confiança em Kama.

"Como são estranhas as fenícias", pensou. "Pode-se ficar louco por elas, mas nunca se deve confiar na suas reais intenções..."

Sentiu-se enfadado e despediu-se de Kama. Olhou pelo aposento, como se fosse difícil abandoná-lo, e, ao sair, murmurou para si mesmo: "Apesar de tudo, você acabará sendo minha e os deuses fenícios não a matarão; isto é, se eles quiserem preservar seus templos e seus sacerdotes..."

Assim que Ramsés saiu do palacete de Kama, o quarto da sacerdotisa foi invadido pelo belo, impressionantemente parecido com o príncipe egípcio jovem grego. Seu rosto estava contorcido de fúria.

— Lykon! — exclamou a apavorada Kama. — O que você está fazendo aqui?!

— Sua serpente desprezível! — respondeu o grego, com sua bela voz. — Ainda não se passou um mês desde aquela tarde na qual você jurou que me amava e que fugiria comigo para a Grécia, e já se atira ao pescoço de um outro amante... Será que os deuses morreram, ou perderam o sentimento de justiça?...

390 | Bolesław Prus

— Seu louco enciumado — interrompeu-o a sacerdotisa. — Você acabará causando a minha morte.

— Disso você pode estar certa. Se alguém for matá-la, serei eu, e não esta sua deusa de pedra... Com estas mãos — gritava furioso, estendendo-as, como se fossem garras — eu a estrangularei, caso você se torne amante de...

— De quem?

— Tanto faz! Na certa, dos dois: daquele velho assírio e desse principezinho cuja cabeça esmagarei com uma pedra, caso ele continue a vaguear por aqui... Um príncipe que pode ter todas as mulheres do Egito e, apesar disso, fica rondando em torno de sacerdotisas estrangeiras... As sacerdotisas são destinadas a sacerdotes, não a estrangeiros...

— E você por acaso também não é um estranho para nós?

— Sua serpente! — voltou a explodir o grego. — Não posso ser um estranho para vocês, já que dediquei aos seus deuses o dom da voz com a qual fui agraciado pelos meus... Por quantas vezes vocês, aproveitando-se da minha semelhança com o sucessor do trono do Egito, enganaram os estúpidos asiáticos, mostrando-lhes que ele, em segredo, professava sua fé?...

— Psit!... Não fale tão alto!... — sibilou a sacerdotisa, colocando a mão nos lábios trêmulos do grego.

Deveria haver algo de mágico naquele toque, pois este se acalmou de imediato e começou a falar mais baixo:

— Escute, Kama. Em poucos dias, chegará a um porto na baía de Sebenitos um navio grego, comandado por meu irmão. Faça com que o sumo sacerdote a envie a Pi-Uto, de onde fugiremos finalmente para a Grécia Setentrional, um lugar cujos habitantes nunca viram um fenício...

— Acabarão vendo uma, caso eu vá para lá — interrompeu-o a sacerdotisa.

— Se lhe cair um só fio da cabeça... — sussurrou o grego, em tom furioso —, eu lhe juro que Dagon e todos os fenícios do Egito perderão suas cabeças ou acabarão nas pedreiras!

— E eu lhe digo — respondeu a sacerdotisa, no mesmo tom de voz —, que, enquanto eu não juntar vinte talentos, não pretendo sair daqui... E até agora, tenho somente oito.

— E como você vai conseguir os restantes?

— De Sargon e do sucessor.

— Não tenho objeções a Sargon, mas quanto ao sucessor... está fora de questão!

— Oh, Lykon! Como você é tolo! Será que não percebeu por que me sinto atraída por aquele jovem?... Porque ele me lembra você!

O grego acalmou-se por completo.

— Ah, bem... — murmurou. — Quando uma mulher tem à sua escolha entre um sucessor do trono e um cantor como eu, não tenho o que temer... No entanto, como sou muito ciumento e impetuoso, peço-lhe que não dê muita trela a ele.

E, dizendo isso, beijou-a, saiu do aposento e desapareceu na escuridão do jardim.

Kama estendeu seu braço atrás dele, com o punho cerrado.

— Palhaço infame! — sussurrou. — Você não passa de um cantor-escravo!

capítulo 35

Quando, no dia seguinte, Ramsés foi ver seu filho, encontrou Sara debulhada em lágrimas. Ao indagar o motivo de tamanha tristeza, Sara atirou-se a seus pés e, com a voz entrecortada por soluços, murmurou:

— Meu amo!... Já sei que você não me ama mais, mas, pelo menos, não coloque sua vida em risco!

— Quem lhe disse que não a amo mais? — perguntou o espantado príncipe.

— Você mantém mais três novas mulheres na sua casa... todas elas damas de alta linhagem...

— Ah, então é disso que se trata...

— E agora está se arriscando por causa de uma quarta... uma fenícia perversa...

O príncipe ficou encabulado. Como Sara pôde saber de Kama e adivinhar que ela era perversa?

— Assim como o pó consegue penetrar em baús por mais fechados que estejam, fofocas e boatos conseguem entrar nos lares mais calmos — disse. — Quem lhe falou sobre a tal fenícia?

— E eu lá sei? Maus presságios e o meu coração.

O Faraó | 393

— Quer dizer que você, agora, passou a acreditar em presságios?

— E nos mais terríveis! Uma velha sacerdotisa viu, numa bola de cristal, que todos vamos morrer por causa dos fenícios, ou pelo menos eu... e o meu filho!

— E você, que acredita num Deus Único, Jeová, fica assustada com as palavras de uma velhinha estúpida e fofoqueira?... Onde está o seu grande Deus?

— O meu Deus é somente meu, enquanto os outros são seus; portanto, devo respeitá-los.

— E o que a tal velha lhe falou sobre os fenícios?

— Ela já havia me alertado antes, ainda em Mênfis, para que eu ficasse atenta a uma fenícia — respondeu Sara. — Mas foi somente quando cheguei aqui que ouvi todos falarem de uma certa sacerdotisa daquela nacionalidade. Chegaram a me contar, meu amo, que caso ela não fosse tão bela, você não teria saltado para dentro da arena daquele circo... E se o touro o tivesse matado?!... Ainda agora, quando penso no risco que você correu, meu sangue chega a congelar...

— Não leve isso tão a sério, Sara — interrompeu-a alegremente o príncipe. — Todo aquele que está sob a minha proteção fica tão elevado que nenhum temor deveria alcançá-lo... menos ainda alguns boatos tolos.

— E quanto a uma desgraça? Existirá uma montanha tão alta que seu projétil não possa atingir o topo?

— A maternidade deixou-a exausta, Sara — disse o príncipe —, e é em função disso que você se preocupa à toa. Acalme-se e tome conta do meu filho. Um homem, seja ele fenício ou grego, só pode fazer mal a seu semelhante, e não a nós, que somos deuses deste mundo.

— Grego?... O que você falou sobre um grego? Quem é ele? — perguntou Sara, visivelmente preocupada.

— Eu falei de um grego? Não tenho a mínima ideia por que teria dito isso. Ou falei sem pensar, ou você ouviu errado — respondeu Ramsés, beijando Sara e saindo do quarto.

"Tenho que me convencer de uma vez por todas", pensou, "que é impossível manter qualquer segredo no Egito. Estou sendo espionado pelos sacerdotes e pelos meus cortesãos, mesmo quando estes últimos estão, ou fingem que estão, embriagados. Quanto a Kama, ela está sendo observada pelos olhos serpentinos dos fenícios. Se eles não a ocultaram de mim até agora, quer dizer que não estão ligando muito para a sua castidade. Na verdade, a quem eles querem enganar? A mim, a quem eles mesmos revelaram as trapaças dos seus templos? Kama acabará sendo minha. Há muita coisa em jogo para eles quererem despertar minha ira."

Alguns dias depois, o príncipe foi visitado pelo sumo sacerdote Mentezufis. Ramsés, ao ver o rosto pálido e os olhos baixados do profeta, adivinhou que ele já estivesse a par da fenícia e que, em sua função de sacerdote, quisesse fazer-lhe alguma reprimenda. Mas dessa vez Mentezufis não tocou nos assuntos amorosos do sucessor.

Tendo cumprimentado o príncipe e se sentado no lugar indicado pelo mesmo, disse:

— Fui informado pelo palácio do nosso eterno amo de que chegou a Pi-Bast o grão-sacerdote caldeu Istubar, astrólogo e conselheiro de Sua Alteza o rei Assar...

O príncipe sentiu-se tentado a dizer a Mentezufis qual era a verdadeira razão da vinda de Istubar, mas mordeu os lábios e permaneceu calado.

— E este distintíssimo Istubar — continuava o sacerdote — trouxe consigo documentos ratificando que o distinto Sargon, parente e sátrapa do rei Assar, foi nomeado plenipotenciário daquele poderoso monarca...

Ramsés quase soltou uma gargalhada. A seriedade com a qual Mentezufis dignou-se a revelar uma parte dos segredos já conhecidos pelo príncipe há muito tempo encheu-o de regozijo — e desprezo.

"Então este malabarista", pensou, "nem pressente no seu coração que eu sei de todas as suas artimanhas?..."

— O distinto Sargon e o venerável Istubar — dizia Mentezufis — irão até Mênfis, a fim de beijar os pés de Sua Santidade. No entanto, antes que isso ocorra, Vossa Alteza, na qualidade de representante do faraó, deveria receber graciosamente ambos os dignitários, junto com seu séquito.

— Com o maior prazer — respondeu o príncipe —, e aproveitarei a ocasião para lhes fazer a seguinte pergunta: quando a Assíria vai nos pagar o que nos deve?

— Vossa Alteza faria isso? — disse o sacerdote, olhando diretamente nos olhos do príncipe.

— Sem dúvida alguma! O nosso Tesouro precisa receber os tributos...

Mentezufis se levantou e, em voz solene, porém baixa, disse:

— Digno representante do nosso amo. Em nome de Sua Santidade, proíbo-o de tocar no assunto de tributos com quem quer que seja, principalmente com Sargon, Istubar ou qualquer membro da sua comitiva.

O príncipe empalideceu e, também se erguendo, perguntou:

— Com que direito, sacerdote, você está se dirigindo a mim num tom de um superior hierárquico?

Mentezufis afastou as dobras da sua toga e tirou do pescoço uma fina corrente de ouro, da qual pendia um dos anéis do faraó.

Ramsés examinou-o, beijou-o respeitosamente e, tendo-o entregado de volta ao sacerdote, respondeu:

— Cumprirei as ordens de Sua Santidade, meu amo e pai.

396 | Bolesław Prus

Quando os dois voltaram a se sentar, o príncipe perguntou ao sacerdote:

— Vossa Eminência poderia me explicar o motivo pelo qual a Assíria não deveria nos pagar os tributos devidos, que, imediatamente, liberariam o Tesouro da nação das presentes dificuldades?

— Porque não temos forças suficientes para obrigar a Assíria — respondeu friamente Mentezufis. — Dispomos apenas de cento e vinte mil soldados, enquanto a Assíria dispõe de trezentos mil.

— Compreendo. Mas por que o Ministério da Guerra, do qual Vossa Eminência é funcionário, diminuiu o nosso exército em sessenta mil homens?

— Para aumentar as receitas da corte de Sua Santidade em vinte mil talentos — respondeu o sacerdote.

— Muito bem... Mas diga-me, Eminência — continuou o príncipe —, com que objetivo Sargon está indo para Mênfis a fim de beijar os pés do faraó?

— Não sei.

— E por que eu, o sucessor do trono, não deveria saber?

— Porque se trata de assuntos estritamente secretos, conhecidos apenas por alguns dignitários...

— E que poderiam ser até desconhecidos de meu venerável pai?

— Certamente — respondeu Mentezufis. — Existem assuntos aos quais até Sua Santidade poderia não ter acesso, caso não tivesse as mais altas ordens da classe sacerdotal.

— Que coisa mais estranha! — disse o príncipe. — O Egito pertence ao faraó e, apesar disso, pode haver casos de fundamental importância para a nação dos quais ele não tem conhecimento! Vossa Eminência poderia me explicar como isso é possível?

— O Egito, antes de tudo, pertence única e exclusivamente a Amon — respondeu o sacerdote. — Portanto, é indispensável que os maiores segredos sejam conhecidos somente por aqueles a quem Amon revelou seus planos e intenções.

Ao ouvir aquelas explanações, o príncipe tinha a sensação de estar sendo virado sobre uma cama de adagas aquecidas, e quando Mentezufis fez menção de se levantar para sair, reteve-o por um momento.

— Mais uma palavrinha — disse suavemente. — Se o Egito está tão fraco que é até proibido falar dos tributos que lhe são devidos, como podemos ter certeza de que não seremos atacados pelos assírios?

— Isso poderia ser assegurado por meio de tratados de paz — respondeu o sacerdote.

O sucessor fez um gesto depreciativo com as mãos.

— Não existem tratados para fracos! — disse. — Jamais seremos protegidos por tabuletas com inscrições se, atrás delas, não houver lanças e gládios.

— E quem disse a Vossa Alteza que não há?

— Você mesmo. Cento e vinte mil homens terão de sucumbir diante de trezentos mil, e, se os assírios entrarem no nosso território, o Egito se transformaria num deserto...

Os olhos de Mentezufis brilharam.

— Se eles ousarem penetrar no nosso território — exclamou —, seus ossos jamais veriam sua terra natal! Nós armaríamos os nobres, formaríamos regimentos de trabalhadores, até de criminosos condenados às pedreiras... pegaríamos os tesouros de todos os templos... e os assírios se defrontariam com quinhentos mil guerreiros egípcios!

Ramsés ficou encantado com aquela explosão de patriotismo do sacerdote. Agarrou-o pelo braço e disse:

— Se nós podemos formar um exército de tais dimensões, por que não atacamos a Babilônia?... Não é exatamente por isso que o

398 | Bolesław Prus

grande guerreiro Nitager implora há anos?... Será que Sua Santidade não está perturbado com a agitação que está ocorrendo na Assíria?... Se nós lhes permitirmos juntar suas forças, a luta será mais encarniçada; por outro lado, se começarmos imediatamente...

— Vossa Alteza sabe o que é uma guerra? — interrompeu-o o sacerdote. — E ainda por cima uma guerra que exige que atravessemos um deserto? Quem pode nos garantir que, mesmo antes de chegarmos ao Eufrates, a metade dos nossos carregadores não terá morrido pelo caminho?

— Remendaríamos isso numa só batalha! — exclamou Ramsés.

— Uma batalha!... — repetiu o sacerdote. — Você sabe, príncipe, o que é uma batalha?

— Espero saber! — respondeu orgulhosamente o sucessor, batendo com a mão em seu gládio.

— Pois eu lhe asseguro — respondeu Mentezufis — que Vossa Alteza não tem a mínima ideia do que seja uma batalha. Pelo contrário, tem uma visão distorcida de como ela é de fato, em função das manobras nas quais sempre saiu vitorioso, muito embora em muitas delas devesse ter sido derrotado...

O príncipe ficou sombrio. O sacerdote tirou seu punho cerrado de dentro da toga e perguntou inesperadamente:

— Adivinhe, Alteza: o que tenho na mão?

— O que você tem na mão? — espantou-se o príncipe.

— Adivinhe rápido e certo — insistiu o sacerdote —, pois se você errar perderá dois regimentos.

— Um anel — disse o príncipe, divertido com a brincadeira.

Mentezufis abriu a mão e mostrou um pedaço de papiro.

— E agora, o que tenho? — voltou a perguntar.

— Um anel.

— Não, Alteza. Não um anel, mas um amuleto da santa Hátor — respondeu o sacerdote, acrescentando: — Acabei de lhe mostrar em que consiste uma batalha. No seu decurso, a cada momento, alguém nos estende a mão cerrada e exige que adivinhemos rápida e acertadamente o seu conteúdo. Podemos errar ou acertar, mas pobre daquele que errou mais vezes do que acertou... e ainda é muito mais miserável aquele a quem a sorte virou as costas e o fez cometer mais erros!

— E, no entanto, eu acredito... sinto aqui... — disse o sucessor, batendo no peito —que a Assíria tem de ser esmagada!

— O deus Amon fala através dos seus lábios — falou o sacerdote. — A Assíria tem de ser esmagada, até, talvez, pelos pés de Vossa Alteza... mas não neste momento... não imediatamente!...

E, dizendo isso, Mentezufis despediu-se, deixando o príncipe num estado quase febril.

"Hiram tinha razão quando me disse que os sacerdotes estavam nos enganando", pensou. "Agora, eu também estou convencido de que eles chegaram a algum tipo de acordo com os sacerdotes caldeus; um acordo que Sua Santidade será obrigado a ratificar. Será obrigado!... Como uma coisa dessas pode ser tolerada?... Ele, o senhor do mundo dos vivos, terá de apor sua assinatura num tratado maquinado por um bando de intrigantes!..."

Aos poucos, foi se acalmando.

"Por outro lado", voltou a refletir, "Mentezufis se traiu. Quer dizer que, em caso de necessidade, o Egito poderá formar um exército de meio milhão de homens?... Nem sonhei com tamanha força!... E eles acham que vou ficar com medo dos seus contos da carochinha sobre a sorte que nos manda fazer adivinhações. Se eu dispuser de duzentos mil soldados tão bem treinados como os regimentos gregos e líbios, estarei preparado para resolver todas as adivinhas, tanto as da terra como as do céu."

Enquanto isso, o venerável profeta Mentezufis voltava à sua cela, dizendo consigo mesmo:

400 | Bolesław Prus

"É um estouvado, mulherengo, aventureiro, mas tem bom caráter. Depois do adoentado e fraco faraó atual, tomara que ele faça nos lembrar dos tempos de Ramsés, o Grande. Daqui a dez anos, a configuração astral terá mudado, ele se aperceberá disso e esmagará a Assíria. Nínive será transformada num monte de entulho, a santa Babilônia recuperará o prestígio que lhe é devido, e o Deus Supremo, o Deus dos profetas egípcios e caldeus, passará a reinar desde o deserto líbio até o sagrado rio Ganges... Tomara que o nosso garoto não se ridicularize com aquelas escapadas noturnas à casa da sacerdotisa fenícia!... Se alguém o vir nos jardins de Ashtoreth, o povaréu poderá achar que o sucessor do trono está se convertendo à religião fenícia... e falta tão pouco para o Egito Inferior renegar seus deuses tradicionais!..."

Alguns dias depois, o distinto Sargon informou oficialmente o príncipe da sua posição de plenipotenciário do rei da Assíria, revelou o desejo de fazer uma visita de cortesia ao sucessor do trono e pediu uma escolta egípcia para poder, com toda a segurança, viajar a Mênfis e prostrar-se aos pés de Sua Santidade o faraó.

O príncipe levou dois dias para responder, marcando a audiência para dois dias mais tarde. O assírio, acostumado à tradicional lentidão nas negociações orientais, não ficou aborrecido e aproveitou o tempo bebendo da madrugada ao anoitecer, jogando dados com Hiram e outros dignitários asiáticos e, nos momentos livres, a exemplo de Ramsés, visitando Kama.

Sendo um homem mais velho e mais prático, a cada visita levava valiosos presentes à sacerdotisa. Quanto a seus sentimentos, revelava-os da seguinte forma:

— Por que você, Kama, fica aqui, em Pi-Bast? Enquanto manter sua juventude, você poderá desfrutar os prazeres de ser uma sacerdotisa de Ashtoreth; mas quando envelhecer, sua sorte acabará. Você será despida dos seus belos trajes, seu lugar será ocupado por outra, mais jovem, e você terá de garantir seu sustento lendo a sorte das pessoas ou atendendo partos. Por isso, lhe digo: abandone o templo e venha para o meu harém. Estou disposto a pagar por você dez talentos em ouro, quarenta vacas e cem medidas de cevada. Os sacerdotes vão dizer que temem a ira dos deuses, mas isso será somente para arrancar mais de mim. Então, eu lhes oferecerei mais algumas ovelhas, graças às quais eles providenciarão uma cerimônia na qual surgirá a divina Ashtoreth que a libertará dos seus votos, desde que eu acrescente mais uma corrente ou uma taça de ouro.

Kama, ao ouvir tais declarações, mordia os lábios para não rir, enquanto Sargon continuava:

— E se você for comigo para Nínive, passará a ser uma grande dama. Dar-lhe-ei um palácio, cavalos, liteiras, empregadas e escravas. Em um mês, você derramará sobre si mais perfumes do que as pessoas oferecem num ano à sua deusa. Finalmente, quem sabe se o rei Assar não quererá levá-la para o seu harém? Nesse caso, você ficaria ainda mais feliz, e eu recuperaria meu investimento.

No dia marcado para a audiência de Sargon, o palácio do sucessor do trono foi cercado por tropas egípcias e por uma multidão ansiosa por espetáculo.

Perto do meio-dia, quando o calor era mais intenso, surgiu o séquito assírio. Era precedido por policiais armados com espadas e bastões e vários corneteiros e arautos desnudos. A cada esquina, os corneteiros tocavam seus instrumentos, e o arauto anunciava:

— Eis que se aproxima o plenipotenciário do poderoso rei Assar, o distintíssimo Sargon, aparentado do rei, dono de vastas terras, vencedor de diversas batalhas, governador de uma província! Povo do Egito! Preste as devidas homenagens a um amigo de Sua Santidade o faraó!

Atrás dos corneteiros, vinham algumas dezenas de cavaleiros assírios, vestidos com gorros pontudos, casacos curtos e calças

402 | Bolesław Prus

apertadas. Seus peludos e resistentes cavalos tinham a cabeça e o peito protegidos por malhas de escamas de bronze.

Em seguida, marchava a infantaria, com capacetes e longos mantos até o chão. O primeiro destacamento estava armado com pesadas maças, o segundo com arcos e o terceiro com lanças e escudos. Além disso, todos portavam espadas e armaduras.

Atrás dos soldados, vinham cavalos, carroças e liteiras de Sargon, cercadas de empregados vestidos com trajes brancos, vermelhos e verdes... Por fim, surgiram cinco elefantes com liteiras nos dorsos. Numa estava Sargon e em outra o sacerdote caldeu Istubar.

O séquito era fechado por mais soldados — alguns a pé e outros montados — e pela horripilante música asiática, produzida por trombetas, tambores e pífaros agudos e estridentes.

O príncipe Ramsés, acompanhado de sacerdotes, oficiais e nobres vestidos com luxo e pompa, aguardava o emissário numa enorme sala de audiências, aberta de todos os lados. O sucessor estava contente, pois os assírios traziam presentes, o que, aos olhos dos espectadores egípcios, poderia dar a impressão de que estavam pagando tributos. No entanto, ao ouvir a voz do arauto anunciando a grandeza de Sargon, o príncipe adotou um ar taciturno. E quando chegou o momento no qual o arauto dizia que o rei Assar era um amigo do faraó, ficou furioso; suas narinas se dilataram como as de um touro, e centelhas de raiva brilharam nos seus olhos. Ao ver isso, os oficiais e os nobres começaram a fazer cara de mau e a ajeitar seus gládios. O santo Mentezufis notou aquela atitude e exclamou:

— Em nome de Sua Santidade, ordeno aos oficiais e aos nobres que recebam o distinto Sargon com o respeito devido ao emissário de um grande rei!

O sucessor do trono cerrou o cenho e passou a andar nervosamente sobre o estrado no qual se encontrava o seu trono. Mas os obedientes oficiais e nobres mudaram imediatamente de atitude, sabendo que com Mentezufis, assistente do ministro da Guerra, não se podia brincar.

Enquanto isso, os grandes e pesadamente vestidos guerreiros assírios se postaram em formação de três fileiras, cara a cara com os ágeis e semidesnudos soldados egípcios. Os dois grupos ficaram se mirando, como um bando de tigres e uma manada de rinocerontes. Nos corações de uns e outros ardia a chama do ódio imemorial, mas a voz do comando falava mais alto.

No mesmo instante, adentraram o pátio os elefantes, soaram as trombetas egípcias e assírias, os soldados de ambos os países ergueram suas armas, o populacho se prostrou ao chão e os dois dignitários assírios — Sargon e Istubar — desceram das suas liteiras.

Na sala, o príncipe Ramsés sentou-se no trono debaixo de um baldaquino, e o arauto anunciou:

— Distintíssimo representante e sucessor do faraó, que possa viver eternamente! O digno Sargon, plenipotenciário do magnífico rei Assar, e seu acompanhante, o pio profeta Istubar, desejam saudá-lo e apresentar-lhe seus respeitos!

— Peça aos distintos dignitários que entrem e alegrem o meu coração com sua visão — respondeu o príncipe.

Sargon e Istubar adentraram a sala; o primeiro, vestido num longo traje verde ricamente bordado com fios de ouro, e o segundo, num manto branco como a neve. Atrás deles, entraram os luxuosamente vestidos nobres assírios, trazendo presentes.

Sargon aproximou-se do estrado e disse, em sua língua — o que foi imediatamente traduzido pelo intérprete:

— Eu, Sargon, líder militar, sátrapa e parente do mais poderoso dos monarcas, Assar, venho saudá-lo, representante do mais poderoso dos faraós, e, a título de amizade eterna, oferecer-lhe dádivas...

O sucessor apoiou as mãos sobre os joelhos e permaneceu imóvel, parecendo uma estátua de seus antepassados reais.

404 | Bolesław Prus

— Intérprete — perguntou Sargon —, você traduziu corretamente a minha gentil saudação ao príncipe?

Mentezufis, parado junto do estrado, inclinou-se junto aos ouvidos de Ramsés.

— Alteza — sussurrou. — O distinto Sargon aguarda uma resposta gentil da sua parte.

— Então lhe diga — explodiu o príncipe — que não consigo compreender em qual lei ele se baseia para se dirigir a mim como se fôssemos do mesmo estrato social.

Mentezufis ficou sem saber o que fazer, o que irritou ainda mais o príncipe, cujos lábios começaram a tremer e os olhos a lançar chamas. Mas o caldeu Istubar, que falava egípcio, disse a Sargon:

— Prostremo-nos ao chão!

— Por que eu deveria prostrar-me? — perguntou Sargon, em tom ofendido.

— Prostre-se, se você não quiser perder as boas graças do nosso rei e, quem sabe, até a cabeça...

E, dizendo isso, Istubar lançou-se por terra, no que foi acompanhado por Sargon.

— Por que devo ficar deitado com a barriga no chão diante deste pirralho? — rosnava, furioso, o segundo.

— Porque ele é o representante do faraó — respondeu Istubar.

— E eu não sou o representante do meu rei?

— Sim, mas ele será um rei, e você, não.

— O que estão discutindo entre si os nobres representantes do mais poderoso rei Assar? — perguntou ao intérprete o já apaziguado príncipe.

— Se devem mostrar a Vossa Alteza os presentes destinados ao faraó ou entregar apenas os que foram enviados a Vossa Alteza — respondeu o esperto tradutor.

O Faraó | 405

— Sim. Gostaria de ver os presentes destinados ao meu venerável pai — disse o príncipe — e permito aos emissários que se levantem.

Sargon, com o rosto vermelho — não se sabe se de raiva ou de esforço —, se ergueu, sentando pesadamente no chão, com os pés recolhidos e cruzados.

— Não sabia — exclamou — que eu, parente e plenipotenciário do grande Assar, teria de limpar com as minhas roupas o chão do representante do faraó!

Mentezufis, que falava assírio, imediatamente e sem pedir permissão a Ramsés, mandou que fossem trazidos dois bancos cobertos com tapetes, nos quais se sentaram os dois dignitários: o resfolegante Sargon e o calmo Istubar.

Sargon ordenou que lhe fossem trazidas uma taça de vidro, uma espada de aço e dois cavalos com arreios de ouro, e quando as ordens foram cumpridas, ergueu-se, fez uma reverência e disse:

— O meu amo, rei Assar, envia-lhe, príncipe, um par de belíssimos cavalos, que possam levá-lo somente a vitórias. Envia, também, esta taça, desejando que dela possa escorrer sempre alegria para o seu coração, e esta espada, igual à qual jamais poderá ser encontrada outra fora da armaria do mais poderoso dos monarcas.

Tendo dito isso, desembainhou a espada e começou a dobrar sua lâmina, que brilhou como se fosse de prata. A lâmina dobrou-se como um arco e, ao ser solta, voltou a ficar reta.

— Realmente, é uma arma belíssima... — disse Ramsés.

— Com sua permissão, gostaria de demonstrar mais uma de suas qualidades — disse Sargon, que, podendo se orgulhar de uma arma assíria, incomparável a qualquer outra naqueles tempos, chegou a deixar de lado sua raiva.

Atendendo a um pedido seu, um dos oficiais desembainhou o gládio de bronze, erguendo-o em posição de ataque. Sargon levantou sua espada de aço e, com um golpe rápido, cortou fora um pedaço da lâmina de seu oponente.

Um murmúrio de espanto percorreu a sala, enquanto o rosto de Ramsés enrubescia.

"Este estrangeiro", pensou, "me impediu de matar aquele touro na arena, quer casar com Kama e me mostra uma arma que corta os nossos gládios como se eles fossem feitos de serragem!..." E sentiu ainda mais ódio do rei Assar, de todos os assírios em geral e de Sargon em especial. Apesar disso, fez esforço para manter o controle e, gentilmente, pediu a Sargon que lhe mostrasse as oferendas destinados ao faraó.

Foram trazidos grandes caixotes de madeira perfumada, dos quais os mais distintos dignitários assírios retiravam peças preciosas: taças, vasos, armas de aço, arcos feitos dos chifres de bodes selvagens, armaduras douradas e fivelas cravejadas de pedras preciosas.

No entanto, a peça mais preciosa era uma maquete do palácio do rei Assar, feita em ouro e prata. Era composta de quatro edifícios, cada vez menores, construídos uns sobre os outros, todos cercados de colunas e que, em vez de telhados, tinham terraços. Todas as entradas eram guardadas por figuras de leões ou touros alados com cabeças humanas. Do lado das escadarias havia estátuas de súditos reais trazendo oferendas e, do lado da ponte, figuras de cavalos nas mais diversas posições. Sargon afastou uma das paredes da maquete, e todos puderam ver aposentos repletos de móveis e utensílios de grande beleza e valor. O que mais deslumbrou os presentes foi a visão da sala de audiências, na qual havia figuras representando o rei sentado em seu trono, bem como seus cortesãos, soldados e súditos com dádivas.

A maquete tinha o comprimento de dois homens deitados e a altura de um. Os egípcios sussurravam entre si que apenas aquela oferenda do rei Assar valia mais de 150 talentos.

Quando os caixotes foram retirados, o príncipe convidou os dois emissários e todo seu séquito para um banquete em sua homenagem, no decurso do qual os visitantes foram cobertos de presentes. Ramsés avançou tanto na sua hospitalidade que, ao notar que uma de suas mulheres agradara a Sargon, deu-a a ele, obviamente com a concordância desta e da sua mãe.

Manteve-se polido e generoso, mas continuava com o semblante sombrio, e quando Tutmozis lhe perguntou se não achara lindo o palácio de Assar, respondeu:

— Teria achado ainda mais lindo se o tivesse visto entre as ruínas de Nínive...

Durante o banquete, os assírios foram comedidos no consumo de bebidas alcoólicas. Apesar da grande quantidade de vinho à disposição, beberam pouco, e menos ainda deram seus costumeiros gritos. Sargon não soltou sequer uma vez a sua sonora gargalhada; com as pálpebras levemente baixadas, meditava profundamente.

Somente os dois sacerdotes — o caldeu Istubar e o egípcio Mentezufis — mantinham-se serenos e imperturbáveis, como costuma acontecer com pessoas a quem fora dado o conhecimento do futuro — e o poder de controlá-lo.

capítulo 36

APÓS A RECEPÇÃO NO PALÁCIO DO PRÍNCIPE, SARGON AINDA PERmaneceu em Pi-Bast, aguardando cartas do faraó, enquanto entre os oficiais e os nobres voltaram a circular os mais estranhos boatos.

Os fenícios diziam (evidentemente, em mais absoluto segredo) que os sacerdotes, por motivos incompreensíveis, não só perdoaram aos assírios as dívidas vencidas e os desobrigaram do pagamento de tributos futuros, mas, além disso, no intuito de lhes facilitar a luta contra uma rebelião ao norte do seu país, firmaram com eles um duradouro tratado de paz.

— O faraó — diziam os fenícios — chegou a ficar ainda mais doente ao tomar conhecimento das vantagens oferecidas aos bárbaros. O príncipe Ramsés vagueia com ar soturno, mas ambos têm de ceder aos sacerdotes, sem terem a certeza da lealdade dos nobres e do exército.

Foi este último ponto que mais revoltou os aristocratas.

— Será possível — sussurravam entre si os endividados magnatas — que a dinastia não confia mais em nós?... Quer dizer que os sacerdotes se uniram para desonrar e arruinar o Egito?... Pois

O Faraó | **409**

está claro que se a Assíria está travando uma guerra, este seria o momento mais adequado para atacá-la e sanear as finanças do país e dos aristocratas com o produto dos saques.

Alguns dos nobres mais jovens ousaram perguntar a opinião do sucessor sobre os bárbaros. O príncipe não respondia, mas bastava ver o brilho de seus olhos e seus lábios cerrados para ficar claro o que pensava deles.

— Tudo indica — continuavam a sussurrar os nobres — que a dinastia está sendo engabelada pelos sacerdotes, não confia nos seus aristocratas e, com isso, expõe o Egito a grandes desgraças.

A raiva oculta foi se transformando em reuniões secretas, que mais pareciam uma conspiração. E, embora tais acontecimentos envolvessem muitas pessoas, a convencida — ou cega — classe sacerdotal não os percebeu, enquanto Sargon, embora pressentisse o ódio no coração dos egípcios, não lhes deu qualquer importância.

O emissário do rei Assar sabia que o príncipe o detestava, mas atribuía tal estado de alma ao que se passara no circo e, mais ainda, aos ciúmes por causa de Kama. Confiando em sua imunidade diplomática, bebia e se banqueteava sem cessar, escapando quase todas as noites para visitar a sacerdotisa fenícia, que aceitava cada vez mais graciosamente sua corte e seus presentes.

E era este o clima que reinava nos estratos mais elevados da sociedade quando, certa noite, apareceu no palácio de Ramsés o santo Mentezufis, dizendo que precisava ver o príncipe imediatamente.

Os cortesãos responderam que o sucessor estava com uma de suas mulheres, portanto não podia ser perturbado. Mas, diante da insistência de Mentezufis, foram chamá-lo.

O príncipe apareceu logo, aparentando não estar aborrecido.

— O que foi? — perguntou ao sacerdote. — Será que eclodiu uma guerra, para que Vossa Eminência tenha de se incomodar a altas horas da noite?

410 | Bolesław Prus

Mentezufis olhou atentamente para Ramsés e deu um suspiro de alívio.

— Vossa Alteza não saiu do palácio esta noite? — indagou.

— Não.

— Posso garantir isso com a minha palavra sacerdotal?

O príncipe se espantou.

— Quero crer — respondeu com empáfia — que a sua palavra não será mais necessária, já que eu dei a minha. O que está se passando?

— Vossa Alteza sabe — dizia o sacerdote, excitado — o que aconteceu cerca de uma hora atrás? O distinto Sargon foi atacado por um bando de moleques e agredido com bastões!

— Que moleques?... Onde?...

— Perto da residência da sacerdotisa fenícia chamada Kama — respondeu Mentezufis, voltando a olhar atentamente para o rosto do príncipe.

— Rapazes valentes! — respondeu o príncipe, dando de ombros. — Atacar um homem tão forte!... Imagino que alguns ossos foram quebrados.

— Mas uma agressão a um emissário... Vossa Alteza deve levar em consideração que ele está sob a proteção da majestade da Assíria e do Egito — dizia o sacerdote.

— Ha! Ha! Ha! — riu o príncipe. — Quer dizer que o rei Assar agora envia emissários até a dançarinas fenícias?

Mentezufis ficou estupefato. Depois, bateu com a mão na testa e, também rindo, exclamou:

— Veja, meu príncipe, como sou simplório e pouco familiarizado com etiquetas diplomáticas! Não me dei conta de que Sargon ao vaguear à noite perto da casa de uma mulher de fama suspeita não é mais um emissário, mas um homem como outro qualquer!

No entanto, emendou-se logo depois:

O Faraó | 411

— Assim mesmo, o que aconteceu foi muito grave e poderá provocar má vontade de Sargon para com o Egito...

— Meu caro sacerdote! — exclamou o príncipe, meneando a cabeça. — Você não se deu conta de uma coisa muito mais importante: de que o Egito não precisa temer, nem mesmo se preocupar, com as boas ou más relações com Sargon, nem com o próprio rei Assar!

Mentezufis ficou tão desconcertado com o acerto da afirmação do jovem príncipe que, em vez de responder, fez uma profunda reverência, murmurando:

— Os deuses o agraciaram, príncipe, com a sabedoria dos sumos sacerdotes... Eu já estava querendo ordenar que aqueles desordeiros fossem caçados, mas agora peço seu conselho, porque você é o sábio dos sábios. Portanto, me diga, grande amo: o que devemos fazer com Sargon e aqueles aventureiros?

— Antes de tudo, esperar até o amanhecer — respondeu o sucessor. — Como um sacerdote, você sabe melhor do que ninguém que o divino sono costuma trazer bons conselhos.

— E se, ao acordar, eu ainda não souber o que fazer? — perguntou Mentezufis.

— De qualquer modo, vou visitar Sargon e me esforçarei para que esse tolo incidente não fique guardado na sua memória.

O sacerdote despediu-se do príncipe com profundo respeito e, retornando à sua cela, disse para si mesmo:

"Estou pronto para deixar que arranquem fora o meu coração se o príncipe teve algo a ver com esta história; ele não participou, não induziu ninguém a participar e nem sabia dela. Quando alguém analisa um acontecimento de forma tão fria e acertada, não pode ser coparticipante. Sendo assim, posso mandar iniciar uma investigação e, caso não consigamos aplacar a ira daquele bárbaro cabeludo, mandarei que os culpados sejam submetidos a um julgamento. Que bela forma de se iniciar um tratado de paz entre duas nações!"

412 | Bolesław Prus

No dia seguinte, o distinto Sargon ficou na cama até o meio-dia, algo que costumava fazer com frequência após noites de bebedeira. Junto dele e sentado num baú, estava o pio Istubar, com os olhos fixos no teto e murmurando preces.

— Istubar — suspirou o dignitário —, você tem certeza de que ninguém da minha corte sabe da desgraça que se abateu sobre mim?

— Como alguém poderia saber se ninguém o viu?

— Mas os egípcios!... — gemeu Sargon.

— Os únicos egípcios que estão a par do que aconteceu são Mentezufis, o príncipe e... aqueles malucos que o atacaram e que, na certa, hão de se lembrar dos seus punhos por muito tempo.

— É bem possível que sim, só que tive a impressão de que o sucessor do trono estava no meio deles e deve estar com o nariz quebrado...

— O nariz do sucessor está perfeito, e ele não esteve lá; asseguro-lhe isso.

— Nesse caso — continuava a suspirar Sargon —, o príncipe deveria mandar empalar alguns dos seus homens. Afinal, sou um emissário e o meu corpo é sagrado!...

— E eu lhe aconselho — falou Istubar — a expulsar a raiva do seu coração e não prestar queixa formal. Pois caso aqueles arruaceiros venham a ser julgados, todo mundo ficará sabendo que o emissário do mais distinto rei Assar anda se associando com fenícios e, o que é ainda pior, visita-os sozinho, no meio da noite. O que você responderá, quando seu inimigo mortal, o chanceler Lik-Bagus, lhe perguntar: "Sargon, que fenícios eram aqueles com os quais você se encontrava e sobre o que conversava com eles, à noite, em seu templo?..."

Sargon continuava suspirando, se é que podem ser chamados de suspiros sons que mais pareciam rosnados de um leão.

O Faraó | **413**

De repente, um dos oficiais assírios entrou correndo no aposento de Sargon. Ajoelhou-se, bateu com a testa no chão e disse:

— Luz do nosso amo!... O pátio está cheio de magnatas e dignitários egípcios e, entre eles, o sucessor do trono em pessoa... Ele quer entrar, aparentemente para saudá-lo...

No mesmo instante, antes mesmo de Sargon dar qualquer ordem, o príncipe surgiu na porta do aposento. Empurrando para o lado um gigantesco assírio, aproximou-se da cama na qual o constrangido emissário não sabia como agir: fugir, nu em pelo, para um outro quarto ou esconder-se debaixo dos lençóis?

Na porta, estavam vários oficiais assírios, espantados com a entrada intempestiva do sucessor, contrária a quaisquer formas de etiqueta. Istubar fez um sinal com a mão, e eles desapareceram por trás das cortinas.

O príncipe estava sozinho; deixara seu séquito no pátio.

— Saudações, emissário de um rei poderoso e hóspede do faraó — disse. — Vim fazer-lhe uma visita e perguntar se precisa de algo. E se você estiver disposto e tiver tempo para isso, gostaria de convidá-lo a um passeio equestre pelas redondezas comigo. Estaremos acompanhados pelo meu séquito, como convém a um emissário do poderoso rei Assar, que possa viver eternamente!

Sargon escutava deitado, sem entender uma palavra sequer. Mas quando Istubar lhe traduziu o discurso do príncipe, ficou tão encantado que começou a bater com a cabeça nas cobertas, repetindo os nomes "Assar e Ramsés". Quando finalmente se acalmou, pediu desculpas pelo lamentável estado no qual foi encontrado por um visitante tão ilustre, e acrescentou:

— Não leve a mal, distinto príncipe, que um verme ignóbil como eu demonstre de uma forma tão estranha a alegria por sua visita. Mas é que estou duplamente feliz: primeiro, por ser agraciado por uma honra de tal calibre e, segundo, por ter pensado, na minha

414 | Bolesław Prus

mente tola e obscura, que foi Vossa Alteza que ordenou aquele ataque à minha pessoa. Tive até a impressão de que, no meio das bastonadas que caíam sobre as minhas costas, havia um bastão seu, que batia com mais força que os demais!

O calmo Istubar traduziu ao príncipe o que dissera Sargon. Ao que este respondeu com uma dignidade efetivamente majestática:

— Pois você se enganou, Sargon. Se você mesmo não tivesse admitido seu erro, eu mandaria lhe aplicar algumas bastonadas, para você se lembrar para sempre que pessoas como eu não costumam atacar um homem sozinho.

Antes mesmo de Istubar ter concluído a tradução da resposta, Sargon arrastou-se até os pés do príncipe e abraçou seus joelhos, exclamando:

— Grande rei! Grande monarca! Glória ao Egito por ter um mandatário de tal calibre!

Ao que o príncipe falou:

— E lhe direi mais, Sargon. Se você foi atacado ontem à noite, garanto-lhe que nenhum dos meus cortesãos participou desse ato ignóbil. Você é forte como um touro e deve ter arrebentado alguns crânios na refrega. Como poderá constatar, todos os que me são próximos estão totalmente sadios.

— Sábias palavras! — sussurrou Sargon para Istubar.

— No entanto — continuou o príncipe —, mesmo que esse ato não tenha sido causado por mim nem por nenhum dos meus cortesãos, sinto-me na obrigação de amenizar sua mágoa para com uma cidade que o recebeu de forma tão indigna. E é por isso que vim visitá-lo, por isso que abro as portas do meu palácio a você a qualquer hora, de dia ou de noite, assim que você tiver vontade de me visitar. E é por isso... que peço que aceite este pequeno presente da minha parte...

E dizendo isso, o príncipe enfiou a mão na túnica e retirou dela uma corrente de ouro incrustada com rubis e safiras.

O gigantesco Sargon chegou a chorar de emoção, o que comoveu o príncipe, mas não Istubar. O sacerdote sabia que Sargon dispunha de um estoque de lágrimas, acessos de raiva e ataques de alegria prontos para qualquer eventualidade, como cabe ao emissário de um sábio rei.

O sucessor ficou ainda por alguns minutos, depois se despediu do emissário. Ao sair, pensou consigo que os assírios, apesar de sua barbárie, não eram de todo maus, já que sabiam apreciar a generosidade.

Sargon, por sua vez, ficou tão excitado que mandou que lhe trouxessem imediatamente vinho, e ficou bebendo, bebendo, bebendo, até o anoitecer.

Quando já era noite, o sacerdote Istubar saiu do aposento de Sargon, para logo retornar por uma porta secreta. Estava acompanhado de dois homens vestidos com mantos negros. Quando estes abaixaram seus capuzes, Sargon reconheceu o sumo sacerdote Mefres e o profeta Mentezufis.

— Trazemos-lhe, distinto plenipotenciário, boas novas — disse Mefres.

— Tomara que eu lhes possa retribuir da mesma forma! — exclamou Sargon. — Sentem, santos padres. Embora eu esteja com os olhos avermelhados, podem falar comigo como se eu estivesse sóbrio... porque eu, mesmo embriagado, tenho a mente aguçada... talvez até ainda mais do que quando estou sóbrio, não é verdade, Istubar?

— Podem falar livremente — confirmou o caldeu.

— Hoje — disse Mentezufis — recebi uma carta de Sua Eminência o ministro Herhor. Ele nos escreve que o faraó — que possa viver eternamente! — aguarda sua chegada a Mênfis, e que Sua Santidade — que possa viver eternamente! — está predisposto a assinar um tratado com vocês.

416 | Bolesław Prus

Sargon se balançava sobre a cama, mas seus olhos estavam quase sóbrios.

— Partirei imediatamente — disse — ao encontro de Sua Santidade o faraó — que possa viver eternamente! —, colocarei, em nome do meu monarca, o meu selo no tratado, desde que ele esteja escrito em tabuletas de barro e com letras cuneiformes... pois não sei lidar com hieróglifos... Passarei o dia inteiro deitado de bruços diante de Sua Santidade — que possa viver eternamente! — e assinarei o tratado... Mas será que vocês serão capazes de o cumprir?... Ha! Ha! Ha!... Isso eu já não sei...

— Como você ousa, servo do grande Assar, duvidar da boa-fé do nosso monarca?! — exclamou Mentezufis.

— Não estou me referindo a Sua Santidade — respondeu Sargon —, mas ao sucessor do trono.

— Trata-se de um jovem cheio de sabedoria que, sem um momento de hesitação, cumprirá as ordens do seu pai e do Conselho Sacerdotal — falou Mefres.

— Ha! Ha! Ha!... — voltou a gargalhar o embriagado bárbaro. — O vosso príncipe! Oh, meus deuses, arranquem fora os meus membros se eu estiver mentindo, mas como eu gostaria que a Assíria pudesse ter um sucessor desses! O sucessor do trono assírio é um sábio, um sacerdote... Ele, antes de empreender uma guerra, espreita as estrelas no céu e, depois, olha debaixo do traseiro de galinhas... Enquanto o de vocês quererá saber apenas de quantos homens dispõe e onde está o inimigo, caindo sobre ele como uma águia sobre um bode. Eis um rei digno desse nome! Eis um líder nato!... Ele não é do tipo que escuta conselhos de sacerdotes... ele vai se aconselhar com sua própria espada, e vocês terão de cumprir suas ordens... E é por isso que, embora eu vá assinar o tratado com vocês, direi ao meu amo que atrás do adoentado rei e dos sábios sacerdotes oculta-se o jovem sucessor do trono... um leão e um touro numa só pessoa, que tem mel na boca e raios no coração!

— Com o que você estaria dizendo uma mentira — disse Mentezufis. — Porque o nosso príncipe, embora impetuoso e farrista como qualquer outro jovem, sabe respeitar os conselhos dos sábios e das maiores autoridades do país.

Sargon meneou a cabeça.

— Oh, vocês, sábios!... Conhecedores da escrita!... Especialistas em decifrar estrelas!... — dizia de forma zombeteira. — Eu não passo de um simples general, um simplório que sem um selo nem é capaz de escrever seu próprio nome... Vocês são sábios e eu, um ignorante, mas pelas barbas do meu soberano, eu não trocaria a minha sabedoria pela de vocês... Porque vocês são pessoas às quais abriu-se um mundo de tabuletas de barro e de papiros, mas fechou-se o mundo real, no qual todos vivemos... Eu não passo de um simplório, mas tenho um faro de cão, e assim como um cão consegue sentir o cheiro de um urso escondido, eu consigo, com o meu nariz avermelhado, reconhecer um herói. Vocês estão convencidos de que poderão fazer com que o príncipe siga seus conselhos... Pois saibam que ele já os enfeitiçou como uma cobra enfeitiça pombos. Eu, pelo menos, não iludo a mim mesmo, e embora o príncipe esteja sendo tão bom para mim como se fosse meu próprio pai, sinto, através da minha pele, que ele odeia a mim e aos assírios, assim como um tigre odeia um elefante... Se vocês lhe derem exército, ele, em menos de três meses, estará às portas de Nínive!

— Mesmo se tudo isso que você está dizendo fosse verdade — interrompeu-o Mentezufis —, mesmo se o príncipe quisesse atacar Nínive, ele não o fará.

— E quem o impedirá quando ele se tornar faraó?

— Nós.

418 | Bolesław Prus

— Vocês?... Vocês?... Ha! Ha! Ha!... — riu Sargon. — Vocês continuam se iludindo, achando que o garoto não sabe do tratado... Pois eu... eu... permitirei ser empalado e esquartejado se ele não estiver a par de tudo. Vocês acham que os fenícios estariam tão tranquilos se não soubessem que o leão egípcio vai protegê-los do touro assírio?

Mentezufis e Mefres trocaram um olhar. Estavam quase apavorados com a genialidade do bárbaro que, com coragem e clareza, lhes revelava algo que eles nem sequer suspeitavam. Com efeito, o que aconteceria se o sucessor do trono descobrisse seus intentos e até não quisesse cumpri-los?

O temporário mal-estar foi interrompido pela voz de Istubar, que até aquele momento se mantivera calado:

— Sargon. Você está se metendo em assuntos que não lhe cabem. Sua obrigação é assinar com o Egito um tratado desejado pelo nosso amo. Quanto ao que sabe ou não sabe, ou o que fará ou não fará o sucessor do trono deles, isso não é da sua conta. Já que o eternamente vivo Conselho Supremo dos Sacerdotes nos garantiu, o tratado será cumprido. Já como isso será feito, é algo que não nos cabe tentar deduzir.

O tom seco usado por Istubar acalmou a borbulhante alegria do plenipotenciário assírio. Ele meneou tristemente a cabeça e murmurou:

— Nesse caso, sinto pelo garoto! É um grande guerreiro e um monarca generoso!

capítulo 37

APÓS A VISITA A SARGON, OS DOIS SANTOS HOMENS, MEFRES E MEN-tezufis, retornaram mergulhados em seus pensamentos.

— Quem sabe — disse Mentezufis — se Sargon não está certo quanto ao nosso príncipe?

— Vamos ter de sondá-lo — respondeu Mefres.

E, com efeito, já no dia seguinte os dois sacerdotes, mostrando rostos muito sérios, foram procurar o príncipe.

— O que houve? — perguntou este. — Será que o distinto Sargon voltou a realizar novas missões noturnas?

— Infelizmente, não estamos preocupados com Sargon, mas com os boatos de que Vossa Alteza está mantendo estreitas relações com os fenícios — respondeu o sumo sacerdote.

— E os fenícios são perigosos; os maiores inimigos da nossa nação — ajuntou Mefres.

Após essas palavras, o príncipe começou a desconfiar do real motivo da visita dos profetas, e seu sangue ferveu. Ao mesmo tempo, se deu conta de que aquilo era o início de um jogo entre ele e a casta sacerdotal, e, como cabia a um filho de faraó, conseguiu controlar seus sentimentos. Seu rosto adquiriu uma expressão de inocente curiosidade.

420 | Bolesław Prus

— Se vocês, santos pais — disse —, me emprestassem dinheiro e tivessem belas jovens em seus templos, minhas relações com vocês seriam ainda mais estreitas. Como não é o caso, tenho que me dar com os fenícios.

— Andam dizendo por aí que Vossa Alteza costuma visitar, à noite, aquela sacerdotisa fenícia...

— E tenho que fazer isso até aquela tola jovem recuperar a inteligência e se mudar para a minha casa. Mas não fiquem preocupados; ando sempre armado, e caso alguém ouse me atacar...

— Mas foi por causa dessa fenícia que Vossa Alteza passou a sentir antipatia pelo plenipotenciário do rei da Assíria.

— Não por causa dela, mas por ele feder a sebo... Mas, afinal, aonde vocês querem chegar?... Vocês, santos pais, não são zeladores das minhas mulheres e, pelo que me consta, Sargon não lhes pediu que zelassem pelas dele... Portanto, o que querem?

Mefres ficou tão confuso que seu crânio rapado ficou rubro.

— Vossa Alteza disse uma verdade ao afirmar que não devemos nos meter em seus assuntos amorosos e na forma com que lida com eles — respondeu. — No entanto... há uma coisa mais grave: o povo está se perguntando por que o esperto Hiram lhe emprestou tão facilmente cem talentos, mesmo sem pedir garantias reais...

Os lábios do príncipe tremeram, mas, mesmo assim, conseguiu se controlar e responder calmamente:

— Não tenho culpa por Hiram confiar mais em mim do que confiam os magnatas egípcios! Ele sabe muito bem que eu me desfaria das armas que herdei do meu avô para pagar o que lhe devo... Não creio que preciso lhes dizer, santos pais, que os fenícios são melhores negociantes que os egípcios. Um ricaço egípcio demoraria meses para tomar uma decisão, demandaria garantias reais e juros elevados. Já os fenícios, que conhecem melhor o coração dos príncipes, nos emprestam dinheiro sem quaisquer exigências, notários ou testemunhas.

O sumo sacerdote ficou tão irritado com a calma ironia de Ramsés que cerrou os lábios. Mentezufis veio em sua ajuda, perguntando repentinamente:

— O que Vossa Alteza diria se nós firmássemos um acordo com a Assíria, entregando a ela todo o norte da Ásia, junto com a Fenícia?

— Diria que somente traidores poderiam tentar convencer o faraó a assinar um tratado desses — respondeu calmamente o príncipe.

— E se a segurança do país dependesse desse tratado? — insistiu Mentezufis.

— Afinal, o que vocês querem de mim?! — explodiu o príncipe. — Metem-se nos meus assuntos privados, querem saber das minhas mulheres e dívidas, cercam-me de espiões, ousam me recriminar e, agora, chegam ao cúmulo de me fazer perguntas ardilosas! Pois eis o que tenho a lhes dizer: preferiria morrer a assinar um tratado desses... Felizmente, isso não depende de mim, mas de Sua Santidade, cujos desejos têm de ser cumpridos por todos.

— Então, o que Vossa Alteza faria se fosse o faraó?

— Aquilo que demandam a honra e a segurança da nação.

— Não tenho dúvida disso — disse Mentezufis. — Mas o que Vossa Alteza considera como "a segurança da nação"?... Onde devemos procurar essa definição?...

— E o Conselho Supremo existe para quê?! — exclamou o príncipe, com fingida irritação. — Vocês sempre afirmaram que ele é formado por sábios... Portanto, cabe a ele assumir a responsabilidade por um tratado que, na minha opinião, é desonroso e prejudicial ao Egito!

— E como Vossa Alteza pode saber se não foi exatamente assim que agiu seu santo pai? — falou Mentezufis.

422 | Bolesław Prus

— Se é assim, por que vocês me fazem essas perguntas todas?!... O que significa este interrogatório?!... Quem lhes deu o direito de olhar no fundo do meu coração?!...

O príncipe fingia estar tão furioso que ambos os sacerdotes se acalmaram.

— Vossa Alteza fala como um egípcio autêntico — disse Mefres. — Sem dúvida alguma, um tratado desses seria também muito penoso para nós. No entanto, há ocasiões em que a segurança do país demanda render-se a determinadas circunstâncias...

— E o que poderia obrigá-los a isso?! — exclamou o príncipe. — Perdemos alguma batalha vital? Não temos mais exércitos?

— Os remadores do navio no qual o Egito navega pelo rio Nilo são os deuses — respondeu o sumo sacerdote, num tom solene —, e seu timoneiro é o Deus Supremo. Vez por outra, eles param e desviam o navio, no intuito de evitar perigosos redemoinhos, que nós não conseguimos enxergar. Nesses casos, cabe a nós nos munirmos de paciência e sermos obedientes, pelo que seremos recompensados mais tarde, de uma forma inimaginável por nós, simples mortais.

Após esta solene declaração, os sacerdotes despediram-se do príncipe, convencidos de que ele, embora contrário ao tratado, não o romperia e asseguraria ao Egito o indispensável período de paz.

Quanto a Ramsés, assim que os dignitários saíram, chamou Tutmozis e, ficando a sós com ele, deixou aflorar a contida raiva e a dor. Atirou-se sobre seu leito, contorcendo-se como uma serpente, batendo com os punhos na cabeça e chorando.

O assustado Tutmozis ficou aguardando até que passasse o ataque de fúria do sucessor. Depois, deu-lhe uma taça de vinho misturado com água, borrifou-o com fragrâncias e, finalmente, sentou-se a seus pés e perguntou pelo motivo de tamanho desespero.

— Acabo de me convencer — disse Ramsés — que os nossos sacerdotes firmaram um desonroso tratado com a Assíria... Sem

O Faraó | **423**

uma guerra, mesmo sem quaisquer demandas!... Você pode imaginar quanto estamos perdendo?!...

— Dagon me disse que a Assíria quer se apossar da Fenícia. Mas os fenícios não estão tão preocupados assim, pois o rei Assar está envolvido numa guerra nas suas fronteiras setentrionais, onde vivem povos valentes e guerreiros. De qualquer modo, os fenícios terão alguns anos de paz para se armar e encontrar aliados à sua causa...

O príncipe fez um gesto de impaciência com a mão.

— Está vendo? — interrompeu a fala de Tutmozis. — Até a Fenícia está se armando e, talvez, armando todos os seus vizinhos. Diante disso, nós vamos perder os tributos devidos pela Ásia, que chegam a... você não vai acreditar!... a mais de cem mil talentos!... Por deuses, esta soma encheria imediatamente o tesouro do faraó e, caso nós ainda atacássemos a Assíria num momento adequado, acharíamos incontáveis tesouros em Nínive e no próprio palácio do rei Assar!...

A indignação do príncipe fez com que ele se levantasse e passasse a andar nervosamente pelo aposento.

— Pense — continuou — em quantos escravos poderíamos conseguir!... Meio milhão... um milhão de homens grandes, fortes e tão selvagens que a escravidão no Egito e os pesados trabalhos nas pedreiras e nos canais lhes pareceriam uma brincadeira... A quantidade de solo fértil aumentaria em poucos anos, o nosso exausto povo teria um período de merecido descanso e, antes de morrer o último escravo, o Egito teria recuperado sua glória e riqueza do passado... Mas não, os sacerdotes, usando algumas tabuletas de barro com símbolos que nós mesmos não entendemos, vão inviabilizar este sonho!

Tutmozis, ouvindo os queixumes do príncipe, levantou-se da cadeira, examinou os aposentos contíguos para se assegurar de

424 | Bolesław Prus

que não estavam sendo ouvidos e voltou a se sentar junto de Ramsés, sussurrando:

— Não fique tão abalado, meu príncipe! Pelo que sei, todos os nobres, nomarcas e oficiais superiores já ouviram falar desse tratado e estão revoltados. Basta dar uma ordem, e nós quebraremos aquelas tabuletas na cabeça de Sargon e até na de Assar...

— Mas isso seria um levante contra Sua Santidade... — sussurrou o príncipe.

Tutmozis sacudiu tristemente a cabeça.

— Não me apraz — disse — fazer sangrar seu coração, mas... o seu digníssimo pai está gravemente enfermo.

— Isso é uma mentira! — exclamou o príncipe.

— Não. É verdade, só não se traia diante de ninguém de que você sabe disso. Sua Santidade está muito cansado com sua permanência nesta terra e deseja partir logo. Só que os sacerdotes fazem de tudo para mantê-lo vivo e não querem que você viaje a Mênfis, para não ter quaisquer problemas com a assinatura do tratado com a Assíria...

— Mas isso é um ato de traição! — exclamou o príncipe.

— E é por isso que você não terá problemas em quebrar o tratado assim que assumir o trono de seu pai — que possa viver eternamente!

O príncipe ficou pensativo.

— É mais fácil firmar um tratado do que quebrá-lo...

— Ledo engano — respondeu Tutmozis, sorrindo maliciosamente. — Você acha que o Egito não vai achar homens suficientes para se engajar numa guerra e usufruir de seus frutos? Iremos todos, pois cada um de nós poderá acumular uma fortuna e se arrumar para o resto da vida... Quanto aos tesouros, eles estão nos templos e... no Labirinto!

— E quem poderá arrancá-los de lá? — duvidou o príncipe.

O Faraó | 425

— Quem?... Todos nós. Cada nomarca, cada oficial, cada nobre fará isso, desde que receba uma ordem do faraó nesse sentido... os sacerdotes mais jovens nos mostrarão o caminho das pedras...

— Eles jamais ousarão... temem a ira dos deuses.

Tutmozis fez um gesto de desprezo.

— Por quem você nos toma? Por simples felás ou pastores que temem deuses dos quais zombam judeus, fenícios e gregos, e que são desrespeitados por qualquer mercenário? Os sacerdotes inventaram todas aquelas tolices sobre deuses nos quais nem eles acreditam. Você sabe muito bem que eles, lá nos templos, cultuam apenas o Único... Já se acabaram os tempos nos quais o Egito acreditava piamente em tudo que era anunciado pelos templos. Hoje, nós ofendemos os deuses fenícios, estes ofendem os nossos, e até agora ninguém foi fulminado por um raio.

O sucessor olhava com espanto para Tutmozis.

— Como esses pensamentos vieram à sua cabeça? — perguntou. — Ainda há pouco, você empalidecia diante de um sacerdote!

— Porque era só um. Mas hoje, quando constatei que toda a nobreza pensa da mesma forma que eu, sinto-me mais à vontade...

— E quem falou aos nobres e a você sobre o tratado com a Assíria?

— Dagon e outros fenícios — respondeu Tutmozis. — Eles chegaram a se oferecer para provocar um levante das tribos asiáticas, com o intuito de que as nossas tropas tenham um pretexto para atravessar as fronteiras. E quando partirmos para Nínive, e os fenícios e seus aliados se juntarem a nós, você terá um exército maior do que o de Ramsés, o Grande!

O príncipe não ficou encantado com aquela predisposição dos fenícios, mas guardou consigo o que havia pensado. Em vez disso, perguntou:

— E o que acontecerá caso os sacerdotes venham a descobrir o que vocês estão tramando?... Nenhum de vocês escapará com vida!

426 | Bolesław Prus

— Eles jamais desconfiarão — respondeu alegremente Tutmozis. — Confiam demais no seu poder, pagam mal aos seus espiões e, em função da sua ganância e empáfia, se indispuseram com todo o Egito. E é por isso que toda a aristocracia, o exército, os escribas, os trabalhadores e até os sacerdotes de estrato mais baixo esperam apenas por um sinal para se lançar sobre os templos, pegar seus tesouros e levá-los aos pés do trono. E quando não tiverem mais tesouros, os santos pais perderão todo seu poder. Deixarão até de fazer milagres, pois até para isso é preciso dispor de anéis de ouro...

O príncipe conduziu a conversa para outros assuntos e, finalmente, fez um sinal a Tutmozis para que fosse embora. Quando ficou sozinho, pôs-se a meditar. Teria ficado encantado com a nova atitude das classes mais elevadas, não tivesse ela aparecido tão repentinamente e não estivesse por trás dela a mão dos fenícios.

Esses pensamentos obrigaram o príncipe a ser muito cuidadoso, já que achava que era mais indicado confiar no patriotismo dos sacerdotes do que na amizade dos fenícios.

Por outro lado, lembrou-se das palavras de seu pai, segundo o qual os fenícios eram confiáveis quando se tratava de algo do seu interesse, e nesse caso era evidente que eles estavam muito interessados em não cair sob o jugo da Assíria. Além disso, em caso de uma guerra, eles seriam ainda mais confiáveis, já que uma derrota do Egito representaria seu fim.

Finalmente, Ramsés não achava que os sacerdotes, mesmo firmando um tratado tão vergonhoso com a Assíria, estivessem cometendo uma traição. Não, eles não eram traidores — apenas dignitários acomodados. Queriam a paz, pois ela lhes proporcionava a possibilidade de aumentar seu tesouro e seu poder. Não queriam a guerra, pois esta reforçaria o poder do faraó, além de obrigá-los a cobrir boa parte de seu custo.

E, dessa forma, o jovem príncipe, apesar de sua inexperiência, entendia que precisava ser cuidadoso, não se apressar, não condenar quem quer que fosse, mas também não confiar em ninguém em demasia. Sua decisão de começar uma guerra fora tomada não por ela ser desejada pelos nobres e pelos fenícios, mas porque o Egito precisava de recursos e escravos. Tinha a intenção de, com o tempo, convencer a casta sacerdotal quanto ao acerto de sua decisão, e somente em caso de oposição frontal esmagá-la com o apoio da nobreza e do exército.

E foi assim que, enquanto os santos Mefres e Mentezufis debochavam das previsões de Sargon de que o sucessor não iria curvar-se diante da casta sacerdotal, o jovem príncipe já tinha um plano para derrotá-la e sabia dos meios de que dispunha para isso. Quanto ao momento oportuno para o início do embate e a forma pela qual ele seria travado, o príncipe deixou-os para serem definidos no futuro.

"O tempo é o melhor conselheiro!", disse a si mesmo.

Estava calmo e satisfeito, como um homem que, após uma longa reflexão, sabia o que devia fazer e confiava nas forças que tinha à sua disposição.

No intuito de apagar qualquer vestígio da raiva que o assolara antes, foi ao palacete de Sara. Brincar com o filho sempre lhe trazia um alívio e enchia seu coração de alegria.

Atravessou o jardim, entrou na residência de sua primeira amante e a encontrou novamente debulhada em lágrimas.

— Oh, Sara! — exclamou. — Se os seus seios contivessem todas as águas do Nilo, assim mesmo elas não seriam suficientes para as suas lágrimas... O que foi dessa vez? Você consultou mais uma vidente que a ameaçou com fenícias?

— Não é de fenícias que eu tenho medo, mas da Fenícia em si — respondeu Sara. — Você não sabe, meu amo, como é infame seu povo.

428 | Bolesław Prus

— Porque queimam seus filhos? — riu o sucessor.

— E você acha que eles não fazem isso?

— Sei que não fazem. O príncipe Hiram me assegurou que isso não passa de uma lenda.

— Hiram?! — exclamou Sara. — Ele é o pior de todos... Pergunte ao meu pai, e ele lhe dirá como Hiram seduz para os seus navios jovens inocentes dos mais distantes países e, içando as velas, leva-as a portos onde são vendidas como escravas... Cheguei a ter uma escrava de cabelos louros que fora raptada por ele. Morria de saudades do seu país, mas nem era capaz de dizer onde ele ficava!... É assim que é Hiram, assim é Dagon, e assim são todos os fenícios!

— Talvez até sejam, mas o que nós temos a ver com isso? — perguntou o príncipe.

— Muito — respondeu Sara. — Você, meu amo, está sendo aconselhado por fenícios, enquanto nossos judeus descobriram que a Fenícia quer provocar uma guerra entre o Egito e a Assíria... Aparentemente, os mais importantes comerciantes e banqueiros fenícios estão envolvidos nessa trama, sob o maior segredo...

— O que eles teriam a ganhar com uma guerra? — falou o príncipe, com fingido desinteresse.

— O que eles têm a ganhar?! — exclamou Sara. — Eles vão fornecer armas, suprimentos e informações a vocês e aos assírios, cobrando por elas dez vezes mais que o seu real valor... vão saquear os mortos e os feridos de ambos os lados... vão comprar produtos dos saques e escravos dos soldados egípcios e assírios... Não lhe basta isso?... O Egito e a Assíria ficarão arruinados, enquanto a Fenícia ficará mais rica.

— Quem lhe ensinou tanta sabedoria? — sorriu o príncipe.

— Então eu não ouço o meu pai e os meus parentes e conhecidos sussurrando pelos cantos?... Então eu não sei como são os fenícios?... Diante de você, eles se prostram ao chão e você não vê seus olhares hipócritas, mas eu já tive a oportunidade de olhar nos olhos deles, verdes de cobiça ou amarelados de raiva! Tome cuidado com os fenícios, meu amo, como se eles fossem serpentes venenosas!

Ramsés ficou olhando para Sara e, involuntariamente, comparava seu amor sincero com as maquinações da fenícia.

"É verdade", pensou, "que os fenícios são como serpentes venenosas. Mas se Ramsés, o Grande usou leões na guerra, por que eu não poderia usar serpentes?"

E quanto mais se dava conta das dissimulações de Kama, mais a desejava. As almas dos heróis costumam procurar perigos.

Despediu-se de Sara e, repentinamente e sem saber por que motivo, lembrou-se de que Sargon suspeitara que ele fizera parte do grupo que o atacara.

"Será que foi aquele meu sósia que organizou o atentado?", perguntou-se. "Nesse caso, a mando de quem?... Dos fenícios?... E se eles quiseram me envolver num ato tão indigno, Sara tem razão em afirmar que não passam de uns miseráveis, cuja companhia deve ser evitada..."

O príncipe voltou a ficar furioso e resolveu esclarecer a questão imediatamente. Sem retornar a seu palácio, foi diretamente procurar Kama.

O interior do palacete da sacerdotisa estava iluminado, mas não havia quaisquer empregados no vestíbulo. Ramsés entrou, subiu as escadas e, num gesto brusco, afastou as cortinas do quarto de dormir. Deparou com Kama e Hiram, sussurrando num canto.

— Oh! Vejo que vim num momento impróprio — riu o príncipe. — Quer dizer que até você, príncipe, faz a corte a uma mulher que, sob pena de morte, não pode se entregar a homem nenhum?

Hiram e a sacerdotisa levantaram-se de um salto.

430 | Bolesław Prus

— Tudo indica — disse Hiram, fazendo uma reverência — que algum deus piedoso o avisou, pois estávamos falando exatamente de Vossa Alteza.

— Por quê? — perguntou o príncipe. — Vocês estão preparando uma surpresa para mim?

— Talvez!... Quem sabe?... — respondeu Kama, olhando para Ramsés com olhar provocante.

Mas o príncipe respondeu de forma seca e fria:

— Tomara que aqueles que queiram me fazer novas surpresas não acabem com o pescoço debaixo de um machado ou envolto por uma corda... Creio que isso os espantaria muito mais do que qualquer surpresa da sua parte.

O sorriso de Kama congelou em seus lábios semiabertos, enquanto Hiram empalidecia, dizendo humildemente:

— O que fizemos para merecer a irritação do nosso amo e protetor?

— Quero saber a verdade — disse o príncipe, sentando-se e olhando de forma ameaçadora para Hiram. — Quero saber quem organizou o atentado contra o emissário assírio e envolveu naquele ato ignóbil um homem tão parecido comigo como a minha mão direita se parece com a esquerda.

— Está vendo, Kama? — falou o consternado Hiram. — Eu não lhe disse que sua familiaridade com aquele patife acabaria causando uma desgraça?... Pois trouxe... e não tivemos que esperar muito tempo.

A fenícia se atirou aos pés do príncipe.

— Direi tudo — gritou gemendo —, só lhe peço, meu amo, que expulse do seu coração a raiva contra a Fenícia...

— Quem atacou Sargon?

— Lykon, um grego que canta no nosso templo — respondeu Kama.

— Aha!... Então era ele que cantava debaixo da sua janela e é tão parecido comigo?

Hiram baixou a cabeça e colocou a mão no peito.

— Nós pagamos uma fortuna àquele homem — disse — pelo fato de ser tão parecido com Vossa Alteza... Achávamos que sua humilde pessoa poderia lhe ser útil, em caso de uma desgraça...

— E será! — interrompeu-o o sucessor. — Onde ele está? Quero ver esse grande cantor e meu sósia.

Hiram fez um gesto de desolação.

— O patife fugiu — disse —, mas nós o acharemos. A não ser que ele se transforme numa mosca ou num verme.

— E Vossa Alteza me perdoará? — sussurrou a fenícia, aninhando-se nos joelhos do príncipe.

— Costumam-se perdoar muitas coisas às mulheres — disse o sucessor.

— E quanto a vocês? Não vão se vingar de mim? — perguntou Kama a Hiram.

— A Fenícia — respondeu o ancião, lenta e claramente — perdoará o pior dos crimes a alguém que possui a graça do nosso amo, o príncipe Ramsés... No que se refere a Lykon, Vossa Alteza o terá... vivo ou morto.

E dizendo isso, Hiram fez uma reverência e abandonou o aposento, deixando a sacerdotisa a sós com o príncipe.

— Você ouviu o que disse o distinto Hiram? — exclamou o príncipe. — A Fenícia lhe perdoará o pior dos crimes!... Tenho que admitir que aquele homem me é fiel... e como ele disse aquilo, qual a desculpa que você poderá inventar agora?

Kama sussurrou, beijando as mãos do sucessor:

— Você ganhou... sou sua escrava... mas respeite esta casa, que pertence à deusa Ashtoreth...

432 | Bolesław Prus

— Então você se mudará para o meu palácio? — perguntou o príncipe.

— O que posso fazer?... A Fenícia lhe deu uma prova de tamanho respeito e dedicação como jamais deu a qualquer dos seus filhos...

— Então... — interrompeu-a o príncipe, tomando-a nos braços.

— Não hoje, nem neste lugar... — implorou ela.

capítulo 38

AO SER INFORMADO POR HIRAM DE QUE OS FENÍCIOS RESOLVERAM lhe doar a sacerdotisa, Ramsés quis tê-la em sua casa o mais rápido possível — não por achar que não poderia viver sem ela, mas por representar uma novidade.

No entanto, Kama adiava sua vinda, implorando ao príncipe que a deixasse em paz até o fluxo de peregrinos diminuir e, principalmente, até a partida dos altos dignitários. Dizia que, caso se tornasse sua amante ainda durante a permanência deles, as receitas do templo poderiam diminuir, colocando-a numa situação de perigo.

— Os nossos sábios — dizia a Ramsés — vão perdoar a minha traição, mas a sociedade fenícia exigirá uma vingança dos deuses, e você bem sabe que os deuses têm os braços longos...

— Tomara que não os percam, caso ousem penetrar sob o meu teto! — respondeu o príncipe, sem insistir em demasia, já que sua cabeça estava ocupada com assuntos mais sérios.

Finalmente, os emissários assírios — Sargon e Istubar — partiram para Mênfis e, ao mesmo tempo, o faraó pediu a Ramsés um relatório da sua viagem.

O príncipe ordenou aos escribas que descrevessem tudo que ocorrera desde o momento da partida de Mênfis, e escolheu Tutmozis para levar o relatório a Sua Santidade.

— Diante do faraó — disse-lhe —, você será meu coração e minha boca. E eis o que quero que você faça: quando o distintíssimo Herhor perguntar qual é a minha opinião sobre os motivos da diminuição do tesouro do Egito, diga ao ministro que se dirija a seu auxiliar, Pentuer. E se Herhor quiser saber o que eu acho do tratado com a Assíria, responda que minha obrigação é a de seguir rigorosamente as ordens do nosso amo.

Tutmozis fez um gesto afirmativo com a cabeça, em sinal de que compreendia o que lhe estava sendo dito.

— No entanto — continuou o sucessor —, quando você se encontrar a sós com meu pai — que possa viver eternamente! —, e tiver certeza de que ninguém os está ouvindo, caia aos seus pés em meu nome, e diga o que segue:

"Santo amo nosso. Quem lhe fala é seu filho e servo, Ramsés, a quem você deu vida e poder.

"A razão das desgraças do Egito reside na redução das terras férteis, que foram tomadas pelo deserto, bem como pobreza da sua população, que morre de fome e exaustão.

"Mas saiba, amo nosso, que quem causa ainda maior prejuízo ao tesouro são os sacerdotes, pois não só os seus templos estão repletos de ouro e pedras preciosas que dariam para pagar todas as dívidas, como ainda os santos pais e profetas possuem as melhores propriedades, os mais robustos felás e trabalhadores, e muito mais terras que o deus-faraó.

"E é isto que lhe diz seu filho e servo, Ramsés, que, durante toda a viagem, manteve os olhos permanentemente abertos como um peixe, e os ouvidos erguidos como um prudente asno."

O príncipe parou para tomar fôlego, enquanto Tutmozis repetia em sua mente as palavras que acabara de ouvir.

— E se — voltou a falar o sucessor — Sua Santidade lhe perguntar qual é a minha opinião sobre os assírios, responda da seguinte forma: "O seu servo, Ramsés, ousa achar que os assírios são homens grandes e robustos, possuem armas excelentes, mas não estão bem treinados. Embora Sargon fosse acompanhado pela elite das suas tropas, não havia sequer seis soldados que soubessem manter a cadência dos passos ou segurar as lanças de forma correta. Suas espadas pendem desordenadamente de suas cinturas, e pela forma com que carregam os machados, mais parecem carpinteiros ou açougueiros. Seus trajes são pesados, suas grosseiras sandálias provocam bolhas nos pés, e seus escudos, embora resistentes, não lhes serão úteis, pois eles são desajeitados."

— O que você diz é uma grande verdade — observou Tutmozis. — Tive a mesma impressão deles, e os nossos oficiais afirmam que um exército como aquele ofereceria ainda menos resistência do que hordas líbias.

— Diga também ao nosso amo — continuou Ramsés — que os nobres e o exército egípcios estão revoltados com a possibilidade de a Assíria se apossar da Fenícia. Afinal, a Fenícia é o porto do Egito, e os fenícios são os melhores marinheiros do mundo. Por fim, diga que ouvi dos fenícios (algo que Sua Santidade deve saber melhor do que eu) que a Assíria está muito fraca no presente momento, pois trava uma guerra ao norte e a leste, além de toda a Ásia Ocidental estar contra ela. Portanto, caso nós a atacássemos agora, poderíamos conquistar tesouros inimagináveis e centenas de milhares de escravos, que poderiam ajudar nossos camponeses em suas tarefas.

O príncipe interrompeu-se mais uma vez, e em seguida acrescentou:

— No entanto, conclua sua fala dizendo que a sabedoria de meu pai é maior do que a de qualquer ser vivo, e que, diante disso,

436 | Bolesław Prus

eu farei tudo que ele me ordenar, desde que não entregue a Fenícia aos assírios, pois isso seria o nosso fim. A Fenícia é o portão de bronze do nosso Tesouro, e onde haverá um homem capaz de entregar a chave de sua porta a um ladrão?

Tutmozis partiu para Mênfis no mês de Paoni (julho e agosto). O Nilo começou a transbordar, com o que diminuiu o afluxo de peregrinos asiáticos ao templo de Ashtoreth. Além disso, a população local ocupou-se com a colheita de uvas, fibras de linho e algodão, de modo que os jardins que cercavam o templo de Ashtoreth ficaram praticamente desertos.

Foi então que o príncipe, livre das questões do Estado, voltou a se ocupar de seu amor por Kama. Teve um encontro secreto com Hiram, que, a seu pedido, ofereceu ao templo de Ashtoreth doze talentos em ouro, uma bela efígie de cobre da deusa, cinquenta vacas e cento e cinquenta medidas de cevada. O donativo era tão generoso que o próprio sumo sacerdote do templo procurou o sucessor e, atirando-se a seus pés, agradeceu pelo presente que, conforme dizia, seria relembrado eternamente pelos povos que adoram a deusa Ashtoreth.

Tendo resolvido o problema com o templo, o príncipe convocou o chefe de polícia de Pi-Bast e trancou-se com ele por mais de uma hora. Alguns dias depois, a cidade inteira foi tomada de excitação por um acontecimento extraordinário: Kama, a sacerdotisa de Ashtoreth, fora raptada, levada para um lugar desconhecido — e sumira como um grão de areia no deserto!

O incrível incidente ocorrera da seguinte forma:

O sumo sacerdote do templo enviara Kama para a cidade de Sabne-Khetan, com oferendas para o templo de Ashtoreth naquela localidade. Para evitar o calor do dia e se proteger da curiosidade e das homenagens da população, a sacerdotisa fez a viagem por via fluvial e à noite.

O Faraó | 437

De madrugada, quando os remadores do barco adormeceram, emergiram da vegetação ribeirinha vários barcos conduzidos por gregos e hititas, que cercaram o barco da sacerdotisa e a raptaram. O ataque fora tão repentino que os remadores fenícios nem puderam esboçar qualquer reação; quanto à sacerdotisa, certamente devia ter sido amordaçada, pois não chegou a soltar um grito sequer.

Depois de cometer aquele ato sacrílego, os hititas e os gregos desapareceram no meio da vegetação com o intuito de, mais tarde, se dirigir ao alto-mar. Para evitar qualquer perseguição, fizeram o barco pertencente ao templo da deusa Ashtoreth soçobrar.

Pi-Bast ficou agitada como uma colmeia; seus habitantes não falavam de outra coisa, chegando a suspeitar de quem haviam sido os raptores. Havia os que acusavam o assírio Sargon, que oferecera a Kama a posição de primeira-esposa, desde que ela abandonasse o templo e partisse com ele para Nínive, enquanto outros suspeitavam do grego Lykon, o cantor do templo de Ashtoreth apaixonado por Kama, que dispunha de recursos para contratar bandidos gregos e era suficientemente ímpio para raptar uma sacerdotisa.

No templo de Ashtoreth foi realizada uma reunião emergencial dos mais ricos e mais pios entre os fiéis, na qual foi decidido que Kama deveria ser liberada de suas obrigações sacerdotais e da pena de morte pela perda de sua castidade. A decisão era sábia, já que, caso ela fosse violada contra sua vontade pelos raptores, não seria justo aplicar-lhe um castigo.

Alguns dias mais tarde, os seguidores de Ashtoreth foram informados formalmente de que a sacerdotisa Kama havia morrido e, caso alguém encontrasse uma mulher parecida com ela, não deveria tentar castigá-la, nem mesmo fazer-lhe qualquer tipo de recriminações, pois não fora ela quem abandonara o templo, mas havia sido raptada por espíritos malignos, que seriam devidamente castigados por aquele ato.

438 | Bolesław Prus

E, no mesmo dia, o distinto Hiram visitou o príncipe Ramsés e entregou-lhe um pergaminho coberto de selos sacerdotais e assinado pelos mais distintos fenícios. Tratava-se da sentença do Supremo Conselho Eclesiástico, que liberava Kama de seus votos e da ameaça divina.

Ao cair do sol, o príncipe, munido daquele documento, foi para um solitário palacete oculto em seu jardim. Abriu a porta, subiu as escadas e adentrou um largo aposento.

À luz de uma lamparina a óleo, o príncipe viu Kama.

— Finalmente! — exclamou, entregando-lhe a caixinha dourada. — Eis aqui tudo o que você queria!

A jovem fenícia parecia estar febril. Pegou a caixinha, examinou-a e jogou-a no chão, com desprezo.

— Você acha que ela é de ouro? — perguntou. — Sou capaz de apostar meu colar que ela é de bronze dourado!

— É assim que você me recebe?... — perguntou o espantado príncipe.

— Porque conheço os meus irmãos — respondeu ela. — Eles não só falsificam ouro, como também pedras preciosas...

— Mas ela contém sua segurança...

— E eu lá ligo para segurança?... Estou me entediando aqui há mais de três dias, como se estivesse numa prisão...

— Falta-lhe algo?

— Falta-me luz... ar puro... risos, cantos, pessoas... Oh, deusa vingativa! Como você me castigou!...

O príncipe olhou para ela com espanto. Não conseguia ver naquela mulher furiosa a Kama que vira no templo.

— Amanhã — disse —, você poderá sair para o jardim... E quando partirmos para Mênfis ou Tebas, você vai se divertir como nunca... Olhe para mim e me diga: não está vendo que a amo e não basta a uma mulher apenas a honra de pertencer a mim?

— Sim — respondeu ela, amuada. — Mas, antes de mim, você teve quatro outras.

— Mas se eu a amo mais do que a elas...

— Se você me amasse mais do que a elas, teria me nomeado a primeira e me instalado no palácio ocupado por aquela judia Sara... No templo, diante da estátua de Ashtoreth, eu era a primeira, e todos que se ajoelhavam diante dela e lhe traziam dádivas, olhavam para mim... E aqui?... Aqui todos se inclinam diante da casa da judia...

— Não da judia, mas do meu primogênito — respondeu impacientemente o príncipe —, e ele não é judeu...

— Pois saiba que ele é! — gritou Kama.

Ramsés ergueu-se de um salto.

— Você enlouqueceu?! — exclamou. — Então você não sabe que o meu filho não pode ser judeu?

— Pois eu lhe digo que ele é! — gritava Kama, batendo com os punhos na mesa. — É judeu, assim como o avô e os tios, e o seu nome é Isaac!

— O que você disse?... Quer que a expulse daqui?!

— Muito bem. Pode me expulsar se uma mentira brotou dos meus lábios... Mas se o que eu disse for verdade, então expulse aquela judia, com a sua prole, e me dê seu palacete... Eu quero... eu mereço ser a primeira das suas mulheres... porque aquela o engana e zomba de você, enquanto eu, por você, reneguei a minha deusa e me expus à sua vingança.

— Dê-me uma prova, e o palacete será seu! — exclamou o príncipe. — Não acredito no que você está contando... Sara seria incapaz disso...

— Isaac! Isaac! — gritava Kama. — Vá ter com ela e se certifique...

Ramsés saiu correndo em direção ao palacete de Sara. Apesar de a noite estar estrelada, perdeu-se no caminho e, por um certo

440 | Bolesław Prus

tempo, ficou rondando pelo jardim. O ar fresco serviu para acalmá-lo e fazê-lo encontrar o caminho certo.

Apesar de já ser tarde, Sara estava lavando pessoalmente as fraldas do filho, enquanto os empregados descansavam. Ao ver a silhueta de Ramsés, chegou a dar um grito de susto, mas logo se acalmou ao reconhecê-lo.

— Seja bem-vindo, meu amo — disse, enxugando as mãos molhadas e inclinando-se respeitosamente.

— Sara, qual é o nome do seu filho? — perguntou o príncipe.

Sara, apavorada, levou as mãos à cabeça.

— Qual é o nome do seu filho? — repetiu o príncipe.

— Você sabe, meu amo, que é Seti — respondeu Sara, com voz quase inaudível.

— Olhe nos meus olhos...

— Oh, Jeová!...

— Está claro que você está mentindo. Pois eu lhe direi: o meu filho, o filho do sucessor do trono egípcio, se chama Isaac... e é judeu!!

— Meu Deus!... Meu Deus!... Apiede-se de mim! — exclamou Sara, atirando-se aos pés do príncipe.

Ramsés não levantou a voz; apenas seu rosto adquirira uma cor acinzentada.

— Me alertaram — dizia — para que não trouxesse uma judia à minha casa... Minhas entranhas se contorciam ao ver a minha propriedade repleta de judeus... mas contive a minha repugnância porque confiava em você. E você, junto com seus judeus, acabou roubando-me o meu filho, sua ladra de crianças...

— Foram os sacerdotes que me ordenaram que ele se tornasse judeu — sussurrou Sara, entre soluços.

— Sacerdotes? Que sacerdotes?

— O eminente Herhor e o distintíssimo Mefres... Eles disseram que era preciso, pois seu filho tem de se tornar o primeiro rei dos judeus...

O Faraó | **441**

— Sacerdotes?... Mefres?... — repetiu o príncipe. — Rei dos judeus?... Mas eu não lhe disse que seu filho poderia assumir o comando dos meus arqueiros, ser um escriba meu?... Não lhe disse isso?... E você, mulher miserável, achou que o título de rei dos judeus poderia ser igual em dignidade à posição de um arqueiro ou de um escriba meu?... Mefres... Herhor!... Agradeço aos deuses por me terem finalmente permitido desvendar a mentalidade daqueles dignitários e saber qual o destino que pretendiam dar aos meus descendentes...

Por um certo tempo Ramsés ficou mordendo os lábios. Em seguida, berrou:

— Ei!... Servos!... Soldados!...

Num piscar de olhos o aposento ficou repleto de empregados, inclusive alguns soldados e um oficial. Sara correu para o berço, agarrou o filho e, com ele nos braços, gritou:

— Podem me matar, mas não entregarei meu filho!

Ramsés sorriu.

— Centurião — disse para o oficial. — Pegue esta mulher e seu filho, e acompanhe-os até a casa onde ficam meus escravos. Esta judia não será mais dona desta casa, e sim serva de outra que virá substituí-la.

Em seguida, virou-se para o administrador da casa e disse:

— Quanto a você, assegure que a judia não se esqueça de lavar todas as manhãs os pés de sua nova ama. E caso a serva não demonstre o devido respeito e obediência, deverá ser açoitada. E agora levem esta mulher para as dependências dos escravos.

O oficial e o administrador aproximaram-se de Sara, mas pararam a alguns passos dela, sem ousar tocá-la. Não foi preciso; Sara embrulhou o filho numa manta e saiu do aposento. Ao passar pelo príncipe, fez uma profunda reverência. De seus olhos corriam lágrimas silenciosas. Ramsés pôde ouvir ainda a sua doce voz no corredor:

— Deus de Abraão, Isaac e Jacó, tende piedade de nós...

442 | Bolesław Prus

Quando tudo se acalmou, o sucessor falou para o oficial e o administrador:

— Vocês irão, com tochas acesas, até aquela casa entre as figueiras...

— Compreendo, Alteza — respondeu o administrador.

— E trarão imediatamente para cá a mulher que lá está hospedada...

— Assim será feito.

— Aquela mulher será a nova ama de vocês. Quanto à judia Sara, ela deverá lavar, todas as manhãs, os pés da nova ama, banhá-la e segurar um espelho diante dela. Este é meu desejo e minha ordem.

— Assim será feito — respondeu o administrador.

— E, amanhã de manhã, você me contará se a nova serva foi devidamente humilde.

Depois de dar aquelas ordens, o príncipe retornou a seu palácio, mas não conseguiu pegar no sono. Na sua alma ardia uma chama de desejo de vingança. Sabia que, sem ter elevado a voz, esmagara Sara — uma judia miserável que ousara enganá-lo. Punira-a como um rei que, com apenas um leve tremor das sobrancelhas, derruba uma pessoa do topo para o abismo da servidão. Mas Sara fora apenas uma ferramenta — e o sucessor tinha suficiente compreensão do sentimento de justiça para, tendo quebrado a ferramenta, perdoar os verdadeiros mandantes do crime.

Sua raiva era ainda maior pelo fato de os sacerdotes serem intocáveis. O príncipe podia expulsar Sara e seu filho de casa e mandá-los, no meio da noite, para as dependências dos serviçais; mas não tinha como tirar o poder de Herhor nem a condição de sumo sacerdote de Mefres. Sara caíra a seus pés como um verme esmagado, mas Herhor e Mefres, que lhe arrancaram o primogênito, sobrepunham-se ao Egito e — que vergonha! — a ele mesmo, o futuro faraó...

O Faraó | **443**

E, mais uma vez, lembrou-se de tudo que sofrera nas mãos dos sacerdotes. Na escola, levava bastonadas. Nas manobras militares no ano anterior, Herhor estragou toda a sua estratégia e fez com que ele não ganhasse o comando do corpo de Menfi. O mesmo Herhor fez com que ele caísse em desgraça diante de Sua Santidade, a ponto de ter de passar alguns meses num exílio voluntário e somente então recuperar o prestígio anterior.

Ramsés achara que, ao assumir o comando do corpo de Menfi e se tornar representante do faraó, os sacerdotes iriam deixá-lo em paz. Agora, constatava que eles voltaram a controlá-lo com atenção redobrada. Por que eles fizeram com que ele fosse nomeado representante do faraó?... Para afastá-lo dele e assinar um tratado desonroso com a Assíria. Para lhe prestarem qualquer informação sobre a situação do país, forçaram-no a ir a um templo, no qual o enganaram com fingidos milagres e lhe deram explicações falsas. Depois, meteram-se em suas diversões, com suas amantes, em seu relacionamento com os fenícios, até que, para o humilhar de vez, transformaram seu primogênito num judeu!...

Qualquer egípcio, fosse ele um felá, um escravo ou um delinquente preso nas pedreiras, teria o direito de dizer:

— Sou melhor do que você, digno representante do faraó, pois nenhum dos meus filhos é judeu...

Ao mesmo tempo em que sentia a magnitude da ofensa, Ramsés se dava conta de que não poderia se vingar dela de imediato e, diante disso, resolveu deixar a satisfação desse desejo para mais tarde. Na escola sacerdotal, aprendera a controlar a si mesmo e, na corte, a ser paciente e dissimulado... Essas qualidades seriam suas armas e seu escudo na luta com a casta sacerdotal. Por enquanto, continuaria a mantê-los iludidos a seu respeito e, quando chegasse a hora apropriada, desferiria um golpe tão mortal que eles nunca mais poderiam se erguer.

444 | Bolesław Prus

Já começava a raiar o dia quando o príncipe conseguiu adormecer. Ao acordar, a primeira pessoa que convocou foi o administrador do palacete de Sara.

— E a judia? — perguntou.

— De acordo com as ordens de Vossa Alteza, lavou os pés da sua ama — respondeu o administrador.

— E foi dócil?

— Foi muito humilde, mas meio desajeitada, de modo que a nova ama lhe deu um pontapé no meio dos olhos.

O príncipe deu um pulo.

— E o que fez Sara? — perguntou rapidamente.

— Estatelou-se no chão e, quando a nova ama lhe ordenou que sumisse da sua frente, saiu chorando baixinho.

O príncipe ficou andando pelo aposento.

— E como ela passou a noite?

— A nova ama?...

— Não! — interrompeu-o o sucessor. — Estou me referindo a Sara!

— Conforme as ordens de Vossa Alteza, ela foi, com a criança, para os alojamentos dos empregados. Lá, as servas lhe ofereceram suas esteiras, mas Sara não se deitou, e passou a noite toda sentada, com o filho no colo.

— E a criança?... — perguntou o príncipe.

— A criança está sadia. Hoje de manhã, quando a judia foi servir à nova ama, as outras servas banharam o pequerrucho, e a mulher do pastor, que também tem um neném, lhe deu de mamar.

O príncipe plantou-se diante do administrador.

— Não é bom — disse — quando uma vaca, em vez de dar de mamar ao seu bezerro, é atrelada a um arado e chicoteada. Sendo assim, e apesar de a judia ter cometido uma grave transgressão, não quero que sua inocente prole venha a sofrer por isso... Sara não

O Faraó | **445**

vai mais lavar os pés da sua nova ama e não será mais chutada por ela. Encontre, nas dependências dos empregados, um quarto separado para a judia e equipe-o com móveis, utensílios indispensáveis e alimentos suficientes, como convém a uma mulher que está amamentando.

— Que o nosso amo possa viver eternamente! — respondeu o administrador, partindo imediatamente para executar as ordens de Ramsés.

Enquanto todos os empregados gostavam de Sara, bastaram algumas horas para passarem a detestar a colérica e petulante Kama.

capítulo 39

A SACERDOTISA FENÍCIA NÃO TROUXE MUITA FELICIDADE A RAMSÉS. Quando veio visitá-la pela primeira vez no palacete até então ocupado por Sara, esperava ser recebido com explosões de encanto e gratidão. No entanto, Kama o recebeu de forma quase furiosa.

— Então é isso?! — exclamou. — Bastou a metade de um dia para você restaurar sua benevolência com aquela desprezível judia?

— Mas ela não está morando nas dependências dos empregados? — perguntou o príncipe.

— Sim, mas fui informada de que ela não vai mais lavar meus pés...

— Pelo jeito, você não está satisfeita — observou o príncipe.

— E não ficarei — explodiu ela — enquanto não humilhar aquela judia... enquanto ela, ajoelhada a meus pés, não se esquecer de que já foi sua primeira esposa e dona desta casa... enquanto os meus serviçais não pararem de olhar para mim com medo, e para ela... com piedade.

Ramsés estava ficando cada vez mais irritado com a atitude da fenícia.

— Kama — disse. — Preste bem atenção no que vou lhe dizer. Caso um servo da minha casa tivesse dado um pontapé nos dentes de uma cadela que amamentava seus cãezinhos, eu o expulsaria imediatamente... Já no seu caso, você chutou o rosto de uma mulher e mãe, e é preciso que você que, no Egito, a palavra "mãe" tem muito valor, pois um bom egípcio respeita três coisas acima de todas as demais: deuses, faraó e mãe.

— Como sou desgraçada! — exclamou Kama, atirando-se ao leito. — Eis a retribuição que recebo por ter renegado minha deusa... Ainda uma semana atrás, as pessoas depositavam flores a meus pés e queimavam incenso diante de mim... e hoje...

O príncipe saiu de fininho do aposento, e voltou a visitar a fenícia somente depois de alguns dias. Porém, mais uma vez, encontrou-a mal-humorada.

— Peço a Vossa Alteza — exclamou — que me dê mais atenção! Pois os empregados já estão me ignorando, os soldados me lançam olhares ameaçadores e temo que, lá na cozinha, alguém esteja planejando colocar veneno na minha comida.

— Estive ocupado com meus soldados — respondeu o príncipe.

— Pois saiba que eu o vi debaixo do meu terraço e, depois, indo até as dependências dos empregados. Na certa, você queria me mostrar...

— Basta! — interrompeu-a o sucessor. — Não estive debaixo do seu terraço nem perto das dependências dos empregados. Se você teve a impressão de ter me visto, isso só pode significar que o seu amante, aquele mísero grego, não só ainda está no Egito, como ousa vagar pelo meu jardim.

— Oh, Ashtoreth! — gritou Kama, em desespero. — Se aquele vil grego ainda está aqui, eu corro sério perigo!...

O príncipe deu uma risada, sem ter mais paciência para ouvir novas lamentações da ex-sacerdotisa.

— Fique em paz — disse, a título de despedida. — E não se espante se dentro de alguns dias lhe trouxerem o seu Lykon, amarrado como um chacal. Aquele atrevido ultrapassou os limites da minha paciência.

Ao retornar a seu palácio, o príncipe convocou imediatamente Hiram e o chefe de polícia de Pi-Bast à sua presença, contou-lhes que o grego Lykon andava rondando seu jardim e ordenou que fosse preso. Hiram jurou que a prisão do grego seria apenas uma questão de dias, mas o chefe de polícia começou a menear a cabeça.

— Vossa Senhoria não está tão seguro assim? — perguntou-lhe o príncipe.

— E não posso estar, Alteza. Em Pi-Bast vivem muitos asiáticos fanáticos. Para eles, uma sacerdotisa que renega seu posto deve morrer. Sendo assim, caso o grego lhes prometeu matar Kama, eles o ajudarão e facilitarão sua fuga.

— E o que Vossa Alteza tem a dizer sobre isso? — perguntou o sucessor a Hiram.

— O distinto chefe de polícia está dizendo uma verdade — respondeu o ancião.

— Mas vocês não liberaram Kama daquela maldição?! — exclamou Ramsés.

— Sim, mas somente da parte dos fenícios — respondeu Hiram. — Posso garantir a Vossa Alteza que nenhum de nós tocará em Kama e faremos de tudo para agarrar o grego. Mas como poderemos protegê-la dos demais adoradores de Ashtoreth?...

— Ouso afirmar — disse o chefe de polícia — que, por enquanto, aquela mulher não corre qualquer perigo. E, se ela for corajosa, poderemos usá-la para atrair o grego e pegá-lo num dos palácios de Vossa Alteza.

— Pois vá ter com ela — disse o príncipe — e apresente-lhe o seu plano. E se você pegar aquele safado, dar-lhe-ei dez talentos.

Quando o sucessor os deixou, Hiram disse para o chefe de polícia:

O Faraó | **449**

— Sei que Vossa Senhoria é um homem inteligente e, quando quer, pode escutar através de muros e enxergar na escuridão. Em função disso, tenho certeza que conhece os mais íntimos pensamentos de um felá que ara a terra, de um artesão que traz sandálias para o mercado e de um grão-senhor que, cercado de servos, se sente tão seguro quanto uma criança no útero da mãe...

— Vossa Alteza disse uma verdade — respondeu o policial. — Os deuses me agraciaram com o dom da clarividência.

— Portanto — continuava Hiram —, em função deste seu excepcional dom, já deve ter adivinhado que o templo de Ashtoreth lhe destinará vinte talentos, caso consiga pegar aquele miserável que ousa assumir a aparência do nosso amo e senhor, o sucessor do trono. Além disso, o templo lhe oferece dez talentos para que a notícia da semelhança do vil Lykon com o nosso príncipe não se espalhe pelo Egito. Afinal, é inconveniente e indecoroso um simples mortal poder lembrar, com o seu aspecto, uma pessoa que descende de deuses. Sendo assim, não devemos permitir que tudo o que foi dito sobre o vil Lykon e sua perseguição saia de dentro do nosso coração.

— Compreendo — respondeu o policial. — Um criminoso como ele poderia até perder a vida antes de ser levado às barras de um tribunal...

— É verdade — disse Hiram, apertando sua mão. — E se precisar de qualquer ajuda da parte dos fenícios, é só pedir.

Enquanto isso, o comportamento de Kama foi ficando cada vez mais estranho: faminta, despenteada e até suja, vivia se escondendo no menor dos aposentos de seu palacete, dando ordens contraditórias aos empregados, ora os chamando, ora os mandando sumir de sua frente. À noite, convocava sua guarda pessoal, para, logo em seguida, fugir dos soldados e gritar que eles queriam matá-la.

Diante dessa conduta da ex-sacerdotisa, o príncipe foi ficando cada vez mais aborrecido.

"Cometi um erro ao tirar esta mulher da sua deusa", sussurrava para si mesmo. "Pois só uma deusa poderia aturar calmamente os seus caprichos!"

Apesar disso, foi visitá-la, encontrando-a abatida, despenteada e trêmula.

— Estou perdida! — gritava. — Vivo cercada de inimigos. Minhas servas querem me envenenar ou fazer com que eu fique doente... os soldados aguardam apenas uma ocasião adequada para enfiar no meu peito suas lanças e espadas... na cozinha, tenho certeza que, em vez de prepararem comida, preparam-me poções mágicas...

— Kama — interrompeu-a o príncipe. — De onde você tirou essas ideias?

— De onde? Você acha que eu não vejo pessoas estranhas rondando minha casa, e que desaparecem antes de eu ter tido tempo para chamar os guardas? E que, à noite, ouço sussurros do outro lado das paredes?

— Você anda imaginando coisas.

— Malditos!... Malditos! — gritou Kama. — Vocês só sabem repetir que tudo é fruto da minha imaginação... mas ainda ontem, um braço criminoso atirou um véu para dentro de meu quarto de dormir, que eu usei por quase um dia, até constatar que não era meu... que nunca tive um parecido com ele...

— E onde está esse véu agora? — perguntou o príncipe, com voz preocupada.

— Queimei-o. Mas antes mostrei-o às minhas servas.

— Muito bem. Aceitemos que ele não fosse seu. Em que ele a prejudicou?

— Até agora, em nada. Mas se o tivesse mantido em casa por alguns dias, certamente teria ficado contaminada e assolada por uma doença... Conheço os asiáticos e seus métodos!

O príncipe, entediado e irritado, saiu do quarto o mais rápido possível, apesar dos apelos para que ficasse. Mas, ao perguntar à responsável pelas roupas de Kama, esta lhe confirmou que o tal véu realmente não era dela e deveria ter sido colocado lá por alguém. Ramsés ficou preocupado e mandou que a guarda em torno do palacete fosse dobrada.

"Jamais teria acreditado", pensou, "que uma só mulher pudesse causar tanta confusão!... Quatro hienas recém-capturadas não seriam capazes de causar tanto tumulto quanto esta fenícia!..."

Ao chegar ao palácio, encontrou Tutmozis, que retornara de Mênfis e mal teve tempo de se banhar e trocar de roupa após a longa viagem.

— E então, o que você tem para me contar? — perguntou ao favorito, adivinhando que as notícias não seriam boas. — Você esteve com Sua Santidade?

— Estive com o deus-sol do Egito — respondeu Tutmozis —, e eis o que ele me disse: "Por trinta e quatro anos conduzi o pesado carro do Egito e estou tão cansado que anseio por me encontrar com meus antepassados. Em breve vou deixar esta terra, quando o meu filho, Ramsés, vai sentar-se no trono e fará com o país aquilo que lhe recomendar a sua sabedoria..."

— Foi isso que disse o meu venerável pai?

— Repeti fielmente as suas palavras — respondeu Tutmozis. — O nosso amo repetiu, por mais de uma vez, que não vai lhe deixar quaisquer instruções, para que você possa reinar no Egito da forma que achar melhor.

— Oh, santo pai!... Será que sua debilidade chegou a tal ponto?... Por que não me permite que eu vá ter com ele?... — perguntou o príncipe.

— Você tem de permanecer aqui, pois aqui você poderá ser útil.

452 | Bolesław Prus

— E o tratado com a Assíria? — perguntou o sucessor.

— Foi firmado de tal forma que a Assíria possa continuar sua guerra ao norte e a oeste, sem qualquer obstáculo da nossa parte. No entanto, no que se refere à Fenícia, a questão ficou em suspenso até você assumir o trono.

— Oh, abençoado pai!... Santo líder dos líderes!... — exclamou o príncipe. — De que terrível herança você me salvou!

— O caso da Fenícia vai permanecer latente — continuava Tutmozis —, mas, em compensação, Sua Santidade, a título de garantia de que o Egito não vai atrapalhar os assírios nas suas guerras com os povos do norte, ordenou que as nossas tropas fossem reduzidas em vinte mil mercenários.

— O que você disse?! — exclamou o espantado príncipe.

Tutmozis meneava a cabeça com tristeza.

— O que você acabou de ouvir — respondeu. — E já foram desmobilizados dois regimentos líbios.

— Mas isso é uma loucura! — berrou o sucessor. — Por que nós estamos nos enfraquecendo desse jeito, e aonde irão aqueles homens?

— Pois é. Eles partiram imediatamente para o deserto líbio, onde ou atacarão os líbios ou se juntarão a eles para nos criarem problemas nas nossas fronteiras ocidentais.

— E eu não soube de nada!... O que eles aprontaram?!... E quando fizeram isso?!... Aqui, em Pi-Bast, não chegou qualquer notícia a respeito! — gritava o príncipe.

— Porque os mercenários desmobilizados partiram diretamente de Mênfis para o deserto, e Herhor proibiu que o fato fosse comentado por quem quer que fosse...

— Quer dizer que nem Mefres nem Mentezufis sabem disso? — perguntou o sucessor.

— Eles sabem — respondeu Tutmozis.

— Eles sabem, e eu, não!...

O rosto do príncipe ficou pálido e com uma expressão de ódio profundo. Agarrou as mãos do seu confidente e, apertando-as convulsivamente, sussurrou:

— Ouça... Juro pelas santas cabeças do meu pai e da minha mãe... pela memória de Ramsés, o Grande... por todos os deuses, se é que eles existem... que vou esmagar impiedosamente a casta sacerdotal.

Tutmozis ouvia-o, apavorado.

— Eu ou eles! — finalizou o príncipe. — O Egito não pode ter dois amos!

— E sempre costumou ter um só: o faraó — disse o confidente.

— Portanto, posso contar com você?

— Comigo, com toda a nobreza e com todo o exército!

— Isso me basta! Vamos deixá-los desmantelar regimentos... firmar tratados... esconder-se de mim como morcegos... Mas chegará um dia...

O príncipe estacou, readquiriu a calma e até chegou a sorrir.

— E agora, Tutmozis — disse —, descanse da sua viagem e venha a um banquete no meu palácio esta noite... Aqueles homens me amarraram de tal forma que a única coisa que posso fazer é me divertir... Portanto, é o que pretendo fazer. Mas chegará o dia em que lhes mostrarei quem manda no Egito: eles ou eu...

Antes de sair, Tutmozis comentou:

— Ouvi dizer, meu amo, que Sara perdeu a sua estima...

— Não me fale daquela judia — respondeu o sucessor. — Você sabe o que ela fez com meu filho?

— Sei — disse o favorito —, mas ela não teve culpa alguma. Quando estive em Mênfis, disseram-me que foi sua venerável mãe, a distinta Nikotris, e o eminente ministro Herhor que fizeram com que seu filho se tornasse judeu, para que ele pudesse, um dia, reinar sobre os israelitas.

454 | Bolesław Prus

— Mas os israelitas não têm um rei; apenas sacerdotes e juízes — observou o príncipe.

— Não têm, mas gostariam de ter. Até eles estão cansados dos desmandos dos sacerdotes.

O sucessor fez um gesto depreciativo com a mão.

— O cocheiro de Sua Santidade — respondeu — tem mais importância que todos os reis, quanto mais um rei israelense que ainda não existe...

— De qualquer modo, a culpa de Sara não é tão grande assim — observou Tutmozis.

— Pois saiba que ainda vou castigar também os sacerdotes.

— No caso em pauta, nem eles são demasiadamente culpados. O eminente Herhor fez aquilo para enaltecer a fama e o poder da sua dinastia. Além do mais, ele agiu com a concordância da venerável Nikotris.

— E quanto a Mefres? Por que ele se mete nos meus assuntos? — indagou o príncipe. — A sua função é zelar pelos templos e não influir nos destinos dos descendentes do faraó.

— Mefres é um ancião, que já começa a caducar. Toda a corte de Sua Santidade zomba dele por causa de suas práticas estranhas, das quais eu não tinha a mínima ideia, embora o visse todos os dias.

— E o que ele faz de tão estranho?

— Várias vezes ao dia — respondeu Tutmozis —, ele conduz um ritual no lugar mais secreto do templo, ordenando a seus sacerdotes que observem se ele se ergue no ar durante suas preces.

— Ha! Ha! Ha! — riu o príncipe. — E tudo isso acontece aqui, em Pi-Bast, debaixo das nossas janelas, e eu não sei de nada...

— É um segredo dos sacerdotes...

— Um segredo que é comentado por todos em Mênfis!... Ha! Ha! Ha!... Lá, no circo, eu vi um malabarista caldeu que flutuava em pleno ar.

— Eu também vi — respondeu Tutmozis —, mas aquilo foi um truque, enquanto Mefres quer, realmente, se erguer no ar sobre as asas da sua religiosidade...

— Isso não passa de uma palhaçada! — disse o príncipe. — E o que dizem a isso os demais sacerdotes?

— Aparentemente, nos papiros dos templos constam relatos sobre profetas antigos que tinham o dom de flutuar e, diante disso, os sacerdotes não se espantam com o desejo de Mefres. E, como você bem sabe que os subalternos veem aquilo que agrada a seus superiores, alguns santos homens afirmam que Mefres já conseguiu se erguer uns dois dedos do chão...

— Ha! Ha! Ha! — riu o príncipe. — E é com este grande segredo que se diverte toda a corte, enquanto nós, como simples felás ou mineiros, nem imaginamos os milagres realizados ao nosso lado... Como é pobre o destino do sucessor do trono do Egito — riu amargamente o príncipe.

Quando se acalmou, resolveu atender a um renovado pedido de Tutmozis, ordenando que Sara e a criança fossem transferidas das dependências dos empregados para o palacete que fora anteriormente ocupado por Kama.

Os servos do príncipe ficaram encantados com a nova ordem, e todos — empregadas, escravas e até escribas — acompanharam Sara, com gritos e música, para sua nova residência.

A fenícia, ao ouvir a barulheira, indagou sobre o motivo, e quando lhe responderam que Sara voltara a desfrutar as graças do sucessor e se mudara para um palacete, teve um acesso de raiva e exigiu a presença de Ramsés.

O príncipe foi ter com ela.

— Então é assim que você me trata?! — gritava Kama, não conseguindo se controlar. — Você me prometeu que eu seria sua favorita e, antes de a lua percorrer a metade da sua trajetória no céu, já quebrou a promessa?... Você pensa que a vingança de Ashtoreth cai somente sobre sacerdotisas e não pode atingir príncipes?...

— Diga à sua Ashtoreth — respondeu calmamente o sucessor — para nunca ousar ameaçar príncipes, se é que ela não quer também acabar em dependências de empregados.

— Então é isso... — vociferava Kama. — Eu vou acabar no meio de empregados, quiçá numa prisão, enquanto você voltará a passar as noites com sua judia!... Esta é a paga que recebo por ter renegado deuses, colocado minha vida em perigo e desperdiçado minha juventude!

O príncipe teve de reconhecer que Kama se sacrificara muito por ele, e, diante disso, respondeu humildemente:

— Não estive, e não pretendo estar, com Sara. Mas qual é o dano que há em Sara ter recuperado algum conforto e poder alimentar calmamente seu filho?

A fenícia ergueu os braços com os punhos cerrados; seus cabelos se arrepiaram e seus olhos lançaram um imundo lampejo de ódio.

— É assim que você me responde?... A judia está infeliz por você a ter expulsado do palácio, e eu devo estar contente, apesar de os deuses terem me expulsado de todos os templos, enquanto para você, a minha alma... a alma de uma sacerdotisa que se afoga em lágrimas, não significa mais do que aquele objeto judaico... aquela criança que espero que morra logo...

— Cale-se! — gritou o príncipe, cobrindo a boca de Kama com a mão.

A ex-sacerdotisa recuou assustada.

— Quer dizer que nem posso mais me queixar da minha desgraça? — perguntou. — Se você liga tanto para aquela criança, por que me tirou do templo, prometendo-me que eu seria sua favorita? Tome cuidado para que o Egito não venha a saber do que aconteceu comigo e não o chame de quebrador de promessas!

O príncipe meneava a cabeça e sorria. Finalmente, sentou-se e disse:

— Tenho de admitir que meu professor estava certo quando me preveniu quanto às mulheres. Vocês são como um pêssego maduro aos olhos de um homem que está sedento... Mas somente na aparência... Pois pobre daquele que ousar morder aquela bela fruta: em vez da refrescante doçura, encontrará um ninho de vespas, que não só ferirão seus lábios, mas também seu coração.

— Já está reclamando? Nem me poupa a vergonha por ter sacrificado por você a minha dignidade sacerdotal e a minha pureza?...

O príncipe continuava a menear a cabeça e a sorrir.

— Evite, Kama, lançar maldições sobre a cabeça de um recémnascido diante do seu pai. É a forma mais certa de eliminar o amor do coração de um homem.

— Pois fique tranquilo, meu amo, que nunca mais farei qualquer referência à minha desgraça nem a seu filho — respondeu a fenícia, com ar taciturno.

— Assim, eu não retirarei a minha boa vontade para com você, e você será muito feliz — concluiu o príncipe.

capítulo 40

ENQUANTO ISSO, A CIDADE DE PI-BAST ERA TOMADA POR BOATOS SObre os líbios. Comentava-se que, no caminho de volta à pátria, os guerreiros bárbaros desmobilizados pelos sacerdotes começaram por mendigar, depois passaram a roubar e, finalmente, a saquear vilarejos egípcios, matando seus habitantes.

Foi assim que, no decorrer de alguns dias, foram atacadas e destruídas as cidades de Kheni, Pi-Mat e Kasa, e foi assim também que desapareceu a caravana de comerciantes e peregrinos que retornava do oásis Wahet-mehet. Toda a fronteira ocidental do país ficou ameaçada por bandos de líbios supostamente despachados pelo poderoso líder militar Musawasa, que, de acordo com os boatos, iria declarar uma guerra santa contra o Egito.

E assim, quando ao anoitecer a faixa ocidental do céu permanecia avermelhada por muito tempo, os moradores de Pi-Bast entravam em pânico. As pessoas se aglomeravam nas ruas, subiam nos telhados ou trepavam nas árvores e, de lá, informavam que podiam ver incêndios em Menuf ou Sohen. Houve até alguns que, apesar da escuridão, afirmavam terem visto pessoas fugindo ou bandos líbios marchando em direção a Pi-Bast.

O Faraó | 459

Apesar da agitação dos moradores, os governantes do nomo não pareciam estar preocupados, já que as autoridades centrais não lhes enviaram instruções.

O príncipe Ramsés estava ciente da agitação do povo e via a indiferença dos dignitários de Pi-Bast. Estava furioso por não ter recebido recomendações de Mênfis e por nem Mefres nem Mentezufis o terem procurado para discutir uma situação tão séria. Como ambos os sacerdotes pareciam evitá-lo, o sucessor não fez qualquer esforço em procurá-los nem preparou medidas defensivas. Pelo contrário, deixou de visitar os regimentos aquartelados nos arredores de Pi-Bast e, junto com os jovens da nobreza, ficou bebendo e se divertindo no palácio, abafando no seu peito a raiva contra os sacerdotes e a preocupação com o destino da nação.

— Você vai ver!... — disse certa vez a Tutmozis. — Os santos profetas vão nos colocar em tal situação, que Musawasa ocupará todo o Egito Inferior e nós teremos de fugir para Tebas ou Sunu... isto é, se os etíopes não nos expulsarem de lá...

— É verdade — respondeu Tutmozis. — Nossos líderes se comportam como traidores.

No primeiro dia de Hátor (agosto-setembro), houve uma festa especial no palácio do sucessor, que começou às duas da tarde e, quando escureceu, todos já estavam embriagados. O príncipe era o que estava mais sóbrio — não estava deitado, mas sentado numa poltrona, com duas belas dançarinas sobre seus joelhos. Uma delas servia-lhe vinho, enquanto a outra banhava sua fronte com água perfumada.

De repente, entrou no salão seu ajudante de ordens, que, esgueirando-se entre diversos corpos deitados no chão, aproximou-se do sucessor.

— Alteza — sussurrou —, os santos Mefres e Mentezufis desejam vê-lo com urgência.

O sucessor se livrou das duas jovens e, cambaleando, subiu as escadas para seu aposento. Ao vê-lo, os dois sacerdotes se entreolharam.

— O que Vossas Eminências desejam? — perguntou o príncipe, desabando sobre uma cadeira.

— Não sei se Vossa Alteza estará em condições de nos ouvir — disse Mentezufis, claramente embaraçado.

— Vocês acham que estou bêbado? — exclamou o príncipe. — Podem falar sem medo... Hoje em dia, todo o Egito está num tal estado de loucura e estupidez que somente os bêbados ainda sabem pensar claramente.

Os sacerdotes ficaram taciturnos, mas Mentezufis começou:

— Vossa Alteza deve saber que nosso amo e o Conselho Supremo decidiram desmobilizar vinte mil mercenários...

— Bem, não oficialmente — interrompeu-o o sucessor. — Vocês não tiveram a gentileza de me consultar numa questão de tal importância, nem mesmo de me informar que quatro regimentos já foram dispensados e que seus soldados, não tendo o que comer, estão atacando e saqueando nossas cidades...

— Parece-me que Vossa Alteza está fazendo um julgamento sobre decisões de Sua Santidade o faraó — observou Mentezufis.

— Não de Sua Santidade!... — exclamou o príncipe, batendo com o pé no chão —, mas daqueles traidores que, aproveitando-se da doença de meu pai, querem vender nosso país aos assírios e aos líbios!

Os sacerdotes ficaram petrificados. Até então, nenhum egípcio jamais pronunciara palavras semelhantes.

— Permita, príncipe, que nós venhamos mais tarde... quando Vossa Alteza estiver mais calmo... — disse Mefres.

— Não é preciso. Sei o que se passa na nossa fronteira ocidental... Para ser mais correto, não sou eu que sei, mas meus cozinheiros, cavalariços e lavadeiras. Será que Vossas Eminências decidiram agora me dar a honra de me informar dos seus planos?

Mentezufis adotou um ar indiferente, e disse:

— Os líbios se rebelaram e começam a se juntar no intuito de atacar o Egito.

— Estou ciente disso.

— Diante disso, é o desejo de Sua Santidade e do Conselho Supremo — continuou Mentezufis — que Vossa Alteza junte todas as tropas do Egito Inferior e aniquile os rebeldes.

— Onde está esta ordem?

Mentezufis tirou de sua túnica um pergaminho cheio de carimbos e entregou-o ao príncipe.

— Isso significa que, a partir deste momento, sou o comandante em chefe e líder máximo desta província? — perguntou o sucessor.

— Sim.

— E tenho o direito de realizar um conselho de guerra com vocês?

— Certamente — respondeu Mefres —, embora neste momento...

— Sentem-se — interrompeu-o o príncipe.

Os dois sacerdotes fizeram o que lhes fora ordenado.

— Pergunto-lhes, porque isso é muito importante para os meus planos, por que motivo foram dispensados os regimentos líbios?...

— E muitos outros serão dispensados — Mentezufis aproveitou a deixa. — O Conselho Supremo decidiu livrar-se de vinte mil dos mercenários mais caros para suprir o Tesouro de Sua Santidade com quatro mil talentos por ano, sem os quais a corte real poderia enfrentar dificuldades financeiras...

— Algo que não ameaça nem o mais mísero dos sacerdotes egípcios! — aparteou o príncipe.

— Vossa Alteza deve ter se esquecido de que não cabe usar o termo "mísero" ao se referir a um sacerdote — respondeu Mentezufis. — Quanto ao fato de nenhum deles se sentir ameaçado por falta de recursos, isso é fruto da frugalidade com que vivem.

462 | Bolesław Prus

— Neste caso, devem ser as estátuas que bebem o vinho que é levado diariamente aos templos, e os deuses de pedra que vestem suas mulheres com tecidos finos, ouro e pedras preciosas — zombou o príncipe. — Mas deixemos de lado a frugalidade dos sacerdotes!... Não é para encher o Tesouro do faraó que o Colégio de Sacerdotes decidiu desmobilizar vinte mil homens e abrir as portas do Egito a bandidos...

— E por que seria?...

— Para agradar ao rei Assar. Como Sua Santidade se recusou a entregar a Fenícia aos assírios, vocês querem enfraquecer o país de uma outra forma: desmobilizando os regimentos mercenários e provocando uma guerra na nossa fronteira ocidental.

— Chamo os deuses por testemunhas de que Vossa Alteza nos assombra! — exclamou Mentezufis.

— As sombras dos faraós ficariam ainda mais assombradas caso ouvissem que, neste mesmo Egito sobre o qual eles reinaram, um impostor caldeu tem grande influência nos destinos do país...

— Não acredito nos meus ouvidos! — exclamou Mentezufis. — De que caldeu Vossa Alteza está falando?!...

O sucessor riu sarcasticamente.

— Estou falando de Beroes... Se você, santo homem, nunca ouviu falar dele, pergunte ao distinto Mefres, e, caso ele também tenha se esquecido, que se dirija a Herhor ou Pentuer...

E, diante do espanto de Mefres e Mentezufis, continuou:

— Eis o grande segredo dos templos de vocês!... Um vagabundo estrangeiro força os membros do Conselho Supremo a assinar um tratado tão vergonhoso que somente poderia ser firmado caso tivéssemos perdido várias batalhas, todos os regimentos e ambas as capitais... E isto foi feito por um só homem... na certa, um espião do rei Assar!... Quanto aos nossos sábios, eles ficaram tão encantados com seu discurso que, quando o faraó não lhes permitiu entregar a

Fenícia aos assírios, resolveram dissolver regimentos e provocar uma guerra na fronteira ocidental!

Nesse ponto, Ramsés perdeu completamente o controle de si mesmo e exclamou:

— Onde já se viu uma coisa dessas?! Logo no momento mais propício para aumentar nosso efetivo militar e atacar Nínive, os pios sacerdotes desmobilizam vinte mil homens e incendeiam seu próprio país!...

Mefres, duro como uma pedra, ouviu aquele desabafo e, finalmente, tomou a palavra:

— Não sei de que fonte Vossa Alteza colheu essas informações... Tomara que ela seja tão pura como o coração dos membros do Conselho Supremo! Mas assumamos, por um instante, que elas sejam verdadeiras e que um sacerdote caldeu conseguiu convencer o Conselho a firmar um tratado desses com a Assíria. Nesse caso, quem pode lhe garantir que o tal sacerdote não foi um emissário dos deuses que, através de seus lábios, nos alertou acerca dos perigos que pairam sobre o Egito?

— Desde quando os caldeus desfrutam de tanta confiança junto a vocês? — perguntou o príncipe.

— Os sacerdotes caldeus são como irmãos mais velhos dos egípcios — aparteou Mentezufis.

— Então, quem sabe se o rei assírio não manda no faraó? — observou sarcasticamente o sucessor.

— Não blasfeme, Vossa Alteza — respondeu severamente Mefres. — Você está se metendo imprudentemente nos mais sagrados segredos, e isso costuma ser perigoso até para pessoas em posições ainda mais altas do que a sua!

— Muito bem. Não vou me meter. Mas gostaria de saber como é possível saber quando um caldeu é um enviado dos deuses e quando é um espião.

464 | Bolesław Prus

— Através dos milagres que ele faz — respondeu Mefres. — Caso, em obediência a uma ordem sua, este aposento se enchesse de espíritos e forças invisíveis o tivessem erguido no ar, nós diríamos que você é um enviado dos deuses e acataríamos seus conselhos.

Ramsés deu de ombros.

— Eu já vi vários milagres, além de ter visto aquele malabarista do circo flutuar no ar.

— Só que não notou os finos barbantes seguros pelos dentes dos seus quatro auxiliares... — disse Mentezufis.

O príncipe riu e, lembrando-se do que Tutmozis lhe contara sobre as experiências místicas de Mefres, falou em tom sarcástico:

— Nos tempos do rei Quéops, houve um sumo sacerdote que queria flutuar no ar de qualquer maneira. Com este intuito, ficou rezando aos deuses, ordenando a seus subalternos que ficassem observando se ele não estava sendo erguido por forças invisíveis. E Vossas Eminências podem não acreditar, mas, a partir daquele momento, não houve um só dia em que os profetas não garantissem ao sumo sacerdote que ele estava sendo erguido... é verdade que não muito alto, apenas um dedo do chão... Mas o que tem Vossa Eminência?... — perguntou de repente a Mefres.

Efetivamente, o sumo sacerdote, ao ouvir a sua própria história, balançou na cadeira e teria caído no chão se Mentezufis não o tivesse amparado.

Ramsés ficou consternado. Trouxe água para o ancião beber, esfregou suas têmporas e começou a abaná-lo com um leque. Em pouco tempo, Mefres voltou a si. Levantou-se da cadeira e disse para Mentezufis:

— Creio que podemos ir embora.

— Sou da mesma opinião — respondeu este.

— E quanto a mim? O que devo fazer? — perguntou o príncipe, sentindo que acontecera algo ruim.

O Faraó | 465

— Cumprir com seu dever de comandante em chefe — respondeu secamente Mentezufis.

Os dois sacerdotes fizeram uma reverência cerimonial e saíram.

O sucessor, já sóbrio, sentiu que cometera dois erros cruciais: revelara aos sacerdotes que conhecia o grande segredo e zombara cruelmente de Mefres. Teria sacrificado um ano de sua vida para apagar da memória dos dois sacerdotes aquela conversa. Mas era tarde demais.

"Não há saída", pensou. "Revelei o que não devia, e arrumei dois inimigos mortais. Mas o que se há de fazer? A minha luta com a casta sacerdotal começou de uma forma nada promissora, mas tenho de seguir em frente. Vários faraós lutaram com os sacerdotes e venceram, mesmo sem ter muitos aliados."

Mas, apesar desses pensamentos reconfortantes, Ramsés sentiu tanto o perigo da sua posição que jurou sobre a cabeça de seu pai nunca mais beber vinho em demasia. Em seguida, mandou chamar Tutmozis, que veio imediatamente, completamente sóbrio.

— Estamos em estado de guerra e sou o comandante em chefe — disse o sucessor.

Tutmozis inclinou-se até o chão.

— E nunca mais vou me embriagar — acrescentou o príncipe. — E você sabe por quê?

— Porque um líder deve evitar o vinho e outras bebidas alcoólicas — respondeu Tutmozis.

— Pois é, me esqueci disso e falei muitas bobagens aos sacerdotes...

— Que tipo de bobagens? — exclamou o assustado Tutmozis.

— Que os odeio e faço pouco caso dos seus milagres...

— Não faz mal. Não acredito que eles contem com o amor das pessoas.

— ...e que conheço os seus segredos políticos — concluiu o príncipe.

— Bem... — disse Tutmozis. — Isso foi totalmente desnecessário...

— Não adianta se lamuriar — disse Ramsés. — Despache imediatamente mensageiros aos regimentos, com a ordem para todos os comandantes se apresentarem amanhã pela manhã para um conselho de guerra. Mande acender sinais luminosos para todos os exércitos do Egito Inferior marcharem na direção da fronteira ocidental. Finalmente, procure o nomarca e lhe ordene que avise os demais nomarcas da necessidade de coletar alimentos, roupas e armas.

— Vamos ter um problema com o Nilo — observou Tutmozis.

— Quero que todos os barcos fiquem retidos nos braços do Nilo, deixando-o livre para o transporte de tropas. Além disso, vai ser preciso convocar os nomarcas para formarem regimentos de reserva.

Enquanto isso, Mefres e Mentezufis retornavam a suas casas junto ao templo de Ptah. Quando se encontravam sozinhos numa cela, o sumo sacerdote ergueu os braços e exclamou:

— Oh, Osíris, Ísis e Hórus, santa trindade divina! Salvai o Egito da desgraça! Desde que o mundo é mundo, nenhum faraó pronunciou tantas blasfêmias quantas ouvimos daquele garoto... O que estou dizendo?... Nenhum faraó?!... Nenhum inimigo do Egito, nenhum hitita, fenício ou líbio ousaria desrespeitar dessa forma a casta sacerdotal!

— O vinho torna as pessoas transparentes — disse Mentezufis.

— Só que naquele jovem coração está oculto um ninho de cobras! Ele desrespeita a casta sacerdotal, zomba dos milagres, não acredita em deuses...

— Pois o que mais me surpreendeu — falou Mentezufis — foi como ele soube do nosso encontro com Beroes?

— Alguém cometeu uma grande traição — respondeu Mefres.

— O que é de estranhar, já que éramos apenas nós quatro...

— Não é bem assim, pois a vinda de Beroes era do conhecimento da principal sacerdotisa de Ísis, dos dois sacerdotes que nos

O Faraó | **467**

mostraram o caminho até o templo de Set e do sacerdote que o recebeu na entrada do templo... Espere um momento!... Aquele sacerdote permaneceu o tempo todo no vestíbulo... Ele pode ter ouvido tudo! — falou Mefres.

— Mesmo se tivesse, não teria vendido o segredo a um garoto, mas a alguém muito mais importante... e isso é muito perigoso!

Alguém bateu na porta da cela. Era o santo Sem, o sumo sacerdote do templo de Ptah.

— Vim saber o que está se passando, pois Vossas Eminências estão falando tão alto como se tivesse acontecido uma grande desgraça. Será que estão preocupados com uma guerra com uns míseros líbios? — perguntou.

— O que Vossa Eminência acha do príncipe sucessor? — interrompeu-o Mentezufis.

— Acho que ele deve estar muito feliz com a guerra e com seu posto de comandante em chefe. É um herói nato! Quando olho para ele, tenho a impressão de estar vendo um leão... Aquele rapaz seria capaz de se lançar sozinho sobre todos os bandos líbios, e acabar com eles.

— Aquele rapaz — disse Mefres — é capaz de arrasar todos os nossos templos e fazer o Egito desaparecer da face da terra.

O santo Sem agarrou rapidamente um amuleto que pendia de seu pescoço e sussurrou:

— Fujam, palavras insidiosas, para o deserto... Afastem-se daqui, e não façam mal a pessoas inocentes...

Em seguida, virou-se para Mefres e perguntou, num tom de recriminação:

— O que Vossa Eminência está dizendo?... Isso é impossível!

— O distinto Mefres está falando uma verdade — falou Mentezufis. — Sua cabeça e seu estômago iriam lhe doer, caso lábios humanos pudessem repetir as blasfêmias que ouvimos daquele jovem.

— Não brinque, profeta! — exclamou o revoltado Sem. — É-me mais fácil acreditar que chamas podem emanar da água do que imaginar Ramsés dizendo blasfêmias.

— É verdade que ele as disse estando embriagado — aparteou maldosamente Mefres.

— Mesmo assim. Não posso negar que o príncipe é frívolo e farrista, mas blasfemo?!...

— Era também o que nós achávamos — disse Mentezufis. — E estávamos tão certos de conhecermos seu caráter que, após seu retorno do templo de Hátor, paramos de controlar seus passos...

— Na verdade, você quis economizar dinheiro, não pagando mais os espiões — aparteou-o Mefres. — Está vendo as consequências de uma negligência aparentemente insignificante?

— Mas o que aconteceu? — perguntava Sem, impaciente.

— Vou responder em poucas palavras: o príncipe zomba dos deuses...

— Oh!

— Questiona as decisões do faraó...

— Não é possível!...

— Chama os membros do Conselho Supremo de traidores...

— Mas...

— E soube por alguém da vinda de Beroes, bem como de seu encontro com Mefres, Herhor e Pentuer.

O sumo sacerdote levou as mãos à cabeça e começou a correr pela cela.

— É inacreditável... — dizia. — Incrível!... Alguém deve ter lançado um feitiço sobre esse jovem... Quem sabe se não foi aquela sacerdotisa fenícia que ele raptou do templo?...

Mentezufis achou aquela observação tão pertinente que lançou um olhar interrogativo a Mefres. Mas o ofendido sumo sacerdote fez um gesto negativo com a cabeça.

O Faraó | **469**

— Vamos ver — respondeu. — Antes de tudo, devemos conduzir uma investigação para saber o que o príncipe andou fazendo desde o momento em que saiu do templo de Hátor. Ele teve liberdade demais, relacionou-se em demasia com infiéis e inimigos do Egito. E você, eminente Sem, vai nos ajudar nesta tarefa.

Como resultado daquela observação, já no dia seguinte o sumo sacerdote Sem convocou os fiéis para um importante culto no templo de Ptah. Em todas as esquinas, e até em campos distantes, postaram-se arautos dos sacerdotes que, com a ajuda de trombetas e flautas, passaram a convocar os fiéis. E quando se juntava uma quantidade suficiente de pessoas, era-lhes anunciado que, nos próximos três dias, seriam realizadas rezas e procissões no templo de Ptah, com a intenção de pedir ao deus que fizesse com que as tropas egípcias conseguissem derrotar os líbios e que contagiasse com lepra, cegueira e loucura o líder líbio Musawasa.

A convocação dos fiéis teve o efeito desejado. Da madrugada ao anoitecer, a simples gente do povo postava-se em torno dos muros do templo, os aristocratas e citadinos mais ricos se aglomeravam na antessala exterior, enquanto na capela principal os sacerdotes — tanto os locais quanto os de nomos vizinhos — faziam oferendas e rezavam para o deus Ptah.

Três vezes ao dia, saía do templo uma procissão com a efígie do venerável deus num barco dourado e provido de cortinas. O populacho prostrava-se ao chão diante de sua passagem e, em voz alta, mostrava arrependimento por seus pecados, no que era ajudado por profetas misturados às pessoas que, por meio de perguntas adequadas, facilitavam a penitência. Já no caso das pessoas mais importantes e ricas, que não se sentiam à vontade para revelar publicamente suas transgressões, os santos padres levavam-nas para um canto, onde, em voz baixa, lhes davam conselhos e faziam admoestações.

470 | Bolesław Prus

A procissão realizada ao meio-dia era a mais importante das três, já que faziam parte dela as tropas que estavam partindo para o oeste e que desejavam receber as bênçãos dos sacerdotes e reforçar o poder de seus amuletos, que tinham o dom de os proteger dos golpes do inimigo.

Vez por outra, ouviam-se sons de trovões provenientes de dentro do templo e, à noite, relâmpagos podiam ser vistos entre os pilonos. Aquilo era um sinal de que o deus ouvira as preces de alguém ou estava conversando com os sacerdotes.

Quando, após aquelas cerimônias, os três dignitários — Sem, Mefres e Mentezufis — fizeram uma reunião secreta, a situação já estava esclarecida.

As cerimônias trouxeram ao templo cerca de quarenta talentos; no entanto, sessenta talentos foram gastos em presentes e no pagamento de dívidas de vários membros da aristocracia, bem como dos mais altos líderes militares. Em compensação, foram colhidas as seguintes informações:

Entre os soldados circulava um boato de que o príncipe Ramsés, assim que assumisse o trono, iria começar uma guerra com a Assíria, que traria grandes lucros aos que dela participassem. Comentava-se que o mais humilde dos recrutas não retornaria dela com menos de mil dracmas, se não mais. Entre o populacho, sussurrava-se que quando o faraó retornasse vitorioso de Nínive, todos os felás receberiam pelo menos um escravo e seriam liberados de pagar impostos por um número determinado de anos.

Os aristocratas, por sua vez, acreditavam que o primeiro ato do novo faraó seria o de tirar o poder dos sacerdotes, devolvendo aos nobres todos os bens que haviam sido tomados pelos templos a título de dívidas não pagas. Além disso, comentava-se que o futuro faraó iria reinar de forma autônoma, sem a participação do Conselho dos Sacerdotes.

Finalmente, todos os estratos da sociedade estavam convictos de que o príncipe Ramsés, no intuito de se assegurar do apoio dos fenícios, iria se converter ao culto da deusa Isthar. Afinal, era sabido por todos que o príncipe estivera uma noite no templo daquela deusa, onde pôde presenciar alguns milagres, e os asiáticos mais ricos afirmavam que Ramsés oferecera grandes dádivas ao templo de Isthar, em troca das quais recebera sua sacerdotisa, cuja função seria a de reforçar sua nova fé.

Todos esses dados foram recolhidos pelo eminente Sem e seus sacerdotes. Em troca, os santos pais Mefres e Mentezufis deram-lhe uma nova informação, recém-chegada de Mênfis: que o sacerdote e milagreiro Beroes fora recebido no subsolo do templo de Set pelo sacerdote Osohor, e que este, ao casar sua filha, deu-lhe muitas joias e ouro, além de comprar uma propriedade para os recém-casados.

Ao ouvir isso, o sumo sacerdote Sem disse:

— Se o santo Beroes é tão milagreiro assim, não caberia perguntar a ele, em primeiro lugar, se Osohor traiu o segredo?

— Esta pergunta foi feita ao eminente Beroes — respondeu Mefres —, mas o santo pai respondeu que não queria se pronunciar sobre essa questão, acrescentando que, mesmo se alguém tivesse ouvido o que fora tratado naquela reunião e passado a informação aos fenícios, nem o Egito nem a Caldeia seriam prejudicados por causa disso. Sendo assim, caso fosse descoberto o culpado por tal ato, era recomendável ser misericordioso com ele.

— É um homem santo!... Definitivamente um santo! — murmurou Sem.

— E o que Vossa Eminência — perguntou Mefres a Sem — tem a dizer sobre o comportamento do príncipe e a confusão dele resultante?

— Direi o mesmo que Beroes: como o sucessor não causou qualquer mal ao Egito, deveríamos ser lenientes...

— Aquele garoto zomba de deuses e milagres, frequenta templos estrangeiros, agita o povo... Trata-se de atos graves! — disse Mefres, que não conseguia perdoar o príncipe por ter zombado de forma tão grosseira de suas práticas religiosas.

O sumo sacerdote gostava de Ramsés, portanto respondeu, com um sorriso benigno:

— Qual dos felás não gostaria de ter um escravo que o ajudasse nas suas árduas tarefas e lhe proporcionasse um doce descanso?... E existirá no mundo um só homem que não sonhe em não ter que pagar impostos?... Com o que ele recolhe ao Tesouro Real, sua esposa, ele mesmo e os filhos poderiam comprar roupas decentes e ter alguns momentos para se divertir.

— Ociosidade e despesas excessivas estragam um homem — falou Mentezufis.

— Que soldado — continuava Sem — não deseja uma guerra que lhe traria mil dracmas ou mais?... E tem mais, santos pais... Que faraó, que nomarca, que aristocrata paga com prazer suas dívidas e não lança olhares de cobiça para a riqueza dos templos?

— É uma concupiscência ímpia! — murmurou Mefres.

— Por fim — falou Sem —, que sucessor do trono não sonha em limitar a importância da casta sacerdotal, e que faraó, no início do seu reinado, não quis se livrar da influência do Conselho Supremo?

— Suas palavras são cheias de sabedoria — disse Mefres —, mas aonde elas devem nos levar?

— A não apresentar uma queixa ao Conselho Supremo, pois não há tribunal capaz de condenar o príncipe pelo fato de os felás não quererem pagar impostos ou de os soldados ansiarem por uma guerra. Pelo contrário, vocês correriam o risco de ser repreendidos, pois, se tivessem mantido um olho no príncipe e tivessem limitado seus pequenos excessos, não teria surgido esta pirâmide de acusações, aliás infundadas...

O Faraó | **473**

Ao não notar uma reação às suas palavras, o eminente Sem concluiu:

— Em casos semelhantes, o mal não reside no fato de as pessoas estarem inclinadas ao pecado, pois sempre assim estiveram, mas no de não terem sido controladas. Os canais do nosso santo Nilo teriam logo ficado entupidos de lodo, se nossos engenheiros não zelassem permanentemente por eles.

— E o que Vossa Eminência tem a dizer às ofensas que o príncipe ousou dirigir a nós, durante nossa conversa? — perguntou Mefres. — Aquele garoto humilhou minha dignidade sacerdotal!...

— Aquele que fala com um bêbado humilha a si próprio — respondeu Sem. — E ouso ainda dizer que Vossas Eminências não tinham o direito de falar sobre questões tão importantes com um príncipe embriagado... e cometeram outro erro: o de nomear um bêbado como comandante do exército, pois um comandante em chefe tem de estar sóbrio.

— Curvo-me diante da sua sabedoria — disse Mefres —, mas voto para que seja levada uma queixa contra o príncipe perante o Conselho Supremo.

— E eu voto contra — respondeu energicamente Sem. — O Conselho tem de ser informado de tudo o que o sucessor andou aprontando, mas não em forma de queixa, e sim de relatório.

— Eu também sou contra a formalização da queixa — falou Mentezufis.

Com dois votos contra, o sumo sacerdote Mefres desistiu de formular a queixa, mas não se esqueceu da afronta, guardando-a no coração. Era um ancião sábio e pio, mas vingativo. Teria, mais facilmente, perdoado a quem lhe tivesse decepado a mão do que a quem ofendera sua dignidade sacerdotal.

capítulo 41

DE ACORDO COM O CONSELHO DOS ASTRÓLOGOS, O CORPO PRINCIpal do exército deveria partir de Pi-Bast no dia sete de Hátor. O dia em questão fora considerado como "bom, bom, bom". Os deuses no céu e os homens na terra alegravam-se com a vitória de Rá sobre seus inimigos; e quem nasceu naquele dia estava predestinado a morrer muito velho e cercado de respeito. Além disso, aquele dia era propício a mulheres grávidas e àquelas que comerciavam com tecidos, e desfavorável para sapos e ratos.

Desde o momento em que fora nomeado comandante em chefe, Ramsés se pôs a trabalhar febrilmente. Recebia pessoalmente todos os regimentos, inspecionando suas armas, roupas e tendas. Presidia todos os conselhos de guerra, participava dos interrogatórios de todos os espiões e, à medida que foi recebendo mais e mais informações, assinalava pessoalmente nos mapas as trajetórias de suas tropas e as posições das tropas do inimigo.

Deslocava-se tão rapidamente de um lugar a outro, que era aguardado em todos os lugares; assim mesmo, aparecia de surpresa, como uma ave de rapina. Numa manhã, estava ao sul de Pi-Bast, inspecionando as reservas de mantimentos, e menos de uma hora depois surgia ao norte da cidade, para descobrir que faltavam cento e cinquenta homens no regimento. Já ao anoitecer, alcançava as patrulhas avançadas, observava a travessia de um dos braços do Nilo e examinava duzentos carros de guerra.

O santo Mentezufis, que como auxiliar direto de Herhor entendia de assuntos militares, não conseguia ocultar sua admiração.

— Vossas Eminências sabem — disse para Sem e Mefres — que passei a não gostar do príncipe desde o momento que descobri sua perfídia. Mas convoco Osíris como testemunha de que aquele jovem é um líder nato. Vou lhes dizer uma coisa inacreditável: nossas tropas estarão em suas posições na fronteira três ou quatro dias antes do que se podia supor. Os líbios já perderam a guerra, antes mesmo de ouvir um só silvo das nossas setas.

— Tanto mais perigoso para nós será um faraó desses... — observou Mefres, com a típica obstinação dos velhos.

Ao anoitecer do dia seis de Hátor, o príncipe Ramsés informou a seu estado-maior que partiriam no dia seguinte, duas horas antes do nascer do sol.

— E agora — disse —, vou dormir.

Mas quem disse que ele conseguia? A cada minuto adentrava seu quarto um ajudante de ordens com um relatório sem qualquer importância ou em busca de uma ordem para uma questão que poderia ser facilmente resolvida por qualquer comandante de regimento. Traziam-lhe espiões que não tinham nada relevante a revelar; surgiam grão-senhores com pequenos destacamentos de homens, oferecendo-se para servir como voluntários. Negociantes fenícios procuravam-no em busca de encomendas para o exército e fornecedores vinham se queixar das exigências dos generais.

Não faltaram também astrólogos e videntes dispostos a fazer horóscopos, assim como feiticeiros prontos a vender infalíveis

476 | Bolesław Prus

amuletos de toda espécie, garantindo sua eficácia contra projéteis. Aquelas pessoas queriam, simplesmente, entrar nos aposentos do príncipe, pois cada uma delas achava que o destino da batalha estava em suas mãos e que, nesses casos, não era preciso respeitar quaisquer normas de etiqueta.

O príncipe recebia pacientemente a todos, mas quando, após a saída de um astrólogo, entrou no seu aposento uma de suas mulheres reclamando que Ramsés não mais a amava, já que não fora se despedir dela, e quando quinze minutos depois ouviu o choro de outra amante, não mais aguentou e chamou Tutmozis.

— Se você quiser — disse-lhe —, pode ficar neste quarto e consolar as minhas mulheres. Quanto a mim, vou me esconder em algum lugar no jardim, caso contrário não poderei dormir e amanhã terei a aparência de uma galinha tirada de um poço.

— Onde devo achá-lo, em caso de necessidade? — perguntou Tutmozis.

— Não precisa se preocupar com isso — respondeu o sucessor. — Vou reaparecer assim que ouvir o toque de despertar.

E, dizendo isso, vestiu uma longa capa com capuz e saiu para o jardim.

No entanto, até mesmo ali reinava uma balbúrdia total, com soldados, cozinheiros e outros serviçais andando por toda parte. Ramsés foi para o ponto mais distante, onde havia um pequeno pavilhão coberto de videiras. Aliviado, desabou sobre um banco.

— Aqui não vão me encontrar... nem os sacerdotes, nem as mulheres — murmurou, adormecendo logo em seguida.

Já havia alguns dias a fenícia Kama não estava se sentindo bem. Para piorar as coisas, começou a sentir dores nas juntas e uma coceira na testa, logo acima das sobrancelhas.

Aqueles sintomas pareceram-lhe tão preocupantes que deixou de temer que fosse assassinada, e passou a ficar dias inteiros diante do espelho, dizendo aos empregados que poderiam fazer o que quisessem, desde que a deixassem em paz. Não pensava mais em Ramsés nem na odiosa Sara, concentrando toda sua atenção nas manchas na testa, tão pequenas que um olho desatento não as teria percebido.

"Uma mancha... sim, são manchas..." — dizia a si mesma, cheia de terror. "Duas... três... Oh, Ashtoreth, não posso crer que você queira castigar assim sua sacerdotisa!... Preferiria morrer... Mas talvez não seja algo grave... Quando esfrego a testa, as manchas ficam mais avermelhadas... Provavelmente fui picada por um inseto ou esfreguei a testa com um óleo impuro... Vou lavar o rosto, e amanhã as manchas terão desaparecido..."

Veio o dia seguinte — e as manchas não desapareceram. Kama chamou uma serva.

— Olhe bem para mim... — disse, sentando-se num canto pouco iluminado do aposento.

— Não vejo nada — respondeu a serva.

— Nem sob o olho esquerdo?... Nem acima das sobrancelhas?... Olhe bem, só não se aproxime!

— Se a senhora se dignar a sentar com seu divino rosto virado para a luz... — disse a serva.

Aquele pedido, inocente e lógico, enfureceu Kama.

— Suma da minha frente, sua miserável! — exclamou. — E não apareça mais!

Ao cair da noite, Kama continuou sentindo dores nas juntas e, apavorada, mandou que chamassem um médico. Quando foi informada de que este havia chegado, olhou para o espelho, atirou-o no chão, teve um novo acesso de raiva e despachou o médico.

Durante todo o dia seis de Hátor não comeu nada e não quis ver ninguém. Quando, ao anoitecer, entrou uma escrava com uma lamparina, Kama deitou-se na cama, cobriu a cabeça com um xale e ordenou à escrava que saísse imediatamente.

"Não tenho quaisquer manchas...", ficou pensando, "e se tiver, na certa não pode ser lepra... Onde já se viu uma sacerdotisa e mulher do sucessor do trono do Egito contrair lepra?!... Somente pescadores, prisioneiros e míseros judeus podem ser atacados por essa doença!..."

De repente, uma sombra passou pela janela localizada no andar térreo, e Ramsés apareceu no meio do aposento.

Kama ficou petrificada. Em seguida, levou as mãos à cabeça e nos seus olhos apareceu uma expressão de terror.

— Lykon?... — sussurrou. — É você?... Você está perdido... Todos estão à sua procura...

— Estou ciente disso — respondeu o grego, rindo sarcasticamente. — Estou sendo perseguido por todos os fenícios e pela polícia de Sua Santidade... No entanto, estou aqui, e estive na casa do seu amo...

— Você esteve na casa do príncipe?

— Sim, no seu próprio aposento... E teria deixado um punhal cravado no seu peito caso ele lá estivesse... Aparentemente, seu amo foi procurar outra mulher em vez de você...

— O que você quer?... Fuja!... — sussurrava Kama.

— Sim, mas com você — respondeu Lykon. — Estou com um carro aguardando na rua, no qual chegaremos até o Nilo, onde está o meu navio...

— Você enlouqueceu?... A cidade e as estradas estão cheias de soldados!

— Foi exatamente por isso que pude entrar no palacete e ambos poderemos escapar com toda a segurança. Recolha todos seus pertences valiosos e me aguarde... voltarei em pouco tempo e a levarei comigo...

O Faraó | **479**

— E aonde você vai?

— Procurar seu amo. Não pretendo partir daqui sem lhe deixar uma lembrança...

— E se você não o encontrar?

— Então vou matar alguns dos seus soldados... incendiar o palácio... ainda não sei... Mas de uma coisa estou certo: não vou embora sem lhe deixar uma lembrança...

A ex-sacerdotisa cerrou os punhos e seus olhos brilharam tão malignamente que Lykon ficou espantado.

— O que foi? — perguntou.

— Nada... Ouça... você nunca esteve tão parecido com o príncipe como neste momento... portanto, se quiser fazer algo útil...

Kama aproximou o rosto do ouvido do grego e começou a sussurrar.

Lykon ouvia, espantado.

— Mulher — disse —, os mais infames espíritos falam pela sua boca... Mas você tem razão... é sobre ele que cairão as suspeitas...

— Isso seria muito melhor do que um punhal — disse, rindo, Kama. — Você não acha?

— Jamais teria tido uma ideia dessas!... Não seria melhor matar os dois?

— Não!... Quero que ela viva... Será a minha vingança!...

— Que alma mais perversa!... — murmurou Lykon. — Mas gostei da ideia... vamos vingar-nos de uma forma régia...

Dizendo isso, o grego pulou a janela e desapareceu na escuridão. Kama debruçou-se no parapeito e ficou escutando. Cerca de quinze minutos depois, da direção das figueiras veio um desesperado grito feminino. Repetiu-se um par de vezes — e se calou.

Em vez da esperada alegria, a fenícia foi tomada por um sentimento de terror. Caiu de joelhos e, com os olhos arregalados, permaneceu fitando a escuridão. Alguns momentos depois, ouviu passos apressados e Lykon apareceu na janela. Vestia uma capa negra, suas mãos tremiam e arfava pesadamente.

— Onde estão as joias? — perguntou.

— Deixe-me em paz — respondeu Kama.

O grego pegou-a pelo pescoço.

— Sua miserável! — disse. — Será que você não está se dando conta de que antes do raiar do sol será presa e, depois, estrangulada?

— Estou doente...

— Onde estão as joias?

— Debaixo da cama.

Lykon entrou no aposento. Pegou o pesado caixote, cobriu Kama com a capa e puxou-a pelo braço.

— Vamos. Onde fica a porta pela qual costuma entrar aquele... aquele seu amo?

— Deixe-me em paz...

O grego inclinou-se sobre ela e sussurrou:

— Você acha que eu vou deixá-la?... Hoje, para mim, você não vale mais do que uma cadela que perdeu o faro... mas precisa vir comigo, pois quero que seu amo saiba que há alguém maior do que ele... Ele tirou a sacerdotisa do templo, mas eu tirei sua amante...

— Estou lhe dizendo que estou doente...

O grego sacou um punhal e encostou-o no pescoço de Kama. Tremendo, ela sussurrou:

— Já vou...

Saíram para o jardim pela porta secreta. No portão foram parados pelos sentinelas:

— Quem são vocês?

— Tebas — respondeu Lykon.

Passaram sem dificuldades e sumiram nas ruelas do bairro estrangeiro da cidade.

O Faraó | 481

Duas horas antes do alvorecer, soaram na cidade trombetas e tambores. Tutmozis ainda dormia profundamente quando Ramsés arrancou seu cobertor e disse, com um largo sorriso:

— Acorde, atento líder! Os regimentos já partiram.

Tutmozis sentou-se na cama e esfregou os olhos.

— Ah, é você, meu amo — disse, bocejando. — E então, conseguiu dormir?

— Como uma pedra — respondeu o príncipe.

— Pois eu gostaria de dormir ainda mais.

Os dois jovens tomaram banho, vestiram suas leves armaduras e montaram os cavalos seguros por dois serviçais. Em pouco tempo, o sucessor e sua pequena comitiva saíram da cidade, ultrapassando as longas colunas de soldados. O Nilo havia transbordado muito, e o príncipe queria estar presente quando as tropas fossem atravessar os canais.

Quando o sol surgiu no horizonte, a última carroça já estava distante da cidade, enquanto o nomarca de Pi-Bast dizia a seus serviçais:

— Agora vou dormir, e ai daquele que ousar me acordar antes da ceia! Até o divino sol repousa no fim de cada dia, enquanto eu não me deitei desde o de Hátor. No entanto, antes de concluir o autoelogio quanto à sua dedicação, apareceu um oficial da polícia pedindo um encontro a sós, para tratar de um assunto de suma importância.

O nomarca, mesmo contrafeito, atendeu ao pedido.

— Você não poderia esperar algumas horas? — perguntou. — Afinal, o Nilo não está fugindo...

— Aconteceu uma coisa terrível — respondeu o policial. — O filho do sucessor do trono foi assassinado.

— O quê?!... Qual filho?!... — exclamou o nomarca.

— O da judia Sara.

— Quem o matou?... Quando?...

482 | Bolesław Prus

— Esta noite.

— E quem poderia ter feito uma coisa dessas?

O policial baixou a cabeça e abriu os braços.

— Estou lhe perguntando quem o matou! — repetiu o dignitário, mais assustado do que zangado.

— Queira, distinto amo, conduzir a investigação pessoalmente. Meus lábios não conseguem repetir o que chegou aos meus ouvidos.

O pavor do nomarca crescia. Mandou que fossem trazidos os servos de Sara e, ao mesmo tempo, enviou um emissário ao sumo sacerdote Mefres, já que Mentezufis, na qualidade de representante de Herhor, partira junto com o príncipe. Quando Mefres chegou, o nomarca lhe repetiu a notícia do assassinato do filho do sucessor e da recusa do policial em fornecer qualquer informação adicional.

— E há testemunhas? — perguntou o sumo sacerdote.

— Sim, e aguardam as ordens de Vossa Eminência.

O primeiro a entrar foi o porteiro do palacete de Sara.

— Você soube — perguntou o nomarca — que o filho da sua ama foi assassinado?

O porteiro prostrou-se ao chão e respondeu:

— Cheguei a ver seus distintos restos mortais e agarrei nossa ama, que saía correndo para o jardim.

— E quando foi isso?

— À meia-noite. Logo após a chegada do príncipe sucessor.

— Quer dizer que o príncipe esteve ontem à noite com sua ama? — perguntou Mefres.

— Sim, grande profeta.

— Que coisa mais estranha... — sussurrou Mefres para o nomarca.

A segunda testemunha foi a cozinheira de Sara e a terceira, sua empregada pessoal. Ambas afirmaram que, logo após a meia-noite, o príncipe sucessor subira até o quarto de Sara, permanecera lá pouco tempo e saíra correndo para o jardim, seguido pela distinta Sara, que gritava desesperadamente.

— Mas o príncipe não saiu de seu quarto no palácio durante toda a noite... — disse o nomarca.

O oficial da polícia meneou a cabeça e informou que, na antessala, esperavam alguns homens do palácio real.

Mefres ordenou que eles fossem admitidos, e, tendo-os interrogado, ficou patente que o príncipe não passara a noite no palácio. Segundo os funcionários, ele saíra de seu quarto antes da meianoite e somente retornara quando soaram as trombetas.

Quando as testemunhas foram levadas embora e os dois dignitários ficaram sozinhos, o nomarca atirou-se ao chão e, gemendo, disse a Mefres que estava doente e que preferia ser morto a ter de conduzir a investigação. O sumo sacerdote estava pálido e chocado, mas respondeu que o assassinato teria de ser investigado, e em nome do faraó ordenou ao nomarca que o acompanhasse até a casa de Sara.

O jardim do sucessor não ficava longe, e em pouco tempo os dois dignitários já estavam no local do crime. Ao entrarem no quarto no andar superior, viram Sara ajoelhada junto ao berço, numa posição em que parecia estar amamentando um bebê. Uma das paredes e o piso estavam manchados de sangue.

O nomarca sentiu-se tão fraco que teve de se sentar, mas Mefres estava calmo. Aproximou-se de Sara, tocou seu ombro e disse:

— Distinta dama, nós viemos em nome de Sua Santidade.

Sara levantou-se de um pulo e, ao ver Mefres, soltou um grito:

— Sejam amaldiçoados!... Vocês não queriam um rei judeu?!... Aqui está ele!... Oh, por que eu, infeliz, fui ouvir os seus conselhos traiçoeiros...

Girou sobre si mesma e desabou junto ao berço, gemendo:

— Meu filhinho... meu querido Seti! Ele era tão lindo, tão esperto... Ainda há pouco, estendia suas mãozinhas para mim... Oh, Jeová!

484 | Bolesław Prus

Devolva-o a mim... Vós tendes poder para isso... Deuses egípcios, Osíris, Hórus e especialmente Ísis, que também sois mãe... Não pode ser que nos céus não haja alguém que possa ouvir a minha voz...

O sumo sacerdote pegou-a pelos braços e colocou-a de pé. O quarto encheu-se de empregados e policiais.

— Sara — disse o sumo sacerdote. — Em nome de Sua Santidade o senhor do Egito, eu lhe ordeno responder: quem matou seu filho?

Sara olhou para ele com um olhar perdido e esfregou a testa. O nomarca serviu-lhe um copo de vinho misturado com água.

— Em nome de Sua Santidade — repetiu Mefres —, eu lhe ordeno revelar o nome do assassino.

Os presentes começaram a se afastar na direção da porta, enquanto o nomarca, num gesto de desespero, tapava os ouvidos com as mãos.

— Quem o matou?! — disse Sara, com voz abafada e fixando os olhos nos de Mefres. — Você está perguntando quem o matou?... Fui eu!... Matei meu filho porque vocês o transformaram num judeu!

— Você está mentindo! — exclamou o sumo sacerdote.

— Fui eu!... Fui eu!... — repetia Sara, batendo no peito. — Ei, vocês, testemunhas! Saibam que fui eu... eu... eu...

Mefres virou-se para os policiais e disse num tom solene:

— Servos de Sua Santidade, entrego-lhes esta mulher, que deve ser levada ao tribunal.

— Mas meu filho vai comigo! — gritou Sara, atirando-se sobre o berço.

— Ele irá com você... com você, pobre mulher — disse o nomarca, cobrindo o rosto.

Os dignitários saíram do aposento. Um dos policiais chamou uma liteira e, numa atitude cheia de respeito, conduziu Sara para o andar térreo. A infeliz tirou do berço o cueiro ensanguentado e, apertando-o contra o peito, se deixou levar sem oferecer qualquer resistência.

Quando Mefres e o nomarca estavam atravessando o jardim a caminho de suas casas, o mandatário da província disse, comovido:

— Sinto muita pena daquela mulher!...

— Ela será devidamente castigada... por ter mentido — respondeu o sumo sacerdote.

— Vossa Eminência acha que...

— Estou convencido de que os deuses hão de encontrar, e julgar, o verdadeiro assassino.

Quando estavam chegando ao portão do jardim, foram alcançados pelo administrador do palacete de Kama.

— A fenícia sumiu! — gritou. — Sumiu durante a noite...

— Mais uma desgraça... — murmurou o nomarca.

— Não se preocupe — disse Mefres. — Ela partiu com o príncipe.

Aquelas duas afirmações mostraram ao distinto nomarca que Mefres odiava o príncipe, o que o deixou apavorado. Pois caso os sacerdotes conseguissem provar que Ramsés matara seu próprio filho, o sucessor jamais poderia ascender ao trono de seu pai, e a opressão da casta sacerdotal sobre o Egito se tornaria ainda mais pesada.

A tristeza do nomarca aumentou ainda mais quando, ao cair da noite, os dois médicos do templo de Hátor afirmaram, depois de terem examinado o cadáver da criança, que o crime somente poderia ter sido cometido por um homem.

— Alguém — disseram — agarrou as perninhas da criança com a mão direita e arrebentou seu crânio contra a parede, algo que Sara não teria condições físicas de fazer. Além disso, nas duas perninhas havia marcas de dedos muito mais grossos que os dela.

Após aquela opinião médica, o sumo sacerdote Mefres, acompanhado do sumo sacerdote Sem, foi à prisão e implorou a Sara, evocando todos os deuses egípcios e estrangeiros, para que ela de-

486 | Bolesław Prus

clarasse que não era culpada pela morte da criança e descrevesse a aparência do verdadeiro assassino.

— Nós vamos acreditar nas suas palavras — dizia Mefres —, e você será logo posta em liberdade.

Mas Sara, em vez de ficar grata com tal demonstração de boa vontade, ficou furiosa.

— Seus chacais! — gritava. — Não lhes bastam duas vítimas? Ainda procuram por mais? Fui eu que fiz isso, eu e ninguém mais, pois haverá alguém tão ignóbil a ponto de matar uma criança?... Uma criancinha que não fez mal a ninguém...

— E você sabe, mulher teimosa, o que a aguarda? — perguntou o santo Mefres. — Você ficará segurando o corpo do seu filho por três dias, depois será condenada a quinze anos de prisão.

— Somente três dias? — espantou-se Sara. — Pois eu nunca mais quero me separar do meu pequeno Seti... E não irei para uma prisão, mas para um túmulo... junto com ele... e o nosso amo mandará que sejamos enterrados juntos.

Quando os sumos sacerdotes deixaram Sara, o pio Sem disse:

— Já tive a oportunidade de ver e julgar mães que mataram seus filhos, mas devo confessar que nenhuma delas se assemelhava a esta.

— Porque ela não matou o próprio filho — respondeu Mefres, de cara amarrada.

— Então, quem foi?...

— Aquele que os serviçais viram entrar na casa de Sara e sair correndo logo depois... Aquele que, partindo ao encontro do inimigo, levou consigo a sacerdotisa Kama... Aquele que expulsou Sara da sua casa e transformou-a numa escrava por seu filho ter se tornado judeu...

— Como são terríveis as suas palavras! — observou Sem.

— O crime é ainda mais terrível, mas apesar da teimosia daquela tola mulher ele será elucidado.

O santo homem mal suspeitava que sua previsão se realizaria em tão pouco tempo — e isso graças à sagacidade do chefe de polícia de Pi-Bast.

Ainda antes de o príncipe ter deixado a cidade, o eficiente funcionário já sabia que o filho de Sara, fora assassinado, que Kama fugira e que os empregados de Sara haviam visto o príncipe entrando no palacete dela naquela noite. O chefe de polícia era um homem arguto; adivinhou de imediato quem poderia ter cometido o crime e, em vez de conduzir uma investigação local, partiu em perseguição aos culpados, tendo tomado o cuidado de avisar Hiram sobre o que ocorrera.

E assim, enquanto Mefres se esforçava em obter o depoimento de Sara, os mais eficientes agentes de polícia de Pi-Bast, bem como todos os fenícios sob a liderança de Hiram, já estavam atrás do grego Lykon e da sacerdotisa Kama.

Três noites após a partida do príncipe com as tropas, o chefe de polícia retornou a Pi-Bast trazendo consigo uma grande jaula coberta por um pano, com uma mulher berrando em seu interior. Sem se deitar para dormir, o policial convocou o responsável pelo inquérito e ouviu atentamente seu relato.

Ao nascer do sol no dia seguinte, os dois sumos sacerdotes e o nomarca de Pi-Bast receberam um humilde pedido para que, caso estivessem dispostos e tivessem tempo disponível, se dignassem a comparecer à chefatura de polícia. Os três compareceram ao mesmo tempo, e o chefe de polícia, cumprimentando-os respeitosamente, pediu que lhe contassem tudo que sabiam sobre o assassinato do filho do sucessor do trono.

O nomarca, apesar de ser a autoridade máxima da cidade, ficou pálido e respondeu que não sabia de nada. Praticamente o mesmo foi dito pelo sumo sacerdote Sem, que ajuntou ainda que, em sua opinião, Sara parecera inocente. Quando chegou a vez do santo Mefres, este disse:

488 | Bolesław Prus

— Vossa Senhoria foi informado de que, na mesma noite em que foi cometido o crime, fugiu uma das mulheres do príncipe, chamada Kama?

O chefe de polícia pareceu ficar muito espantado.

— Também não sei — continuou Mefres — se Vossa Senhoria foi informado de que o príncipe não passou aquela noite no seu palácio e esteve na casa de Sara. Ele foi reconhecido pelo porteiro e por duas empregadas, pois a noite era bastante clara.

O espanto do chefe de polícia pareceu atingir o ápice.

— Foi uma pena — concluiu o sumo sacerdote — Vossa Senhoria ter se ausentado da cidade por alguns dias...

O chefe de polícia inclinou-se respeitosamente diante de Mefres e, virando-se para o nomarca, perguntou:

— Vossa Alteza poderia ter a bondade de me descrever os trajes do príncipe naquela noite?

— Ele estava vestido com um gibão branco e um avental purpúreo com franjas douradas — respondeu o nomarca. — Lembro-me disso, pois creio ter sido um dos últimos a conversar com o príncipe naquela noite.

O chefe de polícia chamou o porteiro do palacete de Sara.

— Você viu o príncipe — perguntou-lhe — naquela noite em que ele visitou sua ama?

— Abri o portão para Sua Alteza, que possa viver eternamente...

— E você se lembra de como ele estava vestido?

— Trajava um gibão com listras pretas e amarelas, um gorro com as mesmas cores e um avental azul e vermelho — respondeu o porteiro.

Foi a vez de os dois sacerdotes e o nomarca ficarem espantados, e quando foram trazidas as duas empregadas de Sara, que repetiram exatamente os detalhes dos trajes do príncipe, os olhos do nomarca brilharam de alegria, enquanto o rosto do santo Mefres demonstrava uma clara preocupação.

O Faraó | **489**

— Sou capaz de jurar — falou o distinto nomarca — que o príncipe trajava um gibão branco e um avental purpúreo...

Ao que o chefe de polícia virou-se para os três dignitários e pediu humildemente:

— Queiram ter a bondade de me acompanhar até a prisão. Lá, veremos mais uma testemunha...

Todos desceram para o subsolo da delegacia, onde, numa cela, havia uma jaula coberta por um pano. O chefe de polícia afastou o pano com um bastão e os dignitários puderam ver uma mulher deitada.

— Mas é a senhora Kama! — exclamou o nomarca.

Efetivamente, era Kama — doente e muito mudada. Quando ela se levantou ao ver os dignitários, estes puderam notar que seu rosto estava coberto de manchas cor de cobre e seus olhos, dementes.

— Kama — disse o chefe de polícia —, a deusa Ashtoreth tocou-a com lepra...

— Não foi a deusa! — respondeu Kama, com voz mudada. — Foram os ignóbeis asiáticos, que jogaram um véu no meu quarto...

— Kama — continuou a falar o policial —, sua desgraça sensibilizou os mais distintos dos nossos sumos sacerdotes, os santos Sem e Mefres. Se você falar a verdade, eles vão rezar em sua intenção e... talvez o onipotente Osíris desvie esta calamidade. Ainda há tempo; a doença apenas começou e os nossos deuses são muito poderosos...

A doente caiu de joelhos e, encostando o rosto nas grades da jaula, falou com a voz entrecortada por soluços:

— Apiedem-se de mim!... Renuncio aos deuses fenícios e dedicarei o resto dos meus dias aos deuses egípcios... Apenas afastem de mim...

— Então responda, mas com toda a sinceridade — continuou o policial —, e os deuses não lhe negarão a sua graça: quem matou o filho da judia Sara?

490 | Bolesław Prus

— Lykon, um patife grego... Ele era o cantor do nosso templo e jurava que me amava... Só que, agora, me abandonou, levando consigo todas as minhas joias!

— Por que Lykon matou a criança?

— Ele queria matar o príncipe, mas não o encontrando no palácio, correu para a casa de Sara e...

— De que forma aquele criminoso conseguiu entrar num palacete tão bem guardado?

— Então o distinto senhor não sabe que Lykon é muito parecido com o príncipe?... Eles são praticamente idênticos, como duas folhas da mesma palmeira...

— Como Lykon estava vestido naquela noite? — insistiu o chefe de polícia.

— Ele estava trajando... um gibão com listras amarelas e pretas, um gorro que combinava com ele, e um avental vermelho e azul... Não me atormentem mais... devolvam-me a minha saúde... tenham piedade de mim, e eu serei sempre fiel aos seus deuses... Vocês já estão de saída?... Não me abandonem!...

— Pobre mulher — disse o sumo sacerdote Sem —, vou lhe enviar um milagreiro, e quem sabe...

Os dignitários saíram da cela e retornaram ao escritório. O nomarca, vendo os lábios cerrados e os olhos baixos de Mefres, perguntou-lhe:

— Vossa Eminência não está feliz com essas fantásticas descobertas feitas pelo nosso famoso chefe de polícia?

— Não tenho qualquer motivo para estar contente — respondeu secamente o sumo sacerdote.— O caso, em vez de se simplificar, ficou ainda mais complicado... Sara continua afirmando que foi ela quem matou a criança, enquanto essa fenícia fala como se tivesse sido instruída...

— Quer dizer que Vossa Eminência não acredita no que Kama falou? — perguntou o policial.

O Faraó | **491**

— Não acredito, porque jamais vi dois homens tão parecidos que um pudesse ser confundido com outro. Principalmente por não ter ouvido falar que havia, em Pi-Bast, um homem que pudesse fingir que era o nosso sucessor do trono — que possa viver eternamente!...

— Esse homem — disse o chefe de polícia — trabalhava no templo de Ashtoreth. Hiram, um príncipe de Tiro, sabia da sua existência, e o nosso príncipe chegou a vê-lo com seus próprios olhos. Não só o viu como, recentemente, me ordenou que o encontrasse e prendesse, prometendo-me uma grande recompensa.

— Ho! Ho!... — exclamou Mefres. — Vejo, distinto chefe de polícia, que começam a se juntar em torno de você os maiores segredos da nação... No entanto, permita que eu continue não acreditando na existência desse tal Lykon, até o momento em que o vir pessoalmente...

E, dizendo isso, saiu furioso do escritório. O santo Sem, dando de ombros, saiu atrás dele.

Quando o som dos seus passos cessou de ecoar no corredor, o nomarca olhou para o chefe de polícia e perguntou:

— E agora?...

— Só posso dizer — respondeu este — que os santos profetas estão começando a se meter em assuntos que nunca estiveram subordinados a eles...

— E nós temos que suportar isso! — murmurou o nomarca.

— Por enquanto... — suspirou o chefe de polícia. — Pelo que entendo de corações humanos, todos os militares e funcionários de Sua Santidade, assim como todos os membros da aristocracia, estão revoltados com a arrogância dos sacerdotes. Há um limite para tudo...

— Sábias palavras — respondeu o nomarca, apertando sua mão —, e algo me diz que ainda hei de vê-lo como o mais importante chefe de polícia de Sua Santidade.

492 | Bolesław Prus

Passaram-se mais alguns dias, durante os quais os embalsamadores se ocuparam do corpo do filhinho de Ramsés, evitando que ele se deteriorasse, enquanto Sara continuava na prisão, aguardando o julgamento e convencida de que seria condenada.

Kama também permanecia aprisionada, só que dentro da jaula, já que ninguém queria ter qualquer contato com uma leprosa. Embora tivesse sido visitada por um médico famoso que rezou em sua intenção e lhe deu uma poção que supostamente curava todos os males, a fenícia continuava febril e as manchas no rosto foram ficando cada vez mais nítidas. Diante disso, o nomarca ordenou que ela fosse levada para o deserto oriental, onde havia um leprosário.

Certa noite, o chefe de polícia apareceu no templo de Ptah, dizendo que precisava falar com os sumos sacerdotes. Estava acompanhado de dois agentes e de um homem coberto da cabeça aos pés. Ao receber permissão para entrar, deixou os agentes do lado de fora e, pegando o homem envolto em panos pelo braço, adentrou a sala sagrada. Ao ver Mefres e Sem vestidos com trajes cerimoniais, atirou-se ao chão, e disse:

— Seguindo as suas ordens, santos pais, trago-lhes o criminoso Lykon. Vossas Eminências gostariam de ver seu rosto?

E, diante da concordância dos dois profetas, descobriu o rosto do prisioneiro.

Ambos os sumos sacerdotes soltaram um grito de espanto. O grego era, realmente, tão parecido com o príncipe que poderia facilmente ser confundido com este.

— Você é Lykon, o cantor do templo pagão de Ashtoreth? — perguntou o santo Sem.

Lykon sorriu com desdém.

— E foi você quem matou o filho do príncipe?

O rosto do grego ficou vermelho de raiva, e ele tentou livrar-se das cordas que amarravam seus braços junto do corpo.

O Faraó | 493

— Sim! — exclamou. — Matei aquele filhote de cão porque não consegui encontrar seu pai!

— Que mal lhe fez o príncipe? — perguntou Sem.

— Que mal ele me fez?!... Raptou Kama e contagiou-a com uma doença incurável... Eu estava livre e podia ter fugido, mas resolvi me vingar, e acabei nas mãos de vocês... A sorte dele é que os seus deuses são mais poderosos que o meu ódio... Agora vocês podem me matar... quanto mais cedo, melhor!

Mefres permanecia calado, olhando atentamente para os olhos cheios de ódio do grego. Admirava sua coragem — e refletia. De repente, virou-se para o chefe de polícia e disse:

— Vossa Senhoria pode ir embora; agora, este homem pertence a nós.

— Este homem — respondeu o indignado policial — pertence a mim... fui eu quem o pegou e serei eu que vou receber a recompensa do príncipe.

Mefres se levantou e tirou uma medalha de ouro da túnica.

— Em nome do Conselho Supremo, do qual sou membro — disse —, ordeno-lhe nos entregar este homem. Lembre-se de que sua existência é um segredo de Estado e, na verdade, seria cem vezes melhor para você esquecer completamente que o deixou conosco...

O chefe de polícia voltou a prostrar-se ao chão, depois saiu da sala, escondendo sua raiva e indignação.

"Quando o nosso amo, o príncipe sucessor, tornar-se faraó, vai fazê-los pagar por isso", pensou, "e vocês podem estar certos de que eu cobrarei a minha parte..."

Os dois agentes que o aguardavam fora do templo perguntaram o que acontecera com o prisioneiro.

— A mão dos deuses pousou sobre ele — respondeu o chefe de polícia.

494 | Bolesław Prus

— E a nossa recompensa?... — perguntou hesitantemente o agente mais velho.

— A mão dos deuses pousou também sobre a recompensa — respondeu o chefe. — Portanto, pensem que sonharam com aquele prisioneiro; será melhor para vocês... tanto no que se refere ao emprego quanto à saúde.

Após a saída do chefe de polícia, Mefres chamou alguns sacerdotes e sussurrou no ouvido de um deles. Os sacerdotes cercaram o grego e o conduziram para fora. Lykon não ofereceu qualquer resistência.

— Em minha opinião — disse Sem —, aquele homem, sendo um assassino, deveria ser levado às barras de um tribunal.

— Jamais! — respondeu Mefres, de forma peremptória. — Sobre esse homem pesa um crime incomparavelmente maior: ele se parece com o sucessor do trono...

— E o que Vossa Eminência pretende fazer com ele?

— Vou colocá-lo à disposição do Conselho Supremo — respondeu Mefres. — Num país onde o sucessor do trono visita templos pagãos e rapta suas sacerdotisas, onde a nação é ameaçada por uma guerra de proporções inimagináveis e a casta sacerdotal por uma rebelião... num país desses ele poderá ser muito útil...

No dia seguinte, o sumo sacerdote Sem, o nomarca e o chefe de polícia foram até a prisão para visitar Sara. A infeliz estava sem se alimentar há vários dias e tão fraca que nem teve forças para se levantar diante de tão distintos visitantes.

— Sara — disse o nomarca, que a conhecia há mais tempo. — Estamos lhe trazendo uma boa notícia.

— Uma notícia?... — repetiu Sara, com voz apática. — Meu filho está morto... Eis a notícia! Meus seios estão cheios de leite, mas o meu coração está muito mais cheio de tristeza...

— Sara — voltou a falar o nomarca. — Você está livre... Não foi você quem matou o seu filho.

Sara ergueu-se com um esforço sobre-humano e gritou:

— Fui eu! Já lhes disse que fui eu quem o matou!

— Preste bem atenção. Seu filho foi morto por um grego chamado Lykon, amante da fenícia Kama...

— O que você está dizendo?! — exclamou Sara, agarrando as mãos do nomarca. — Aquela fenícia?!... Ah, eu sabia que ela nos traria uma desgraça... Mas um grego?... Eu não conheço nenhum grego... Além disso, que mal meu filhinho poderia ter feito aos gregos?...

— Isso, eu não sei — continuou o nomarca. — O tal grego não pertence mais ao mundo dos vivos. Mas há um detalhe muito importante: aquele homem era tão parecido com o príncipe Ramsés que, quando entrou no seu quarto, você pensou que ele fosse o nosso amo... e preferiu acusar a si mesma do que a ele.

— Então não foi Ramsés?!... — exclamou Sara, levando as mãos à cabeça. — E eu, estúpida, permiti a um estranho tirar meu filho do berço!...

Em seguida, teve um ataque de riso histérico, que foi ficando cada vez mais tênue. De repente, caiu no chão, como se alguém tivesse decepado suas pernas, agitou os braços e, ainda rindo, morreu.

Mas em seu rosto permaneceu uma expressão de imensurável desgosto, que nem a morte conseguiu dissipar.

capítulo 42

A FRONTEIRA OCIDENTAL DO EGITO É FORMADA POR UMA PAREDE de desnudas colinas calcárias, distantes uma milha do leito do Nilo. Caso alguém escalasse uma daquelas colinas e virasse o rosto para o norte, defrontar-se-ia com uma vista extraordinária: embaixo, à direita, veria um verdejante prado rasgado pelo Nilo, enquanto à esquerda, uma extensa planície pontilhada de manchas brancas ou cor de tijolo.

A uniformidade da paisagem, o amarelo irritante da areia, o calor e — acima de tudo — a infindável imensidão são as principais características do deserto líbio, a oeste do Egito.

No entanto, ao observá-lo mais atentamente, o deserto parece menos uniforme. Suas areias não são lisas, mas formam uma série de saliências e depressões, lembrando as ondas do mar. É como um mar agitado que se coagulou.

Se alguém ousasse adentrá-lo por uma hora, duas, até um dia inteiro, andando sempre para o oeste, descortinaria uma nova visão, com colinas e rochas de formas mais estranhas. Sob os pés, a camada de areia é cada vez menos espessa, e debaixo dela emerge um piso de calcário, parecendo terra ressecada. Em volta, vales, leitos de rios e até um lago — todos secos. É um lugar no qual ocorreu a pior coisa que se pode imaginar: a natureza morreu, deixando para trás apenas seu esqueleto e pó, que, de qualquer forma, são levados de um lado para outro pelo vento do deserto.

Após aquela região morta e não enterrada começa um novo mar de areia, no meio do qual, aqui e ali, podem ser vistos cones pontudos. As pontas de cada um desses cones terminam em um punhado de folhas acinzentadas e cobertas de pó, das quais não se pode dizer que estão vivas — apenas que não conseguiram murchar de todo. Os estranhos cones significam que naquele lugar a água não secou de todo e, escondida do calor debaixo da areia, conseguiu reter um pouco de umidade. Ali caiu uma semente de tamarindo e, com grande dificuldade, começou a germinar.

No entanto, o amo do deserto, Tufão, a viu e, lentamente, começou a cobri-la de areia. E quanto mais a frágil plantinha tentava se erguer do solo, mais crescia o montículo de areia que tentava abafá-la. O tamarindo perdido no deserto acaba parecendo um homem que está se afogando e erguendo os braços aos céus.

De repente, no meio daquele mar amarelo, com suas ondas de areia e plantinhas que não conseguem murchar, surge uma parede rochosa e, no meio dela, umas fissuras, como se fossem portões...

Incrível! Através de um desses portões pode-se vislumbrar um vale verdejante, palmeiras, as águas de um lago, até rebanhos de ovelhas e gado pastando, e entre eles pessoas em movimento. Mais ao longe, nas encostas rochosas, uma cidadezinha inteira e, no topo das rochas, brancos muros de templos. Trata-se de um oásis; uma espécie de ilha no meio de um mar de areia.

Nos tempos dos faraós havia muitos desses oásis; talvez algumas dezenas. Eles formavam uma corrente de ilhas desérticas ao longo da fronteira do Egito. Distavam entre dez e vinte milhas do Nilo e ocupavam dezenas de quilômetros quadrados.

498 | Bolesław Prus

Enaltecidos pelos poetas árabes, os oásis nunca foram realmente antessalas do paraíso. Seus lagos eram, na maior parte das vezes, apenas meros pântanos; das suas fontes subterrâneas saía uma água tépida, malcheirosa e terrivelmente salgada; sua vegetação não podia se comparar à egípcia. Mas, apesar disso, pareciam autênticos milagres aos vagantes do deserto, que encontravam aí um repouso verdejante para seus olhos, bem como um pouco de frescor, umidade e tâmaras.

A população daquelas ilhas no meio do oceano de areia podia variar entre algumas centenas e alguns milhares de pessoas, dependendo da área. Tratava-se de aventureiros — ou seus descendentes — egípcios, líbios e etíopes, pois partiam para o deserto apenas pessoas que não tinham mais nada a perder: prisioneiros das minas, criminosos perseguidos pela polícia, felás que não suportavam mais os desmandos de seus amos, ou ainda trabalhadores que preferiam correr perigos a se dedicar ao trabalho. A maior parte desses fugitivos perecia no deserto, mas alguns, com grande sofrimento, conseguiam chegar ao oásis, onde levavam uma vida miserável, mas livre, e estavam sempre prontos a invadir o Egito, a fim de obter algo de forma desonesta.

Entre o deserto e o mar Mediterrâneo, estendia-se uma longa, porém não larga faixa de terra fértil, habitada pelas mais diversas tribos, que os egípcios chamavam de "líbios". Embora algumas delas se ocupassem da agricultura, pesca ou navegação, havia, entre elas, grupos de selvagens que preferiam roubar, guerrear e saquear, em vez de exercer um trabalho sistemático. Aquela população bárbara costumava ser dizimada pela fome e pelos frequentes combates, mas era constantemente aumentada pelo afluxo de fugitivos da Sardenha e da Sicília, que, naquela época, eram ainda mais bárbaros do que os líbios natos.

Como a Líbia tinha uma fronteira com o Egito Inferior, os bárbaros costumavam invadir e se apossar de terras de Sua Santidade, embora fossem sempre rechaçados e severamente punidos. No entanto, ao chegarem à conclusão de que uma guerra permanente com a Líbia era perda de tempo, os faraós — mais precisamente os sacerdotes — adotaram uma política diferente: permitiram às famílias líbias se instalarem nos pântanos do Egito Inferior, arregimentando os aventureiros e bandidos no seu exército e, com isso, reforçando-o com excelentes soldados.

Desta forma, o Egito conseguiu garantir a paz em sua fronteira ocidental, já que para manter ordem entre os ocasionais bandidos líbios bastavam a polícia e alguns regimentos do exército regular, postados ao longo de um dos braços do Nilo.

Essa situação perdurou por quase cento e oitenta anos, pois a última guerra com os líbios fora travada ainda durante o reinado de Ramsés III, que decepou montanhas de mãos de inimigos mortos e trouxe para o Egito treze mil escravos. Desde então, ninguém mais temeu um ataque de parte da Líbia, e foi somente no final do reinado de Ramsés XII que a estranha política dos sacerdotes reacendeu os incêndios naquela região, com a desmobilização de vinte mil mercenários líbios.

Para os demitidos, que sempre foram fiéis soldados de Sua Santidade, aquela decisão podia ser comparada a uma sentença de morte, e o Egito se viu diante da possibilidade de uma nova guerra com a Líbia, que não tinha condições de absorver tal quantidade de pessoas, acostumadas a lutar e levar uma vida confortável e não ao trabalho e à miséria. Mas Herhor e os demais sacerdotes não levavam em consideração assuntos de menor importância quando estavam em jogo os maiores interesses do país.

Na verdade, a expulsão dos líbios lhes trouxe vários benefícios.

Em primeiro lugar, Sargon assinou o tratado de paz de dez anos com o Egito, um período durante o qual, de acordo com as previsões dos sacerdotes caldeus, a "Terra Santa" passaria por tempos difíceis.

500 | Bolesław Prus

Em segundo, a dispensa de vinte mil soldados do exército representava uma economia de quatro mil talentos ao Tesouro Real, o que era de grande importância.

Em terceiro, a guerra com a Líbia na fronteira ocidental daria vazão aos instintos bélicos do sucessor do trono, desviando, por muito tempo, a sua atenção dos assuntos asiáticos e da fronteira oriental. Sua Eminência Herhor e o Conselho Supremo achavam, e com toda razão, que se passariam vários anos até os líbios, exaustos pelos combates, propusessem um acordo de paz.

O plano era inteligente, mas seus autores cometeram um erro crucial: não se aperceberam de que a mente do príncipe Ramsés tinha todos os ingredientes para torná-lo um guerreiro genial.

Os desmobilizados regimentos líbios, saqueando pelo caminho, logo retornaram à pátria; o que foi facilitado pela ordem de Herhor de não lhes oferecer qualquer resistência. E, assim que pisaram no solo pátrio, começaram a contar coisas incríveis a seus conterrâneos.

Segundo seus relatos, ditados pela raiva e pelo interesse próprio, o Egito estava hoje tão fraco quanto na época da invasão dos hititas, novecentos anos antes. O Tesouro do faraó estava tão vazio que o divino monarca tivera de dispensar os líbios, que representavam a melhor — se não a única — força efetiva do exército egípcio que, sem ela, quase deixara de existir, resumindo-se a um punhado de soldados na fronteira oriental.

Além disso, havia discórdia entre Sua Santidade e os sacerdotes; os trabalhadores não recebiam seus soldos e os felás eram sufocados por impostos exorbitantes, razão pela qual o povo estava pronto a se rebelar, desde que tivesse algum apoio. E, como se isso não bastasse, os nomarcas — que já foram independentes e, volta e meia, exigiam seus direitos —, ao verem a debilidade do poder central, estavam se preparando para derrubar o faraó e o Conselho Supremo dos sacerdotes.

O Faraó | 501

Essas notícias, qual um bando de aves, percorreram toda a costa líbia, e foram aceitas como verdadeiras. Os bandidos e bárbaros estavam sempre prontos a atacar, principalmente agora que ex-soldados e ex-oficiais de Sua Santidade lhes garantiam que saquear o Egito seria algo muito fácil. Quanto aos líbios mais ricos e sábios, eles também acreditaram no que diziam os legionários dispensados, já que há anos sabiam que a nobreza egípcia estava empobrecendo, que o faraó estava impotente e que os felás e trabalhadores estavam prontos para um levante.

E, assim, toda a Líbia ficou agitada. Os soldados e oficiais expulsos do Egito eram tratados como portadores de notícias alvissareiras. E como o país era pobre e não tinha condições de absorver novos habitantes, foi decidido travar uma guerra com o Egito imediatamente e, com isso, livrar-se o mais rapidamente possível dos recém-chegados.

Até Musawasa, o esperto e sábio príncipe líbio, deixou-se levar pela correnteza geral. Só que ele não foi convencido pelos imigrantes, mas por certos homens sérios e distintos e — provavelmente — agentes do Conselho Supremo egípcio.

Os dignitários em questão, aparentemente insatisfeitos com o que se passava no Egito, chegaram à Líbia pelo mar, se esconderam da população e evitaram qualquer contato com os ex-legionários, restringindo-se a convencer Musawasa — em máximo segredo e com documentos comprobatórios nas mãos — de que aquele era o momento mais propício para atacar o Egito.

— Você vai encontrar ali — diziam — um tesouro incomensurável e uma despensa para si, seus homens e para os netos dos seus netos.

Musawasa deixou-se convencer e, sendo um homem enérgico, imediatamente declarou uma guerra santa contra o Egito e, tendo à mão milhares de soldados valentes e bem treinados, despachou o

502 | Bolesław Prus

primeiro corpo expedicionário para o leste, sob o comando de seu filho, Tehenna, de apenas vinte anos de idade.

O velho bárbaro entendia de guerras e sabia que aquele que quer vencer deve agir rápido e desferir os primeiros golpes.

Os preparativos líbios levaram pouco tempo. Embora os ex-soldados de Sua Santidade tivessem vindo desarmados, conheciam seu ofício e, naqueles tempos, encontrar armas não era algo difícil. Um par de tiras de couro ou dois pedaços de corda para fazer uma funda, uma lança ou um pedaço de pau pontudo, um machado ou um bastão, uma sacola com pedras e uma outra com tâmaras — e nada mais.

Tehenna recebeu do pai dois mil soldados e quatro mil desordeiros líbios, com a ordem de invadir o Egito, apossar-se do que fosse possível e preparar estoques de mantimentos para o exército, que ele, Musawasa, iria formar, convocando a todos que não tinham nada a perder para se juntar sob a sua bandeira.

Há muito tempo que não se via no deserto uma agitação de tal magnitude. De cada oásis partiam grupos e mais grupos de aldeões tão miseráveis que, apesar de estarem quase desnudos, ainda assim poderiam ser chamados de maltrapilhos.

Baseando-se na opinião de seus conselheiros, que ainda um mês antes tinham sido oficiais de Sua Santidade, Musawasa calculou, de forma correta, aliás, que seu filho teria condições de saquear algumas centenas de vilarejos e cidadezinhas antes de encontrar forças egípcias expressivas. Para reforçar este entendimento, Musawasa recebera a informação de que assim que a notícia da movimentação dos líbios chegou a uma fábrica de vidro localizada na região do Egito próxima de sua fronteira ocidental, não só todos os trabalhadores fugiram, como também a guarnição de um forte à beira dos Lagos Salgados havia recuado.

A notícia foi recebida com júbilo pelos bárbaros, já que a fábrica de vidro era uma grande fonte de receita para o Tesouro do faraó.

Mas Musawasa cometeu o mesmo erro que o Conselho Supremo dos sacerdotes: não previu o gênio militar de Ramsés. Em consequência disso, algo surpreendente ocorreu: antes do primeiro corpo líbio chegar à região dos Lagos Salgados, já lá se encontravam as muito mais numerosas forças do sucessor do trono.

E não se podia acusar os líbios de negligentes. Tehenna e seu estado-maior haviam montado uma bem organizada rede de espionagem, cujos membros navegaram por vários braços do Nilo sem ter encontrado qualquer sinal de tropas, mas apenas populações em fuga dos vilarejos fronteiriços. Diante disso, levavam a seu líder informações extremamente encorajadoras, enquanto o exército de Ramsés, apesar da cheia do Nilo, chegara à beira do deserto em apenas oito dias após a mobilização e, munido de água e alimentos, sumira entre as colinas próximas dos Lagos Salgados.

Caso Tehenna pudesse elevar-se sobre suas tropas como uma águia, teria ficado estarrecido ao notar que em todas as ravinas daquela região se ocultavam regimentos egípcios e que, a qualquer momento, seu corpo expedicionário seria cercado.

capítulo 43

ESDE O MOMENTO EM QUE OS REGIMENTOS DO EGITO INFERIOR partiram de Pi-Bast, o profeta Mentezufis, que acompanhava o príncipe, enviava e recebia várias missivas por dia.

Uma das correspondências era mantida com o ministro Herhor. Mentezufis enviava a Mênfis relatórios sobre a movimentação das tropas e a atuação do sucessor, ao qual não poupava elogios; enquanto o distinto ministro fazia observações no sentido de o sucessor ter total liberdade, e de que, caso Ramsés perdesse o primeiro confronto, tal fato não entristeceria o Conselho Supremo.

Uma pequena derrota, escrevia Herhor, *seria uma lição de cautela e humildade ao príncipe Ramsés, que hoje, embora não tenha ainda feito nada de significativo, se considera um guerreiro experiente.*

E quando Mentezufis lhe respondeu que era pouco provável que o sucessor sofresse uma derrota, Herhor deixou-lhe claro que, neste caso, seu triunfo não deveria ser demasiadamente expressivo.

A nação, escrevia, *não teria nada a perder, caso os guerreiros e o impetuoso sucessor do trono ficassem entretidos por alguns anos na fronteira ocidental. O príncipe adquiriria mais experiência na arte bélica, enquanto os atrevidos soldados encontrariam uma ocupação feita sob medida para eles.*

A segunda correspondência era trocada entre Mentezufis e o santo pai Mefres, e esta lhe parecia ser mais importante. Mefres, sentindo-se ofendido pelo príncipe, acusava diretamente o sucessor de ter matado o próprio filho, sob a influência de Kama. E quando, no decorrer da semana, a inocência de Ramsés foi comprovada, o sumo sacerdote ficou ainda mais irritado e não cessava de afirmar que o príncipe, na qualidade de inimigo dos deuses egípcios e aliado dos fenícios, era capaz de qualquer coisa.

O assassinato do filho de Sara fora tão suspeito nos primeiros dias, que o Conselho Supremo chegou a perguntar a Mentezufis qual era sua opinião. Mentezufis, no entanto, respondeu que passava os dias observando o príncipe e que estava convencido de que ele não poderia ter sido o assassino.

E era esse tipo de mensagens que, como um bando de aves de rapina, circulava em torno de Ramsés, enquanto ele enviava espiões na direção do inimigo, consultava-se com os líderes militares e apressava a soldadesca para seguir em frente.

No dia 14, todo o exército do sucessor já estava concentrado ao sul da cidade de Terenuthis. Para sua incomensurável alegria, chegou Pátrocles com seus regimentos gregos e, junto com ele, o sacerdote Pentuer, enviado por Herhor para ser um segundo vigia do príncipe.

A grande quantidade de sacerdotes entre as tropas (pois havia ainda outros) não agradava ao príncipe. No entanto, resolveu não lhes dar maior atenção e, durante os conselhos de guerra, nem sequer pedia sua opinião.

E assim, de certa forma, as relações entre os sacerdotes e o sucessor ficaram menos tensas. Mentezufis, seguindo as ordens de Herhor, não se metia nos assuntos do príncipe, enquanto Pentuer passou a se ocupar com os preparativos para prestar assistência médica a feridos.

O jogo militar começara.

A primeira providência de Ramsés foi a de espalhar pelos vilarejos fronteiriços o boato de que os líbios estavam avançando em grande número e que iriam destruir tudo e matar a todos pelo caminho. Diante disso, a apavorada população começou a fugir para o leste — e se defrontou com os regimentos egípcios. Ali, o príncipe deteve os homens, para carregarem pesos atrás das tropas, e despachou as mulheres e crianças para o interior do país.

Em seguida, o comandante em chefe enviou espiões para avaliar o número e a disposição das tropas líbias. Os espiões retornaram com informações precisas quanto à localização, mas exageradas quanto ao número. Além disso, afirmavam estar convencidos de que elas eram conduzidas por Musawasa em pessoa, acompanhado por seu filho, Tehenna.

O príncipe chegou a enrubescer de alegria diante da perspectiva de enfrentar, logo em seu primeiro combate, um líder tão experiente quanto Musawasa. E, diante disso, adotou cuidados especiais, inclusive um estratagema: mandou alguns homens de confiança ao encontro dos líbios, com a tarefa de se fingirem desertores, para se misturar às suas tropas e tirar de Musawasa suas forças principais: os soldados líbios expulsos do Egito.

— Digam-lhes... — instruía Ramsés os seus agentes — digam-lhes que disponho de machados para os ousados e misericórdia para os humildes. Se no combate a ser travado eles deixarem cair as armas e abandonarem Musawasa, eu os reintegrarei ao exército de Sua Santidade e mandarei que recebam os soldos devidos, como se nunca tivessem saído dele.

Pátrocles e os demais generais consideraram o estratagema muito apropriado, enquanto Mentezufis enviava uma mensagem a Herhor, cuja resposta chegou em menos de 24 horas.

O Faraó | **507**

A região dos Lagos Salgados era um vale de algumas dezenas de quilômetros, fechado em ambas as pontas por colinas. Seu ponto mais largo não ia além de dez quilômetros e, em muitos pontos, estreitava-se tanto que mais parecia uma ravina. Ao longo dele havia uns dez lagos pantanosos, cheios de água amargo-salina. Sua vegetação consistia em tristes arbustos permanentemente cobertos de areia e cuja visão não despertaria o interesse de qualquer animal herbívoro. De ambos os lados, elevavam-se dilaceradas colinas de calcário ou montes de areia. Todo o panorama, de cor branca e amarela, aparentava grande desolação, reforçada pelo calor e pelo silêncio.

Aproximadamente no centro do vale erguiam-se dois grupos de construções, separadas por cerca de três quilômetros; a do lado oriental era um pequeno forte e a do lado ocidental uma fábrica de vidro, cujo combustível era fornecido por comerciantes líbios. Ambos os locais estavam agora desertos, e uma das funções do corpo expedicionário de Tehenna era a de ocupá-los e guarnecê-los, para assegurar ao exército de Musawasa um acesso ao Egito.

Os líbios avançavam lentamente e, ao entardecer de 14 de Hátor, chegaram à entrada do vale dos Lagos Salgados convictos de que iriam atravessá-lo em dois dias sem encontrar qualquer resistência. Naquele mesmo dia, o exército egípcio empreendeu sua marcha pelo deserto e, tendo avançado quarenta quilômetros em doze horas, já no dia seguinte se deteve nas colinas entre o forte e a fábrica de vidro, ocultando-se nas inúmeras ravinas da região.

Se naquela noite alguém tivesse dito aos líbios que no vale dos Lagos Salgados surgiram repentinamente palmeiras e campos de trigo, eles teriam se espantado menos do que com o fato de o exército egípcio ter bloqueado sua passagem.

Após um curto descanso, durante o qual os sacerdotes conseguiram encontrar e cavar alguns poços de água potável, o exército egípcio começou a ocupar as colinas setentrionais do vale. O plano

508 | Bolesław Prus

do sucessor do trono era simples — queria separar os líbios de sua pátria e empurrá-los para o sul, na direção do deserto, onde o calor e a fome acabariam com eles.

Com esse intuito, postou suas tropas no lado setentrional do vale e dividiu-as em três corpos. O da ala direita, mais avançado em direção à Líbia, ficou sob o comando de Pátrocles, com a missão de impossibilitar o recuo dos líbios. Já o da ala esquerda, mais próximo do Egito e com a função de impedir o avanço do inimigo, foi entregue a Mentezufis. Finalmente, o comando do corpo central, postado perto da fábrica de vidro, foi assumido pelo próprio sucessor do trono, com Pentuer a seu lado.

No dia 15 de Hátor, às seis da madrugada, algumas dezenas de cavaleiros líbios percorreram a extensão do vale. Pararam para descansar perto da fábrica de vidro, olharam em volta e, não tendo notado nada suspeito, retornaram aos seus.

Às dez da manhã, no meio de um calor que parecia sugar o suor e o sangue das pessoas, Pentuer disse ao sucessor:

— Os líbios já entraram no vale, passaram pelos homens de Pátrocles e em uma hora estarão aqui.

— Como você pode saber disso? — perguntou o espantado príncipe.

— Os sacerdotes sabem de tudo... — respondeu Pentuer, com um sorriso.

Em seguida, subiu numa rocha calcária, tirou da bolsa um objeto brilhante e, virando-se na direção do corpo comandado pelo santo Mentezufis, fez alguns gestos com a mão.

— Mentezufis já está avisado — acrescentou.

O príncipe não conseguia esconder seu espanto.

— Meus olhos e ouvidos são melhores que os seus — disse. — Apesar disso, não vejo nem ouço nada. Como você consegue ver o inimigo e se comunicar com Mentezufis?

O Faraó | **509**

Pentuer disse ao príncipe para olhar atentamente para uma das colinas, no topo da qual havia um abrunheiro. Ramsés fixou o olhar naquele ponto e, repentinamente, cobriu os olhos com as mãos — algo brilhara intensamente por entre os arbustos.

— Que brilho é aquele?!... — exclamou. — Quase fiquei cego.

— É um sinal do sacerdote que está com o distinto Pátrocles — respondeu Pentuer. — Como você pode ver, meu príncipe, nós podemos ser úteis até numa guerra...

Calou-se repentinamente, pois do fundo do vale chegou até eles um sussurro, que foi crescendo paulatinamente, até se transformar numa algazarra de vozes humanas, cantos, sons de flautas, rangidos de rodas de carroças, relinchos de cavalos e gritos de comando. O coração de Ramsés disparou, e ele, não podendo mais conter a curiosidade, escalou a colina de calcário, de onde se podia avistar boa parte do vale.

O corpo expedicionário líbio avançava envolto em nuvens de poeira amarelada e parecendo uma gigantesca serpente pontilhada de manchas azuis, brancas e vermelhas.

À sua testa, avançavam alguns homens montados, sendo que um deles, vestido de branco, parecia estar sentado num banco, com as duas pernas pendendo de um lado. Depois dos cavalarianos, vinha um destacamento armado com fundas e vestido com túnicas cinzentas. Em seguida, um dignitário sentado numa liteira munida de um guarda-sol, um outro destacamento, dessa vez de lanceiros, vestido com túnicas vermelhas e azuis, um enorme bando de homens seminus e armados com bastões, novos destacamentos com fundas e lanças e, no fim, um destacamento com foices e machados, vestido de vermelho. Avançavam em filas de quatro, mas, apesar dos gritos dos oficiais, a formação se desfazia constantemente.

Cantando e conversando animadamente, a serpente líbia chegou ao centro do vale, perto da fábrica de vidro e dos lagos. A desordem nas fileiras aumentou, pois as primeiras fileiras pararam, enquanto as de trás apressaram o passo, querendo chegar o mais rápido possível ao local de descanso. Alguns homens chegaram a abandonar as fileiras de uma vez e, jogando as armas no chão, se atiravam ao lago e bebiam sua água fedorenta. Outros sentavam-se na areia e tiravam das bolsas algumas tâmaras ou bebiam água misturada com vinagre, trazida dentro de pequenas garrafas de barro.

No céu, sobre aquela multidão, circulavam alguns abutres.

Diante daquela visão, Ramsés foi tomado por uma sensação de indescritível pena e medo. Por um momento pareceu que estaria disposto a desistir do trono, só para não estar ali e não ter de presenciar o que iria acontecer. Escorregou colina abaixo e, com olhos perdidos, ficou olhando em frente.

Foi quando Pentuer aproximou-se dele e o sacudiu fortemente pelo braço.

— Desperte, líder — disse. — Pátrocles aguarda suas ordens...

— Pátrocles?... — repetiu o príncipe, olhando em volta.

Diante dele estava Pentuer, com o rosto pálido, mas calmo. Alguns passos adiante, o também pálido Tutmozis segurava com mão trêmula um apito de oficial. Detrás das colinas, espreitavam soldados, os rostos marcados pela emoção.

— Ramsés — repetiu Pentuer —, o exército está aguardando...

O príncipe olhou para o sacerdote e, com uma determinação desesperada na voz, sussurrou:

— Prossigam...

Pentuer ergueu seu brilhante talismã e descreveu alguns círculos no ar. Tutmozis soprou seu apito; o silvo foi repetido em outros pontos à esquerda e à direita, e as colinas começaram a ser escaladas pelos fundeiros egípcios.

Faltava pouco para o meio-dia.

Ramsés voltou a si e começou a olhar mais atentamente em volta. Via seu estado-maior, os destacamentos de lanceiros e portadores de machadinhas e, por fim, os fundeiros escalando as colinas... Naquele momento, estava convicto de que nenhum daqueles homens queria morrer, nem mesmo participar de um combate tão cruel.

De repente, de cima de uma das colinas, ouviu-se uma voz possante, como um rugido de leão:

— Soldados de Sua Santidade o faraó, acabem com estes cães líbios! Os deuses estão com vocês!...

O terrível grito foi respondido por dois outros, tão possantes quanto o primeiro: o dos soldados egípcios e o da turba líbia.

O príncipe, não precisando mais se esconder, subiu ao topo de uma colina, da qual podiam ser vistos os inimigos. Diante dele, milhares de fundeiros egípcios pareciam ter brotado da terra e, a algumas centenas de passos deles, a multidão de líbios agitada e envolta em poeira. Soaram trombetas, apitos e maldições de oficiais bárbaros. Os que estavam sentados levantaram-se de um salto; os que estavam bebendo no lago pegaram imediatamente suas armas e correram para junto de seus companheiros. A caótica multidão começou a entrar em formação, em meio a gritos e tumulto.

Enquanto isso, os fundeiros egípcios disparavam vários projéteis por minuto — de forma ordeira e calma, como se estivessem em manobras. Os decuriões indicavam a seus destacamentos os grupos de inimigos que deveriam ser atingidos, e os soldados, em questão de minutos, cobriam-nos com uma chuva de pedras e bolas de chumbo. O príncipe pôde notar que após cada saraivada o grupo se desfazia, deixando muitos dos membros caídos no chão.

Apesar disso, os líbios conseguiram se pôr em ordem e recuar até ficar fora do alcance dos projéteis. Seus fundeiros avançaram e começaram, com a mesma rapidez e calma, a responder aos egípcios.

Seus gritos de alegria e risos sinalizavam que um dos fundeiros egípcios caíra. Logo, pedras começaram a silvar sobre a cabeça do príncipe e dos membros do estado-maior. Uma delas, atirada com maestria, acertou o ombro de seu ajudante de ordens, quebrando-lhe alguns ossos; uma outra derrubou o capacete de um oficial, e uma terceira espatifou-se no chão, aos pés do príncipe, atingindo seu rosto com estilhaços ardentes como brasas.

A sensação de medo e, principalmente, de compaixão, abandonou por completo a alma de Ramsés. Já não via, diante de si, pessoas ameaçadas de sofrimentos e morte, mas apenas um bando de animais selvagens que precisava ser exterminado. Num gesto instintivo, levou sua mão à espada, mas se conteve. Como deveria ele se manchar com o sangue daquela turba?!... Para que servem os soldados?

A batalha seguiu seu curso, com os valentes fundeiros líbios começando a avançar em meio a gritos e até cantorias. Os projéteis, qual um enxame de abelhas, passaram a zunir de ambos os lados, às vezes chegando a se chocar em pleno ar e, a cada minuto, um ou outro egípcio ou líbio recuava gemendo ou caía morto. No entanto, esses fatos não arrefeciam o ânimo dos demais, que continuavam lutando com uma espécie de júbilo que, pouco a pouco, foi se transformando em fúria e esquecimento de si mesmo.

De repente, mais ao longe, na ala direita, ouviram-se sons de trombeta: era o destemido Pátrocles, bêbado desde a madrugada, que atacava a retaguarda do inimigo.

— Atacar!... — gritou o príncipe.

A ordem foi repetida por dezenas de toques de trombetas, e de todas as ravinas começaram a emergir centúrias egípcias. Os fundeiros, espalhados pelos topos das colinas, redobraram seus esforços, enquanto no fundo do vale, sem pressa e em perfeita ordem, formavam-se pelotões de lanceiros e portadores de machadinhas egípcios.

O Faraó | **513**

— Reforçar o centro! — ordenou o sucessor.

A trombeta repetiu a ordem. Atrás das primeiras duas colunas, formaram-se mais duas. Antes mesmo de os egípcios terem concluído aquela manobra, os líbios formaram idênticos pelotões, postando-se frente a frente com o inimigo.

O príncipe virou-se para um dos seus ajudantes de ordens.

— Mande as reservas avançarem e verifique se a ala esquerda já está pronta — ordenou.

O oficial saiu correndo para cumprir a ordem, mas caiu atingido por uma pedra. Um outro oficial correu em sua substituição, e logo retornou com a informação de que ambas as alas estavam em posição.

Do lado das tropas de Pátrocles surgiram grossas colunas de fumaça e, no mesmo instante, um emissário de Pentuer trouxe a informação de que os regimentos gregos haviam incendiado o acampamento líbio.

— Estraçalhar o centro! — ordenou o príncipe.

Dezenas de trombetas, uma atrás da outra, soaram o toque de ataque e, quando se calaram, ouviu-se a rítmica batida de tambores e o som de pés da infantaria marchando lentamente para o ataque.

— Um... dois!... Um... dois!... Um... dois!...

A mesma ordem foi repetida nas duas alas, ouviram-se novas batidas de tambores, e os destacamentos laterais começaram a avançar: Um... dois!... Um... dois!... Um... dois!...

Os fundeiros líbios lançaram sobre eles uma chuva de pedras, mas, apesar de aqui e ali cair um soldado, as colunas continuavam a avançar, lenta e incessantemente... Um... dois!... Um... dois!... Um... dois!...

Grossas nuvens de poeira amarelada indicavam o avanço dos batalhões egípcios. Os fundeiros não podiam mais lançar pedras, e o silêncio geral só era interrompido por gemidos e gritos de guerreiros feridos.

514 | Bolesław Prus

— Eles nunca marcharam com tamanha precisão durante as manobras! — exclamou o príncipe.

— É que hoje eles não têm medo de levar umas bastonadas — murmurou um dos oficiais mais graduados.

A distância entre os egípcios e os líbios foi diminuindo, mas os bárbaros se mantinham firmes em seus postos. O príncipe desceu da colina e montou seu cavalo. Das ravinas, saíram as últimas reservas egípcias e a cavalaria asiática, que, colocando-se em formação, ficaram aguardando ordens.

O príncipe galopou atrás dos que marchavam ao ataque e, tendo encontrado uma nova colina da qual teria uma visão mais clara do campo de batalha, galgou seu topo, seguido pelos cavalarianos asiáticos e destacamentos de reserva. Notou, com impaciência, que o corpo da ala esquerda — comandado por Mentezufis — não avançara conforme o ordenado. Os líbios mantinham suas posições e a situação estava ficando cada vez mais séria.

O corpo central, comandado por Ramsés, era o mais forte, mas tinha diante de si quase todas as forças líbias. Em número de homens, as forças se equivaliam, e o príncipe não tinha quaisquer dúvidas quanto à sua vitória. No entanto, ficou preocupado com a quantidade de baixas que iria sofrer diante de um inimigo tão valente e obstinado.

Além disso, uma batalha tem seus caprichos. Sobre aqueles que se lançaram ao ataque, o comandante em chefe não tinha mais qualquer influência. Ele já não os tinha mais — só dispunha de um punhado de cavalarianos e os destacamentos de reserva. Portanto, se a frente egípcia fosse rompida ou o inimigo recebesse reforços inesperados...

O príncipe esfregou a testa. Naquele momento, se deu conta de toda a responsabilidade de um comandante em chefe. Sentiu-se como um jogador que aposta tudo num lance de dados e se pergunta: como eles vão cair?...

Os egípcios já estavam a algumas dezenas de passos das colunas líbias. Soou uma trombeta, os tambores ecoaram mais rapidamente — e os soldados começaram a correr: um... dois...três!... Um... dois... três!... Do lado inimigo também soaram trombetas, fileiras de lanças foram inclinadas, ressoaram tambores... Em frente!... Apareceram novas nuvens de poeira, que se juntaram numa só, gigantesca... Bramidos de vozes humanas, choques de lanças, sons metálicos de foices, ocasionais gemidos que se perdiam no tumulto geral...

Em toda a linha da batalha já não se podiam distinguir pessoas, armas, nem mesmo colunas... apenas uma gigantesca nuvem de poeira amarelada em forma de portentosa serpente — ora mais grossa, ora mais fina.

Após alguns minutos de um bulício infernal, o sucessor notou que o lado esquerdo da serpente começou a se curvar para trás.

— Reforçar a ala esquerda! — exclamou.

Metade dos destacamentos de reserva correu na direção indicada, e desapareceu no tumulto; a ala esquerda se endireitou, enquanto a direita começou a avançar lentamente e o centro — o mais possante e mais importante — continuava parado no mesmo lugar.

— Reforçar o centro! — ordenou o príncipe.

A outra metade das reservas correu em frente, e sumiu no meio da nuvem de poeira. A gritaria aumentou, mas não havia qualquer indício de avanço.

— Como lutam desesperadamente aqueles miseráveis! — disse para o sucessor um dos oficiais do estado-maior. — Está mais do que na hora de Mentezufis aparecer...

O príncipe chamou o comandante dos cavalarianos asiáticos.

— Olhe para lá, à direita — disse. — Lá deve haver uma brecha. Entre nela com cuidado, para não pisar em nossos soldados, e caia sobre a coluna central daqueles cães.

516 | Bolesław Prus

— Eles devem estar presos numa corrente, pois estão parados por muito tempo — respondeu, rindo, o asiático.

Em seguida, deixou com o príncipe vinte dos seus homens e trotou com os demais.

O calor estava insuportável. O príncipe aguçou seus olhos e ouvidos, tentando adivinhar o que se passava no meio das nuvens de pó. De repente, deu um grito de alegria: a coluna central balançara e, lentamente, andou para a frente... parou, voltou a se mover e começou a andar devagar, muito devagar, mas sempre em frente...

Foi quando a ala direita começou a se contorcer de uma forma estranha. Ao mesmo tempo, apareceu Pentuer a pleno galope, gritando:

— Pátrocles está atacando os líbios por trás!

A confusão na ala direita aumentava e se aproximava do centro do campo de batalha. Era visível que os líbios começavam a recuar e que até suas colunas centrais estavam entrando em pânico.

Todo o estado-maior acompanhava os movimentos da poeira amarela. Em questão de minutos a agitação contagiou a ala esquerda, da qual os líbios já começavam a fugir.

— Que eu não veja o sol de amanhã se isso não for uma vitória! — exclamou um dos oficiais.

Os sacerdotes que acompanhavam o desenrolar da batalha do topo da colina mais alta enviaram um mensageiro com a informação de que já se podia ver a aproximação das tropas de Mentezufis e que os líbios estavam cercados por três lados.

— Eles estariam fugindo como cervos — disse o ofegante mensageiro — se a areia não atrapalhasse seus passos.

— Vitória!... Que você possa viver eternamente, amo nosso! — gritou Pentuer.

Eram apenas duas da tarde.

Os cavalarianos asiáticos começaram a gritar e disparar setas para o alto em homenagem ao príncipe. Os oficiais do estado-maior desmontaram e correram na direção do sucessor, tirando-o da sela, erguendo-o nos braços e gritando:

— Eis um líder nato!... Esmagou os inimigos do Egito!... Amon está a seu lado, portanto quem poderá se lhe opor?!...

Enquanto isso, os líbios continuavam a recuar, subindo as arenosas colinas meridionais, com os egípcios em seus calcanhares. A cada momento vinham mais mensageiros, trazendo novas informações.

— Mentezufis tomou sua retaguarda!... — gritava um.

— Duas centúrias se renderam!... — exclamava um outro.

— Pátrocles fechou-lhes a retirada!...

— Foram conquistados três estandartes: Ovelha, Leão e Gavião...

O príncipe estava tão excitado que ria, chorava e falava ao mesmo tempo:

— Os deuses foram generosos... Eu já estava achando que estávamos perdidos... Como é mísero o destino de um líder que, sem sacar sua espada e sem ver o que está se passando, é responsável por tudo...

— Que você possa viver eternamente, líder vitorioso! — gritavam todos.

— Vitorioso? Mas que vitória é essa, que nem eu mesmo sei como foi obtida? — riu o príncipe.

— Ele ganha uma batalha e, depois, se espanta com seu feito! — exclamou alguém de seu séquito.

— Pois eu lhes digo que nem sei como é uma batalha... — explicava-se o príncipe.

— Acalme-se, grande líder — respondeu Pentuer. — Você distribuiu suas tropas de uma forma tão brilhante que o inimigo tinha de ser derrotado. Quanto a como isso foi conseguido, já não dependia de você, mas dos seus regimentos.

— Nem cheguei a sacar minha espada!... Não vi sequer um líbio... — lamentava-se o príncipe.

518 | Bolesław Prus

Ainda havia combates encarniçados nas colinas meridionais, mas a poeira baixara no centro do vale, onde se podia ver, como se fosse através de uma névoa amarelada, soldados egípcios de lanças erguidas.

O sucessor virou seu cavalo naquela direção e adentrou o abandonado campo de batalha, no ponto onde, ainda há pouco, travara-se o embate entre as colunas centrais. Era uma área da largura de algumas centenas de metros, cheia de cavidades e coberta de corpos de mortos e feridos. Do lado pelo qual o príncipe se aproximava, jaziam corpos egípcios e, depois, líbios. Mais adiante ainda, corpos de egípcios e líbios misturados e, por fim, quase apenas corpos de líbios.

Em alguns lugares, os cadáveres jaziam lado a lado ou até uns sobre outros. A areia estava repleta de manchas de sangue. Os ferimentos eram terríveis: um dos guerreiros estava sem os dois braços, um outro jazia com a cabeça arrebentada, um terceiro estava com as tripas à mostra. Alguns se agitavam em convulsões, e de suas bocas cheias de areia brotavam gemidos, blasfêmias ou pedidos para que fossem sacrificados de vez.

O sucessor passou por eles rapidamente e sem os olhar, muito embora alguns dos feridos conseguissem soltar gritos abafados em sua homenagem. Não muito longe dali, defrontou-se com o primeiro grupo de prisioneiros que, prostrando-se na areia, implorava por compaixão.

— Anunciem misericórdia aos vencidos — disse o príncipe a seu séquito.

Alguns cavaleiros partiram em várias direções. Momentos depois soou uma trombeta e, logo depois, vozes possantes ecoaram dos dois lados do campo de batalha:

— Por ordem de Sua Alteza o príncipe e comandante em chefe, os feridos e os prisioneiros não devem ser mortos!

Enquanto isso, a luta nas colinas meridionais cessara, e dois dos mais numerosos grupos líbios depuseram suas armas diante dos regimentos gregos.

O destemido Pátrocles, sob o efeito do insuportável calor (conforme afirmava) ou sob o efeito de álcool (como diziam outros), mal se mantinha na sela. Esfregou seus olhos lacrimejantes e virou-se para os prisioneiros:

— Seus cães danados — gritou —, que ousaram erguer as mãos pecaminosas contra o exército de Sua Santidade! Vocês vão morrer esmagados como piolhos sob as unhas de um pio egípcio caso não digam imediatamente onde está o seu líder! Que a lepra devore seu nariz e beba seus olhos esbugalhados!

— Lá! — respondeu um dos líbios, apontando para um grupo de cavaleiros, que cavalgava lentamente na direção do deserto.

— O que está se passando? — perguntou o príncipe ao chegar ao local.

— O patife Musawasa está fugindo — respondeu Pátrocles, quase caindo do cavalo.

O sangue de Ramsés subiu à sua cabeça.

— Quer dizer que Musawasa está lá e está fugindo?! — exclamou. — Ei! Todos que tiverem cavalos rápidos, sigam-me!

Pentuer bloqueou a passagem do príncipe.

— Vossa Alteza não pode perseguir fugitivos! — exclamou.

— O quê?! — gritou o sucessor. — Durante toda a batalha não ergui meu braço e, agora, devo desistir do líder dos líbios?... O que dirão os soldados que eu enviei contra lanças e machados?

— O exército não pode ficar sem o seu comandante...

— E nós não temos Pátrocles, Tutmozis e até Mentezufis? De que me serve ser um comandante, se não me é permitido caçar o adversário?... Eles estão a algumas centenas de passos de nós, e seus cavalos estão cansados.

— Voltaremos em menos de uma hora... é só estender o braço... — murmuravam os cavalarianos asiáticos.

— Pátrocles... Tutmozis... deixo o exército nas suas mãos! — exclamou o príncipe. — Descansem um pouco, e eu voltarei logo...

Esporeou o cavalo e partiu trotando, seguido por vinte cavalarianos e... por Pentuer.

— O que você está fazendo aqui, profeta? — indagou-lhe o príncipe. — É melhor que fique no acampamento e tire uma soneca... Você foi de muita valia hoje...

— Talvez ainda volte a ser — respondeu Pentuer.

— Mas eu quero que fique... isto é uma ordem!

— O Conselho Supremo ordenou que eu não me afastasse de Vossa Alteza.

— E se cairmos numa emboscada? — perguntou Ramsés.

— Mesmo assim eu não o abandonarei, meu amo — respondeu o sacerdote.

Havia tanta benquerença em sua voz, que o espantado príncipe calou-se e permitiu que ele o acompanhasse.

capítulo 44

R AMSÉS E SEU SÉQUITO CAVALGAVAM PELO DESERTO, COM O EXÉRCI-
to egípcio algumas centenas de passos atrás e os fugitivos outras centenas de passos à frente. Mas, apesar de todos os esforços
para apressar seus cavalos, tanto os que fugiam quanto os que os
perseguiam tinham grande dificuldade em avançar. Do céu, caíam
sobre eles os terríveis raios solares; bocas, narizes e olhos entu-
piam-se com a fina e irritante poeira, e as patas dos cavalos, a cada
passo, afundavam mais na areia. No ar, reinava uma calma mortal.

— Não posso acreditar que isso vai continuar assim por muito
tempo — disse o sucessor.

— Será ainda muito pior — respondeu Pentuer. — Como Vossa Alteza pode ver, os cavalos dos fugitivos estão afundados na
areia até os joelhos.

Os homens suavam e os corpos dos cavalos começaram a se
cobrir de espuma.

— Como faz calor! — murmurou o sucessor.

— Ouça-me, meu amo — disse Pentuer. — Hoje não é um bom
dia para perseguições no deserto. Desde a madrugada os santos
insetos estavam muito agitados para, logo em seguida, cair num

estado de letargia. Além disso, a minha curta faca sacerdotal custou a entrar em sua bainha de barro, o que indica um calor extraordinário. Estes dois sinais — o calor e a letargia dos insetos — podem prenunciar uma tempestade... Portanto, recomendo que voltemos, pois não só já perdemos o acampamento de vista, como nem conseguimos ouvir mais qualquer som vindo dele.

Ramsés olhou para o sacerdote quase com desprezo.

— E você acha, caro profeta — disse —, que eu, tendo decidido aprisionar Musawasa, poderia retornar com as mãos abanando, só de medo do calor e de uma tempestade?

Continuaram cavalgando. Num determinado momento, o piso sob as patas dos cavalos ficou mais duro, e eles se aproximaram dos fugitivos.

— Ei!... Vocês!... — gritou o sucessor. — Rendam-se!

Os líbios nem olharam para trás, continuando a avançar pela areia. Por um momento, foi possível imaginar que seriam alcançados, mas o destacamento do príncipe voltou a afundar na areia, enquanto os fugitivos sumiam atrás de uma duna.

Os asiáticos blasfemavam, enquanto o príncipe rangia os dentes.

Finalmente, os cavalos ficaram tão atolados que todos tiveram de desmontar e continuar a perseguição a pé. De repente, um dos asiáticos caiu na areia. O príncipe ordenou que fosse coberto por um pano e disse:

— Vamos pegá-lo na volta.

O acampamento do exército egípcio já estava totalmente escondido pelas dunas e, caso Pentuer e os asiáticos não soubessem se orientar pelo sol, já não saberiam como localizá-los.

Mais um asiático caiu, com a boca expelindo espuma ensanguentada. Também foi deixado para trás, junto com seu cavalo. Para piorar a situação, apareceram algumas rochas, no meio das quais sumiram os líbios.

— Alteza — disse Pentuer —, eles poderão fazer uma emboscada...

— Pois que façam e me matem — respondeu o sucessor, com voz alterada.

O sacerdote olhou para ele admirado: não esperava ver nele tanta determinação.

As rochas não estavam distantes, mas o caminho até elas era extremamente penoso. Não bastava caminhar, mas tinha-se, também, que desatolar os cavalos da areia.

Enquanto isso, o sol continuava brilhando no céu, o terrível sol do deserto, cujos raios não só queimavam e cegavam, mas também espetavam. Até os mais resistentes asiáticos estavam exaustos; um deles estava com a língua e os lábios inchados; outro ouvia um zumbido na cabeça e via manchas negras diante dos olhos; um terceiro estava sonolento. Todos sentiam dores nas juntas e perderam a sensação do calor. E caso alguém lhes perguntasse se o ar estava quente, não saberiam responder.

O solo sob seus pés voltou a ficar duro e o séquito de Ramsés entrou no meio das rochas. O príncipe, o mais consciente de todos, ouviu um relincho, virou o cavalo naquela direção e viu, deitado à sombra de um dos rochedos, um grupo de pessoas caídas — eram os líbios.

Um deles, um jovem de cerca de 20 anos, vestia uma túnica purpúrea ricamente bordada e tinha uma corrente de ouro no pescoço e um gládio com a empunhadura guarnecida de pedras preciosas. Parecia estar desmaiado; a alva estava virada em seus olhos e de sua boca brotava espuma. Ramsés reconheceu nele o líder do grupo. Aproximou-se, arrancou sua corrente de ouro e fez menção de sacar a espada.

Ao ver a cena, um dos líbios mais velhos, aparentemente menos cansado que os demais, falou:

524 | Bolesław Prus

— Egípcio, embora você seja um vencedor, respeite o filho do príncipe, que foi nosso comandante em chefe.

— Este é o filho de Musawasa? — perguntou o príncipe.

— Sim — respondeu o líbio. — É Tehenna, filho de Musawasa, nosso líder que pode ser igualado a um príncipe egípcio.

— E onde está Musawasa?

— Musawasa está em Glaucus, formando um exército que virá nos vingar.

Os demais líbios nem se dignaram a olhar para os seus captores. A uma ordem do príncipe, os asiáticos os desarmaram sem qualquer dificuldade e, por sua vez, sentaram-se à sombra da rocha.

Naquele momento, não havia amigos e inimigos, mas apenas um punhado de homens exaustos. A morte ameaçava a todos, mas eles queriam apenas descansar.

Ao ver que Tehenna continuava desmaiado, Pentuer ajoelhou-se a seu lado e inclinou a cabeça do desfalecido para trás, de forma que ninguém pudesse ver o que estava fazendo. Quase que imediatamente, Tehenna começou a suspirar e abriu os olhos; depois, sentou-se, esfregando a testa, como se tivesse despertado de um profundo sono que ainda não o abandonara de todo.

— Tehenna, líder dos líbios — disse Ramsés —, você e os seus homens são prisioneiros de Sua Santidade o faraó.

— Se é para perder minha liberdade — respondeu Tehenna —, é melhor você me matar de vez.

— Se o seu pai, Musawasa, se humilhar e firmar um tratado de paz com o Egito, você poderá voltar a ser livre e feliz.

O líbio virou a cabeça e voltou a se deitar, desinteressado de tudo. Ramsés sentou a seu lado e, logo em seguida, caiu num estado de letargia, parecendo adormecer.

Voltou a si quinze minutos depois, sentindo-se mais forte. Olhou para o deserto — e deu um grito de admiração: no horizonte, viu uma região verdejante, com água, palmeiras e, um pouco mais acima, cidadezinhas e templos... À sua volta todos estavam dormindo, tanto os líbios quanto os egípcios, exceto Pentuer, que, parado na beira do rochedo, protegia os olhos do sol e olhava atentamente para algo.

— Pentuer!... Pentuer!... — exclamou o príncipe. — Você está vendo aquele oásis?!...

Pentuer olhou para ele preocupado e respondeu:

— Aquilo não é um oásis... é o espírito de um lugar que não existe mais e que vaga pelo deserto... Mas aquilo... lá... é verdadeiro! — acrescentou, apontando com a mão para o sul.

O príncipe olhou naquela direção e perguntou:

— São montanhas?...

— Olhe mais atentamente.

Ramsés fez um esforço para enxergar melhor, e disse:

— Parece uma massa negra que está se elevando... Devo estar com a vista cansada.

— Aquilo é o Tufão — murmurou o sacerdote. — Somente os deuses poderão nos salvar, isto é, se quiserem...

Efetivamente, Ramsés sentiu no rosto uma leve brisa que, mesmo no meio do terrível calor do deserto, lhe pareceu muito quente. A brisa em questão, que começara de uma forma delicada, foi adquirindo força e ficando cada vez mais abrasadora. Ao mesmo tempo, a faixa negra erguia-se no céu com uma velocidade surpreendente.

— O que vamos fazer? — perguntou o príncipe.

— Aqueles rochedos — respondeu o sacerdote — nos protegerão de sermos aterrados, mas não conseguirão afastar nem a poeira nem o calor, que continuarão a crescer. Em dois dias ou três...

— Quer dizer que o Tufão sopra durante tanto tempo?

— Às vezes, por três a quatro dias... Somente de vez em quando explode por algumas horas e cai repentinamente, como um abutre atingido por uma seta. Mas isso ocorre raramente...

526 | Bolesław Prus

O príncipe ficou sombrio, embora não perdesse a coragem. Enquanto isso, o sacerdote tirou da túnica um pequeno frasco de vidro esverdeado e continuou a falar:

— Aqui tem um elixir que deverá lhe bastar por alguns dias... Toda vez que sentir sonolência ou medo, beba algumas gotas dele. Desta forma, você adquirirá mais forças e poderá resistir...

— E quanto a você e os demais?...

— Minha sorte está nas mãos do Deus Único. Quanto aos demais... eles não são sucessores do trono!

— Não quero este líquido! — disse o príncipe, afastando a garrafinha.

— Você tem de pegá-lo! — exclamou Pentuer. — Lembre-se de que foi em você que o povo do Egito depositou todas suas esperanças... Lembre-se de que as bênçãos daquele povo zelam por você...

A negra nuvem já cobria a metade do céu, e o vento escaldante soprava com tal força que o príncipe e o sacerdote tiveram de se proteger debaixo da rocha.

— O povo do Egito?... Bênçãos?... — repetiu Ramsés, para exclamar logo em seguida: — Ah! Então foi você quem, há um ano atrás, falou comigo do jardim, logo após as manobras?...

— Foi no dia em que você ficou com pena daquele felá que se enforcou por terem aterrado seu canal — respondeu o sacerdote.

— E foi você que salvou a minha propriedade e a judia Sara, a quem o populacho queria apedrejar?...

— Sim — respondeu Pentuer. — E você logo mandou soltar da prisão os camponeses inocentes e não permitiu a Dagon taxar excessivamente o povo. E é por causa deste povo, pela misericórdia que você sempre demonstrou, que este povo o abençoa até hoje... É bem provável que você seja o único que vai escapar daqui com vida, mas não se esqueça que foi o oprimido povo do Egito que o salvou, e que aguarda a salvação por seu intermédio.

O céu escureceu repentinamente, uma torrente de areia quente caiu vindo do sul e o vento soprou tão fortemente que derrubou um cavalo parado num lugar não protegido pelas rochas. Os asiáticos e os prisioneiros líbios acordaram, mas todos apenas se enfiaram mais fundo debaixo das rochas, calados e apavorados.

A natureza pareceu ter enlouquecido. Uma noite escura desceu sobre a terra, enquanto avermelhadas e negras nuvens de areia percorriam o céu. Parecia que toda a areia do deserto adquirira vida própria, erguera-se no ar e começara a correr com a velocidade de uma pedra atirada por uma funda.

O calor era insuportável; a pele das mãos e do rosto rachava, a língua ressecava, o ato de inspirar irritava os pulmões e pequenos grãos de areia queimavam como fagulhas.

Pentuer, num gesto brusco, aproximou o frasco dos lábios de Ramsés. O príncipe engoliu algumas gotas e sentiu uma mudança surpreendente: o calor e a dor cessaram de incomodá-lo e sua mente ficou mais clara.

— E isto pode durar por vários dias?...

— Quatro — respondeu o sacerdote.

— E vocês, tão sábios e depositários da confiança dos deuses, não têm meios de salvar pessoas de uma tempestade destas?

Pentuer pensou por um momento e respondeu:

— Só há um homem no mundo capaz de lutar com os maus espíritos... Infelizmente, ele não está aqui...

O tufão já durava mais de meia hora, e sua força era incomensurável. Em alguns momentos, o vento amainava, as negras nuvens se separavam, revelando um sol cor de sangue no céu e ameaçadoras luzes ruivas na terra. Faltava pouco para o anoitecer, e a violência da tempestade continuava crescendo. No horizonte, de vez em quando, surgia uma enorme mancha avermelhada, como se o mundo todo estivesse pegando fogo.

528 | Bolesław Prus

De repente, o príncipe notou que Pentuer não estava mais a seu lado. Aguçou os ouvidos e pôde escutar uma voz, clamando:

— Beroes!... Beroes!... Se não for você, quem poderá nos salvar?... Beroes!... Em nome do Único e Onipotente, eu o convoco...

No deserto setentrional ecoou um trovão. O príncipe ficou petrificado; para um egípcio, trovões eram quase tão raros quanto cometas.

— Beroes!... Beroes!... — continuava a clamar o sacerdote.

O sucessor olhou com atenção na direção daquela voz — e viu um escuro vulto humano, com os braços erguidos. Da cabeça, dos dedos e até da indumentária daquela figura emanavam centelhas azuladas.

— Beroes!... Beroes!...

Um novo trovão soou, ainda mais perto, e no meio das nuvens de areia brilhou um relâmpago, iluminando o deserto com luz avermelhada. Mais um trovão e mais um relâmpago.

O príncipe sentiu que o vento e o calor diminuíam. As nuvens de areia começaram a baixar, o céu ficou acinzentado, passando a branco-leitoso. Depois, tudo se calou e começou a soprar um fresco vento setentrional.

— Guerreiros do faraó — disse repentinamente o velho líbio. — Estão ouvindo um murmúrio no deserto?

— Mais uma tempestade?

— Não, é chuva!...

Efetivamente, pequenas gotas de chuva começaram a cair do céu. Aos poucos, foram se transformando num autêntico aguaceiro, acompanhado de relâmpagos e trovões.

Os soldados de Ramsés e seus prisioneiros foram tomados por uma alegria indescritível. Ignorando os raios e trovões, aqueles homens, há pouco sedentos e queimados pelo sol, pareciam crianças correndo no meio da torrente de água que caía do céu. Tomavam banho, lavavam seus cavalos, recolhiam a água nos gorros e sacos de couro e, acima de tudo, bebiam, bebiam e bebiam.

— É um milagre! — gritava o príncipe. — Não fosse por esta bendita chuva, todos nós teríamos morrido nos ardentes braços do Tufão!

— Isso costuma acontecer — respondeu o velho líbio. — Quando o vento do sul irrita os ventos que passeiam sobre o mar, eles trazem chuva.

Ramsés ficou desapontado com aquela explicação, já que creditara aquele aguaceiro às preces de Pentuer. Diante disso, virou-se para o líbio e indagou:

— E também costuma acontecer que centelhas emanem de um corpo humano?

— Isto sempre ocorre quando sopra o vento do deserto — falou este. — Dessa vez, vimos centelhas emanando não só de seres humanos, como também dos cavalos.

Havia tanta certeza na voz do velho que o príncipe aproximou-se do oficial dos seus cavalarianos e sussurrou:

— Mantenha um olho nestes líbios...

Mal acabara de dizer aquilo, ouviu-se um som no meio da escuridão e, quando o raio seguinte iluminou o deserto, todos viram um homem montado fugindo a pleno galope.

— Amarrem esses desgraçados! — gritou o príncipe. — E matem todos que oferecerem resistência... Ai de você, Tehenna, se aquele miserável trouxer para cá os seus irmãos!... Você e os seus serão mortos da forma mais cruenta possível...

Apesar da chuva e da escuridão, os soldados de Ramsés amarraram rapidamente os líbios, que, na verdade, não esboçaram qualquer reação. Talvez estivessem aguardando uma ordem de Tehenna, mas este estava tão deprimido que nem pensava numa fuga.

530 | Bolesław Prus

A tempestade foi se acalmando aos poucos e o calor do dia foi substituído pelo frio do deserto. Os homens e os cavalos haviam saciado a sede, havia tâmaras e torradas suficientes, de modo que o ambiente geral era de bem-estar. Os trovões cessaram quase por completo, os relâmpagos apareciam com frequência cada vez menor, as nuvens começaram a se dissipar no céu setentrional e, aqui e ali, acenderam-se estrelas.

Pentuer aproximou-se do príncipe.

— É melhor retornarmos ao acampamento — disse. — Poderemos chegar lá em algumas horas.

— Como encontraremos o caminho, no meio dessa escuridão? — perguntou o príncipe.

— Vocês têm tochas? — perguntou o sacerdote aos asiáticos.

Havia tochas — na verdade, longas cordas encharcadas com material combustível —, mas não havia meios de acendê-las, já que os arbustos em volta estavam todos molhados.

— Vamos ter de esperar até amanhã de manhã — disse o príncipe.

Pentuer não respondeu. Tirou da sua bolsa um pequeno recipiente, pegou uma das "tochas" de um dos soldados e se afastou. Ouviu-se um sibilo — e a tocha se acendeu.

— Este sacerdote é um grande mágico! — murmurou o velho líbio.

— Já é o segundo milagre que você realiza diante dos meus olhos — disse o príncipe a Pentuer. — Poderia me explicar como fez isto?

O sacerdote fez um gesto negativo com a cabeça.

— Pergunte-me tudo, meu amo — respondeu —, e eu lhe responderei dentro das minhas possibilidades. Só não me peça para lhe revelar os segredos dos nossos templos.

— Mesmo se eu o nomeasse meu conselheiro?

— Mesmo assim. Jamais serei um traidor, e, caso o cogitasse, seria severamente castigado.

— Castigado?... — repetiu o príncipe. — Ah, sim!... Estou lembrado daquele homem nas masmorras do templo de Hátor, sobre o qual os sacerdotes derramavam piche derretido. Aquilo foi verdadeiro?... E aquele homem morreu realmente em terríveis sofrimentos?...

Pentuer manteve-se calado, como se não tivesse ouvido a pergunta. Em seguida, retirou da sua bolsa milagrosa uma pequena estatueta de um deus com os braços abertos em cruz. A estatueta estava presa a um barbante; o sacerdote deixou-a cair lentamente e ficou rezando e observando. A estatueta, tendo balançado e girado sobre si mesma por algum tempo, parou.

Ramsés, à luz das tochas, olhava com espanto para aquelas práticas.

— O que você está fazendo? — perguntou ao sacerdote.

— Somente posso dizer a Vossa Alteza — disse Pentuer — que o deus está apontando com um dos seus braços para a estrela Eshmun.* É ela quem, nas noites, conduz os navios fenícios através dos mares.

— Quer dizer que os fenícios têm um deus assim?

— Nem suspeitam da sua existência. O deus que aponta com um dos seus braços para a estrela Eshmun é conhecido apenas por nós e pelos sacerdotes caldeus. Graças à sua ajuda, cada profeta, seja de dia, seja de noite, com céu claro ou encoberto, pode encontrar o caminho certo, tanto no mar quanto no deserto.

A uma ordem do príncipe, que com uma tocha na mão caminhava ao lado de Pentuer, o séquito se pôs em marcha. A estatueta balançava, mas mantinha sempre um dos braços apontando para a direção onde ficava a santa estrela, protetora dos viajantes perdidos.

---

* Estrela Polar. (*N. do A.*)

532 | Bolesław Prus

Caminhavam a pé, levando os cavalos pelos cabrestos. O frio era tão intenso que até os asiáticos sopravam suas mãos, enquanto os líbios tiritavam. De repente, algo começou a estalar sob seus pés. Pentuer parou e se abaixou.

— Neste ponto — falou — a chuva se acumulou numa depressão, e agora, veja o que aconteceu, meu amo...

Ao dizer isso, levantou e mostrou ao príncipe uma fina placa, que parecia feita de vidro e que se derretia em sua mão.

— Quando faz muito frio — acrescentou —, a água se transforma numa pedra transparente.

Os asiáticos confirmaram as palavras do sacerdote, acrescentando que bem longe, ao norte, frequentemente a água se transforma em pedra que não tem qualquer sabor e somente arde nos dedos e provoca dor nos dentes.

O príncipe estava cada vez mais impressionado com a sabedoria de Pentuer.

Enquanto isso, o lado setentrional do céu clareava, revelando a constelação da Ursa Maior e, nela, a estrela Eshmun. O sacerdote, depois de rezar mais uma vez, guardou na bolsa a estatueta do deus e mandou que as tochas fossem apagadas, mantendo apenas uma das cordas acesas, cujo avanço da chama servia para indicar o tempo percorrido.

— Pentuer — disse o príncipe. — A partir deste momento, nomeio-o meu conselheiro; tanto agora quanto depois de os deuses decidirem me dar a coroa do Egito Superior e Inferior.

— O que eu fiz para receber tamanha graça?

— Diante dos meus olhos, você realizou feitos que comprovam sua extraordinária sabedoria e seu poder sobre os espíritos. Além disso, você sempre esteve pronto para salvar minha vida, e mesmo tendo decidido ocultar muitas coisas de mim...

— Perdoe-me, Alteza — interrompeu-o o sacerdote. — Caso você venha precisar de traidores, poderá comprá-los aos montes

O Faraó | **533**

com ouro e joias, mesmo entre os sacerdotes. Mas eu não quero fazer parte deles. Além disso, se eu traísse os deuses, quem lhe garantiria que eu não poderia fazer o mesmo com você?

— Sábias palavras — respondeu Ramsés. — Mas há algo que me intriga: por que você, um sacerdote, nutre tanta simpatia por mim? Um ano atrás, você me abençoou, e hoje não me deixou partir sozinho para o deserto e me prestou serviços inestimáveis.

— Porque fui avisado pelos deuses de que você, distinto amo, se assim o desejar, poderá tirar da miséria e da opressão o sofrido povo egípcio.

— E por que você se preocupa com o povo?

— Por ter vindo dele. Meu pai e meus irmãos passaram dias inteiros retirando água do Nilo e levando bastonadas nas costas...

— E de que forma eu posso ajudar o povo? — perguntou o sucessor.

Pentuer ficou animado.

— Seu povo — falou emocionado — trabalha demais, paga impostos excessivos e sofre miséria e perseguições. Como é dura a vida de um felá!... Metade da sua colheita é comida por insetos, e a outra, pelos rinocerontes; seus campos, cheios de ratos, são atacados por nuvens de gafanhotos, pisoteados pelo gado e roubados pelos pardais. O que ainda sobrou neles, foi levado por ladrões. Aí, chegam os escribas demandando a colheita. Pobre felá! Quando responde que não há mais colheita alguma, passam a agredi-lo, amarram-no e o atiram num canal, no qual ele morre afogado. Amarram sua esposa e seus filhos, enquanto os vizinhos fogem apavorados...

— Pude presenciar isso — respondeu o príncipe — e até expulsei um daqueles escribas. Mas como poderei estar presente em todos os lugares para evitar essas injustiças?

— Vossa Alteza poderá ordenar que ninguém seja punido sem necessidade. Poderá reduzir os impostos, decretar dias de descanso para os camponeses. Finalmente, poderá dar a todo felá um pedacinho de terra, na qual ele plantaria o seu sustento. Caso contrário, o povo continuará se alimentando com flores de lótus, papiros e peixes mortos, ficando cada vez mais débil... Mas se Vossa Alteza mostrar-lhe a sua graça, ele se reerguerá...

— Pois é isso que farei! — exclamou o príncipe. — Um bom administrador não pode permitir que seu povo morra de fome, trabalhe excessivamente e seja castigado desnecessariamente... Isso terá de mudar!

Pentuer parou.

— Vossa Alteza promete-me fazer isso?...

— Prometo! — respondeu Ramsés.

— Sendo assim, eu lhe prometo que você será o mais famoso dos faraós, ainda maior que Ramsés, o Grande! — exclamou.

O príncipe ficou pensativo.

— O que conseguiremos só nós dois, tendo de enfrentar os sacerdotes, que me odeiam?

— Eles têm medo de Vossa Alteza — respondeu Pentuer. — Temem que Vossa Alteza inicie cedo demais uma guerra com a Assíria...

— E o que eles podem ter contra isso, caso sejamos vencedores?

O sacerdote baixou a cabeça, fez um gesto de desalento com as mãos e permaneceu calado.

— Então eu lhe direi! — explodiu o príncipe. — Eles são contra aquela guerra por temerem que eu possa retornar dela como um vencedor, trazendo incontáveis tesouros e milhares de escravos... E eles têm medo disso por quererem que todos os faraós sejam apenas uma frágil ferramenta em suas mãos, um objeto insignificante que poderá ser jogado fora a seu bel-prazer... Mas comigo será diferente!... Ou farei aquilo que quero, e que tenho o direito de fazer como filho e herdeiro dos deuses... ou morrerei tentando!

O Faraó | 535

— Não fale assim, Alteza — respondeu Pentuer —, para que os espíritos malignos que andam pelo deserto não se apossem das suas palavras... As palavras são como uma pedra atirada por uma funda; quando acerta uma parede, ela ricocheteia e se volta contra quem a atirou...

O príncipe fez um gesto de desprezo com a mão.

— Eu não ligo para isso! — respondeu. — Uma vida na qual todos têm de conter seus desejos não vale a pena ser vivida... Se não são os deuses, são os ventos do deserto; se não são os espíritos do deserto, são os sacerdotes... É nisso que deve consistir o poder de um faraó?... Eu vou fazer o que bem entender e somente prestarei contas aos meus antepassados, e não diante de qualquer cabeça rapada que, sob o pretexto de me explicar os desígnios divinos, assume o poder e enche seus tesouros com as minhas receitas!...

De repente, a algumas dezenas de passos deles, ouviu-se um grito estranho — um misto de relincho com mugido — e passou correndo uma sombra gigantesca. Corria como uma seta e, pelo que podia ser percebido, tinha um pescoço comprido e uma corcunda nas costas.

Um murmúrio de terror percorreu o séquito do príncipe.

— Foi um grifo!... Vi claramente as suas asas! — diziam os asiáticos.

— O deserto está cheio de monstros! — acrescentou o velho líbio.

O príncipe estava desconcertado; também ele tivera a impressão de que a sombra tinha uma cabeça de serpente e algo em forma de curtas asas às costas.

— É verdade — perguntou ao sacerdote — que há monstros no deserto?

— É óbvio — respondeu Pentuer — que num lugar tão desolado haja espíritos malignos nas mais diversas formas. No entanto, acredito que aquilo que passou perto de nós foi um animal. Ele é parecido com

536 | Bolesław Prus

um cavalo selado, só que muito mais rápido. Os habitantes dos oásis afirmam que esse animal é capaz de passar muito tempo sem beber água. Se isso for verdade, então, no futuro, os homens poderiam usar esse ser estranho como um meio de transporte através dos desertos.

— Pois eu não teria coragem de sentar no dorso de um animal desses — falou o príncipe, meneando a cabeça.

— Nossos ancestrais costumavam dizer o mesmo em relação aos cavalos, graças aos quais os hititas conquistaram o Egito, e que, hoje, se tornaram indispensáveis aos nossos exércitos. O tempo faz com que as pessoas mudem de opinião... — disse Pentuer.

As últimas nuvens sumiram do céu, e a noite ficou clara. Apesar da ausência da lua, a claridade era tanta que era possível ver, sobre a areia, objetos pequenos e até distantes.

O frio amainara e, durante um certo tempo, o séquito seguiu em silêncio, afundando até os tornozelos na areia. De repente, uma nova gritaria se fez ouvir entre os asiáticos.

— Uma esfinge!... Olhe, uma esfinge!... Não vamos mais sair vivos deste deserto, com tantos monstros ao nosso redor...

Efetivamente, numa branca colina calcária podia ser vista claramente a silhueta de uma esfinge, com corpo de leão, gigantesca cabeça usando um gorro egípcio e perfil parecendo humano.

— Acalmem-se, bárbaros — disse o velho líbio. — Não é uma esfinge, mas um leão, que não representa qualquer perigo, pois está comendo.

— Sim — confirmou o príncipe —, é um leão, mas como ele se parece com uma esfinge...

— Ele é o pai das nossas esfinges — disse baixinho o sacerdote. — Seu rosto lembra traços humanos, e sua juba, uma peruca.

— Até da nossa Grande Esfinge, aquela que zela pelas pirâmides?

— Muitos séculos antes de Menes — disse Pentuer —, quando ainda não havia as pirâmides, naquele lugar existia uma rocha que

O Faraó | **537**

tinha a aparência de um leão deitado... era como se os deuses quisessem indicar o ponto no qual começava o deserto. Os sacerdotes daquela época ordenaram aos mestres da escultura que a completassem com um muro. Como os mestres nunca tiveram a oportunidade de ver um leão de verdade, esculpiram nela um rosto humano... e foi assim que nasceu a nossa primeira esfinge.

— Que nós adoramos como se fosse uma deusa... — sorriu o príncipe.

— E com toda a razão — respondeu o sacerdote. — Pois os seus primeiros contornos foram feitos pelos deuses, e os homens os completaram também sob inspiração divina. Pelo seu tamanho e mistério, a nossa esfinge lembra o deserto, tem o formato dos espíritos que vagam por suas areias e assusta as pessoas como ele. A Esfinge é filha dos deuses e mãe do terror.

— Por outro lado, o começo de tudo é terreno — observou o príncipe. — O Nilo não cai do céu, mas nasce nas montanhas que ficam do outro lado da Etiópia. As pirâmides, das quais Herhor me disse que eram uma representação do nosso país, são construídas imitando topos de montanhas. Quanto aos nossos templos, com seus pilonos e obeliscos, com sua escuridão e umidade, não lembram as cavernas nas colinas que se estendem ao longo do Nilo?... Toda vez que eu, durante uma caçada, me perdi no meio das rochas orientais, sempre encontrei um conjunto de pedras que me traziam à mente o interior de um dos nossos templos... Cheguei a ver nelas hieróglifos gravados pelas mãos do vento e da chuva.

— Eis uma prova de que os nossos templos foram erguidos de acordo com um plano traçado pelos próprios deuses — respondeu o sacerdote. — Assim como um pequeno caroço jogado na terra faz emergir uma possante palmeira, as imagens de uma rocha, caverna, leão e até de uma flor de lótus, semeadas na alma de um faraó

538 | Bolesław Prus

pio, fazem nascer avenidas de esfinges, templos e suas belas colunas. São feitos divinos, não humanos, e feliz é o monarca que, olhando em volta, é capaz de ver os intentos divinos nas coisas terrenas, e sabe apresentá-las de forma compreensível às futuras gerações.

— Só que aquele monarca tem que ter poder e dinheiro — aparteou-o sarcasticamente Ramsés —, e não depender das previsões sacerdotais...

Diante deles, estendia-se uma comprida duna de areia, no topo da qual surgiram alguns cavaleiros.

— Nossos ou líbios? — perguntou o príncipe.

Do topo da duna ecoou o som de um corno, que foi respondido pelo séquito do príncipe. Os cavaleiros desceram a duna rapidamente e, quando já estavam mais próximos, um deles gritou:

— O sucessor está com vocês?!

— Sim, são e salvo! — respondeu Ramsés.

Os cavaleiros desmontaram e se prostraram na areia.

— Oh, *erpatre*! — dizia o comandante dos recém-chegados. — Seus soldados rasgam os trajes e cobrem a cabeça com cinzas, achando que você morreu... Toda a cavalaria se espalhou pelo deserto à procura de um rastro seu, e foi a nós, míseros e indignos, que os deuses permitiram a honra de ser os primeiros a saudá-lo...

O príncipe o promoveu a centurião e lhe ordenou que apresentasse seus subalternos no dia seguinte, para que recebessem uma recompensa.

capítulo 45

MEIA HORA MAIS TARDE, SURGIRAM AS FOGUEIRAS DO EXÉRCITO E, pouco tempo depois, o séquito do príncipe já estava no acampamento. Trombetas soaram de todos os lados, e os soldados, gritando e pegando suas armas, entraram em formação. Os oficiais se prostravam aos pés do príncipe e, a exemplo do que ocorrera no dia anterior, logo após a vitória, ergueram-no nos braços e desfilaram com ele ao longo dos regimentos. As paredes do desfiladeiro ecoavam com gritos de "Viva eternamente, vencedor!... Os deuses zelam por você!"...

O santo Mentezufis aproximou-se e o sucessor, ao vê-lo, soltou-se dos braços dos oficiais e correu em sua direção:

— Saiba, santo pai — exclamou —, que pegamos o líder dos líbios, Tehenna!...

— Uma conquista insignificante — respondeu severamente o sacerdote —, que não justifica um comandante em chefe abandonar seus exércitos, principalmente num momento em que eles poderiam ser atacados pelo inimigo.

O príncipe reconheceu que a reprimenda era mais do que justa, mas exatamente em função disso foi tomado de raiva. Cerrou os punhos e seus olhos brilharam...

540 | Bolesław Prus

— Em nome da sua mãe, permaneça calado! — sussurrou Pentuer, postado atrás dele.

O sucessor ficou tão espantado pela inesperada observação de seu conselheiro, que imediatamente recuperou o autocontrole e resolveu assumir o erro.

— Vossa Eminência está coberto de razão — respondeu. — O exército jamais deve abandonar seu comandante nem o comandante abandonar seu exército. No entanto achei que você, santo pai, poderia me substituir, já que é o representante do ministro da Guerra.

A singela resposta acalmou Mentezufis, a ponto de o sacerdote nem relembrar ao príncipe o que ocorrera durante as manobras realizadas no ano anterior, quando o sucessor também abandonara suas tropas — e perdera as graças do faraó.

De repente, aproximou-se deles Pátrocles. O líder grego estava novamente bêbado e, já de longe, gritava para o príncipe:

— Veja, sucessor, o que fez o santo Mentezufis... Você tinha anunciado um perdão a todos os soldados líbios que abandonassem os invasores e retornassem ao serviço de Sua Santidade... Eles vieram se juntar a nós às centenas e foi graças a eles que eu consegui destroçar a ala esquerda do inimigo... Mas o eminente Mentezufis ordenou que todos fossem mortos... Morreram cerca de mil prisioneiros, todos ex-soldados nossos, aos quais fora prometido o perdão!...

O sangue voltou a subir à cabeça do príncipe, mas Pentuer, sempre parado atrás dele, sussurrou:

— Mantenha-se calado, por todos os deuses!... Calado!...

Só que Pátrocles não dispunha de um conselheiro, de modo que continuou gritando:

— A partir deste momento, perdemos a confiança dos estrangeiros... e das nossas próprias tropas!... Pois o nosso exército acabará se desintegrando ao constatar que traidores conseguem chegar à sua testa...

O Faraó | 541

— Mísero mercenário — respondeu friamente Mentezufis —, como você ousa se referir dessa forma ao exército de Sua Santidade? Desde que o mundo é mundo, jamais se ouviu uma blasfêmia semelhante!... E temo que os deuses queiram se vingar do desrespeito demonstrado por você...

Pátrocles soltou uma gargalhada.

— Enquanto estiver dormindo entre os gregos, não terei que me preocupar com a vingança dos deuses noturnos... E quando estou desperto, os diurnos não poderão me fazer qualquer mal...

— Vá dormir... entre os seus gregos, seu beberrão — disse Mentezufis —, para que, por sua culpa, não caiam raios sobre as nossas cabeças...

— Você pode estar certo de que eles não cairão sobre a sua cuca rapada, porque pensarão que se trata de uma outra coisa! — respondeu o grego, fora de si. Mas ao ver que o príncipe não o apoiava, se afastou para o seu regimento.

— É verdade — perguntou Ramsés ao sacerdote — que você, santo homem, ordenou que fossem mortos os prisioneiros, em oposição à minha ordem para que fossem poupados?

— Vossa Alteza não estava no acampamento — respondeu Mentezufis —, portanto a responsabilidade desse ato não repousará sobre seus ombros. Quanto a mim, observo as nossas regras militares, que exigem que sejam mortos todos os soldados traidores. Os soldados que serviam nas tropas de Sua Santidade e, depois, passaram para o lado do inimigo, tinham de ser exterminados imediatamente... é isso que consta nas regras.

— E se eu estivesse aqui?

— Como comandante em chefe e filho do faraó, você pode quebrar certas regras, às quais eu devo obedecer — respondeu Mentezufis.

— E você não poderia ter aguardado o meu retorno?

542 | Bolesław Prus

— As regras são claras: os traidores têm de ser executados IMEDIATAMENTE, portanto fiz o que elas determinam.

O príncipe estava tão atordoado que interrompeu a conversa e foi para sua tenda. Uma vez lá, desabou sobre uma cadeira e disse Tutmozis:

— Pronto! Já sou um prisioneiro dos sacerdotes!... Eles assassinam prisioneiros, ameaçam meus oficiais e não respeitam minhas ordens... Vocês não disseram nada a Mentezufis quando ele ordenou matar aqueles infelizes?

— Ele se protegia com as regras militares e falava em nome de Herhor.

— Mas a verdade é que eu, apesar de ter me afastado por metade de um dia, continuo sendo o comandante em chefe.

— Você foi muito claro ao entregar o comando a mim e a Pátrocles — respondeu Tutmozis. — Mas quando chegou o santo Mentezufis, nós tivemos de passar o comando a ele, já que ele é um superior hierárquico nosso...

O príncipe achou que a captura de Tehenna custara um preço excessivo. Ao mesmo tempo, reconheceu a validade da proibição de um comandante abandonar suas tropas. Em função disso, teve de admitir que errara, o que o fez ficar ainda mais aborrecido e aumentar seu ódio aos sacerdotes.

— Veja — disse. — Já estou numa prisão, mesmo antes de me tornar faraó — que o meu santo pai possa viver eternamente! — Portanto, preciso, desde já, tentar me livrar dela e, acima de tudo... manter-me calado. Pentuer tem razão: permanecer calado, sempre calado, guardando a minha raiva, como uma pedra preciosa, no tesouro da memória... e quando esse tesouro ficar cheio... aí vocês, profetas, vão me pagar por tudo!

— Vossa Alteza não quer saber o resultado da batalha? — perguntou Tutmozis.

O Faraó | 543

— Ah, sim... Como ela acabou?

— Com mais de dois mil prisioneiros, mais de três mil mortos e apenas um punhado de fugitivos.

— De quantos homens era formado o exército líbio?

— Seis mil homens.

— Como é possível um exército perder quase todos seus homens numa só batalha?

— Foi uma batalha terrível — respondeu Tutmozis. — Você os cercou de todos os lados, e o resto foi feito pelos seus soldados e... pelo distinto Mentezufis. Os túmulos dos mais distintos faraós não mencionam uma vitória tão retumbante sobre os inimigos do Egito...

— Vá dormir, Tutmozis. Estou exausto — interrompeu-o o príncipe, sentindo que a sensação de vitória estava subindo à sua cabeça.

"Quer dizer que eu obtive uma vitória tão esmagadora?...", pensou, atirando-se sobre as peles, mas, apesar de seu cansaço mortal, não conseguia adormecer.

Haviam se passado apenas catorze horas desde o momento em que ele ordenara o início da batalha... Apenas catorze horas!... Inacreditável!... Teria ele, de fato, vencido? Afinal, nem chegou a sacar sua espada, e apenas viu uma espessa nuvem amarelada da qual emergiam gritos desesperados. Mesmo agora, deitado sobre as peles, via aquele tumulto, ouvia os gritos, sentia o calor... e a batalha terminara há muito tempo!... Depois, viu a imensidão do deserto, no qual se movia com grande esforço. Ele e os seus homens tinham os melhores cavalos de todo o exército e, mesmo assim, moviam-se como tartarugas... E que calor infernal!... E eis que surge o Tufão, encobre o mundo, queima, morde, estrangula... Da silhueta de Pentuer emanam faíscas azuladas... Sobre suas cabeças desabam relâmpagos, algo jamais visto... Depois, uma noite silenciosa no deserto... Um grifo em disparada, a escura silhueta de uma esfinge no topo de uma colina...

"Presenciei tantas coisas, experimentei tantas sensações", pensava, "estive presente na construção dos nossos templos e até no nascimento da imutável Grande Esfinge... e tudo isso se passou no decurso de catorze horas?"

Um último pensamento passou pela cabeça do príncipe: "Um homem que experimentou tantas coisas não poderá viver por muito tempo..."

Um tremor frio percorreu seu corpo, da cabeça aos pés — e ele adormeceu.

Acordou no dia seguinte, apenas algumas horas após o nascer do sol. Seus olhos ardiam, sentia dores em todos os ossos, tossia levemente, mas sua mente estava clara e seu coração, cheio de coragem.

Na entrada da tenda estava Tutmozis.

— E então?... Quais são as novidades? — perguntou o príncipe.

— Os espiões estão trazendo notícias estranhas — respondeu o favorito. — Uma multidão está se aproximando do nosso desfiladeiro, não de soldados, mas de desempregados, mulheres e crianças, e à sua testa cavalgam Musawasa e os mais preminentes líbios.

— E o que pode significar isso?

— Aparentemente, querem propor um cessar-fogo.

— Após uma só batalha? — espantou-se o príncipe.

— Mas que batalha!... Além disso, o medo faz com que as nossas tropas aumentem a seus olhos... eles se sentem fracos e temem ser dizimados.

— Vamos ver se não se trata de um ardil — respondeu o príncipe. — E qual o espírito que reina nas nossas tropas?

— Todos estão com saúde, saciados, descansados e felizes. Apenas...

— Apenas o quê?

— Pátrocles morreu durante a noite — sussurrou Tutmozis.

— Como isso aconteceu?! — exclamou o príncipe, erguendo-se de um salto.

— Segundo uns, ele bebeu demais... segundo outros, foi um castigo dos deuses... Seu rosto estava roxo e a boca, cheia de espuma...

— Exatamente como aquele escravo em Atribis, você está lembrado?... Chamava-se Bakura e adentrou a sala do banquete, queixando-se do nomarca... Obviamente, ele morreu naquela mesma noite por ter bebido demais!

Tutmozis baixou a cabeça.

— Temos de ser muito cautelosos, meu amo — sussurrou.

— Vamos nos esforçar neste sentido — respondeu calmamente o príncipe. — Nem vou me espantar com a morte de Pátrocles... pois o que pode haver de estranho na morte de um beberrão qualquer, capaz de ofender deuses e até sacerdotes...

Mas Tutmozis sentiu uma ameaça naquelas palavras sarcásticas.

O príncipe tinha grande amor por Pátrocles. Seria capaz de esquecer até as injustiças das quais ele mesmo fora vítima — mas jamais perdoaria a morte do general grego fiel como um cão.

Durante o dia, chegou ao acampamento do príncipe um descansado regimento de Tebas, além de milhares de pessoas e centenas de asnos, trazendo mantimentos e tendas. Ao mesmo tempo, do lado da Líbia, vinham novos espiões, informando que a multidão desarmada a caminho do desfiladeiro aumentava a cada momento.

A uma ordem do sucessor, diversos destacamentos de cavalaria foram despachados em todas as direções, com a missão de verificar se não havia sinais de um exército inimigo. Até os sacerdotes, levando consigo uma pequena capela do deus Amon, subiram ao topo da colina mais alta, realizando lá uma cerimônia religiosa. E, retornando ao acampamento, asseguraram ao sucessor que não havia qualquer sinal de exército num raio de três milhas.

Ao ouvir essa afirmação, o príncipe riu.

— Tenho excelente visão — disse —, mas não poderia avistar um exército a essa distância.

Os sacerdotes fizeram uma pequena conferência entre si e, depois, disseram ao príncipe que, caso ele prometesse não comentar com ninguém o que veria, eles lhe mostrariam que era possível enxergar muito longe.

Ramsés prometeu. Os sacerdotes montaram o altar de Amon numa das colinas e começaram a rezar, e quando o príncipe se banhou, tirou as sandálias e ofereceu ao deus uma corrente de ouro e incenso, levaram-no para dentro de uma caixa estreita e completamente escura, dizendo-lhe que olhasse para uma das suas paredes.

Momentos depois, ouviram-se cantos sagrados, durante os quais apareceu um círculo branco na parede interna da caixa. A mancha logo se desfez e, no seu lugar, o príncipe pôde ver uma planície arenosa com rochas e, junto delas, postos avançados dos asiáticos. Os sacerdotes começaram a cantar mais alto e o quadro mudou, revelando uma outra parte do deserto, e nele uma multidão de pessoas menores que formigas. Apesar disso, seus movimentos, trajes e até seus rostos eram tão visíveis que o príncipe seria capaz de descrevê-los.

O espanto do sucessor não tinha limites. Esfregava os olhos e tocava na imagem em movimento... De repente, virou a cabeça — a imagem desapareceu, e tudo voltou a ficar imerso na escuridão.

Quando saiu da capela, o mais velho dos sacerdotes lhe perguntou:

— E agora, *erpatre*, você ainda tem dúvidas quanto ao poder dos deuses egípcios?

— Tenho de admitir — respondeu Ramsés — que vocês são tão sábios que todo o mundo deveria lhes fazer oferendas e render homenagens. Se pudessem prever o futuro com a mesma nitidez, ninguém seria capaz de se opor a vocês.

Ao ouvir isso, um dos sacerdotes retornou à capela, começou a rezar e, instantes depois, saiu de lá uma voz, dizendo:

— Ramsés!... Os destinos da nação já foram pesados e, antes da chegada da próxima lua cheia, você será seu monarca...

— Por deuses! — exclamou o apavorado príncipe. — Quer dizer que meu pai está tão doente assim?...

Caiu com o rosto na areia, enquanto um dos sacerdotes lhe perguntava se ele não queria saber de algo mais.

— Diga-me, pai Amon — perguntou o príncipe. — Os meus planos se realizarão?

A voz da capela respondeu:

— Se você não começar uma guerra com o Oriente, fizer oferendas aos deuses e respeitar seus servos, uma vida longa e um reinado cheio de glória o aguardam...

Depois daqueles milagres, realizados em pleno dia e num campo aberto, o príncipe retornou profundamente agitado à sua tenda.

"Nada poderá se opor aos sacerdotes!...", pensou, com terror.

Na tenda, encontrou Pentuer.

— Diga-me, meu conselheiro — disse. — Vocês, sacerdotes, podem ver o que se passa no coração dos homens e adivinhar seus pensamentos mais secretos?

Pentuer fez um movimento negativo com a cabeça.

— É mais fácil — respondeu — um homem ver o que se passa no interior de uma pedra do que analisar o coração de um outro. Ele é fechado até aos deuses e somente a morte desvenda seus pensamentos.

O príncipe deu um suspiro de alívio, mas não conseguiu livrar-se de sua ansiedade. E quando chegou a hora de convocar o conselho de guerra, convidou Mentezufis e Pentuer para participar.

Ninguém mencionou o nome do falecido Pátrocles; talvez por haver assuntos mais urgentes a serem tratados. Haviam chegado emissários líbios que, em nome de Musawasa, imploravam por misericórdia para o seu filho, Tehenna, e ofereciam ao Egito rendição incondicional e paz eterna.

— Pessoas de má índole — dizia um dos emissários — enganaram o nosso país, dizendo que o Egito estava fraco e seu faraó era apenas uma sombra de poder. No entanto, ontem pudemos constatar quão possante é o seu braço, e chegamos à conclusão de que será muito melhor se render e pagar tributos do que enviar homens para a morte certa e nossas propriedades à destruição.

Quando o conselho de guerra ouviu aquelas palavras, foi ordenado aos líbios que saíssem da tenda, e o príncipe Ramsés pediu a opinião do santo Mentezufis, o que chegou espantar seus generais.

— Ainda ontem — disse o distinto profeta —, eu teria sugerido rechaçar o pedido dos líbios, atacar aquele país e acabar de uma vez por todas com aquele ninho de bandoleiros. No entanto, hoje recebi informações tão importantes de Mênfis, que sou a favor de demonstrarmos clemência com os derrotados.

— Quer dizer que o meu sagrado pai está tão doente assim? — perguntou o emocionado príncipe.

— Ele está doente, mas enquanto não terminarmos com os líbios, Vossa Alteza não deve pensar nisso...

E quando o sucessor baixou a cabeça tristemente, Mentezufis acrescentou:

— Tenho de cumprir ainda uma obrigação... Ontem, distinto príncipe, ousei recriminá-lo por ter abandonado o comando do exército em troca de um prêmio tão insignificante como foi o aprisionamento de Tehenna. No entanto, hoje vejo que eu estava enganado, pois, caso você não tivesse pego Tehenna, não teríamos obtido uma

O Faraó | **549**

paz tão rápida com Musawasa... A sua sabedoria, grande comandante em chefe, revelou-se superior às regras da guerra...

O príncipe ficou surpreso com a repentina humildade de Mentezufis.

"Por que ele está se expressando dessa forma?", pensou. "Ao que tudo indica, não é só Amon que sabe que o meu sagrado pai está tão enfermo..."

E, na alma do sucessor, se reacenderam os velhos sentimentos: o desprezo pelos sacerdotes e a desconfiança quanto aos seus milagres.

"Portanto, não foram os deuses que profetizaram que eu me tornaria faraó em breve, mas chegou uma notícia de Mênfis e os sacerdotes me enganaram, e se eles mentiram naquilo, quem pode me garantir que as imagens do deserto que vi naquela parede também não passavam de um truque?..."

Como o príncipe continuava calado — o que foi considerado uma atitude de tristeza diante da notícia da doença do faraó — e os generais não ousavam emitir uma opinião depois das palavras resolutas de Mentezufis, o conselho de guerra terminou com uma decisão unânime: a de cobrar o maior tributo possível dos líbios, enviar para a Líbia uma guarnição egípcia e dar a guerra por encerrada. Todos já estavam convencidos de que o faraó se encontrava à beira da morte e de que o Egito, para poder realizar um funeral à sua altura, precisava de paz.

Ao saírem do conselho, o príncipe perguntou a Mentezufis:

— O valente Pátrocles apagou-se esta noite; vocês, santos padres, pretendem honrar seus restos mortais?

— Ele foi um bárbaro e grande pecador — respondeu o sacerdote. — No entanto, prestou grandes serviços ao Egito, e em função disso devemos assegurar-lhe uma vida além-túmulo. Portanto, se Vossa Alteza permitir, enviaremos seus restos mortais a Mênfis ainda hoje, para serem mumificados e levados para a sua morada eterna em Tebas, nos santuários reais.

O príncipe concordou de bom grado, mas suas suspeitas aumentaram.

"Ainda ontem", pensava, "Mentezufis ralhava comigo como com um estudante preguiçoso e, graças aos deuses, não me deu umas bastonadas. E, agora, fala comigo como se eu fosse um filho obediente e quase se prostra no chão. Não seria isso um indício de que se aproxima da minha tenda o poder faraônico e, com ele, a hora do acerto de contas?..."

E, pensando assim, o peito do príncipe se enchia de orgulho e a sua alma de raiva dos sacerdotes. Uma raiva tão mais perigosa por ser em surdina, como um escorpião silencioso que, escondendo-se na areia, pica uma perna desatenta com seu ferrão peçonhento.

capítulo 46

À NOITE, OS SENTINELAS INFORMARAM QUE A MULTIDÃO DE LÍBIOS implorando por clemência já adentrara o desfiladeiro. E, de fato, o céu do deserto estava avermelhado pelas chamas de suas fogueiras.

Assim que o sol nasceu, as tropas egípcias entraram em formação. A uma ordem do príncipe, que queria assustar ainda mais os líbios, as filas dos soldados foram engrossadas por carregadores e, entre os destacamentos de cavalaria, foram colocados homens montados em asnos. Graças a isso, os egípcios pareciam ser mais numerosos que grãos de areia no deserto e os apavorados líbios, como pombas sobre as quais voava um falcão.

Às nove da manhã, chegou à tenda do príncipe seu dourado carro de guerra. Os cavalos, com a cabeça adornada por penas de avestruz, estavam tão agitados que cada um deles tinha de ser segurado por dois cavalariços.

Ramsés saiu da tenda, entrou no carro e pegou ele mesmo as rédeas, com seu conselheiro, Pentuer, ocupando o posto do condutor. Um dos generais abriu sobre o príncipe um para-sol verde, enquanto uma guarda de honra formada por oficiais gregos com armaduras douradas marchava de ambos os lados do carro. A uma

552 | Bolesław Prus

certa distância do séquito do príncipe vinha um outro destacamento de guardas e, entre eles, Tehenna, filho do líder líbio Musawasa.

Quando Ramsés chegou ao topo da colina na qual iria receber a delegação do inimigo, os soldados deram um grito em homenagem ao príncipe, que fez o esperto Musawasa ficar ainda mais triste e sussurrar a seus oficiais:

— Digo-lhes, com toda a sinceridade, que este grito é típico de soldados que adoram seu líder!

Ao que um dos mais agitados príncipes líbios, um grande bandido, disse a Musawasa:

— Você não acha que, nessa situação, faríamos melhor confiando na velocidade dos nossos cavalos do que na misericórdia do filho do faraó?... Dizem que ele é furioso como um leão que arranca a pele mesmo quando acaricia, enquanto nós somos como cordeiros arrancados das tetas da mãe.

— Faça o que achar melhor — respondeu Musawasa —, você tem diante de si o deserto todo. Quanto a mim, fui enviado pelo meu povo para a remissão dos nossos pecados, além de ter um filho, Tehenna, sobre o qual iria desabar toda a fúria do príncipe.

Dois cavalarianos asiáticos aproximaram-se dos líbios, informando que o grande amo aguardava seu ato de contrição.

Musawasa suspirou amargamente e dirigiu-se à colina na qual estava o vencedor. Nunca antes tivera que empreender uma viagem tão pesada!... Ao caminhar, olhava com frequência para trás, a fim de se certificar de que os escravos desnudos que carregavam as dádivas para o príncipe não roubavam anéis de ouro ou, o que seria ainda pior, pedras preciosas. Sendo um homem experimentado, Musawasa sabia que as pessoas costumam aproveitar-se da desgraça dos outros.

"Agradeço aos deuses", consolava-se o astuto bárbaro, "por ter caído sobre mim o destino de me humilhar diante do príncipe que, a qualquer momento, vai vestir o gorro faraônico. Os senhores do

O Faraó | **553**

Egito costumam ser generosos, especialmente após uma vitória. Portanto, se eu conseguir aplacá-lo, isso aumentará a minha importância na Líbia e fará com que eu possa arrecadar impostos mais elevados. O fato de o próprio sucessor do trono ter aprisionado Tehenna foi um verdadeiro milagre; ele não só não lhe fará qualquer mal, como ainda o cobrirá de honrarias..."

E, pensando assim, continuava a olhar para trás, já que um escravo, mesmo nu, poderia esconder uma pedra preciosa na boca ou até engoli-la.

A trinta passos do carro do sucessor do trono, Musawasa e os mais importantes líbios que o acompanhavam caíram de bruços, e assim permaneceram até o ajudante de ordens do príncipe lhes ordenar que se levantassem. Ao se aproximarem mais alguns passos, voltaram a se prostrar na areia, repetindo o gesto três vezes, sempre aguardando que Ramsés lhes ordenasse que se erguessem.

Enquanto isso, Pentuer, postado ao lado do carro do príncipe, sussurrava a seu amo:

— Não deixe que seu semblante demonstre nem severidade, nem alegria. Permaneça calmo como o deus Amon, que despreza seus inimigos e não se regozija com um triunfo qualquer...

Finalmente, os penitentes líbios pararam diante do príncipe que, de cima de seu carro dourado, olhava para eles como um hipopótamo para um bando de patos que não têm como fugir diante de seu poder.

— Você é — perguntou Ramsés — Musawasa, o sábio líder dos líbios?

— Sou um servo seu — respondeu este, voltando a se atirar ao chão.

Quando lhe ordenaram que se levantasse, o príncipe disse:

— Como você se permitiu um pecado de tal ordem, erguendo seu braço contra a terra dos deuses? Será que a sua antiga prudência o abandonou de todo?

— Meu amo! — respondeu o astuto líbio. — O desgosto confundiu as mentes dos soldados expulsos por Sua Santidade, e eles se lançaram para a sua própria desgraça, arrastando consigo a mim e aos meus. E só os deuses sabem quanto tempo teria durado esta guerra, caso à testa dos exércitos do eternamente vivo faraó não estivesse o próprio Amon, encarnado na sua pessoa. Você caiu sobre nós como o vento do deserto, num momento e num lugar onde era menos esperado e, assim como um touro pisoteia um juncal, você esmagou o inimigo; depois disso, todo o nosso povo compreendeu que até os mais adestrados regimentos líbios somente podem ter alguma valia enquanto conduzidos por você.

— Sábias palavras, Musawasa — disse o príncipe. — E você fez muito bem em avançar ao encontro do exército do sagrado faraó, em vez de esperar que ele chegasse até seu país. No entanto, como posso estar certo da sinceridade do seu arrependimento?

Musawasa ajoelhou-se e, olhando diretamente para o príncipe, disse:

Desanuvie o Teu semblante, grão-senhor do Egito. Estamos vindo para cá como Teus súditos, para que o Teu nome seja grande na Líbia e para que sejas o nosso sol, assim como és o sol de nove povos.

Apenas ordena aos Teus subalternos que sejam justos com o povo conquistado por Ti e ligado à Tua potência. Que os Teus plenipotenciários reinem sobre nós de forma justa e isenta, e não movidos por interesses pessoais, levantando calúnias infundadas sobre nós e despertando o Teu desfavor contra nós e nossos filhos. Ordenalhes, nobre representante do clemente faraó, para nos julgarem de acordo com Teus desejos, assegurando liberdade, bens, língua e costumes dos nossos pais e antepassados.

Que as Tuas leis sejam iguais para todos os povos a Ti submissos, que os Teus funcionários não sejam lenientes com uns e severos com outros. Que os Teus veredictos sejam iguais para todos. Que cobrem de nós os tributos destinados ao Teu bem-estar e Teu uso, mas que não exijam de nós, em segredo de Ti, outros impostos, para o seu uso próprio e que não entrarão no Teu Tesouro, apenas enriquecendo Teus servos e os servos dos servos Teus.

Ordena que sejamos administrados sem prejuízo para nós e para os nossos filhos, já que Tu és nosso deus e soberano por séculos. Imita o Sol, que espalha igualmente entre todos os seus raios que trazem força e vida. Nós, líbios derrotados, imploramos pela Tua graça, e nos prostramos diante de Ti, sucessor do grande e poderoso faraó.*

Assim falou o habilidoso príncipe líbio Musawasa e, ao concluir, voltou a se prostrar com o rosto enfiado na areia.

Ao ouvir aquelas sábias palavras, o sucessor do faraó ficou com os olhos brilhando e as narinas dilatadas, como as de um jovem garanhão que, após ter comido bastante feno, corre para um campo cheio de éguas.

— Erga-se, Musawasa — disse Ramsés —, e ouça o que vou lhe responder. O destino, tanto o seu quanto o do seu povo, não depende de mim, mas do nosso misericordioso amo, que se eleva sobre todos nós como o céu sobre a terra. Portanto, recomendo-lhe que vá, junto com seus principais dignitários, até Mênfis e, uma vez lá, caia diante do soberano e deus deste mundo e lhe repita o humilde discurso que acabei de ouvir. Não sei qual vai ser o resultado dos seus pedidos, mas como os deuses não costumam dar as costas a humildes e pedintes, pressinto que eles serão bem recebidos. E agora mostre-me os presentes destinados a Sua Santidade, para que eu possa avaliar se eles vão amaciar o coração do onipotente faraó.

Mentezufis fez um sinal a Pentuer, que continuava no carro de guerra do príncipe, e, quando este se aproximou dele, o sumo sacerdote sussurrou:

---

* Inscrição no túmulo do faraó Horem-hep, ano 1470 a.C. (*N. do A.*)

556 | Bolesław Prus

— Temo que o triunfo possa subir à cabeça do nosso jovem amo. Você não acha que seria prudente achar um meio de interromper esta cerimônia?

— Pelo contrário — respondeu Pentuer. — Não interrompam a cerimônia, e eu lhes garanto que ele não terá uma expressão alegre no rosto diante do triunfo.

— Você fará um milagre?

— E eu estaria em condições de fazer um? Apenas vou lhe mostrar que, neste mundo, grandes alegrias costumam ser acompanhadas de grandes tristezas.

— Faça o que achar mais adequado — disse Mentezufis —, pois os deuses o dotaram de uma inteligência digna de um membro do Conselho Supremo.

Soaram as trombetas e os tambores, e teve início a marcha triunfal.

A procissão começou com escravos portando presentes: efígies de deuses esculpidas em ouro e prata, frascos com perfumes, utensílios esmaltados, tecidos, móveis e, por fim, bacias de ouro repletas de rubis, safiras e esmeraldas. Os que carregavam estas últimas, tinham a cabeça rapada e a boca amordaçada, para que não pudessem esconder alguma pedra preciosa.

O príncipe Ramsés apoiou seus braços na borda do carro de guerra e ficou olhando para os líbios e para seu exército como uma águia de cabeça dourada para perdizes malhadas. O orgulho enchia-o dos pés à cabeça, e todos os presentes sentiram que não poderia haver alguém mais poderoso do que aquele líder vitorioso.

De repente, os olhos do príncipe perderam o brilho, e seu rosto apresentou um ar de espanto e desagrado. É que Pentuer, postado a seu lado, lhe sussurrara:

— Meu amo, ouça o que tenho a lhe dizer... Desde que você partiu de Pi-Bast, ocorreram lá estranhos incidentes... Sua mulher, a fenícia Kama, fugiu com o grego Lykon...

O Faraó | 557

— Com Lykon?... — repetiu o príncipe.

— Não se mova, meu amo, e não mostre aos milhares dos seus escravos que você está triste no dia de triunfo...

Naquele momento, desfilava aos pés do príncipe uma longa fila de líbios trazendo cestos com frutas e pão e enormes jarros de vinho e azeite para as tropas. Diante dessa visão, no meio dos disciplinados soldados percorreu um murmúrio de alegria, mas Ramsés, ocupado com o que lhe dizia Pentuer, nem o notou.

— Os deuses — sussurrava o sacerdote — castigaram a traiçoeira fenícia...

— Ela foi pega? — perguntou o príncipe.

— Sim, foi pega, mas teve de ser enviada para um leprosário, pois contraiu a doença...

— Por deuses!... — sussurrou Ramsés. — Será que eu não fui contaminado?

— Não se preocupe, meu amo; caso você tivesse sido, a doença já teria se revelado.

Apesar das palavras tranquilizadoras, um gélido arrepio percorreu os membros do príncipe. Com que facilidade os deuses podem derrubar uma pessoa do mais alto topo para o mais profundo abismo!...

— E aquele patife, Lykon?...

— Ele é um grande criminoso — respondeu Pentuer —, um criminoso como poucos existiram na face da terra.

— Eu o conheço. Ele é tão parecido comigo como uma imagem num espelho — respondeu Ramsés.

Agora, passava diante do príncipe um grupo de líbios conduzindo animais estranhos, com um camelo albino à frente — um dos primeiros que foram pegos no deserto. Atrás dele, dois rinocerontes, uma manada de cavalos e um leão domesticado, dentro de uma jaula. Em seguida, uma grande quantidade de gaiolas com pássaros

558 | Bolesław Prus

das mais diversas cores, macacos e cachorrinhos, estes últimos destinados às damas da corte do faraó. A procissão era encerrada por manadas de bois e carneiros, que serviriam de alimento às tropas.

O príncipe mal lançou um olhar para aquele desfile de animais.

— E o tal Lykon; também foi pego? — perguntou a Pentuer.

— Agora, vou lhe dar a pior notícia de todas, meu infeliz amo — sussurrou Pentuer. — No entanto, não permita que os inimigos do Egito possam ver um ar de tristeza no seu rosto...

O sucessor agitou-se.

— A sua outra mulher, a judia Sara...

— Também fugiu?!...

— Morreu na prisão.

— Por deuses!... Quem ousou aprisioná-la?!

— Ela acusou a si mesma de ter matado seu filho...

— O quê?!...

Naquele momento, desfilavam os prisioneiros líbios, com o abatido Tehenna à testa. Ramsés estava com o coração tão cheio de tristeza, que fez um gesto para Tehenna e disse:

— Vá para junto do seu pai Musawasa, para que ele possa tocá-lo e se assegurar de que você está vivo.

Diante dessas palavras, tanto os líbios quanto os soldados egípcios soltaram um grito de admiração — mas o príncipe pareceu não tê-lo ouvido.

— Meu filho está morto?... — perguntava ao sacerdote. — E Sara confessou tê-lo matado?... Será que a sua alma foi tomada de loucura?...

— A criança foi morta por aquele miserável Lykon...

— Deuses, deem-me forças!... — gemeu o príncipe.

— Controle-se, meu amo, como cabe a um líder vitorioso.

— E como é possível controlar uma dor dessas?!... Oh, deuses cruéis!

O Faraó | 559

— Quem matou a criança foi Lykon, e Sara se incriminou para salvar você... Pois, vendo o assassino à noite, confundiu-o com Vossa Alteza...

— E eu a expulsei da minha casa!... E a transformei numa serva da fenícia!... — sussurrava o príncipe.

Foi quando surgiram soldados egípcios, carregando cestos cheios de mãos decepadas de líbios que morreram na batalha. Diante dessa visão, Ramsés cobriu o rosto com as mãos — e chorou amargamente.

Imediatamente, os generais cercaram o carro, tentando animar seu líder, enquanto o santo Mentezufis propôs uma resolução, aceita de imediato por todos, de que, a partir daquele momento, o exército egípcio nunca mais iria decepar as mãos dos inimigos mortos em combate.

E foi dessa forma inesperada que terminou o primeiro triunfo do sucessor do trono do Egito. Mas as lágrimas que ele vertera diante das mãos decepadas ligaram os líbios ao príncipe muito mais do que o fato de terem sido derrotados na batalha. E não foi surpresa para ninguém quando os soldados líbios e egípcios, em total harmonia, sentaram-se juntos em torno das fogueiras, dividindo pão entre si e bebendo vinho do mesmo caneco. O lugar de uma guerra, prevista para durar anos, foi ocupado por um profundo sentimento de paz e confiança.

Ramsés ordenou que Musawasa, Tehenna e os mais notáveis líbios partissem imediatamente para Mênfis, dando-lhes uma escolta — não tanto para vigiá-los, mas para garantir a segurança deles próprios e dos tesouros que levavam consigo. Quanto a ele, refugiou-se em sua tenda, não aparecendo nas horas seguintes e sem receber ninguém, nem mesmo Tutmozis, como um homem a quem a dor bastava como a mais cara das companhias.

Ao anoitecer, veio à sua tenda uma delegação de oficiais gregos, comandada por Kalipos. E quando o príncipe perguntou o que eles queriam, Kalipos respondeu:

560 | Bolesław Prus

— Viemos implorar-lhe, amo, que o corpo do nosso líder e seu servo Pátrocles não seja entregue aos sacerdotes egípcios, mas queimado, de acordo com a tradição grega.

O príncipe ficou espantado.

— Então vocês não sabem — disse — que os sacerdotes querem fazer uma múmia dos restos mortais de Pátrocles e colocá-la junto dos túmulos dos faraós?... Poderia haver, neste mundo, uma distinção maior do que esta?

Os gregos ficaram hesitantes, até que Kalipos, adquirindo coragem, respondeu:

— Amo nosso, permita que abramos nosso coração. Estamos cientes de que fazer uma múmia é muito mais benéfico a um homem do que queimar o seu corpo, já que a alma de alguém cujo corpo foi queimado parte imediatamente para o mundo eterno, enquanto a de um embalsamado poderá permanecer nesta terra por séculos, alegrando-se com sua beleza. No entanto, os sacerdotes egípcios — que esta afirmação não possa ferir seus ouvidos! — odiavam Pátrocles. Diante disso, quem pode nos garantir que os sacerdotes, ao fazer sua múmia, não vão querer reter a sua alma na terra para torturá-la?... E qual seria o nosso valor se, suspeitando dessa vingança, não tomássemos medidas para proteger deles a alma do nosso compatriota e líder?

Ramsés ficou ainda mais espantado.

— Façam — respondeu — o que acharem o mais certo.

— E se eles se recusarem a nos entregar o corpo?...

— Ocupem-se em preparar a pira; quanto ao resto, deixem comigo.

Os gregos saíram — e o príncipe convocou Mentezufis.

capítulo 47

O SACERDOTE OLHOU PARA O SUCESSOR E ACHOU-O BASTANTE MU-
dado. Ramsés estava pálido e pareceu ter emagrecido em
questão de horas. Seus olhos perderam o brilho e mostravam profundas olheiras.

Ao ouvir o pedido dos gregos, não hesitou um segundo sequer
em lhes entregar o corpo de Pátrocles.

— Os gregos têm razão — disse — ao afirmarem que nós poderíamos torturar a sombra de Pátrocles após sua morte. Mas são
uns tolos ao imaginar que qualquer sacerdote egípcio ou caldeu
seria capaz de ato tão ignóbil. Se eles acham que ele será mais feliz
no outro mundo segundo os seus costumes, podem levar o corpo.

O príncipe despachou imediatamente um oficial para os gregos, mas reteve Mentezufis. Aparentemente, queria dizer-lhe algo,
embora hesitasse.

Após um longo silêncio, acabou dizendo:

— Vossa Eminência já deve saber que uma das minhas mulheres, Sara, morreu, e que seu filho foi assassinado...

— Isso ocorreu na mesma noite em que nós saímos de Pi-
Bast...

O príncipe levantou-se de um pulo.

— Pelo eterno Amon! — gritou. — Isso ocorreu há tanto tempo, e vocês nada me disseram?!... Nem mesmo do fato de eu ter sido considerado suspeito de ter matado meu próprio filho?!...

— Alteza — respondeu o sacerdote. — Na véspera de uma batalha, um comandante em chefe não tem pai nem filho, apenas seu exército e o exército do inimigo. Como nós poderíamos, num momento desses, preocupá-lo com tais notícias?

— É verdade — respondeu o príncipe, após um minuto de reflexão. — Se nós fôssemos atacados hoje, não sei se estaria em condições de comandar as tropas... na verdade, nem sei se vou ter condições de recuperar meu equilíbrio... Era uma criancinha tão linda e tão pequena... E aquela mulher, que se sacrificou por mim e a quem fiz tanto mal... Nunca pensei que desgraças semelhantes pudessem se abater sobre um homem...

— O tempo cura tudo... Tempo e orações — murmurou o sacerdote.

O príncipe meneou a cabeça, e a tenda mergulhou num silêncio tão profundo que era possível ouvir a areia caindo na clepsidra.

Finalmente, o sucessor voltou a falar:

— Diga-me, santo pai, caso isso não faça parte dos grandes segredos: qual é a real diferença entre queimar o corpo de um morto e transformá-lo numa múmia? Aparentemente, os gregos dão muita importância a isso.

— E nós damos ainda muito mais — respondeu o sacerdote. — Isso é comprovado pelas nossas cidades dos mortos, que ocuparam um grande pedaço do deserto ocidental, pelas pirâmides, que são os túmulos dos faraós do passado, e pelos túmulos escavados nas rochas, para os reis dos nossos tempos. Um funeral e um túmulo são muito importantes, pois se nós vivemos cinquenta ou cem anos em nossa forma corpórea, nossas sombras resistem por dezenas de milhares de anos, até se purificarem de todo. Os bárbaros assírios zombam de nós, dizendo que damos mais importância aos mortos do que aos vivos, mas eles chorariam pelo desleixo com o qual tratam seus mortos, caso soubessem, como nós sabemos, os segredos da morte e do túmulo...

O príncipe ficou preocupado.

— Você está me assustando — disse. — Já se esqueceu de que eu tenho entre os mortos duas pessoas queridas que não serão enterradas segundo os rituais egípcios?

— Não me esqueci. Saiba que suas múmias estão sendo preparadas neste momento e que tanto Sara quanto seu filho terão tudo que lhes possa lhes ser útil na sua longa jornada.

— Realmente?... — perguntou Ramsés, com aparente alívio.

— Garanto-lhe isso — respondeu o sacerdote. — E mais que isso, posso lhe assegurar que tudo que é possível está sendo feito para que você, *erpatre*, possa encontrá-los felizes, quando também ficar farto da sua vida terrena.

Ao ouvir aquilo, o príncipe ficou comovido.

— Então você acha, santo pai — perguntou —, que ainda vou encontrar o meu filho e poderei dizer àquela mulher: Sara, sei que fui demasiadamente severo com você?...

— Estou tão certo disso como do fato de estar vendo Vossa Alteza.

— Fale-me... fale-me disso!... — exclamou o príncipe. — Um homem não zela pelos túmulos até o momento no qual coloca seus restos neles... E eu fui atingido por uma desgraça exatamente no momento em que achava que, com exceção do faraó, não havia no mundo ninguém mais poderoso do que eu!

— Vossa Alteza me perguntou qual é a diferença entre queimar um morto e fazer uma múmia dele — começou Mentezufis. — Ela é a mesma que existe entre queimar uma veste e guardá-la num armário. Quando uma veste é preservada, ela poderá vir a ser útil, enquanto que se você tem apenas uma, seria uma loucura queimá-la...

— Eis algo que não consigo compreender — interrompeu-o Ramsés. — Vocês não falam desses assuntos nem mesmo na Escola Superior...

— Mas podemos falar deles com o sucessor do faraó — respondeu o sacerdote. — Vossa Alteza sabe que todo ser humano é formado por três partes: o corpo, a centelha divina e a sombra, ou seja, *Ka*, que liga o corpo à centelha divina.

— Sei — confirmou o sucessor.

— Pois quando um homem morre — continuou Mentezufis —, sua centelha separa-se do seu corpo. Se o homem pudesse viver sem pecar, sua centelha divina iria, junto com sua sombra, diretamente para junto dos deuses, para a vida eterna. No entanto, os homens pecam e, em função disso, sua sombra, *Ka*, tem de se purificar... às vezes, por milhares de anos. E ela se purifica permanecendo invisível na terra e praticando atos nobres. Ela tem a aparência humana, mas parece feita de neblina; pode andar, falar, atirar ou erguer objetos e, principalmente nas primeiras centenas de anos após a morte, tem de se alimentar. O seu principal sustento é o corpo que deixou atrás de si, e este, quando atirado numa cova, logo apodrece e se transforma em pó. Já quando o queimamos, *Ka* poderá se alimentar somente de cinzas. Por outro lado, quando o mumificamos, ou seja, o embalsamamos por milhares de anos, sua sombra, *Ka*, ficará eternamente sadia e forte, podendo passar o tempo da sua purificação calmamente, e até feliz.

— Que coisa mais espantosa!... — murmurou o príncipe.

Ao ver o interesse do sucessor, Mentezufis continuou com sua prelação:

— Ao estudar a vida após a morte, a casta sacerdotal descobriu que quando o túmulo do falecido está vazio, sua sombra anseia pelo mundo e vaga nele à toa. Por outro lado, se a câmara funerária for guarnecida com roupas, móveis, armas, utensílios e ferramentas; se suas paredes forem decoradas com pinturas representando banquetes, caçadas, cerimônias religiosas, guerras e outras atividades das quais o falecido participara e se, ainda por cima, a provermos de estatuetas de pessoas da sua família, empregados, cavalos, cães e gado, a sombra não precisará sair para o mundo, já que o encontrará na sua própria casa da morte.

"Além disso, foi constatado que muitas sombras, mesmo após terem cumprido sua penitência, não conseguem entrar no país da felicidade eterna por não conhecerem as rezas adequadas, os encantamentos e os diálogos com os deuses. Em função disso, envolvemos as múmias em papiros inscritos com eles e colocamos o Livro dos Mortos dentro dos sarcófagos.

"Em suma, o nosso ritual funerário assegura o bem-estar das sombras, protege-as do desconforto e das saudades do mundo, facilita-lhes o acesso aos deuses e, ao mesmo tempo, defende os vivos dos infortúnios que elas poderiam lhes causar."

O príncipe absorveu todas aquelas informações e, depois de um momento de reflexão, disse:

— Posso compreender que vocês, ao suprirem as indefesas sombras, prestam-lhes um grande serviço, mas... quem pode me garantir que elas realmente existem?... Sei que existe um deserto sem água, porque o vi, afundei na sua areia e senti seu calor abrasador. Também sei que existem países nos quais a água se transforma em pedra transparente e o vapor se converte em flocos brancos, porque isso me foi dito por testemunhas de confiança... Mas como vocês podem saber da existência de sombras, que ninguém viu, e da vida após a morte, já que ninguém voltou de lá?

— Vossa Alteza se engana — respondeu o sacerdote. — Por várias vezes as sombras se mostraram aos homens e até revelaram seus segredos. Assim como se pode viver em Tebas por dez anos sem ver uma gota de chuva, pode-se viver na terra por cem anos sem encontrar uma sombra. Mas se alguém tivesse vivido em Tebas por cem anos ou por milhares de anos na terra, certamente teria visto mais de uma chuva e mais de uma sombra!

— E quem viveu por milhares de anos? — perguntou o príncipe.

— A casta sacerdotal. Ela viveu, vive e continuará vivendo — respondeu Mentezufis. — Ela se estabeleceu às margens do Nilo há mais de trinta mil anos, passou esse tempo todo estudando o céu e a terra, formou nossa sabedoria e traçou os planos de todos os campos, represas, canais, pirâmides e templos...

— É verdade — interrompeu-o o príncipe. — A casta sacerdotal é sábia e poderosa, mas... onde estão as sombras?... Quem as viu e quem conversou com elas?...

— Cada ser humano tem uma sombra dentro de si, e assim como há homens dotados de extraordinária força física ou de visão excepcionalmente aguçada, também há homens que possuem um dom especial... o de projetarem sua própria sombra ainda em vida... Nossos livros sagrados estão cheios de relatos impressionantes sobre essa questão. Mais de um sacerdote foi capaz de cair num sono que parecia morte. Então, sua sombra separava-se de seu corpo e, no mesmo instante, se transportava para Tiro, Nínive ou para a Babilônia, ouvia coisas de nosso interesse e, com o despertar do profeta, relatava tudo a nós, nos mínimos detalhes... Houve casos em que um homem, assolado pela sombra de um feiticeiro, atacava-a com uma lança ou um gládio. Então, manchas sangrentas apareciam no chão e o feiticeiro apresentava, no seu corpo, exatamente os mesmos ferimentos que foram causados à sua sombra... Não faltaram ocasiões em que a sombra de um homem vivo aparecia junto dele...

— Você, santo homem, está me contando coisas muito interessantes — Ramsés interrompeu novamente o sumo sacerdote.

O Faraó | **567**

— Portanto, permita que eu lhe conte também uma. Certa noite, em Pi-Bast, foi-me mostrada a "minha sombra"... Era idêntica a mim e vestida da mesma forma... No entanto, em pouco tempo descobri que não se tratava de uma sombra, mas de um homem de carne e osso, um certo Lykon, o miserável assassino do meu filho... Ofereci um prêmio pela sua captura, mas a nossa polícia não só não conseguiu capturá-lo, como deixou que ele raptasse a fenícia Kama e matasse uma criança inocente!

— Há tantas pessoas no seu encalço que ele acabará sendo preso — disse Mentezufis. — E quando, finalmente, cair nas nossas mãos, o Egito fará com que ele pague pelo sofrimento que causou ao sucessor do trono. Vossa Alteza pode estar certo disso e perdoar-lhe, desde já, todos os seus pecados, pois seu castigo será à altura do crime que cometeu.

— Pois eu preferia tê-lo nas minhas mãos... Ter uma "sombra" dessas em vida é sempre algo muito perigoso!... — respondeu o príncipe, encerrando a conversa.

O santo Mentezufis, não muito feliz com aquela conclusão, saiu da tenda, na qual logo entrou Tutmozis, informando que os gregos já estavam preparando a pira para seu líder e que algumas dezenas de mulheres líbias concordaram em ser carpideiras.

— Vamos estar presentes na cerimônia — respondeu o príncipe. — Você sabe que mataram meu filho?... Uma criancinha tão pequenina! Quando eu o pegava nos braços, ele sorria para mim!... É inacreditável de quanta maldade é capaz um coração humano! Se aquele vil grego atentasse contra mim, eu compreenderia, e até poderia perdoá-lo... Mas assassinar uma criança!...

— E quanto ao autossacrifício de Sara? Também informaram-no disso? — indagou Tutmozis.

— Sim. Acredito que ela foi a mais fiel de todas as minhas mulheres, e que eu fui muito injusto com ela... Mas como é possível — exclamou o príncipe, batendo com o punho no tampo da mesa — que, até agora, não conseguiram pegar aquele desgraçado Lykon?!... Os fenícios me juraram que iriam achá-lo e eu prometi uma recompensa ao chefe de polícia!... Há algo de estranho nessa história!

Tutmozis aproximou-se do príncipe e sussurrou:

— Hiram, que está com medo dos sacerdotes e permanece escondido até sua partida do Egito, enviou-me um mensageiro. Segundo ele, o chefe de polícia conseguiu pegar Lykon, mas teve de entregá-lo ao santo Mefres, por ordem do Conselho Supremo.

— Então é isso!... Então é isso! — repetia o sucessor. — Quer dizer que o venerável Mefres e o Conselho Supremo precisam de um homem tão parecido comigo?! Eles prometem um belo funeral para Sara e o meu filho... embalsamam seus corpos... mas escondem o assassino... O santo Mentezufis ficou um tempão comigo, revelando os mistérios da vida após a morte como se eu fosse um sacerdote do mais alto grau... mas não se dignou a dizer uma palavra sequer sobre a prisão daquele assassino sobre o fato de que ele foi escondido por Mefres!... Tudo indica que os santos pais estão mais preocupados com os pequenos segredos do sucessor do trono do que com os grandes mistérios da vida no outro mundo!...

— Não creio que isso deveria espantá-lo, meu amo — respondeu Tutmozis. — Você sabe muito bem que eles suspeitam da sua má vontade para com a casta sacerdotal e estão cautelosos... Principalmente por Sua Santidade estar gravemente enfermo...

— Meu pai está muito doente, e eu tenho de ficar no deserto, zelando para que a areia não fuja dele... A gravidade da doença de Sua Santidade explica o motivo pelo qual os sacerdotes estão sendo tão gentis comigo... eles me mostram tudo e falam de tudo, exceto de Mefres ter escondido Lykon!... Tutmozis, você continua convencido de que posso continuar contando com a lealdade do exército?

— Basta você ordenar, e o seguiremos até a morte...

— E quanto à nobreza?

— Da mesma forma que o exército.

— Muito bem — respondeu o sucessor. — E agora, vamos render nossa última homenagem a Pátrocles.

capítulo 48

ENQUANTO O PRÍNCIPE RAMSÉS DESEMPENHAVA SUAS FUNÇÕES DE mandatário do Egito Inferior, a saúde de seu santo pai foi se deteriorando continuadamente, e estava se aproximando o momento em que o senhor da eternidade e monarca do Egito e de todas as nações iluminadas pelo sol iria ocupar seu lugar nas catacumbas de Tebas, junto a seus veneráveis antecessores.

O santo faraó, que distribuía vida entre seus súditos e tinha o poder de tirar a esposa de qualquer marido segundo os ditames de seu coração, não era um homem avançado em anos. Mas seu reinado de mais de trinta anos o esgotou tanto fisicamente, que ele mesmo ansiava por um descanso e por reencontrar sua juventude e sua beleza na Nação Ocidental, onde todos os faraós reinavam em paz sobre um povo tão feliz que ninguém jamais quis dela retornar.

Ainda meio ano antes, o santo monarca desempenhava todas as obrigações inerentes a seu cargo, sobre o qual se apoiavam a segurança e o bem-estar de todo o mundo visível.

Ao amanhecer, assim que soava o primeiro canto de galo, os sacerdotes despertavam o soberano com um hino de louvor ao sol nascente. O faraó se levantava do leito e tomava um banho de água de rosas,

O Faraó | **571**

numa banheira de ouro. Em seguida, seu corpo sagrado era untado com inestimáveis essências perfumadas, em meio ao murmúrio de preces destinadas a espantar maus espíritos.

Uma vez banhado e perfumado pelos profetas, o faraó dirigia-se a uma pequena capela. Arrancava um selo de barro e, sozinho, entrava no santuário onde, deitada sobre um leito de marfim, descansava a milagrosa efígie do deus Osíris. O deus tinha um dom extraordinário: a cada noite, seus braços, suas pernas e sua cabeça, que há muitos anos haviam sido decepados pelo malvado deus Set, caíam. No entanto, após a oração do faraó, voltavam a crescer, sem qualquer motivo aparente.

Ao constatar que Osíris estava novamente inteiro, Sua Santidade tirava-o do leito, banhava-o, vestia-o com trajes luxuosos e queimava incenso diante da imagem. A cerimônia tinha importância fundamental, pois, caso os membros de Osíris não voltassem a crescer em uma madrugada, aquilo seria uma indicação de que pendia sobre o Egito — senão sobre todo o mundo — um grave perigo.

Depois de ressuscitar e vestir o deus, Sua Santidade deixava aberta a porta da capela, para que dela emanassem bênçãos sobre o país. Ao mesmo tempo, designava os sacerdotes que deveriam zelar pelo santuário; não tanto para protegê-lo de qualquer mal, mas da imprevidência dos seres humanos, já que tinha havido casos em que um mortal distraído se aproximara demais daquele lugar sagrado e recebera um golpe invisível que o deixara desacordado e, em algumas ocasiões, sem vida.

Após a celebração da missa, o faraó, cercado de sacerdotes, encaminhava-se para um grandioso salão de jantar, onde havia uma poltrona e uma mesinha para ele, e mais dezenove outras mesinhas diante das dezenove efígies que representavam as dezenove dinastias que o precederam. Ao sentar-se em sua poltrona, adentravam o salão jovens rapazes e raparigas, trazendo pratos de prata com car-

572 | Bolesław Prus

nes e bolos, além de jarros com vinho. O sacerdote responsável pela distribuição dos alimentos experimentava o conteúdo do primeiro prato e do primeiro jarro, e depois eles eram servidos ao monarca, enquanto os demais pratos e jarros eram colocados diante das efígies dos antepassados. E quando o faraó, tendo comido e bebido, saía do salão, os principezinhos e sacerdotes tinham o direito de consumir as iguarias destinadas às efígies.

Do salão de jantar, o soberano dirigia-se a um não menos grandioso salão de audiências, onde o ministro Herhor, o tesoureiro-mor e o principal funcionário da polícia lhe faziam um relatório sobre os assuntos do país. A leitura dos relatórios era acompanhada de música e danças, no decurso das quais o trono era adornado com guirlandas e buquês.

Após a audiência, Sua Santidade ia para seu gabinete particular e, deitando-se num sofá, tirava uma soneca. Em seguida, fazia oferendas a deuses e contava aos sacerdotes os seus sonhos, que os sábios interpretavam para dar uma orientação às questões mais importantes a serem decididas pelo monarca. No entanto, nos casos em que não havia sonhos ou sua interpretação não lhe parecia adequada, Sua Santidade sorria benignamente, e decidia uma ou outra questão segundo seu próprio juízo. Suas decisões eram ordens irrevogáveis e não podiam ser alteradas, salvo em pequenos detalhes na sua execução.

Na parte da tarde, Sua Santidade, carregado numa liteira, aparecia no terraço e olhava para os quatro pontos cardeais, no intuito de enviar a sua bênção. Naquele momento, bandeiras eram penduradas nos topos dos pilonos e soavam trombetas. Qualquer um que as ouvisse, fosse na cidade, fosse no campo, egípcio ou bárbaro, caía com o rosto no chão, para que uma fração daquela bênção pudesse cair sobre a sua cabeça. Era um momento sagrado, durante o qual ninguém podia bater num seu semelhante, nem mesmo num ani-

O Faraó | **573**

mal, e, caso um condenado à morte conseguisse provar que a sentença fora lida durante o aparecimento do senhor do céu e da terra, sua pena era reduzida. Pois diante do faraó caminhava o poder e, atrás dele, a misericórdia.

Tendo beatificado seu povo, o senhor de todas as coisas sob o sol ia para seus jardins, onde ficava por mais tempo e, cercado de palmeiras e plátanos, recebia as homenagens de suas mulheres e olhava para as brincadeiras das crianças da sua corte. Quando uma delas, fosse por sua formosura, fosse por sua destreza, chamava sua atenção, o monarca fazia um sinal para que ela se aproximasse e perguntava:

— Quem é você, meu pequenino?

— Sou o príncipe Binotris, filho de Sua Santidade — respondia o garoto.

— E qual é o nome da sua mãe?

— Minha mãe se chama Ameces, e é uma das mulheres de Sua Santidade.

— E o que você já sabe?

— Sei contar até dez e escrever: "Que o nosso deus e pai, o santo faraó Ramsés, possa viver eternamente..."

O senhor da eternidade sorria benignamente e tocava a cabeça do menino com sua mão delicada e quase transparente. Naquele momento, o garoto tornava-se um príncipe de verdade, apesar do sorriso de Sua Santidade conter uma grande dose de dúvida.

Ao anoitecer, Sua Santidade recebia a visita da distinta Nikotris, mãe do sucessor do trono, assistia a espetáculos de dança ou ouvia concertos. Em seguida, voltava a se banhar e, limpo, adentrava a capela de Osíris, para despir e pôr para dormir o deus milagroso. Tendo concluído aquele ritual, fechava e selava a porta da capela e, acompanhado por uma procissão de sacerdotes, dirigia-se ao quarto de dormir.

574 | Bolesław Prus

Numa pequena sala ao lado, um grupo de sacerdotes passava a noite rezando pela alma do faraó, que durante o sono se encontrava entre deuses. Nessa ocasião, apresentavam-lhe pedidos de soluções para os mais prementes problemas da nação e proteção às fronteiras do Egito e aos túmulos dos reis. No entanto, as rezas dos sacerdotes, certamente devido ao cansaço noturno, nem sempre eram eficientes — pois os problemas do país cresciam e os santos túmulos eram profanados por ladrões, que retiravam deles não somente objetos preciosos, mas até múmias de faraós — um resultado da presença de imigrantes e pagãos, cujo povo aprendera a desrespeitar os deuses egípcios e os lugares sagrados.

O descanso do senhor dos senhores era interrompido uma vez — à meia-noite. Àquela hora, os astrólogos acordavam Sua Santidade para informar em que quadrante estava a lua, quais os planetas que brilhavam no horizonte, que constelação passava pelo meridiano e se algo de estranho ocorria no céu. O distinto amo ouvia o relatório dos astrólogos e, no caso de algum evento extraordinário, ordenava que todas as observações fossem escritas em tabuletas que, a cada mês, eram enviadas aos sacerdotes do templo da Esfinge, no qual estavam os maiores sábios de que o Egito dispunha. Os sábios em questão tiravam conclusões daquelas tabuletas, mas não revelavam as mais importantes a quem quer que fosse, a não ser, eventualmente, a seus colegas — os sacerdotes caldeus da Babilônia.

Após a meia-noite, Sua Santidade já podia dormir até o primeiro canto dos galos.

E era uma vida tão pia e ocupada que, ainda meio ano antes, levava o bondoso deus, distribuidor da providência, da vida e da saúde — zelando dia e noite pela terra e pelo céu sobre o mundo visível e invisível. No entanto, agora, a sua eternamente viva alma começara a ficar farta dos assuntos terrenos e de seu envelope corpóreo. Houve dias em que não se alimentou e noites nas quais não dormiu. Às vezes, no decurso de uma audiência, seu bondoso semblante apresentava uma expressão de dor profunda e, cada vez mais frequentemente, ele desmaiava.

A apavorada rainha Nikotris, o eminente Herhor e os sacerdotes indagavam, por mais de uma vez, se o monarca estava se sentindo mal. Mas o bondoso amo dava de ombros e não respondia, continuando a exercer suas pesadas obrigações.

Diante disso, os médicos da corte começaram a lhe dar os mais diversos remédios para que recuperasse as forças. Começaram misturando cinzas de cavalos e touros no seu vinho e na sua comida, e depois de leões, rinocerontes e elefantes; mas os possantes recursos pareciam não surtir qualquer resultado. Sua Santidade desmaiava com tal frequência que cessaram de ler para ele os relatórios.

Certo dia, o eminente Herhor, junto com a rainha Nikotris e os sacerdotes, prostrou-se diante do grande amo e lhe implorou que permitisse aos médicos examinarem o seu corpo divino. O faraó concordou, os médicos viraram-no pelo avesso, mas, além de uma grande perda de peso, não constataram qualquer outro problema.

— O que Vossa Santidade está sentindo? — perguntou-lhe o mais ilustre dos médicos.

O faraó sorriu.

— Sinto — respondeu — que está na hora de partir ao encontro do meu pai-sol.

— Vossa Santidade não pode fazer isso sem causar uma profunda desgraça a seu povo — falou imediatamente Herhor.

— Deixo-lhes meu filho, Ramsés, que é um leão e uma águia numa só pessoa — disse o amo. — E estou convencido de que, se vocês o ouvirem, ele trará ao Egito uma glória como nunca se ouviu falar desde o princípio do mundo.

Ao ouvirem aquelas palavras, o santo Herhor e os demais sacerdotes sentiram um calafrio percorrer suas espinhas; sabiam que o sucessor do trono era um leão e uma águia numa só pessoa — e que teriam de ouvi-lo. Teriam preferido contar, ainda por muitos anos, com a presença daquele bondoso amo, cujo coração cheio de misericórdia era como o vento setentrional que trazia chuva aos campos e refrescava os homens. Por isso, todos eles, como um só homem, atiraram-se ao chão — e assim permaneceram até o faraó concordar em se submeter a um tratamento.

Os médicos levaram-no para o jardim, onde, no meio de fragrantes árvores coníferas, alimentavam-no com carne moída, canja de galinha, leite e vinho envelhecido. Os poderosos remédios fortificaram Sua Santidade por uma semana, mas, logo em seguida, retornaram os desfalecimentos, contra os quais os médicos forçaram o monarca a beber sangue fresco de bezerros descendentes do santo touro Ápis.

Mas nem o sangue ajudou por muito tempo, e foi preciso convocar o sumo sacerdote do nefasto deus Set. O soturno sacerdote entrou no quarto de dormir de Sua Santidade, olhou para o doente e receitou um remédio terrível.

— Vai ser preciso — disse — dar de beber ao faraó sangue de crianças inocentes, um caneco ao dia...

Os sacerdotes e os magnatas que estavam no quarto ficaram petrificados diante da recomendação. Depois, começaram a sussurrar entre si que, para este fim, o indicado seria usar crianças camponesas, já que os filhos de sacerdotes e de grão-senhores perdiam sua inocência logo ao nascer.

— Para mim, tanto faz a origem das crianças — respondeu o sacerdote —, desde que Sua Santidade beba um caneco do seu sangue fresco por dia.

O senhor do mundo, deitado e com os olhos cerrados, ouvia a sanguinária recomendação e os assustados murmúrios de sua corte. E quando um dos médicos perguntou timidamente a Herhor se podia começar a procura das crianças adequadas, o faraó abriu seus sábios olhos e, fixando-os nos presentes, disse:

— O crocodilo não devora seus filhotes, o chacal e a hiena sacrificam suas vidas pela sua prole, e eu devo beber sangue de crianças egípcias, que são meus filhos?!... Confesso que nunca imaginei que alguém pudesse ousar me recomendar um remédio tão ignóbil...

O sacerdote do deus do mal se prostrou ao chão, explicando que ninguém no Egito jamais bebera sangue de crianças, mas que, aparentemente, isso poderia expulsar os espíritos malignos. Pelo menos, era esse o remédio usado na Assíria e na Fenícia.

— Você devia se envergonhar — respondeu o faraó — por mencionar uma coisa tão revoltante no palácio de um rei do Egito. Então você não sabe que os assírios e os fenícios não passam de uns bárbaros estúpidos? No nosso país, até o mais ignorante dos felás não acreditaria que o derramamento de sangue inocente pudesse resultar em benefício para quem quer que seja.

Assim falou aquele que se iguala aos imortais. Os cortesãos cobriram o rosto manchado de vergonha, enquanto o sumo sacerdote se esgueirava silenciosamente do quarto.

Foi então que Herhor, como último recurso, resolveu revelar ao faraó que no Egito, oculto num dos templos de Tebas, vivia um caldeu, Beroes, o mais sábio dos sacerdotes da Babilônia e um milagreiro inigualável.

— Para Vossa Santidade — disse —, ele não passa de um estranho, que não teria o direito de aconselhar nosso monarca numa questão de tal importância. Mas eu lhe imploro, meu amo, que permita que ele o veja, pois estou convencido de que ele será capaz de

578 | Bolesław Prus

encontrar um remédio adequado e de forma alguma vai ofender sua augusta pessoa com rezas profanas.

O faraó, mais uma vez, cedeu ao pedido do seu fiel servo e, dois dias depois, Beroes, convocado por um meio desconhecido, chegou a Mênfis.

O sábio caldeu, mesmo sem auscultar detalhadamente o faraó, deu o seguinte conselho:

— Vai ser preciso encontrar no Egito um homem cujas preces cheguem ao trono do Onipotente. E quando esse homem rezar sinceramente em favor do faraó, este recuperará sua saúde e reinará ainda por muitos anos.

Ao ouvir aquelas palavras, o faraó percorreu com os olhos o círculo de sacerdotes à sua volta e falou, com um leve sorriso:

— Vejo aqui tantos homens santos... basta um deles pensar em mim, e eu ficarei sarado...

— Todos nós somos apenas homens — respondeu Beroes —, portanto nossas preces nem sempre chegam aos pés do Eterno. No entanto, posso dar a Vossa Santidade um meio infalível para encontrar o homem cujas preces são as mais sinceras e as mais efetivas.

— Então o encontre. Quero tê-lo por amigo, nem que seja nas últimas horas da minha vida.

Diante da concordância do faraó, o caldeu requisitou um aposento com apenas uma porta de entrada, ordenando que Sua Santidade fosse levado para lá, uma hora antes do pôr do sol daquele dia.

À hora combinada, quatro dos mais importantes sacerdotes vestiram o faraó com um traje novo de linho e, colocando-o numa simples liteira de cedro, levaram-no para o quarto em questão, no qual havia apenas uma mesinha. Beroes já estava lá dentro e, virado para o oriente, rezava.

Quando os sacerdotes saíram, o caldeu fechou a pesada porta do quarto, pôs uma echarpe purpúrea sobre os ombros e um globo de vidro negro sobre a mesinha. Em seguida, segurou um afiado punhal de aço babilônico na mão esquerda e um cajado coberto de sinais misteriosos na mão direita, descrevendo com ele um círculo no ar. Depois, virando-se em sequência para os quatro pontos cardeais, murmurou:

— Amourl, Tanekha, Latisten, Rabur, Adonai... apiede-se de mim e me purifique, Pai celeste, bondoso e clemente... derrame sobre seu indigno servo as suas bênçãos e estenda seu poderoso braço, expulsando os maus espíritos, para que eu possa ponderar em paz os seus grandes feitos...

Neste ponto, Beroes interrompeu sua invocação e, virando-se para o faraó, indagou:

— Mer-amen-Ramsés, sumo sacerdote de Amon, você consegue ver uma centelha nesta esfera negra?

— Vejo uma centelha brilhante, que se agita como uma abelha sobre uma flor.

— Mer-amen-Ramsés, fixe seu olhar nessa centelha e não o afaste dela... Não olhe para a esquerda ou para a direita, nem para qualquer outro lugar, mesmo se ouvir algo à sua volta — respondeu o sacerdote caldeu, voltando a rezar. — Baralanensis, Baladachiensis, pelos poderosos príncipes Gênio, Lachaiadae, ministros do país do inferno, eu os conjuro e, com o poder majestático que me foi conferido, lhes ordeno...

Neste ponto, o faraó agitou-se com horror.

— Mer-amen-Ramsés, o que está vendo? — perguntou o caldeu.

— Vejo uma cabeça horrenda emergindo da esfera... seus cabelos são ruivos e eriçados, seu rosto é esverdeado, seus olhos estão revirados de tal forma que só vejo o seu branco, e sua boca está escancarada, como se quisesse dizer algo...

— É o Pavor — disse Beroes, virando a ponta do punhal para a esfera.

De repente, o faraó se encolheu.

— Basta! — exclamou. — Por que você está me torturando dessa forma?... O corpo cansado anseia por um descanso, a alma quer partir para o país da luz eterna... Enquanto isso, vocês não só não me permitem morrer, como ainda me causam sofrimentos... Não quero...

— O que você está vendo?

— Algo parecido com as duas pernas de uma horrenda aranha, que descem, sem parar, do teto... são grossas como troncos de palmeiras, peludas e terminam em ganchos... Sinto como se houvesse uma gigantesca aranha suspensa sobre mim, e que me envolve em sua teia de amarras de navio...

Beroes virou a ponta do punhal para cima.

No mesmo momento, um calmo sorriso apareceu no rosto do faraó.

— Parece-me que estou vendo o Egito — disse. — Sim, o Egito todo... o Nilo, o deserto, Mênfis, Tebas.

Efetivamente, o monarca via todo o Egito, mas numa escala tão reduzida que mais parecia uma das aleias de seu jardim. No entanto, aquela visão estranha tinha uma peculiaridade: quando o faraó fixava o olhar num determinado ponto, ele aumentava, até atingir proporções quase reais.

O sol já se punha, cobrindo a paisagem com seus raios vermelho-dourados. As aves diurnas se recolhiam para dormir, enquanto as noturnas acordavam em seus esconderijos. No deserto, hienas e chacais bocejavam, e o poderoso leão se espreguiçava, preparando seu corpo para correr atrás de uma presa.

O pescador do Nilo retirava suas redes, os grandes barcos de transporte se aproximavam das margens. O exausto felá punha de

O Faraó | 581

lado o balde com o qual passara o dia inteiro retirando água do rio; um outro largava o arado e retornava à sua cabana. Nas cidades, luzes eram acesas e, nos templos, sacerdotes se juntavam para as preces vespertinas. Nos pátios cessavam os rangidos das rodas de carroças e a poeira se assentava no chão. Do topo dos pilonos emanavam vozes plangentes, convocando o povo às preces.

Alguns momentos depois, o faraó viu, com grande espanto, aves prateadas erguendo-se sobre a terra. Elas saíam de templos, palácios, ruas, fábricas, barcos sobre o Nilo, choupanas de felás e até das pedreiras. No começo, cada uma delas voava para cima como uma seta, mas logo em seguida chocava-se com outra com toda a força — e ambas despencavam sobre a terra.

Eram preces humanas conflitantes, impedindo uma à outra o acesso ao trono do Eterno...

O faraó aguçou os ouvidos... No começo, apenas conseguia ouvir um sussurro de asas, mas, em pouco tempo, conseguiu perceber frases inteiras.

Dessa forma, ouviu preces do doente que pedia para recuperar a saúde, mas, ao mesmo tempo, as preces do médico que implorava para que o seu paciente permanecesse doente pelo maior tempo possível. O proprietário de terras pedia a Amon que zelasse por seus celeiros e estábulos; o ladrão erguia os braços ao céu, para que não encontrasse empecilhos ao levar uma vaca de outrem e encher sacos de grãos que não lhe pertenciam.

Suas preces se chocavam como pedras atiradas por fundas.

O viajante do deserto caía na areia implorando pelo vento setentrional que lhe pudesse trazer uma gota d'água; o marinheiro batia com a testa nas tábuas do convés de seu barco, pedindo que o vento oriental continuasse a soprar por ainda uma semana. O felá queria que os pântanos secassem o mais rapidamente possível; o pobre pescador pedia que os campos ficassem alagados para sempre.

582 | Bolesław Prus

E suas preces colidiam umas com as outras, impedindo seu acesso aos divinos ouvidos de Amon.

O maior tumulto provinha das pedreiras nas quais criminosos acorrentados quebravam rochas. Lá, os homens do plantão diurno imploravam pela chegada da noite, enquanto os acordados pelos capatazes membros do plantão noturno batiam em seu peito, pedindo que nunca anoitecesse. Era também lá que os negociantes que compravam as rochas partidas rezavam para que o número de prisioneiros fosse o maior possível, enquanto os fornecedores de comida prostravam-se por terra, suspirando por uma praga que matasse um grande número de condenados, aumentando assim os seus lucros.

Portanto, nem as preces provindas das pedreiras chegavam ao céu.

O faraó viu dois exércitos preparando-se para uma batalha a ser travada na fronteira ocidental. As tropas de ambos jaziam na areia, implorando a Amon pela derrota do adversário. Os líbios pediam desgraça e morte aos egípcios, enquanto estes lançavam maldições aos líbios. As preces de ambos, como dois bandos de falcões, chocaram-se no céu e caíram sobre o deserto. Amon nem chegou a notá-las.

E não importa para onde o faraó olhasse, sempre ocorria o mesmo. Felás rezavam por descanso e pela redução de impostos; os escribas, para que os impostos crescessem e o trabalho nunca terminasse. Os sacerdotes imploravam por uma longa vida a Ramsés XII e pela expulsão dos fenícios que perturbavam suas transações financeiras; os nomarcas clamavam ao deus para que detivesse os fenícios no Egito e permitisse a Ramsés XIII subir ao trono o mais cedo possível, já que o novo faraó iria cortar os desmandos dos sacerdotes. Leões, chacais e hienas arfavam de fome e ansiavam por sangue fresco; antílopes, veados e coelhos abandonavam seus esconderijos pensando somente em sobreviver por mais um dia, muito embora a experiência lhes indicasse que muitos deles iriam perder a vida naquela noite para que os predadores pudessem sobreviver.

E, assim, a discórdia reinava em todo o mundo. Cada um queria aquilo que enchia de medo um outro; cada um pedia pelo seu próprio bem-estar, sem se perguntar se, com isso, não estaria prejudicando o vizinho. E era por isso que suas orações, embora parecessem aves prateadas erguendo-se no céu, não chegavam a seu destino. E o divino Amon, a quem não chegava qualquer voz da terra, permanecia sentado no trono, com as mãos apoiadas nos joelhos e apenas contemplando a sua própria divindade, enquanto na terra a força bruta e o acaso predominavam cada vez mais.

De repente, o faraó ouviu uma voz feminina:

— Psusen!... Psusenzinho!... Volte já para a choupana, porque está chegando a hora de rezar!

— Já vou!... Já vou!... — respondeu uma voz infantil.

O monarca olhou naquela direção, e viu a humilde choupana de um escriba de gado. O dono da choupana, aproveitando a claridade, estava concluindo seu registro; sua esposa esmagava grãos de cevada com uma pedra de moer, enquanto do lado de fora corria e brincava um menino de uns seis anos, rindo não se sabe de quê. Aparentemente, estava intoxicado pelo aromático ar vespertino.

— Psusen!... Psusenzinho!... Venha rezar... — repetia a mulher.

— Já vou!... Já vou!... — respondia o garoto, continuando a brincar, feliz da vida.

Finalmente, a mãe, vendo que o sol começava a afundar nas areias do deserto, largou a pedra e, saindo da choupana, agarrou o menino brincalhão. Este ainda tentou resistir, mas acabou se rendendo. A mãe praticamente o arrastou para dentro da choupana, sentou-o no chão e colocou firmemente uma das mãos em sua cabeça para que ele não escapasse.

584 | Bolesław Prus

— Fique quieto — dizia. — Encolha as pernas, sente direito, junte as mãos... menino levado!

O garoto, já conformado com o fato de que não escaparia da reza e para poder retornar ao pátio o mais rapidamente possível, ergueu os olhos e os braços para cima, falando rápido e quase sem tomar fôlego:

— Agradeço-lhe, bondoso deus Amon, por ter zelado por nós hoje e dado cevada para panquecas à mamãe... E o que mais?... Por ter criado o céu e a terra e ter enviado a ela o rio Nilo, que nos traz pão... E o que mais?... Ah, já sei!... Também lhe agradeço por este dia tão lindo e cheio de flores, pelos pássaros cantando e pela palmeira que nos dá tâmaras tão doces. E, por todas essas coisas maravilhosas que você nos deu, quero que todos o amem como eu o amo, e o louvem de uma forma melhor do que eu, pois ainda sou muito pequeno e não me ensinaram sabedoria... Pronto!... Já basta!...

— Que menino travesso — murmurou o pai, ainda inclinado sobre o registro. — Isso é modo de mostrar respeito a Amon?... Quanto desleixo!...

Mas o faraó, olhando para o globo encantado, viu algo totalmente diverso. A prece do agitado menino ergueu-se no ar como uma cotovia e, agitando as asas, foi se elevando mais e mais, até chegar ao trono no qual o eterno Amon permanecia mergulhado na contemplação de sua própria magnificência.

Depois, ergueu-se ainda mais alto, até a cabeça do deus, cantando-lhe com sua fina voz infantil:

E por todas essas coisas maravilhosas que você nos deu, quero que todos o amem como eu o amo...

Ante essas palavras, o contemplativo deus abriu os olhos e emanou deles um raio de felicidade. O céu e a terra ficaram em silêncio. Cessaram todas as dores, medos e injustiças. O projétil sibilante parou no ar, o leão reteve o pulo sobre a corça, o bastão erguido não caiu sobre o dorso do escravo. O doente esqueceu seu sofrimento, o viajante do deserto, sua fome, o prisioneiro, suas correntes. A tempestade parou e a onda do mar prestes a desabar sobre o navio — parou. Havia tanta paz no mundo que até o sol, que já estava desaparecendo atrás do horizonte, voltou a erguer sua radiante cabeça.

O faraó pareceu despertar de um sonho. Viu diante de si uma mesinha com um globo negro e, junto dela, o caldeu Beroes.

— Mer-amen-Ramsés — perguntou o sacerdote. — Você viu um homem cujas preces chegaram aos pés do Eterno?

— Sim — respondeu o faraó.

— Ele é um príncipe, um guerreiro, um profeta ou, talvez, apenas um simples eremita?

— É um garoto de seis anos, que não pediu nada a Amon, mas agradeceu por tudo.

— E você sabe onde ele mora?

— Sei, mas não quero roubar para mim o poder da sua prece. O mundo, Beroes, é um enorme redemoinho no qual as pessoas são atiradas umas contra as outras como a areia no deserto, e quem as agita é a infelicidade. Já a prece daquela criança dá aos homens algo que eu não consigo: um breve momento de esquecimento e paz. Esquecimento e paz... você compreende, caldeu?

Beroes manteve-se calado.

capítulo 49

AO RAIAR DO DIA VINTE E UM DE HÁTOR, CHEGOU AO ACAMPAMEN-to militar nos Lagos Salgados a ordem para serem despachados três regimentos para a Líbia, enquanto os demais regimentos egípcios, junto com o príncipe, deveriam retornar a casa.

As tropas receberam a ordem em júbilo, já que a permanência no deserto começara a incomodá-las. Apesar dos mantimentos enviados pelo Egito e pela humilhada Líbia, os alimentos estavam escasseando; a água, retirada dos poços cavados às pressas, se esgotara; o sol queimava os corpos e a areia irritava os olhos e os pulmões. Os soldados começaram a sofrer de disenteria e de inflamação das pálpebras.

Ramsés ordenou que o acampamento fosse levantado. Despachou três regimentos de egípcios natos para a Líbia, ordenando aos soldados que tratassem a população gentilmente, e que nunca vagassem sozinhos. Quanto ao grosso do exército, mandou-o para Mênfis, deixando apenas pequenas guarnições no forte e na fábrica de vidro. Assim, já às nove da manhã, ambas as tropas estavam a caminho — umas para o norte e outras para o sul.

Foi quando o santo Mentezufis se aproximou do sucessor e disse:

— Seria melhor se Vossa Alteza pudesse chegar a Mênfis mais cedo. Haverá cavalos descansados no meio do caminho.

— Quer dizer que meu pai está tão gravemente enfermo?! — exclamou o príncipe.

O sacerdote baixou a cabeça.

Ramsés passou o comando das tropas a Mentezufis, pedindo-lhe que não mudasse qualquer disposição sua sem consultar antes os generais laicos. Em seguida, acompanhado de Pentuer, Tutmozis e vinte dos melhores cavalarianos asiáticos, partiu a pleno galope para Mênfis.

Em menos de cinco horas percorreram metade do caminho, onde, conforme prometera Mentezufis, encontraram cavalos descansados e uma nova escolta. Os asiáticos ficaram naquele ponto, enquanto o príncipe, seus dois companheiros de viagem e os novos cavalarianos seguiram em frente.

— Ai de mim! — gemia o elegante Tutmozis. — Como se não bastasse ter passado cinco dias sem tomar banho e sem me untar com óleo de rosas, ainda tenho de empreender duas marchas forçadas num só dia!... Estou convencido de que, quando chegarmos ao nosso destino, nenhuma dançarina quererá sequer olhar para mim...

— Por que você deveria ser mais privilegiado do que nós? — perguntou o príncipe.

— Por ser mais frágil — suspirou Tutmozis. — Você está tão acostumado a montar quanto Hykos, enquanto Pentuer seria capaz de viajar até num gládio em brasa... Já eu sou mais delicado...

Ao pôr do sol, os viajantes chegaram ao topo de uma colina, de onde puderam contemplar uma paisagem extraordinária. Ao longe, via-se o verde vale do Egito e, em segundo plano, as brilhante silhuetas de pirâmides, parecendo arder em chamas avermelhadas. Um pouco mais à direita, também parecendo arder, os pilonos de Mênfis, envoltos numa névoa azulada.

588 | Bolesław Prus

— Em frente, em frente! — apressava o príncipe.

Quando caiu a noite, o grupo adentrou a grande nação dos mortos, que se estendia por quilômetros ao longo da margem esquerda do Nilo. Era o local no qual, desde os tempos da Alta Antiguidade, eram guardados os restos mortais dos egípcios para a eternidade: os reis — em pirâmides gigantescas —, os príncipes e dignitários — em pirâmides menores — e a simples gente do povo — em choupanas de barro. A região continha milhões de múmias, não só de seres humanos, mas também de cães, gatos, aves. Em suma, de todas as criaturas que, durante a vida, foram queridas aos homens.

Nos tempos de Ramsés, o cemitério dos reis e magnatas fora transferido para Tebas, ficando o local das pirâmides restrito aos túmulos de simples camponeses ou dos mais diversos trabalhadores das redondezas. E foi no meio desses túmulos que o príncipe e seu séquito viram um grupo de pessoas se esgueirando feito sombras.

— Quem são vocês? — perguntou o líder da escolta.

— Somos pobres súditos do faraó, e estamos retornando dos túmulos dos nossos mortos, aos quais levamos um pouco de rosas, cerveja e panquecas.

— E não aproveitaram a ocasião para dar uma espiada nos túmulos de outros?

— Por deuses! — exclamou um do grupo. — Como poderíamos ousar cometer uma profanação dessas?... Somente os ímpios tebanos perturbam os mortos, para poder beber nas tavernas à custa do que encontrarem.

— E o que são aquelas fogueiras, lá, ao norte? — indagou o príncipe.

— O senhor, distinto amo, deve estar vindo de muito longe para não saber de que se trata — responderam. — O nosso sucessor vai retornar amanhã, junto com seu exército vitorioso... Que líder maravilhoso!... Numa só batalha liquidou os perversos líbios... E é por isso

O Faraó | **589**

que o povo de Mênfis saiu da cidade para lhe dar as boas-vindas... trinta mil pessoas!... Vai ser uma gritaria geral!

— Compreendo... — sussurrou o príncipe a Pentuer. — O santo Mentezufis me despachou na frente para que eu não entrasse na cidade numa procissão triunfal... Muito bem, que assim seja... por enquanto.

Os cavalos estavam exaustos e foi preciso descansar. O príncipe mandou alguns cavalarianos providenciarem barcos, mantendo os demais num palmeiral que, naqueles tempos, crescia entre as pirâmides e a Esfinge.

O grupo de palmeiras formava o extremo setentrional do enorme cemitério. Era uma área de cerca de um quilômetro quadrado, com uma profusão de túmulos e pirâmides pequenas, dominadas pelas três maiores: as de Quéops, Quéfren e Miquerinos — e pela Esfinge. Aquelas gigantescas construções distam, umas das outras, apenas algumas centenas de passos. As três pirâmides estão alinhadas no sentido nordeste-sudoeste, enquanto a Esfinge — com seu templo subterrâneo de Hórus — fica mais a leste, próxima do Nilo.

Como exemplo de trabalho humano, as pirâmides apavoram por suas dimensões, principalmente a de Quéops. Trata-se de um pontudo monte de pedras, com a altura correspondente a 35 andares (137 metros), apoiado sobre uma base quadrada de cerca de 350 passos (227 metros) de lado. A pirâmide ocupa uma área de 16 acres, e as suas quatro paredes triangulares, 37 acres. Na sua construção foram utilizadas tantas pedras que, com elas, poderia ser construído um muro mais alto do que um homem, com meio metro de largura e dois mil quilômetros de comprimento.

Quando o séquito do príncipe acampou debaixo das palmeiras, alguns soldados saíram à procura de água, outros se puseram a comer torradas, enquanto Tutmozis caía em sono profundo. Já o príncipe e Pentuer ficaram passeando e conversando. A noite era

590 | Bolesław Prus

suficientemente clara para se ver as silhuetas das pirâmides e da Esfinge, sendo que esta, em comparação àquelas, parecia pequena.

— Estou aqui pela quarta vez — dizia o sucessor —, e o meu coração sempre se enche de espanto e pesar. Quando era ainda um aluno da escola sacerdotal, achava que quando subisse ao trono iria construir uma pirâmide ainda maior que a de Quéops. Mas hoje chego a rir de tamanha temeridade, quando me dou conta de que o grande faraó gastou, durante a construção do seu túmulo, 1.600 talentos somente em verduras para os trabalhadores... Onde eu arrumaria tantos homens, sem falar dos 1.600 talentos!...

— Não sinta inveja de Quéops, meu amo — respondeu Pentuer. — Outros faraós deixaram atrás de si coisas muito mais importantes: lagos, estradas, templos, escolas...

— E você acha que essas coisas podem ser comparadas às pirâmides?

— Certamente não — apressou-se em responder o sacerdote. — Só que, a meus olhos e os olhos de todo o povo, cada pirâmide é um crime... e a de Quéops, o maior crime de todos...

— Você está exagerando — observou o príncipe.

Pentuer ficou indignado, e respondeu:

— Nada disso. O faraó passou trinta anos construindo o seu túmulo, durante os quais cem mil homens trabalharam nele três meses por ano. E qual foi o resultado prático desse trabalho todo?... A quem ele curou, alimentou, vestiu?... Pelo contrário, a cada ano morriam na sua construção entre dez e vinte mil homens... ou seja, o túmulo de Quéops custou meio milhão de vidas humanas... E quanta dor, quanto sentimento?... Isso ninguém é capaz de estimar...

"Portanto, meu amo, não se espante com o fato de o felá olhar com pavor para o oeste, onde se veem as imagens triangulares das pirâmides... Elas são testemunhas dos seus sofrimentos e trabalhos forçados...

O Faraó | **591**

"E pensar que isso será sempre assim, até estes monumentos da soberba humana não se transformarem em pó!... Mas só os deuses sabem quando isso vai ocorrer! Por mais de três mil anos eles nos assustam com a sua visão, suas paredes continuam lisas, e seus gigantescos hieróglifos, legíveis."

— Naquela noite, lá no deserto, você falou de forma diferente — comentou o príncipe.

— Porque não olhava para as pirâmides. Mas agora, quando as tenho diante dos meus olhos, sinto-me cercado pelos espíritos dos homens que morreram na sua construção e que me sussurram: "Veja o que fizeram conosco!"

A veemência do sacerdote não agradou ao príncipe, que respondeu:

— Quando estive aqui com o meu santo pai, cinco anos atrás, Sua Santidade me contou a seguinte história:

"Nos tempos do faraó Tutmozis I, veio ao Egito uma delegação etíope, reclamando do valor dos tributos que lhes eram cobrados. Diziam que o fato de terem sido derrotados numa guerra não significava tanto assim e que, caso os deuses lhes fossem favoráveis, poderiam ganhar outra. De nada adiantou o sábio rei lhes mostrar nossas estradas e nossos canais. Os etíopes respondiam que no seu país dispunham de água à vontade. Também de nada serviu lhes mostrar os tesouros dos templos; respondiam que a sua terra ocultava mais ouro e pedras preciosas do que lhes era mostrado. Diante disso, o faraó os trouxe para este lugar onde estamos, e lhes mostrou as pirâmides. Os emissários etíopes andaram em volta delas, leram suas inscrições e, no dia seguinte, assinaram o tratado nos termos que o Egito queria."

— Como não consegui entender o significado da história — continuou Ramsés —, meu santo pai explicou-o assim:

"Filho" disse ele, "estas pirâmides são uma eterna prova da potência do Egito. Se um homem qualquer quisesse fazer uma pirâmide para si, juntaria um monte de pedras e pararia após algumas horas, perguntando-se: de que me servirá isto? Mas quando um faraó do Egito decide erguer uma pirâmide, ele junta centenas de milhares de homens e a constrói nem que seja por dezenas de anos, até ela ficar completa. Pois já não se trata de as pirâmides serem úteis ou não, mas de um desejo do faraó que, uma vez expresso, tem de ser realizado."

— Saiba, Pentuer — concluiu o príncipe —, que esta pirâmide não é o túmulo de Quéops, mas um símbolo da sua *Vontade*. Uma vontade que dispõe de tantos executores como nenhum outro rei no mundo possui, e que exige organização e disciplina iguais às dos deuses. Ainda na escola, vocês me ensinaram que a vontade humana é a maior força sob o Sol. No entanto, a força de vontade dos homens somente consegue erguer uma pedra. Portanto, como deve ser poderosa a vontade de um faraó que ergueu uma montanha de pedras somente por tê-lo querido, mesmo sem qualquer objetivo concreto.

— E você, meu amo, também gostaria de demonstrar o seu poder de forma semelhante? — perguntou Pentuer.

— Não — respondeu enfaticamente o príncipe. — Uma vez que os faraós já demonstraram seu poderio, seus sucessores podem se dar ao luxo de ser generosos... a não ser que alguém tente desobedecer as suas ordens.

"E pensar que este jovem tem apenas vinte e três anos!", murmurou para si mesmo o deslumbrado sacerdote.

Os dois homens caminharam em silêncio na direção do rio.

— Vá se deitar, Alteza, e durma um pouco — disse gentilmente Pentuer. — Fizemos uma longa viagem hoje...

Ramsés olhou para o sacerdote... e desabafou amargamente:

— E eu poderia adormecer?... Estou cercado dos milhares de espíritos daqueles homens que, segundo você me disse, morreram durante a construção das pirâmides (como se, sem aquelas pirâmides, pudessem ter vivido para sempre!). Além disso, penso no meu pai que, neste exato momento, pode estar à beira da morte... Quem poderá me comprovar que o meu santo pai, deitado no seu leito esplêndido, não esteja sofrendo mais do que os felás que carregam pedras escaldantes?...

"Os felás! Sempre os felás!... Para você, um sacerdote, somente aqueles que são mordidos por piolhos merecem compaixão. Uma série de faraós morreu se contorcendo de dor no leito de morte, mas você não se lembra deles; apenas dos felás retirando água barrenta do Nilo ou alimentando suas vacas, e cujo único mérito é o de terem trazido ao mundo mais felás.

"E quanto a meu pai?... Quanto a mim?... Não mataram o meu filho e uma mulher da minha casa? Teria sido misericordioso comigo o tufão, lá no deserto, ou não me doem os ossos após uma longa jornada?... Os projéteis das fundas líbias não silvaram sobre a minha cabeça?... Será que eu tenho um trato com a doença, a dor ou a morte para serem mais compassivas comigo do que com um simples camponês?...

"Olhe para lá... os asiáticos dormem em paz e sossego, enquanto eu, o seu amo, tenho o coração cheio de infortúnios de ontem e preocupações de amanhã. Pergunte a um camponês que viveu cem anos se ele sentiu tanta amargura quanto eu, no decurso de apenas alguns meses, como representante do faraó e líder do exército...

"Ou olhe para a Esfinge... uma típica obra dos sacerdotes! Cada vez que a vejo, faço-me a mesma pergunta: o que é aquilo e para que serve?... Compreendo a razão da existência das pirâmides: um poderoso faraó quis demonstrar seu poder ou assegurar sua vida eterna em paz sem ser perturbado por qualquer inimigo ou ladrão. Mas a Esfinge?!... Ela representa a nossa eterna casta sacerdotal, que tem uma cabeça enorme e poderosa e, debaixo dela, garras

594 | Bolesław Prus

leoninas... Uma construção repulsiva, cheia de duplos sentidos, que parece olhar com maldosa satisfação por nós parecermos vermes diante dela. Não é um ser humano nem um animal, nem uma rocha... Portanto o que é ela? Qual o seu significado?...

"E aquele seu sorriso enigmático... Você está admirando as pirâmides... e ela sorri; você vai conversar com os túmulos... e ela sorri. Tanto faz se o Egito se cobre de prados verdejantes, se o tufão lança seu sopro devastador, se um escravo esteja buscando sua liberdade no deserto, se Ramsés, o Grande, derrota seus inimigos; ela mantém o sorriso morto para tudo.

"Dezenove dinastias passaram como sombras, mas ela continuaria sorrindo mesmo se o Nilo secasse e o Egito ficasse soterrado pela areia. E o que é ainda pior: ela tem um gentil rosto humano. Sendo eterna, nunca experimentou o desespero de ser perecível num mundo repleto de miséria."

— Vossa Alteza nunca observou o rosto dos deuses, ou de uma múmia? — perguntou Pentuer. — Todos os imortais olham com a mesma tranquilidade para coisas passageiras.

— Às vezes, os deuses escutam as nossas preces — disse o príncipe, como para si mesmo —, mas a Esfinge não se comove com coisa alguma. Ela não representa compaixão, mas apenas uma expressão de escárnio e terror. Mesmo se eu soubesse que ela poderia me dizer como reerguer o poderio do Egito, eu não teria coragem de lhe fazer esta pergunta, pois acho que ouviria algo terrível, dito com a maior indiferença. A Esfinge é a obra e a imagem dos sacerdotes... pior do que um ser humano, pois tem um corpo de leão; pior do que um animal, por ter cabeça humana; pior do que uma rocha, por ter uma inconcebível vida dentro de si...

De repente, ouviram-se vozes abafadas e lamentosas, cuja procedência não podia ser claramente definida.

— Ela canta?!... — espantou-se o príncipe.

— Não; as vozes provêm do templo subterrâneo — respondeu o sacerdote. — Só não consigo compreender por que eles estão cantando a esta hora.

— Não teria sido mais adequado você perguntar por que eles cantam, já que ninguém os vê?

Pentuer foi em direção ao local de onde vinha o canto, enquanto o príncipe, cansado, encontrou uma pedra que pudesse lhe servir de encosto e se sentou, olhando para o enorme rosto da Esfinge. Apesar da penumbra, podia ver claramente seus traços sobre-humanos, aos quais as sombras davam caráter e vida. Quanto mais a observava, mais o príncipe se convencia de que sua antipatia por aquela imagem não era justificada.

No rosto da Esfinge não havia maldade — apenas resignação. Seu sorriso não era zombeteiro, mas melancólico. Ela não troçava da miséria e da transitoriedade humana — apenas não as via. Seus olhos expressivos, fixos em algum ponto bem no alto, olhavam para além do Nilo, para terras inacessíveis aos seres humanos. Estaria observando o preocupante aumento do poderio da Assíria? Estaria tentando desvendar a constante movimentação dos fenícios? O nascimento da Grécia ou, talvez, o que ainda iria acontecer às margens do Jordão?... Ninguém seria capaz de dizer. Mas o príncipe estava certo de uma coisa: de que a Esfinge olhava, refletia e esperava por algo, e que, quando aquilo surgisse no horizonte, ela se levantaria e iria a seu encontro.

O que seria e quando aconteceria, era um segredo cuja importância estava claramente estampada no rosto daquele ser eterno. Mas o que quer que fosse, iria acontecer inesperadamente, já que a Esfinge, por séculos, jamais cerrara os olhos e sempre ficara olhando e olhando...

Enquanto isso, Pentuer encontrou uma janela da qual saía o lamentoso canto dos sacerdotes, vindo do templo subterrâneo. Es-

596 | Bolesław Prus

cutou-o por alguns instantes e murmurou consigo: "O divino amo está morto..."

Em seguida, afastou-se da janela e foi ter com o príncipe. Ajoelhou-se diante dele e disse:

— Saúdo-o, faraó, senhor do mundo!...

— O que você disse?! — exclamou o príncipe, erguendo-se de um salto.

— Que o deus Único e Onipotente lhe dê sabedoria e força...

— Levante-se, Pentuer... Quer dizer que eu... que eu... — gaguejou Ramsés.

Em seguida, agarrou o braço do sacerdote e virou-o para a Esfinge.

— Olhe para ela — disse.

Mas nem no rosto nem na postura do colosso ocorrera qualquer mudança. Um faraó acabara de atravessar a fronteira da eternidade, outro nascia como o sol, mas o rosto do deus (ou do monstro) permanecia inalterado, com o benigno sorriso nos lábios, indiferente à glória terrena e olhando sempre para longe, à espera de algo que deverá vir, mas sem saber quando virá...

Pouco tempo depois, os homens enviados ao rio retornaram com a informação de que os barcos estavam prontos.

Pentuer foi até as palmeiras e gritou:

— Acordem!... Acordem!...

Os atentos asiáticos se levantaram de imediato e começaram a selar seus cavalos. Tutmozis levantou-se também, bocejando horrivelmente.

— Brr!... Que frio!... — murmurou. — Bastou tirar uma soneca e já me sinto um novo homem, pronto para viajar até o fim do mundo, desde que não seja de volta aos Lagos Salgados... Já esqueci como é o gosto do vinho, e tenho a impressão de que os meus braços se encheram de pelos, como as patas de um chacal... Como são felizes os felás!... Dormem à vontade, não têm a necessidade de se banhar e só vão trabalhar depois de suas esposas os terem alimentado com uma papa de cevada... Enquanto isso, eu, um grão-senhor, tenho que me esgueirar pelo deserto como um ladrão, sem um pingo d'água para beber...

Os cavalos já estavam prontos, e Ramsés montou o seu. Foi quando Pentuer aproximou-se dele e, pegando suas rédeas, conduziu-o andando a pé.

— O que quer dizer isso? — espantou-se Tutmozis.

Mas, imediatamente, pegou as rédeas do outro lado, e todos foram em frente, espantados com o comportamento do sacerdote, embora sentissem que algo de importante havia acontecido.

Após algumas centenas de passos, a comitiva chegou ao fim do deserto, revelando aos viajantes uma larga estrada.

— Montem nos cavalos — disse Ramsés. — Temos que nos apressar.

— Sua Santidade ordena que montem! — gritou Pentuer.

Todos olharam para ele com os olhos arregalados. Tutmozis foi o primeiro a entender o significado daquilo e, colocando a mão sobre a empunhadura do seu gládio, exclamou:

— Que possa viver eternamente o nosso onipotente e bondoso amo e líder, faraó Ramsés!

— Que viva eternamente! — ecoaram os asiáticos, brandindo suas armas.

— Agradeço-lhes, meus fiéis soldados — respondeu o amo.

Momentos depois, o séquito galopava em direção ao rio.

capítulo 50

TERIAM OS PROFETAS DO TEMPLO SUBTERRÂNEO DA ESFINGE VISTO o novo senhor do Egito passeando entre as pirâmides? Teriam avisado a respeito disso o palácio real e, caso sim, de que modo? — jamais saberemos. Fato é que, enquanto Ramsés se preparava para atravessar o Nilo, o eminente sumo sacerdote Herhor ordenava que todos os servidores do palácio fossem despertados e, quando o novo faraó ainda estava no meio do rio, todos os sacerdotes, generais e dignitários civis já se encontravam reunidos no salão principal.

Junto com o nascer do sol, Ramsés XIII, à testa de seu séquito, adentrou o pátio central, onde os serviçais se prostraram ao chão e o corpo da guarda ficou em posição de sentido, apresentando armas.

Após cumprimentar a tropa, Sua Santidade dirigiu-se à sala de banho, onde se abluiu com fragrâncias. Em seguida, permitiu que fossem penteados os seus cabelos divinos; no entanto, quando o cabeleireiro lhe perguntou humildemente se deveria fazer sua barba e rapar sua cabeça, o amo respondeu:

— Não precisa. Não sou um sacerdote, mas um soldado.

Em questão de minutos aquelas palavras percorreram o salão de audiências e o palácio; antes do meio-dia, espalharam-se por toda Mênfis e, ao anoitecer, já eram conhecidas em todos os templos do Egito, do norte ao sul.

Os nomarcas, aristocratas, soldados e estrangeiros ficaram radiantes de felicidade, enquanto a santa casta sacerdotal passou a lamentar ainda mais a morte de Ramsés XII.

Tendo saído do banho, Sua Santidade vestiu uma curta blusa militar com listras pretas e amarelas e, sobre ela, uma couraça de ouro. Calçou os pés em sandálias amarradas com tiras de couro e botou um capacete pontudo na cabeça. Em seguida, prendeu na cintura a espada de aço assírio que o acompanhara na batalha nos Lagos Salgados e, cercado de um séquito de generais, entrou no salão de audiências, onde foi recepcionado pelo sumo sacerdote Herhor, os sumos sacerdotes Sem, Mefres e outros, além dos mais altos dignitários civis do país.

Herhor inclinou-se diante de Ramsés e falou, com voz emocionada:

— O vosso eternamente vivo pai decidiu partir ao encontro dos deuses, onde desfruta a felicidade eterna. Portanto, seja bem-vindo, senhor e líder do mundo! Que Sua Santidade, o faraó Ham-sam-me-rer-amen-Ramsés-neter-hog-an possa viver eternamente!

Os presentes repetiram aquela saudação com grande entusiasmo, mas se esperavam ver algum tipo de emoção ou embaraço no rosto do novo líder, ficaram desapontados. Sua Santidade apenas cerrou o cenho e respondeu:

— De acordo com o desejo do meu sagrado pai e as leis do Egito, assumo o governo do país e me dedicarei a promover sua glória e a felicidade do seu povo...

De repente, o amo virou-se para Herhor e, fitando-o diretamente nos olhos, perguntou:

— Vejo, na mitra de Vossa Eminência, a imagem da serpente dourada. Por que Vossa Eminência está usando o símbolo real?

Um silêncio mortal caiu sobre os presentes. Nem o mais ousado homem do Egito poderia ter imaginado que o jovem amo começasse seu reinado com uma pergunta dessas, dirigida à mais poderosa pessoa do país — provavelmente até mais poderosa do que o falecido faraó.

Mas atrás do jovem amo havia uma dezena de generais, no pátio brilhavam as pontas das lanças da guarda real e o Nilo estava sendo atravessado pelo vitorioso exército dos Lagos Salgados, embriagado pelo triunfo e apaixonado por seu líder.

O poderoso Herhor ficou branco como cera, sem conseguir emitir qualquer som de sua garganta apertada.

— Pergunto a Vossa Eminência — repetiu calmamente o faraó — com que direito sua mitra está ornada com a serpente real?

— Esta mitra é do seu avô, o divino Amenhotep — respondeu baixinho Herhor. — O Conselho Supremo me instruiu para que a usasse em ocasiões importantes.

— O meu divino avô — disse o faraó — era pai da rainha e obteve o direito de usar o *uraeus* na sua mitra como um sinal da graça da qual ele dispunha. Mas, pelo que sei, seus trajes cerimoniais estão guardados em meio às relíquias do templo de Amon.

Mas Herhor já havia recuperado o raciocínio.

— Queira lembrar-se, Santidade — explicou —, que durante um dia inteiro o Egito esteve desprovido de seu legítimo monarca. Nesse período, foi preciso que alguém acordasse e pusesse para dormir o deus Osíris, abençoasse o povo e prestasse homenagens aos antepassados reais. Diante disso, o Conselho Supremo me ordenou que eu usasse esta santa relíquia, para que o comando da nação e as reverências aos deuses não sofressem uma interrupção. Já agora, que temos o legítimo e poderoso líder, tiro-a da minha cabeça...

E, dizendo isso, Herhor tirou a mitra adornada com *ureus* e entregou-a a Mefres.

O rosto do faraó se desanuviou, e ele se dirigiu ao trono.

De repente, Mefres bloqueou seu caminho e, inclinando-se respeitosamente, disse:

— Queira, sagrado amo, ouvir um humilde pedido...

No entanto, nem na sua voz nem nos seus olhos havia qualquer indício de humildade:

— São as palavras do Conselho Supremo dos sumos sacerdotes...

— Fale — disse o faraó.

— Vossa Santidade deve saber que um faraó que não recebeu os sacramentos sumos sacerdotais não pode realizar as maiores oferendas nem vestir e despir o milagroso Osíris...

— Compreendo — interrompeu-o o amo —, e sei que sou um faraó que não foi consagrado como sumo sacerdote.

— E é por isso — continuou Mefres — que o Conselho Supremo suplica humildemente a Vossa Santidade que designe um sumo sacerdote que o possa substituir nas suas obrigações religiosas.

Ao ouvir aquelas palavras tão determinadas, os sumos sacerdotes e os dignitários começaram a se remexer como se estivessem pisando em brasas, enquanto os generais, disfarçadamente, ajeitavam as espadas na cintura. Mas o santo Mefres olhou para eles com indisfarçável desprezo, voltando a fixar o olhar frio no rosto do faraó.

Mas o senhor do mundo mais uma vez surpreendeu a todos com o seu sangue-frio.

— Ainda bem — disse — que Vossa Eminência me lembrou dessa obrigação tão importante. A minha formação é militar, e as obrigações do Estado não me permitirão exercer as funções religiosas... Portanto, deverei escolher um substituto para isso...

Ao dizer isso, o grande amo lançou um olhar pelos presentes. Do lado esquerdo de Herhor estava o santo Sem. O faraó olhou atentamente para seu rosto calmo e honesto e perguntou:

— Quem é Vossa Eminência, e qual o seu cargo?

602 | Bolesław Prus

— Meu nome é Sem, e sou o sumo sacerdote do templo de Ptah, em Pi-Bast.

— Pois você será o meu substituto nas obrigações religiosas — disse o amo.

Um murmúrio de admiração percorreu os presentes. Mesmo depois de demoradas meditações e consultas, dificilmente poder-se-ia encontrar um sacerdote mais adequado para tão nobre função. Enquanto isso, Herhor ficava ainda mais pálido, e Mefres cerrava seus lábios acinzentados.

Momentos depois, o novo faraó sentava-se no trono que, em vez de pés, tinha estátuas de reis e príncipes das nove nações. Herhor lhe trouxe, numa bandeja de ouro, uma coroa dupla, branca e vermelha, envolta por uma serpente dourada. O monarca a pegou e colocou na cabeça, enquanto os presentes se atiravam ao chão. O ato não era ainda a coroação cerimonial, mas apenas a tomada de posse do cargo.

Quando os sacerdotes terminaram de queimar incenso diante do faraó, foi permitido aos dignitários civis e militares se aproximar do trono e beijar o degrau mais baixo. Depois, o amo, munido de uma colher de ouro, repetiu as orações entoadas em voz alta por Sem e incensou as efígies dos deuses enfileiradas de ambos os lados da sua sede real.

— E agora, o que me cabe fazer? — perguntou.

— Mostrar-se ao povo — respondeu Herhor.

Sua Santidade desceu as escadas de mármore e pisou no terraço. Ergueu os braços e virou-se sucessivamente em direção aos quatro pontos cardeais. Soaram trombetas e bandeiras foram içadas nos pilonos. Todo aquele que estivesse nos campos ou nas cidades caía por terra; o bastão erguido sobre o dorso de um homem ou animal retinha-se em pleno ar, e todos os criminosos condenados naquele dia recuperavam a liberdade.

Ao sair do terraço, o amo perguntou:

— Há algo mais que devo fazer?

— Aguardam Vossa Santidade uma refeição e as questões do Estado — respondeu Herhor.

— O que significa que posso descansar um pouco — disse o faraó. — Onde estão os restos mortais do meu sagrado pai?

— Foram entregues aos embalsamadores... — sussurrou Herhor.

Os olhos do faraó se encheram de lágrimas e seus lábios tremeram nos cantos. Mas ele se conteve e, em silêncio, permaneceu de cabeça baixa. Teria sido inadequado os servos notarem emoção num líder tão poderoso.

Querendo desviar os pensamentos do amo para uma outra direção, Herhor sugeriu:

— Vossa Santidade não estaria disposto a receber as homenagens da rainha-mãe?

— O quê?!... Eu devo receber homenagens da minha mãe?!... Vossa Eminência esqueceu o que dizia o sábio Eney?... Talvez o santo Sem possa nos repetir aquelas belas palavras sobre a mãe...

— *Lembre-se* — citou Sem — *de que foi ela quem o trouxe ao mundo e o alimentou de todas as formas.*

— Continue... continue — pediu o amo, querendo manter-se calmo.

— *Se você se esquecer disso, ela erguerá seus braços ao deus, e ele ouvirá sua prece. Ela o carregou por muito tempo, pesando debaixo de seu coração, até chegar a hora de seu nascimento. Depois, carregou-o por meses às costas e, por três anos, colocou o seio na sua boca. Foi assim que ela o criou, sem se importar com sua imundície. E quando você foi para a escola para ser treinado na arte da escrita, ela vinha diariamente ver seu professor, trazendo-lhe pão e cerveja de sua casa.**

---

* Texto autêntico. (*N. do A.*)

604 | Bolesław Prus

O faraó deu um profundo suspiro e disse, com a voz já calma:

— Como vocês podem ver, não cabe à minha mãe vir me visitar, mas a mim ter com ela...

E, tendo dito isso, encaminhou-se aos aposentos da mãe, seguido pelos cortesãos. Ao chegar à antessala, fez um sinal com a mão, indicando que estes se dispersassem. Em seguida, atravessou a antessala, bateu na porta do aposento e entrou silenciosamente.

No aposento, com as paredes desnudas e sem móveis exceto um pequeno sofá, um vaso de água lascado e uma pedra — tudo em sinal de luto, estava sentada a mãe do faraó, a rainha Nikotris. Estava vestida com uma grosseira camisola de algodão, descalça, com a testa coberta de lama do Nilo e os cabelos desalinhados e cobertos de cinzas.

Ao ver Ramsés, a distinta dama inclinou-se para cair a seus pés, mas o filho a amparou e abraçou, chorando:

— Se você, mãe, cair por terra diante de mim, eu, diante de você, teria de me soterrar...

A rainha aninhou a cabeça do filho no peito, secou as lágrimas com a manga da camisola e, erguendo os braços, sussurrou:

— Que todos os deuses e os espíritos do seu pai e do seu avô lhe deem toda a proteção... Oh, Ísis, eu nunca lhe poupei quaisquer oferendas, mas hoje ofereço-lhe o que tenho de mais precioso... Entrego-lhe o meu filho... Que este meu filho de sangue real possa ser também seu e que seus atos possam aumentar a glória dos seus descendentes divinos...

O grande amo abraçou e beijou a rainha diversas vezes. Depois, colocou-a no sofá, sentando-se ele mesmo sobre a pedra.

— O meu pai deixou-me algumas ordens? — perguntou.

— Apenas pediu que você não o esquecesse. Quanto ao Conselho Supremo, ele disse o seguinte: "Deixo-lhes um sucessor que é um leão e uma águia numa só pessoa; obedeçam a ele, e ele reerguerá o Egito à sua glória do passado."

O Faraó | **605**

— E você acha que os sacerdotes vão me obedecer?

— Não se esqueça — respondeu a mãe — que o emblema do faraó é uma serpente. E uma serpente é a prudência, que fica calada, sem demonstrar quando vai desferir a mordida fatal... Se você fizer do tempo um aliado seu, será capaz de tudo.

— Herhor é muito arrogante... Imagine que, hoje, ele teve o desplante de vestir a mitra do divino Amenhotep... Obviamente, ordenei que ele a tirasse, e pretendo afastá-lo do governo... a ele e a alguns outros membros do Conselho Supremo.

— O Egito é seu — respondeu a rainha — e os deuses o agraciaram com grande sabedoria... Não fosse isso, eu estaria muito preocupada com a sua desavença com Herhor...

— Eu não tenho qualquer desavença com ele. Apenas vou expulsá-lo.

— O Egito é seu — repetiu a mãe —, mas tenho medo de uma luta com os sacerdotes. É verdade que o seu demasiadamente bondoso pai permitiu que eles se tornassem muito ousados, mas não se deve levá-los ao desespero através de medidas muito duras. Além disso, pense bem: quem os vai substituir na hora de lhe dar conselhos?... Eles sabem tudo, tanto o que se passa na terra quanto no céu; são capazes de descobrir os mais secretos pensamentos humanos e de guiar os corações como o vento guia as folhas de outono. Sem eles, você não só não saberá o que está acontecendo em Tiro ou Nínive, como também em Mênfis e Tebas.

— Eu não rejeito a sabedoria, mas quero obediência — respondeu o faraó. — Sei que eles são inteligentes, mas sua inteligência precisa ser controlada, para que não acabe provocando a desgraça do país... Diga você mesma, mãe: o que eles fizeram pelo Egito nos últimos trinta anos?... O povo sofre de miséria ou se rebela, temos poucas tropas, o Tesouro Real está vazio... enquanto isso, bem perto de nós, a Assíria cresce como se tivesse tomado fermento e, já hoje, nos impõe tratados ignóbeis!

— Faça o que você achar melhor... Só lembre-se sempre de que o símbolo do faraó é uma serpente... e a serpente é silêncio e prudência.

— O que você está dizendo, mãe, é uma verdade. Mas acredite em mim quando lhe digo que, às vezes, a coragem é mais importante do que a prudência. Hoje já sei que os sacerdotes planejavam manter a guerra com a Líbia por anos... mas eu a terminei em duas semanas, somente por ter cometido, a cada dia, um ato ousado, mas decidido. Caso eu não tivesse me adiantado para enfrentá-los no deserto, o que foi um ato imprudente, hoje teríamos os líbios às portas de Mênfis.

— Sei o que você andou aprontando.. Você saiu em perseguição a Tehenna e foi pego pelo Tufão — disse a rainha. — Que filho desnaturado... nem pensou em mim!...

O faraó sorriu.

— Não se preocupe, mãe — disse. — Quando o faraó parte para um combate, o deus Amon fica do seu lado. Nessas condições, quem poderá se opor?...

Abraçou a rainha mais uma vez e saiu.

capítulo 51

O ENORME SÉQUITO DE SUA SANTIDADE CONTINUAVA NO SALÃO de audiências, mas como se estivesse dividido em dois — de um lado, Herhor, Mefres e alguns sumos sacerdotes já avançados em anos; de outro, todos os generais, todos os funcionários civis e uma grande quantidade de sacerdotes mais jovens.

O olhar aquilino do faraó notou imediatamente essa divisão, e o coração do jovem monarca se encheu de orgulho.

"Eis que, mesmo sem ter desembainhado minha espada, já consegui uma vitória...", pensou.

Enquanto isso, os dignitários civis e militares afastavam-se cada vez mais ostensivamente de Herhor e Mefres, já que era mais do que evidente que os dois sumos sacerdotes, até então os mais poderosos no país, não contavam com as boas graças do novo faraó.

O senhor do mundo passou para a sala de jantar, onde ficou surpreso com o número de sacerdotes prontos para servi-lo e, principalmente, a quantidade de comida nos pratos.

— Eu devo comer tudo isso?... — perguntou, espantado.

608 | Bolesław Prus

O sacerdote-mor lhe esclareceu que o que não seria consumido por ele, iria ser destinados às dinastias, apontando para as efígies ao longo das paredes da sala.

O amo olhou para as estátuas, que aparentavam não ter recebido coisa alguma, e em seguida para os sacerdotes, cujas feições sadias sugeriam que eram eles que comiam tudo — e ordenou que as iguarias fossem substituídas por cerveja e simples pão soldadesco com alho.

O sacerdote-mor ficou petrificado, mas repetiu a ordem a um de seus subalternos. Este, após um breve momento de hesitação, passou a recomendação aos serviçais que, no primeiro momento, mal conseguiam acreditar no que ouviam, mas, logo em seguida, saíram correndo da sala. Retornaram pálidos, quinze minutos depois, sussurrando aos sacerdotes que não conseguiram encontrar pão e alho no palácio.

O faraó sorriu e ordenou que, a partir daquele momento, não faltassem alimentos simples na sua cozinha. Depois, comeu um pombo, um pedaço de peixe e um pãozinho de trigo, bebendo uma taça de vinho. Teve de admitir que a comida e o vinho eram excelentes, mas não conseguiu se livrar do pensamento de que a cozinha real devia consumir grandes somas.

Depois de queimar incenso em homenagem a seus antepassados, o amo foi ao gabinete real, onde iria ouvir os relatórios.

O primeiro a se apresentar foi Herhor, que, inclinando-se com muito mais respeito do que anteriormente, felicitou o faraó pela vitória sobre os líbios.

— Vossa Santidade — dizia — atirou-se sobre os líbios como o Tufão sobre tendas abandonadas no deserto. Conseguiu uma estrondosa vitória sem grandes perdas e, com apenas um golpe do seu divino gládio, acabou com uma guerra que nós, simples mortais, não sabíamos como iria terminar.

O faraó sentiu que sua antipatia por Herhor estava esmorecendo.

— E é por isso — continuava o sumo sacerdote — que o Conselho Supremo implora a Vossa Santidade destinar dez talentos de prêmio àqueles valentes regimentos... Quanto a você, comandante em chefe, permita que junto de seu nome figure a alcunha de "o Vitorioso"!...

Contando com a pouca idade do faraó, Herhor exagerara na bajulação. O amo manteve-se sereno e perguntou:

— E qual a alcunha que vocês me dariam, caso eu tivesse destruído o exército assírio e enchido os templos com os tesouros de Nínive e da Babilônia?

"Quer dizer que ele continua pensando nisso?...", perguntou-se mentalmente o sumo sacerdote.

E o faraó, como se quisesse reforçar a preocupação de Herhor, mudou o tema da conversa, perguntando:

— De quantas tropas dispomos?

— Aqui em Mênfis?

— Não; em todo o Egito.

— Sua Santidade dispunha de dez regimentos — respondeu o sumo sacerdote. — O distinto Nitager tem, na fronteira oriental, mais quinze. Além desses, dispomos de mais dez no sul, pois a Núbia começa a ficar agitada, e outros cinco, distribuídos por todo o país.

— Ao todo, quarenta — disse o faraó. — Quantos soldados eles representam?

— Em torno de sessenta mil...

O amo ergueu-se da poltrona.

— Sessenta, em vez de cento e vinte mil?!... — exclamou. — O que quer dizer com isso?... O que vocês fizeram com o meu exército?...

— Não dispomos de recursos para sustentar mais tropas...

— Por deuses! — exclamou o príncipe, agarrando a cabeça com as mãos. — Em menos de um mês seremos atacados pelos assírios!... E estamos desarmados...

— Temos um tratado de paz com a Assíria... — observou Herhor.

— Eis uma resposta que poderia ser dada por uma mulher, mas nunca por um ministro da Guerra! — exaltou-se o amo. — De que serve um tratado, se ele não é suportado por um exército?... Na situação em que nos encontramos, poderemos ser esmagados pela metade das tropas de que o rei Assar dispõe!...

— Acalme-se, Santidade. Ao primeiro sinal de uma traição da parte dos assírios, formaremos um exército de meio milhão de homens.

O faraó soltou uma gargalhada amarga:

— O quê?... Como?... Você deve ter enlouquecido, sacerdote!... Enquanto você fica mergulhado em papiros, eu, desde garoto, sirvo no exército, e não se passou um só dia em que não estivesse envolvido em manobras ou treinos... Como você pretende formar um exército de meio milhão de homens em apenas alguns meses?...

— Poderemos contar com todos os aristocratas...

— E de que me serviriam os seus aristocratas?!... Eles não são soldados. Para formar um exército de meio milhão de homens é preciso contar com cento e cinquenta regimentos, e nós, como você mesmo disse, dispomos apenas de quarenta... Os egípcios não são um bom material guerreiro... sei disso, pois os vejo todos os dias... Um líbio, um grego, um hitita... estes, sim, sabem usar arcos, flechas e lanças desde criancinhas e, após um ano de treinamento, aprendem a marchar direito. Já um egípcio só conseguirá marchar, e mesmo assim de forma desajeitada, após quatro anos de treinamento. É verdade que será capaz de usar um gládio ou uma lança em menos tempo, mas para aprender a disparar pedras com precisão, nem quatro anos seriam suficientes... Enquanto isso, os regimentos assírios, embora mal treinados, são formados por homens que sabem atirar pedras e flechas e que, acima de tudo, possuem aquele instinto selvagem que falta aos brandos egípcios.

— Sábias são as palavras de Vossa Santidade — disse Herhor ao esbaforido faraó. — Só os deuses são capazes de tal conhecimento nessa matéria... Eu também sei que o Egito está fraco e que serão necessários vários anos de trabalho árduo para formarmos um exército digno desse nome... e é exatamente por isso que quero firmar um tratado com a Assíria...

— Mas vocês já o firmaram...

— Sim, mas foi um tratado temporário. Diante do estado de saúde de seu pai e com medo de Vossa Santidade, Sargon adiou a assinatura do tratado definitivo para quando Vossa Santidade assumisse o trono.

O faraó voltou a ficar furioso.

— O quê?!... — exclamou. — Quer dizer que eles continuam com a intenção de se apossar da Fenícia e esperam que eu assine um tratado tão desonroso?!

A audiência terminou. Dessa vez, Herhor se prostrou diante do amo e, saindo, pensou:

"Sua Santidade ouviu o meu relatório, o que significa que ele não quer rejeitar meus serviços... Eu lhe disse que vai ter de assinar o tratado com os assírios, portanto a parte mais difícil já passou... Ele terá tempo suficiente para refletir até Sargon voltar a nos visitar... Só que esse jovem é muito mais do que um leão... é um elefante selvagem... E, no entanto, ele apenas chegou ao posto de faraó por ser neto de um sumo sacerdote!... Aparentemente, ainda não se deu conta de que as mesmas mãos que o elevaram tão alto poderão..."

Ainda na antessala, o distinto Herhor parou e refletiu sobre o assunto. Depois, em vez de se dirigir para seus aposentos, foi ter com a rainha Nikotris.

Enquanto isso, adentrou o gabinete do novo mandatário o juiz supremo.

612 | Bolesław Prus

— O que Vossa Excelência tem a me relatar? — perguntou o amo.

— Em Tebas, ocorreu algo estranho — respondeu o juiz. — Um camponês matou a própria mulher, seus três filhos e se afogou num poço sagrado.

— Teria ele enlouquecido?

— Parece que ele fez isso motivado pela fome.

— Realmente, é um acontecimento estranho — disse o faraó. — Mas eu estou interessado em algo diferente: quais são os acontecimentos mais frequentes nos tempos de hoje?

O juiz supremo hesitou.

— Pode falar livremente — disse o amo, já impaciente —, e não esconda nada de mim. Estou ciente de que o Egito está mergulhado num pântano, e, como desejo tirá-lo de lá, preciso saber de tudo de ruim que está ocorrendo.

— As ocorrências mais frequentes são os levantes... mas somente entre os trabalhadores... — apressou-se em acrescentar o juiz.

— Que tipo de levantes? — perguntou o amo.

— Em Kosen — disse o juiz — rebelou-se um regimento de pedreiros, por não terem recebido materiais necessários a tempo. Em Khem, alguns felás mataram um escriba que coletava impostos. Em Melcatis e Pi-Habit, outros felás derrubaram as casas dos arrendatários fenícios. Em Saka, outros ainda se recusaram a limpar os canais, alegando que esse trabalho deveria ser remunerado. Finalmente, nas minas de pórfiro, os condenados atacaram os guardas e quiseram fugir para o mar...

— Não estou espantado com essas notícias — respondeu o faraó. — Mas o que Vossa Excelência acha delas?

— Acho que, em primeiro lugar, devemos castigar os culpados...

— Pois eu acho que, antes de tudo, é preciso dar aos que trabalham aquilo que eles merecem — disse o amo. — Um touro, quando

O Faraó | **613**

com fome, deita-se na relva; um cavalo faminto treme sobre as pernas e suspira... Como, então, podemos exigir que um homem faminto deva trabalhar sem demonstrar sua insatisfação?

— E Vossa Santidade pretende... — começou o juiz.

— Pentuer formará um conselho para analisar esses fatos — interrompeu-o o faraó. — Até lá todos os castigos devem ser suspensos.

— Mas, nesse caso, eclodirá uma revolta geral! — exclamou o apavorado juiz.

O faraó apoiou o queixo nas mãos e ficou pensativo.

— Muito bem — falou após uma breve pausa. — Que as cortes continuem seu trabalho... mas da forma mais branda possível. Quanto a Pentuer, quero que forme o tal conselho o mais rapidamente possível... Tenho de admitir que é muito mais fácil tomar decisões num campo de batalha do que nesta bagunça em que se transformou o Egito...

Após a saída do juiz, o faraó chamou Tutmozis e lhe ordenou que saudasse, em seu nome, as tropas que estavam retornando dos Lagos Salgados, e distribuísse vinte talentos entre os praças e os oficiais.

Em seguida mandou que chamassem Pentuer, mas, antes, recebeu o tesoureiro-mor.

— Quero saber — disse — qual o verdadeiro estado do Tesouro Real.

— Neste momento, dispomos — respondeu o dignitário — de vinte mil talentos... mas recebemos impostos a cada dia...

— E também a cada dia eclodem rebeliões — acrescentou o faraó. — Quais são as nossas receitas e as nossas despesas?

— Gastamos vinte mil talentos por ano com o exército e, no custeio da corte real, entre dois e três mil talentos mensais...

— E quanto às demais despesas? Quanto gastamos com obras públicas?

614 | Bolesław Prus

— No momento, elas estão sendo feitas gratuitamente.

— E as receitas?...

— São equivalentes aos gastos... gastamos apenas o que recebemos... — murmurou o dignitário.

— Em suma, as nossas reservas variam entre vinte e cinquenta mil talentos — resumiu o faraó. — Onde está o resto?

— Penhorado... aos fenícios, banqueiros, alguns negociantes e santos sacerdotes...

— Compreendo... E onde está o intocável tesouro dos faraós, em barras de ouro, platina, prata e em joias?

— Foi todo gasto no decurso dos últimos dez anos...

— Em quê?... Com quem?...

— Nas necessidades da corte — respondeu o tesoureiro — e em presentes aos nomarcas e aos templos...

— As despesas da corte são cobertas pelas receitas... será possível que os presentes esvaziaram o tesouro do meu pai?!...

— Osíris-Ramsés, pai de Vossa Santidade, foi um homem generoso e fazia grandes oferendas...

— Quão grandes?... Quero saber disso de uma vez por todas — falou impacientemente o faraó.

— As cifras exatas estão nos arquivos; de cabeça, tenho somente dados gerais...

— Então os enumere!...

— Durante o seu feliz reinado, Osíris-Ramsés doou, somente aos templos, cerca de cem cidades, cento e vinte navios, dois milhões de cabeças de gado, dois milhões de sacos de trigo, cento e vinte mil cavalos, oitenta mil escravos, duzentos mil tonéis de vinho e cerveja, três milhões de pães, trinta mil peças de vestuário, trezentas mil barricas de hidromel, óleos e incensos, além de mil talentos em ouro, três mil em prata, dez mil em lingotes de bronze, seis milhões de guirlandas de flores, mil e duzentas estátuas de deuses e em torno de trinta mil pedras preciosas...*

O faraó ergueu as mãos aos céus e, furioso, desfechou um murro na mesa, exclamando:

— É inacreditável que um punhado de sacerdotes possa ter consumido tal quantidade de cerveja, pão, guirlandas e roupas, tendo suas próprias receitas!... Receitas gigantescas, cem vezes mais do que suficientes para custear os seus gastos...

— Vossa Santidade se esqueceu que os sacerdotes sustentam dezenas de milhares de pobres, tratam igual número de doentes e mantêm algumas dezenas de regimentos à sua custa.

— E para que eles precisam de regimentos?... Quanto aos doentes, quase todos pagam por seu tratamento, seja em espécie, seja em serviços prestados. E os pobres?... Eles trabalham nos templos, levando água aos deuses, participando das cerimônias e... principalmente... servem para realizar milagres. São eles que, às portas dos templos, recuperam a visão e readquirem os movimentos de seus braços e pernas... e o povaréu, vendo aqueles prodígios, passa a rezar mais intensivamente, levando mais oferendas aos deuses... Os pobres são como bois e carneiros dos templos — trazem-lhes lucros incessantes...

— E é por isso — ousou observar o tesoureiro — que os sacerdotes não gastam todas as oferendas, mas guardam-nas e aumentam o fundo...

— Que fundo?

— Um fundo para uma emergência inesperada da nação.

— Alguém já chegou a ver esse tal fundo?

---

* As oferendas de Ramsés III aos templos foram expressivamente superiores. (*N. do A.*)

616 | Bolesław Prus

— Eu mesmo — respondeu o dignitário. — Os tesouros acumulados no Labirinto não diminuem; pelo contrário, crescem a cada geração, para...

— Para — interrompeu-o o faraó — os assírios terem o que levar quando conquistarem o Egito, tão magnificamente conduzido pelos sacerdotes!...

O tesoureiro-mor permaneceu calado.

— Agradeço-lhe — disse o amo — pelas suas informações. Eu já sabia que o Egito estava mal financeiramente, mas não supunha que estivesse falido... O país está sendo assolado por rebeliões, não tem exércitos e seu faraó está sem dinheiro... E, apesar disso, o tesouro no Labirinto cresce a cada geração!...

O tesoureiro-mor despediu-se do amo profundamente abatido. Mas o faraó também não estava contente — após uma breve reflexão, sentiu que fora demasiadamente franco com seus dignitários.

capítulo 52

OS GUARDAS POSTADOS NA ANTESSALA ANUNCIARAM A CHEGADA de Pentuer. O sacerdote prostrou-se ao chão diante do faraó e indagou o que o amo tinha a lhe ordenar.

— Não quero lhe dar ordens, mas pedir seu auxílio — respondeu o faraó. — Você deve estar sabendo que há rebeliões no Egito. Rebeliões de felás, trabalhadores, e até de prisioneiros... Rebeliões por toda parte, do mar às minas!... Só falta os meus soldados se rebelarem e nomearem faraó alguém como Herhor!...

— Que Vossa Santidade possa viver eternamente — respondeu o sacerdote. — Não há, no Egito, uma só pessoa que não esteja disposta a sacrificar a própria vida em seu favor e abençoar o seu nome.

— Ah, caso eles soubessem — disse o amo — como o faraó é impotente e pobre, todos os nomarcas quereriam ser donos dos seus nomos!... Ao receber a coroa dupla, pensei que teria alguma importância; no entanto, já no primeiro dia do meu mando, constatei que não passo de uma sombra dos antigos senhores do Egito! Pois o que pode ser um faraó sem bens, sem tropas e, principalmente, sem fiéis seguidores... Pareço uma daquelas estátuas de

618 | Bolesław Prus

deuses a quem são dadas oferendas... Só que as estátuas são impotentes, e as oferendas servem para engordar os cofres dos sacerdotes... E você os apoia!

— Dói-me — respondeu Pentuer — ouvir Vossa Santidade falar dessa forma já no primeiro dia do seu reinado. Caso esses seus sentimentos se tornassem públicos em todo o Egito...

— E com quem eu posso desabafar? — interrompeu-o o amo. — Você é meu conselheiro e me salvou ou, pelo menos, quis salvar a minha vida... e não posso imaginar que tenha feito isso para espalhar por aí o que se passa no meu coração, que abro diante de você... Sendo assim, nomeei-o chefe de uma comissão destinada a analisar a razão das rebeliões que estão eclodindo no meu país. Quero que sejam punidos exclusivamente os culpados e que os inocentes sejam julgados com justiça.

— Farei o que Vossa Santidade deseja — respondeu o sacerdote. — Mas já sei quais são os motivos dos levantes, mesmo antes de quaisquer investigações...

— E quais são eles?

— Já tive a oportunidade de falar deles com Vossa Santidade por mais de uma vez: o povo está faminto, trabalha demais e paga impostos excessivos. Os que anteriormente trabalhavam da madrugada ao pôr do sol, hoje precisam começar o trabalho uma hora antes e terminá-lo uma hora mais tarde. Ainda há pouco, cada homem, por mais simples que fosse, dispunha de um dia livre a cada dez, para poder visitar os túmulos das suas mães e de seus pais, conversar com suas sombras e fazer-lhes oferendas... Hoje, ninguém mais faz isso, por absoluta falta de tempo. Anteriormente, cada felá podia comer três panquecas de trigo... hoje, ele tem que se contentar com uma... de cevada. Antes, os trabalhos nos túmulos, estradas e canais eram remunerados com recursos provenientes dos impostos; hoje, os impostos têm de ser pagos independentemente, e os trabalhos públicos são feitos sem remuneração alguma... Eis os motivos dos levantes.

— Sou o mais pobre aristocrata do país! — exclamou o faraó, arrancando os cabelos em desespero. — Qualquer dono de propriedade alimenta adequadamente o seu gado e lhe dá um tempo de descanso; enquanto isso, meu gado está faminto e exausto!... Portanto, diga-me você, que me pediu que melhorasse a sorte dos felás: o que devo fazer?

— Vossa Santidade me ordena que lhe diga?

— Peço... ordeno... como você quiser; mas fale com sabedoria.

— Que seja abençoado o seu reinado, verdadeiro filho de Osíris! — respondeu o sacerdote. — Eis o que deve ser feito:

"Em primeiro lugar, ordene que os trabalhos públicos sejam remunerados, como sempre foram no passado.

"Em seguida, ordene que o trabalho no campo seja feito desde o nascer até o pôr do sol... Depois, restaure o costume das dinastias divinas de um dia de descanso a cada sete... não a cada dez, mas a cada sete. Depois, proíba aos donos de terras penhorarem seus camponeses... e aos escribas, de os castigarem a seu bel-prazer.

"Finalmente, dê uma décima... ou mesmo vigésima parte das terras de cada propriedade aos seus camponeses, proibindo que seja retomada ou penhorada. Com isso, cada família teria um pedaço de terra do tamanho deste aposento e não passaria mais fome. Se Vossa Santidade der as areias do deserto aos felás, em poucos anos elas se transformarão em jardins..."

— Que belo discurso — interrompeu-o o faraó. — Só que você diz aquilo que está no seu coração, e não o que acontece no mundo real. As intenções humanas, mesmo as mais nobres, nem sempre se coadunam com o desenrolar natural das coisas...

— Pois saiba, Santidade, que eu já presenciei mudanças semelhantes e vi seus resultados — respondeu Pentuer. — Junto de alguns templos, foram conduzidos vários experimentos na cura de doenças, educação de crianças, criação de gado e vegetais e até na melhoria de seres humanos. E eis o que tais experimentos revelaram:

"Ao alimentá-lo bem e conceder descanso a um felá faminto e preguiçoso, ele tornava-se mais robusto, mais disposto ao trabalho e mais produtivo. Um trabalhador remunerado é mais alegre e produz mais do que um escravo açoitado. Pessoas bem alimentadas têm mais filhos do que as famintas e exaustas; os descendentes de homens livres são mais sadios e mais fortes que os de escravos, que são fracos, soturnos e predispostos a roubos e outros crimes.

"Também ficou patente que uma terra cuidada pelo seu proprietário produz uma vez e meia mais grãos e legumes do que uma cultivada por escravos.

"E direi uma coisa curiosa a Vossa Santidade: quando o trabalho dos homens e animais é acompanhado de música, eles produzem mais e se cansam menos."

O faraó sorriu.

— Vejo que terei de introduzir música nas minhas propriedades e minas — disse. — Mas se os sacerdotes descobriram essas coisas maravilhosas, por que não as aplicam nas suas propriedades e não tratam os camponeses dessa forma?

Pentuer baixou a cabeça, e respondeu suspirando:

— Porque nem todos os sacerdotes são tão sábios e têm coração tão nobre...

— Pois é isso! — exclamou o amo. — Sendo assim, quero que me diga o motivo pelo qual você, filho de camponeses e sabedor da existência de tolos e velhacos no meio dos sacerdotes, não quer se aliar a mim na minha luta contra eles?... Você há de convir que eu jamais poderei melhorar a vida dos felás sem conseguir, antes, submeter os sacerdotes à minha liderança...

Pentuer adotou um ar desolado.

— Meu amo — respondeu. — Uma luta com a casta sacerdotal é algo profano e perigoso... Mais de um faraó já a tentou... e nenhum conseguiu ter êxito.

— Porque não foram apoiados por sábios como você! — explodiu o amo. — E é isso que me intriga: por que tantos sacerdotes sábios e honestos se unem a um bando de tratantes, como é a maioria dos membros da casta sacerdotal?

Pentuer meneou a cabeça e falou lentamente:

"A santa casta sacerdotal zela pelo Egito há mais de trinta mil anos, e foi ela que fez dele o que ele é: a maravilha do mundo. E por que os sacerdotes, apesar de todos os seus defeitos, conseguiram fazer isso? Por serem a tocha na qual arde a chama da sabedoria.

"A tocha pode ser suja e até malcheirosa; no entanto, ela preserva a chama sagrada, sem a qual o mundo todo estaria mergulhado em escuridão e selvageria.

"Vossa Santidade fala de uma luta com os sacerdotes... Qualquer que seja o seu resultado, eu ficaria infeliz... se a perder, a sorte dos camponeses não poderá ser melhorada, e se a ganhar... e eu espero que isso não aconteça... Vossa Santidade teria destruído a tocha e provavelmente apagado, junto com ela, a chama de sabedoria que arde há séculos sobre o Egito e o restante do mundo...

"Estas, meu amo, são as razões pelas quais não quero me envolver na sua luta com a divina casta sacerdotal... Sinto que ela está se aproximando, e sofro pelo fato de um verme como eu não poder evitá-la. Mas envolver-me nela é algo que não posso fazer, pois teria que trair ou a Vossa Santidade ou ao deus, que é o criador da sabedoria..."

Ouvindo a preleção do sacerdote, o faraó andava pelo aposento, mergulhado em seus pensamentos.

— Muito bem — disse, finalmente. — Faça o que lhe dita a sua alma. Como você não é um soldado, não posso acusá-lo de covardia... No entanto, não posso tê-lo como conselheiro... embora lhe peça que forme o conselho de investigação dos levantes dos camponeses e, quando voltar a chamá-lo, quero que sempre me diga o que lhe ordena a sua sabedoria.

Pentuer ajoelhou-se, despedindo-se do amo.

— De qualquer forma — acrescentou o faraó —, quero que você saiba que não tenho a intenção de apagar a chama divina... Que os sacerdotes continuem zelando pela sabedoria nos seus templos, mas que não desfaçam meus exércitos, não assinem tratados desonrosos e... não roubem o Tesouro Real... Será que eles imaginam que eu vou até os seus templos implorar, qual um mendigo, por fundos para reerguer o país que eles mesmos arruinaram?... Pois saiba, Pentuer, que nem aos deuses eu pediria algo que me pertence de fato e de direito!... Pode ir embora, a audiência está encerrada.

O sacerdote saiu andando de costas e, no umbral da porta, prostrou-se ao chão. O faraó ficou só.

"Os mortais", pensou, "são como crianças. Herhor é inteligente, sabe que, no caso de uma guerra, o Egito vai precisar de um exército de meio milhão de homens e que esse exército terá que ser treinado, e no entanto diminuiu a quantidade de regimentos... O tesoureiro-mor também é inteligente, mas acha o fato de todo o tesouro dos faraós ter passado para o Labirinto a coisa mais natural do mundo!... Finalmente, há Pentuer..."

Neste ponto, as reflexões do grande amo tornaram-se ainda mais profundas:

"Que homem mais estranho!... Quer dar aos felás comida, terras e uma porção de feriados... Ótimo, só que, com isso, os meus rendimentos, que já são pequenos, iriam diminuir ainda mais. Mas se eu lhe dissesse: ajude-me a recuperar os tesouros reais dos sacerdotes, ele chamaria isso de um ato profano e de apagamento da luz no Egito... Para ajudar os felás, ele concordaria em virar o país de cabeça para baixo, mas não tem a coragem de pegar um sumo sacerdote pelo cangote e levá-lo para a cadeia. Com a maior calma do mundo, me recomenda abrir mão da metade dos meus rendimentos, mas tenho certeza de que não seria capaz de pegar sequer uma utena de bronze do Labirinto...

"Todos querem ser felizes, mas quando você quer fazer com que todos sejam felizes, cada um nos agarra as mãos, como alguém a quem querem arrancar um dente podre...

"E é por isso que é preciso que um líder seja determinado... E é por isso que o meu divino pai fez mal em negligenciar os felás e confiar demasiadamente nos sacerdotes... Que fardo pesado ele deixou sobre os meus ombros!... Mas não faz mal... darei um jeito...

"Nos Lagos Salgados também foi complicado... até mais complicado do que aqui... Aqui só há fanfarrões e covardes, enquanto lá havia homens armados e decididos a morrer... Apenas uma batalha nos abre os olhos mais do que dezenas de anos de um reinado pacífico... Todo aquele que disser: hei de vencer... vencerá. Mas aquele que hesitar, terá de ceder..."

Anoitecia. No palácio houve a troca da guarda e nos salões foram acesas tochas. Só o aposento do faraó permaneceu às escuras, já que ninguém ousava entrar nele sem ter recebido uma ordem nesse sentido.

O grande amo, exausto por causa da viagem do dia anterior e das atividades do dia presente, desabou sobre uma poltrona. Parecia-lhe que havia sido faraó por centenas de anos e não conseguia acreditar que haviam se passado apenas 24 horas desde o momento em que esteve em meio às pirâmides.

"Apenas um dia?... Não pode ser!..."

Depois, veio-lhe à mente a possibilidade de o coração do sucessor ter sido ocupado pelas almas dos faraós que o precederam. Tal-

624 | Bolesław Prus

vez fosse isso — pois de que forma explicar que ele fora tomado por uma sensação de velhice e antiguidade?... E por que a tarefa de reinar pareceu-lhe tão fácil agora, quando, apenas alguns meses antes, ela lhe parecera quase impossível?...

"Apenas um dia?", repetia para si mesmo. "Mas eu já estou aqui há milhares de anos!..."

De repente, ouviu uma voz abafada:

— Meu filho!... Meu filho!...

O faraó levantou-se da poltrona.

— Quem está aí? — exclamou.

— Sou eu... Será que você já me esqueceu?...

O monarca não conseguia identificar a fonte da voz. Teria sido do alto, de baixo ou da estátua de Osíris no canto do aposento?

— Meu filho — voltou a falar a voz —, se você quer contar com o apoio dos deuses, respeite os seus desígnios... Respeite os intentos divinos, pois sem a ajuda dos deuses, a maior potência terrena é como pó e sombra... Respeite os deuses, se você não quer que a sua amargura envenene a minha estada no feliz país do Oeste...

A voz se calou e o faraó mandou que o aposento fosse iluminado. Uma das suas portas estava trancada e a outra, protegida por guardas. Ninguém poderia ter entrado. O coração do faraó se encheu de um misto de fúria e preocupação. O que fora aquilo?... Teria sido realmente a voz de seu pai, ou se tratava de mais um truque dos sacerdotes?

No entanto, se os sacerdotes fossem capazes de falar com ele de longe, malgrado os espessos muros, então também teriam condições de ouvi-lo, e, nesse caso, ele — o senhor do mundo — seria como um animal selvagem cercado por todos os lados.

É verdade que escutas clandestinas eram comuns no palácio, mas o faraó achara que pelo menos aquele aposento estivesse seguro e que o atrevimento dos sacerdotes parasse à porta do líder supremo.

O Faraó | **625**

E se tivesse sido realmente um espírito?...

O amo não quis jantar e se recolheu. Achou que não conseguiria adormecer, mas o cansaço sobrepujou sua irritação.

Algumas horas mais tarde, foi despertado por luzes e sinos. Era meia-noite, e o astrólogo-mor veio lhe trazer o relatório sobre a disposição dos corpos celestes. O faraó ouviu o que ele tinha a dizer e perguntou:

— A partir de agora, venerável profeta, você não poderia fazer esses relatórios ao distinto Sem? Afinal, ele é meu substituto nas questões religiosas...

O sacerdote-astrólogo espantou-se diante da falta de interesse do amo por questões celestes.

— Vossa Santidade deseja abrir mão das indicações que as estrelas dão aos monarcas?

— E elas dão mesmo? — disse o faraó. — Então me diga o que elas indicam para mim.

Era evidente que o astrólogo estava esperando por aquela pergunta, pois respondeu sem um momento de hesitação:

— No presente momento, o horizonte está um tanto obscuro... O senhor do mundo ainda não encontrou o caminho da verdade, que leva ao conhecimento dos desígnios divinos... Mais cedo ou mais tarde, porém, vai encontrá-lo, e nele, uma longa e feliz vida e um reinado cheio de glória...

— Compreendo... agradeço-lhe, santo homem. Agora que já sei o que devo procurar, vou me adaptar às indicações, mas volto a lhe pedir que, a partir de hoje, faça os relatórios ao eminente Sem. Ele é o meu substituto, e, caso você leia algo de interessante nas estrelas, ele vai comunicar-me logo de manhã.

O sacerdote saiu do aposento.

— A distintíssima rainha Nikotris — anunciou inesperadamente o ajudante de ordens — pede uma audiência a Vossa Santidade.

626 | Bolesław Prus

— Agora?... À meia-noite?... — perguntou o amo.

— Ela disse que Vossa Santidade estará acordado à meia-noite.

O faraó pensou um pouco, e disse ao funcionário que estaria aguardando a rainha no salão dourado, achando que ninguém poderia ouvir o teor da sua conversa naquele lugar. Vestiu uma capa, calçou sandálias e ordenou que o salão dourado fosse iluminado. Em seguida, foi para lá, ordenando aos serviçais que não fosse seguido nem interrompido.

Ao chegar ao salão, já encontrou a mãe em seu interior. A distinta dama quis novamente se ajoelhar, mas o filho não lhe permitiu e a abraçou.

— Aconteceu algo importante, mãe, para você se incomodar a esta hora da noite? — perguntou.

— Eu não estava dormindo... rezava... — respondeu ela. — Oh, meu filho, você adivinhou que aconteceu algo importante!... Ouvi a divina voz do seu pai...

— Realmente? — disse o faraó, sentindo a raiva crescendo no peito.

— Seu imortal pai — continuava a rainha — falou com voz muito triste, dizendo que você está tomando um caminho errado... que você demonstra desprezo aos templos dos sumos sacerdotes e maltrata os servos dos deuses... "Quem ficará do lado de Ramsés", dizia o seu divino pai, "se ele despertar a ira dos deuses e for abandonado pela casta sacerdotal?... Diga-lhe... diga-lhe que dessa forma ele arruinará o Egito, a si mesmo e à dinastia..."

— Então é isso?!... — exclamou o faraó. — Eles já me ameaçam logo no primeiro dia do meu reinado?... Mãe, saiba que um cão late mais forte quando está com medo; portanto essas ameaças podem ser maus presságios... mas para os sacerdotes!

— Mas foi o seu pai que falou comigo... — repetiu a preocupada dama.

O Faraó | **627**

— O meu imortal pai — respondeu o faraó — e o santo avô Amenhotep, sendo espíritos iluminados, conhecem profundamente o meu coração e veem o lamentável estado do Egito. E como o meu coração almeja reerguer a nação coibindo os abusos, eles não poderiam ser contrários às minhas intenções...

— Então você não acredita que foi seu pai que o estava aconselhando? — perguntou a cada vez mais assustada rainha.

— Não sei. Mas tenho o direito de suspeitar que estas vozes que emanam de vários cantos do nosso palácio sejam algum truque dos sacerdotes. Somente os sacerdotes podem estar com medo de mim... não os espíritos e deuses. Portanto, minha mãe, quem quer nos assustar não são os espíritos...

A rainha ficou pensativa. Era evidente que as palavras de seu filho causaram nela uma profunda impressão. No decurso da sua vida, ela vira vários acontecimentos extraordinários, e muitos deles haviam lhe parecido suspeitos.

— Nesse caso — falou suspirando —, você está sendo descuidado, meu filho!... Fui visitada por Herhor, que estava descontente com a reunião que teve com você... Disse que você pretende afastar os sacerdotes da corte...

— E para que eu preciso deles?... Para que a minha despensa e a minha cozinha tenham grandes gastos?... Ou será para escutarem as minhas conversas e controlarem o que faço?...

— Caso os sacerdotes anunciem que você é um herege, todo o país se rebelará — aparteou a rainha.

— O país já está rebelado, mas por culpa dos sacerdotes — respondeu o faraó. — Quanto à devoção do povo egípcio, começo a ter outra visão dela... Se você soubesse, mãe, quantos processos existem por profanação de deuses no Egito Inferior e quantos por violação de túmulos no Superior, convencer-se-ia de que, para o nosso povo, as questões sacerdotais deixaram de ser sagradas há muito tempo.

— Por influência dos estrangeiros! — exclamou a distinta dama. — Principalmente dos fenícios...

— Não importa de quem é a influência. O fato é que o Egito já não considera as efígies e os sacerdotes coisas sagradas... E se você, mãe, ainda ouvisse o que têm a dizer os nobres, oficiais, soldados... teria certeza de que chegou a hora de reerguer o poder majestático, em substituição ao sacerdotal.

— O Egito é seu — suspirou a rainha. — A sua inteligência é magnífica, portanto, faça o que achar melhor... mas aja com cautela... com muita cautela. Um escorpião, mesmo morto, é capaz de ferir mortalmente o seu distraído vencedor...

Mãe e filho se abraçaram, e o amo retornou para seu quarto, só que dessa vez não conseguiu pegar no sono. Já lhe era claro que começara uma luta entre ele e os sacerdotes; na verdade não uma luta, mas algo repugnante, que não merecia ser chamado de combate e com que ele, o comandante, não sabia lidar. Pois onde estava o inimigo?... A quem o seu leal exército deveria combater?... Os sacerdotes, que se prostram ao chão diante dele, ou as estrelas, que dizem que o faraó tomou um caminho errado?... Lutar contra o que e contra quem?... Contra aquelas vozes que emanam da penumbra ou, quem sabe, contra a própria mãe que, apavorada, lhe implora que não expulse os sacerdotes?...

O faraó se contorcia em seu leito, tomado por um sentimento de impotência. De repente, uma ideia percorreu sua mente: "Por que deveria me preocupar com um inimigo que se desfaz como a lama num punho? Podem ficar falando em salões vazios e vociferar contra a minha falta de religiosidade. Eu vou dar ordens, e todo aquele que ousar não obedecê-las será considerado meu inimigo; e contra ele usarei a polícia, as cortes e o exército..."

capítulo 53

A DUAS HORAS DE DISTÂNCIA DO PALÁCIO, DO OUTRO LADO DO NILO, além do canal, dos campos férteis e dos bosques de palmeiras, entre Mênfis e o "Altiplano das Múmias", havia um bairro estranho. Todas as suas construções eram destinadas a mortos, e habitadas exclusivamente por embalsamadores.

O bairro em questão era uma espécie de antessala do cemitério propriamente dito — uma ponte que ligava a sociedade dos vivos ao local do repouso eterno. Era o lugar para o qual eram levados os cadáveres para serem mumificados, e onde as famílias e os sacerdotes negociavam os preços dos funerais. Além disso, era ali que eram fabricados os livros sagrados, as bandagens, os sarcófagos, móveis, utensílios e efígies dos deuses.

O local era cercado por um longo muro, com vários portões. O séquito que acompanhava os restos mortais de Ramsés XII parou diante do portão principal e um dos sacerdotes bateu nele.

— Quem está aí? — indagou uma voz do interior.

— Osíris-Mer-amen-Ramsés, senhor dos dois mundos, que vem até vós e demanda que o prepareis para a sua viagem eterna — respondeu o sacerdote.

— Será possível que se apagou o sol do Egito?... Que morreu aquele que era o sopro da vida?...

— Este foi o seu desejo — replicou o sacerdote. — Portanto, recebei-o com o devido respeito e prestai-lhe toda a assistência, para que não sejais castigados nesta, e na futura, vida.

— Faremos o que nos é pedido — respondeu a voz.

Os sacerdotes deixaram a liteira com o corpo do faraó e se afastaram rapidamente, para não serem tocados pelas emanações impuras dos corpos aglomerados naquele lugar. Ficaram apenas os funcionários leigos, sob a supervisão do juiz supremo e do tesoureiro-mor.

Após um breve intervalo, o portão foi aberto, revelando uma dezena de homens vestidos em trajes sacerdotais e com os rostos cobertos.

Ao vê-los, o juiz disse:

— Entregamos-lhes o corpo de nosso e de vosso amo. Façam com ele o que demandam as leis religiosas, e não se descuidem em nada, para que este grande morto, por culpa de vocês, não venha a sentir qualquer desconforto no outro mundo.

E o tesoureiro acrescentou:

— Usem ouro, prata, malaquita, jaspe, esmeraldas, turquesas e os mais caros perfumes para este amo, para que nada lhe falte e que tudo seja da melhor qualidade. Sou eu, o tesoureiro-mor, que lhes digo isto. E se algum de vocês ousar substituir os metais preciosos por pobres falsificações ou colocar vidro fenício barato em vez de pedras preciosas, saibam que terá as mãos decepadas e os olhos vazados.

— Tudo será feito como nos é ordenado — respondeu um dos encapuzados sacerdotes.

Então, os demais levantaram a liteira e adentraram o bairro, cantando:

"Estais indo, em paz, para Abydos!... Que possais, com a mesma paz, chegar ao leste de Tebas!... Ao leste, ao leste, à terra dos justos!..."

O portão se fechou. O juiz supremo, o tesoureiro-mor e os demais funcionários retornaram à balsa e ao palácio.

Enquanto isso, os encapuzados sacerdotes levaram a liteira para um enorme prédio, no qual eram embalsamados somente os cadáveres de reis ou de altos dignitários que o faraó agraciara de modo especial. Pararam numa antessala, na qual havia uma nave dourada sobre rodas, e começaram a retirar os restos mortais da liteira.

— Olhem! — exclamou um dos encapuzados. — Que bando de ladrões!... O faraó morreu na capela de Osíris, portanto deveria estar com trajes cerimoniais... e, no entanto, vejam isso: em vez de pulseiras de ouro... de bronze; a corrente também é de bronze e, nos anéis... pedras falsas!

— É verdade — respondeu outro. — Gostaria de saber quem o arrumou desse jeito: os sacerdotes ou os escribas?

— Estou convencido de que foram os sacerdotes... que as suas mãos ressequem!... E eles ainda ousam nos recomendar a dar ao falecido tudo da melhor qualidade...

— Não foram eles que fizeram essa recomendação, mas o tesoureiro-mor...

— Todos são ladrões...

E, conversando assim, os embalsamadores despiram o falecido dos seus trajes reais, vestiram-no com uma túnica tecida com fios de ouro e transferiram-no da liteira para a nave dourada.

— Devemos dar graças aos deuses — dizia um deles — por já termos um novo amo... Ele dará um jeito na casta sacerdotal. O que eles tomaram com as mãos, terão que devolver com as bocas...

— Dizem que ele será um monarca enérgico — observou outro. — Ele mantém um bom relacionamento com os fenícios e gosta da companhia de Pentuer, que não é um sacerdote nato, mas

632 | Bolesław Prus

provém de pobretões como nós... Quanto ao exército, dizem que todos os soldados estão prontos a se atirar no fogo por ele...

— E ainda há pouco obteve uma vitória espetacular sobre os líbios...

— Só espero que nada de mal possa lhe acontecer...

— E quem poderá lhe fazer qualquer mal, se ele tem o exército atrás de si? Que eu não tenha um funeral digno, se o jovem amo não der aos sacerdotes o mesmo tratamento que um bisão dá a um trigal...

— Você é um tolo! — falou o até então calado embalsamador. — Onde já se viu um faraó derrotar sacerdotes!?

— E por que não?

— Você já viu um leão despedaçar uma pirâmide, ou um touro derrubar uma delas?... Pois eu lhe digo que é mais fácil um leão ou um touro derrubarem uma pirâmide do que um faraó derrotar a casta sacerdotal... mesmo se esse faraó fosse leão e touro numa só pessoa.

— Ei! Vocês aí! — ecoou uma voz vinda de cima. — O corpo já está pronto?

— Já... já... só falta amarrar a sua mandíbula — responderam da antessala.

— Não faz mal... Mandem-no assim mesmo, pois Ísis tem de retornar à cidade dentro de uma hora.

Momentos depois, a nave dourada com os restos mortais foi içada para um balcão, que formava o vestíbulo de um grande salão pintado de azul-celeste e decorado com estrelas douradas. Ao longo de uma de suas paredes estendia-se uma sacada em forma de arco, com as pontas à altura de um andar, e o centro, à de um andar e meio.

O salão representava a abóbada celeste, a sacada era uma representação do caminho do sol pelo firmamento, e o faraó seria Osíris, ou seja, o sol que se desloca do leste para o oeste.

O Faraó | **633**

Embaixo, no piso do salão, estavam aglomerados sacerdotes e sacerdotisas que, aguardando o início da cerimônia, conversavam despreocupadamente.

— Tudo pronto! — gritaram do balcão.

As conversas cessaram. Do alto, ecoaram três batidas de um gongo de bronze e apareceu a dourada nave do sol com os restos mortais do falecido, erguendo-se lentamente para o ponto central do arco. No mesmo instante surgiu uma sacerdotisa representando a deusa Ísis, que, levando seu filho Hórus pela mão, também foi caminhando lentamente para cima. Era a representação da lua, deslocando-se atrás do sol.

A nave começou a se mover para baixo, na direção do poente, desaparecendo na ponta ocidental do balcão. Ísis e Hórus permaneceram no ponto central do arco, enquanto um grupo de sacerdotes cercou a nave, tirando dela o corpo e depositando-o sobre uma mesa de mármore, como se fosse para dar um descanso a Osíris após um dia exaustivo.

Foi quando se aproximou do cadáver um embalsamador fantasiado de deus Tufão. Seu rosto estava coberto por uma máscara horrenda, usava uma peruca ruiva e uma capa de pele de javali sobre as costas, e na mão trazia uma faca de pedra.

Manejando a faca com destreza, Tufão começou a retirar as solas dos pés do falecido.

— O que está fazendo ao adormecido, irmão Tufão? — perguntou Ísis do alto do balcão.

— Estou raspando os pés do meu irmão Osíris, para que eles não possam poluir o céu com poeira terrena — respondeu o embalsamador fantasiado de Tufão.

Tendo separado as solas dos pés, o embalsamador pegou um arame dobrado, enfiou-o no nariz do falecido e começou a retirar seu cérebro. Em seguida, abriu sua barriga, retirando suas entranhas, o coração e os pulmões.

634 | Bolesław Prus

Enquanto isso, os ajudantes de Tufão trouxeram quatro enormes urnas, decoradas com as cabeças dos deuses Hapi, Imset, Duamutef e Quebeshenuf, e foram colocando os órgãos do morto dentro delas.

— E agora, o que está fazendo, irmão Tufão? — perguntou novamente Ísis.

— Estou limpando o irmão Osíris das impurezas terrenas, para que se torne mais belo — respondeu o embalsamador.

Junto da mesa de mármore havia um poço de água saturada com soda. Tendo limpado o cadáver, os embalsamadores colocaram-no no poço, onde ele permaneceria por setenta dias.

Enquanto isso, Ísis atravessou o balcão e chegou ao lugar no qual os embalsamadores haviam limpado o cadáver real. Olhou para a mesa de mármore e, vendo que estava vazia, exclamou assustada:

— Onde está o meu irmão?... Onde está o meu divino marido?...

Ouviu-se o estrondo de um trovão e sons de trombetas e gongos de bronze, enquanto o embalsamador travestido de Tufão soltava uma gargalhada e exclamava:

— Bela Ísis que alegras as noites no meio das estrelas, seu esposo deixou de existir!... Nunca mais o radiante Osíris sentará na nave dourada, e nunca mais o sol surgirá no horizonte... E quem fez isso fui eu, Set... e o escondi tão profundamente que nem um deus conseguirá encontrá-lo!

Ao ouvir aquelas palavras, a deusa rasgou suas vestes e começou a gemer e a arrancar seus cabelos. As trombetas voltaram a soar, acompanhadas de trovões e dos gritos enfurecidos dos sacerdotes e das sacerdotisas:

— Seja maldito, espírito da escuridão que incita os ventos do deserto, agita o mar e escurece a luz do dia!... Tomara que você caia num abismo tão profundo que nem o próprio pai dos deuses possa liberá-lo... Maldito!... Maldito Set!... Que o seu nome seja sinônimo de terror e repugnância!...

O Faraó | **635**

E proferindo todas essas maldições, se atiraram sobre Tufão, enquanto o deus de cabelos ruivos fugia para fora da sala.

Mais três batidas de gongo de bronze — e a cerimônia terminou.

— Já basta! — gritou o mais velho dos sacerdotes aos demais, que, empolgados, já começavam a brigar. — Você, Ísis, já pode retornar à cidade, enquanto vocês outros vão ter com os demais defuntos, que os aguardam... Não negligenciem os demais mortos, pois não sabemos quanto receberemos por nos termos ocupado deste último...

— Na certa, muito pouco — disse um dos embalsamadores. — Andam dizendo por aí que o tesouro está vazio e que os fenícios ameaçam não fazer mais empréstimos enquanto não receberem novas leis.

— Que morram todos esses seus fenícios!... Eles já nos levaram tanto, que falta pouco para termos que esmolar a eles uma panqueca de cevada...

— Só que, caso eles não forneçam dinheiro ao faraó, não seremos pagos pelo funeral...

Aos poucos, as conversas foram cessando e todos saíram do salão azul-celeste, deixando apenas dois guardas junto ao poço com os restos mortais do faraó.

Toda aquela cerimônia fora uma encenação da lenda sobre o assassinato de Osíris (o sol) por Tufão (o espírito da noite e do mal), e sua função fora a de retirar as entranhas e limpar o corpo do faraó, para que pudesse ser submetido ao processo de mumificação.

O corpo permaneceu submerso naquela mistura de água e soda por setenta dias, numa referência ao fato de o malvado Tufão ter afogado o corpo de seu irmão nos Lagos Salgados. Durante todo aquele período, a cada manhã e a cada tarde, a sacerdotisa fantasiada de Ísis entrava no salão azul-celeste. Uma vez dentro dele, gemendo e arrancando os cabelos, fazia sempre a mesma pergunta aos guardas: se haviam visto seu divino irmão e marido.

636 | Bolesław Prus

No septuagésimo primeiro dia, entrou no salão Hórus, filho e sucessor de Osíris, acompanhado de seu séquito. E foram os membros do séquito que notaram o poço.

— Quem sabe se não deveríamos procurar ali o cadáver do meu pai e irmão? — sugeriu Hórus.

Então, todos se puseram a procurar e, para grande alegria dos sacerdotes e ao som de música, o encontraram, retirando-o daquele banho fortificante. Imediatamente, colocaram-no num cano de pedra percorrido por uma corrente de ar quente, onde o deixaram por alguns dias até ficar completamente seco, quando o entregaram aos mumificadores.

Neste ponto, tiveram início as cerimônias principais, das quais participaram os mais preeminentes sacerdotes do bairro dos mortos.

O corpo do falecido foi lavado com água benta, enquanto suas partes internas eram borrifadas com vinho de folhas de palmeira. No chão coberto de cinzas, sentaram-se carpideiras, chorando, arrancando os cabelos e arranhando o rosto. O leito de morte foi cercado por sacerdotes travestidos de deuses: uma Ísis desnuda — de coroa faraônica na cabeça — , o jovem Hórus, Anúbis — com cabeça de chacal —, Tot — com cabeça de pássaro e tabuletas nas mãos —, e vários outros.

Sob a supervisão daquela augusta assembleia, os especialistas começaram a encher o interior do corpo do falecido com ervas odoríferas, serragem e até resinas aromáticas — acompanhados por cantos e rezas. Depois, no lugar dos seus olhos, foi colocado um par de olhos de vidro incrustados em bronze. Finalmente, todo o corpo foi polvilhado de soda cáustica.

Foi quando se apresentou outro sacerdote, informando aos presentes que o corpo do morto era o corpo de Osíris, e que todos seus atributos eram atributos de Osíris:

O Faraó | **637**

As propriedades mágicas da sua têmpora esquerda são propriedades da têmpora do deus Atum, e seu olho direito é o olho do deus Atum, cujos raios atravessam a escuridão. Seu olho esquerdo é o olho de Hórus, que destrói todos os seres vivos; seu lábio superior é Ísis e o inferior é Nephtys. O pescoço do falecido é uma deusa, suas mãos são espíritos divinos, e seus dedos são serpentes azuladas, filhas da deusa Selkit. Seus flancos são penas de Amon, sua espinha é a espinha de Sib, enquanto seu ventre é o deus Nun.*

Então, os sacerdotes passaram a enrolar cada mão e cada pé, assim como cada um dos dedos do morto, com tiras coladas com goma e bálsamos, nas quais estavam escritos orações e feitiços. Ao mesmo tempo, colocam no seu peito os manuscritos do Livro dos Mortos,** com as seguintes meditações, que os sacerdotes recitam em voz alta para o morto:

Sou aquele a quem nenhum deus se opõe.

E quem é esse?

É Atum, no seu disco; é Rá, no seu disco, que se ergue no céu. Sou o Ontem, e conheço o Amanhã.

E quem são eles?

O Ontem é Osíris e o Amanhã é Rá, no dia em que aniquila os inimigos do Senhor, que está acima de tudo, e quando sacrifica seu filho Hórus. Em outras palavras: no dia em que o caixão de Osíris é encontrado pelo seu pai, Rá. Ele derrotará os deuses, sob o comando de Osíris, o Senhor do monte Amenti.

O que é isso?

---

* Segundo o egiptólogo francês Gaston Maspero. (*N. do A.*)

** Designação dada a uma coletânea de feitiços, fórmulas mágicas, orações, hinos e ladainhas do Egito Antigo, escritas em rolos de papiro e colocadas nos túmulos, junto às múmias. Trata-se de um dos mais sublimes legados da Antiguidade. (*N. do A.*)

638 | Bolesław Prus

Amenti é a criação das almas dos deuses, a pedido de Osíris, o senhor do monte Amenti. Em outras palavras: Amenti é a excitação provocada por Rá. Cada deus que ali chega, trava uma luta. Conheço um deus poderoso que lá habita. Sou um cidadão do meu país, venho da minha cidade, destruo o mal, elimino o que é prejudicial e afasto a imundície de mim. Chego à terra dos habitantes celestes, entrando pelo portão principal. Oh, companheiros meus, estendam-me suas mãos, pois serei um de vocês.*

Quando todos os membros do falecido já estão envoltos pelas tiras com rezas, e o morto já foi guarnecido de amuletos e de uma adequada provisão de meditações que lhe permitirá se orientar no mundo dos deuses, torna-se necessário pensar num documento que lhe permita abrir aquele portão principal. Pois, entre o túmulo e o céu, aguardam o falecido quarenta e dois terríveis juízes que, sob a presidência de Osíris, vão examinar sua vida terrena. E é somente quando seu coração, pesado na balança da justiça, se revelar equivalente ao da deusa da verdade, e quando o deus Jehuti, que registra os feitos do falecido, considerá-los dignos, que Hórus pegará sua alma pela mão — e a conduzirá ao trono de Osíris.

E para que o morto possa se justificar perante o tribunal, é preciso envolver sua múmia num papiro, no qual consta uma confissão total. Durante o processo do envolvimento, os sacerdotes entoam, clara e categoricamente:

Não fiz qualquer mal de forma traiçoeira a quem quer que fosse. Não tornei infeliz qualquer um daqueles que me foram próximos. Nunca fui obsceno nem pronunciei palavras impróprias na casa da verdade. Não convivi com o mal. Não cometi qualquer mal. Como líder, não fiz meus subalternos trabalharem mais do que podiam. Ninguém se tornou medroso, pobre, sofredor ou infeliz por

---

* O Livro dos Mortos. (*N. do A.*)

minha causa. Não cometi qualquer ato que pudesse ser desprezado pelos deuses. Não atormentei qualquer um dos meus escravos. Não os fiz passar fome. Não os fiz chorar. Não matei nem mandei que alguém fosse morto de forma traiçoeira. Não menti. Não roubei dos templos. Não reduzi as receitas destinadas aos deuses. Não me apossei do pão e das tiras das múmias. Não cometi qualquer pecado contra os sacerdotes do meu distrito nem me apossei de suas receitas e de seus bens. Jamais arranquei um bebê do seio da mãe. Não cometi qualquer bestialidade. Não cacei pássaros dedicados aos deuses. Não interrompi o fluxo das águas. Não inverti o sentido dos canais. Não apaguei qualquer fogo em hora desapropriada. Não roubei dos deuses as oferendas que eles escolheram. Sou puro... Sou puro... Sou puro. *

Quando o falecido já sabia, graças ao Livro dos Mortos, como prosseguir no mundo eterno e, principalmente, como se defender perante os quarenta e dois deuses, os sacerdotes abasteceram-no ainda com mais um trecho do Livro dos Mortos, explicando-lhe verbalmente a sua imensa importância. Para tanto, os embalsamadores afastaram-se da múmia do faraó, e o sacerdote daquele distrito passou a sussurrar ao ouvido do falecido:

Saiba que, estando de posse deste livro, você fará parte dos vivos e conseguirá muito prestígio junto dos deuses. Saiba que, graças a ele, ninguém ousará se lhe opor. Os próprios deuses vão aproximar-se de você e o abraçarão, pois você fará parte do seu grupo.

Saiba que este livro lhe permitirá tomar conhecimento do que ocorreu no princípio. Nenhum homem o leu em voz alta, nenhum olho o viu, nenhum ouvido o ouviu. Este livro é a verdade mais pura, mas ninguém teve conhecimento dele. Que ele seja visto exclusivamente por você e por aquele que lho forneceu. Não acrescente a ele

---

* Capítulo 75 do Livro dos Mortos. (*N. do A.*)

quaisquer comentários que lhe possam vir à mente. Ele é escrito, todo ele, na sala na qual são embalsamados os mortos. É um mistério, ao qual não tem acesso nenhum homem comum, nenhum homem no mundo.

Este livro será seu alimento no país inferior dos espíritos. Ele fornecerá à sua alma os meios necessários para sua permanência na terra, dar-lhe-á uma vida eterna e fará com que ninguém possa dominá-lo.*

Os restos mortais do faraó foram vestidos em trajes luxuosos e adornados com uma máscara de ouro no rosto, anéis nos dedos e pulseiras nos braços cruzados sobre o peito. Sob sua cabeça foi colocado um suporte de marfim que os egípcios costumavam usar a título de travesseiro. Por fim, acomodaram o cadáver em três caixões sucessivos: de papel coberto de inscrições, de cedro incrustado com ouro, e de mármore. O formato dos dois primeiros correspondia exatamente ao corpo do falecido; até o rosto esculpido era semelhante — só que sorridente.

Após permanecer três meses no bairro dos mortos, a múmia do faraó estava pronta para as pompas fúnebres e foi levada de volta ao palácio real.

---

* Capítulo 148 do Livro dos Mortos. (*N. do A.*)

capítulo 54

DURANTE OS SETENTA DIAS NOS QUAIS OS VENERÁVEIS RESTOS mortais permaneceram mergulhados em água sodada o Egito manteve luto.

Os templos ficaram fechados e não houve procissões. Cessou qualquer som de música. Não houve banquetes. Dançarinas se transformaram em carpideiras e, em vez de cantar, arrancavam os cabelos, ganhando alguns trocados com isso.

Não se bebia vinho nem se comia carne. Os mais altos dignitários andavam descalços e em trajes toscos. Ninguém se barbeava (exceto os sacerdotes), e os mais pios chegavam a não se lavar, lambuzando o rosto com lama e cobrindo os cabelos com cinzas.

Do mar Mediterrâneo à primeira catarata do Nilo, do deserto líbio à península do Sinai, reinavam silêncio e tristeza. Apagara-se o sol do Egito, o grande amo que dava vida e alegria partira para o oeste, abandonando seus súditos.

Na alta sociedade, as conversas mais em moda giravam em torno da tristeza geral, que parecia ter afetado até a natureza.

— Você notou — perguntava um dignitário a outro — que os dias parecem mais curtos e mais escuros?

642 | Bolesław Prus

— Eu não tive coragem de falar sobre isso com você — respondia o outro —, mas é verdade. Cheguei a notar que há menos estrelas no céu e que a lua cheia durou menos tempo, enquanto a nova durou mais.

— Os pastores comentam que o gado não quer comer e passa os dias mugindo...

— E eu ouvi dos caçadores que os leões não se atiram sobre as corças, porque não comem carne.

— Que tempos horríveis!... Venha à minha casa no fim do dia, e tomaremos uma copa de uma bebida fúnebre, inventada pelo meu adegueiro.

— Já sei; deve ser aquela cerveja escura de Sídon.

— Não. O líquido inventado pelo meu adegueiro não é cerveja... Se fosse compará-lo a algo, seria a um vinho impregnado de almíscar e ervas perfumadas.

— É uma bebida mais do que adequada para o momento em que o nosso amo permanece no bairro dos mortos, pois de lá emanam odores de almíscar e de ervas usadas em embalsamações.

E era assim que, durante setenta dias, os dignitários observavam o luto.

O primeiro lampejo de alegria percorreu o Egito no momento em que chegou a notícia de que o corpo do faraó fora retirado de seu banho de água sodada e que os embalsamadores e sacerdotes começaram a prepará-lo. Foi o dia em que as pessoas cortaram os cabelos pela primeira vez, tiraram a lama do rosto, e os mais pios se lavaram. Na verdade, não havia mais motivo para tristeza: Hórus achara os restos mortais de Osíris; o senhor do Egito ressuscitara graças à arte dos embalsamadores e, pela obra das orações dos sacerdotes e do Livro dos Mortos, tornara-se igual aos deuses.

A partir daquele momento, o falecido faraó passou a se chamar oficialmente Mer-amen-Ramsés, muito embora, extraoficialmente, já fosse chamado assim logo após seu falecimento.

O Faraó | 643

A alegria inata do povo egípcio sobrepujou o luto, principalmente entre os soldados, artesãos e camponeses. Entre o populacho, a alegria em pauta chegou a adquirir formas inconvenientes, pois surgiram boatos de que o novo faraó, a quem o povo amava instintivamente, iria melhorar a vida dos trabalhadores, felás e até dos escravos.

Em função disso, houve casos (algo inaudito!) em que pedreiros, carpinteiros e oleiros, em vez de beber calmamente ou discutir assuntos profissionais ou familiares, ousavam reclamar em público dos impostos e até resmungar contra o excessivo poder dos sacerdotes. Por sua vez os felás, em vez de ocupar seu tempo livre com rezas e visitas a seus antepassados, comentavam entre si como seria bom se cada um deles pudesse ter um pedaço de terra e descansar a cada sete dias!

Quanto às tropas, principalmente nos regimentos estrangeiros, nem vale a pena comentar. Aqueles homens se imaginavam como a mais alta classe social do Egito, e, mesmo se não se imaginassem, estavam convencidos de que isso iria ocorrer em pouco tempo, após uma guerra vitoriosa.

Em compensação, os nomarcas, os aristocratas rurais e, principalmente, os sacerdotes continuavam mantendo o luto pelo passamento do amo anterior, apesar de poderem se regozijar com o fato de ele já se ter tornado Osíris.

A bem da verdade, até aquele momento o novo soberano ainda não fizera qualquer mal a quem quer que fosse, portanto a tristeza dos dignitários era apenas fruto dos boatos — os mesmos que enchiam de alegria a simples gente do povo. Os nomarcas e os aristocratas sofriam somente em pensar que seus felás pudessem descansar cinquenta dias por ano e — o que era ainda pior — ter um pedaço de terra próprio, nem que fosse de dimensões apenas suficientes para acomodar uma tumba, enquanto os sacerdotes

644 | Bolesław Prus

empalideciam e rangiam os dentes ao olhar para a administração de Ramsés XIII e o modo como ele os tratava.

Efetivamente, no palácio real ocorreram grandes mudanças.

O faraó transferiu sua residência para um dos prédios laterais, no qual quase todos os aposentos foram ocupados por generais. Os porões foram transformados em alojamentos de soldados gregos; o primeiro andar foi destinado à sua guarda pessoal e os quartos ao longo dos muros, aos etíopes. A guarda externa dos muros foi entregue aos asiáticos e, junto aos aposentos de Sua Santidade, ficou aquartelado o mesmo pelotão que o acompanhara na perseguição a Tehenna. Para piorar ainda mais a situação, Sua Santidade, apesar do recente levante dos líbios, não os puniu e lhes deu provas de grande confiança.

É verdade que os sacerdotes permaneceram no palácio principal, exercendo suas atividades religiosas sob a supervisão do distinto Sem. Mas como não participavam das refeições do faraó, a qualidade de sua comida declinou significativamente.

De nada adiantara aos santos homens lembrar aos que tinham de alimentar os representantes de dezenove dinastias e uma porção de deuses. O tesoureiro, compreendendo as intenções do faraó, lhes respondia que para os deuses e antepassados bastavam flores e essências, enquanto eles, os profetas, deveriam seguir as normas da frugalidade, alimentando-se de panquecas de cevada e bebendo água ou cerveja. Para reforçar sua rude teoria, o tesoureiro apontava como exemplo o comportamento do sumo sacerdote Sem, que vivia como um penitente, e ainda por cima, lhes dizia que Sua Santidade e seus generais mantinham uma cozinha militar.

Diante disso, os sacerdotes palacianos começaram a se perguntar se não seria melhor abandonar a sede real, transferindo-se para seus próprios alojamentos junto aos templos, onde teriam

O Faraó | **645**

menos obrigações e não passariam fome. E, provavelmente, teriam feito isso de imediato, caso não recebessem ordens de Herhor e Mefres para permanecer no palácio.

Mas a posição de Herhor junto ao novo amo não poderia ser descrita como favorável. O ainda há pouco principal ministro, que quase nunca saía dos aposentos reais, agora ficava solitário em seu palacete, às vezes sem ter um encontro com o novo faraó por mais de dez dias. Continuava sendo ministro da Guerra, mas quase não emitia ordens, já que todos os assuntos militares eram tratados pelo próprio faraó. Era ele quem lia os relatórios dos generais e resolvia as questões duvidosas, enviando seus assistentes para buscar, no Ministério da Guerra, os documentos necessários.

Quando Sua Eminência Herhor era convocado à presença do soberano, na maior parte das vezes ouvia alguma reprimenda.

Apesar disso, todos os dignitários tinham de admitir que o novo faraó trabalhava incessantemente.

Ramsés XIII acordava antes do nascer do sol, tomava banho e queimava incenso diante da efígie de Osíris. Logo em seguida, ouvia relatórios: o do juiz supremo, o do escriba-mor de todos os celeiros e estábulos do país, o do tesoureiro-mor e, por fim, o do administrador dos seus palácios. Este último era o que mais sofria, pois não havia um dia sequer em que o amo não reclamasse que a manutenção da corte custava demais e que seu pessoal era excessivo.

Efetivamente, moravam no palácio real algumas centenas de mulheres do falecido faraó, com a correspondente quantidade de crianças e servos. O permanentemente admoestado administrador vivia expulsando dezenas de pessoas e limitando os gastos das demais. Diante disso, todas as damas foram se queixar à rainha Nikotris. A venerável senhora foi procurar imediatamente o soberano e, prostrando-se a seus pés, pediu-lhe que se apiedasse das mulheres de seu pai e não permitisse que elas morressem na indigência.

O faraó escutou o pedido com o cenho cerrado e ordenou ao administrador que cessasse seus esforços para reduzir custos. No entanto, informou à venerável dama que, logo após o funeral de seu pai, as mulheres seriam removidas do palácio e distribuídas entre diversas fazendas.

— A nossa corte — disse — custa cerca de trezentos mil talentos ao ano, ou seja, cinquenta por cento mais do que todos os exércitos. Não posso gastar uma fortuna dessas sem arruinar a mim mesmo e ao país.

— Faça o que achar melhor — respondeu a rainha. — O Egito é seu. No entanto, temo que os cortesãos expulsos do palácio venham a se tornar seus inimigos.

Ao que o amo pegou a mãe pela mão, conduziu-a até a janela e apontou para uma floresta de lanças treinando no pátio. O ato do faraó teve um efeito surpreendente: os olhos da rainha, ainda há pouco marejados de lágrimas, brilharam de orgulho. Pegou a mão do filho, beijou-a e falou, com voz emocionada:

— É evidente que você é filho de Ísis e Osíris, e eu fiz muito bem em tê-lo cedido à deusa... Finalmente, o Egito tem um soberano!

A partir daquele dia, a venerável dama nunca mais intercedeu junto a seu filho por quem quer que fosse. E quando lhe pediam sua proteção, respondia:

— Sou uma serva de Sua Santidade, e recomendo a vocês obedecer às suas ordens. Pois tudo o que ele faz é fruto de inspiração divina, e quem poderá se opor a deuses?...

Após o café da manhã, o faraó se ocupava com assuntos do Ministério da Guerra e do Tesouro e, por volta das três da tarde, acompanhado por um grande séquito, saía do palácio para observar as manobras das tropas aquarteladas fora de Mênfis.

As maiores mudanças ocorreram nas questões militares.

Em menos de dois meses, Sua Santidade formou cinco novos regimentos — ou, mais precisamente: reativou os que haviam sido liquidados no reinado anterior. Além disso, afastou os oficiais propensos a bebidas alcoólicas e jogos de dados, bem como aqueles que maltratavam os soldados.

Depois, enviou para o Ministério da Guerra, no qual até então trabalhavam exclusivamente sacerdotes, seus mais experientes ajudantes de ordens que em pouco tempo adquiriram o domínio de todas as questões relativas aos exércitos. Mandou fazer um censo de todos os homens do país que pertenciam à casta militar, mas que nos últimos anos não haviam sido convocados para servir no exército, dedicando-se à administração de suas propriedades. Abriu duas escolas militares para crianças a partir dos doze anos e recuperou a tradição — abandonada há anos — de se servir o café da manhã aos recrutas somente após uma marcha forçada de três horas.

Finalmente, proibiu qualquer destacamento de morar nos vilarejos, obrigando-os a ficar alojados em quartéis. Cada regimento tinha designada a sua área de treinamento, nas quais passavam dias inteiros atirando pedras de fundas ou disparando flechas em alvos distantes entre cem e duzentos passos.

Também foi emitida uma diretiva às famílias da casta militar, no sentido de que todos os homens deveriam praticar a arte de disparar projéteis, sob a supervisão de oficiais e decuriões do exército regular. A ordem foi obedecida imediatamente, e todo o Egito, apenas dois meses após a morte de Ramsés XII, adquiriu o aspecto de um acampamento militar. Até as crianças das cidades e dos campos, que costumavam brincar de sacerdotes ou escribas, passaram a imitar os adultos, brincando de soldados. Assim, em cada praça ou jardim voavam pedras e projéteis de arcos, enquanto os tribunais recebiam constantes queixas sobre acidentes com feridos.

648 | Bolesław Prus

E foi assim que o Egito adquiriu uma outra aparência e, apesar do luto, ficou agitado — tudo graças ao novo líder. Quanto ao faraó, enchia-se de orgulho ao ver que o país estava se adaptando à sua vontade soberana.

Mas chegou um momento em que ele ficou amuado.

No mesmo dia em que os embalsamadores retiraram o corpo de Ramsés XII de seu banho de soda, o tesoureiro-mor, ao fazer seu costumeiro relatório, disse ao faraó:

— Não sei o que fazer... Temos, no Tesouro Real, apenas dois mil talentos, e vamos precisar de pelo menos um para o funeral do falecido amo...

— Apenas dois mil talentos? — espantou-se o soberano. — Quando assumi o trono, você me disse que tínhamos vinte mil...

— Gastamos dezoito...

— Em dois meses?!...

— Tivemos grandes despesas...

— É verdade — respondeu o faraó —, mas novos impostos não entram a cada dia?

— Pois é — disse o tesoureiro —, não sei por que razão os impostos voltaram a diminuir e não ingressam na quantidade que eu havia previsto... Mas até eles foram gastos... Vossa Santidade não deve esquecer que temos cinco novos regimentos, o que significa que cerca de oito mil homens abandonaram suas ocupações e vivem à custa do país...

O faraó ficou pensativo.

— Vai ser preciso — disse — tomar um novo empréstimo. Fale com Herhor e Mefres para que os templos nos emprestem.

— Já falei com eles... Os templos não vão nos emprestar.

— Os profetas estão ofendidos!... — sorriu o faraó. — Nesse caso, temos de recorrer aos pagãos... Diga a Dagon que venha ao palácio.

O banqueiro fenício chegou ao anoitecer. Caiu por terra diante do amo e lhe ofereceu um vaso de ouro incrustado com pedras preciosas.

— Agora já posso morrer! — exclamou. — Pois o mais bondoso dos reis ascendeu ao trono...

— Mas antes de morrer — disse o faraó — me arrume alguns milhares de talentos.

O fenício ficou pálido, ou apenas fingiu estar atrapalhado.

— Que Vossa Santidade me mande procurar pérolas no Nilo — respondeu —, pois assim poderei morrer imediatamente, sem que caia sobre mim a suspeita de má vontade... Mas não há meios de encontrar uma quantia desse porte!...

— O quê?!... — espantou-se Ramsés. — Você está querendo dizer que os fenícios não têm dinheiro?...

— Estamos dispostos a dar o nosso sangue e os nossos filhos a Vossa Santidade — disse Dagon. — Mas dinheiro?... Onde poderemos buscá-lo?...

Diante do visível espanto do faraó, Dagon apressou-se em explicar:

— No passado, os templos nos emprestavam dinheiro a juros entre quinze e vinte por cento ao ano. Mas desde que Vossa Santidade, ainda na qualidade de sucessor do trono, esteve no templo de Hátor em Pi-Bast, os sacerdotes têm-nos negado crédito sistematicamente... Oh, se eles pudessem, já teriam nos expulsado do Egito ou, com mais agrado ainda, nos exterminado... Vossa Santidade nem pode imaginar o que temos sofrido... Os felás fazem o que querem, e quando querem... pagam impostos ao seu bel-prazer... Se batermos num deles, ele se revolta, e quando o infeliz fenício vai buscar justiça nos tribunais, ou perde a causa ou tem de gastar uma fortuna em subornos... Os nossos dias neste país estão contados!...

O faraó ficou taciturno.

— Vou me ocupar desses casos — respondeu —, e os tribunais serão justos com vocês. Mas, no momento, preciso de cerca de cinco mil talentos.

— Mas aonde vamos obtê-los, meu amo? — gemia Dagon. — Mostre-nos compradores, e nós lhes venderemos todas as nossas propriedades para podermos cumprir as suas ordens... Mas onde estão tais compradores?... Só se forem os sacerdotes, que as taxarão excessivamente, e ainda por cima não pagarão em espécie...

— Enviem mensageiros a Tiro e Sídon — disse o amo. — Cada uma dessas cidades tem condições de emprestar não cinco, mas cem mil talentos...

— Tiro e Sídon!... — repetiu Dagon. — Hoje, a Fenícia junta ouro e pedras preciosas para poder pagar aos assírios... Os emissários do rei Assar percorrem o nosso país anunciando que desde que paguemos grandes quantias anuais, eles não só não vão nos atacar, como ainda vão nos proporcionar lucros incomparavelmente maiores do que temos hoje, graças a Vossa Santidade e o Egito...

O soberano empalideceu e cerrou os dentes. O fenício notou tudo, e emendou, mais do que rapidamente:

— Afinal, por que eu deveria ocupar o tempo de Vossa Santidade com minhas tolas palavras?... O príncipe Hiram está em Mênfis... Ele poderá explicar tudo mais claramente, pois é um sábio e membro do Conselho Supremo das nossas cidades...

Ramsés ficou mais animado.

— Então mande Hiram para cá o mais rápido possível — respondeu. — Porque você, Dagon, fala comigo não como um banqueiro, mas como uma carpideira.

O fenício voltou a bater com a testa no chão, e perguntou:

— O distinto Hiram poderia vir imediatamente?... É verdade que já está tarde, mas ele tem tanto medo dos sacerdotes que preferiria cair aos pés de Vossa Santidade à noite...

O faraó mordeu os lábios, mas concordou, chegando a mandar Tutmozis junto com Dagon, para que o primeiro trouxesse Hiram ao palácio através de passagens secretas.

capítulo 55

PERTO DAS DEZ DA NOITE, HIRAM, VESTIDO COM UM NEGRO TRAJE DE vendedor de rua, apresentou-se diante do faraó.

Este, visivelmente contrafeito, lhe perguntou:

— Por que Vossa Alteza entra tão sorrateiramente no meu palácio? Seria ele uma prisão ou um leprosário?

— Oh, nosso amo! — suspirou o velho fenício. — Desde o momento em que Vossa Santidade se tornou senhor do Egito, todos aqueles que ousam falar consigo e não contam sobre o que falaram com Vossa Santidade são considerados facínoras...

— E a quem vocês devem repetir as minhas palavras? — perguntou o amo.

Hiram ergueu os olhos e os braços para o alto.

— Vossa Santidade sabe quem são seus inimigos... — respondeu.

— Eles não têm importância — disse o faraó. — Vossa Alteza sabe o motivo pelo qual o chamei? Quero pegar um empréstimo de alguns milhares de talentos...

Hiram soltou um gemido e balançou tanto sobre suas pernas que o amo lhe permitiu que se sentasse em sua presença, algo que era uma deferência toda especial.

Depois de se sentar e descansar por um momento, Hiram disse:

— Por que Vossa Santidade precisa pedir emprestado, se pode ter grandes tesouros...

— Sei. Depois de ter conquistado Nínive — interrompeu-o o faraó. — Isso levará muito tempo, e eu preciso de dinheiro agora...

— Eu não estava me referindo a uma guerra — respondeu Hiram —, mas a algo que reforçaria o Tesouro Real de imediato, além de proporcionar uma receita anual.

— E o que seria isso?

— Uma permissão e a ajuda de Vossa Santidade para cavarmos um canal ligando o mar Mediterrâneo ao mar Vermelho...

O faraó pulou da poltrona.

— Você está brincando?!... — exclamou. — Quem poderia executar uma obra de tal porte e quem quereria ameaçar o Egito?... O mar iria inundar todo o país...

— Qual mar?... Pois, na certa, não poderia ser nem o Mediterrâneo, nem o Vermelho — respondeu calmamente Hiram. — Sei que os sacerdotes/engenheiros egípcios andaram estudando esse assunto e chegaram à conclusão de que ele seria um excelente negócio... talvez o melhor do mundo... Só que eles mesmos querem fazê-lo, ou melhor, não querem que ele seja feito pelo faraó.

— Você tem provas disso? — perguntou Ramsés.

— Não tenho provas, mas posso enviar a Vossa Santidade um sacerdote que poderá lhe mostrar os planos e explicar todos os detalhes...

— Quem é esse sacerdote?

Hiram refletiu por um momento e, depois, falou:

— Posso ter uma promessa solene de Vossa Santidade de que, além de nós dois, ninguém saberá da sua existência?... Ele poderá lhe render, meu amo, mais serviços do que eu, pois conhece muitos segredos e muitas patifarias dos sacerdotes.

654 | Bolesław Prus

— Prometo — disse o faraó.

— O sacerdote em questão se chama Samentu, do templo de Set, nas cercanias de Mênfis... Ele é um grande sábio, mas precisa de dinheiro e é muito ambicioso. E como os sacerdotes o humilham, ele me disse que, caso Vossa Santidade quisesse, ele poderia derrubar a casta sacerdotal!

Ramsés hesitou. Compreendera que o sacerdote era um grandíssimo traidor, mas também se deu conta de que ele poderia lhe ser de grande valia.

— Muito bem — disse. — Pensarei nesse sacerdote. E agora vamos assumir por um momento que um canal desses pudesse ser construído: o que eu lucraria com isso?

Hiram ergueu a mão esquerda e começou a indicar as vantagens, dedo por dedo:

— Em primeiro lugar, a Fenícia pagará a Vossa Santidade cinco mil talentos referentes a tributos não pagos. Em segundo, a Fenícia pagará a Vossa Santidade outros cinco mil talentos pela permissão de cavar o tal canal. Em terceiro, quando começarem os trabalhos, pagaremos uma taxa anual de mil talentos, além de um talento para cada dez trabalhadores fornecidos pelo Egito. Em quarto, pagaremos mil talentos anuais por cada engenheiro egípcio cedido para a empreitada. Em quinto, quando os trabalhos forem concluídos, Vossa Santidade nos dará o direito de explorar o canal por cem anos, e nós pagaremos por isso mil talentos ao ano... Não é um lucro considerável?

— E agora, hoje — disse o faraó —, vocês me pagariam os cinco mil talentos de tributos atrasados?

— Se o acordo for assinado hoje, daremos dez mil, e ainda acrescentaremos mais três mil, a título de adiantamento de três anos da taxa anual.

Ramsés XIII ficou pensativo. Por mais de uma vez os fenícios já haviam proposto aos soberanos egípcios a construção daquele ca-

O Faraó | 655

nal, mas sempre encontravam oposição ferrenha dos sacerdotes. Os sábios do Egito afirmavam aos faraós que o canal poderia provocar o alagamento do país pelas águas dos mares Mediterrâneo e Vermelho. Por outro lado, Hiram afirmava que isso não ocorreria, e que os sacerdotes estavam cientes do fato!...

Após uma longa pausa, o faraó disse:

— Vocês prometem pagar mil talentos anuais por cem anos. Afirmam que o tal canal, escavado na areia, é o melhor negócio do mundo. Não consigo compreender isso e confesso, Hiram, que esse negócio me parece suspeito...

Os olhos do fenício brilharam.

— Grande amo — respondeu —, eu lhe direi tudo, mas o conjuro sobre a sua coroa... sobre a sombra do seu pai... a não revelar este segredo a ninguém... Trata-se do maior segredo dos sacerdotes caldeus e egípcios... Dele depende o futuro do mundo!...

— Calma, calma, não precisa exagerar... — sorriu o faraó.

— Os deuses — continuava Hiram — lhe deram sabedoria, energia e nobreza d'alma, o que o faz um de nós. De todos os reis do mundo, você é o único que pode ter acesso a este segredo, porque é o único capaz de realizar grandes feitos... e, com eles, se tornar tão poderoso como nenhum homem do mundo jamais foi...

O faraó sentiu a doçura do orgulho encher sua alma, mas se conteve.

— Não me elogie — disse — por algo que ainda não fiz. Em vez disso, me diga quais as vantagens que a escavação desse canal poderiam representar para a Fenícia e para o meu país.

Hiram ajeitou-se na poltrona e começou a falar em voz baixa:

— Saiba, grande amo, que ao leste, sul e norte da Assíria e da Babilônia não existem nem desertos, nem pântanos habitados por seres monstruosos, mas países grandes e poderosos... países tão vastos que a infantaria de Vossa Santidade, conhecida pela qualidade

656 | Bolesław Prus

de seu modo de marchar, teria de caminhar por quase dois anos, sempre para o leste, a fim de atingir suas fronteiras orientais...

Ramsés ergueu as sobrancelhas, como um homem que deixa outro mentir, mas sabendo que se trata de uma mentira.

Hiram não se abalou e continuou sua preleção:

— A leste e ao sul da Babilônia, ao longo da costa do grande mar, vivem cem milhões de pessoas, que têm reis poderosos, sacerdotes mais inteligentes do que os egípcios, livros antigos, artesãos experientes... Aqueles povos são capazes de produzir não somente tecidos, móveis e utensílios tão belos quanto os egípcios, mas têm, desde tempos imemoriais, templos subterrâneos e ao ar livre, maiores, mais imponentes e mais ricos que os do Egito...

— Continue, continue... — falou o amo, mas pela expressão em seu rosto não se podia deduzir se ele estava fascinado com a descrição ou revoltado com a mentira.

— Naqueles países há pérolas, pedras preciosas, ouro, cobre... uma diversidade de cereais, frutas e flores... Há também florestas, nas quais se pode caminhar por meses entre árvores mais grossas que as colunas dos templos egípcios e mais altas que palmeiras... O povo daqueles países é simples e pacífico... e caso Vossa Santidade despachasse para lá dois dos seus regimentos, poderia conquistar um território mais vasto que todo o Egito e mais rico que o tesouro do Labirinto... Com a permissão de Vossa Santidade, enviar-lhe-ei amanhã amostras de tecidos, madeira e bronzes daqueles países... Enviarei, também, dois grãos de suas plantas mágicas, que ao ser engolidos por uma pessoa a fazem sentir-se com a mente aberta e dotada de uma felicidade somente desfrutada por deuses...

— Peço que me envie as amostras de tecidos e manufaturas — interrompeu-o o faraó —, mas não preciso das sementes... Para nós, basta nos alegrarmos com a eternidade e com os deuses... após a nossa morte.

— Já mais longe, muito mais longe, a leste da Assíria — continuava Hiram —, existem países ainda maiores, com mais de duzentos milhões de habitantes...

— Com que facilidade vocês falam de milhões! — sorriu o amo.

Hiram colocou a mão sobre seu coração.

— Juro — disse —, pelos espíritos dos meus antepassados e pela minha honra, que estou falando a verdade!

O faraó ficou deveras impressionado com a solenidade daquele juramento.

— Muito bem... continue — disse.

— Aqueles países — falou o fenício — são muito estranhos. São habitados por homens de olhos puxados e pele amarelada. Eles têm um soberano, que é chamado de Filho dos Céus e reina por intermédio de sábios, que não são sacerdotes nem desfrutam de tanto poder quanto os sacerdotes egípcios. Apesar disso, aquele povo é muito semelhante ao do Egito... Eles veneram os mortos e zelam pelos seus cadáveres... têm uma escrita que lembra a dos sacerdotes egípcios, mas usam longos trajes feitos de um tecido desconhecido por nós, calçam sandálias que parecem barquinhos e cobrem suas cabeças com caixinhas pontudas... a exemplo dos tetos das suas casas, que também são pontudos e arredondados nas beiradas...

O espanto do faraó não cessava de crescer, enquanto Hiram continuava:

— Aquele povo estranho dispõe de um cereal muito mais produtivo que o trigo egípcio, com o qual produzem uma bebida mais forte que o vinho. Possuem, também, uma planta cujas folhas revigoram as pessoas, refrescam as mentes e até lhes permitem ficar sem dormir. Além disso, usam um tipo de papel, no qual são capazes de reproduzir imagens coloridas, além de um barro que, depois de cozido, fica parecendo vidro e soa como metal... Amanhã,

658 | Bolesław Prus

se Vossa Santidade permitir, enviarei amostras dos produtos daquele povo...

— Você fala de coisas espantosas, Hiram — disse o faraó. — No entanto, não vejo o que isso tudo têm a ver com o canal que vocês querem escavar...

— Responderei brevemente — disse o fenício. — Quando houver um canal, toda a frota fenícia e egípcia poderá entrar no mar Vermelho e, de lá, ir muito mais longe... e, em poucos meses, poderá chegar àqueles países distantes que não podem ser atingidos por terra... Será que Vossa Santidade não percebe quantos tesouros poderão ser encontrados por lá?... Ouro, pedras preciosas, grãos, madeiras?... Basta Vossa Santidade dar a permissão para escavarmos o canal e nos emprestar cinquenta mil dos seus soldados.

Os olhos de Ramsés brilharam.

— Cinquenta mil soldados — repetiu. — E quanto vocês pagarão por eles?

— Já disse a Vossa Santidade: mil talentos anuais pela licença para a escavação e cinco mil pelos trabalhadores, que nós mesmos alimentaremos e a quem pagaremos os soldos.

— E os explorarão até a morte?

— Que os deuses nos livrem disso! — exclamou Hiram. — Onde já se viu um bom negócio no qual os trabalhadores morrem?... Os soldados de Vossa Santidade não trabalharão mais no canal do que trabalham hoje nas fortificações e praças de guerra... E pense na glória que cercará o seu nome!... Nas receitas para o Tesouro!.... No bem-estar do Egito! Nenhum faraó levou o Egito a tal nível e realizou uma obra tão majestosa, pois como se pode comparar as mortas e inúteis pirâmides com um canal que facilitará o transporte de tesouros de todo o mundo?...

— Além de — acrescentou o faraó — mantermos cinquenta mil homens na fronteira oriental...

— Naturalmente!... — exclamou Hiram. — Diante de uma força dessas, que, diga-se de passagem, não custará uma dracma a Vossa Santidade, a Assíria não ousará estender seu braço na direção da Fenícia...

O plano era tão fascinante e prometia tantos lucros que Ramsés XIII ficou estonteado, mas conseguiu se controlar.

— Hiram — disse —, você faz lindas promessas... tão lindas que chego a suspeitar que haja algo oculto por trás delas. Por isso, devo meditar profundamente sobre elas e... consultar os sacerdotes.

— Eles jamais concordarão!... — exclamou o fenício. — Muito embora... — que os deuses me perdoem a blasfêmia — eu esteja convencido de que, caso o poder supremo passasse para as mãos dos sacerdotes, em menos de dois meses eles estariam nos chamando para iniciar a escavação...

Ramsés olhou para ele com frio desprezo.

— Ancião — falou —, deixe que eu me preocupe com a obediência dos sacerdotes, e apenas traga provas de que tudo o que você me falou é verdadeiro. Eu seria um rei desprezível, se não pudesse eliminar os obstáculos que poderiam surgir entre a minha vontade e o interesse do país.

— Vossa Santidade é, efetivamente, um grande rei — murmurou Hiram, curvando-se até o chão e retirando-se do aposento e do palácio.

Já no dia seguinte, Dagon trouxe um caixote contendo amostras das riquezas dos países desconhecidos. O amo achou nele efígies de deuses, tecidos, anéis hindus, pedacinhos de ópio e — numa parte separada — um punhado de arroz, algumas folhas de chá, um par de xícaras de porcelana ricamente pintadas, além de vários desenhos a nanquim sobre papel.

Tendo examinado aquelas coisas com grande cuidado, o faraó teve de admitir que elas lhe eram totalmente desconhecidas. Nem o arroz, nem o papel, nem os desenhos de figuras humanas com chapéus pontudos e olhos puxados. Já não mais duvidava da existência de um novo país, no qual tudo era diferente do que havia no Egito: montanhas, árvores, casas, pontes, navios...

"E este país já deve existir há milhares de anos", pensou. "Nossos sacerdotes devem ter conhecimento da sua existência, saber dos seus tesouros, mas nunca falam disso... É evidente que se trata de traidores que querem limitar o poder e empobrecer os faraós, para poder, em seguida, derrubá-los do trono... Oh, meus antepassados e sucessores! Chamo-os por testemunhas de que vou acabar com essa vilania. Hei de exaltar a sabedoria, mas acabarei com as fraudes e darei ao Egito a glória que ele merece..."

Ao erguer os olhos, viu Dagon, de pé, aguardando suas ordens.

— Seu caixote é muito interessante — disse ao banqueiro —, mas não era isso que eu queria de vocês...

O fenício aproximou-se na ponta dos pés e, ajoelhando-se diante do faraó, sussurrou:

— Assim que Vossa Santidade se dignar a assinar o tratado com o distinto Hiram, os tesouros de Tiro e Sídon serão colocados a seus pés.

Ramsés cerrou o cenho. Não lhe agradava a intimidade dos fenícios, que ousavam impor-lhe condições. Diante disso, respondeu de forma gélida:

— Vou pensar no assunto e responderei a Hiram. Quanto a você, Dagon, está dispensado.

Após a saída do fenício, Ramsés voltou a meditar. Uma reação se manifestava em sua alma.

"Aqueles míseros negociantes", dizia a si mesmo, "acham que sou um deles... acenam com um distante saco de ouro e, com isso, tentam arrancar de mim um tratado!... Não acredito que qualquer outro faraó lhes tivesse permitido tamanho atrevimento... Vou ter

O Faraó | **661**

de dar um basta nisso! Pessoas que se atiram ao chão diante de emissários assírios não podem me dizer: assine e ganharás... Os estúpidos ratos fenícios, que entram sorrateiramente no palácio real, acham que ele é um chiqueiro deles!"

Quanto mais refletia, quanto mais se lembrava do comportamento de Hiram e Dagon, mais furioso ficava.

"Como eles ousam... Como se atrevem a me impor condições?!..."

Finalmente, mandou chamar Tutmozis, e quando o favorito apareceu lhe disse:

— Mande um dos oficias de baixa patente até a casa de Dagon, para informá-lo de que ele não é mais o meu banqueiro. Ele é demasiadamente estúpido para uma função tão elevada.

— E a quem Vossa Santidade distinguirá com essa honra?

— Ainda não sei... Vai ser preciso encontrar alguém entre os comerciantes egípcios ou gregos. Em último caso... vamos tentar os sacerdotes.

A notícia percorreu todos os palácios reais e, em menos de uma hora, chegou a Mênfis. Na cidade, todos passaram a comentar que os fenícios haviam perdido as boas graças do faraó e, ao anoitecer, o povo começou a destruir as lojas dos odiados estrangeiros.

Os sacerdotes respiraram aliviados, e Herhor chegou a visitar Mefres, dizendo:

— Meu coração sempre sentiu que o nosso amo se livraria daqueles pagãos que bebem sangue humano. Acho que deveríamos lhe mostrar nossa gratidão por isso...

— E abrir as portas dos nossos tesouros? — perguntou asperamente o santo Mefres. — Vamos esperar um pouco, Eminência. Eu já decifrei aquele jovem, e ai de nós se lhe permitirmos levar uma vantagem...

— E se ele tivesse rompido com os fenícios?...

662 | Bolesław Prus

— Ele mesmo sairia lucrando, pois não teria de pagar suas dívidas — respondeu Mefres.

— Pois em minha opinião — disse Herhor — este é um momento no qual poderíamos recuperar as boas graças do jovem faraó. Ele é impetuoso quando zangado, mas sabe ser grato... Já tive provas disso...

— A cada palavra, um erro! — interrompeu-o o obstinado Mefres. — Ele é apenas um príncipe, pois ainda não foi coroado num templo... Além disso, jamais será um faraó de verdade, já que despreza a casta sacerdotal... Por fim, nós não precisamos da sua graça, mas ele precisa da graça dos deuses, aos quais insulta constantemente!

Arfando de raiva, Mefres descansou um pouco, e voltou a falar:

— Ele passou um mês no templo de Hátor, ouviu as mais sábias palavras, e o que fez logo em seguida? Aproximou-se dos fenícios... e, como se isso não bastasse, passou a visitar o templo de Ashtoreth e tirou de lá a sua sacerdotisa, o que é contrário a todos os princípios da religião...

"Depois, zombou publicamente da minha religiosidade... conspirou com outros levianos como ele e, com a ajuda dos fenícios, roubou segredos de Estado... E quando ascendeu ao trono, ou melhor, aos primeiros degraus do trono, começou a desacreditar os sacerdotes, a atiçar os soldados e os felás e, como se isso não bastasse, a conviver com fenícios...

"Será que Vossa Eminência se esqueceu de tudo isso?... E se não esqueceu, não está percebendo o perigo que corremos da parte daquele garoto?... Ele tem as mãos sobre o leme da nave nacional, que se move entre redemoinhos e rochas... Quem poderá me garantir que esse louco, que ontem chamou fenícios ao seu palácio e hoje briga com eles, não fará amanhã algo que poderá trazer uma desgraça ao país?..."

O Faraó | **663**

— E o que Vossa Eminência propõe? — perguntou Herhor, olhando diretamente nos olhos de Mefres.

— Que não lhe mostremos qualquer sinal de gratidão, que na verdade seria um indício de fraqueza. E como ele precisa desesperadamente de dinheiro... não vamos dá-lo!

— E o que acontecerá em seguida? — indagou Herhor.

— Ele terá que administrar a nação e aumentar seus exércitos sem dispor de fundos para isso — respondeu o irritado Mefres.

— E se os seus exércitos famintos decidirem saquear os templos? — insistiu Herhor.

— Isso já é uma questão que compete a Vossa Eminência — respondeu Mefres, em tom irônico. — Um homem que dirigiu este país por tantos anos deveria estar preparado para um perigo de tal natureza.

— Suponhamos — disse lentamente Herhor — que eu encontre meios contra os perigos que ameaçam a nação. Vossa Eminência, na qualidade de mais alto sumo sacerdote, poderá evitar sacrilégios contra a casta sacerdotal e os templos?

Os dois sumos sacerdotes ficaram se olhando fixamente por um longo tempo.

— Você pergunta se eu posso? — disse Mefres. — Se eu posso?... Eu nem vou tentar! Os deuses colocaram nas minhas mãos um raio capaz de destruir qualquer sacrílego.

— Muito bem — murmurou Herhor. — Que assim seja...

— Com ou sem a aprovação do Conselho Supremo — acrescentou Mefres. — Quando o barco está afundando, não é hora de entrar em debate com os remadores.

Os dois dignitários se separaram em péssimo estado de espírito. Ao entardecer daquele mesmo dia, foram convocados à presença do faraó. Vieram separados. Depois, postaram-se cada um a um canto, sem se olhar.

"Será que eles brigaram?", pensou Ramsés. "Seria ótimo..."

Momentos depois, adentraram o santo Sem e Pentuer. Ramsés sentou-se numa poltrona sobre um estrado, apontou para os sacerdotes quatro tamboretes colocados diante de si e disse:

— Santos pais! Não os chamei mais cedo para uma conferência porque todas as minhas ordens foram de caráter exclusivamente militar...

— É uma prerrogativa de Vossa Santidade — observou Herhor.

— Também fiz o que pude para, em tão pouco tempo, reforçar as defesas do país. Abri duas escolas de oficiais e reativei cinco regimentos...

— Algo que Vossa Santidade tinha todo o direito de fazer — disse Mefres.

— Não vou falar de outros assuntos militares, já que isso não deve ser do interesse de homens santos como vocês...

— Vossa Santidade está certo — responderam Herhor e Mefres, em uníssono.

— Mas há uma outra questão — falou o faraó. — Está se aproximando o dia do enterro do meu divino pai, e o Tesouro Real não dispõe de fundos suficientes...

Mefres ergueu-se do tamborete.

— Osíris-Mer-amen-Ramsés — disse — foi um amo justo, que assegurou um longo período de paz a seu povo e venerou os deuses. Portanto permita, Santidade, que o enterro do pio monarca seja custeado pelos templos.

Ramsés XIII ficou espantado e emocionado com a homenagem feita a seu pai. Calou-se por um momento, como se não soubesse o que responder. Finalmente, disse:

— Estou profundamente grato pela homenagem feita a meu pai, que se iguala a deuses. Concordo com sua sugestão e... agradeço-lhes mais uma vez...

O Faraó | **665**

Interrompeu-se naquele ponto, apoiou a cabeça na mão e ficou pensativo, parecendo travar uma batalha interior. De repente, ergueu a cabeça: seu rosto estava vivo e seus olhos brilhavam.

— Estou emocionado — disse — com esta prova de boa vontade, santos pais. Se a memória do meu pai é tão cara a vocês, então posso assumir que não nutrem qualquer má vontade para comigo...

— Como Vossa Santidade pôde supor uma coisa dessas?... — aparteou-o o sumo sacerdote Sem.

— A sua pergunta tem razão de ser — continuou o faraó. — Fui muito injusto em achar que vocês não me queriam bem... mas quero corrigir isso já, e vou ser sincero...

— Que os deuses abençoem Vossa Santidade! — falou Herhor.

— O meu divino pai, fosse pela idade avançada, pela doença ou, talvez, por suas obrigações religiosas, não estava em condições de dedicar tantos esforços e tempo às questões do país quanto eu. Eu sou jovem, sadio e livre; portanto quero e vou reinar eu mesmo. Pretendo exercer meu mando como um comandante militar que tem de conduzir seus exércitos por sua conta e risco e de acordo com um plano elaborado por ele. Essa é uma decisão inabalável, e não desistirei dela... Mas compreendo também que, mesmo se eu fosse o mais experiente dos homens, não poderia abrir mão de servos leais e sábios conselheiros. E é por isso que pretendo consultá-los nas mais diversas questões...

— É para isso que nós formamos o Conselho Supremo, ao lado do trono de Vossa Santidade — disse Herhor.

— Pois é — continuou animadamente o faraó. — Pretendo contar com os seus conselhos, nem que seja agora mesmo...

— É só ordenar, nosso amo — disse Herhor.

— Quero um melhor destino para o povo do Egito. No entanto, como em semelhantes questões a pressa pode resultar em perdas,

666 | Bolesław Prus

pretendo lhe oferecer uma coisa pequena: um descanso semanal a cada sete dias.

— Como foi no Egito durante dezoito dinastias — observou Pentuer.

— Um descanso desses representa cinquenta dias por ano para cada trabalhador e tira cinquenta dracmas do seu amo. Se considerarmos um milhão de trabalhadores, o país perderia dez mil talentos anuais... — falou Mefres.

— É verdade — retrucou Pentuer. — Haverá uma perda, mas só no primeiro ano, pois trabalhadores mais descansados serão mais produtivos e, nos anos seguintes, recuperarão aquela quantia, ainda com lucro...

— O que você disse é verdadeiro — respondeu Mefres. — Mas, de qualquer modo, vamos precisar de dez mil talentos para o primeiro ano. E, para ser sincero, acho que uma soma de vinte mil talentos seria mais adequada.

— O eminente Mefres está certo — disse o faraó. — Diante das mudanças que pretendo introduzir no Egito, vinte ou até trinta mil talentos não seriam uma quantia exagerada. E é por isso — acrescentou imediatamente — que peço a vocês, santos pais, sua ajuda...

— Estamos dispostos a apoiar todos os projetos de Vossa Santidade com nossas preces e procissões — respondeu Mefres.

— Ótimo. Rezem e incitem o povo a rezar, mas, além disso, deem-me trinta mil talentos — respondeu o faraó.

Os sumos sacerdotes permaneceram calados. O soberano esperou um momento e, em seguida, virou-se para Herhor:

— Vossa Eminência não tem nada a dizer?

— Vossa Santidade acabou de dizer que o Tesouro Real não dispõe de fundos para custear o enterro de Osíris-Mer-amen-Ramsés. Diante disso, me pergunto: onde vamos conseguir trinta mil talentos?

— Por que não do tesouro do Labirinto?

— Aquele tesouro pertence aos deuses, e somente pode ser tocado em caso de uma imperativa necessidade da nação — respondeu Mefres.

Ramsés XIII ficou vermelho de raiva.

— Muito bem! — exclamou, batendo com o punho no braço da poltrona. — Se não é para os camponeses, então é para mim! O fato é que preciso de trinta mil talentos!

— Se Vossa Santidade quisesse — respondeu Mefres —, poderia obter mais de trinta mil talentos num ano, e o Egito, o dobro disso...

— De que forma?

— Da forma mais simples possível — disse Mefres: — expulsando os fenícios do Egito.

Parecia que o amo iria se atirar sobre o ousado sumo sacerdote; empalideceu, seus lábios tremeram e seus olhos pareciam querer saltar das órbitas. Mas conseguiu controlar-se a tempo, e respondeu num tom surpreendentemente calmo:

— Se é esse o tipo de conselhos que vocês podem me dar, terei de passar sem eles... Você sabe muito bem, Mefres, que os fenícios têm documentos assinados por nós, nos quais nos comprometemos a pagar as dívidas contraídas com eles. Será que você se esqueceu desse detalhe?...

— Perdoe-me, Santidade, mas a minha mente estava ocupada com outros pensamentos. Seus antepassados, meu amo, assinaram... não em papéis, mas em bronze e pedras, o compromisso de que os presentes doados por eles aos deuses e templos pertencem, e hão de pertencer sempre, aos deuses e aos templos.

— E a vocês — disse sarcasticamente o faraó.

— Eles pertencem tanto a nós — respondeu o atrevido sumo sacerdote — quanto o país pertence a Vossa Santidade. Nós zelamos por eles e os multiplicamos... mas não temos o direito de dilapidá-los.

668 | Bolesław Prus

Bufando de raiva, o amo abandonou a reunião, indo para seu gabinete. Sua posição se apresentava de uma forma clara e cruel. Já não tinha mais dúvidas quanto à má vontade dos sacerdotes com ele. Tratava-se daqueles mesmos dignitários que, no ano anterior, lhe haviam recusado o corpo de Menfi e somente o nomearam representante do faraó quando acharam que tinha praticado um ato de retração, afastando-se do palácio real. Eram os mesmos que controlavam cada um dos seus passos, faziam relatórios a seu respeito, e não haviam lhe dado notícia sobre o tratado com a Assíria; os mesmos que o iludiram no templo de Hátor e, nos Lagos Salgados, assassinaram os prisioneiros aos quais ele prometera perdão.

O faraó lembrou-se das mesuras de Herhor, dos olhares de Mefres e do tom da voz de ambos. Debaixo de uma aparente humildade, a cada momento emergiam orgulho, empáfia e total desprezo. Ele está precisando de dinheiro, e eles lhe oferecem preces... e como se isso não bastasse, ainda ousam sugerir que ele não era o único senhor do Egito.

O jovem amo sorriu involuntariamente, pois lhe veio à mente a imagem de pastores contratados dizendo ao dono do rebanho que ele não tinha o direito de fazer com o rebanho o que quisesse!...

Mas, além daquela imagem engraçada, havia uma outra — ameaçadora. O Tesouro Real contava com menos de mil talentos, que, de acordo com o atual nível de despesas, suportariam apenas mais sete ou dez dias. E o que viria depois?... Como vão se comportar os funcionários, os servos e, principalmente, os soldados — sem receber seus soldos, e até famintos?...

Os sumos sacerdotes conheciam a situação do faraó e, se não queriam lhe emprestar dinheiro, por certo pretendiam arruiná-lo... E arruiná-lo em poucos dias, até mesmo antes do funeral de seu pai.

Ramsés lembrou-se de um incidente ocorrido em sua infância.

O Faraó | **669**

Estava na escola dos sacerdotes, quando, numa festa dedicada à deusa Mut, entre outras atrações, foi trazido o mais famoso palhaço do Egito. O artista em questão representava o papel de um herói desgraçado. Quando dava ordens, ninguém as obedecia; suas explosões de raiva eram respondidas com risos, e quando pegava num machado para punir bandidos, este se quebrava na sua mão. Por fim, lançaram sobre ele um leão, e quando o desarmado herói começou a fugir revelou-se que não era uma fera, mas um porco com pele de leão. Os mestres e alunos se contorciam em risos, mas o pequeno príncipe permaneceu triste e soturno — sentira pena daquele homem que queria realizar grandes feitos, mas que caía humilhado.

Aquela cena e os sentimentos que a acompanharam voltaram à mente do faraó.

"Eles querem fazer de mim um palhaço igual àquele..." — disse a si mesmo, tomado de desespero, já que, ao gastar o último talento, acabaria seu poder e, junto com ele... sua vida.

Mas, no mesmo momento, sentiu dentro de si uma reação. O jovem soberano pensou:

"O que pode me esperar?... Somente a morte... Partirei para junto de meus famosos antepassados, junto de Ramsés, o Grande... E, certamente, não poderei lhes dizer que fui derrotado sem lutar, pois, caso o fizesse, além dos sofrimentos da vida terrena, me aguardaria a desonra eterna... Como poderia ser aceitável que ele, o vencedor da batalha dos Lagos Salgados, se deixara derrotar por um punhado de charlatões, contra os quais um só regimento asiático não teria muito trabalho?... Quer dizer que em função do desejo de Herhor e Mefres de mandar nele e no Egito, suas tropas teriam de sentir fome e seus felás não poderiam ter um dia de descanso?... Não haviam sido seus antepassados que ergueram os templos e encheram-nos de tesouros?... E quem ganhava as batalhas: sacer-

670 | Bolesław Prus

dotes ou soldados?... Portanto, quem tinha o direito aos tesouros: os sacerdotes ou o faraó e seu exército?"

O jovem amo chamou Tutmozis. Apesar da hora tardia, o favorito apareceu imediatamente.

— Você está ciente — perguntou o faraó — de que os sacerdotes me recusaram um empréstimo, apesar de o Tesouro Real estar vazio?

Tutmozis se empertigou.

— Vossa Santidade deseja que eles sejam levados à prisão? — respondeu.

— E você faria isso?...

— Não há, em todo o Egito, um só oficial que ousaria não cumprir uma ordem do nosso amo e líder.

— Nesse caso... — disse lentamente o faraó — nesse caso... não vai ser preciso prender quem quer que seja. Sou por demais poderoso e sinto desprezo por eles. Cadáveres encontrados num pátio não devem ser guardados numa caixa; basta passar longe deles.

— Sim, mas no caso de hienas é melhor colocá-las em jaulas — murmurou Tutmozis.

— Ainda não chegou a hora — respondeu Ramsés. — Tenho de ser gentil com aqueles homens, pelo menos até o enterro de meu pai; caso contrário, eles seriam capazes de fazer algo com a sua múmia e perturbar a paz da sua alma... Por enquanto, quero que você procure Hiram e lhe diga que me mande aquele sacerdote sobre o qual conversamos.

— Farei isso imediatamente, mas tenho de informar a Vossa Santidade que o povo andou atacando as residências dos fenícios que moram em Mênfis.

— Oh!... Isso foi desnecessário.

— Além disso — continuou Tutmozis —, tenho a impressão de que desde que Vossa Santidade ordenou a Pentuer que avaliasse a situação dos felás, os sacerdotes andam rebelando os nomarcas e os aristocratas... Eles dizem, meu amo, que você quer arruinar os nobres em prol dos camponeses...

— E os nobres acreditam nisso?...

— Alguns, sim. Mas há outros que acham que não passa de uma intriga dos sacerdotes contra Vossa Santidade.

— E se eu quisesse realmente melhorar a vida dos felás?... — perguntou o faraó.

— Vossa Santidade fará aquilo que quiser — respondeu Tutmozis.

— Eis uma resposta que me agrada! — exclamou alegremente Ramsés XIII. — Pode ficar tranquilo e dizer aos nobres que eles não só não perderão o que quer que seja ao obedecer as minhas ordens, como ainda aumentarão seus bens. As riquezas do Egito têm de ser arrancadas, de uma vez por todas, das mãos indignas e entregues a seus fiéis servos.

O faraó despediu-se do favorito e, satisfeito, foi descansar. Seu desespero momentâneo pareceu-lhe, agora, risível.

No dia seguinte, Sua Santidade foi informado de que chegara ao palácio uma delegação fenícia.

— Será que eles querem se queixar por terem suas casas atacadas? — indagou o faraó.

— Não — respondeu o ajudante de ordens. — Eles querem apenas render uma homenagem a Vossa Santidade.

Efetivamente, uma dezena de fenícios, capitaneada por Rabsun, veio trazendo dádivas. Ao ver o amo, prostraram-se por terra, e em seguida Rabsun declarou que, de acordo com uma antiga tradição, vieram trazer uma insignificante oferenda aos pés do faraó, que lhes dava vida e garantia sua segurança.

Em seguida, puseram-se a colocar sobre mesas: bacias de ouro, correntes e taças cheias de pedras preciosas, enquanto Rabsun colocava nos degraus do trono uma bandeja com um papiro, no qual os fenícios se obrigavam a fornecer ao exército dois mil talentos em mercadorias necessárias às tropas.

O gesto foi grandioso, pois o valor total do que os fenícios ofereciam representava três mil talentos.

O amo respondeu amavelmente aos fiéis comerciantes, prometendo-lhes sua proteção, e os fenícios partiram felizes.

Ramsés XIII respirou aliviado; a bancarrota do tesouro e a daí resultante necessidade de medidas violentas contra os sacerdotes foram adiadas por dez dias.

Ao anoitecer, Hiram, novamente acompanhado de Tutmozis, apareceu no gabinete de Sua Santidade. Dessa vez não se queixou de cansaço, mas caiu com o rosto enfiado no chão e, com voz chorosa, amaldiçoou Dagon.

— Fui informado — dizia — que aquele ser infame ousou lembrar a Vossa Santidade o nosso trato sobre o canal até o mar Vermelho... Que ele morra ressecado!... Que seja atacado por lepra!... Que seus filhos se tornem pastores de porcos e seus netos... judeus!... Basta Vossa Santidade nos ordenar, e todas as riquezas da Fenícia serão colocadas a seus pés, sem a necessidade de qualquer recibo ou tratado... Será que somos assírios ou... sacerdotes — acrescentou baixinho — para não nos bastar uma só palavra de um monarca tão poderoso?

— E se eu demandar uma soma realmente elevada? — perguntou o faraó.

— Quão elevada?

— Digamos... trinta mil talentos...

— A ser entregue de imediato?

— Não; no decurso de um ano.

— Vossa Santidade pode contar com ela — respondeu Hiram, sem hesitação.

O amo ficou surpreso com tamanha generosidade.

— Bem, mas terei de lhes dar algo em garantia...

— Somente *pro forma* — respondeu o fenício. — Para não despertar suspeitas nos sacerdotes, Vossa Santidade nos dará suas minas em garantia. Não fosse isso, a Fenícia inteira se entregaria, sem recibos nem garantias...

— E quanto ao canal?... Deverei assinar imediatamente o tratado?

— De modo algum. Vossa Santidade firmará o tratado quando quiser.

Ramsés teve a sensação de flutuar. Pela primeira vez, sentiu a doçura do poder faraônico, e isso... graças aos fenícios!

— Hiram! — disse, sem mais exercer controle sobre si mesmo. — Estou dando hoje a vocês, fenícios, a autorização para construir o canal que ligará o mar Mediterrâneo ao mar Vermelho...

O ancião caiu a seus pés.

— Vossa Santidade é o maior monarca do mundo! — exclamou.

— Por enquanto não se pode falar disso com ninguém, pois os inimigos da minha glória estão atentos. No entanto, para que você tenha certeza da sinceridade do que acabo de dizer, dou-lhe este anel real... — disse Ramsés, entregando ao fenício um anel com uma pedra encantada, na qual estava gravado o nome de Hórus.

— Todas as riquezas da Fenícia estão à sua disposição! — disse o emocionado Hiram. — Vossa Santidade realizará grandes feitos, que carregarão o seu nome até o fim dos dias...

O faraó abraçou a cabeça grisalha do fenício e ordenou-lhe que se sentasse.

— Portanto, somos aliados — disse — e nutro esperanças de que esta aliança trará frutos tanto para o Egito quanto para a Fenícia.

— Para o mundo todo! — exclamou Hiram.

— Mas diga-me uma coisa: por que você tem tanta confiança em mim?

674 | Bolesław Prus

— Por conhecer o caráter de Vossa Santidade. Se não tivesse assumido o trono do Egito, Vossa Santidade seria o maior comerciante da Fenícia e o chefe supremo do nosso Conselho...

— Muito bem — respondeu Ramsés. — Mas acontece que eu, para cumprir minha promessa dada a vocês, terei de esmagar os sacerdotes. Trata-se de uma batalha cujo resultado é incerto...

Hiram sorriu.

— Grande amo — respondeu —, se nós fôssemos tão ignóbeis a ponto de abandoná-lo hoje, quando seu tesouro está vazio e seus inimigos poderosos, você perderia a batalha. Mas com o nosso ouro e nossos agentes, além do seu exército e dos seus generais, Vossa Santidade terá tantos problemas com os sacerdotes quanto um elefante tem com um escorpião...

Tendo dito isso, o príncipe fenício se levantou e concluiu:

— Na verdade, essa questão nada tem a ver comigo. O sumo sacerdote Samentu, a quem Vossa Santidade convocou, está aguardando no jardim. Portanto, saio de cena e a deixo para ele. No entanto, não deixarei de cumprir minha promessa, e Vossa Santidade poderá contar com trinta mil talentos à sua disposição.

Fez uma profunda reverência e saiu do aposento.

O sumo sacerdote apareceu meia hora mais tarde. Sua cabeleira e barba ruivas não estavam rapadas, como convinha a um venerador de Set; seu rosto era severo e seus olhos cheios de sabedoria. Inclinou-se sem excessiva humildade e suportou calmamente o perscrutador olhar do faraó.

— Sente-se — disse o amo.

O sumo sacerdote sentou-se no chão.

— Você me agrada — disse Ramsés. — Sua postura e fisionomia lembram as dos hititas, que são os mais valentes soldados dos meus exércitos.

Depois, perguntou repentinamente:

O Faraó | 675

— Foi você quem contou a Hiram sobre o tratado entre os nossos sacerdotes e os assírios?

— Sim — respondeu Samentu, sem desviar o olhar.

— Você participou daquela infâmia?

— Não. Ouvi o teor daquela conversa através dos canais cavados nas paredes dos templos, que, assim como os existentes nas do palácio de Vossa Santidade, permitem ouvir, do topo dos pilonos, o que se fala nos subterrâneos.

— E é possível falar dos subsolos a habitantes dos quartos localizados nos andares superiores?... — perguntou o faraó.

— E simular conselhos de deuses — acrescentou gravemente o sacerdote.

O faraó sorriu. Sua suspeita de que haviam sido os sacerdotes e não o espírito de seu pai, que falaram com ele e com sua mãe estava correta!

— Por que você revelou aos fenícios o grande segredo do país? — perguntou Ramsés.

— Porque quis evitar um tratado desonroso, que é desfavorável tanto a nós quanto à Fenícia.

— Você poderia ter alertado algum dos altos dignitários do Egito...

— A quem?... — perguntou o sacerdote. — Aos que se sentiam impotentes diante de Herhor ou aos que me denunciariam a ele, provocando a minha morte em terríveis sofrimentos?... Alertei Hiram, porque ele mantém contato com dignitários aos quais eu não tenho acesso.

— E por que Herhor e Mefres concordaram com um tratado desse teor?

— Em minha opinião, eles são homens fracos, que ficaram assustados com o que ouviram de Beroes, o grão-sacerdote caldeu. Ele lhes disse que o Egito estava ameaçado por desgraças por dez

676 | Bolesław Prus

anos e que, caso iniciássemos uma guerra com a Assíria naquele período de tempo, seríamos derrotados.

— E eles acreditaram nisso?

— Parece que Beroes realizou alguns milagres diante deles... Chegou a levitar, o que tenho de admitir que é algo surpreendente. Mas não consigo compreender uma coisa: o que o fato de Beroes poder se elevar no ar tem a ver com a necessidade de perdermos a Fenícia?

— Então você não acredita em milagres?

— Depende de quais — respondeu Samentu. — Aparentemente, Beroes é de fato capaz de realizar proezas inacreditáveis, mas os nossos sacerdotes somente enganam o povo e... até os donos do poder.

— Você odeia a casta sacerdotal?

Samentu abriu os braços.

— Os sacerdotes também não me suportam e, o que é ainda pior, me vilipendiam ostensivamente por eu servir a Set. Mas que importância dou para deuses cujas cabeças e braços têm de ser movidos por cordas?... Ou para sacerdotes que se fingem de pios e ascéticos, mas têm mais de dez mulheres, gastam dezenas de milhares de talentos por ano, roubam as oferendas deixadas nos altares e são pouco mais inteligentes que os alunos da Escola Superior?

— Mas você não recebe dádivas dos fenícios?

— E de quem deveria recebê-las? Os fenícios são os únicos que veneram e temem Set, pois ele pode afundar seus navios. Entre nós, os únicos que o respeitam são os pobres. Se eu fosse me restringir às suas oferendas, passaria fome... eu e meus filhos.

O faraó achou que o sacerdote, apesar de ter traído o pacto sacerdotal e revelado o terrível segredo, não era de todo mau, além de aparentar ser inteligente e dizer a verdade.

— Você ouviu falar sobre um canal que deveria ligar o mar Mediterrâneo ao Vermelho? — perguntou.

— Conheço o projeto. Nossos sacerdotes o desenvolveram há centenas de anos.

— E por que não o executaram até agora?

— Porque temem um afluxo de estrangeiros que poderiam solapar a nossa religião e, com isso, diminuir suas receitas.

— E o que você tem a dizer sobre os povos que vivem no Oriente distante, sobre os quais me falou Hiram?

— É a mais pura verdade. Sabemos da sua existência há muito tempo, e nunca passamos mais de dez anos sem receber uma joia, um desenho ou um objeto fabricado por eles.

O faraó voltou a meditar. Em seguida, perguntou inesperadamente:

— Você seria capaz de me servir fielmente, caso eu o nomeasse meu conselheiro?

— Serei fiel a Vossa Santidade até a minha morte, mas, caso fosse nomeado seu conselheiro, os sacerdotes, que me odeiam, ficariam revoltados.

— E você não acha que eles podem ser derrotados?...

— Acredito... e facilmente — respondeu Samentu.

— Qual seria seu plano, caso eu quisesse me ver livre deles?

— Em primeiro lugar, será preciso apossar-se dos tesouros do Labirinto — disse o sacerdote.

— Você tem acesso a ele?

— Já disponho de muitas indicações; quanto às que me faltam, hei de encontrá-las, pois sei onde procurar.

— E depois? — perguntou o faraó.

— Depois, seria recomendável processar Herhor e Mefres por traição, já que eles mantiveram encontros secretos com os assírios.

— E como poderemos obter provas disso?

— Poderemos obtê-las com os fenícios — respondeu o sacerdote.

— Isto não poderia resultar num perigo para o Egito?

678 | Bolesław Prus

— Nenhum. Quatrocentos anos atrás, o faraó Amenhotep IV derrubou a casta sacerdotal, estabelecendo o culto a um único deus: Re-Hor-emakhiti. É óbvio que aproveitou a ocasião para se apossar dos tesouros de todos os outros templos... Naqueles dias, nem o povo, nem o exército, nem os aristocratas ficaram do lado dos sacerdotes... Quanto mais agora, quando a antiga fé ficou tão mais fraca!...

— Quem ajudou Amenhotep naquela empreitada?

— Um simples sacerdote, chamado Aye.

— Que, após a morte de Amenhotep IV, herdou o trono — observou Ramsés, olhando fixamente nos olhos do sacerdote.

Mas Samentu respondeu calmamente:

— O que somente comprova que Amenhotep foi um monarca incompetente, que mais se preocupou com a glória de Re do que com o destino do seu país.

— Tenho de admitir que você é realmente um homem sábio — disse Ramsés.

— Às ordens de Vossa Santidade.

— Diante disso, nomeio-o meu conselheiro — disse o faraó —, e nesse caso não podemos nos encontrar às escondidas, você terá de se mudar para cá...

— Queira perdoar, meu amo, mas até os membros do Conselho Supremo serem presos por tramar contra o Estado com uma potência estrangeira, minha presença no palácio seria mais prejudicial do que benéfica... Portanto, servirei a Vossa Santidade, mas... às escondidas.

— E você achará o caminho até o tesouro do Labirinto?

— Espero resolver isso antes de Vossa Santidade ter retornado de Tebas. Então, quando transportarmos o tesouro para o seu palácio e o tribunal condenar Herhor e Mefres, poderei me revelar e deixar de ser o sacerdote de Set, o que faz com que as pessoas tenham medo e se afastem de mim.

— E você acha que tudo dará certo?...

— Estou convicto disso! — exclamou o sacerdote. — O povo ama Vossa Santidade e será fácil virá-lo contra os traiçoeiros dignitários... O exército o obedece como jamais obedeceu a um outro faraó, desde Ramsés, o Grande... Portanto, quem ousará se opor?... Além disso, Vossa Santidade terá o apoio dos fenícios e dinheiro, a mais poderosa arma do mundo!

Quando Samentu despediu-se do faraó, o grande amo lhe permitiu beijar seus pés e lhe deu uma pesada corrente de ouro e uma pulseira cravejada de esmeraldas. Foram poucos os dignitários que, após anos de fiéis serviços, receberam tamanha demonstração de graça.

A visita e as promessas de Samentu encheram o coração do faraó de novas esperanças. Ah!... se ele pudesse pôr as mãos no tesouro do Labirinto!... Com uma pequena fração do mesmo seria possível liberar a nobreza das dívidas com os fenícios, melhorar a sorte dos felás e recuperar as propriedades reais, dadas em garantia por empréstimos tomados.

Sim, os fundos do Labirinto seriam capazes de eliminar todos os problemas do faraó. Pois de que adiantava um grande empréstimo da parte dos fenícios? A dívida teria de ser quitada, acrescida de juros e, mais cedo ou mais tarde, as últimas propriedades reais passariam para as mãos dos credores. Portanto, o empréstimo seria apenas um adiamento da bancarrota, e não sua prevenção.

capítulo 56

EM MEADOS DO MÊS DE FAMENUT (JANEIRO), COMEÇOU A PRIMAVERA. O Egito inteiro cobria-se de verdejantes campos de trigo, enquanto nos negros pedaços de terra grupos de camponeses semeavam favas, feijão e cevada. No ar, erguia-se o agradável cheiro de flores de laranjeira. O nível das águas baixara bastante, revelando mais pedaços de terra a cada dia.

Os preparativos para o funeral de Osíris-Mer-amen-Ramsés estavam concluídos.

A venerável múmia do rei estava fechada numa caixa branca, cuja tampa continha uma representação exata dos traços do falecido. O faraó parecia olhar com seus olhos esmaltados, enquanto o rosto divino expressava uma doce tristeza — não pelo mundo que deixara, mas pelos homens ainda condenados a sofrer a vida cotidiana.

A cabeça da imagem do faraó estava adornada por um gorro egípcio com listras brancas e cor de safira; seu pescoço, por diversos colares; seu peito, mostrava a representação de um homem ajoelhado e com os braços abertos em cruz; e suas pernas, eram adornadas por imagens de deuses, pássaros divinos e pares de olhos não pertencentes a qualquer rosto e que pareciam olhar de longe.

Envoltos assim, os restos mortais do monarca repousavam num esplêndido leito, numa discreta capela de cedro, cujas paredes eram ornadas por imagens exaltando sua vida e seus feitos. Sobre os restos mortais erguia-se um magnífico falcão de cabeça humana e junto do leito zelava, noite e dia, um sacerdote fantasiado de Anúbis, o deus dos funerais, com cabeça de chacal.

Além disso, foi preparado um pesado sarcófago de basalto, que formava a parte interior do caixão da múmia. O sarcófago também tinha a forma e o semblante do faraó, e estava coberto de hieróglifos e desenhos de homens rezando, pássaros divinos e escaravelhos.

No dia dezessete de Famenut, a múmia, junto com a capela e o sarcófago, foi transferida do bairro dos mortos para o palácio real e colocada no salão principal. O salão logo ficou repleto de sacerdotes entoando hinos fúnebres, cortesãos e servos do falecido soberano e, principalmente, de suas mulheres, que gemiam tão alto que era possível ouvir seus lamentos do outro lado do Nilo.

— Oh, amo nosso!... — gritavam. — Por que você nos abandonou?... Você, que foi tão belo e generoso?... Que sempre esteve disposto a conversar conosco e que, agora, está calado?... Você sempre gostou da nossa companhia, portanto, por que está tão distante de nós?...

Após dois dias de gemidos e rituais, chegou ao palácio um grande carro em forma de navio. Seus extremos eram adornados por cabeças de carneiro e flabelos de penas de avestruz, enquanto sobre o luxuoso baldaquino erguiam-se uma águia e a serpente *uraeus*, o símbolo do poder faraônico. E foi sobre este carro que foi colocada a múmia sagrada, apesar da feroz resistência das mulheres da corte. Umas agarravam-se ao caixão, outras imploravam aos sacerdotes para que não as separassem do gentil amo, enquanto outras ainda arranhavam o rosto e arrancavam os cabelos, chegando a agredir os homens que carregavam o cadáver.

682 | Bolesław Prus

Finalmente, o carro portando os divinos restos mortais partiu, em meio a uma multidão que tomou boa parte do espaço entre o palácio e o Nilo. Também ali havia pessoas vestidas com trajes de luto, com o rosto arranhado e lambuzado de lama.

A cada centena de passos, havia um destacamento de soldados saudando o amo com som de tambores e despedindo-se dele com horripilantes toques de trompas. Aquilo não era um cortejo fúnebre, mas uma marcha triunfal em direção ao reino dos deuses.

A uma certa distância do carro, Ramsés XIII caminhava cercado por seus generais e, atrás dele, a rainha Nikotris, apoiada em duas damas da corte. Nem o filho nem a mãe choravam, pois sabiam que o falecido amo já se encontrava ao lado de Osíris, e estava tão feliz por se encontrar na pátria da felicidade que não tinha a mínima vontade de retornar à terra.

Após um desfile que demorou algumas horas, os restos mortais se encontravam à beira do Nilo. Então, foram retirados do carro em forma de nave e transferidos para um dourado barco de verdade, coberto de pinturas e munido de velas brancas e vermelhas.

As mulheres da corte tentaram, mais uma vez, arrancar a múmia dos sacerdotes. Depois, embarcaram no navio a rainha Nikotris e algumas dezenas de sacerdotes, enquanto o populacho começou a atirar no rio buquês e coroas de flores.

Ramsés XII estava abandonando seu palácio pela última vez e empreendendo sua viagem pelo Nilo até sua tumba, em Tebas. Pelo caminho, como cabe a um monarca zeloso, iria parar em todas as localidades importantes, a fim de se despedir delas.

A viagem seria demorada. Tebas distava de Mênfis em torno de cem milhas, navegava-se contra a corrente, e a múmia deveria visitar dezenas de templos e participar de serviços religiosos.

Alguns dias após a partida de Ramsés XII para seu descanso eterno, partiu atrás dele Ramsés XIII, a fim de, com sua aparição, reavivar os entristecidos corações de seus súditos, receber suas homenagens e fazer oferendas aos deuses.

Todos os sumos sacerdotes, os sacerdotes mais velhos, os mais ricos proprietários de terras e a maior parte dos nomarcas — cada um no seu próprio navio — já haviam partido antes, junto com a nave do falecido amo. Diante disso, o novo faraó achara, com certa dose de amargura, que seu séquito seria muito pobre.

No entanto, ocorreu exatamente o contrário. Ao lado de Ramsés XIII postaram-se todos os seus generais, muitos funcionários e aristocratas, e praticamente todos os sacerdotes secundários, o que mais surpreendeu do que alegrou o faraó. Mas aquilo fora apenas o começo. Pois assim que a nave do jovem amo começou a navegar pelo Nilo, veio ao seu encontro tal quantidade de botes maiores e menores que quase chegaram a cobrir a água. Nos botes, havia desnudas famílias de felás e artesãos, bem-vestidos negociantes, fenícios em trajes coloridos, ágeis marinheiros gregos e até assírios e hititas.

Aquela multidão não mais gritava, mas urrava; não estava alegre, mas louca de felicidade. A cada instante, uma nova delegação chegava à nave real para beijar o convés pisado pelos pés do amo e fazer oferendas: um punhado de trigo, um pedaço de pano, um simples vaso de barro, um par de pássaros e, acima de tudo, flores, flores e mais flores. Em função disso, mesmo antes de o faraó ter se afastado de Mênfis, foi preciso parar a nave e retirar os presentes; caso contrário ela poderia afundar de tanto peso.

Os jovens sacerdotes comentavam entre si que, desde Ramsés, o Grande, jamais houve tamanha demonstração de afeto por um faraó.

E foi assim que transcorreu toda a viagem até Tebas, e o entusiasmo do povo, ao invés de decrescer, aumentava constantemente. Os camponeses abandonavam os campos e os artesãos deixavam

684 | Bolesław Prus

suas oficinas somente para poder se alegrar com a visão do novo amo, de cujas intenções se formaram lendas. Esperava-se por grandes mudanças, embora ninguém pudesse dizer quais seriam. Uma coisa já era certa: a severidade dos funcionários arrefecera, os fenícios passaram a cobrar impostos de forma menos violenta, e o tradicionalmente submisso povo egípcio começara a erguer a cabeça diante do poderio dos sacerdotes.

— Basta apenas o faraó dar um sinal — comentava-se nas estalagens, nos campos e nos mercados — e nós vamos dar um jeito nos santos homens... É por culpa deles que os impostos são tão altos e não saram as feridas nos nossos dorsos!

A sete milhas ao sul de Mênfis, numa ramificação das montanhas da Líbia, jaz a região Fayum, notável por ter sido criada por mãos humanas. No passado, aquela região havia sido um deserto côncavo, cercado por um anfiteatro de colinas desnudas. Foi somente no século XVIII antes de Cristo, que o faraó Amenemhet III resolveu executar o ousado empreendimento de transformá-la numa região fértil e habitável.

Para isso ele separou a parte oriental da depressão do restante, cercando-a com uma poderosa represa. Sua altura equivalia a um prédio de cinco andares, sua largura era de cerca de cem passos, e seu comprimento ultrapassava quarenta quilômetros.

Dessa forma foi obtido um reservatório, capaz de armazenar três bilhões de metros cúbicos de água e cuja superfície abrangia cerca de trezentos quilômetros quadrados. O reservatório em questão servia para irrigar seiscentos mil acres de terreno, além de, na época das cheias, conter o excesso de água do rio, evitando que boa parte do Egito fosse alagada.

Aquele enorme acúmulo de água era chamado de lago Moeris e considerado uma das maravilhas do mundo. Graças a ele, o desértico vale se transformou na fértil província de Fayum, com duzen-

O Faraó | 685

tos mil prósperos habitantes, e famosa pelo cultivo de rosas, cujo óleo era distribuído por todo o Egito e até fora de suas fronteiras.

A existência do lago Moeris era ligada a uma outra maravilha criada pelos engenheiros egípcios: o canal de José.

O canal, com duzentos passos de largura, estendia-se por dezenas de milhas do lado ocidental do Nilo. Distando duas milhas do leito do rio, tinha por função irrigar as terras próximas às montanhas da Líbia, bem como levar água ao lago Moeris.

Em torno de toda a região elevavam-se algumas pirâmides antigas e uma grande quantidade de tumbas menores. Já no seu limite oriental, perto do Nilo, erguia-se o famoso Labirinto (Lope-ro-hunt), também construído por Amenemhet em forma de ferradura, com mil passos de comprimento e seiscentos de largura.

Essa edificação era o maior tesouro do Egito. No seu interior descansavam múmias de faraós famosos, ilustres sacerdotes, comandantes militares e engenheiros. Repousavam ali, também, despojos de animais sagrados, principalmente de crocodilos. Por fim, era ali que estava escondido o tesouro do Egito acumulado por séculos, cujo valor é impossível de ser avaliado nos dias de hoje.

O Labirinto não era protegido ostensivamente. Apenas era zelado por um pequeno destacamento de soldados sacerdotais e alguns sacerdotes de comprovada honestidade. Na verdade, a segurança do tesouro consistia no fato de que ninguém (exceto uns poucos homens) sabia onde achá-lo, já que o Labirinto tinha dois andares: um na superfície e outro subterrâneo, sendo que cada um deles tinha mil e quinhentos cômodos.

Todo faraó, sumo sacerdote, tesoureiro-mor e juiz supremo tinha de, logo após assumir o cargo, ver o tesouro com os próprios olhos. Apesar disso, nenhum destes dignitários seria capaz de encontrar o caminho até ele, nem mesmo saber onde ele estava: na parte central ou numa das alas; na superfície ou no subsolo?

Algumas pessoas estavam convencidas de que o tesouro ficava debaixo da terra, mas num lugar distante do Labirinto, e não faltavam outras que achavam que ele estivesse no fundo do lago, para poder ser alagado em caso de imperiosa necessidade. Mas os dignitários da nação não gostavam de se envolver nesse assunto, sabendo que qualquer tentativa de se apossar do tesouro dos deuses resultaria em morte ao transgressor sacrílego.

É bem possível que houvesse alguém capaz de encontrá-lo, caso sua mente não estivesse paralisada pelo medo. Pois sobre todo aquele que ousasse pensar nisso pesava a pena de morte eterna — tanto para ele quanto para os membros da sua família.

Tendo chegado à região, Ramsés XIII visitou a província de Fayum, que parecia uma gigantesca bacia, com o lago por fundo e as monstanhas por bordas. Para onde olhasse, viam-se campos verdejantes, gramados repletos de flores, grupos de palmeiras e pomares de figueiras e tamarindos, e no meio deles, desde o raiar até pôr do sol, ouviam-se cantos de aves e alegres vozes humanas. Aquela era a região mais feliz do Egito.

O povo recebeu o faraó e seu séquito com grande entusiasmo, cobrindo-os de flores e oferecendo vasos com os mais caros perfumes, ouro e pedras preciosas, no valor total de dez talentos.

O amo passou dois dias naquela província encantadora, onde a alegria parecia brotar das árvores, flutuar no ar e emergir das águas do lago. Mas lembraram-lhe que tinha de visitar o Labirinto.

O faraó partiu a contragosto, olhando para trás pelo caminho, mas logo sua atenção foi despertada por uma enorme edificação cinzenta, erguida, de forma majestática, numa colina.

Junto do portão do já mencionado Lope-ro-hunt, o faraó foi recebido por um grupo de sacerdotes de rosto ascético e um pequeno destacamento de soldados de cabeça rapada.

— Estes homens parecem sacerdotes! — exclamou Ramsés.

— É que cada um deles foi ordenado num grau inferior e o decurião, num grau mais alto — respondeu o sacerdote responsável pelo edifício.

Ao olhar mais atentamente as fisionomias daqueles estranhos soldados que não comiam carne e viviam em celibato, o faraó notou neles ferrenha disposição e calma energia. Também observou que sua augusta presença não causava qualquer impressão naquele lugar.

"Estou muito curioso para saber de que forma Samentu vai se orientar aqui", disse consigo mesmo.

Era claro para ele que aqueles homens não poderiam ser assustados nem subornados. Sua atitude demonstrava tanta certeza de si mesmos, que parecia que eles dispunham de indestrutíveis regimentos de espíritos.

"Vamos ver", pensou Ramsés, "se os meus gregos e asiáticos vão ficar com medo desses guerreiros tão pios... Por sorte, eles são tão selvagens que não conseguem distinguir uma expressão enfática de outra qualquer..."

Atendendo a um pedido dos sacerdotes, o séquito de Ramsés XIII ficou do lado de fora do portão, sob a vigilância dos soldados carecas.

— Devo, também, deixar aqui o meu gládio? — perguntou o faraó.

— Ele nada poderá fazer contra nós — respondeu o zelador-mor.

Ao ouvir aquela resposta, o jovem soberano teve vontade de aplicar um golpe com a parte plana da sua espada no rosto do ousado, mas se conteve.

Atravessando um vasto pátio flanqueado por duas fileiras de esfinges, o faraó e os sacerdotes adentraram uma antessala semiescura, com oito portas.

— Através de qual porta Vossa Santidade gostaria de chegar ao tesouro? — indagou o zelador-mor.

688 | Bolesław Prus

— Por aquela que me levará a ele da forma mais rápida.

Cada um dos cinco sacerdotes pegou um punhado de tochas, mas somente um deles acendeu a sua. O zelador-mor, com uma fiada de contas adornadas com sinais misteriosos, postou-se ao lado dele. Os três sacerdotes restantes colocaram-se ao lado do faraó.

O sacerdote/zelador virou para a direita e adentrou um enorme salão, cujas paredes e colunas estavam decoradas com desenhos e hieróglifos. De lá, todos entraram num estreito corredor ascendente, chegando a uma outra sala, caracterizada por uma grande quantidade de portas. Uma placa deslizante abriu-se no chão, revelando um buraco pelo qual todos desceram e, andando por um novo corredor apertado, chegaram a um cômodo desprovido de portas.

O guia tocou num dos hieróglifos — e uma das paredes se abriu.

Ramsés tentou se lembrar do caminho que haviam percorrido, mas em pouco tempo ficou confuso. Dava-se conta apenas de que atravessavam rapidamente uma sequência de salas, pequenos cômodos e corredores estreitos, e que ora subiam, ora desciam. Também notou que alguns cômodos tinham muitas portas e outros, nenhuma, bem como que o guia, a cada entrada num deles, movia uma das contas do seu rosário e, vez por outra, comparava os sinais das contas com os pintados nas paredes.

— Onde estamos? — perguntou repentinamente o faraó. — No subsolo ou na superfície?

— Estamos em poder dos deuses — respondeu seu vizinho.

Após algumas curvas e passagens, o faraó voltou a falar:

— Mas nós já estivemos aqui pelo menos duas vezes!...

Os sacerdotes não responderam. O que carregava a tocha acesa iluminou as paredes, e Ramsés, olhando com mais atenção, teve de admitir no fundo da sua alma que talvez não tivessem estado.

Numa pequena sala sem portas o faraó pôde ver no chão um cadáver enegrecido, ressecado e envolto num pano esfarrapado.

— É o cadáver de um fenício que, durante a décima sexta dinastia, tentou entrar no Labirinto e chegou até aqui — disse o zelador-mor.

— Ele foi morto? — perguntou o faraó.

— Morreu de fome.

Já estavam andando por mais de meia hora, quando o sacerdote com a tocha iluminou o vão de um corredor, revelando mais um cadáver ressecado.

— E este — falou o zelador — é o cadáver de um sacerdote núbio que, durante o reinado do pai de Vossa Santidade, tentou entrar aqui...

O faraó não perguntou o que acontecera com ele. Tinha a nítida impressão de que estava num lugar profundo e que o prédio o esmagava com seu peso. Já não pensava em se orientar no meio daquelas centenas de corredores, salas e cômodos, nem tentava decifrar a forma pela qual as paredes se abriam sozinhas.

"Samentu não saberá o que fazer neste lugar...", dizia a si mesmo. — "Acabará morrendo como aqueles dois..."

Nunca antes se sentira tão impotente, achando, em alguns momentos, que os sacerdotes iriam deixá-lo numa daquelas salas sem portas. Então ficava desesperado e chegava a colocar a mão na espada, pronto para trucidá-los; mas logo se lembrava de que sem a ajuda deles jamais sairia dali — e baixava a cabeça.

Após uma hora de caminhada, o séquito chegou, finalmente, a uma sala com teto baixo e apoiado sobre colunas octogonais. Os três sacerdotes que acompanhavam o faraó se dispersaram e Ramsés notou que um deles se apoiou numa das colunas, parecendo desaparecer em seu interior.

Pouco tempo depois, surgiu uma abertura numa das paredes. Os sacerdotes retomaram suas posições e seu líder ordenou que fossem acesas quatro tochas. Em seguida, todos se encaminharam até aquela estreita abertura e, com todo o cuidado, passaram por ela.

— Eis o tesouro... — falou o zelador do prédio.

Os sacerdotes acenderam rapidamente várias tochas presas às colunas e paredes, e Ramsés pôde ver uma série de gigantescas salas repletas dos mais diversos objetos, todos de valor inestimável. Naquela coleção encontravam-se os objetos mais preciosos e valiosos ofertados por sucessivas dinastias.

Havia ali carros, barcos, leitos, mesas, arcas de ouro incrustadas de marfim, madrepérola e madeiras coloridas, e tão belas que os artesãos deveriam ter passado anos trabalhando em seus mínimos detalhes. Havia armaduras, elmos, escudos e lanças, todos brilhando com suas pedras preciosas, isso sem falar de jarros, bacias e colheres de ouro, trajes luxuosos e baldaquinos. E tudo em perfeito estado de conservação, graças à pureza e à secura do ar.

Entre os objetos curiosos, o faraó viu a maquete prateada do palácio assírio oferecida por Sargon a Ramsés XII. O sumo sacerdote que explicava ao faraó qual oferenda fora doada por quem, olhava atentamente para sua expressão facial, notando que esta, em vez de admiração, demonstrava desagrado.

— Diga-me, Eminência — indagou repentinamente o faraó. — Qual é o proveito de todos estes tesouros fechados na escuridão?

— Eles detêm um grande poder, que deverá ser usado numa situação de perigo — respondeu este. — Em troca de alguns destes elmos, carros e gládios, nós poderemos obter as boas graças de todos os sátrapas asiáticos. E até o próprio rei Assar receberia de bom grado alguns objetos para seu salão do trono ou seu arsenal.

— Pois eu acho que eles prefeririam se apossar de tudo isso com suas espadas, em vez de receber algumas peças a título de boa vontade — observou o amo.

— Que eles ousem tentar!... — falou o sacerdote.

O Faraó | **691**

— Compreendo... Vocês devem ter um sistema para destruir o tesouro... Mas, nesse caso, ninguém tirará qualquer proveito dele.

— Isso já não nos diz respeito — respondeu o zelador-mor. — Nós tomamos conta daquilo que nos foi entregue e fazemos o que nos mandam fazer.

— Não seria melhor usar uma parte deste tesouro para melhorar as finanças do país e erguer o Egito da situação em que se encontra neste momento? — perguntou o faraó.

— Isso não depende de nós.

O faraó cerrou o cenho. Ficou olhando, sem grande curiosidade, para os diversos objetos e, finalmente, voltou a indagar:

— Muito bem. Estes objetos de arte até poderiam servir para agradar dignitários asiáticos, mas, caso eclodisse uma guerra com a Assíria, como poderíamos conseguir grãos, homens e armas dos povos que não apreciam tal tipo de objetos?

— Abram o tesouro — ordenou o sumo sacerdote.

Os sacerdotes voltaram a se dispersar. Dois deles pareceram desaparecer dentro das colunas, enquanto um terceiro subiu numa escada e mexeu num ponto de uma estatueta.

Imediatamente abriu-se uma nova passagem secreta, e Ramsés entrou no tesouro propriamente dito — um enorme salão repleto de materiais de indescritível valor: barricas de barro cheias de ouro em pó, blocos de ouro empilhados como tijolos e bastões do mesmo material, amarrados em feixes.

Blocos de prata empilhados junto de uma parede formavam um muro até o teto, enquanto dezenas de nichos e mesas de pedra expunham uma miríade de pedras preciosas de todas as cores: rubis, topázios, esmeraldas, safiras, diamantes e, por fim, pérolas do tamanho de nozes e até de ovos. Bastava uma delas para comprar uma cidade inteira.

692 | Bolesław Prus

— Eis o nosso tesouro para o caso de uma desgraça — falou o zelador.

— E que tipo de desgraça vocês estão aguardando? — perguntou o faraó. — O povo está faminto; os nobres e a corte, endividados; o exército, reduzido pela metade; e o faraó não tem dinheiro... Já houve um caso em que o Egito tivesse estado pior?...

— Sim, quando foi conquistado pelos hicsos.

— Em algumas dezenas de anos — respondeu Ramsés — poderemos ser derrotados até pelos israelitas... isto é, se não formos derrotados antes pelos líbios ou etíopes. E então estas lindas pedras preciosas servirão para adornar trajes judeus ou sandálias de negros...

— Não se preocupe, Santidade. Em caso de necessidade, não só todo o tesouro, mas também o Labirinto, desaparecerão sem deixar vestígios... junto com seus zeladores.

Ramsés finalmente compreendeu que estava lidando com fanáticos com um só pensamento: o de impedir qualquer pessoa de se apoderar do tesouro.

O faraó sentou numa pilha de tijolos de ouro e disse:

— Quer dizer que este tesouro está sendo guardado para o caso em que o Egito venha a sofrer momentos ruins?

— Isso mesmo, Santidade.

— E quem poderá convencer vocês, os zeladores, de que esses momentos chegaram?

— Para isso será necessário convocar uma reunião extraordinária de egípcios natos, da qual participarão o faraó, treze sacerdotes do mais alto grau, treze nomarcas, treze nobres, treze oficiais, treze artesãos, treze comerciantes e treze felás.

— E vocês entregariam o tesouro a essa assembleia? — perguntou o faraó.

— Entregaríamos a quantia necessária, caso a assembleia decidisse unanimemente que o Egito corre sério perigo e...

— E o quê?

— E a estátua de Amon, em Tebas, confirmar essa resolução.

Ramsés baixou a cabeça, ocultando sua satisfação. Acabara de ter uma ideia.

"Tenho condições de convocar uma assembleia dessas, e arrancar dela uma decisão unânime...", pensou, "assim como acho que, ao cercar os sacerdotes com os meus asiáticos, a divina estátua de Amon vai confirmar aquela decisão..."

— Agradeço-lhes, pios homens — falou em voz alta —, por me terem mostrado tantas coisas maravilhosas, cujo valor não impede que eu seja o mais pobre dos reis do mundo. E agora peço que me conduzam para fora, por um caminho mais curto e mais conveniente.

— E nós desejamos a Vossa Santidade que possa acrescentar mais coisas ao Labirinto — respondeu o zelador. — No que se refere ao caminho de volta, só existe um, e nós teremos de voltar por ele.

Um dos sacerdotes ofereceu a Ramsés algumas tâmaras e outro uma garrafa de vinho misturado com uma substância fortificante. O faraó recuperou as forças e ficou mais alegre.

— Pagaria uma fortuna — disse, rindo —, para compreender todas as voltas deste estranho caminho!...

O zelador-mor parou.

— Garanto a Vossa Santidade — disse —, que nós mesmos não compreendemos nem conhecemos este caminho, muito embora já o tenhamos percorrido dezenas de vezes...

— Então como vocês conseguem chegar até o tesouro?

— Aproveitamo-nos de certas indicações. Mas caso percamos uma delas, morreremos de fome...

Finalmente, o séquito chegou à antessala e, dela, ao pátio. O faraó ficou olhando em volta, aspirando ar puro.

— Nem por todos os tesouros do Labirinto eu gostaria de zelar por ele! — exclamou. — Só pensar na possibilidade de morrer no subterrâneo me enche de horror.

— Os homens são capazes de se acostumar a tudo... inclusive a masmorras — respondeu, com um sorriso, o sumo sacerdote.

O faraó agradeceu individualmente a cada um dos seus guias, dizendo:

— Gostaria de recompensá-los de alguma forma... podem pedir...

Mas os sacerdotes o ouviram com grande indiferença, e o líder respondeu:

— Queira perdoar a minha impertinência, mas... o que poderíamos desejar?... Os nossos figos e tâmaras são tão doces quanto os do jardim de Vossa Santidade, e a nossa água é tão boa quanto a do seu poço. E se, por acaso, nos sentíssemos atraídos por riquezas, não temos mais delas do que todos os reis do mundo?

"Vejo que não há como seduzir esses homens", pensou o faraó, "mas... vou lhes trazer a concordância da assembleia e a sentença de Amon."

capítulo 57

DEPOIS DE SAIR DE FAYUM, O FARAÓ E O SEU SÉQUITO SEGUIRAM para o sul, subindo o Nilo cercados por centenas de barcos, aclamados por gritos e cobertos de flores.

Ao longo de ambas as margens do rio e tendo por pano de fundo belos campos verdejantes, estendia-se uma ininterrupta sequência de casebres de barro, pomares de figueiras e grupos de palmeiras. De hora em hora, apareciam grupos de brancas casas de uma cidadezinha ou construções multicoloridas de uma cidade maior, bem como gigantescos pilonos de templos.

A leste, o contorno das montanhas líbias era pouco visível; em compensação, a oeste o ressecado terreno arábico aproximava-se cada vez mais do rio, revelando íngremes rochas escuras, que lembravam ruínas de fortalezas ou templos construídos por gigantes.

No meio do leito do Nilo podiam ser vistas ilhotas que pareciam ter emergido ainda no dia anterior, e que já no dia seguinte estavam cobertas de espessa vegetação e habitadas por incontáveis bandos de pássaros. Quando o agitado séquito do faraó se aproximava, as assustadas aves se elevavam no céu e passavam a sobrevoar os barcos, juntando seus gritos à possante voz da população. Sobre tudo isso pairava um céu imaculado e tão cheio de luz viva que, graças a ela, a escura terra adquiria brilho próprio e as pedras reluziam em todas as cores do arco-íris.

No início, a constante gritaria irritara o faraó, mas, com o passar do tempo, o amo se acostumara a ela, a ponto de nem mais a notar. Podia ler documentos, fazer reuniões e até dormir.

Entre trinta e quarenta milhas de Fayum, à margem esquerda do Nilo, encontrava-se a grande cidade chamada Siut, na qual Ramsés XIII descansou por alguns dias. A parada fora estratégica, pois a múmia do falecido monarca ainda estava em Abidos, onde, junto ao túmulo de Osíris, realizavam-se cerimônias religiosas.

Siut era uma das mais ricas cidades do Egito Superior. Ali eram fabricados os famosos objetos de barro claro e escuro, bem como os mais variados tecidos. Era também o local de um grande mercado, para o qual eram trazidos os artigos dos oásis da região. Finalmente, era ali que ficava o famoso templo de Anúbis, o deus com cabeça lupina.

No segundo dia da permanência do faraó em Siut, apresentou-se a ele o chefe da comissão destinada a investigar as condições do povo — o sacerdote Pentuer.

— Você tem alguma novidade? — perguntou-lhe o amo.

— Todo o Egito abençoa Vossa Santidade. Todos com os quais falei estão cheios de esperanças e dizem que seu reinado fará o Egito renascer.

— O meu desejo é o de que todos os meus súditos sejam felizes e que o povo possa descansar — respondeu o faraó. — Quero que o Egito volte a ter milhões de habitantes e recupere as terras que lhe foram tomadas pelo deserto. Também quero que os trabalhadores tenham um dia de descanso a cada seis e que cada agricultor venha a ter um pedaço de terra para si...

Pentuer caiu aos pés do bondoso amo.

— Erga-se — falou Ramsés. — Saiba que passei por horas de profunda tristeza, pois vejo a desgraça do meu povo e quero reerguê-lo, mas ao mesmo tempo me dizem que o Tesouro Real está vazio. Você terá de concordar comigo que, não dispondo de muitos milhares de talentos, não estarei em condições de empreender essa tarefa... Mas hoje me sinto mais animado, pois encontrei uma forma de obter do Labirinto os fundos necessários...

Pentuer olhou com espanto para o amo.

— O zelador do tesouro me explicou o que devo fazer — continuava o faraó. — Tenho de convocar uma assembleia de todas as classes sociais... treze representantes de cada. E quando ela declarar que o Egito está necessitado de fundos, o Labirinto vai liberá-los... Por deuses! — acrescentou —, em troca de uma só daquelas joias pode-se dar ao povo cinquenta descansos por ano... Não creio que elas poderiam ser utilizadas de uma forma mais nobre...

Pentuer meneou a cabeça.

— Meu amo — disse —, seis milhões de egípcios, comigo e os meus amigos à testa, concordarão com seu pleito... Mas não se iluda, Santidade... pois uma centena dos mais altos dignitários do país se oporá a ele e, diante disso, o Labirinto não lhe dará coisa alguma...

— E o que eles querem?! — explodiu o faraó. — Que eu fique mendigando junto dos portões de um templo?!...

— Não — respondeu o sacerdote. — Eles vão ficar com medo de que o tesouro, uma vez tocado, possa se esvair. Vão achar que os mais fiéis e confiáveis servos de Vossa Santidade vão participar dos lucros advindos daquela fonte... E então a inveja lhes soprará: por que Vossa Santidade não iria também se aproveitar disso?... Não é má vontade consigo, meu amo, mas a mútua desconfiança e a ganância que os levarão a se opor...

Ao ouvir aquilo, o amo chegou a sorrir.

698 | Bolesław Prus

— Se é isso que o preocupa, querido Pentuer, pode ficar tranquilo — disse. — Neste momento, compreendi perfeitamente a razão pela qual Amon criou a autoridade faraônica e deu ao faraó um poder imensurável... Para que até cem dos mais distintos patifes não pudessem abalar os alicerces da nação.

Ramsés se levantou e acrescentou:

— Diga ao meu povo que continue trabalhando e seja paciente... Diga aos fiéis e aos sacerdotes para que sirvam aos deuses e cultivem a sabedoria, que é o sol do mundo. Quanto àqueles teimosos e suspicazes dignitários, deixe-os por minha conta... Que os deuses se apiedem deles, caso venham a despertar a ira no meu coração!

— Sou seu fiel servo... — respondeu o sacerdote, mas, ao se despedir e sair, seu rosto denotava preocupação.

A quinze milhas de distância de Siut, os bravios rochedos árabes quase tocavam o Nilo e os montes líbios estavam tão afastados que aquela região poderia ser considerada a mais vasta planície do Egito. Exatamente naquele lugar havia duas cidades dignas de respeito, uma ao lado da outra: Tinis e Abidos. Fora lá que nascera Menes, o primeiro faraó do Egito, e também fora lá que, há cem mil anos, foram depositados num túmulo os sagrados restos mortais do deus Osíris, assassinado de forma traiçoeira por seu irmão, Tufão.

E fora também lá que, em comemoração a essas grandes acontecimentos, o faraó Seti ergueu um templo, ponto de visitação de peregrinos de todo o Egito. Os verdadeiros homens de fé deveriam, pelo menos uma vez na vida, tocar com a testa aquela terra abençoada. Já todos os que puderam ter a sua múmia transportada até Abidos e encontrar o repouso eterno nas cercanias do templo, poderiam ser considerados felizes para sempre.

A múmia de Ramsés XII permaneceu naquele templo por alguns dias; afinal o falecido monarca fora conhecido por sua extrema religiosidade. Também não era de estranhar que Ramsés XIII começasse seu reinado apresentando seus respeitos ao túmulo de Osíris.

O templo erguido por Seti não fazia parte dos mais antigos e mais grandiosos do Egito, mas se destacava pela pureza do estilo egípcio. Seu terreno ocupava uma área de cento e cinquenta acres, com pequenos lagos com peixes, jardins floridos, pomares com árvores frutíferas e hortas. Por toda parte cresciam palmeiras, figueiras, laranjeiras e acácias, formando alamedas de árvores plantadas de forma regular e quase todas com a mesma altura. Sob o atento olhar dos sacerdotes, até o mundo dos arbustos não se desenvolvia segundo os ditames da natureza, mas formava grupos harmônicos, com linhas retas e figuras geométricas.

Palmeiras, tamarindos, ciprestes e murtas eram soldados postados em filas ou colunas. A grama era um tapete verdejante e decorado com desenhos feitos de flores — não de qualquer cor, mas exatamente daquela que era a mais adequada. O populacho, olhando de cima para aqueles gramados, via neles imagens de deuses ou animais sagrados; já os sábios encontravam ali hieróglifos com aforismos.

A parte central dos jardins era ocupada por um retângulo com novecentos passos de comprimento por trezentos de largura e fechado por um muro baixo com um grande portão visível e uma dezena de ocultos portões menores. Os peregrinos entravam pelo portão principal, chamado de Portão do Povo, percorrendo um pátio, em cujo centro se encontrava o templo propriamente dito: uma construção retangular com quatrocentos e cinquenta passos de comprimento e cento e cinquenta de largura.

O caminho do Portão do Povo até o templo era flanqueado por esfinges com corpos de leão e cabeças humanas, dez de cada lado e colocadas umas na frente das outras, mirando-se mutuamente. Este caminho somente podia ser percorrido pelos mais altos dignitários.

No final da aleia das esfinges, e sempre em frente do Portão do Povo, erguiam-se dois obeliscos: finas colunas de granito com quatro faces, nas quais estava registrada a história do faraó Seti. E era somente atrás desses obeliscos que se erguia o imponente Portão do Templo, ladeado por dois gigantescos pilonos pintados com imagens representando vitórias de Seti ou oferendas que ele fizera aos deuses.

O Portão do Templo era inacessível à simples gente do povo, mas exclusivo aos citadinos mais ricos e às classes privilegiadas. Através dele, entrava-se num outro pátio com um peristilo, com a capacidade de acomodar dez mil fiéis.

As pessoas de estratos mais altos da sociedade podiam ainda entrar num salão com o teto sustentado por colunas e capacidade para duas mil pessoas. Aquele salão era o limite de acesso aos leigos. Mesmo os mais altos dignitários somente podiam orar dali, olhando para a estátua coberta do deus, erguida no Átrio da Revelação Divina.

O salão seguinte, chamado de Câmara das Mesas de Oferendas, era o local no qual os sacerdotes depositavam os presentes trazidos pelos fiéis aos deuses. Em seguida, vinha a Câmara de Repouso, na qual o deus descansava antes e depois de uma procissão, e, por fim, a Capela, ou seja, o Santuário no qual o deus morava.

A Capela, como as demais capelas, era pequena, escura e escavada numa rocha. Era cercada por várias capelas menores, cheias de utensílios e joias do deus que, naquele esconderijo inacessível, dormia, se banhava, se perfumava, comia e bebia e, aparentemente, recebia visitas de mulheres jovens e belas.

O Santuário somente podia ser adentrado pelo sumo sacerdote e pelo faraó, desde que este último tivesse recebido os sacramentos necessários. Qualquer outro mortal que ousasse entrar nele poderia perder a vida.

As paredes e as colunas de todos os salões estavam cobertas de inscrições explicativas. As do peristilo continham os nomes e as imagens de todos os faraós, desde Menes até Ramsés XII. No salão com hipostilo — aquele acessível aos nobres — estavam dispostos, de forma pictórica, os dados geográficos e estatísticos do Egito e dos países por ele subjugados. O Átrio da Revelação continha um calendário e os resultados das observações astronômicas, enquanto a Câmara de Mesas de Oferendas e a de Repouso eram dedicadas a quadros representando práticas religiosas. O Santuário, por sua vez, continha receitas para convocar seres extraterrenos e dominar os fenômenos da natureza.

Aquele último tipo de conhecimento sobre-humano estava escrito numa linguagem tão obscura que nem os sacerdotes dos tempos de Ramsés XII conseguiram decifrá-lo, e todos aguardavam a chegada do caldeu Beroes, para que ele pudesse dar nova vida àquele conhecimento moribundo.

Após descansar por dois dias no palácio oficial de Abidos, Ramsés XIII dirigiu-se ao templo. Vestia uma camisa branca, uma couraça de ouro, um avental com listras cor de laranja e azuis, e portava uma espada de aço presa ao cinto e um elmo de ouro na cabeça. Entrou num carro puxado por cavalos com a cabeça adornada por penas de avestruz e, lentamente, seguiu em direção ao templo.

Não importa para onde olhasse: campos, rio, telhados das casas e até galhos de figueiras e de tamarindos, via milhares de pessoas e ouvia gritos que mais pareciam o uivo de uma tempestade.

Chegando ao templo, o faraó parou os cavalos e entrou pelo Portão do Povo, o que agradou ao populacho e alegrou os sacerdotes. Caminhou pela aleia de esfinges e, saudado pelos sacerdotes locais, queimou incenso diante das estátuas de Seti, colocadas de ambos os lados do Portão do Templo.

Uma vez no pátio com peristilo, o sumo sacerdote local chamou a atenção de Sua Santidade para os magníficos retratos dos faraós e mostrou-lhe o lugar destinado ao seu. No hipostilo, explicou-lhe o significado dos mapas geográficos e das tabelas estatísticas. No Átrio da Revelação Divina, Ramsés ofereceu incenso à enorme estátua de Osíris, e o sumo sacerdote lhe mostrou os pilares dedicados aos planetas: Mercúrio, Vênus, Lua, Marte, Júpiter e Saturno. Eram sete, e estavam dispostos em volta do deus solar.

— Vossa Eminência falou — disse Ramsés — que há seis planetas. No entanto, eu vejo sete pilares...

— O sétimo pilar representa a Terra, que também é um planeta — respondeu o sumo sacerdote.

O espantado faraó exigiu uma explicação mais detalhada; mas o sábio permaneceu mudo, mostrando, por meio de mímica, que seus lábios estavam selados.

Na Câmara das Mesas de Oferendas ouvia-se uma música suave, enquanto um coro de sacerdotisas executava uma dança ritual. O faraó tirou sua couraça e seu elmo de ouro — ambos objetos valiosíssimos, e ofereceu-os a Osíris, ordenando que ficassem no templo e não fossem enviados para o Labirinto.

Em troca de tamanha generosidade, o sumo sacerdote ofereceu ao monarca uma bela dançarina de quinze anos, que pareceu ter ficado muito feliz com seu destino.

Após entrar na Câmara de Repouso, o faraó sentou-se num trono, enquanto seu substituto religioso, Sem, adentrava o Santuário para retirar de lá a efígie do deus.

Meia hora mais tarde, no meio de um ensurdecedor tilintar de sininhos, surgiu na câmara uma nave dourada com cortinas cerradas, que se agitavam como se houvesse uma pessoa viva atrás delas.

Os sacerdotes se prostraram, enquanto o faraó olhava fixamente para os panos semitransparentes. Um deles se ergueu e o faraó viu uma criança de extraordinária beleza, que o fitou com um olhar tão inteligente que o senhor do Egito chegou a ficar com medo.

— Eis Hórus — sussurravam os sacerdotes. — Hórus, o sol nascente... Ele é filho e pai de Osíris e marido de sua mãe, que é sua irmã.

Teve início uma procissão, mas apenas no interior do templo. Começava com harpistas e dançarinas, seguidos por um touro branco com um escudo de ouro entre os chifres. Em seguida, vinha um coro de sumos sacerdotes trazendo o deus; depois, novos coros; e, finalmente, o faraó, numa liteira carregada por oito sacerdotes.

Quando a procissão já havia percorrido todos os salões e corredores do templo, o deus e Ramsés retornaram à Câmara de Repouso. Então as cortinas da nave sagrada se afastaram de todo e a deslumbrante criança sorriu para o faraó. Em seguida, Sem levou a nave e o deus para dentro da capela.

"Talvez eu devesse me tornar um sumo sacerdote", pensou Ramsés, que ficara tão encantado com a criança que gostaria de poder vê-la mais vezes.

Mas quando saiu do templo, viu o sol e a imensurável multidão de pessoas alegres, teve de admitir que não entendera coisa alguma. Nem de onde provinha aquela criança, tão diferente de todas as demais do Egito, nem o que significava aquele olhar tão inteligente... De repente, lembrou-se de seu filhinho assassinado que poderia ter sido tão belo quanto aquele e... o senhor do Egito, diante de cem mil súditos — chorou.

— Ele está convertido!... O faraó está convertido!... — diziam os sacerdotes. — Bastou entrar no santuário de Osíris para que seu coração se derretesse!

Naquele mesmo dia, um cego e dois paralíticos que rezavam junto ao muro do templo ficaram curados. Diante disso, o Conselho dos Sacerdotes declarou aquele dia como sagrado e ordenou que,

704 | Bolesław Prus

na parede externa do templo, fosse pintada a imagem do faraó chorando e ladeado pelos três curados.

À tarde, Ramsés retornou ao palácio, a fim de ouvir relatórios. Quando todos os dignitários saíram do gabinete do amo, apareceu Tutmozis, dizendo:

— O sacerdote Samentu deseja cumprimentar Vossa Santidade.

— Muito bem, traga-o aqui.

— Ele lhe implora, meu amo, para que o receba numa tenda no acampamento do exército, afirmando que as paredes do palácio têm muitos ouvidos...

— Estou curioso para saber o que ele quer... — disse o faraó, informando seus cortesãos que iria passar a noite no acampamento militar.

Antes do pôr do sol, Ramsés, acompanhado por Tutmozis, partiu para junto dos seus fiéis soldados, onde o aguardava uma tenda real, protegida por asiáticos.

Samentu apareceu ao anoitecer, vestido em um manto peregrino. Depois de cumprimentar respeitosamente o monarca, sussurrou:

— Tenho a impressão de que durante toda a minha viagem fui seguido por um homem, que parou perto da tenda divina. Seria um espião dos sumos sacerdotes?...

A uma ordem do faraó, Tutmozis saiu correndo da tenda e, realmente, viu um oficial desconhecido.

— Quem é você? — indagou.

— Meu nome é Eunano, sou centurião do regimento de Ísis... Aquele desgraçado Eunano... Vossa Excelência não se lembra de mim?... Há mais de um ano, nas manobras de Pi-Bast, vi aqueles sagrados escaravelhos...

— Ah, sim... então é você! — interrompeu-o Tutmozis. — Mas, pelo que me consta, seu regimento não está aquartelado em Abidos.

O Faraó | **705**

— Uma torrente de verdade emana dos seus lábios, Excelência. Estamos acampados numa região miserável, perto de Mena, onde os sacerdotes nos ordenaram consertar um canal, como se fôssemos felás ou judeus...

— E como você veio parar aqui?

— Consegui obter uma licença de alguns dias — respondeu Eunano — e, como um cervo sedento à procura de um riacho, cheguei até aqui graças à agilidade das minhas pernas.

— E o que você quer?

— Quero implorar por misericórdia a Sua Santidade, para que me proteja dos cabeças rapadas, que me recusam uma promoção por ser sensível ao sofrimento dos soldados.

Tutmozis, mal-humorado, retornou à tenda e relatou ao faraó sua conversa com Eunano.

— Eunano?... — repetiu o amo. — É verdade, estou lembrado dele... Ele nos causou sérios transtornos com aqueles escaravelhos, mas acabou recebendo cinquenta bastonadas por ordem de Herhor. E você está dizendo que ele se queixa dos sacerdotes?... Traga-o já para cá.

O faraó mandou Samentu passar para outro compartimento da tenda, e despachou Tutmozis para trazer Eunano.

O azarado oficial apareceu logo em seguida. Caiu por terra, com o rosto enfiado no chão, e depois, já ajoelhado e suspirando, falou:

A cada dia, eu rezo para Re-Hor-emakhti e para Amon, Re, Ptah e para outros deuses e deusas: Que você possa gozar de boa saúde, senhor do Egito! Que possa viver por muitos anos! Que tudo saia a seu contento e que eu possa, pelo menos, ver o brilho dos seus calcanhares... *

— O que ele quer? — indagou o faraó a Tutmozis, observando, pela primeira vez, as normas da etiqueta.

---

* Trecho autêntico. (*N. do A.*)

— Vossa Santidade está se dignando a perguntar: o que você quer? — repetiu Tutmozis.

O pérfido Eunano, ainda ajoelhado, virou-se para o favorito e falou:

— Vossa Excelência é o olho e o ouvido do nosso amo, que nos dá alegria e vida, portanto lhe responderei como se estivesse diante da corte de Osíris: sirvo no regimento sacerdotal da deusa Ísis há mais de dez anos e combati nas fronteiras orientais por seis. Meus contemporâneos já foram promovidos a coronel, mas eu continuo sendo um simples centurião, recebendo bordoadas por ordem dos pios sacerdotes.

"E qual é a razão por eu ser tão preterido?

"Passo os dias lendo, pois o tolo que dá as costas aos livros é comparável a um asno que leva bordoadas, a um surdo que não ouve e com quem as pessoas têm de se comunicar por gestos. Apesar dessa minha dedicação aos estudos, não sou vaidoso do meu conhecimento, consulto a todos, pois sempre se pode aprender algo com os outros, e cerco de todo o respeito os distintos sábios..."

O faraó estava ficando impaciente, mas continuava escutando, sabendo que um verdadeiro egípcio acredita que a verborragia é uma obrigação e uma forma de demonstrar respeito diante de seus superiores. Enquanto isso, Eunano continuava:

Na casa dos outros, não fico olhando as mulheres, pago aos meus empregados o que é lhes devido e, no que se refere a mim, não me oponho a dividir lucros. Mantenho sempre uma expressão serena no rosto, me comporto com humildade diante dos meus superiores hierárquicos, e não me sento quando há um ancião em pé. Não sou enxerido e não entro na casa dos outros sem ser convidado. Não falo daquilo que vejo, pois sei que somos surdos àqueles que falam muito. A sabedoria nos ensina que o corpo de um *homem é semelhante a um celeiro repleto de sábias respostas. Por isso, sempre escolho as melhores e as expresso, guardando as ruins dentro de mim. Também não repito calúnias de outros, e no que tange às missões que me são confiadas, sempre as cumpro dentro das minhas possibilidades...**

— Vou acabar adormecendo diante deste homem! — disse o faraó.

— Eunano — falou Tutmozis. — Você conseguiu convencer Sua Santidade da sua competência com os livros, e agora diga, mas em poucas palavras: o que você quer?

— Nenhuma seta chegará tão rapidamente ao seu alvo quanto o meu pedido aos pés de Sua Santidade — respondeu Eunano. — Estou tão desgostoso com o meu serviço junto aos cabeças rapadas, e os sacerdotes encheram meu coração de tanta amargura que, caso não venha a ser transferido para o exército do faraó, atravessarei meu corpo com a minha própria espada, diante da qual mais de cem vezes tremeram os inimigos do Egito. Prefiro ser um decurião, prefiro ser um simples soldado de Sua Santidade a um centurião nos regimentos sacerdotais. Um porco ou um cão podem lhes servir, mas não um egípcio autêntico!

As últimas palavras de Eunano foram ditas com tanta raiva, que o faraó disse, em grego, a Tutmozis:

— Transfira-o para o corpo da guarda. Um oficial que não gosta de sacerdotes poderá vir a ser útil.

— Sua Santidade, senhor dos dois mundos, ordenou que você seja transferido a seu corpo da guarda — repetiu Tutmozis.

— A minha vida pertence ao nosso monarca Ramsés... que possa viver para sempre! — exclamou Eunano, beijando o tapete estendido aos pés do faraó.

---

* Máximas do Egito Antigo. (*N. do A.*)

708 | Bolesław Prus

Quando o feliz Eunano começou a sair da tenda, andando de costas e, a cada passo, se prostrando e abençoando o amo, o faraó disse:

— Já não conseguia aguentar tamanha tagarelice... Preciso ensinar os soldados e oficiais a se expressar em poucas palavras, e não como escribas eruditos.

— Tomara que este seja o seu único defeito... — murmurou Tutmozis, a quem Eunano causara uma péssima impressão.

O amo chamou Samentu.

— Pode ficar tranquilo — disse ao sacerdote. — Aquele oficial que o seguiu não o estava espionando. Ele é por demais estúpido para tal tarefa... Mas diga-me: o que o faz estar tão cauteloso?

— Já quase conheço o caminho até o tesouro do Labirinto — respondeu Samentu.

— Não vai ser uma coisa fácil — sussurrou o faraó. — Passei mais de uma hora andando rapidamente por diversos corredores e salões, como um rato perseguido por um gato, e tenho que lhe confessar que não somente não guardei na memória aquele caminho, como não estaria disposto a percorrê-lo sozinho. Morrer à luz do sol pode ser até uma coisa alegre, mas uma morte naquelas masmorras onde até uma toupeira se perderia... brrr!...

— E, no entanto, temos que encontrá-lo e dominá-lo — disse Samentu.

— E se os zeladores nos entregassem uma parte do tesouro?

— Eles não farão isso enquanto Mefres, Herhor e seus asseclas estiverem vivos.

— E como você pretende descobrir o caminho?

— Aqui, em Abidos, encontrei no túmulo de Osíris o mapa completo do caminho até o tesouro — disse o sacerdote.

— E como você sabia que ele estava aqui?

— Pelas inscrições no templo de Set.

O Faraó | 709

— E quando você encontrou o mapa?

— Quando a múmia do eternamente vivo pai de Vossa Santidade esteve no templo de Osíris — respondeu Samentu. — Eu acompanhei os veneráveis restos mortais e, tendo ficado de guarda à noite na Câmara de Repouso, entrei no Santuário.

— Você devia ser um general, e não um sacerdote! — exclamou, rindo, o faraó. — E você compreendeu aquele emaranhado de corredores?

— Eu já o compreendera há muito tempo, e agora consegui as indicações de como me orientar nele.

— E você será capaz de explicá-lo para mim?

— Sem dúvida, e, na primeira ocasião, mostrarei o mapa a Vossa Santidade — respondeu Samentu. — Aquele caminho atravessa, em zigue-zague, todo o Labirinto por quatro vezes. Ele começa no piso mais alto e termina no mais profundo subsolo, o que o torna tão comprido.

— E como você saberá sair de uma sala para outra, quando há diversas portas?

— Em cada porta que leva ao tesouro há uma inscrição com uma parte da seguinte frase: *Ai daquele que tentar descobrir o maior segredo da nação e estender seu braço blasfemo para o tesouro dos deuses. Seus restos mortais vão apodrecer e seu espírito não terá um momento de paz, vagando na escuridão e torturado por seus pecados...*

— E essa inscrição não o assusta?

— E Vossa Santidade fica assustado com a visão de uma lança líbia?... Esses tipos de ameaça servem para assustar a simples gente do povo, não a mim, capaz de escrever ameaças ainda piores...

O faraó ficou pensativo.

— Você está certo — disse. — Uma lança não representará perigo a quem sabe quebrá-la, assim como um caminho tortuoso não confundirá um sábio que conhece a verdade... No entanto, o que você fará para que as paredes se abram e as colunas se transformem em portas de acesso?

Samentu deu de ombros, num gesto de desdém.

— No meu templo — respondeu — também existem passagens secretas, até mais difíceis de abrir que as do Labirinto. Todo aquele que conhece as palavras secretas chegará aonde deseja, como bem observou Vossa Santidade.

O faraó apoiou a cabeça na mão e continuou pensativo.

— Vou sentir pena — disse —, caso você encontre uma desgraça naquele caminho...

— No pior dos casos, encontrarei a morte, mas ela não é uma ameaça até para os faraós?... Vossa Santidade não avançou, cheio de si, nos Lagos Salgados, mesmo sem ter certeza de que retornaria vivo de lá?... Além disso, eu não pretendo usar o mesmo caminho percorrido por Vossa Santidade. Vou encontrar uns atalhos e, em menos tempo do que uma oração a Osíris, eu me encontrarei no lugar ao qual, para chegar, Vossa Santidade levaria tanto tempo que poderia fazer várias rezas.

— Quer dizer que há outras entradas?

— Certamente; e cabe a mim encontrá-las — respondeu Samentu. — Afinal, não vou adentrar o Labirinto pelo portão principal.

— Então como?

— Existem, no muro, portinholas ocultas, cuja localização eu conheço, e às quais os inteligentes zeladores do Labirinto não dão a devida atenção... Já no pátio, os guardas noturnos são poucos, e eles confiam tanto na proteção dos deuses e no temor do populacho, que quase sempre dormem... Além disso, os sacerdotes entram três vezes ao dia no templo para rezar, enquanto os soldados exercem suas práticas religiosas a céu aberto... Antes de eles terminarem uma das missas, eu já estarei no prédio...

O Faraó | 711

— E se você se perder?

— Tenho o mapa.

— E se o mapa for falso? — dizia o faraó, sem conseguir ocultar sua preocupação.

— E se Vossa Santidade não conseguir os tesouros do Labirinto?... E se os fenícios mudarem de ideia e não derem o prometido empréstimo?... E se o exército ficar faminto e as esperanças do povo se dissiparem?... Acredite, Santidade, que, nesse caso, eu me sentirei mais seguro nos corredores do Labirinto do que neste seu país...

— Mas aquela escuridão!... As trevas!... Muros que não podem ser atravessados, centenas de caminhos nos quais é tão fácil se perder... Saiba, Samentu, que lutar com homens é uma brincadeira, mas pelejar com sombras e com o desconhecimento é uma coisa terrível!...

Samentu sorriu.

— Vossa Santidade não conhece o meu passado — respondeu. — Aos 25 anos de idade fui sacerdote de Osíris.

— Você?! — espantou-se Ramsés.

— Sim, e se Vossa Santidade permitir, vou lhe contar o motivo pelo qual decidi dedicar-me a Set.

Diante da concordância do faraó, Samentu começou:

— Certa vez, fui enviado à península do Sinai, com a incumbência de erguer um pequeno templo para os mineiros. A construção levou seis anos, e eu tive tempo de visitar as cavernas locais.

"O que eu vi lá!... Corredores que se estendiam por horas... passagens apertadas que somente podiam ser atravessadas arrastando-se de barriga... cômodos tão gigantescos que poderiam abrigar templos inteiros. Andei por baixo de rios e lagos, vi prédios de cristal, cavernas tão escuras que não dava para enxergar a própria mão, e outras tão iluminadas que pareciam ter seu próprio sol...

712 | Bolesław Prus

Por quantas vezes me perdi em incontáveis passagens, quantas vezes apagou-se a minha tocha, quantas vezes caí em precipícios invisíveis!... Houve ocasiões em que passei vários dias no subsolo, alimentando-me de cevada ressecada, lambendo a umidade das rochas e sem saber se retornaria ao mundo dos vivos...

Em compensação, adquiri experiência, minha visão ficou mais aguçada, e cheguei a tomar afeto por aqueles lugares infernais. E hoje, quando penso nos esconderijos infantis do Labirinto, chego a achar graça... Os prédios feitos por homens não podem sequer se comparar às incontáveis construções erguidas pelos silenciosos e invisíveis espíritos da terra.

Foi então que deparei com uma coisa horrível, que teve grande influência na minha decisão de mudar de posto.

A oeste da mina do Sinai, há uma cadeia de ravinas e montanhas, onde costuma trovejar, a terra treme e, de vez em quando, emergem chamas. Isso despertou minha curiosidade, e resolvi passar um certo tempo por lá. Fiquei procurando, procurando, até que, graças a uma discreta fissura numa das rochas, descobri uma série de cavernas gigantescas, tão grandes que, sob o teto, poderia caber a mais alta das pirâmides.

Andando pelas cavernas, senti um forte cheiro de podridão, tão desagradável que quis logo fugir. Mas consegui me controlar, entrei na caverna de onde provinha o tal cheiro e vi...

Queira imaginar, Santidade, um homem com pernas e braços mais curtos que os nossos, mas muito mais grossos, desajeitados e terminando em garras. Acrescente a este ser uma longa cauda achatada nas bordas, com a superfície semelhante a uma crista de galo; acrescente a ele ainda um pescoço comprido e, no seu topo... uma cabeça canina. Vista essa criatura com uma couraça com espigões dobrados ao longo de sua espinha dorsal e a imagine de pé, apoiada com os braços e o peito numa rocha..."

O Faraó | **713**

— Se eu visse uma coisa tão feia — interrompeu-o o faraó —, acabaria com ela imediatamente.

— Ele não podia ser considerado "feio" — respondeu o sacerdote —, pois era mais alto do que um obelisco.

Ramsés XIII fez um gesto de desagrado.

— Samentu — disse —, algo me diz que você viu aquelas cavernas num sonho...

— Juro pela vida dos meus filhos — exclamou o sacerdote —, que estou falando a mais pura verdade!... Caso aquele monstro de pele reptiliana estivesse deitado, ele teria, contando a cauda, mais de cinquenta passos de comprimento... Apesar do medo e do nojo, retornei várias vezes à sua gruta e o observei atentamente...

— E ele estava vivo?

— Não. Estava morto há milhares de anos, mas tão bem conservado como as nossas múmias. Deve ter permanecido assim graças à secura do ar, ou então devido a alguns sais desconhecidos por nós. Aquilo foi a minha última descoberta — continuava Samentu. — Deixei de entrar nas cavernas, mas refleti bastante. "Osíris", dizia a mim mesmo, "cria grandes seres: leões, elefantes, cavalos... mas Set dá luz a serpentes, morcegos, crocodilos... O monstro que encontrei só pode ter sido uma obra de Set, e como ele era maior do que tudo que existe sob o sol, Set deve ser mais poderoso que Osíris."

Samentu descansou por uns instantes e voltou a falar:

"Foi quando decidi me converter ao culto de Set e, ao regressar ao Egito, ingressei no seu templo. Quando contei aos demais sacerdotes o que havia visto, eles me disseram que já viram vários monstros semelhantes.

Caso Vossa Santidade venha a visitar o nosso templo, poderei lhe mostrar túmulos de seres mais estranhos: gansos com cabeça de lagarto e asas de morcego, lagartos parecidos com cisnes, porém

714 | Bolesław Prus

maiores do que avestruzes, crocodilos três vezes maiores do que os que habitam o Nilo, sapos do tamanho de cães...

"Trata-se de múmias ou esqueletos encontrados nas cavernas e guardados nas nossas tumbas. O povo acha que nós os veneramos, mas na verdade apenas os estudamos e fazemos de tudo para preservá-los."

— Somente vou acreditar quando os vir — respondeu o faraó. — Mas diga-me uma coisa: como puderam surgir seres semelhantes naquelas cavernas?

O sacerdote voltou a prelecionar:

"O mundo no qual vivemos passa por constantes alterações. Aqui mesmo, no Egito, encontramos ruínas de cidades e templos escondidos profundamente na terra. Houve uma época na qual a região que chamamos de Egito Inferior era ocupada por um golfo do mar, e o leito do Nilo ocupava todo o vale. Ainda antes, aqui, onde está o nosso atual reino, havia apenas mar, e os nossos antepassados viviam nas terras hoje tomadas pelo deserto Oriental.

"Antes ainda, há milhões de anos, as pessoas não eram como somos agora, mais pareciam macacos, muito embora já soubessem construir abrigos, conhecessem o fogo e lutassem com clavas e pedras. Naqueles tempos, não havia nem cavalos nem bois, mas havia elefantes, rinocerontes e leões... quatro vezes maiores que os semelhantes a eles nos dias de hoje.

"No entanto, nem aqueles enormes elefantes eram os animais mais antigos. Pois eles foram precedidos por gigantescos répteis, que voavam, nadavam ou andavam sobre patas. Antes daqueles répteis, havia apenas moluscos e peixes, e antes deles somente plantas, mas diferentes das de hoje..."

— E ainda antes disso? — indagou Ramsés.

— Antes disso, a terra era deserta e o Espírito Divino erguia-se sobre as águas.

O Faraó | 715

— Já ouvi algo a esse respeito — disse o faraó —, mas só vou acreditar nisso depois de você me mostrar as múmias dos monstros que, segundo você, estão no seu templo.

— Com a permissão de Vossa Santidade, vou concluir o que comecei a falar — disse Samentu. — A partir do momento em que vi, lá na caverna do Sinai, aquele cadáver monstruoso, fui tomado de pânico e, por vários anos, não tive coragem de entrar numa gruta. Mas quando os sacerdotes do templo de Set me explicaram de onde vieram aqueles monstros, o meu medo cessou e a minha curiosidade cresceu. E, hoje, não há nada que me dê mais prazer do que vaguear por subsolos e procurar caminhos no meio da escuridão. E é por isso que o Labirinto não me causará maiores transtornos do que um simples passeio nos jardins reais.

— Samentu — disse o amo —, respeito e admiro sua coragem e sabedoria. Você me contou tantas coisas interessantes que cheguei a ficar com vontade de visitar algumas cavernas e, quem sabe, navegar até o Sinai junto com você. Apesar disso, tenho minhas dúvidas de que você conseguirá ter sucesso no Labirinto, e, por precaução, vou convocar os egípcios para que me deem acesso ao uso dos recursos do tesouro.

— Vale a pena tentar — respondeu o sacerdote. — Mas posso garantir a Vossa Santidade que a minha participação será indispensável, pois Mefres e Herhor jamais concordarão com a ideia de o tesouro ser tocado.

— E você está certo de que conseguirá o seu intento? — insistiu o faraó.

— Desde que o Egito é Egito — respondeu Samentu —, nunca houve um homem que dispusesse de tantos meios quanto eu para ganhar essa batalha, que, para mim, nem chega a ser uma batalha, mas uma diversão... Algumas pessoas têm medo da escuridão, da qual eu gosto, e até posso enxergar nela. Outras não têm a capacidade de se orientar em meio a inúmeros cômodos e corredores, algo que eu faço com facilidade. Outras, ainda, não conhecem as fórmulas secretas para abrir portas ocultas, algo com que eu estou acostumado... Mesmo se eu não dispusesse de qualquer outro atributo além dos que acabei de listar, ainda assim iria descobrir o caminho no Labirinto em menos de um mês... Ocorre que eu tenho o mapa detalhado daquelas passagens e conheço as frases que me indicam a passagem de uma sala a outra... Portanto, o que poderá impedir meu sucesso?...

— No entanto, você tem dúvidas no seu coração; caso contrário, não teria ficado preocupado com aquele oficial que parecia segui-lo...

O sacerdote deu de ombros.

— Eu não tenho medo de nada — respondeu calmamente —, apenas sou cauteloso. Tento prever tudo, e até estou preparado para ser pego nesta empreitada.

— E ser morto de uma forma extremamente cruel... — sussurrou Ramsés.

— Não corro esse perigo. Abrirei, diretamente do subsolo do Labirinto, a porta para o lugar onde reina a luz eterna.

— E não ficará ressentido comigo?

— Por que haveria? — indagou o sacerdote. — Pretendo chegar à meta que tracei para mim: quero ocupar o posto de Herhor neste país...

— Pois eu lhe juro que você o há de ocupar!...

— Caso não morra — respondeu Samentu. — E como para atingir o topo de uma montanha é preciso passar junto de precipícios, nessa minha caminhada poderei escorregar e cair, mas o que haverá de mal nisso? Vossa Santidade zelará pelo destino dos meus filhos.

— Portanto, vá — disse o faraó. — Você é digno de ser o mais importante dos meus auxiliares.

capítulo 58

SAINDO DE ABIDOS, RAMSÉS XIII CONTINUOU NAVEGANDO, SEMPRE rio acima, até as cidades de Tan-ta-ren e Kaneh, localizadas, uma em frente da outra, em margens opostas do Nilo.

Em Tan-ta-ren havia duas atrações dignas de atenção: um lago, no qual eram criados crocodilos, e o templo de Hátor, com sua Escola Superior. Era o local no qual se estudavam medicina, cantos sagrados, formas de realizar cultos e, por fim, astronomia.

O faraó visitou ambas, ficando irritado quando lhe pediram que queimasse incenso diante dos crocodilos, que considerava répteis estúpidos e fedorentos. E quando, durante a cerimônia, um deles saiu da água e agarrou com os dentes a aba da túnica do amo, este lhe desferiu um tal golpe com a colher de bronze que o réptil chegou a fechar os olhos e, mais do que rapidamente, recuou para o lago, como se tivesse compreendido que o jovem soberano não permitia, nem mesmo a deuses, excessos de familiaridade.

— Será que cometi uma blasfêmia? — perguntou Ramsés ao sumo sacerdote.

O dignitário olhou em volta, para ver se não estava sendo ouvido, e respondeu:

718 | Bolesław Prus

— Caso eu soubesse que Vossa Santidade faria isso, teria lhe dado uma maça, em vez de uma colher. Este crocodilo é o pior animal do nosso templo... Ele chegou a agarrar uma criança...

— E a devorou?

— Os pais da criança ficaram contentíssimos! — respondeu o sacerdote.

— Como é possível — perguntou o faraó, após um minuto de reflexão —, que homens tão sábios como vocês possam venerar animais que, quando não há espectadores, recebem bastonadas?

O sumo sacerdote voltou a olhar em volta e, tendo constatado que não havia vivalma por perto, respondeu:

— Certamente Vossa Santidade não suspeita os veneradores do Deus Único de reverenciarem animais... Nós precisamos dar essa impressão por causa da plebe... O touro Ápis, que aparentemente é adorado pelos sacerdotes, é o melhor touro de todo o Egito e preserva a raça do nosso gado. Os íbis e as cegonhas mantêm os nossos campos livres de carniças; graças aos gatos, os ratos não devoram as nossas reservas de grãos; e, não fossem os crocodilos, a água do Nilo não seria potável... A simples gente do povo não tem condição de se dar conta da utilidade desses animais, e caso nós não os protegêssemos com a nossa aparente reverência, os teriam exterminado em menos de um ano...

No templo de Hátor, o faraó passou rapidamente pelos pátios da escola de medicina e, sem grande entusiasmo, ouviu a explanação do seu mapa astral.

— Com qual frequência se confirmam as vossas interpretações das estrelas? — perguntou ao sacerdote-astrólogo.

— De vez em quando.

— E se vocês, em vez de astros, profetizassem usando árvores, pedras ou o curso de um rio, o nível de acertos seria o mesmo?

O sumo sacerdote ficou confuso.

O Faraó | **719**

— Espero que Vossa Santidade não nos considere charlatões. Nós profetizamos o futuro das pessoas, pois é isso que lhes interessa; além do que, elas não entendem de astronomia... — respondeu.

— E o que vocês entendem dela?

— Conhecemos a abóbada celeste e os movimentos das estrelas.

— E isso tem alguma utilidade?

— Não foram poucos os serviços que rendemos ao Egito. Somos nós que definimos os pontos cardinais, segundo os quais são construídos os templos e cavados os canais. Sem a nossa ajuda, os navios que cruzam os mares não poderiam chegar a seus portos de destino. Por fim, somos nós que fazemos o calendário e calculamos os próximos eventos celestes... Por exemplo, sabemos que haverá um eclipse solar em breve...

Mas Ramsés já não mais o ouvia, e se afastara.

"Como é possível", pensou, "erguer templos em função de uma brincadeira infantil?... Os santos homens já não sabem o que inventar para se manter ocupados..."

Após uma breve temporada em Tan-ta-ren, o amo atravessou o Nilo e entrou em Kaneh. Não havia lá templos famosos, crocodilos, nem tabuletas com desenhos de estrelas. Em compensação, floresciam todos os tipos de comércio. Kaneh era ponto de partida dos caminhos para dois portos do mar Vermelho — Koseir e Berenice —, além do de uma larga estrada que levava às montanhas de pórfiro, das quais eram retirados grandes blocos usados em construções.

Boa parte de sua população era formada por fenícios, que receberam o amo com grande entusiasmo e lhe fizeram oferendas no valor de dez talentos.

Apesar disso, o faraó ficou apenas um dia em Kaneh, pois foi informado de que a venerável múmia de Ramsés XII chegara a Tebas e, depositada no palácio de Luxor, aguardava as cerimônias fúnebres.

720 | Bolesław Prus

Naqueles dias, Tebas era uma cidade gigantesca, ocupando uma área de cerca de doze quilômetros quadrados, com o maior templo de Amon no Egito e vários prédios públicos e privados. Suas ruas eram largas, retas e suas calçadas tinham placas de rochas; belos bulevares se estendiam ao longo das margens do Nilo e seus prédios chegavam a cinco andares.

Como cada templo e cada palácio tinha o seu próprio portão, Tebas era conhecida como "A Cidade das Cem Portas". Na verdade, ela tinha duas características distintas: se, por um lado, era uma cidade com grande atividade industrial e comercial, por outro, poderia ser considerada um vestíbulo para a eternidade. E isso devido ao fato de entre a margem ocidental do Nilo e as montanhas haver uma miríade de túmulos de sacerdotes, magnatas e reis.

Tebas devia sua grandiosidade a dois faraós: Amenhotep III, que "encontrara uma cidade de barro e deixara uma cidade de pedra", e a Ramsés II, que concluíra e completara as edificações erguidas por Amenhotep.

A parte meridional da cidade era formada por palacetes, palácios e templos, sobre cujas ruínas se ergue hoje a cidade de Luxor. Era ali que os restos mortais do faraó aguardavam as cerimônias finais.

Quando Ramsés XIII chegou, Tebas inteira saiu para saudá-lo; nas casas ficaram apenas os anciãos e os aleijados, e nas vielas, ladrões. Foi também ali que, pela primeira vez, o povo desatrelou os cavalos do carro real e passou a puxá-lo ele mesmo. Também foi ali, novamente pela primeira vez, que o faraó ouviu gritos contra os sacerdotes — o que o alegrou —, e demandas por um descanso semanal — o que o deixou surpreso. Embora pretendesse dar aquele presente ao laborioso povo do Egito, não imaginara que essas intenções já fossem de domínio público e que o país inteiro aguardava sua implementação.

O Faraó | 721

Ainda que a distância a ser percorrida fosse de apenas uma milha, o séquito real levou mais de uma hora para completá-la, parando diversas vezes, para a guarda real retirar do caminho as pessoas prostradas. Ao chegar à parte ajardinada, o faraó ocupou um dos palacetes e, já no dia seguinte, incensou a múmia de seu pai e disse a Herhor que os restos mortais podiam ser levados às tumbas.

No entanto, isso não foi feito imediatamente. Primeiro, o falecido Ramsés foi transferido do palácio principal para o templo de Amon-Rá. Para tanto, foi preciso percorrer a avenida que ligava os palácios reais ao templo. Era uma avenida única no seu gênero, com dois quilômetros de comprimento, extremamente larga e ladeada não somente de árvores, mas de uma dupla fileira de várias centenas de esfinges, umas com cabeça humana e outras com cabeça de carneiro.

O cortejo fúnebre seguiu pelo centro da avenida, enquanto incontáveis multidões — de Tebas e das cercanias — se comprimiam de ambos os lados. O cortejo era formado por bandas musicais de diversos regimentos, grupos de carpideiras, coros religiosos, representantes de todas as corporações artesanais e comerciais, delegações de dezenas de nomarcas, representantes dos países que mantinham relações diplomáticas com o Egito... e mais bandas, carpideiras e coros.

Também dessa vez a múmia real estava depositada numa nave de ouro, só que muito mais suntuosa que a de Mênfis. O carro que a sustinha, puxado por oito pares de bois brancos, tinha a altura de cinco andares, e quase que desaparecia debaixo de coroas de flores, penas de avestruz e tecidos finos. Estava encoberto por fumaça proveniente dos turíbulos, o que dava a impressão de que Ramsés XII já se mostrava ao seu povo como um deus envolto em nuvens.

722 | Bolesław Prus

Dos pilonos de todos os templos de Tebas saíam pungentes sons de trompas, acompanhados de possantes batidas de gongos de bronze.

Apesar de a aleia das esfinges ser desimpedida e larga, e de o cortejo se deslocar sob o comando de generais, ou seja, em perfeita ordem, a distância de dois quilômetros que separava os palácios do templo de Amon foi percorrida em três horas.

Foi somente depois de a múmia de Ramsés XII ter sido depositada no templo que Ramsés XIII saiu de seu palacete, num carro de ouro puxado por dois valentes cavalos. Ao ver seu adorado amo, o povo postado ao longo da avenida, e que durante a passagem do cortejo fúnebre portara-se de forma calma e silenciosa, explodiu numa gritaria tão ruidosa que abafou os sons provenientes dos topos dos templos.

Houve um momento em que o entusiasmo chegou a tal ponto que a enlouquecida turba quis invadir a avenida, mas Ramsés, com apenas um gesto do braço, deteve aquela torrente humana — e evitou um sacrilégio.

O faraó percorreu a avenida em menos de quinze minutos, parando diante dos gigantescos pilonos do maior templo do Egito.

Assim como Luxor — localizada na parte meridional da cidade — era o bairro dos palácios, Karnak — na parte setentrional — era o bairro dos deuses. E o templo de Amon-Rá era o ponto focal de Karnak.

Só o prédio propriamente dito ocupava seis acres, enquanto os jardins e os pequenos lagos artificiais à sua volta — cerca de sessenta. Diante do templo, erguiam-se dois pilonos, cada um com a altura de dez andares. O pátio, cercado por um peristilo, cobria uma área de três acres, enquanto o salão com colunas, destinado às classes mais privilegiadas, um acre e meio. Aquilo não era mais um prédio — mas uma região.

O salão tinha mais de cento e cinquenta passos de comprimento por setenta e cinco de largura, e o seu teto era sustentado por cento e trinta e quatro colunas, das quais as doze centrais tinham mais de quinze passos de circunferência e entre cinco e seis andares de altura!...

As estátuas espalhadas pelo templo, ao lado dos pilonos e junto ao lago sagrado, tinham dimensões correspondentes.

O distinto Herhor, sumo sacerdote daquele templo, aguardava o faraó junto ao gigantesco portão principal. Cercado por seu séquito de sacerdotes, ele saudou o soberano de uma forma quase arrogante e, ao queimar incenso diante de sua augusta pessoa, não olhou para ele. Depois, conduziu o faraó através do pátio até o hipostilo, e ordenou que as delegações fossem admitidas dentro dos muros do templo.

No centro do hipostilo se encontrava a nave com o corpo do falecido monarca e, de cada lado da mesma e um de frente para o outro, dois tronos da mesma altura. Num deles sentou-se Ramsés XIII, cercado de generais e nomarcas, e no outro — Herhor, cercado de sacerdotes. No mesmo instante, o sumo sacerdote Mefres entregou a Herhor a mitra de Amenhotep — e o jovem faraó viu pela segunda vez a serpente dourada, símbolo do poder real, na cabeça do sumo sacerdote de Amon.

Ramsés empalideceu de raiva e pensou:

"Tomara que eu não precise arrancar-lhe o *uraeus* junto com sua cabeça!"

Mas permaneceu calado, sabendo que, naquele templo egípcio, Herhor era quase uma divindade e um potentado até mais alto que o próprio faraó.

Enquanto o povo adentrava o pátio e detrás da cortina purpúrea que separava os simples mortais do resto do templo vinham sons de harpas e de coros religiosos, Ramsés observava

724 | Bolesław Prus

cuidadosamente o salão. A floresta de possantes colunas cobertas de ponta a ponta com pinturas, a misteriosa iluminação e o teto que parecia suspenso lá no alto causaram nele uma profunda impressão.

"Como parece insignificante", pensou, "uma vitória nos Lagos Salgados diante de um templo destes!... Isso, sim, é algo digno de ser admirado!... E foram eles que o ergueram!..."

E foi nesse momento que o jovem faraó se deu conta do poderio da casta sacerdotal. Seria ele, o seu exército, ou até todo o povo do Egito, capaz de derrubar um templo como aquele?... E se já era difícil lidar com o prédio, quanto mais difícil seria lidar com aqueles que o construíram!...

Suas meditações soturnas foram interrompidas pela voz do sumo sacerdote Mefres:

— Vossa Santidade — dizia o ancião —, e Vossa Eminência, o mais eminente dos confidentes dos deuses (neste ponto, inclinou-se diante de Herhor), vós, nomarcas, escribas, guerreiros e simples gente do povo! Sua Eminência Herhor, o sumo sacerdote deste templo, nos convocou para, seguindo a nossa tradição, julgarmos os atos terrenos do falecido faraó e lhe permitirmos, ou negarmos, o direito a um funeral digno...

Uma onda de raiva subiu à cabeça do faraó. Não bastasse o fato de o desprestigiarem, eles ainda ousavam avaliar os feitos de seu pai e decidir se ele merecia um funeral digno?!... Mas logo se deu conta de que se tratava de mera formalidade, tão antiga quanto todas as dinastias egípcias. Na verdade, não se tratava de um julgamento, mas de um elogio fúnebre.

A um sinal dado por Herhor, os sacerdotes se sentaram em tamboretes. Mas os nomarcas e generais em volta do trono de Ramsés tiveram que permanecer em pé, já que não havia assentos disponíveis para eles.

O faraó registrou aquela nova afronta, mas, graças a seu autocontrole, ninguém notou que percebera aquela ofensa àqueles que lhe eram próximos.

Enquanto isso, o santo Mefres tecia comentários sobre a vida do falecido amo:

— Ramsés XII não cometeu qualquer um dos quarenta e dois pecados; portanto, o julgamento divino ser-lhe-á favorável. E como, graças ao excepcional desvelo dos sacerdotes, a múmia real foi munida de amuletos, rezas, preceitos e encantamentos, não pairam quaisquer dúvidas de que o falecido faraó já está na morada dos deuses, sentado ao lado de Osíris, sendo ele mesmo Osíris.

"A natureza divina de Ramsés XII já se revelou no decurso da sua vida terrena. Ele reinou por mais de trinta anos, deu à nação um período de paz e construiu ou completou a construção de diversos templos. Além disso, foi um sumo sacerdote, ultrapassando, com sua religiosidade, os mais pios servos dos deuses. Durante seu reinado, sua maior preocupação foi a de render homenagens aos deuses e reforçar a sagrada casta sacerdotal.

"Ao lhes demonstrar que Ramsés XII foi um deus, vocês perguntarão: com que propósito este ser divino veio ao Egito e passou tantos anos nele? E eu lhes responderei: para melhorar o mundo, que está muito estragado em função da decadência da religiosidade.

"Pois quem, hoje em dia, se preocupa em cumprir os desejos dos deuses?... No distante Norte, vemos a poderosa nação assíria, que acredita somente no poder da espada e, em vez de se ocupar da sabedoria e de coisas sagradas, só pensa em conquistar países vizinhos. Mais perto de nós, há os fenícios, para quem deus é o ouro, e cujo culto se resume a bons negócios e agiotagem. Quanto aos demais povos, como os hititas, os líbios, os etíopes e os gregos, eles não passam de bárbaros e saqueadores. Roubam em vez de trabalhar e bebem ou jogam dados em vez de estudar.

"Só há uma nação realmente culta e pia no mundo: a egípcia. No entanto, vejam o que se passa nela nos dias de hoje... Por causa do afluxo de estrangeiros desprovidos de fé, nossa religiosidade está em declínio. Os nobres e os dignitários, com taças de vinho nas mãos, zombam dos deuses e da vida eterna, enquanto o povo atira lama nas efígies dos deuses e não traz oferendas aos templos... O lugar da religiosidade foi ocupado pelo desejo de lucros e o da sabedoria, pela futilidade. Cada um quer usar uma peruca vistosa, untar-se com caras fragrâncias, possuir camisas e aventais bordados com fios de ouro e adornar-se com correntes e pulseiras cravejadas de pedras preciosas. Já não lhe bastam panquecas de cevada, ele quer bolos com leite, lava os pés com cerveja e sacia a sede com vinhos importados.

"Em função disso, os aristocratas estão endividados, o povo, exausto e, aqui e ali, eclodem rebeliões... O que estou dizendo: aqui e ali?... De um certo tempo para cá, em todo o Egito, de norte a sul, ouvem-se gritos: 'Deem-nos um dia de descanso a cada seis... Não nos agridam sem prévio julgamento... Após nossa morte, deem-nos um pedaço de terra...' Esses gritos são o prenúncio da ruína do país, contra a qual temos que encontrar um remédio... e o remédio está na nossa religião, que nos ensina que o povo deve trabalhar, os santos homens, na qualidade de conhecedores dos desejos divinos, devem definir os trabalhos que devem ser feitos, e o faraó e os seus dignitários têm de zelar para que os tais trabalhos sejam executados de forma correta. É isso o que nos ensina a nossa religião, e foi seguindo estes princípios que reinou Osíris-Ramsés XII."

Concluindo sua preleção, o santo Mefres informou aos presentes que os sumos sacerdotes, em reconhecimento à religiosidade do falecido faraó, decidiram dedicar-lhe o seguinte epitáfio, a ser gravado em sua tumba e nos templos:

Poderoso touro Ápis que uniu as coroas do reino, gavião doura-
do que reinou com a espada, conquistador de nove nações, rei do
Egito Superior e Inferior, senhor dos dois mundos, filho do Sol Amen-
men-Ramessu amado por Amon-Rá, senhor e monarca de Thebaid,
filho de Amon-Rá adotado por Hórus como seu próprio filho e gera-
do por Hor-emakhti, rei do Egito, monarca da Fenícia, que reina so-
*bre nove nações.**

Quando essa resolução foi aclamada pelos presentes, de trás das cortinas surgiu um grupo de dançarinas, que executou uma dança ritual em torno do sarcófago. Em seguida, a múmia foi retirada da nave e levada ao santuário de Amon, que Ramsés XIII não tinha o direito de adentrar. A cerimônia terminara, e os presentes de dissiparam.

Ao retornar a seu palacete em Luxor, o jovem faraó estava tão mergulhado em seus pensamentos que nem chegou a notar a incontável multidão, nem ouviu seus gritos entusiásticos.

"Não há mais dúvidas", pensava. "Os sumos sacerdotes me desprezam, algo que jamais ocorreu com qualquer faraó... Eles chegam ao desplante de me indicar a forma pela qual eu poderia recuperar suas boas graças: querem reinar no país e que eu zele para que suas ordens sejam cumpridas... Pois será exatamente o oposto: eu reinarei, e eles vão ter de obedecer... ou morrerei, ou colocarei o meu pé majestático sobre os seus dorsos..."

A venerável múmia de Ramsés XII permaneceu dois dias no santuário de Amon, um lugar tão sagrado que, exceto Herhor e Mefres, nenhum outro sacerdote podia adentrar. Diante do morto, ardia apenas uma chama, alimentada de uma forma tão milagrosa que jamais se apagava. Sobre o morto, erguia-se o símbolo da alma — um gavião com cabeça humana. Se ele era uma máquina

---

* Inscrição tumular autêntica. (*N. do A.*)

ou um ser realmente vivo, era algo que ninguém poderia dizer. A única certeza era a de que os sacerdotes que ousaram espiar por trás da cortina tinham-no visto pairando no ar sem qualquer suporte e, ainda por cima, mexendo a boca e os olhos.

Após aquela permanência no santuário, teve início uma nova etapa do funeral, com a nave dourada levando o morto para o outro lado do Nilo. No entanto, antes disso, ela teve de percorrer a principal avenida de Tebas, acompanhada de um numeroso séquito de sacerdotes, dançarinas, carpideiras, soldados e simples gente do povo.

A avenida em questão deveria ter sido a mais bela de todas as avenidas do Egito: larga, lisa e ladeada por árvores. As paredes de seus prédios — de quatro e até de cinco andares — eram adornadas de cima a baixo por mosaicos ou altos-relevos, o que dava a impressão de terem sido cobertas por enormes tapetes coloridos, com representações das atividades de trabalhadores, artesãos e marinheiros, bem como de imagens de terras e povos distantes. Em outras palavras: não parecia uma rua, mas uma galeria de incontáveis quadros — rudes, do ponto de vista artístico, e berrantes, devido a seu colorido.

O cortejo fúnebre, deslocando-se do norte para o sul, parou no meio da extensão da avenida e virou para o leste, na direção do Nilo. Naquele ponto havia, no meio do leito do rio, uma grande ilha acessível por pontes erguidas sobre botes. No intuito de evitar qualquer acidente, os generais responsáveis pela condução do cortejo ordenaram que as pessoas andassem devagar, evitando passos ritmados. Para tanto, os conjuntos musicais à frente do cortejo passaram a entoar cantos, cada um num ritmo diferente.

A procissão levou duas horas para atravessar a primeira ponte, depois, a ilha, e depois, a segunda ponte, chegando à margem ocidental do Nilo.

O Faraó | **729**

Se a parte oriental de Tebas podia ser chamada de "cidade de deuses e reis", a ocidental era um aglomerado de templos e tumbas.

O cortejo seguiu pela avenida central, na direção das montanhas. Ao sul daquele caminho havia uma colina, e sobre ela um templo comemorativo às vitórias de Ramsés III cujas paredes estavam cobertas por imagens dos povos derrotados: hititas, amoritas, filisteus, etíopes, árabes, líbios. Um pouco mais abaixo, erguiam-se duas gigantescas estátuas de Amenhotep III, cuja altura, apesar de o faraó estar sentado, correspondia a cinco metros. Uma delas era conhecida por uma propriedade mágica: quando iluminada pelos raios do sol nascente, a estátua emitia sons semelhantes aos de uma harpa.

Ainda mais perto do caminho, e sempre à esquerda, erguia-se o Ramesseum, um pequeno porém lindo templo de Ramsés II. Seu vestíbulo era zelado por quatro efígies com insígnias reais nas mãos, e no pátio havia uma estátua de Ramsés II com quatro andares de altura.

O caminho continuava subindo suavemente, e podia-se ver cada vez mais claramente escarpas cheias de buracos — eram os túmulos dos dignitários egípcios. Perto deles, entre as rochas, erguia-se o singular templo da rainha Hatshepsut. O edifício em questão tinha quatrocentos e cinquenta passos de comprimento. Atravessando um pátio cercado de muros, era possível subir uma vasta escadaria e entrar num outro pátio, com um peristilo sob o qual se encontrava um templo subterrâneo. Uma segunda escadaria levava a um novo templo, escavado na rocha e também provido de um subsolo.

Dessa forma, o templo tinha dois pavimentos: o superior e o inferior, sendo que cada um deles também se dividia em duas partes: a de cima e a de baixo. As escadarias eram enormes, ladeadas de esfinges e, junto ao primeiro degrau, guardados por um par de estátuas sentadas.

A partir do templo de Hatshepsut, encontrava-se um desfiladeiro que ligava as tumbas dos dignitários às dos reis. O caminho passou a ser tão íngreme que os bois que puxavam o carro fúnebre tinham de ser ajudados por homens. O cortejo avançou pela trilha escavada nas rochas, até chegar a um platô, situado cinco andares acima do fundo do desfiladeiro.

Era ali que se encontrava a porta que levava ao túmulo subterrâneo, construído pelo faraó no decurso dos trinta anos de seu reinado. O túmulo em questão era, na realidade, um palácio, com aposentos para o amo, sua família e seus servos, além de uma sala de jantar, uma alcova com banheiro, várias capelas dedicadas aos mais diversos deuses e, por fim, um poço, no fundo do qual havia um quartinho, onde a múmia ficaria para sempre.

À luz de archotes, podiam-se ver as paredes dos cômodos, todas decoradas com textos de orações e com pinturas representando as atividades do falecido: caçadas, construções de templos e canais, cortejos triunfais, cerimônias religiosas e combates com tropas inimigas. Além disso, todos os cômodos estavam repletos de móveis, utensílios, armas, flores e alimentos, além de muitas efígies de Ramsés XII, seus sacerdotes, ministros, esposas, soldados e escravos. Pois no outro mundo o monarca não poderia ficar sem móveis luxuosos, alimentos sofisticados e fiéis servidores.

Quando o carro fúnebre parou à entrada do túmulo, os sacerdotes retiraram a múmia real do sarcófago e a deixaram em pé, encostada num rochedo. Ramsés XIII incensou os restos mortais de seu pai, enquanto a rainha Nikotris, abraçando o pescoço da múmia, começou a falar com a voz entrecortada por soluços:

Sou tua esposa e irmã, Nikotris... Não me abandone, grande amo!... Queres realmente, meu bondoso pai, que eu me afaste?... Se eu me afastar, ficarás só, e quem ficará do teu lado?... *

Em seguida, tiveram início as cerimônias finais.

---

* Texto autêntico. (*N. do A.*)

Os sacerdotes trouxeram um novilho e um antílope, que deveriam ter sido sacrificados por Ramsés XIII, mas que foram imolados por seu assistente religioso, o sumo sacerdote Sem. Sacerdotes juniores os esfolaram rapidamente, e Herhor e Mefres pegaram os pernis já limpos de pele e, um após outro, os encostaram à boca da múmia. Mas esta não queria comer, pois ainda não havia sido revivida e seus lábios estavam selados.

Para eliminar esse obstáculo, Mefres lavou a múmia com água sagrada e perfumou-a com essências, dizendo:

Eis aqui o meu pai, eis aqui Osíris-Mer-amen-Ramsés. Eu sou o teu filho, eu sou Hórus, e venho aqui para te limpar e te tornar vivo... Junto de volta os teus ossos, costuro o que foi cortado, pois sou Hórus, o vingador do meu pai... Estás sentado no trono de Re e dás ordens aos deuses. Pois és Re, que descende de Nut, que, a cada nascer do sol dá à luz Re, que dá à luz Mer-amen-Ramsés diariamente, assim como Re.*

E ao pronunciar aquelas palavras o sumo sacerdote tocava a boca, o peito, os braços e as pernas da múmia com amuletos, concluindo:

Oh, profetas, príncipes, escribas e faraós; vocês, que me sucederão daqui a milhões de anos... caso um de vocês colocar o seu nome no lugar do meu, Deus o há de punir, eliminando sua pessoa da face da Terra...**

Após aquele encantamento, os sacerdotes acenderam archotes, colocaram a múmia real de volta a sua caixa, e esta no sarcófago de pedra, que, de forma geral, tinha o formato de um corpo humano. Em seguida, apesar dos gritos de desespero e da resistência das carpideiras, levaram aquele enorme peso para dentro do túmulo. Atravessando diversos aposentos, pararam diante do poço.

---

* Texto autêntico. (*N. do A.*)
** Texto autêntico. (*N. do A.*)

732 | Bolesław Prus

Abaixaram o sarcófago através da abertura e, em seguida, adentraram-no eles mesmos. Uma vez lá, colocaram o sarcófago no apertado quartinho, vedando seu acesso de tal forma que mesmo o mais experimentado dos olhos não conseguiria detectar a entrada do túmulo. Em seguida, saíram do poço e, com o mesmo cuidado, muraram-lhe a abertura.

Todo aquele trabalho foi executado por sacerdotes, sem quaisquer testemunhas e feito com tal zelo que a múmia de Ramsés XII repousa até hoje em seu lugar secreto, protegida de ladrões e da curiosidade dos tempos atuais. Durante os seguintes vinte e nove séculos, muitos túmulos reais foram violados, mas o de Ramsés XII permaneceu intacto.

Enquanto um grupo de sacerdotes estava ocupado em ocultar os restos mortais do pio faraó, um outro grupo, tendo iluminado os cômodos subterrâneos, convidou os vivos para um banquete.

Adentraram a sala de jantar: Ramsés XIII, a rainha Nikotris, os sumos sacerdotes Hehor, Mefres e Sem, além de uma dezena de dignitários civis e militares. No centro do salão havia mesas com iguarias, vinho e flores. Junto de uma das paredes, uma efígie de Ramsés XII com um aparente sorriso melancólico parecia convidar os presentes a comer.

O banquete teve início com uma dança ritual, seguida de uma reza, entoada por um sacerdote, ao som de harpas:

O mundo vive num constante estado de mutação e renovação. Como é digna de assombro a decisão de Osíris de, à medida que um corpo do passado sofre deterioração e apodrece, deixar outros corpos atrás de si... Os faraós, aqueles deuses que estiveram aqui antes de nós, descansam nas suas pirâmides; as suas múmias e imagens permanecem. No entanto, os palácios que eles construíram já não se encontram nos seus lugares de origem; na verdade, eles nem mais existem...

O Faraó | **733**

Portanto, não se desesperem, mas se entreguem a seus desejos e a suas alegrias. Nem mesmo todas as aflições do mundo seriam capazes de devolver a felicidade a um homem que está no seu túmulo; portanto, aproveitem todos os momentos de alegria e não sejam parcimoniosos no desfrute e sua felicidade. Pois nenhum homem poderá levar consigo seus bens para o outro mundo... na verdade, não há um só homem que tivesse lá estado e retornado...*

O banquete terminou, e a distinta companhia, incessando mais uma vez a efígie do falecido faraó, retornou a Tebas. No túmulo, permaneceram apenas alguns sacerdotes, para fazer oferendas regulares ao amo, além de uma guarda armada, para protegê-lo da sacrílega cobiça de ladrões.

Ramsés XII ficou sozinho em seu quartinho secreto. Em vez de penas de avestruz, asas de gigantescos morcegos agitavam-se sobre sua múmia; em vez de música, lamentosos uivos de hienas ecoavam na noite e, de vez em quando, era possível ouvir, vindo do deserto, a formidável voz de um leão saudando o faraó em sua tumba.

---

* Texto autêntico. (*N. do A.*)

capítulo 59

APÓS O FUNERAL DO FARAÓ, O EGITO RETORNOU À VIDA NORMAL, E Ramsés XIII, às funções administrativas.

No mês de Epifi (abril-maio), o novo monarca visitou as cidades além de Tebas, ao longo do Nilo. Esteve em Sni, uma cidade industrial e comercial onde se encontrava o templo de Khneph, ou seja, "a alma do mundo"; visitou Edfu, cujo templo com seus pilonos de dez andares continha uma biblioteca de papiros e cujas paredes expunham uma verdadeira enciclopédia da geografia, astronomia e teologia daqueles tempos. Em Kom Ombo, fez oferendas a Hórus, o deus do mundo, e a Sebek, o espírito das trevas. Passou pela ilha Ab, que, mais parecendo uma esmeralda em meio a rochas negras, produzia as melhores tâmaras e era chamada de "Capital dos Elefantes", por concentrar o comércio de marfim. Finalmente, visitou a cidade de Sunu, localizada perto da primeira catarata do Nilo, inspecionando as minas de granito e sienito, nas quais eram talhados obeliscos com mais de nove andares de altura.

Onde o novo amo do Egito aparecia, a população local o recebia com grande entusiasmo. Mesmo os criminosos que trabalhavam nas minas e cujos dorsos eram cobertos de feridas não saradas tiveram um momento de alegria, pois o faraó ordenou que lhes fossem dados três dias de descanso.

Ramsés XIII podia se sentir contente e orgulhoso: até então, nenhum outro faraó, mesmo os que retornavam triunfalmente de uma guerra, recebera aclamação igual à concedida a ele em seu pacífico trajeto. Os nomarcas e altos funcionários, vendo a ilimitada adoração do povo pelo novo faraó, curvaram-se diante de seu poderio, murmurando entre si:

— O populacho é como uma manada de touros, enquanto nós somos como as laboriosas e prudentes formigas. Portanto, devemos honrar o novo amo, para manter a nossa saúde e proteger nossas casas de uma desgraça.

Dessa forma, a ainda recente feroz resistência foi se esvaindo, dando lugar a uma ilimitada humildade. Toda a aristocracia e a casta sacerdotal se prostravam diante de Ramsés XIII; apenas Mefres e Herhor permaneciam inabaláveis.

Assim que o faraó retornou a Tebas, o tesoureiro-mor lhe trouxe duas notícias desagradáveis.

— Os templos — disse — se recusam a fazer quaisquer empréstimos ao Tesouro Real, e pedem humildemente que Vossa Santidade ordene que todas as dívidas contraídas com eles sejam quitadas no decurso de dois anos.

— Compreendo — respondeu o amo. — Isso é obra do santo Mefres!... Quanto devemos a eles?

— Em torno de cinquenta mil talentos.

— E eles querem que paguemos cinquenta mil talentos em dois anos?!... — exclamou o faraó. — E, além disso, o que mais há de novo?

— Os impostos estão chegando muito lentamente — disse o tesoureiro-mor. — Há mais de três meses que recebemos apenas um quarto daquilo que esperávamos recolher...

— O que aconteceu?

O tesoureiro ficou meio sem jeito.

— Andam dizendo por aí — respondeu — que homens misteriosos circulam pelo Egito, dizendo aos felás que não precisarão pagar impostos durante o reinado de Vossa Santidade...

— Oho! Oh!... — exclamou, rindo, Ramsés. — Esses homens misteriosos soam muito parecidos ao distinto Herhor... Será que ele vai querer que eu morra de fome?...

Em seguida, adotou um ar sério e indagou:

— E o que você faz para cobrir as despesas correntes?

— O príncipe Hiram ordenou aos fenícios que nos emprestem o que for preciso — respondeu o tesoureiro. — Já pegamos com eles oito mil talentos...

— E você lhes passa recibos?

— Recibos e garantias reais... — suspirou o tesoureiro. — Eles dizem que é apenas uma mera formalidade, o que não os impede de se instalar nas propriedades de Vossa Santidade e tirar tudo o que podem dos camponeses...

Embevecido com a receptividade do povo e a humildade dos magnatas, o faraó nem chegou a ficar revoltado com as atitudes de Mefres e Herhor. O tempo dos ressentimentos passara; chegara a hora de agir. Diante disso, Ramsés, no mesmo dia, preparou um plano de ação.

No dia seguinte, convocou uma reunião com as pessoas nas quais depositava a maior confiança: o sumo sacerdote Sem, o profeta Pentuer, Tutmozis e Hiram. E, quando eles chegaram, lhes disse:

— Na certa, vocês já estão sabendo que os templos exigiram a devolução dos fundos que o meu eternamente vivo pai tomou emprestado. Cada dívida é sagrada, sendo que esta, que é devida aos deuses, eu gostaria de quitar o mais rapidamente possível. No entanto, meu tesouro está vazio e até os impostos não estão chegando

O Faraó | 737

regularmente... Em função disso, estou convencido de que o país está ameaçado e me sinto forçado a lançar mão dos recursos disponíveis no Labirinto.

Os dois sacerdotes agitaram-se desconfortavelmente.

— Também estou ciente — continuava o faraó — de que, de acordo com os nossos direitos sagrados, não basta apenas um decreto meu para abrir os porões do Labirinto. No entanto, os sacerdotes daquele lugar me esclareceram o que eu preciso fazer: convocar treze representantes de cada um dos estratos sociais do Egito e obter deles a confirmação do meu desejo...

Nesse ponto Ramsés sorriu, e disse:

— Hoje, convoquei vocês para que me ajudem na formação desse conselho, e eis o que lhes ordeno: você, distinto Sem, vai escolher treze sacerdotes e treze nomarcas. Você, santo Pentuer, trará treze felás e treze artesãos. Tutmozis providenciará treze oficiais e treze aristocratas, enquanto o príncipe Hiram usará seu prestígio para que eu disponha de treze negociantes. É meu desejo que o conselho se reúna o mais rapidamente possível no meu palácio em Mênfis, e que, sem perder tempo com conversas fúteis, decida que o Labirinto deve fornecer os fundos necessários...

— Ouso lembrar a Vossa Santidade — observou Sem — que os distintos Mefres e Herhor terão de estar presentes à reunião e que eles terão o direito... mais exatamente a obrigação... de se opor à cessão de quaisquer recursos do Labirinto.

— Não me esqueci, e não tenho qualquer objeção a isso — respondeu animadamente o faraó. — Eles apresentarão seus argumentos, e eu apresentarei os meus. Caberá ao conselho decidir se pode existir um país sem recursos e se faz algum sentido guardar tesouros em porões quando a nação está à beira de uma bancarrota.

— Apenas com algumas safiras que estão guardadas no Labirinto seria possível pagar todas as dívidas contraídas com os fení-

738 | Bolesław Prus

cios! — disse Hiram. — Já vou sair à cata dos negociantes e, em pouco tempo, trarei a Vossa Santidade, não treze, mas treze mil, dispostos a votar a seu favor...

E, dizendo isso, o fenício se prostrou e se despediu do amo.

Após sua saída, o sumo sacerdote Sem falou:

— Não sei se foi bom termos tido um estrangeiro nesta reunião.

— Ele tinha de estar presente! — exclamou o faraó. — Não só pelo fato de ter muita influência no meio dos negociantes, mas, o que é muito mais importante, por ser o único que, hoje, nos empresta dinheiro... Quis convencê-lo de que considero as nossas dívidas coisas sagradas... e que disponho de meios para quitá-las.

Houve um momento de silêncio, do qual se aproveitou Pentuer para dizer:

— Com a permissão de Vossa Santidade, gostaria de partir imediatamente para me ocupar da arregimentação dos felás e artesãos. Todos vão votar de acordo com o desejo do nosso amo, mas é preciso escolher os mais inteligentes.

Despediu-se do faraó e saiu.

— E quanto a você, Tutmozis?... — perguntou Ramsés.

— Meu amo — respondeu o favorito. — Estou tão seguro da nossa oficialidade e da nobreza que, em vez de falar delas, tomo a liberdade para lhe fazer um pedido pessoal...

— Você precisa de dinheiro?

— Nada disso. Quero me casar...

— Você?!... — exclamou o faraó. — Que mulher mereceu dos deuses tamanha felicidade?

— É a bela Hebron, filha de Antef, o distintíssimo nomarca de Tebas — respondeu Tutmozis. — Caso Vossa Santidade pudesse pedir a mão da jovem em meu nome, eu... eu quis dizer que o meu amor por Vossa Santidade aumentaria, mas não vou dizer isso, pois estaria mentindo...

— Não perca tempo — respondeu o faraó carinhosamente — em me assegurar algo de que tenho certeza. Amanhã mesmo vou procurar Antef e, por deuses!, acho que lhe prepararei uma bela festa de casamento em poucos dias... E agora vá ter com sua bela Hebron...

Tendo ficado a sós com Sem, Sua Santidade observou:

— Seu semblante está soturno... Você teme que não poderá encontrar treze sacerdotes prontos a cumprir minhas ordens?...

— Não tenho qualquer dúvida — respondeu Sem —, de que quase todos os sacerdotes e nomarcas farão tudo o que for preciso para o bem-estar do Egito e atender aos desejos de Vossa Santidade... No entanto, não se esqueça, meu amo, de que no caso do Labirinto a decisão final terá de ser ratificada por Amon...

— Você quis dizer: a efígie de Amon, em Tebas?

— Sim.

O faraó fez um gesto depreciativo com a mão.

— Amon — disse — é Herhor e Mefres... Que eles vão se opor isso eu sei, mas não pretendo sacrificar o país por causa da teimosia de dois homens.

— Vossa Santidade está enganado — respondeu Sem. — É verdade que, em muitos casos, as efígies divinas fazem aquilo que os sacerdotes querem, mas... nem sempre!... Em nossos templos, meu amo, acontecem coisas estranhas e misteriosas... Há situações em que as efígies divinas fazem e dizem o que querem...

— Nesse caso, não tenho com que me preocupar — interrompeu-o o faraó. — Os deuses sabem exatamente qual é a situação do Egito e leem o meu coração... Quero a felicidade do Egito, e como esta é a minha única intenção, nenhum deus bom e sábio iria se opor a isso.

— Tomara que as palavras de Vossa Santidade sejam proféticas — murmurou o sumo sacerdote.

740 | Bolesław Prus

— Parece que há algo mais que você quer me dizer — disse o faraó, notando que seu substituto religioso hesitava em se despedir.

— Sim, Santidade. Tenho por obrigação lembrá-lo de que cada faraó, logo após assumir o trono e enterrar seu antecessor, tem de pensar na construção de dois edifícios: seu túmulo e um templo aos deuses.

— Verdade! — respondeu o amo. — Já pensei nisso inúmeras vezes, mas como não disponho de recursos, não tenho pressa em iniciar os trabalhos... Você há de convir que caso eu tenha de erguer algo, terá de ser uma coisa grandiosa, que faria com que o Egito não se esquecesse de mim por muito tempo...

— Portanto, Vossa Santidade tem em mente erguer uma pirâmide?...

— Não. Não poderia construir uma pirâmide maior que a de Quéops, nem um templo maior que o de Amon. O meu país está demasiadamente fraco para empreendimentos de tal porte... Portanto, tenho de fazer algo totalmente novo, pois devo lhe confessar que as nossas construções já me entediam... todas se parecem e só se diferenciam por suas dimensões, como um adulto se diferencia de uma criança.

— E então?... — perguntou o espantado sumo sacerdote.

— Já conversei com o grego Dion, que é nosso melhor arquiteto, e ele elogiou o meu plano — continuou o faraó. — Para o meu túmulo, quero erguer uma torre circular, com escadas externas, a exemplo daquela que existiu em Babel... Quanto ao templo, não quero erguê-lo a Ísis ou Osíris, mas ao Deus Único, no qual acreditam todos os egípcios, caldeus, fenícios e judeus... E quero que ele se assemelhe ao palácio do rei Assar, cuja maquete Sargon trouxe para o meu pai...

— Suas ideias são grandiosas — respondeu o sumo sacerdote —, mas inexequíveis... As torres babilônicas, por causa do seu formato, são pouco resistentes e tombam com facilidade, enquanto as nossas edificações permanecem por séculos... Quanto a um templo ao Deus Único, é impossível de ser construído, pois Ele não precisa de trajes, nem de comida, nem de bebida, e o mundo todo é a Sua morada. Portanto, como poderia haver um templo capaz de abrigá-Lo? Onde poderia se encontrar um sacerdote que ousasse Lhe oferecer dádivas?

— Então vamos construir um templo para Amon-Rá — disse o faraó.

— Muito bem, desde que não seja como o palácio de Assar, pois se trata de uma construção assíria, e não cabe a nós, egípcios, imitar bárbaros...

— Não sei o que você quer dizer com isso — interrompeu-o Ramsés.

O pio sacerdote hesitou por um momento, mas decidiu fazer uma preleção ao jovem soberano:

"Olhe, meu amo, para as conchas nos dorsos dos caramujos. Cada espécie tem um formato diferente: umas são espiraladas e planas; outras, também espiraladas, mas alongadas; outras, ainda, têm um formato que lembra uma caixinha... Da mesma forma, cada povo tem a sua própria arquitetura, de acordo com seu sangue e sua índole.

"Queira, também, notar que as edificações egípcias se diferenciam das assírias tanto quanto os egípcios dos assírios.

"Entre nós, a principal característica de todas as construções é uma pirâmide truncada, a mais resistente de todas as formas geométricas, assim como o Egito é o mais resistente de todos os países. Já entre os assírios, a forma mais comum é o hexaedro, que é muito frágil e sujeito a intempéries.

"O orgulhoso e imprevidente assírio constrói seus cubos, uns sobre os outros, erguendo um prédio de muitos andares, sob cujo peso a terra cede. Enquanto isso, o humilde e prudente egípcio constrói suas pirâmides truncadas, uma ao lado da outra. Dessa forma, entre nós nada fica suspenso no ar, mas cada parte do edifício está apoiada na terra. Daí resulta que as nossas construções são compridas e resistentes, enquanto as assírias hoje são altas, mas em poucos séculos se transformam em ruínas.

"O assírio é um fanfarrão turbulento, e em função disso coloca tudo do lado externo das suas construções: colunas, pinturas e esculturas. O discreto egípcio guarda as mais belas efígies dentro dos seus templos, como um sábio que, em vez de exibir seus pensamentos pendurados no peito ou nas costas, guarda-os no fundo do seu coração. Entre nós, tudo que é belo está escondido; já entre eles, tudo é feito para se mostrar. Se um assírio pudesse, ele fenderia o próprio estômago, para que todos pudessem ver o que ele comeu...

"Quando estive em Nínive e fiquei olhando para aquelas torres apontando para o céu, elas me pareceram cavalos empinados que logo cairiam sobre as quatro patas. Em compensação, o que lembra um templo nosso, quando visto de cima de uma colina? Ele lembra um homem rezando: os pilonos são seus braços erguidos para o céu; os muros que cercam o pátio são seus ombros; o salão com colunas é sua cabeça; a Câmara das Mesas de Oferendas é seu peito... e o Santuário é o coração de um egípcio pio.

"Nossos templos nos ensinam como deveríamos ser: 'Tenha os braços tão poderosos como os pilonos e os ombros tão fortes quanto os muros. Tenha, na sua cabeça, uma inteligência tão vasta e rica quanto a antessala do templo, a alma tão pura quanto a Câmara das Mesas de Oferendas... e tenha deus no seu coração.' Já os edifícios assírios dizem o seguinte a seu povo: 'Suba acima dos outros, assírio, e erga sua cabeça sobre todos os demais!... Você não deixará grandes feitos atrás de si, mas, em compensação, muitas ruínas...'"

Tendo terminado essa longa explanação, o sumo sacerdote finalizou:

— Vossa Santidade teria coragem de erguer aqui construções assírias, imitando uma nação que o Egito despreza e pela qual sente repugnância?

Ramsés ficou pensativo. Apesar da preleção de Sem, continuava achando que os palácios assírios eram mais belos que os egípcios. No entanto, seu ódio aos assírios fez seu coração balançar.

— De qualquer modo — disse —, vou ter de adiar a construção do templo e do meu túmulo. Quanto a vocês, sábios que me querem bem, façam planos de edificações que poderão preservar meu nome para as gerações futuras.

"Quanta soberba se esconde na alma deste jovem!...", disse consigo mesmo o sumo sacerdote e, com um sentimento de profunda tristeza, despediu-se do faraó.

capítulo 60

Enquanto isso, Pentuer se preparava para retornar ao Egito Inferior, tendo em mente dois objetivos: o de angariar os delegados das associações de agricultores e artesãos e o de incitar manifestações em prol de um descanso semanal prometido pelo novo amo.

No entanto, sendo um sacerdote, não desejava a derrocada da casta sacerdotal nem romper os laços que o uniam a ela. Desse modo, com o intuito de demonstrar sua lealdade, foi fazer uma visita de despedida a Herhor.

O ex-poderoso dignitário recebeu-o com um sorriso.

— Que visita mais rara!... — exclamou. — Desde que você conseguiu se tornar conselheiro de Sua Santidade nunca mais me visitou... Na verdade, você não é o único... Mas fique tranquilo, pois, aconteça o que acontecer, eu jamais esquecerei seus serviços, mesmo se você me evitar ainda mais.

— Nem sou conselheiro do nosso amo, nem tenho evitado Vossa Eminência, a quem devo ter chegado aonde cheguei... — respondeu Pentuer.

— Sei disso, sei disso! — interrompeu-o Herhor. — Você não aceitou aquele tão alto posto para não trabalhar em prol da

O Faraó | 745

desgraça dos templos. Estou ciente disso!... Muito embora talvez tivesse sido melhor você ter aceitado o cargo de conselheiro desse jovem desvairado que parece nos comandar... Na certa você não teria permitido que ele se cercasse de traidores que causarão sua queda...

Pentuer, não querendo se envolver em questões tão delicadas, contou a Herhor o motivo da sua viagem ao Egito Inferior.

— Muito bem — respondeu Herhor —, que Ramsés XIII convoque uma reunião de todas as associações... Ele tem o direito de fazê-lo... Mas sinto muito que você esteja envolvido nisso... Você mudou muito!... Está lembrado do que andou falando com o meu ajudante, durante aquelas manobras em Pi-Bast? Não?... Então vou lembrá-lo: você dizia que era preciso coibir os excessos e a dissipação dos faraós. E hoje?... Hoje você apoia as pretensões infantis do maior dissipador que o Egito teve em sua história.

— Ramsés XIII — interrompeu-o Pentuer — deseja melhorar a sorte do povo, e eu, filho de camponeses, seria tolo e indigno, caso não o apoiasse nessa empreitada.

— E você nem chegou a se perguntar se isso não seria prejudicial a nós, a casta sacerdotal?

Pentuer ficou surpreso.

— Mas vocês mesmos já permitem descanso aos felás dos templos! — exclamou. — Além do mais, tenho a permissão de Vossa Eminência...

— De que permissão você está falando? — perguntou Herhor.

— Queira se lembrar, Eminência, daquela noite na qual recebemos a visita do santo Beroes, no templo de Set. Naquela ocasião, Mefres dizia que a queda do Egito era devida à degradação da casta sacerdotal, e eu afirmava que era a miséria do povo que provocava o declínio da nação. Ao que Vossa Eminência disse: "Que Mefres se ocupe do reerguimento da casta sacerdotal e Pentuer, da melhora do destino dos felás... Quanto a mim, me dedicarei a prevenir uma guerra entre o Egito e a Assíria..."

— Está vendo? — interrompeu-o Herhor. — Sua obrigação é a de ficar do nosso lado, e não do lado de Ramsés.

— E quem disse a Vossa Eminência que ele deseja travar uma guerra com a Assíria? — respondeu Pentuer, de forma enérgica. — Por acaso ele está impedindo os sacerdotes de angariar sabedoria?... Ele quer apenas dar ao povo um dia de descanso a cada seis e, depois, dar a cada família camponesa um pedaço de terra... e Vossa Eminência não pode contra-argumentar que ele pretende uma coisa nefasta, já que foi provado nos templos que um felá livre e dono de uma pequena propriedade trabalha muito melhor que um escravo.

— Mas eu não tenho nada contra dar uma folga aos trabalhadores! — exclamou Hehor. — Apenas estou convencido de que Ramsés não fará coisa alguma em prol do povo.

— E certamente não fará, já que vocês lhe recusaram dinheiro...

— Mesmo se nós lhe déssemos uma pirâmide de ouro e uma outra de pedras preciosas, ele não faria coisa alguma, pois se trata de uma criança mimada, a quem o emissário assírio, Sargon, se referia sempre como "um fedelho arrogante".

— O faraó tem muitas qualidades...

— Mas não sabe nada e de nada é capaz! — disse Herhor. — Mal chegou a roçar na Escola Superior, fugindo dela logo em seguida. E é por isso que hoje é tão cego nas questões do Estado, comportando-se como uma criança que mexe com ousadia as peças de um jogo de damas, sem ter a mínima noção das regras.

— No entanto, ele governa...

O sumo sacerdote sorriu com desdém, dizendo:

— E você chama o que ele faz de "governar"?... O que ele fez? Abriu escolas militares, aumentou o número de regimentos, armou o país todo, prometeu descanso ao povo... Mas como ele conseguirá implantar isso tudo?... Você se mantém distante dele, portanto não sabe, mas eu posso lhe garantir que ele, ao emitir ordens, não pensa um momento sequer em quem vai executá-las, com quais recursos e quais serão as consequências das mesmas...

"Você acha que ele governa, mas quem governa realmente sou eu... a quem ele expulsou de perto dele... É por obra minha que diminuiu a receita dos impostos no Tesouro Real, mas, em contrapartida, é graças a mim que não há levantes de camponeses; é graças a mim que os trabalhos junto aos canais, represas e túmulos não foram interrompidos; por fim, fui eu o responsável, por duas vezes, pelo fato de a Assíria não nos ter declarado uma guerra, que esse louco provoca com suas exibições militares...

"Ramsés governa!... Governa coisa alguma! Ele só cria desordem. Você teve uma amostra da sua forma de governar, no Egito Superior: bebia, se divertia e aparecia no palácio sempre com novas mulheres. Aparentava se ocupar de questões do Estado, mas na verdade não entendia coisa alguma do que se passava a seu redor. Além disso, associou-se aos fenícios, à nobreza falida e a diversos tipos de traidores que acabarão provocando a sua queda."

— E a vitória nos Lagos Salgados?... — indagou Pentuer.

— Admito que ele tem muita energia e conhece a arte militar — respondeu Herhor. — É a única coisa que ele sabe. Mas diga-me você mesmo: ele teria vencido nos Lagos Salgados sem a ajuda de você e de outros sacerdotes?... Não eram vocês que o avisavam de todos os movimentos do bando líbio?... Agora pense: Ramsés, mesmo com a ajuda de vocês, poderia vencer uma batalha contra um líder militar do porte de Nitager? Nitager é um mestre, enquanto Ramsés não passa de um aprendiz.

— E como acabará esse ódio mútuo? — perguntou Pentuer.

— Ódio?... — repetiu o sumo sacerdote. — Como eu posso sentir ódio de um doidivanas que, além do mais, está tão cercado de caçadores como um cervo num desfiladeiro? No entanto, tenho de confessar que seus desmandos são tão prejudiciais ao Egito que, caso Ramsés tivesse um irmão, ou se Nitager fosse mais jovem, nós já teríamos afastado o presente faraó.

— E Vossa Eminência se tornaria seu sucessor! — explodiu Pentuer.

Herhor não se ofendeu.

— Como você ficou mais tolo, Pentuer — respondeu, dando de ombros —, desde que decidiu fazer política por conta própria. É óbvio que, na falta de um faraó, eu teria o dever de assumir esse posto, sendo o sumo sacerdote de Amon e chefe do Conselho Supremo. Mas de que me serviria isso? Não faz mais de dez anos que eu detenho um poder maior do que o de um faraó?... E hoje, mesmo na qualidade de ministro da Guerra expulso, não faço neste país tudo o que acho necessário?... Os mesmos sumos sacerdotes, tesoureiros, juízes e até generais que hoje me evitam, têm a obrigação de cumprir todas as ordens secretas do Conselho Supremo, chanceladas por mim. Existiria, no Egito, um só homem que não as cumprisse? Você mesmo ousaria se opor a mim?...

Pentuer baixou a cabeça. Se, apesar da morte de Ramsés XII, o secreto Conselho Supremo dos sacerdotes sobreviveu, então Ramsés XIII terá de se submeter a ele... ou travar com ele uma luta de vida ou morte.

O faraó tinha o apoio de toda a nação, todo o exército, diversos sacerdotes e quase a totalidade dos dignitários civis. O Conselho, por sua vez, somente podia contar com alguns milhares de partidários, com seus tesouros e sua exemplar organização. Aparentemente, as forças eram desproporcionais, mas o resultado da contenda era imprevisível.

— Então vocês decidiram derrubar o faraó... — murmurou Pentuer.

— De modo algum. Apenas queremos salvar a nação.

— Nesse caso, o que Ramsés XIII deveria fazer?...

— O que ele fará eu não sei — respondeu Herhor. — Em compensação, sei o que fez seu pai. Ramsés XII também começou seu reinado com ignorância e voluntariedade; mas quando ficou sem dinheiro e seus mais ardentes partidários começaram a ignorá-lo, voltou-se para os deuses. Cercou-se de sacerdotes, aprendeu com eles e chegou até a casar com a filha do sumo sacerdote Amenhotep... E, após alguns anos, não só se tornou um sumo sacerdote pio, como também muito sábio.

— E se o faraó não seguir esse conselho? — indagou Pentuer.

— Administraremos o país sem ele — respondeu Herhor. — É bom que você saiba que eu não só sei de tudo o que faz, mas até o que pensa esse seu faraó. Estou ciente de que ele quer nos transformar em seus servos, e a si mesmo no único mandatário do país. No entanto, essa sua pretensão é uma tolice, e até um ato de traição. Como você bem sabe, não foram os faraós que criaram o Egito, mas os deuses e os sacerdotes. Não são os faraós que medem os níveis do Nilo nem regulam as dimensões dos seus transbordos. Não foram os faraós que ensinaram o povo a semear, colher e criar gado. Não são os faraós que curam as doenças e zelam pela segurança do país...

Ao ver a confirmação de suas palavras nos olhos de Pentuer, o distinto Herhor continuou:

— O que você acha que aconteceria, caso o país dependesse apenas das boas graças dos faraós? O mais sábio deles não possui educação superior há uma dúzia de anos... já a casta sacerdotal tem se dedicado a observações e estudos por dezenas de milhares de anos... O mais poderoso dos monarcas só dispõe de um par de olhos e braços, enquanto nós dispomos de milhares deles, em todos os nomos e até no estrangeiro. Portanto, diga você mesmo se a atividade de um faraó pode se comparar à nossa e, em caso de uma diferença de opiniões, quem deve ceder a quem: ele a nós ou nós a ele?...

— E o que devo fazer? — perguntou Pentuer.

— Faça o que aquele pirralho lhe mandar, desde que não traia os segredos sagrados. Quanto ao resto... deixe o tempo resolver. Eu desejo sinceramente que esse jovem, chamado Ramsés XIII, recupere a razão, e acredito que ele faria isso... se não tivesse se associado a desprezíveis traidores, sobre os quais já está suspensa a poderosa mão dos deuses.

Pentuer despediu-se do sumo sacerdote com a alma cheia de soturnas premonições. Só não ficou desanimado de todo por saber que qualquer coisa que conseguisse obter para melhorar a sorte do povo poderia permanecer, mesmo que o faraó viesse a se curvar diante do poderio da casta sacerdotal.

"Na pior das circunstâncias", pensou, "é preciso fazer aquilo que podemos e devemos. Com o tempo, as relações poderão melhorar, e a semeadura de hoje poderá frutificar."

Por precaução, resolveu não mais incitar o populacho; pelo contrário, decidiu acalmar os mais impacientes, para não aumentar ainda mais os problemas do faraó. Com isso em mente, partiu para o Egito Inferior, procurando, pelo caminho, os mais judiciosos felás e artesãos, para escolher os delegados do conselho convocado pelo faraó.

Por onde passava, via sinais de grande agitação: tanto os felás quanto os artesãos faziam demonstrações, exigindo um dia de descanso a cada seis e que fossem pagos pelos trabalhos públicos, como sempre fora no passado. E era somente graças às admoestações dos sacerdotes dos diversos templos que não eclodira ainda uma revolta generalizada ou, pelo menos, os trabalhos públicos não tinham sido interrompidos.

Paralelamente, ficou surpreso com novos fenômenos, que não havia notado alguns meses antes.

Em primeiro lugar, o populacho se dividira em dois partidos: o daqueles que eram partidários do faraó e inimigos dos sacerdotes, e o dos que estavam revoltados com os fenícios. Os primeiros afirmavam que os sacerdotes deveriam dar ao faraó o acesso ao tesouro do Labirinto, enquanto os segundos sussurravam que o faraó protegia demasiadamente os estrangeiros.

No entanto, o mais surpreendente era um boato, não se sabe de onde surgido, de que Ramsés XIII estava apresentando sintomas de loucura, a exemplo de seu meio-irmão mais velho, que, exatamente por aquele motivo, fora afastado da linha sucessória. O assunto era comentado por sacerdotes, escribas e até por felás.

— Quem lhes conta essas mentiras? — perguntou Pentuer a um engenheiro conhecido.

— Não são mentiras — respondeu o engenheiro —, mas uma triste verdade. O faraó foi visto nu, correndo pelos jardins dos palácios de Tebas... e certa noite Sua Santidade subiu numa árvore perto da janela da rainha Nikotris e ficou conversando com ela.

Pentuer fez de tudo para convencer o engenheiro de que vira o faraó ainda há menos de um mês, e que Sua Santidade gozava de plena saúde — mas sentiu que este não acreditara nas suas declarações.

"Isso só pode ser obra de Herhor", pensou.

Perto de Mênfis, ao norte das pirâmides e da Esfinge, quase na fronteira do deserto, erguia-se um pequeno templo, dedicado à deusa Nut. Era a morada de um idoso sacerdote chamado Menes, engenheiro e o maior entendido em estrelas de todo o Egito.

752 | Bolesław Prus

Quando era erguido um grande edifício ou construído um novo canal, Menes saía do templo e indicava a posição ideal dos mesmos. Afora isso, ele vivia frugalmente no templo, estudando as estrelas à noite e construindo os mais diversos instrumentos durante o dia. Havia anos que Pentuer não visitava aquele lugar, de modo que ficou surpreso com seu estado de abandono. O muro de tijolos estava desabando, as árvores no jardim ressecaram e, no pátio, havia uma cabra magra e um par de galinhas.

O templo parecia deserto, e foi somente depois de Pentuer chamar diversas vezes que um ancião apareceu no meio dos pilonos. Estava descalço, usava um imundo gorro campesino na cabeça, um pano esfarrapado em volta dos quadris e, nas costas, uma pele de pantera bastante gasta. Apesar disso, sua postura era muito digna e seu rosto repleto de sabedoria.

O ancião olhou atentamente para o visitante e disse:

— Ou muito me engano ou você é Pentuer?

— Sou eu mesmo — respondeu o recém-chegado, abraçando carinhosamente o velhinho.

— Ho!...Ho!... — exclamou Menes, pois era ele mesmo. — Vejo que você mudou muito naqueles palácios. Sua pele está lisa, suas mãos estão brancas e vejo uma corrente de ouro no seu pescoço. A deusa do oceano celeste, mãe Nut, teria que aguardar por muito tempo por um ornamento desses!

Pentuer quis tirar a corrente, mas Menes o deteve com um sorriso.

— Não faça isso — disse. — Se você soubesse o tipo de joias que temos na abóbada celeste, não se apressaria tanto em me oferecer ouro... E então, você veio para ficar?

Pentuer meneou negativamente a cabeça.

— Não — respondeu. — Vim apenas para cumprimentá-lo, divino mestre.

O Faraó | 753

— Para voltar logo à corte? — riu o ancião. — Oh, se vocês soubessem o que perdem trocando a sabedoria por palácios, vocês seriam os homens mais tristes do mundo!

— O mestre vive aqui sozinho?

— Como uma palmeira no deserto, especialmente hoje, que meu surdo-mudo foi a Mênfis para esmolar algo para a mãe Re e seu sacerdote.

— E o mestre não se sente triste e solitário?

— Triste?! — exclamou Menes. — Desde a última vez que nos vimos, arranquei dos deuses alguns mistérios tão valiosos que não os trocaria pelas duas coroas do Egito!

— É um segredo? — perguntou Pentuer.

— E que segredo!... No ano passado, concluí os cálculos referentes à dimensão da Terra...

— O que significa isso?

Menes olhou em volta e abaixou a voz.

— Você sabe — disse — que a terra não é plana como uma mesa, mas uma esfera gigantesca, com a superfície coberta por mares, países e cidades...

— Isso já é sabido — disse Pentuer.

— Não por todos — respondeu Menes. — E até agora ninguém sabia qual é a dimensão dessa esfera...

— E o mestre sabe? — perguntou Pentuer, quase assustado.

— Sei. A nossa infantaria marcha cerca de treze milhas por dia. Pois o globo terrestre é tão grande que, para dar uma volta completa nele, nossos exércitos teriam de marchar por cinco anos...

— Por deuses!... — falou Pentuer. — E você, santo pai, não tem medo de pensar em coisas semelhantes?

Menes deu de ombros.

— O que há de mal em medir algo? — respondeu. — Medir as dimensões das pirâmides ou da Terra é a mesma coisa. Já fiz cálculos mais complicados, como, por exemplo, medir a distância deste templo até o palácio do faraó, sem atravessar o Nilo...

— Que horror!... — murmurou Pentuer.

— E tem mais! Descobri algo que realmente poderá encher vocês de medo... mas não fale disso com ninguém: no mês de Paofi (julho-agosto) vamos ter um eclipse solar... o dia se transformará em noite... e que eu morra de fome se errei nos cálculos em menos do que a vigésima parte de uma hora.

Pentuer tocou o amuleto que carregava junto ao peito, fez uma breve oração e disse:

— Li nos livros sagrados que houve casos em que a noite veio no meio de um dia, mas não consigo compreender como isso é possível.

— Você está vendo as pirâmides? — indagou Menes, apontando para o deserto.

— Vejo.

— Agora coloque a mão diante dos olhos... Está vendo as pirâmides? Não. Pois o eclipse solar é a mesma coisa: a lua se coloca entre o sol e a terra, cobre o pai da luz e faz cair a noite.

— E isso vai acontecer em breve?

— No mês de Paofi. Escrevi sobre isso ao faraó, na esperança de que, em troca, ele faça uma oferenda ao nosso templo abandonado. Mas ele, depois de ler a carta, riu de mim e mandou que ela fosse entregue a Herhor.

— E Herhor?...

— Herhor nos enviou trinta medidas de trigo. Ele é o único homem do Egito que respeita a sabedoria, enquanto o jovem faraó é um tolo.

— Não seja tão severo com ele, pai — disse Pentuer. — Ramsés XIII quer melhorar a sorte dos camponeses e dos artesãos; ele vai lhes dar um dia de descanso a cada seis, vai proibir que sejam castigados sem julgamento justo e até talvez lhes dê um pouco de terra...

O Faraó | **755**

— Pois eu lhe digo que ele é um tolo — respondeu Menes, com irritação. — Dois meses atrás, eu lhe enviei uma ideia para facilitar a vida dos felás... E o que ele fez? Novamente me ridicularizou! Ele não passa de um paspalhão, ignorante e convencido!

— Você está sendo preconceituoso, pai... Mas fale-me da sua ideia, quem sabe se eu poderia ajudá-lo em implantá-la?

— Já não se trata de uma ideia, mas de uma coisa real — respondeu o ancião. — Venha, vou lhe mostrar.

Ergueu-se do banco e, acompanhado por Pentuer, encaminhou-se a um pequeno lago artificial no jardim, sobre o qual havia uma pequena construção de madeira, totalmente coberta por heras. Dentro dela havia uma grande roda, transpassada por um eixo horizontal e com uma sequência de pequenos baldes dispostos ao longo de seu perímetro externo.

Menes entrou na roda e começou a andar no seu interior. A roda girava, enquanto os pequenos baldes retiravam água do lago e a despejavam numa espécie de cocho, situado num ponto mais elevado.

— É um mecanismo interessante — observou Pentuer.

— E você não se dá conta de como ele pode ser útil ao povo do Egito?

— Não...

— Então imagine esta roda sendo cinco ou dez vezes maior, e que dentro dela em vez de um homem, estejam algumas parelhas de bois...

— Acho que estou começando a compreender... — murmurou Pentuer —, mas ainda não entendi de todo.

— Mas isso é tão óbvio! — falou Menes. — Com a ajuda desta roda, bois ou cavalos poderiam retirar a água do Nilo e transportá-la para canais localizados cada vez mais acima... Com isso, meio milhão de homens, hoje ocupados nesse serviço, poderiam descan-

756 | Bolesław Prus

sar... Agora você pode constatar que a sabedoria é capaz de fazer muito mais pela felicidade do povo do que qualquer faraó!

Pentuer continuou cético.

— Quanta madeira seria necessária! — disse. — Quantos bois!... Creio, santo pai, que esta sua roda não substituirá o sétimo dia de descanso.

— Vejo — disse tristemente Menes — que as delícias da corte não lhe trouxeram grande proveito... Mas mesmo que você tenha perdido a sagacidade, que eu tanto admirava, vou lhe mostrar mais uma coisa... Quem sabe se você ainda não retomará o gosto pela sabedoria e, após minha morte, quererá trabalhar na melhoria e na divulgação das minhas invenções...

Dizendo isso, conduziu Pentuer de volta para os pilonos, onde havia uma pequena caldeira de cobre com água no interior. Menes colocou um pouco de lenha debaixo dela, acendeu o fogo e em poucos minutos a água começou a ferver.

Da caldeira saía um cano tapado por uma pedra. Quando a caldeira começou a chiar, Menes falou:

— Fique naquele canto e observe...

Em seguida, girou uma manivela presa ao cano e... a pesada pedra foi atirada para cima, enquanto o recinto se enchia de vapor.

— Que coisa mais fantástica! — exclamou Pentuer. — No entanto, não consigo compreender em que essa pedra poderá melhor a sorte do povo...

— A pedra em si, nada — respondeu o já impaciente sábio. — Mas quero que você se lembre para sempre do que vou lhe dizer: chegará um dia em que o cavalo vai substituir o trabalho braçal dos homens e, mais tarde, a água fervente vai substituir os cavalos e bois.

— E o que isso trará de vantagens para os felás? — insistiu Pentuer.

— Deuses, apiedem-se de mim! — gritou Menes, levando as mãos à cabeça. — Não sei se você ficou senil ou tolo, mas vejo que os felás encobriram seus olhos e confundiram sua capacidade de pensar. Se todos os sábios tivessem apenas a sorte dos felás em suas mentes, eles deveriam abandonar os livros e cálculos e se tornar pastores!...

— Todos os inventos devem ter alguma utilidade — tentou se justificar Pentuer.

— Vocês, homens da corte — disse Menes, com amargura —, costumam usar dois pesos e duas medidas! Quando um fenício lhes traz um rubi ou uma safira, vocês não lhe perguntam qual é a sua utilidade, mas os compram e guardam num baú. Mas quando um sábio lhes traz um invento que poderia mudar o destino do mundo, vocês logo indagam: para que ele serve? Ao que parece, ficam apavorados com a possibilidade de o inventor demandar um punhado de trigo por um objeto cujo valor suas mentes não conseguem abranger.

— O santo pai ficou zangado?... Será que eu o ofendi de alguma maneira?

— Não estou zangado, mas triste. Há vinte anos, havia aqui, neste templo, cinco pessoas trabalhando no desenvolvimento de novas ideias. Hoje, somente sobrei eu, e não só não consigo achar um sucessor, como não encontro um homem que possa me entender.

— Eu bem que gostaria de poder ficar aqui até o fim dos meus dias, pai — falou Pentuer. — No entanto, diga-me você mesmo se eu tenho o direito de me trancar num templo, num momento em que está sendo decidido o destino do país e do seu povo mais humilde, quando a minha participação...

— Influirá na sorte da nação e de alguns milhões dos seus habitantes? — interrompeu-o sarcasticamente Menes. — Oh, vocês, crianças usando mitras e correntes de ouro!... Só por terem o direito de tirar um pouco de água do Nilo, logo acham que podem controlar o fluxo e o refluxo do rio. Na verdade, vocês se comportam como uma ovelha que andando com o rebanho imagina estar conduzindo-o!

— Não se esqueça, mestre, que o jovem faraó tem um coração bondoso, quer dar ao povo um dia de descanso a cada seis, julgamentos justos e até um pedaço de terra...

Menes fez um gesto depreciativo com a cabeça.

— Tudo isso — disse — não passa de coisas passageiras. Os faraós jovens acabam envelhecendo, e quanto ao povo... o povo já teve um dia de descanso, e acabou perdendo a regalia... Ah, se isso pudesse mudar!... Quantas dinastias e sacerdotes passaram pelo Egito no decurso dos últimos três mil anos... quantas cidades e quantos templos se transformaram em ruínas... Tudo mudou, exceto o fato de que dois mais dois são quatro, que um triângulo é a metade de um quadrilátero, que a lua pode encobrir o sol e que água fervente pode atirar uma pedra ao ar... Num mundo perecível, apenas uma coisa é perene: a sabedoria. E ai daquele que, em função de coisas transitórias como nuvens no céu, deixa de lado coisas permanentes!... Seu coração não terá um momento de paz, enquanto sua mente ficará balançando como um barco sacudido pelo vento.

— Os deuses falam pela sua boca, mestre — respondeu Pentuer —, mas somente um homem em um milhão pode se tornar o seu receptáculo... E isso é certo, pois o que aconteceria caso os camponeses passassem as noites olhando para as estrelas, os soldados fizessem contas e os dignitários e o faraó, em vez de administrar o país, atirassem pedras com a ajuda de água fervente? Antes de a Lua completar uma volta em torno da Terra, todo mundo teria morrido de fome... Além disso, nenhuma roda ou caldeira seria capaz de defender o país de um ataque de bárbaros, ou dispensar justiça... Portanto, embora a sabedoria seja como sol, sangue e alento, nem todos podem ser sábios.

Menes não respondeu àquelas palavras.

Pentuer passou alguns dias no templo da deusa Nut. Observou estrelas junto com Menes, ficou examinando a roda que retirava água e, vez por outra, fez um passeio até as pirâmides. Admirava a frugalidade e a erudição de seu mestre, mas pensava consigo mesmo:

"Menes é, indubitavelmente, um deus num corpo humano, e, em função disso, não liga para a vida terrena... Quanto à sua roda de retirar água, ela não poderá ser adotada no Egito, pois não temos madeira suficiente nem cem mil bois para acioná-la."

capítulo 61

Enquanto Pentuer viajava pelo país escolhendo os delegados, Ramsés XIII continuava em Tebas, preparando o casório de
seu favorito, Tutmozis.

O senhor dos dois mundos, cercado de um grande séquito, foi
visitar o mui distinto Antef, nomarca de Tebas. O magnata recebeu
o amo no portão de seu palácio e, descalçando suas caras sandálias,
ajudou Ramsés a sair do carro.

Em troca desse gesto de humildade, o faraó lhe deu a mão para
ser beijada e declarou que a partir daquele momento Antef se tor-
nara seu amigo pessoal e tinha o direito de entrar calçado, mesmo
na sala do trono.

Quando já se encontravam na enorme sala do palácio de Antef,
o amo falou, na presença de todo seu séquito:

— Sei, distinto Antef, que assim como os seus veneráveis antepassados residem em tumbas mais belas, você, o seu descendente,
é o primeiro dos nomarcas do Egito. Ao mesmo tempo, você deve
estar ciente de que tanto na minha corte quanto no exército e no
meu coração, o primeiro lugar é ocupado pelo meu favorito e comandante da guarda real, Tutmozis. De acordo com o que dizem os

O Faraó | 761

sábios: tolo é o magnata que não coloca sua joia mais preciosa no mais belo dos anéis. E como a sua família me é a mais cara, e Tutmozis é o mais querido, tive a ideia de ligá-los, o que poderá ser feito facilmente, caso sua bela e inteligente filha Hebron queira aceitar Tutmozis por marido.

Ao que o distinto Antef respondeu:

— Como Vossa Santidade é o senhor dos dois mundos, todo o Egito e tudo que está nele lhe pertence, inclusive esta casa e todos seus moradores. Já que Vossa Santidade deseja que a minha filha, Hebron, se torne esposa do seu favorito, Tutmozis, que assim seja...

Em seguida, o faraó informou Antef de que Tutmozis tinha um salário anual de vinte talentos pago pelo Tesouro Real, e que possuía diversas propriedades em vários nomos. Ao que o distinto Antef disse que sua filha única, Hebron, terá um rendimento de cinquenta talentos anuais, além do direito de usufruir das propriedades paternas nos nomos nos quais a corte real permanecer por um certo tempo. E como Antef não tinha filhos homens, suas vastas e não penhoradas propriedades iriam, no devido tempo, passar para Tutmozis, junto com o posto de nomarca de Tebas, desde que isso fosse de acordo com o desejo de Sua Santidade.

Após a conclusão das negociações, Tutmozis entrou no salão e, dirigindo-se a Antef, agradeceu-lhe, em primeiro lugar, por ter entregue sua filha a alguém tão pobre quanto ele e, em seguida, por tê-la educado de forma tão perfeita. Depois, foi acertado que o casamento seria realizado em questão de dias, já que Tutmozis, na qualidade de comandante da guarda real, não dispunha de tempo para cerimônias preliminares.

— Desejo-lhe muitas felicidades, meu filho — concluiu Antef, com um sorriso —, além de uma alta dose de paciência. Pois a minha filha tem vinte anos, é a mais elegante das jovens de Tebas e está acostumada a conseguir tudo o que quer... Por deuses!... digo-lhe que o meu poder sobre Tebas sempre termina no portão dos jardins da minha filha, e temo que os seus generais não a deixarão muito impressionada.

Em seguida, o nobre Antef convidou a todos para um grandioso banquete, no decurso do qual apareceu a bela Hebron, acompanhada de suas damas de companhia.

O salão estava cheio de mesinhas para duas e quatro pessoas, além de uma maior, sobre um estrado, destinada ao faraó. Para agradar a Antef e a seu favorito, Sua Santidade aproximou-se de Hebron e a convidou a sua mesa.

A jovem Hebron era realmente bela e dava a impressão de ser muito esperta, algo que, no Egito, não era de espantar. Ramsés notou de imediato que a noiva não dava muita atenção a seu futuro marido, lançando, em compensação, olhares expressivos na direção do faraó.

Tratando-se do Egito, aquilo também não era de estranhar.

Quando os convivas já estavam acomodados, a música começara e dançarinas circulavam entre as mesas distribuindo flores e vinho entre os convidados, Ramsés disse:

— Quanto mais olho para você, Hebron, mais espantado fico. Se um estranho adentrasse o salão, acharia que você é uma deusa ou sacerdotisa, e não uma noiva feliz.

— Vossa Santidade está enganado — respondeu a jovem. — Neste momento, estou muito feliz, mas não por causa do noivado...

— Como isso é possível? — interrompeu-a o faraó.

— A ideia de um matrimônio não me atrai, e teria preferido ser sacerdotisa de Ísis a esposa...

— Então por que está se casando?

— Faço-o para agradar a meu pai, que anseia por um herdeiro para a sua glória; mas o motivo principal é o de ser este o desejo de Vossa Santidade...

— Tutmozis não lhe agrada?

— Não estou dizendo isso. Tutmozis é um belo homem, é o mais elegante jovem do Egito, canta divinamente e ganha prêmios em todos os torneios. Além disso, seu posto de comandante da guarda de Vossa Santidade pertence aos mais altos do país... Apesar disso, não fossem os insistentes pedidos de meu pai e a ordem de Vossa Santidade, jamais me tornaria sua esposa... Como, aliás, jamais serei!... Tutmozis está mais interessado nas propriedades e nos títulos do meu pai; quanto ao resto... ele poderá encontrá-lo entre as dançarinas.

— E ele sabe do seu infortúnio?

Hebron sorriu.

— Ele está ciente há muito tempo de que mesmo que eu não fosse filha de Antef, mas sim do mais miserável dos embalsamadores, jamais me entregaria a um homem a quem não amo. E eu somente poderia me apaixonar por alguém que fosse mais alto do que eu.

— Você está falando sério? — espantou-se Ramsés.

— Já tenho vinte anos, e há mais de seis vivo cercada de admiradores. Mas, em pouco tempo me dei conta do que eles valem... e hoje prefiro escutar as conversas de sábios sacerdotes que os cantos e as declarações dos janotas da aristocracia.

— Nesse caso, eu não deveria estar sentado a seu lado, Hebron, pois nem sou janota, nem tenho a sabedoria dos sacerdotes...

— Oh, meu amo, você é diferente; é alguém muito mais alto... — respondeu a jovem. — Você é um líder militar que conquistou uma vitória expressiva... Você é impetuoso como um leão e aguçado como um abutre... Diante de você, todos se prostram e países inteiros tremem ao ouvir seu nome... Pois não sabemos o terror que ele inspira nos habitantes de Tiro ou de Nínive?

Ramsés ficou encabulado.

764 | Bolesław Prus

— Oh, Hebron, se você pudesse saber quanta inquietação despertou no meu coração!...

— Foi por isso que concordei em me casar com Tutmozis... Estarei mais próxima de Vossa Santidade e, embora apenas de vez em quando, poderei contemplá-lo.

Dizendo isso, Hebron se levantou e se afastou da mesa.

Sua atitude foi notada por Antef, que veio correndo para junto de Ramsés.

— Meu amo! — exclamou. — Será que minha filha disse algo inconveniente?... Ela é como uma leoa indomada...

— Não se preocupe — respondeu o faraó. — Sua filha é cheia de sabedoria e seriedade. Ela se afastou por ter notado que o vinho fez com que seus convidados ficassem excessivamente alegres.

Efetivamente, o salão fervilhava, e Tutmozis, tendo deixado de lado sua condição de vice-anfitrião, era o mais alegre de todos. O banquete varou a madrugada. Embora o faraó tivesse ido embora, os demais permaneceram; de início, nas cadeiras e, depois, no chão, até Antef ter de despachá-los para as respectivas casas, como se fossem objetos inanimados.

A cerimônia do casamento foi realizada alguns dias depois.

Os primeiros a chegar ao palácio de Antef foram os sumos sacerdotes Herhor e Mefres, os nomarcas dos nomos vizinhos e os mais altos dignitários de Tebas. Depois, Tutmozis, cercado pelos oficiais da guarda real e, por fim, Sua Santidade o faraó Ramsés XIII.

O monarca estava acompanhado do grão-escriba, dos comandantes da infantaria e da cavalaria, do tesoureiro-mor, do sumo sacerdote Sem e de vários generais secundários.

Quando toda aquela augusta assembleia já se encontrava no salão dos antepassados do distinto Antef, surgiu Hebron, vestida de branco e acompanhada de um grande séquito de amigas e servas. Foi então que seu pai, queimando incenso diante de Amon, da efígie de seu pai e

O Faraó | 765

de Ramsés XIII sentado num trono, anunciou que liberava sua filha Hebron da sua tutela e lhe oferecia um dote. Em seguida, entregou à filha uma caixa dourada, com um papiro certificado num cartório.

Após breve repasto, a noiva entrou numa luxuosa liteira carregada por oito funcionários do nomo. Foi precedida de músicos e cantores, cercada pelos dignitários e seguida por uma grande multidão. O séquito seguiu na direção do templo de Amon, percorrendo as mais belas ruas de Tebas e em meio a uma multidão tão grande quanto a que acompanhara o funeral do faraó.

Ao chegarem ao templo, o populacho deteve-se do lado de fora do muro, enquanto o jovem casal, o faraó e os dignitários adentraram o hipostilo. Ali, Herhor incensou a encoberta efígie de Amon, as sacerdotisas do templo executaram uma dança ritual e Tutmozis leu um papiro com o seguinte texto:

Eu, Tutmozis, comandante da guarda real de Sua Santidade Ramsés XIII, tomo-a, Hebron, filha de Antef, nomarca de Tebas, por esposa. Em retribuição à sua concordância em se tornar minha esposa, entrego-lhe, neste ato, a quantia de dez talentos. Destino três talentos anuais à aquisição de suas roupas, e um talento mensal às despesas domésticas. Dos filhos que venhamos a ter, o mais velho será o herdeiro de tudo que possuo neste momento e do que poderei aumentar no futuro. Caso não venha a viver com você, me divorcie ou case com outra, obrigo-me a lhe pagar quarenta talentos, garantidos pelas minhas propriedades. O nosso filho, ao assumir as propriedades, ficará automaticamente obrigado a lhe pagar quinze talentos anuais. Já os filhos gerados com outra esposa não terão quaisquer direitos sobre as posses do nosso primogênito.*

Em seguida, o juiz supremo leu, em nome de Hebron, uma declaração na qual ela se obrigava a alimentar e vestir seu esposo,

---

* Texto autêntico. (*N. do A.*)

766 | Bolesław Prus

zelar pela sua casa, pela família, pelos empregados, bens e escravos, confiando ao dito esposo a administração dos bens que recebeu — ou que ainda viria a receber — do pai.

Após a leitura daqueles atos solenes, Herhor entregou a Tutmozis uma taça de vinho. O noivo bebeu a metade do conteúdo, Hebron apenas molhou os lábios, e ambos queimaram incenso diante da cortina purpúrea.

Saindo do templo, o jovem casal e seu magnífico séquito dirigiram-se ao palácio real, percorrendo a "avenida das esfinges" coberta de flores atiradas por soldados e pela simples gente do povo.

Até então Tutmozis morara nas dependências do faraó. No entanto, no dia de seu casamento, o amo lhe deu um lindo palacete, no fundo dos jardins, cercado por uma floresta de figueiras e baobás, no qual o jovem casal poderia desfrutar dias de felicidade escondidos dos olhares humanos, como se estivesse desligado do mundo. O local era tão raramente visitado que até as aves não fugiam diante da aproximação de pessoas.

Quando os recém-casados e seus convidados entraram na nova morada, teve início a cerimônia final.

Tutmozis pegou Hebron pela mão e a conduziu até uma chama acesa diante da efígie de Ísis, onde a noiva tocou a chama com a mão. Em seguida, Tutmozis compartilhou com ela um pedaço de pão e colocou seu anel num dos dedos dela, num gesto que significava que, a partir daquele momento, sua esposa se tornava a senhora das propriedades, dos servos e dos escravos do noivo. Enquanto isso, sacerdotes entoavam hinos religiosos e circulavam por todos os cômodos com a efígie de Ísis, ao passo que sacerdotisas executavam uma nova dança ritual.

O dia terminou com um grande banquete, no decurso do qual todos puderam notar que Hebron se mantinha permanentemente junto do faraó, enquanto Tutmozis se mantinha a distância, servindo os convidados.

Assim que surgiram as primeiras estrelas no céu, o eminente Herhor abandonou o banquete, no que foi seguido, à solapa, por alguns dos mais distintos dignitários. Já em torno da meia-noite, reuniram-se no subsolo do templo de Amon: Herhor, Mefres, Mentezufis, o juiz supremo de Tebas e os nomarcas de Abs, Horti e Emsukh.

Mentezufis inspecionou as grossas colunas, fechou a porta e apagou as luzes, deixando acesa apenas uma lamparina diante da efígie de Hórus. Os dignitários se acomodaram em grandes bancos de pedra, e o nomarca de Abs falou:

— Se me fosse pedido descrever o caráter de Sua Santidade Ramsés XIII, não sei se seria capaz de fazê-lo...

— Trata-se de um louco! — exclamou Mefres.

— Não sei se ele é um louco — respondeu Herhor —, mas, de qualquer modo, é um homem extremamente perigoso. A Assíria já nos cobrou por duas vezes a assinatura do tratado definitivo, e, pelo que sei, está ficando preocupada com o fato de o Egito estar se armando.

— Isso não é tão importante assim — falou Mefres. — O pior é que esse herege pretende violar o tesouro do Labirinto...

— Pois eu acho — disse o nomarca de Emsukh — que as suas promessas aos felás são ainda piores. Caso o populacho resolva não trabalhar a cada sete dias, tanto as receitas do reino quanto as nossas vão diminuir... e se ainda por cima o faraó resolver lhes dar terras...

— Algo que ele é bem capaz de fazer... — murmurou o juiz supremo.

— Será que ele o faria? — indagou o nomarca de Horti. — Em minha opinião, tudo que ele quer é dinheiro. Portanto, caso nós lhe cedêssemos uma pequena parte do tesouro do Labirinto...

— Isso está fora de questão — interrompeu-o Herhor. — O país não está ameaçado; quem está ameaçado é o faraó... e isso não

768 | Bolesław Prus

é a mesma coisa. E mais: assim como uma barragem somente permanece sólida até não ser minada por um tênue filete de água, o Labirinto permanecerá cheio até não retirarmos dele a primeira barra de ouro; depois, o restante acabará sumindo... Afinal, a quem estaríamos reforçando com os recursos dos deuses e da nação?... Aquele moço que desdenha a fé, humilha os sacerdotes e rebela o povo? Ele é ainda pior do que o rei Assar, pois embora este seja um bárbaro, não nos faz qualquer mal.

— Achei muito indecoroso o faraó flertar tão ostensivamente com a esposa de seu favorito, logo no dia de seu casamento... — comentou o juiz supremo.

— A bem da verdade, temos de admitir que Hebron estava se insinuando! — observou o nomarca de Horti.

— Todas as mulheres costumam seduzir os homens — respondeu o nomarca de Emsukh. — No entanto, os homens foram providos de juízo exatamente para não cometer pecados.

— O faraó não é o marido de todas as mulheres do Egito? — murmurou o nomarca de Abs. — Afinal, os pecados são um assunto dos deuses, enquanto nós devemos estar interessados apenas nas questões do Estado.

— Ele é um homem perigoso!... Perigoso!... — dizia o nomarca de Emsukh, gesticulando com as mãos e a cabeça. — Não há mais dúvida de que o populacho já se tornou insolente, e a qualquer momento poderá se rebelar. Quando isso ocorrer, nenhum sumo sacerdote ou nomarca poderá estar seguro do seu mando ou de suas posses, nem mesmo de continuar vivo...

— Tenho um meio de evitar uma rebelião — disse Herhor.

— Qual?

— Em primeiro lugar— intrometeu-se Mefres —, uma forma de evitar uma rebelião seria a de conscientizar as massas de que aquele que lhes promete grandes facilidades é um doido.

— Ele é o mais são dos homens sob o sol! — objetou o nomarca de Horti. — Tudo o que é preciso fazer é tentar compreender o que ele está buscando.

— Ele é um louco! Louco!... — repetia Mefres. — O seu meio-irmão acha que é um macaco e se embriaga com os embalsamadores; e ele começará a fazer o mesmo a qualquer momento.

— É muito perigoso e não faz qualquer sentido declarar insano um homem que está plenamente em posse de suas faculdades mentais — falou o nomarca de Horti. — Pois, caso o povo descubra que se trata de uma mentira, deixará de acreditar em nós, e então uma revolta será inevitável.

— Se eu estou afirmando que Ramsés é louco, devo ter provas — disse Mefres. — Portanto, ouçam o que tenho a lhes contar.

Os dignitários se agitaram nos bancos.

— Digam-me — continuava Mefres — se um sucessor do trono de mente sã ousaria enfrentar um touro numa arena, diante de milhares de espectadores asiáticos? Se um príncipe egípcio com as faculdades mentais intactas seria capaz de se esgueirar no meio da noite para visitar templos fenícios, ou então, sem qualquer motivo aparente, rebaixar ao nível de uma escrava a sua primeira mulher, o que acabou causando a morte de seu filho?...

Os presentes soltaram murmúrios de horror.

— Tudo isso — prosseguia Mefres —, nós presenciamos em Pi-Bast, assim como eu e Mentezufis fomos testemunhas de orgias, nas quais o semiembriagado sucessor blasfemava contra os deuses e ridicularizava os sacerdotes...

— É verdade — confirmou Mentezufis.

— E o que vocês têm a dizer — continuava o inflamado Mefres — de um comandante em chefe que abandona seu exército para perseguir um insignificante bando de líbios no deserto? Será isso um ato de sanidade? Já nem menciono coisas menos signifi-

770 | Bolesław Prus

cantes, como a ideia de conceder feriados e terras aos felás, mas lhes pergunto: posso chamar de são um homem que cometeu tantos absurdos criminosos, sem qualquer motivo... só porque teve vontade de cometê-los?

Os presentes permaneciam calados, enquanto o nomarca de Horti se sentia pouco confortável.

— Temos de pensar muito sobre esse assunto — falou o juiz supremo —, para não acusarmos um homem inocente...

Nesse ponto, Herhor se meteu na conversa.

— Ao chamá-lo de maluco, o santo Mefres está lhe prestando um favor — falou num tom decidido. — Não fosse assim, nós teríamos de chamar Ramsés de traidor.

Os presentes se agitaram nervosamente.

— Sim, esse homem, chamado Ramsés XIII, é um traidor, pois não só escolhe para assessorá-lo espiões e traidores para que descubram o caminho até o tesouro do Labirinto, não só se recusa a firmar um tratado com a Assíria, tão necessário ao Egito...

— Trata-se de acusações muito graves! — disse o juiz supremo.

—...como ainda se associa aos nefastos fenícios, num projeto de cavar um canal que ligaria o mar Mediterrâneo ao mar Vermelho. E esse canal representa um grave perigo para o Egito, pois todo o país poderia ser alagado... Já não se trata apenas do tesouro do Labirinto, mas dos nossos templos, campos, casas e de seis milhões de pessoas que, embora estúpidas, são inocentes... Estamos falando das nossas vidas e das vidas dos nossos filhos!

— Bem, já que é assim... — suspirou o nomarca de Horti.

— Eu e o distinto Mefres lhes garantimos que é assim mesmo, e que esse homem ameaça o Egito como nenhum outro antes dele... E foi em função disso que convocamos vocês, veneráveis senhores, para pensarmos juntos em formas de salvação, sendo que precisamos agir rapidamente, pois as intenções desse homem se deslocam com a rapidez do vento do deserto, e temos que fazer de tudo para não sermos soterrados por elas.

— Que conselhos poderíamos lhes dar? — falou o nomarca de Emsukh. — Nós vivemos nos nossos nomos, longe da corte real. Além disso, não só não conhecemos as intenções desse homem, como nem conseguimos imaginá-las... Portanto, acho que deveríamos entregar a questão a você, eminente Herhor, e ao santo Mefres. Foram vocês que descobriram a doença..., portanto, tratem de encontrar um remédio contra ela... E se a grandiosidade da tarefa os deixa aflitos, convoquem o juiz supremo para se juntar a vocês....

— Excelente ideia! — concordaram os demais dignitários.

Mentezufis acendeu uma tocha, à luz da qual foi firmado um papiro, no qual constava que, diante das ameaças que pairavam sobre o país, o poder decisório do Conselho Secreto passava para as mãos de Herhor, assessorado por Mefres e pelo juiz supremo.

A ata com a decisão foi assinada por todos os presentes, colocada numa caixa de metal e escondida atrás do altar.

Além disso, cada um dos sete participantes se comprometeu a obedecer a todas as ordens de Herhor e arregimentar dez dignitários para a conspiração. Herhor, por sua vez, assumiu o compromisso de apresentar provas de que o faraó se recusava a assinar o tratado com a Assíria, além de se aliar aos fenícios com o propósito de cavar o canal e, de uma forma traiçoeira, querer encontrar uma forma de penetrar no Labirinto.

— Coloco a minha vida e a minha honra nas mãos de vocês — finalizou Herhor. — Se o que lhes falei for mentira, podem me condenar à morte e queimar meu corpo.

Diante dessa declaração, ninguém mais teve quaisquer dúvidas quanto às assertivas do sumo sacerdote, já que nenhum egípcio teria a coragem de expor seu corpo à possibilidade de ser queimado, pois isso resultaria na perdição eterna de sua alma.

Tutmozis passou alguns dias com Hebron no palacete recebido de presente de Sua Santidade, mas à noite ia ao cassino dos oficiais, onde, na companhia de colegas e dançarinas, farreava até a madrugada. Diante desse comportamento, os oficiais chegaram à conclusão de que ele desposara Hebron exclusivamente por causa de seu dote.

No quinto dia, Tutmozis apresentou-se ao faraó e declarou que estava pronto a reassumir o posto, passando a visitar sua esposa apenas à luz do dia, e vigiando os aposentos de seu amo durante as noites.

Certa tarde, o faraó lhe disse:

— O palácio está tão cheio de lugares onde posso ser ouvido e visto, que todas as minhas atividades estão sendo controladas. Até a minha venerável mãe voltou a ouvir as mesmas vozes misteriosas que já ouvira em Mênfis, quando resolvi afastar os sacerdotes... Sendo assim, não posso receber pessoas nos meus aposentos e vou precisar me afastar do palácio para, num lugar secreto e seguro, conversar em paz com meus subalternos.

— Vossa Santidade deseja que eu o acompanhe? — indagou Tutmozis, vendo o faraó pegar a capa.

— Não. Você tem de ficar aqui e evitar que qualquer pessoa entre em meu quarto. Nem mesmo se for a minha venerável mãe ou mesmo a eternamente viva sombra do meu pai... Diga a todos que estou dormindo e que não desejo ser perturbado.

E dizendo isso, o faraó vestiu a capa com um capuz e saiu por uma porta secreta. Ao se encontrar nos jardins, olhou em volta e, tendo se orientado, dirigiu-se com passos decididos ao palacete que oferecera a Tutmozis.

De repente, sua passagem foi bloqueada por alguém, que perguntou:

— Quem está ai?

— Núbia — respondeu o faraó.

— Líbia — enunciou a contrassenha o homem desconhecido. Era um oficial da guarda real. Ramsés olhou para ele com atenção.

— Ah, é você, Eunano!... O que está fazendo aqui? — indagou.

— Inspeciono os jardins, pois volta e meia surgem aqui ladrões ou outros tipos suspeitos.

— No que você faz muito bem — elogiou-o o faraó. — Mas não se esqueça de que a obrigação primordial de um guarda é a discrição. Se encontrar um ladrão, expulse-o imediatamente, mas se vir um dignitário, não bloqueie sua passagem nem lhe faça perguntas... mesmo que seja o próprio sumo sacerdote Herhor.

— Oh, meu amo! — exclamou Eunano. — Não me ordene render honras militares a Herhor ou Mefres... Temo que, tão somente ao avistá-los, minha espada sairá por si só da bainha...

Ramsés sorriu.

— Sua espada pertence a mim, e só poderá ser desembainhada quando eu lhe der uma ordem nesse sentido — respondeu, dispensando Eunano e se afastando.

Quinze minutos depois, após ter se perdido em algumas aleias, chegou perto de um caramanchão oculto em meio a heras. Pareceu-lhe ter ouvido um som, de modo que sussurrou:

— Hebron?...

Uma figura também envolta numa capa emergiu da escuridão e pendurou-se ao pescoço de Ramsés, murmurando:

— Finalmente, meu amo... como esperei por este momento....

O faraó ergueu-a nos braços e, deixando a capa cair atrás de si, levou-a para dentro do caramanchão.

No dia seguinte, a venerável rainha Nikotris convocou Tutmozis à sua presença. Ao vê-la, o favorito do faraó chegou a levar um susto. A rainha estava pálida e seus olhos encovados pareciam desvairados.

774 | Bolesław Prus

— Sente-se — disse a dama — e jure que não vai repetir a quem quer que seja o que vou lhe dizer...

— Juro pela sombra de meu pai — respondeu Tutmozis.

— Você sabe — dizia baixinho a rainha — que fui como uma mãe para você... portanto, caso você venha a me trair, os deuses farão desabar sobre... não... eles somente desviarão sobre a sua cabeça uma parte das desgraças que pendem sobre a minha família... Olhe para esta janela, para esta árvore... Você sabe quem eu vi naquela árvore esta noite?....

— Não sabia que o meio-irmão de Sua Santidade está em Tebas...

— Não era ele... — murmurou a dama. — Era o meu... o meu Ramsés!

— Trepado na árvore?... No meio da noite?...

— Sim!... A luz das tochas iluminava seu rosto e seu corpo. Estava vestido com uma túnica com listras brancas e azuis... seu olhar era desvairado... ria da mesma forma que aquele infeliz meio-irmão, e dizia: "Olhe, mãe, eu já sei voar... algo do que nem Seti, nem Ramsés, o Grande, nem Quéops foram capazes... Olhe para as asas que tenho às costas!..." Então, ele estendeu o braço na minha direção, e eu o toquei... Depois, ele deslizou da árvore e sumiu na escuridão...

Tutmozis ouvia aquilo aterrorizado.

— Aquele homem não era Ramsés! — afirmou taxativamente. — Era um outro, muito parecido com ele... um patife grego chamado Lykon, que matou o filho de Ramsés e, hoje, se encontra em poder dos sacerdotes... Foram aqueles miseráveis Herhor e Mefres que prepararam essa encenação...

No rosto da rainha apareceu uma tênue expressão de esperança, que logo se dissipou.

— Seria possível eu não ter reconhecido o meu próprio filho?...

— Dizem que a semelhança entre Lykon e Ramsés é impressionante — respondeu Tutmozis. — Isso foi uma tramoia dos sacerdotes... Desgraçados! Nem a pena de morte seria suficiente para lhes dar o castigo que merecem!...

— Quer dizer que o faraó passou a noite em casa? — perguntou a dama.

Tutmozis ficou confuso e baixou a cabeça.

— Passou ou não passou?...

— Passou... — respondeu o favorito, com voz hesitante.

— Você está mentindo!... Mas pelo menos me diga se ele trajava um gibão com listras brancas e azuis...

— Não me lembro... — sussurrou Tutmozis.

— Você está mentindo de novo... Mas espere um momento...

A distinta dama se levantou, foi até um baú e retirou dele uma capa com um capuz.

— Esta capa é dele? — indagou. — Um dos meus escravos a encontrou pendurada num dos galhos daquela mesma árvore...

Tutmozis se lembrou de que o faraó retornara depois da meia-noite sem a capa, chegando a comentar com ele que a perdera em algum lugar no jardim. O favorito hesitou, pensou por um momento e, por fim, afirmou categoricamente:

— Não, majestade. O homem que a senhora viu na árvore não era o faraó... era Lykon, e esse crime dos sacerdotes deve ser comunicado imediatamente a Sua Santidade.

— E se foi ele?... — voltou a perguntar a rainha, embora em seus olhos brilhasse uma centelha de esperança.

Tutmozis ficou sem saber o que responder. Sua dedução de que se tratava de Lykon era cabível e poderia ser verdadeira; no entanto, não faltavam indícios de que a rainha vira realmente Ramsés... O faraó não dormira em seu aposento, retornara após a meia-noite e perdera a capa... Além disso, seu irmão era demente e, por fim, como poderia ter se enganado o coração de uma mãe?... Repentinamente, dúvidas, empilhadas e emaranhadas como um ninho de serpentes venenosas, despertaram na alma do favorito.

Por sorte, à medida que Tutmozis hesitava, o coração da rainha se enchia de alento.

— Foi bom você ter me lembrado daquele Lykon... Recordo-me que foi por causa dele que Mefres chegou a acusar Ramsés de infanticídio, e agora ele é bem capaz de usar aquele ser infame para difamar o faraó... De qualquer modo, não diga uma palavra sequer sobre isso a quem quer que seja... Mesmo que Ramsés tenha tido um ataque de loucura, ele poderia ter sido passageiro. Não podemos humilhá-lo espalhando esse tipo de notícia, ou mesmo comentá-la com ele!... Por outro lado, se isso foi um crime perpetrado pelos sacerdotes, temos de agir com muita cautela...

— Vou investigar pessoalmente esse assunto — respondeu Tutmozis. — E caso fique convencido...

— Só não comente isso com Ramsés! — interrompeu-o a rainha. — O faraó jamais os perdoaria e os levaria às barras de um tribunal. Nesse caso, ocorreria uma das seguintes duas desgraças: ou a corte os condenaria à morte ou os absolveria... e você bem sabe o que isso iria acarretar!... Mantenha a boca fechada e parta em perseguição àquele Lykon e, quando o encontrar, mate-o sem piedade, como se ele fosse uma ave de rapina ou uma serpente.

Ao deixar a rainha, Tutmozis acalmou-a. Em compensação, seus próprios temores aumentaram.

"Se aquele infame grego estivesse vivo", pensava, "estaria mais interessado em fugir do que em trepar em árvores... Eu mesmo o auxiliaria em sua fuga, caso me contasse a verdade e procurasse a proteção daqueles patifes... E ainda há o caso do gibão listrado, da capa e, finalmente, como uma mãe poderia estar enganada?..."

O Faraó | **777**

A partir daquele momento, Tutmozis procurou evitar o faraó e não ousava olhar diretamente em seus olhos. E como Ramsés também se comportava de uma forma estranha, a intimidade entre os dois arrefeceu.

Alguns dias mais tarde, o amo chamou novamente seu favorito.

— Preciso — disse — ter uma conversa a sós com Hiram. Por isso, vou sair, e quero que você fique zelando pelo meu aposento e não permita que ninguém venha me ver.

Quando Ramsés desapareceu nos corredores do palácio, Tutmozis ficou preocupado.

"Quem sabe", pensou, "os sacerdotes não lhe deram uma poção mágica que o faz endoidecer e ele, sentindo a eclosão da doença, foge de casa?... Vamos ver..."

E finalmente viu. O faraó retornou a seu aposento já de madrugada, e embora estivesse com uma capa, não era a dele, mas a de um soldado.

Tutmozis ficou esperando que a rainha o convocasse, mas a rainha não o chamou. Em compensação, foi procurado pelo oficial Eunano, que pediu a seu comandante um encontro a sós.

Quando os dois se encontraram num quarto do palácio, Eunano caiu aos pés de Tutmozis, implorando para que não repetisse a quem quer que fosse o que iria lhe dizer.

— O que aconteceu? — perguntou Tutmozis, sentindo um calafrio percorrer seu corpo.

— Meu líder — disse Eunano. — Ontem, em torno da meia-noite, dois dos meus soldados agarraram um homem no jardim, completamente nu e gritando com voz desumana. Trouxeram-no à minha presença e... meu líder, me mate!... Aquele homem... aquele homem... não consigo dizer...

— Era quem? — perguntou o apavorado Tutmozis.

— Não direi mais nada... — gemeu Eunano. — Tirei a minha capa e cobri com ela aquele corpo divino. Quis trazê-lo de volta ao palácio, mas ele se recusou e ordenou que eu me mantivesse calado... que não comentasse aquilo com ninguém...

— E para onde ele foi?

— Não sei... Não olhei e não permiti aos soldados que olhassem... Ele sumiu no meio dos arbustos do jardim... Eu disse aos meus homens que eles não viram nada e nada ouviram... E se um deles disser que viu ou ouviu algo, será imediatamente estrangulado.

Enquanto isso, Tutmozis já recuperara o autocontrole.

— Não sei — disse secamente — e não compreendo nada do que você me disse. No entanto, quero que saiba que eu mesmo, depois de ter bebido muito vinho, por mais de uma vez andei correndo pelado pelos jardins... e paguei muito bem àqueles que não me viram. Os felás, Eunano, sempre andam nus, enquanto os grão-senhores somente o fazem quando têm vontade de fazê-lo. Portanto, caso eu, ou qualquer outro dignitário, tiver vontade de virar cambalhotas, um oficial sábio e pio não deveria ficar surpreso com o fato.

— Compreendi — respondeu Eunano, olhando com argúcia para seu líder. — E não somente repetirei isso aos meus soldados, mas, a partir desta noite, andarei desnudo pelos jardins, para que eles aprendam que os oficiais têm o direito de fazer o que lhes vier à cabeça...

No entanto, apesar das poucas pessoas que viram o faraó — ou seu sósia — num estado de desvario, a notícia daqueles acontecimentos espalhou-se rapidamente. Em poucos dias, todos os habitantes de Tebas, fossem eles carregadores de água, embalsamadores ou comerciantes e escribas, sussurravam entre si que Ramsés XIII sofria da mesma doença que afastara do trono seus irmãos mais velhos.

O respeito pelo faraó era tão grande que ninguém ousava dizer nada em voz alta, principalmente diante de desconhecidos. Assim mesmo, todos estavam cientes do fato — exceto o próprio Ramsés.

No entanto, o que tornava o boato ainda mais surpreendente era o fato de ele ter percorrido o país em tão pouco tempo, o que era uma comprovação de que estava sendo espalhado pelos templos, já que somente os sacerdotes dispunham de uma rede de comunicação capaz de percorrer o Egito de ponta a ponta em questão de horas.

Ninguém falou dessas terríveis notícias diretamente com Tutmozis, mas o comandante da guarda real sentia sua presença a cada passo. O comportamento das pessoas com as quais mantinha contato indicava claramente que os empregados, escravos, soldados e fornecedores da corte comentavam a loucura do amo, calando-se nos momentos em que percebiam que podiam ser entreouvidos por um oficial superior.

Impacientado e assustado com o desenrolar dos acontecimentos, Tutmozis resolveu procurar o nomarca de Tebas.

Ao chegar a seu palácio, encontrou Antef deitado num sofá, num aposento cuja metade formava um pequeno jardim cheio de plantas exóticas. No centro, havia uma fonte com água cristalina; nos cantos, erguiam-se efígies de deuses, e suas paredes eram decoradas com cenas representando os feitos do grande nomarca. Um escravo negro abanava o amo com um flabelo feito com penas de avestruz e, sentado no chão, o escriba do nomo lia um relatório.

A expressão no rosto de Tutmozis era de tal preocupação, que o nomarca despachou imediatamente o escravo e o escriba e, tendo se levantado do sofá, examinou cuidadosamente todos os cantos do aposento, a fim de se assegurar de que ninguém os poderia ouvir.

— Distinto pai da senhora Hebron, minha venerável esposa — começou Tutmozis. — Pelo seu comportamento, vejo que Vossa Alteza já adivinhou a razão da minha visita.

780 | Bolesław Prus

— O nomarca de Tebas tem de ser cuidadoso em todas as situações — respondeu Antef. — Além disso, não posso supor que o comandante da guarda de Sua Santidade tenha decidido me distinguir com sua presença por um motivo fútil.

Por um certo tempo, os dois dignitários ficaram se fitando mutuamente. Por fim, Tutmozis sentou-se ao lado do sogro e sussurrou:

— Vossa Alteza já ouviu as calúnias que os inimigos da nação espalham sobre o nosso amo?

— Se isso tem algo a ver com a minha filha — respondeu rapidamente o nomarca —, quero lhe lembrar que ela pertence a você, portanto não posso mais ser considerado responsável pelos seus atos.

Tutmozis fez um gesto depreciativo com a mão.

— Alguns homens indignos — disse — andam comentando por aí que o faraó enlouqueceu... O pai já ouviu isso?

Antef meneou a cabeça, num gesto que poderia ser tanto afirmativo quanto negativo. Finalmente, falou:

— A tolice humana é como o mar: ela é capaz de absorver qualquer coisa.

— Só que não se trata de uma tolice, mas de uma ação dos sacerdotes, que, tendo em seu poder um sósia de Sua Santidade, lançam mão dele para cometer atos infames — respondeu Tutmozis, contando ao nomarca a história do grego Lykon, inclusive do crime cometido por ele em Pi-Bast.

— Quanto a esse Lykon, que matou o filho do sucessor, eu já ouvi falar dele — disse Antef. — Mas que provas você tem de que Mefres o prendeu em Pi-Bast, de que o trouxe para cá e o soltou nos jardins reais para que fingisse ser um faraó enlouquecido?...

— É exatamente por isso que pergunto a Vossa Alteza: o que devo fazer?... Afinal, sou o comandante da guarda real e a minha obrigação é zelar pela reputação e segurança do nosso amo.

O Faraó | 781

— O que fazer?... O que fazer?... — repetia Antef. — Em primeiro lugar, evitar que esses boatos sacrílegos cheguem aos ouvidos do faraó.

— Por quê?...

— Para que não aconteça uma grande desgraça. Caso o nosso amo venha a descobrir que Lykon está se fingindo de louco em seu nome, terá um acesso de fúria e... imediatamente se lançará sobre Herhor e Mefres. Talvez apenas os insulte, ou prenda, ou talvez os mate... Independentemente do que fizer, fá-lo-á sem quaisquer provas... e o que isso acarretaria? Nos dias de hoje, o Egito pode não estar propenso a fazer oferendas aos deuses, mas ficará do lado dos sacerdotes injuriados, e nesse caso... isso poderia representar o fim da dinastia...

— Então o que devo fazer?...

— O óbvio! — exclamou Antef. — Ache Lykon e prove que Mefres e Herhor o mantinham preso e lhe ordenaram que fingisse ser o faraó demente... Provas! Consiga provas! Não estamos na Assíria; aqui não se pode fazer qualquer mal a sumos sacerdotes sem o devido processo legal e nenhuma corte vai condená-los sem dispor de provas concretas e tangíveis... Além disso, como você pode ter certeza de que os sacerdotes não deram ao faraó alguma poção secreta que o deixaria demente por um certo tempo?... Isso seria muito menos complicado do que enviar aos jardins um homem que não conhece o palácio, o jardim, nem as senhas... Volto a lhe dizer: sei da existência desse tal Lykon, pois isso me foi dito por Hiram...

— Um momento! — interrompeu-o Tutmozis. — Onde está Hiram?

— Ele partiu para Mênfis logo após o casamento.

Ao ouvir a notícia, Tutmozis ficou ainda mais preocupado.

"Naquela noite", pensou, "quando trouxeram a Eunano um homem desnudo, o faraó dissera que iria se encontrar com Hiram.

Ora, como Hiram já não estava em Tebas... Sua Santidade já não sabia o que estava dizendo!"

Tutmozis voltou a seus aposentos num estado deplorável. Não só não sabia o que fazer naquela estranha situação, como não conseguia compreendê-la. Durante seu encontro com a rainha Nikotris, estivera convencido de que fora Lykon que ela vira na árvore, agora já não estava tão certo disso.

E se isso ocorria com Tutmozis, o favorito que estava sempre próximo de Ramsés, o que deveria se passar na mente de outros?... Ao ouvir de todos os lados que o faraó enlouquecera, a confiança dos seus mais fortes aliados ficaria abalada!

Aquele foi o primeiro golpe desferido pelos sacerdotes em Ramsés XIII. Insignificante em si, traria consigo consequências inimagináveis.

Tutmozis não só hesitava, como sofria. Sob uma aparência frívola, escondia-se um espírito nobre e enérgico. Diante disso, num momento em que a dignidade e o poder de seu amo estavam sendo atacados, sua inatividade o consumia. Tinha a impressão de estar no comando de uma fortaleza sapada pelo inimigo, e incapaz de tomar qualquer providência!

Tal imagem fez com que assumisse uma atitude ousada. Ao encontrar o sumo sacerdote Sem, perguntou-lhe:

— Vossa Eminência já ouviu os boatos que circulam sobre o nosso amo?

— O faraó é muito jovem; portanto podem circular os mais diversos boatos sobre a sua pessoa — respondeu Sem, olhando para Tutmozis de uma forma estranha. — Mas essas questões não me dizem respeito. Sou o substituto de Sua Santidade em assuntos religiosos, o que faço da melhor forma possível... e não me imiscuo nos demais.

— Eu sei que Vossa Eminência é um fiel servidor de Sua Santidade — disse Tutmozis —, e não pretendo me meter nos segredos sacerdotais. No entanto, gostaria de chamar sua atenção para um pequeno detalhe: tenho uma informação segura de que o santo Mefres mantém cativo um certo grego, chamado Lykon, sobre o qual pesam dois crimes: o de ter assassinado o filho do faraó e o de ser excessivamente parecido com Sua Santidade. Portanto, gostaria de enviar um recado ao distinto Mefres: que ele não cubra de vergonha a venerável casta sacerdotal e entregue imediatamente o assassino aos tribunais, pois, se nós acharmos Lykon, eu juro que Mefres perderá não somente o cargo, mas também a cabeça. No nosso país não se pode esconder impunemente um criminoso e ocultar pessoas parecidas com o líder supremo!...

Sem, em cuja presença Mefres tirara Lykon das mãos da polícia, ficou sem graça; talvez até com medo de ser acusado de fazer parte daquele ato indigno. No entanto, respondeu com toda a calma e dignidade:

— Tentarei alertar o santo Mefres quanto às tão ignóbeis suspeitas sobre sua pessoa. Mas Vossa Excelência sabe qual é a penalidade para pessoas que acusam outras de um crime?

— Sei, e assumo total responsabilidade. Estou tão convencido do acerto daquilo que estou afirmando, que nem me preocupo com as consequências das minhas acusações. Deixo essa preocupação ao distinto Mefres, na esperança de não ter de passar de advertências para ações concretas.

A conversa teve um efeito imediato: a partir daquele momento, ninguém mais viu o sósia do faraó.

Mas os boatos não cessaram, e Ramsés XIII não soube deles, pois até Tutmozis, temendo uma reação violenta do amo contra os sacerdotes, deixou de informá-lo da existência deles.

capítulo 62

NO INÍCIO DE PAOFI (JULHO-AGOSTO), SUA SANTIDADE, A RAINHA NI-kotris e toda a corte retornaram de Tebas para o palácio de Mênfis. No decurso da viagem, também feita pelo Nilo, Ramsés XIII muitas vezes se mostrava pensativo, chegando a comentar com Tutmozis:

— Notei uma coisa estranha... O povo continua se aglomerando às margens do rio, até numa quantidade maior do que anteriormente, quando navegávamos rio acima... Mas suas exclamações são mais débeis, há menos barcos atrás de nós e muito menos flores atiradas na água...

— A mais pura verdade emana dos seus lábios, meu amo — respondeu Tutmozis. — Efetivamente, o povo parece mais cansado, mas isso deve ser por causa do calor...

— Bem pensado! — elogiou-o o amo, desanuviando o semblante.

No entanto, Tutmozis não acreditava em suas próprias palavras; sentia, assim como todo o séquito real, que a adoração das massas por seu amo arrefecera. Se aquilo era o resultado dos boatos sobre a terrível doença de Ramsés, Tutmozis era incapaz de definir. Mas de uma coisa tinha certeza: de que por trás daquele arrefecimento do entusiasmo do povo havia o dedo dos sacerdotes.

"Que povo mais estúpido!", pensava, não conseguindo conter seu desprezo. "Ainda há pouco, se afogavam somente para ver o rosto de Sua Santidade, e hoje economizam seus gritos... Teriam eles esquecido do descanso a cada seis dias e do pedaço de terra?..."

Assim que chegaram ao palácio real, o faraó ordenou que fossem convocados os delegados que iriam decidir sobre a disponibilidade dos recursos do Labirinto. Ao mesmo tempo, instruiu os funcionários e policiais de confiança para que começassem a sublevar o povo contra os sacerdotes.

Assim, em pouco tempo, o Egito Inferior voltou a ficar tão agitado quanto uma colmeia. Os felás passaram a demandar não somente o dia livre, mas também a exigir que fossem pagos em espécie pelos trabalhos públicos. Nas tabernas e nas ruas, os artesãos amaldiçoavam os sacerdotes por quererem limitar o sagrado poder do faraó. O número de crimes aumentou exponencialmente, mas os criminosos se recusavam a comparecer aos tribunais. Os escribas ficaram mais dóceis, e nenhum deles ousava agredir um simples homem do povo, sabendo que este reagiria. Os templos recebiam cada vez menos oferendas, e as efígies dos deuses que protegiam as fronteiras eram atingidas com frequência cada vez maior por pedras ou lama, quando não derrubadas.

Uma onda de medo se apossou dos sacerdotes, nomarcas e seus adeptos. Em vão, os juízes anunciavam nas praças que, de acordo com a lei, felás e artesãos, até mesmo comerciantes, não deviam dar ouvidos a boatos que os afastavam de seus afazeres; o populacho, em meio a risos e deboches, atirava verduras podres e sementes de tâmaras nos arautos.

Diante disso, a aristocracia em peso começou a se juntar no palácio e, atirando-se aos pés do faraó, implorava por salvação.

— A terra parece se partir debaixo de nós! — exclamavam. — É como se o mundo estivesse acabando!... As forças da natureza estão em ebulição, as mentes estão confusas e, caso você, nosso amo, não nos salvar, nossos dias estarão contados!...

— Meu tesouro está vazio, o exército não é numeroso, e os policiais não recebem salários há muito tempo — respondeu o faraó. — Portanto, se vocês querem segurança e paz duradoura, forneçam-me fundos. Mas como meu coração real se preocupa com vocês, farei tudo que me for possível e espero conseguir restaurar a ordem.

Já no dia seguinte, Sua Santidade distribuiu seus regimentos em pontos estratégicos do país, ordenando a Nitager que deixasse os regimentos postados na fronteira oriental sob o comando de seu substituto e viesse a Mênfis com cinco dos melhores regimentos. O amo tomou essa atitude não tanto para proteger os aristocratas do populacho, mas para ter forças bem treinadas à mão, caso os sacerdotes fizessem com que o Egito Inferior e os regimentos pertencentes aos templos se sublevassem.

No dia dez de Paofi, o palácio real e suas cercanias foram centro de grandes atividades. Começaram a chegar os delegados que deveriam conceder ao faraó o direito de sacar fundos do tesouro do Labirinto, bem como uma multidão de curiosos que queriam pelo menos ver o local no qual iria se realizar uma reunião tão extraordinária.

A procissão dos delegados começou de madrugada. À frente, vinham felás semidesnudos, com gorros e tangas brancas. Cada um deles levava nas mãos uma rude capa, para cobrir com ela seus dorsos na presença do faraó. Em seguida, vinham os artesãos, vestidos da mesma forma que os felás, com a única diferença de terem suas tangas cobertas por pequenos aventais bordados e suas capas serem mais finas.

Atrás deles caminhavam os comerciantes, alguns com perucas, e todos vestidos com longos camisolões e capas. Neles já podiam ser vistos ricas pulseiras nos braços e nas pernas, bem como anéis nos dedos. Eram seguidos por oficiais, com gorros e gibões listrados: listras pretas e amarelas, azuis e brancas ou azuis e vermelhas. Dois deles, em vez de gibões, trajavam couraças de bronze.

Após uma breve pausa, a procissão continuou, com treze nobres de peruca e longos trajes brancos até o chão. Atrás deles vinham os nomarcas, com roupas luxuosas e coroa na cabeça. O cortejo terminava com os sacerdotes de cabeça e rosto rapados e peles de pantera às costas.

Os delegados adentraram a grande sala do palácio dos faraós, na qual havia sete bancos colocados um atrás do outro: o mais baixo destinado aos felás e o mais alto aos sacerdotes.

Pouco depois, surgiu, carregado numa liteira, Sua Santidade Ramsés XIII, diante do qual todos se prostraram. O senhor dos dois mundos se sentou num alto trono e permitiu que os delegados se levantassem e ocupassem seus lugares nos bancos. Foi quando entraram na sala e se sentaram em tronos os sumos sacerdotes Herhor e Mefres e o zelador do Labirinto — este último com uma urna nas mãos. O faraó foi cercado por um esplêndido séquito de generais, enquanto dois funcionários graduados, com flabelos de penas de pavão, se postavam atrás do trono.

— Leais egípcios! — falou o senhor dos dois mundos. — Vocês devem saber que a minha corte, os meus exércitos e os meus funcionários enfrentam grandes dificuldades financeiras, que não podem ser sanadas com as poucas reservas do meu tesouro. Não vou falar das despesas com minha santa pessoa, já que me visto e me alimento como um soldado, e qualquer general ou escriba-mor tem mais servos e mulheres do que eu.

Um murmúrio de aprovação percorreu a assembleia.

— Até agora era costumeiro — continuou Ramsés — aumentar os impostos das classes trabalhadoras para reforçar as reservas

788 | Bolesław Prus

do Tesouro Real. No entanto eu, que conheço meu povo e sei da sua miséria, não só não desejo esmagá-lo com mais encargos, como ainda pretendo aliviá-lo...

— Que possas viver eternamente! — ouviu-se dos bancos mais baixos.

— Felizmente — prosseguiu o faraó —, o Egito dispõe de recursos com os quais é possível reforçar os exércitos, remunerar os funcionários, melhorar a sorte do povo e até pagar todas as dívidas contraídas com os templos e com os fenícios. Os recursos em questão fazem parte de um tesouro acumulado por meus gloriosos antecessores e depositado no subterrâneo do Labirinto. No entanto, ele somente pode ser tocado caso todos vocês, unanimemente, reconheçam que o Egito está passando por necessidades e que eu, o seu amo, tenho o direito de dispor do tesouro dos meus antecessores...

— Reconheceremos!... Imploramos que tire do tesouro tudo o que precisar!... — ecoou de todos os bancos.

— Venerável Herhor — falou o amo, virando-se para o sumo sacerdote —, a sagrada casta sacerdotal tem algo a dizer nessa questão?...

— Muito pouco — respondeu ele. — De acordo com as leis imemoriais, o tesouro do Labirinto somente poderá ser tocado quando o país não dispuser de quaisquer outros recursos... Mas não é isso que ocorre hoje. Se o governo cancelasse todas as dívidas oriundas da inominável usura dos fenícios, não só o tesouro de Vossa Santidade se encheria, como os pobres felás, hoje trabalhando para os fenícios, conseguiriam um alívio na sua dura labuta...

Um novo murmúrio de aprovação percorreu os bancos dos delegados.

— O seu conselho é cheio de sabedoria, santo homem — respondeu calmamente o faraó —, mas é perigoso. Caso o meu tesou-

O Faraó | 789

reiro, os distintos nomarcas e os membros da nobreza adquirissem o hábito de não pagar dívidas contraídas, hoje eles não pagariam os fenícios e amanhã poderiam esquecer de pagar o que devem ao faraó e aos templos. Além disso, quem poderá me garantir que o populacho, seguindo o exemplo vindo de cima, não achará que também tem o direito de esquecer suas obrigações para conosco?...

O golpe fora tão poderoso que o distintíssimo Herhor chegou a se encolher em sua cadeira — e se calou.

— E quanto a você, distinto zelador-mor do Labirinto, tem algo a acrescentar? — perguntou o faraó.

— Trago aqui comigo uma urna — respondeu este —, com pedrinhas pretas e brancas. Cada um dos delegados receberá duas delas, uma de cada cor. Aquele que quiser que Vossa Santidade possa dispor dos recursos do Labirinto deverá colocar a pedra preta na urna, enquanto aquele que preferir que o tesouro não seja tocado deverá colocar a branca.

— Não concorde com isso, meu amo — sussurrou o tesoureiro-mor ao faraó. — Seria melhor que cada delegado declarasse o seu voto em alto e bom som.

— Deveríamos respeitar a tradição — contra-argumentou Mefres.

— Que seja usado o sistema de pedras — decidiu o amo. — Meu coração é puro e as minhas intenções, inabaláveis.

Os santos Herhor e Mefres trocaram um olhar cúmplice.

O zelador-mor do Labirinto, assistido por dois generais, começou a andar entre os bancos, entregando duas pedras aos delegados: uma branca e uma preta. Os simplórios representantes do povo sentiam-se desconfortáveis diante da presença dos distintos dignitários. Alguns dos felás chegaram a se prostrar, recusando-se a pegar as pedras e mostrando enorme dificuldade em compreender que deveriam colocar na urna apenas uma — branca ou preta.

790 | Bolesław Prus

— Na verdade, eu gostaria de agradar tanto aos deuses quanto à Sua Santidade... — murmurava um velho pastor.

Finalmente, os dignitários conseguiram explicar aos camponeses o que era esperado deles, e a votação teve início. Cada delegado aproximava-se da urna e depositava nela uma pedra, de tal forma que os demais não podiam ver de que cor ela era.

Enquanto isso, o tesoureiro-mor, ajoelhado diante do trono, murmurava:

— Está tudo perdido!... Caso eles votassem às claras, teríamos unanimidade, mas dessa forma sou capaz de jurar que haverá na urna pelo menos vinte pedras brancas!...

— Acalme-se, meu fiel servidor — respondeu Ramsés com um sorriso. — Tenho à minha disposição mais regimentos do que a quantidade de votos contrários que poderão estar na urna.

— E daí?... E daí?... — suspirava o tesoureiro. — Basta um voto contrário para eles não nos abrirem o Labirinto.

Ramsés continuava sorridente.

A procissão dos delegados terminou. O zelador do Labirinto ergueu a urna e derramou seu conteúdo sobre uma bandeja de ouro.

No meio das noventa e uma pedras havia oitenta e três pretas e apenas oito brancas.

Os generais e funcionários ficaram consternados, enquanto os sumos sacerdotes lançavam olhares triunfantes — mas logo ficaram preocupados: o rosto de Ramsés não demonstrava qualquer sinal de contrariedade.

Ninguém ousou dizer abertamente que o projeto de Sua Santidade fracassara, enquanto este, com toda a serenidade, dizia o seguinte:

— Leais egípcios e fiéis servos meus! Vocês cumpriram as minhas ordens e continuam desfrutando de minhas boas graças. Por dois dias, ficarão no meu palácio, como meus convidados. Depois, tendo recebido presentes, retornarão a suas famílias e a seus afazeres. Fiquem em paz, e sintam-se abençoados.

Dizendo isso, o amo saiu da sala, acompanhado de seu séquito, enquanto Herhor e Mefres se entreolhavam assustados.

— Ele não demonstrou qualquer preocupação — sussurrou Herhor.

— Eu não disse que é um animal selvagem?! — respondeu Mefres. — Se não tomarmos medidas preventivas, ele será capaz de lançar mão da violência...

— Os deuses hão de proteger a nós e a seus templos.

Ao anoitecer, houve nos aposentos de Ramsés XIII uma reunião do faraó com seus mais fiéis seguidores: o tesoureiro-mor, o grão-escriba, Tutmozis e Kalipos, o comandante supremo dos regimentos gregos.

— Oh, meu amo — gemeu o tesoureiro. — Por que você não agiu como lhe recomendei?... Caso a votação tivesse sido aberta, nós já poderíamos dispor dos tesouros do Labirinto!...

— É verdade! — confirmou o grão-escriba.

O faraó meneou a cabeça.

— Vocês estão enganados. Mesmo se todo o Egito tivesse exclamado a uma só voz: "Entreguem o tesouro do Labirinto!", os sumos sacerdotes não o entregariam.

— Então por que nós os provocamos convocando os delegados?... Esse ato de Vossa Santidade excitou e incentivou ainda mais as massas, que já hoje parecem água represada.

— Não tenho medo de uma inundação — disse o amo. — Meus regimentos servirão de barra para evitá-la. Esse conclave de delegados me foi de grande valia, pois, graças a ele, tenho uma visão clara da fragilidade dos meus adversários: oitenta e três pedrinhas a nosso favor e apenas oito contra!... Isso significa que enquanto eles podem contar com um regimento, eu posso contar com dez!...

792 | Bolesław Prus

Não se iludam... A guerra entre mim e os sumos sacerdotes já foi declarada. Eles são uma fortaleza que nós convidamos a se render. Eles se recusaram, e, diante disso, temos de tomá-la de assalto.

— Que Vossa Santidade possa viver eternamente! — exclamaram Tutmozis e Kalipos.

— Quais são as suas ordens? — indagou o grão-escriba.

— Eis o que desejo que seja feito — falou Ramsés:

— Você, tesoureiro-mor, vai distribuir cem talentos entre os policiais, os oficiais responsáveis pelas brigadas de trabalho e os chefes dos vilarejos nos nomos de Seft, Neha-khent, Neha-pehu, Sebt-Het, Aa, Ament e Ka. Nesses lugares, você entregará aos taberneiros toda a cevada, o trigo e o vinho de que dispomos, para que o povo possa se alimentar de graça. Você deverá fazer isso imediatamente, para que os produtos estejam disponíveis até o dia 12 de Paofi.

"Você, grão-escriba, escreverá e fará anunciar nas ruas das capitais de todos os nomos que os bárbaros do deserto ocidental estão se preparando para invadir a sagrada província de Fayum.

"Você, Kalipos, despachará quatro regimentos para o sul. Dois deles deverão ficar aquartelados perto do Labirinto, enquanto os outros dois seguirão até Het-ninsev. Se a milícia dos sacerdotes sair de Tebas, você deverá detê-la e impedir seu acesso a Fayum. E quando o povo, revoltado com os sacerdotes, ameaçar o Labirinto, seus gregos deverão ocupá-lo.

"Você, Tutmozis, enviará três regimentos a Mênfis. Eles deverão acampar junto aos templos de Ptah, Ísis e Osíris. Quando o revoltado populacho quiser invadi-los, os coronéis deverão impedir o acesso aos lugares sagrados, protegendo os sumos sacerdotes de qualquer humilhação. Tanto no Labirinto quanto nos templos de Mênfis haverá sacerdotes com ramos verdejantes nas mãos, que virão ao encontro das tropas. Os coronéis deverão pedir-lhes a senha e consultar-se com eles..."

O Faraó | 793

— E se alguém ousar resistir? — perguntou Tutmozis.

— Somente rebeldes não cumpririam ordens emitidas por um faraó — respondeu Ramsés, continuando:

— Os templos e o Labirinto têm de ser ocupados pelas tropas no dia vinte e três de Paofi. Já as classes populares, tanto em Mênfis quanto em Fayum, já podem se juntar a partir do dia dezoito; de início, em pequenos grupos, e depois em grupos cada vez maiores. Caso alguns distúrbios comecem em torno do dia vinte, eles não deverão ser reprimidos. No entanto, os ataques aos templos somente podem ocorrer nos dias vinte e dois e vinte e três. E, quando as tropas tiverem ocupado aqueles locais, tudo deverá voltar à normalidade.

— Não seria recomendável prender, desde já, Herhor e Mefres? — indagou Tutmozis.

— Para quê?... Não estou interessado neles, mas nos templos e no Labirinto, para cuja ocupação nossas tropas ainda não estão devidamente adestradas. Além disso, Hiram, que conseguiu interceptar cartas de Herhor aos assírios, somente estará de volta em torno do dia vinte, o que significa que só no dia vinte e um de Paofi teremos em mãos provas de que os sumos sacerdotes são traidores e poderemos mostrá-las ao povo.

— Quanto a mim, deverei partir para Fayum? — perguntou Kalipos.

— De modo algum. Você e Tutmozis ficarão perto de mim, junto com os melhores regimentos... Precisamos dispor de reservas para o caso de os sumos sacerdotes conseguirem virar contra nós uma parte da população.

— Vossa Santidade não teme alguma traição? — perguntou Tutmozis.

O faraó fez um gesto depreciativo com o braço.

— A traição é como um filete de água que escorre de uma barrica rachada. Na certa, os sacerdotes já desconfiam das minhas intenções, mas eu também sei o que eles têm em mente... No entanto, como eu me antecipei na junção de forças, eles estarão mais fracos. Não dá para formar um regimento em questão de dias...

— E quanto a encantamentos? — insistiu Tutmozis.

— Não há um só encantamento que não possa ser destroçado por um machado! — exclamou Ramsés.

Naquele momento, Tutmozis cogitou contar ao faraó o que os sumos sacerdotes andaram fazendo com Lykon. Mas dessa vez o que o deteve foi a possibilidade de o amo ficar com tanta raiva a ponto de perder a concentração. Antes de uma batalha, o líder não deve pensar em nada mais, e a questão de Lykon poderia ser resolvida quando os sacerdotes já estivessem na cadeia.

A um sinal de Sua Santidade, Tutmozis permaneceu no aposento, enquanto os três outros dignitários saíam. Quando já se encontravam na antessala, o grão-escriba soltou um profundo suspiro e disse:

— Finalmente vamos nos ver livres daqueles cabeças rapadas...

— Já estava mais do que na hora — respondeu o tesoureiro. — Nos últimos dez anos, qualquer profeta detinha mais poder do que o nomarca de Mênfis ou de Tebas.

— Tenho a impressão de que Herhor já está preparando um bote para fugir daqui antes do dia vinte e três de Paofi — comentou Kalipos.

— Ele não vai precisar! — disse o escriba. — Sua Santidade, hoje tão ameaçador, há de perdoá-lo, a ele e a Mefres, assim que eles se submeterem à sua vontade.

— E, com a intercessão da rainha Nikotris, ainda vai permitir que mantenham suas propriedades — completou o tesoureiro. — De qualquer modo, o país voltará a ter uma certa ordem, algo que lhe tem faltado ultimamente.

— Em minha opinião, Sua Santidade está fazendo preparativos exagerados — disse o escriba. — Se dependesse de mim,

O Faraó | 795

resolveria o caso apenas com os regimentos gregos, sem envolver as massas...

— É que ele é muito jovem e gosta de agitação e barulho — falou o tesoureiro.

— Está mais do que evidente que vocês não são soldados! — observou Kalipos. — Quando um comandante militar se prepara para um combate, precisa dispor do maior número possível de aliados, pois sempre podem surgir imprevistos.

— Que somente poderiam ocorrer caso ele não contasse com o apoio do povo — retrucou o escriba. — Mas no caso dele, o que de inesperado poderia acontecer?... Os deuses não descerão à terra para defender o Labirinto.

— Vossa Excelência diz isso por estar tranquilo — disse Kalipos —, sabendo que o comandante em chefe está tomando todas as precauções e se esforça em prever tudo. Não fosse isso, estaria tremendo de medo.

— Continuo não acreditando em quaisquer surpresas — insistiu o escriba. — A não ser que os sumos sacerdotes voltem a espalhar o boato de que o faraó está louco.

— Pois saiba que eles tentarão vários outros truques — observou o tesoureiro-mor, soltando um bocejo —, mas não terão forças suficientes... De qualquer modo, agradeço aos deuses por terem me colocado no campo do faraó... E agora vamos dormir...

Após a saída dos dignitários do aposento real, Tutmozis abriu uma porta secreta numa das paredes e fez entrar Samentu. O faraó recebeu o sumo sacerdote de Set com grande alegria, permitindo que ele beijasse sua mão e abraçando-o pela cabeça.

— O que há de novo? — indagou.

— Estive duas vezes no interior do Labirinto — respondeu o sacerdote.

— E já conhece o caminho até o tesouro?

— Eu já o conhecia antes, mas descobri um dado novo: o teto do tesouro pode desabar, matando pessoas e enterrando para sempre todas as suas inestimáveis riquezas...

O faraó franziu o cenho.

— Em função disso — continuou Samentu —, peço a Vossa Santidade que se digne a designar uma dezena de homens de plena confiança. Entrarei com eles no Labirinto na noite anterior ao assalto, e os deixarei zelando pelos cômodos vizinhos aos do tesouro...

— Você pretende introduzi-los no Labirinto?

— Sim. No entanto, antes entrarei nele ainda uma vez sozinho, para verificar se poderei impedir seu desmoronamento sem a ajuda de outros... as pessoas, por mais confiáveis que sejam, sempre são um risco, e sua entrada no prédio poderia chamar a atenção daqueles cães que zelam por ele.

— Se você já não estiver sendo observado por eles... — disse o faraó.

— Acredite em mim, meu amo — respondeu o sacerdote, colocando a mão sobre o peito —, que para eles me detectarem precisariam de um milagre. A sua cegueira chega a ser infantil. É verdade que já estão pressentindo que alguém pensa em entrar no Labirinto, mas os idiotas dobram a guarda nos acessos visíveis, enquanto eu, no último mês, descobri três entradas secretas que eles esqueceram ou, provavelmente, nem sabiam que existiam. Somente um espírito poderia alertá-los de que eu perambulo pelo Labirinto... mas mostrar em qual dos três mil cômodos estarei é algo totalmente impossível.

— O eminente Samentu está certo — falou Tutmozis. — E ouso afirmar que estamos exagerando nos cuidados com aqueles répteis sumos sacerdotais.

— Não diga uma coisa dessas, comandante — retrucou o sacerdote. — Em comparação com as forças de Sua Santidade, as deles não passam de um punhado de areia diante de um deserto; no entanto, Herhor e Mefres são muito inteligentes!... Estou certo de que vão usar contra nós meios que nos deixarão pasmos... Nossos templos estão repletos de segredos tão espantosos que chegam a surpreender os maiores sábios, além de transformar em pó as almas da simples gente do povo.

— Fale-nos deles — disse o faraó.

— Logo de saída, posso afirmar que, ao entrar nos templos, os soldados de Vossa Santidade se defrontarão com coisas muito estranhas. Ora tudo ficará no escuro, ora se sentirão cercados por chamas gigantescas e seres monstruosos... Surgirão muros bloqueando sua passagem, ou precipícios se abrirão diante dos seus pés. Alguns corredores ficarão cheios de água e, em outros, mãos invisíveis vão atirar pedras... Tudo isso sem falar de raios e trovões e outros sons terríveis que ecoarão nos seus ouvidos!...

— Não se esqueça de que eu terei sacerdotes fiéis a mim em todos os templos, e que no Labirinto estará você — disse o faraó.

— Além dos nossos machados — acrescentou Tutmozis. — Nenhum soldado digno deste nome vai se assustar com chamas ou seres monstruosos, nem desperdiçará tempo ouvindo vozes misteriosas.

— Sábias palavras, comandante! — exclamou Samentu. — Se vocês seguirem em frente destemidamente, os seres desaparecerão, as vozes cessarão e as chamas se extinguirão.

Em seguida, virando-se para Ramsés, continuou:

— Apenas uma última coisa, meu amo... Caso eu venha a perecer nessa empreitada...

— Não diga uma coisa dessas!... — interrompeu-o o faraó.

— Caso eu venha a perecer — repetiu o sacerdote, com um triste sorriso —, Vossa Santidade será visitado por um jovem sacerdote de Set, com meu anel. Nesse caso, as tropas deverão ocupar o

Labirinto e permanecer dentro dele, pois esse jovem encontrará o caminho até o tesouro graças às instruções que deixarei com ele.

— Espero que isso não venha a ser necessário... — disse o amo.

— No entanto, se isso ocorrer, tenho apenas um pedido a Vossa Santidade — falou Samentu, caindo de joelhos. — Ao vencer, vingue-me e, acima de tudo, não conceda qualquer perdão a Herhor e a Mefres... Eles são seus maiores inimigos, e, caso levem a melhor, não só acabarão com a vida de Vossa Santidade, como com a de toda a sua dinastia...

— Mas não cabe ao vencedor ser magnânimo? — perguntou o amo.

— Nenhuma magnanimidade!... Nenhuma graça!... — gritava Samentu. — Enquanto eles permanecerem vivos, não só a sua vida, mas também a minha, estará em perigo, além de corrermos o risco de ter nossos restos mortais profanados... É possível domar um leão, comprar um fenício, obter a amizade de um líbio ou de um etíope; pode-se até comover um sacerdote caldeu, pois ele paira no céu como uma águia e está a salvo de projéteis... mas jamais será possível subjugar um profeta egípcio que sentiu o gosto do luxo e da riqueza. E somente a morte... a sua ou a deles... poderá pôr um fim no conflito.

— As palavras do eminente Samentu são a expressão da mais pura verdade — falou Tutmozis. — Por sorte, não será Sua Santidade, mas nós, os soldados, que vamos decidir de uma vez por todas essa imemorial disputa de poder entre os sacerdotes e o faraó.

capítulo 63

NO DIA DOZE DE PAOFI, NOTÍCIAS PREOCUPANTES VIERAM DE DIversos templos egípcios.

Alguns dias antes, o altar do templo de Hórus havia caído e no templo de Ísis os olhos da efígie da deusa apareceram cobertos de lágrimas. Já do santuário de Amon em Tebas e do túmulo de Osíris em Dendera vieram previsões pessimistas. Diante disso, os sacerdotes afirmaram que o Egito estava ameaçado por uma grande desgraça ainda antes do final daquele mês, e Herhor e Mefres ordenaram que fossem feitas procissões em torno de todos os templos.

Já na manhã do dia seguinte, treze de Paofi, foi realizada uma grande procissão em Mênfis: o deus Ptah e a deusa Ísis saíram dos respectivos templos, com a intenção de se dirigirem ao centro da cidade, mas tiveram de recuar, pois foram alvo de zombarias e até de pedradas da população.

Em ambos os incidentes, a polícia permaneceu passiva, e alguns de seus membros chegaram a participar dos atos sacrílegos. Na parte da tarde, alguns desconhecidos espalharam ao populacho que a casta sacerdotal se opunha categoricamente a quaisquer folgas para trabalhadores, e desejava provocar uma rebelião contra o faraó.

800 | Bolesław Prus

Ao anoitecer, pequenos grupos de trabalhadores se juntavam em torno dos templos, vaiando e maldizendo os sacerdotes. Ao mesmo tempo, pedras eram atiradas contra os portões, e um criminoso destruiu, à vista de todos, o nariz da efígie de Hórus que zelava pelo seu templo.

Algumas horas após o pôr do sol, Herhor, Mefres, Mentezufis, os três nomarcas e o juiz supremo de Tebas se reuniram no templo de Ptah.

— Que tempos horríveis! — falou o juiz. — Tenho informações seguras de que o faraó pretende incentivar as massas a invadir os templos...

— Ouvi dizer — falou o nomarca de Sebes — que Nitager recebeu ordens de vir o mais rápido possível a Mênfis com mais soldados, como se os que já estão aqui não fossem suficientes!...

— Desde ontem, a comunicação entre o Egito Superior e o Inferior está cortada — acrescentou o nomarca de Aa. — As estradas estão bloqueadas pelo exército e as galeras de Sua Santidade revistam todos os barcos que navegam pelo Nilo...

— Ramsés XIII não pode ser chamado de "Santidade" — observou secamente Mefres —, pois não recebeu as coroas das mãos dos deuses.

— Tudo isso não passa de pequenos detalhes — falou o juiz supremo. — Muito mais graves são os casos de traição... Tenho indícios de que muitos sacerdotes mais jovens apoiam o faraó e lhe fornecem informações a nosso respeito...

— Alguns deles se declararam dispostos a facilitar o acesso aos templos às tropas — acrescentou Herhor.

— O quê?!... — exclamou o nomarca de Sebes. — O exército pretende entrar nos templos?!

— Pelo menos receberam a ordem de fazê-lo no dia vinte e três — respondeu Herhor.

— E Vossa Eminência diz isso com toda a calma?!... — indagou o nomarca de Sebes.

Herhor deu de ombros, enquanto os espantados nomarcas se entreolhavam.

— Mas isso é inconcebível! — exclamou o nomarca de Aa. — Os templos dispõem apenas de algumas centenas de soldados, sacerdotes cometem atos de traição, o faraó corta nossa comunicação com Tebas e agita as massas, enquanto o eminente Herhor fala disso como se estivesse nos convidando para um banquete... Ou vamos nos defender, caso isso ainda seja possível, ou...

— Vamos nos submeter a Sua Santidade?... — perguntou ironicamente Mefres. — Teremos tempo de sobra para isso!

— No entanto, gostaríamos de saber algo sobre os nossos meios de defesa — disse o nomarca de Sebes.

— Os deuses salvarão aqueles que neles confiam — respondeu Herhor.

— Com o devido respeito — falou o juiz supremo para Herhor —, eu também estou surpreso com a indiferença de Vossa Eminência. Praticamente todo o povo está contra nós...

— O povo é como a cevada no campo; ele se inclina ao sabor do vento — falou Herhor.

— E o exército?...

— Existirá um exército capaz de se opor a Osíris?

— Não — respondeu impacientemente o nomarca de Aa —, só que não vejo Osíris nem o vento que deveria fazer o populacho se inclinar para o nosso lado... Enquanto isso, o faraó já o seduziu com suas promessas e, amanhã, vai recompensá-lo...

— O temor é mais forte do que as promessas e recompensas — respondeu Herhor.

— E o que eles deveriam temer?... Os trezentos soldados de que dispomos?

802 | Bolesław Prus

— Eles temerão Osíris.

— Mas onde está ele?! — explodiu o nomarca de Aa.

— Vocês terão a oportunidade de vê-lo. E feliz daquele que ficar cego nesse dia.

Herhor pronunciou aquelas palavras com uma calma tão inabalável que todos se calaram.

— Muito bem... — falou finalmente o juiz supremo. — E quanto a nós, o que deveremos fazer?

— O faraó — disse Herhor — quer que o populacho ataque os templos no dia vinte e três. Quanto a nós, devemos provocar o ataque no dia vinte.

— Por todos os deuses! — voltou a exclamar o nomarca de Aa. — Por que deveríamos trazer uma desgraça às nossas cabeças, ainda por cima três dias antes?!

— Façam o que lhes diz o eminente Herhor — falou Mefres, com voz decidida —, e se esforcem de todas as formas para que o ataque ocorra na parte da manhã do dia vinte de Paofi.

— E se eles nos derrotarem? — perguntou o juiz supremo.

— Se os encantamentos de Herhor não funcionarem, eu convocarei os deuses para virem em nossa ajuda — respondeu Mefres, com olhar inflamado.

— Que seja — falou o juiz supremo. — Vocês, sumos sacerdotes, têm lá os seus segredos que não nos cabe tentar decifrar. Portanto, faremos o que nos pedem e provocaremos o ataque no dia vinte... No entanto, lembrem-se de que o nosso sangue e o sangue dos nossos filhos cairá sobre a cabeça de vocês...

— Pois que caia! — responderam, em uníssono, os dois sumos sacerdotes.

Em seguida, Herhor acrescentou:

— Há mais de dez anos nós governamos o país e, durante esse tempo todo, nenhum de vocês foi prejudicado e nós cumprimos

O Faraó | **803**

todas as promessas que lhes fizemos. Assim, confiem em nós e tenham ainda alguns dias de paciência para poderem se certificar do poder dos deuses.

A reunião chegou ao fim. Os nomarcas e o juiz supremo despediram-se dos sumos sacerdotes, sem esconder sua tristeza e preocupação. Herhor e Mefres ficaram a sós.

Após um longo silêncio, Herhor disse:

— O tal Lykon foi útil enquanto se fingia de louco. Mas usá-lo para substituir Ramsés?!...

— Ele deve ser, de fato, muito parecido com Ramsés, já que conseguiu enganar a própria mãe do faraó — respondeu Mefres. — E ficar sentado no trono e dizer algumas palavras para o seu séquito não deve ser tão difícil assim. Além disso, nós sempre estaremos junto dele.

— Mas ele é estúpido, além de ser um péssimo ator! — suspirou Herhor, esfregando a testa.

— Ele é mais inteligente do que milhões de outras pessoas, pois dispõe de dupla visão e poderá render inestimáveis serviços ao país.

— Vossa Eminência vive falando dessa tal "dupla visão" — respondeu Herhor. — Gostaria de me convencer disso...

— Nada mais simples — respondeu Mefres. — Vamos até ele, mas, por deuses, Herhor, não mencione nem mesmo ao seu coração o que você verá...

Os dois sacerdotes desceram ao subsolo do templo de Ptah, entrando num porão iluminado por uma lamparina. À sua tênue luz, Herhor viu um homem comendo. Estava vestido com o uniforme da guarda real.

— Lykon — falou Mefres —, o mais alto dignitário do país quer se convencer do dom com o qual você foi agraciado pelos deuses...

O grego afastou o prato de comida e começou a resmungar:

— Maldito o dia em que meus pés pisaram a terra de vocês!... Teria preferido trabalhar nas minas e ser açoitado...

804 | Bolesław Prus

— Sempre haverá tempo para isso — disse secamente Herhor.

O grego se calou e, repentinamente, começou a tremer ao ver um globo de cristal negro nas mãos de Mefres. Empalideceu, seus olhos ficaram opacos e seu rosto cobriu-se de suor. Seu olhar ficou fixo num ponto, como se estivesse preso à esfera de cristal.

— Já está dormindo — disse Mefres. — Não é impressionante?

— Se não estiver fingindo.

— Belisque-o... enfie um estilete nele, ou, se preferir, queime-o com o fogo da lamparina — disse Mefres.

Herhor tirou uma adaga de baixo da sua veste branca e fingiu atacar Lykon, mas o grego não se moveu; nem mesmo suas pálpebras se mexeram.

— Olhe para cá — disse Mefres, aproximando a esfera de cristal. — Você pode ver aquele que lhe roubou Kama?

O grego ergueu-se de um pulo, com os punhos cerrados e saliva escorrendo dos cantos da boca.

— Soltem-me!... — gritou. — Soltem-me para que eu possa beber o seu sangue...

— Onde ele está neste momento? — perguntou Mefres.

— Num palacete, no jardim próximo ao rio... está com uma linda mulher... — murmurava Lykon.

— Ela se chama Hebron e é a esposa de Tutmozis — falou Herhor. — Você tem de admitir, Mefres, que não é preciso ter dupla visão para saber disso...

Mefres não se deu por vencido.

— Se isso não basta para convencer Vossa Eminência, mostrar-lhe-ei algo melhor — disse. — Lykon, descubra o traidor que está procurando o caminho do tesouro do Labirinto.

O adormecido grego olhou mais atentamente para a bola de cristal e, após um momento, respondeu:

— Já o vejo... está vestido com uma capa de mendigo...

— E onde ele está?

— Está deitado num pátio interno, o último antes do Labirinto. Amanhã estará dentro dele.

— Qual a sua aparência?

— Tem cabelos e barba ruivos... — respondeu Lykon.

— E então?... — perguntou Mefres a Herhor.

— Vossa Eminência tem excelentes espiões — disse Herhor.

— Em compensação, os zeladores do Labirinto são uns incompetentes! — respondeu, com raiva, Mefres. — Viajarei para lá com Lykon ainda esta noite para admoestar os sacerdotes locais... E quando tiver conseguido salvar o tesouro dos deuses, espero que Vossa Eminência não se oponha a que eu me torne o responsável por ele...

— Se é isso que Vossa Eminência deseja... — respondeu Herhor com aparente indiferença, mas pensando, no seu coração: "Finalmente, o pio Mefres começa a arreganhar os dentes e mostrar as garras... Ele deseja 'apenas' ser o zelador do Labirinto e, também 'apenas', transformar seu protegido num faraó... Oh, deuses!, caso eu pretendesse atender a todas as demandas dos meus gananciosos auxiliares, vocês teriam que criar uma dezena de Egitos..."

Quando ambos os sacerdotes saíram do subsolo, Herhor voltou a pé ao templo de Ísis, no qual dispunha de um apartamento, enquanto Mefres ordenou que fossem preparadas duas liteiras conduzidas por cavalos. Numa delas foi colocado o adormecido Lykon com a cabeça coberta por um capuz; a outra foi ocupada por Mefres. As duas liteiras, acompanhadas de um punhado de cavalarianos, partiram a pleno galope para Fayum.

Conforme prometera ao faraó, o sumo sacerdote Samentu entrou no Labirinto na noite de catorze para quinze de Paofi. Carregava um punhado de tochas nas mãos e um saco com utensílios nas costas, passando com facilidade de uma sala a outra e abrindo, com apenas um leve toque, paredes de pedra com portas escondidas. De vez em quando hesitava. Nessas horas, lia inscrições esotéricas nas paredes, comparando-as com os símbolos gravados nas contas de uma fieira que trazia pendurada ao pescoço.

Após meia hora de caminhada, estava no tesouro e, deslocando uma placa no chão, adentrou o salão localizado debaixo dele. O salão era baixo, porém espaçoso, com o teto apoiado num grande número de grossas colunas.

Samentu colocou o saco no chão e, acendendo duas das tochas, começou a ler as inscrições nas paredes. Numa delas constava: *Apesar da minha aparência humilde, sou um autêntico filho de deuses, pois a minha ira é terrível... Do lado de fora, me transformo numa coluna de fogo e provoco raios... No interior, sou como estrondo e desgraça, e não há uma só construção que possa resistir ao meu poder... Só posso ser detido pela água sagrada, mas a minha ira pode nascer tanto de uma chama quanto da menor das centelhas... Diante de mim, tudo se contorce e cai, pois sou como Tufão, que derruba a maior das árvores e ergue as pedras.*

"Cada templo tem os seus segredos, que os outros templos desconhecem", disse para si mesmo Samentu, abrindo uma das colunas e retirando dela um pote de grandes dimensões. A abertura do pote tinha uma tampa atravessada por um fino barbante, cuja ponta desaparecia no interior da coluna.

Samentu cortou um pedaço do barbante, encostou-o na tocha e notou que ele começou a arder rapidamente, com uma pequena chama avançando ao longo de sua extensão e emitindo uma espécie de silvo. Ao erguer cuidadosamente a tampa do pote com uma faca, notou dentro dele uma espécie de pó e pedrinhas de cor acinzentada. Retirou algumas pedrinhas, colocou-as no chão e, afastando-se para o lado, encostou a tocha nelas. No mesmo instante, ocorreu uma explosão, ergueu-se uma chama e as pedrinhas sumiram, deixando atrás de si uma fumaça espessa e um odor desagradável.

Diante disso, o sumo sacerdote de Set retirou mais um pouco de pó, colocou no meio dele um pedaço do barbante misterioso, cobrindo tudo com uma pedra. Em seguida, aproximou a tocha do barbante, que se acendeu imediatamente e, momentos depois, a pedra voou pelos ares.

"Já sei domar este filho de deuses!", pensou Samentu com um sorriso. "O tesouro não vai mais desabar."

Em seguida, pôs-se a andar de uma coluna a outra, retirando de cada uma delas potes semelhantes. Cada pote estava provido de um barbante, que Samentu cortava, juntando os potes no centro da sala.

— Acho — dizia — que Sua Santidade poderia me doar metade deste tesouro ou, pelo menos, dar um nomo ao meu filho... Algo que ele certamente faria, pois é um líder magnânimo... Quanto a mim, o mínimo que mereço é o templo de Amon em Tebas...

Tendo assegurado assim o salão inferior, Samentu retornou ao tesouro e, de lá, subiu ao salão superior, no qual também havia inscrições nas paredes e muitas colunas com potes cheios de pedrinhas que explodiam ao serem tocadas por tochas.

Samentu cortou os barbantes, retirou os potes do interior das colunas e derramou um punhado do pó acinzentado, enrolando-o num pedaço de pano. Consumira seis tochas, o que significava que a noite estava por terminar.

"Nunca imaginei", dizia a si mesmo, "que os sacerdotes daqui possuíssem um material tão fantástico!... Com ele, poderíamos derrubar os muros das fortalezas assírias!... Por outro lado, tenho que admitir que nós também não revelamos tudo aos nossos estudantes..."

Exausto, começou a devanear. Já tinha certeza de que iria ocupar o principal cargo do país, ainda maior do que o detido atualmente por Herhor. E então? O que ele iria fazer?...

808 | Bolesław Prus

Muitas coisas: asseguraria sabedoria e riqueza a seus descendentes e tentaria arrancar os segredos de todos os demais templos, com o que aumentaria enormemente seu poder e asseguraria a predominância do Egito sobre a Assíria. O fato de o jovem faraó zombar dos deuses facilitaria sua intenção de instituir a crença num só deus, e permitiria uma união de fenícios, judeus, gregos e líbios num só país — o Egito.

Ao mesmo tempo, iniciaria os trabalhos no canal que ligaria o mar Mediterrâneo ao Vermelho. Quando forem construídas fortalezas em toda a sua extensão, todo o comércio com os desconhecidos povos do Leste e do Oeste passaria a ser controlado pelo Egito, que deverá ter uma frota própria e quadros de marinheiros egípcios... E, acima de tudo, vai ser preciso derrotar a Assíria, que está ficando cada vez mais poderosa...

Depois, acabaria com as prerrogativas e a ganância dos sacerdotes... Que eles continuem sendo sábios e gozem de bem-estar, mas que sirvam aos interesses do país, em vez de, como hoje, o explorarem em benefício próprio.

"Já no mês de Hátor", dizia consigo mesmo, "serei o mandatário do país!... O jovem amo gosta demais de mulheres e de tropas para se ocupar de assuntos de Estado... E caso ele não venha a ter filhos, então o meu filho, o meu filho..."

Samentu despertou dos seus devaneios. Mais uma tocha se consumira, e estava mais do que na hora de sair dali. Diante disso, se levantou, pegou o saco e saiu da sala superior do tesouro.

"Não precisei de ajudantes", pensava sorrindo. "Eu, sozinho, garanti a segurança do tesouro... sozinho... eu, o desprezado sacerdote de Set!..."

Já havia atravessado várias salas e corredores, quando parou... Teve a impressão de ter visto um feixe de luz no piso da sala na qual entrara...

O Faraó | **809**

No mesmo instante, foi assolado por um pavor tão terrível que o fez apagar a tocha. Mas a réstia no piso também desaparecera.

Samentu aguçou os ouvidos, mas ouviu apenas as batidas de seu coração.

— Deve ter sido uma ilusão de ótica! — disse.

Com mãos trêmulas, retirou do saco uma pederneira, com a qual acendeu uma tocha. Examinou a sala e aproximou-se da parede com a porta secreta. Apertou o prego... e a porta não se abriu. Mais um toque, e mais outro — e nada!

"O que significa isso?", perguntou, espantado.

Já se esquecera da réstia. Teve a impressão de que se defrontava com algo inacreditável. No decurso de sua vida — e agora no Labirinto — abrira tantas centenas de portas secretas que não podia aceitar o simples fato de uma delas se recusar a se abrir.

Voltou a ser assolado por um sentimento de terror. Começou a percorrer a sala, procurando encontrar a porta secreta nas suas paredes. Finalmente, uma delas cedeu. Samentu deu um suspiro de alívio e adentrou uma enorme sala cheia de colunas. Sua tocha iluminava apenas uma parte, deixando o resto imerso na escuridão.

O ambiente escuro, a floresta de colunas e, acima de tudo, o fato de a sala lhe ser desconhecida encheu a alma do sacerdote de ânimo. No fundo do seu pavor, acendeu-se a centelha de uma ingênua esperança: teve a sensação de que o fato de não conhecer aquele lugar levava a crer que ninguém mais o conhecesse.

Em todo o Egito ninguém estava mais acostumado a passagens secretas, à escuridão ou a se sentir perdido... No decurso de sua vida, já se vira em perigo por mais de uma vez. No entanto, o que sentia naquele momento era tão totalmente novo e aterrador que o sacerdote nem sabia como o denominar.

Finalmente se acalmou e, com grande esforço, pôs-se a raciocinar.

"Caso eu tivesse visto realmente um feixe de luz...", dizia a si mesmo, "caso alguém estivesse de fato trancado as portas, então... então isso significaria que eu fui traído... Mas, nesse caso, o que me aguarda?..."

— A morte!... — sussurrou uma voz oculta no fundo de sua alma.

A morte?!...

O rosto de Samentu se cobriu de suor; sentiu falta de ar e, repentinamente, foi assaltado por uma onda de pavor. Começou a percorrer a sala, batendo com os punhos nas paredes à procura de uma saída. Já se esquecera de onde estava e como chegara até ali; perdeu o senso de orientação e até a possibilidade de se guiar com a ajuda das contas de seu colar.

Ao mesmo tempo, pareceu-lhe que era formado por duas pessoas distintas: uma quase enlouquecida e outra calma e sensata. A pessoa sensata lhe dizia que tudo não passava de uma ilusão, de que ninguém o descobrira e ninguém estava à sua procura, e que, assim que se acalmasse, poderia sair dali são e ileso. No entanto, a primeira, a desvairada, não procurava pela voz da razão — pelo contrário, a cada momento sobrepujava sua antagonista interna.

— O que poderá me acontecer? — dizia, dando de ombros. — Desde que eu me acalme, eles poderão revirar o Labirinto à minha procura... Para bloquear todas as passagens seriam necessários milhares de homens, e para descobrir a sala na qual me encontro, só mesmo um milagre... Mas assumamos que eles me encontrem... E daí?... Pegarei este frasquinho, o levarei aos lábios e, no mesmo instante, fugirei de tal forma que ninguém poderá me alcançar... Nem mesmo os deuses...

Mas, apesar desses pensamentos sensatos, foi tomado de tal pânico que voltou a apagar a tocha e, tremendo e batendo os dentes, escondeu-se atrás de uma coluna.

O Faraó | **811**

"Como eu pude", pensava, "me meter numa enrascada dessas?... Não dispunha de comida e de um lugar para descansar a minha cabeça?... Era evidente que eu seria descoberto... O Labirinto possui um grande número de zeladores, e somente uma criança ou um tolo acharia que eles poderiam ser ludibriados... O sonho de poder!... Existirá um tesouro que valha um só dia da nossa vida?... E eu, um homem na plena flor da idade, resolvi pôr a minha em risco..."

Teve a impressão de ter ouvido um ruído. Olhou em volta e... viu uma luz no fundo da sala. Dessa vez não teve dúvidas: a luz era real, e não uma ilusão... Através de uma porta na parede oposta, adentrava a sala um grupo de homens armados e com tochas nas mãos.

Diante daquela visão, o sacerdote sentiu um calafrio nas pernas, no coração e na cabeça... Já não tinha mais quaisquer dúvidas de que não somente fora descoberto, como estava sendo perseguido e cercado.

Quem poderia tê-lo traído?... Somente uma única pessoa: o jovem sacerdote de Set, ao qual ele revelara detalhadamente os seus planos. Caso o traidor estivesse sozinho, levaria mais de um mês para descobrir o caminho ao tesouro; no entanto, caso se juntasse aos zeladores do Labirinto, eles poderiam encontrar Samentu num só dia...

Naquele momento, o sacerdote sentiu aquilo que somente pode ser sentido por pessoas que estão se defrontando com a morte. Deixou de ter medo, já que seus temores foram dissipados pela realidade das tochas... E não só recuperou seu autocontrole, como passou a se sentir superior a tudo que era vivo... Dali a pouco, ele estaria a salvo de qualquer perigo!

Pensamentos percorreram sua mente com a rapidez e a clareza de um relâmpago. Deu-se conta de toda a sua existência — seus esforços, perigos, esperanças e ambições — e tudo lhe pareceu

812 | Bolesław Prus

insignificante. Pois de que lhe serviria caso, naquele momento, fosse um faraó ou possuísse todas as riquezas do Tesouro Real?... Tudo aquilo não passava de vaidades, de pó e, o que era ainda pior, de ilusões. Havia somente uma coisa real: a morte.

Enquanto isso, os homens com as tochas já haviam chegado à metade da gigantesca sala. O sacerdote viu o brilho das pontas de suas lanças e notou que eles avançavam com medo e com certa má vontade. A alguns passos deles, vinha um outro grupo, iluminado por apenas uma tocha.

Samentu nem chegou a sentir qualquer ódio daqueles homens, apenas uma curiosidade: quem o teria traído? Mas até essa questão não lhe interessava muito, já que sua mente estava assolada por uma dúvida de muito maior relevância: por que um homem precisa morrer e por que nasce?... Diante da morte, a vida de uma pessoa se resume a um curto e doloroso momento, independentemente de quão longa e rica em experiências ela fora.

Suas divagações foram interrompidas pela voz de um dos homens armados:

— Aqui não há ninguém, e nem pode haver!

O grupo armado parou, e Samentu sentiu que amava aqueles homens que não queriam seguir em frente.

Foi quando se aproximou o segundo grupo, discutindo entre si.

— Como Vossa Eminência pôde suspeitar de que alguém entrou aqui? — falou uma voz cheia de indignação. — Todas as entradas do Labirinto estão sendo guardadas, principalmente nestes dias. E mesmo se alguma pessoa conseguisse penetrar, seria somente para morrer de fome...

— No entanto, veja o comportamento de Lykon — respondeu outra voz. — Ele parece pressentir que o inimigo está por perto...

"Lykon?!", espantou-se Samentu. "Ah, sim... é aquele grego parecido com o faraó... O que vejo?... Mefres o trouxe para cá!"

O Faraó | 813

No mesmo instante, o adormecido grego atirou-se para a frente, parando diante da coluna atrás da qual se escondia Samentu. Os homens armados correram atrás dele, e a luz de suas tochas revelou a negra silhueta do sacerdote.

— Quem está aí?... — gritou o comandante.

Samentu saiu de trás da coluna. Sua figura causou tamanho espanto que os homens com as tochas recuaram. O sumo sacerdote poderia ter passado entre eles e ninguém tentaria retê-lo; mas ele já nem pensava em fugir.

— E então? O meu clarividente não estava certo?! — exclamou Mefres, apontando com o dedo. — Eis o traidor!...

Samentu aproximou-se dele e disse com um sorriso:

— Reconheci você por esse seu grito, Mefres. Já que você não consegue ser um embusteiro, não passa de um tolo...

Os presentes ficaram petrificados, enquanto Samentu continuava, com calma ironia:

— Muito embora neste momento você esteja sendo um embusteiro e um tolo ao mesmo tempo. Embusteiro por tentar convencer os zeladores do Labirinto de que esse patife tem o dom da dupla visão; e tolo por achar que eles iriam acreditar em você. Seria mais adequado você confessar logo que no templo de Ptah existe um mapa detalhado do Labirinto...

— Isso é mentira! — exclamou Mefres.

— Pergunte a estes homens em quem eles vão acreditar: em você ou em mim? Eu estou aqui por ter encontrado o mapa no templo de Set, enquanto você veio pelas graças do imortal Ptah... — concluiu Samentu, soltando uma gargalhada.

— Amarrem este traidor e mentiroso! — gritou Mefres.

Samentu deu uns passos para trás, pegou rapidamente um pequeno frasco de dentro da túnica e, levando-o aos lábios, falou:

814 | Bolesław Prus

— Oh, Mefres... Você permanecerá tolo até o fim dos seus dias... Se é que demonstrou esperteza alguma vez, foi quando se tratava de dinheiro...

Encostou o frasco na boca e caiu no chão.

Os homens armados correram em sua direção e o ergueram, mas ele já estava morto.

— Deixem-no aqui, assim como os outros — falou o zelador do Labirinto.

Todo o séquito abandonou a sala, fechando cuidadosamente a porta secreta. Em pouco tempo, estava fora do prédio.

Quando o distinto Mefres se encontrou no pátio, ordenou a seus sacerdotes que atrelassem os cavalos às liteiras e, imediatamente, partiu com Lykon para Mênfis.

Os zeladores do Labirinto, atordoados com os extraordinários acontecimentos, ora se entreolhavam, ora olhavam para a escolta de Mefres, que a essa altura desaparecia no meio de uma nuvem de poeira amarelada.

— Não consigo acreditar — disse o zelador-mor — que nos dias de hoje haja um homem capaz de penetrar no subsolo...

— Vossa Eminência se esquece de que hoje houve três deles — observou um dos sacerdotes mais jovens, olhando de soslaio para o comandante.

— É verdade... — respondeu o sumo sacerdote.

— E dois deles escaparam — acrescentou o jovem sacerdote —, o ator Lykon e o santo Mefres.

— Por que você não me alertou para isso quando ainda estávamos no subsolo?! — explodiu seu superior hierárquico.

— Não sabia que isso iria terminar dessa forma...

— Estou perdido!... — gritava o sumo sacerdote. — Fomos alertados de que alguém pretendia penetrar no Labirinto, e eu não fui capaz de preveni-lo... E agora deixei escapar dois elementos perigosíssimos, capazes de trazer para cá quem quiserem... Estou desgraçado para sempre!...

— Vossa Eminência não precisa se desesperar — falou um outro sacerdote. — Nossas leis são claras... portanto, o que Vossa Eminência tem que fazer é despachar quatro ou seis dos nossos homens para Mênfis, com sentenças de morte. O que acontecerá em seguida já não nos diz respeito...

— Mas eu fui o responsável por isso! — lamentava-se o sumo sacerdote.

— O que tinha que acontecer, aconteceu — falou um sacerdote mais jovem, não sem certa ironia. — Uma coisa é certa: homens que não só conseguiram penetrar no subsolo, mas que andavam por ele como se estivessem na sua própria casa, não poderão continuar vivos... Portanto, Vossa Eminência deve escolher os seis homens do nosso grupo...

— É isso mesmo!... Temos que acabar com isso de uma vez por todas! — confirmaram os sacerdotes zeladores.

— Quem sabe se Mefres não agiu assim com a concordância do eminente Herhor? — sussurrou alguém.

— Basta!... — exclamou o zelador-mor. — Caso encontremos o eminente Herhor no interior do Labirinto, agiremos de acordo com a lei, mas não temos o direito de prejulgarmos quem quer que seja. Os escribas devem preparar as sentenças de Mefres e Lykon, os seis escolhidos devem partir o mais rápido possível para Mênfis, e nós devemos dobrar a guarda. Vai ser preciso, ainda, examinar o interior do prédio e descobrir por onde Samentu entrou nele, muito embora eu esteja convencido de que ele não encontrará tão cedo alguém que queira imitá-lo...

Algumas horas depois, seis homens partiam para Mênfis a pleno galope.

capítulo 64

JÁ A PARTIR DE DEZOITO DE PAOFI, O EGITO SE ENCONTRAVA NUM ESTADO caótico. A ligação entre a parte superior e a inferior do país estava interrompida, cessara a atividade comercial, os únicos barcos a navegarem pelo Nilo eram os de patrulha e as estradas estavam repletas de tropas do exército.

Nos campos, os únicos que continuavam sendo trabalhados eram os atendidos pelos felás dos sacerdotes. Já nas propriedades dos aristocratas, dos nomarcas e, principalmente, nas do faraó, ervas daninhas cresciam intocadas e ninguém se ocupava da colheita do linho e das uvas. Os felás permaneciam ociosos, vagando em grupos, cantando, bebendo e lançando ameaças, ora aos sacerdotes, ora aos fenícios.

Nas cidades, as lojas estavam fechadas e, na falta do que fazer, os artesãos passavam dias inteiros discutindo as mudanças que estariam por ocorrer no país. Esses chocantes acontecimentos não eram uma novidade no Egito, no entanto, sua ocorrência adquirira tais proporções, que coletores de impostos e até juízes passaram a se esconder, principalmente porque a polícia era leniente com os excessos do populacho.

O Faraó | **817**

Havia mais uma coisa que chamava a atenção: a grande disponibilidade de alimentos e bebidas. Em todas as tabernas e estalagens — notadamente nas fenícias —, qualquer um podia comer e beber o que quisesse, pagando muito pouco ou não pagando nada. Comentava-se que o faraó resolvera dar um banquete ao povo, e que esse banquete duraria o mês todo.

Em função dos deficientes — ou totalmente inoperantes — sistemas de comunicação, as cidades não sabiam o que se passava nas cidades vizinhas. Somente o faraó — e mais ainda os sacerdotes — tinha uma noção exata da real situação do país.

A principal característica dessa conjuntura era uma clara divisão entre as duas partes do Egito: a Superior, ou seja, a de Tebas, e a Inferior, a de Mênfis. Tebas era dominada pelos partidários dos sacerdotes, enquanto em Mênfis predominavam os simpatizantes do faraó. Em Tebas, comentava-se que Ramsés XIII enlouquecera e iria vender o Egito aos fenícios; em Mênfis, afirmava-se que os sacerdotes planejavam envenenar o faraó e fazer com que o país fosse ocupado pelos assírios.

A simples gente do povo, tanto a do Norte quanto a do Sul, tinha uma instintiva tendência a apoiar Ramsés. Mas o populacho representava uma força passiva e vacilante. Ao ouvir o discurso inflamado de um agitador, os felás se dispunham a atacar os templos e agredir os sacerdotes, mas, diante de uma procissão, se atiravam ao chão e, tremendo de medo, imploravam pela misericórdia divina diante das desgraças que estavam sendo anunciadas para o Egito naquele mês.

Os apavorados nobres e os nomarcas vieram em peso a Mênfis, implorando ao faraó por proteção contra os felás que estavam se rebelando. No entanto, como Ramsés XIII lhes recomendava ser pacientes e não punia o populacho, os magnatas passaram a se aconselhar com os partidários da casta sacerdotal.

818 | Bolesław Prus

É verdade que Herhor se mantinha calado e também recomendava paciência, mas outros sumos sacerdotes afirmavam aos dignitários que Ramsés estava louco, e se esforçavam para convencê-los da necessidade de ele ser afastado do poder.

Em Mênfis, circulavam dois grupos, lado a lado: o dos heréticos, que bebiam, farreavam e atiravam lama nos muros dos templos e nas estátuas dos deuses; e o dos devotos — mulheres e velhos, em sua maioria —, que rezavam pelas ruas, prenunciando desgraças e implorando pela misericórdia divina. A cada dia, os heréticos cometiam um novo ato sacrílego; entre os pios, a cada dia um aleijado ou doente ficava curado.

O mais estranho de tudo era que os dois grupos, apesar dos ânimos exaltados, não se agrediam mutuamente nem cometiam quaisquer atos de violência generalizada. Isso se devia ao fato de ambos agirem de acordo com um plano elaborado em esferas superiores.

O faraó, não tendo ainda juntado todas as tropas nem conseguido as provas da traição dos sacerdotes, não dava a ordem para que os templos fossem atacados; os sacerdotes, por sua vez, aparentavam aguardar algo. No entanto, era visível que eles não se sentiam mais tão fracos como se sentiram logo após a votação. O próprio Ramsés XIII ficava surpreso ao receber informações vindas de todos os lados de que os camponeses dos sacerdotes quase não se envolviam na agitação generalizada, mas continuavam trabalhando normalmente.

"O que isso pode significar?", indagava o faraó consigo mesmo. "Ou os cabeças rapadas acham que eu não ousarei atacar os templos, ou dispõem de meios de defesa que eu desconheço."

No dia dezenove de Paofi, a polícia informou ao amo que, na noite anterior, o populacho começara a derrubar os muros que cercavam o templo de Hórus.

O Faraó | 819

— Foram vocês que ordenaram isso? — perguntou o faraó ao chefe de polícia.

— Não. Eles iniciaram o ataque por conta própria.

— Detenha-os, mas sem uso de violência... detenha-os — falou o amo. — Dentro de alguns dias eles poderão fazer o que quiserem, mas por enquanto não quero que ajam de forma agressiva.

Ramsés XIII, na condição de líder militar e vencedor da batalha dos Lagos Salgados, sabia que as massas, uma vez postas em movimento, não poderiam mais ser contidas: elas teriam de destruir, ou ser destruídas. Caso os templos não oferecessem resistência, o populacho daria conta do recado. Mas, e se eles resolvessem resistir?... Então, seria necessário enviar as tropas, que, embora numerosas, não eram tantas quantas o faraó calculara necessárias.

Além disso, Hiram ainda não retornara de Pi-Bast com as cartas comprometedoras que comprovariam a traição de Herhor e Mefres. E o que era ainda mais importante: os sacerdotes partidários do faraó deveriam dar apoio às tropas somente no dia vinte e três de Paofi. Nesse caso, como seria possível alertá-los da mudança da data em tantos templos espalhados pelo país? E mais ainda: a prudência não recomendava evitar qualquer contato com eles para não revelar sua participação?

Era por todos esses motivos que Ramsés XIII não desejava um ataque antecipado aos templos.

Enquanto isso, contrariamente aos desejos do faraó, a revolta popular crescia. Perto do templo de Ísis foram mortos alguns devotos que previam desgraças ao Egito ou que recuperaram a saúde de uma forma milagrosa. Nas cercanias do templo de Ptah, o povo atacou uma procissão, agrediu vários sacerdotes e destruiu a nave sagrada na qual viajava a efígie do deus. Quase ao mesmo tempo, vieram notícias de Sochem e Anu, informando que o populacho invadira alguns templos.

820 | Bolesław Prus

Ao anoitecer, chegou ao palácio real uma delegação de sacerdotes que, caindo aos pés de Sua Santidade, lhe implorou que protegesse os deuses e os seus templos. O inesperado ato encheu de alegria e orgulho o coração de Ramsés. Ordenou que os sacerdotes se erguessem e, de uma forma magnânima, respondeu que seus regimentos estavam sempre prontos a defender os templos — desde que fossem introduzidos neles.

— Não tenho dúvida — dizia — de que os próprios desordeiros hão de debandar ao ver as moradas dos deuses ocupadas pelo exército.

Os delegados hesitaram.

— Vossa Santidade deve saber — respondeu o mais velho deles — que o exército não pode sequer atravessar os portões dos muros dos templos... Diante disso, teremos de consultar os sumos sacerdotes...

— Pois façam isso — disse o amo. — Não sei fazer milagres, e daqui do meu palácio, não tenho como defender os templos.

Após a saída dos desapontados delegados, o faraó convocou um conselho secreto. Estava convencido de que os sacerdotes iriam se curvar diante de sua vontade, e nem lhe passou pela cabeça que a delegação fora uma artimanha armada por Herhor, com o intuito de o levar a cometer um erro.

Quando os dignitários civis e militares chegaram aos aposentos reais, Ramsés disse, cheio de empáfia:

— A minha intenção era ocupar os templos de Mênfis somente no dia vinte e três de Paofi... No entanto, cheguei à conclusão de que será melhor antecipar o ataque para amanhã.

— Ainda não chegaram todas as nossas tropas... — observou Tutmozis.

— E ainda não temos as cartas de Herhor à Assíria — acrescentou o grão-escriba.

— São meros detalhes! — respondeu o faraó. — Quero que o povo seja informado amanhã de que Herhor e Mefres são traidores. Quanto aos nomarcas e sacerdotes, vamos mostrar a eles as provas em questão de dias, assim que Hiram retornar de Pi-Bast.

— A nova ordem de Vossa Santidade altera significativamente os nossos planos originais — falou Tutmozis. — Não poderemos ocupar o Labirinto amanhã... E, caso os templos de Mênfis ousarem oferecer resistência, nós nem dispomos de aríetes para derrubar seus portões...

— Tutmozis — respondeu o amo —, eu poderia simplesmente ordenar, sem lhes dar quaisquer justificativas... No entanto, quero convencê-los de que o meu coração tem uma percepção mais profunda do que está ocorrendo... Se o povo já está atacando os templos hoje, amanhã quererá ocupá-los, e se nós não o apoiarmos agora, ele poderá ser rechaçado e, de qualquer modo, perderá o ânimo daqui a três dias... Se os sacerdotes enviam uma delegação a mim, só pode significar que eles se sentem fracos. Já daqui a uns dias, eles poderão encontrar mais partidários em meio ao populacho... Entusiasmo e medo são como vinho numa jarra: a quantidade diminui à medida que ele é derramado, e somente o beberá aquele que colocar seu caneco no momento adequado. Sendo assim, temos de aproveitar o momento em que o povo está pronto para atacar e o inimigo, apavorado. Pois, como já lhes disse, nos próximos dias a sorte poderá nos abandonar ou até se virar contra nós...

— Além disso — acrescentou o tesoureiro-mor —, nossos suprimentos estão terminando. — Dentro de três dias, os trabalhadores terão de retornar às suas tarefas, pois não teremos mais condições de alimentá-los de graça...

— Está vendo?... — disse o faraó a Tutmozis. — Eu mesmo dei uma ordem ao chefe de polícia para refrear o populacho, mas se isso está sendo difícil, devemos aproveitar o ímpeto. Um navega-

822 | Bolesław Prus

dor experiente não luta com o vento nem com a correnteza, mas aceita ser levado na direção que eles desejam...

No mesmo instante, chegou um mensageiro com a notícia de que o povo estava se voltando contra os estrangeiros. Atacavam gregos, sírios e, principalmente, fenícios... Muitas lojas foram saqueadas e algumas pessoas assassinadas.

— Eis uma prova — exclamou o exaltado amo — de que o povo não deve ser desviado de um rumo previamente traçado!... Quero que amanhã as tropas estejam posicionadas perto dos templos... e que os ocupem imediatamente, caso o populacho resolva invadi-los... ou caso comece a recuar... É verdade que as uvas devem ser colhidas no mês de Paofi, mas haverá um só jardineiro que, ao notar que elas amadureceram um mês antes, iria deixá-las nas videiras?... Volto a dizer: eu teria preferido reter as massas até a conclusão dos nossos preparativos, mas eles não podem ser adiantados, portanto, devemos aproveitar os ventos e içar as velas!... Quero que Herhor e Mefres sejam presos e trazidos ao palácio amanhã... Quanto ao Labirinto, nos ocuparemos dele alguns dias depois.

Os membros do conselho reconheceram o acerto da decisão do faraó e se dispersaram, admirando sua sabedoria e determinação. Até mesmo os generais afirmaram que era melhor aproveitar uma oportunidade do que juntar forças para uma ocasião na qual a oportunidade já poderia ter passado.

Já era noite. Veio um novo mensageiro, com a informação de que as tropas conseguiram defender os estrangeiros, mas que o povaréu estava agitado e era impossível prever o que iria acontecer no dia seguinte.

A partir daquele instante, mensageiros e mais mensageiros não cessavam de chegar. Uns traziam informações de que grandes massas de felás armados com machados e bastões vinham de todas as partes em direção a Mênfis. Outros informavam que os habitantes das cidades vizinhas fugiam para o campo, gritando que o mundo iria acabar no dia seguinte. Um mensageiro trouxe uma carta de Hiram, na qual o príncipe fenício informava que estava chegando. Outro ainda informou que os regimentos dos sacerdotes estavam a caminho de Mênfis e, o que era ainda mais importante, que grandes grupos de felás e soldados mal-intencionados em relação aos fenícios e até a Sua Santidade estavam vindo do Egito Superior.

"Antes de eles chegarem", pensou o faraó, "os regimentos de Nitager já estarão aqui e eu terei nas mãos as cartas comprometedoras dos sumos sacerdotes... Meus inimigos se atrasaram alguns dias..."

Em torno da meia-noite, a rainha Nikotris pediu uma audiência com Sua Santidade.

A distinta dama estava pálida e trêmula. Ordenou que os oficiais se retirassem dos aposentos reais e, encontrando-se a sós com o faraó, disse com lágrimas nos olhos:

— Meu filho, trago-lhe maus presságios...

— Teria preferido, digna rainha, receber informações confiáveis sobre as forças e as intenções dos meus inimigos.

— Esta noite, a efígie da divina Ísis da minha capela particular virou-se para a parede e a água da cisterna ficou vermelha como sangue...

— O que comprova — disse o faraó — que temos traidores dentro do palácio. No entanto, eles não me parecem muito perigosos, já que só sabem sujar a água e girar efígies.

— Todos os nossos servos — continuava a dama — estão convencidos de que, caso suas tropas adentrem os templos, uma grande desgraça cairá sobre o Egito...

— A maior desgraça — disse o amo — é a insolência dos sacerdotes. Ao serem admitidos no palácio pelo meu eternamente vivo pai, eles acharam que se tornaram proprietários do mesmo... Nesse caso, como ficarei eu diante do seu poderio? Será que não tenho o direito de exigir meus direitos faraônicos?

824 | Bolesław Prus

— Pelo menos... pelo menos seja misericordioso — respondeu a dama. — É verdade que você deve recuperar seus direitos, mas não permita que seus soldados profanem lugares sagrados ou que agridam sacerdotes... Não se esqueça de que os deuses derramam alegria sobre o Egito, e os sacerdotes, apesar dos seus defeitos (quem não os têm!), prestaram inestimáveis serviços a este país... Considere que, caso você os torne indigentes e os disperse, estará destruindo toda a sabedoria, a principal responsável por fazer nosso país se sobressair aos demais...

O faraó pegou as mãos de sua mãe, beijou-as e, rindo, respondeu:

— As mulheres têm uma tendência a exagerar em tudo!... Você, mãe, fala comigo como se eu fosse um líder bárbaro e não um faraó. Quem lhe disse que eu quero a desgraça dos sacerdotes?... Teria eu dado alguma indicação de que desprezo a sua sabedoria, mesmo uma tão inútil como a de observar as estrelas que se deslocam no céu sem nossa ajuda e não nos enriquecem com uma singela utena?... O que me irrita não é a sua sabedoria ou sua religiosidade, mas a miséria do Egito, faminto internamente, e externamente tão fraco que treme de medo diante de qualquer ameaça assíria. No entanto, os sacerdotes, apesar da sua sabedoria, não só não apoiam meus projetos, como ainda ousam se opor a eles... Portanto, mãe, permita que os convença de que não são eles, mas eu, quem manda no meu reino. Eu não seria capaz de me vingar em humildes... mas pisarei o pescoço dos insolentes!

Ramsés abraçou carinhosamente a mãe e concluiu:

— Eles sabem disso, mas ainda não estão plenamente convencidos e, à falta de forças reais, querem me assustar com previsões de algumas desgraças. Trata-se da sua última arma e do seu último refúgio. No entanto, quando perceberem que eu não tenho medo de assombrações, adotarão uma postura humilde e, nesse caso, não cairá uma só pedra dos seus templos, e nenhum anel será arrancado dos seus dedos... Eu os conheço!... Hoje, eles adotam uma postura agressiva, pois estou distante deles. Mas quando eu lhes mostrar os meus punhos, eles se curvarão diante de mim, e essa confusão toda terminará em paz e prosperidade geral.

A rainha abraçou as pernas do amo e saiu mais calma, tendo antes implorado a Ramsés que respeitasse os deuses e tivesse misericórdia com seus servos.

Após a saída da mãe, o faraó chamou Tutmozis.

— As tropas deverão ocupar os templos amanhã — disse. — No entanto, avise os coronéis que é meu desejo que os bens dos lugares sagrados não sejam tocados e que ninguém deverá erguer o braço contra os sacerdotes.

— Nem mesmo contra Herhor e Mefres? — perguntou Tutmozis.

— Nem mesmo contra eles — respondeu o faraó. — Eles se sentirão punidos suficientemente ao serem afastados dos seus postos e retornarem aos templos, onde, junto de outros sábios, poderão se dedicar a orações e estudos...

— Será feito como Vossa Santidade ordena... Muito embora...

Ramsés ergueu um dedo, num claro sinal de que não queria ouvir quaisquer contra-argumentos. Em seguida, para mudar o tema da conversa, disse com um sorriso:

— Você se lembra, Tutmozis, das manobras de Pi-Bast?... Só se passaram dois anos!... Quando, naquela época, eu reclamava do atrevimento e da ganância dos sacerdotes, você imaginou que eu poderia acertar as contas com eles em tão pouco tempo?... E a pobre Sara... E o meu filhinho... Como ele era lindo...

E duas lágrimas escorreram pelo rosto do faraó.

— Não fosse eu um filho de deuses, que são misericordiosos — disse —, meus inimigos passariam por maus bocados... Quantas humilhações eles me causaram... Por causa deles, quantas vezes minha visão foi turvada por lágrimas!...

capítulo 65

No dia vinte de Paofi, parecia feriado em Mênfis. Cessaram todas as atividades e a população em peso estava ou nas praças ou agrupada perto dos templos, principalmente o da deusa Ptah, que era o mais bem protegido de todos e em cujo interior estavam reunidos os líderes religiosos e laicos sob o comando de Herhor e Mefres.

Em torno dos templos havia tropas, agrupadas de forma livre para que os soldados pudessem se comunicar com o povo.

Entre os trabalhadores e os militares circulavam vendedoras com cestos de pães e jarros ou odres de couro contendo vinho. No entanto, elas não cobravam pelas mercadorias, e quando alguém lhes perguntava o motivo pelo qual se recusavam a receber pagamento, uma parte respondia que Sua Santidade as estava oferecendo de graça aos seus súditos, enquanto outras diziam:

— Comam e bebam, bons egípcios, pois não se sabe se veremos o dia de amanhã!...

Elas estavam a soldo dos sacerdotes.

Havia agentes por toda parte. Alguns deles afirmavam, alto e bom som, que os sacerdotes estavam se rebelando contra o faraó e até pretendiam envenená-lo por ele ter prometido dar um dia de descanso aos felás. Já outros sussurravam que o faraó enlouquecera e estava conspirando com estrangeiros, planejando o fim do Egito e de seus templos. Os primeiros incitavam o povo a atacar os templos nos quais os sacerdotes e os nomarcas planejavam oprimir ainda mais o povo. Já os segundos expressavam o temor de que, caso os templos fossem atacados, poderia ocorrer uma grande desgraça.

Sem se saber por ordem de quem, junto aos muros do templo de Ptah foram colocadas toras de madeira e pilhas de pedras.

Os respeitáveis comerciantes de Mênfis estavam convencidos de que toda aquela agitação fora encenada. Escribas secundários, policiais e oficiais militares disfarçados já não ocultavam suas funções, nem o fato de que queriam atiçar o populacho a ocupar os templos. Por outro lado, embalsamadores, mendigos, serviçais dos templos e sacerdotes de nível hierárquico mais baixo não podiam ocultar seu *status*, e qualquer pessoa dotada de bom senso era capaz de constatar que eles também incitavam o povo à rebelião!

Em consequência disso, os mais sensatos citadinos de Mênfis estavam espantados com o comportamento dos partidários dos sacerdotes, enquanto o populacho ia, aos poucos, arrefecendo o ânimo bélico do dia anterior. Afinal, de que se tratava, e quem, realmente, estava incitando a população? O caos era aumentado por fanáticos desnudos correndo pelas ruas, que, ferindo seus corpos até sangrar, gritavam:

— O Egito está desgraçado!... A heresia ultrapassou os limites do tolerável e se aproxima a hora do juízo final!... Os deuses vão mostrar sua supremacia aos arrogantes excessos!...

O exército comportava-se calmamente, aguardando o momento em que o populacho tentaria adentrar os templos. Tal comportamento era devido a dois fatores: terem recebido ordens do palácio real nesse sentido e temerem armadilhas nos templos e preferirem que morressem trabalhadores em vez de soldados.

828 | Bolesław Prus

Mas a multidão — apesar dos gritos dos agitadores e do vinho distribuído gratuitamente — hesitava. Os felás olhavam para os artesãos e estes para os felás, e todos pareciam aguardar algo.

De repente, à uma da tarde, das ruelas secundárias em torno do templo de Ptah, surgiu um grupo de bêbados armados com machados e paus. Eram pescadores, marinheiros gregos, pastores, vagabundos líbios e até prisioneiros das minas de Ta-re-au. À frente, caminhava um homem enorme, com uma tocha na mão. Parando diante do gigantesco portão do templo, começou a gritar para a multidão:

— Trabalhadores do Egito! Vocês sabem o que estão discutindo os sumos sacerdotes e os nomarcas? Eles querem forçar Sua Santidade o faraó Ramsés a tirar uma panqueca de cevada de cada trabalhador por dia e impor um novo imposto, de uma dracma por cabeça, a cada felá... Diante disso, digo-lhes que vocês, ficando de braços cruzados, estão agindo como tolos! Precisamos arrancar aqueles ratos do templo e entregá-los ao faraó, o nosso amo, cuja desgraça está sendo planejada por aqueles miseráveis!... Pois se o nosso amo tiver que ceder ao conselho dos sacerdotes, quem vai se preocupar com o honesto povo trabalhador?...

— O que ele diz é uma grande verdade! — exclamou alguém.

— O amo ordenou que nós tivéssemos um dia de descanso a cada seis...

— E vai nos dar um pedaço de terra...

— Ele sempre se compadeceu dos pobres!... Vocês não se lembram como ele mandou liberar os felás acusados de terem atacado a propriedade da judia?...

— Eu mesmo vi quando ele, dois anos atrás, deu uma surra num escriba que estava cobrando imposto excessivo de um camponês...

— Que possa viver eternamente o nosso amo, Ramsés XIII, protetor dos oprimidos!

O Faraó | **829**

— Olhem! — ecoou uma voz vinda de longe. — O gado está retornando sozinho do pasto, como se fosse anoitecer...

— E quem está interessado em gado!?... Vamos pegar os sacerdotes!...

— Ei, vocês! — gritava o gigante. — Abram o portão, para que possamos nos certificar do que os sacerdotes e os nomarcas estão tramando!

— Abram! Caso contrário, vamos derrubar o portão!...

— Que coisa mais estranha — comentavam vozes distantes. — Os pássaros estão se recolhendo para dormir... e, no entanto, é apenas meio-dia...

— Algo ameaçador está acontecendo...

— Por deuses! Já está anoitecendo, e eu ainda não colhi os legumes para o almoço... — espantava-se uma jovem.

No entanto, todas aquelas observações foram abafadas pela barulheira da multidão embriagada e pelos sons de troncos de madeira batendo no portão de bronze do templo.

Caso a multidão estivesse menos ocupada com as ações dos assaltantes, já teria notado que algo estranho estava ocorrendo com a natureza. O sol continuava brilhando, não havia qualquer nuvem no céu e, apesar disso, a claridade do dia começava a diminuir e o ar ficava mais fresco.

— Tragam mais um tronco! — gritavam os assaltantes do templo. — O portão está começando a ceder!...

— Com força!... Mais uma vez!...

Os espectadores do assalto estavam cada vez mais agitados. Aqui e ali, pequenos grupos se juntavam aos assaltantes. Por fim, as massas avançaram na direção dos muros do templo.

Enquanto isso, anoitecia; nos jardins do templo de Ptah, os galos começaram a cantar. Mas a raiva do populacho era tão grande que foram poucos os que notaram aquelas mudanças.

— Olhem! — gritava um mendigo. — Eis que se aproxima o dia do juízo final... Por deuses...

Quis falar mais, porém, agredido por um bastão, caiu por terra.

Os muros do templo começaram a ser escalados por pessoas desnudas, porém armadas. Os oficiais ordenaram aos soldados que se colocassem em posição de combate, já que estavam convencidos de que, a qualquer momento, teriam de apoiar o ataque das massas.

— O que significa isso?... — murmuravam os soldados, olhando para o céu. — Não há nuvens e, no entanto, parece o prenúncio de uma tempestade.

— Força! Vamos derrubar o portão! — gritavam os atacantes, enquanto o som de troncos se tornava mais forte.

No mesmo instante, Herhor apareceu no terraço sobre o portão. Estava cercado de sacerdotes e dignitários leigos. O distintíssimo sumo sacerdote estava vestido com um traje dourado e, na cabeça, portava a mitra de Amenhotep, com a serpente sagrada.

Herhor olhou para a espessa multidão que cercava o templo e, inclinando-se na direção do bando de assaltantes, disse:

— Quem quer que vocês sejam, crentes ou pagãos, invoco o nome dos deuses para deixarem o templo em paz.

O tumulto cessou repentinamente e somente eram audíveis as batidas das toras de madeira no portão de bronze.

— Abram o portão! — gritou o gigante. — Queremos saber se vocês não estão tramando algum golpe contra o nosso amo...

— Meu filho — respondeu Herhor. — Prostre-se e implore aos deuses que lhe perdoem seu sacrilégio...

— É você quem deve pedir aos deuses para que o protejam! — gritou o líder do bando, e, pegando uma pedra, atirou-a na direção do sumo sacerdote.

No mesmo momento, um fino jato parecendo água esguichou de uma das janelas do pilono, atingindo o rosto do gigante. O bandido cambaleou, agitou os braços e caiu. Os que estavam mais próximos soltaram um grito de terror, enquanto os que estavam mais atrás, sem saber do que ocorrera, responderam com risos e deboches.

— Vamos, derrubem logo esse portão! — gritou alguém das fileiras mais distantes, e uma saraivada de pedras voou na direção de Herhor e de seu séquito.

Herhor ergueu ambos os braços para o céu, e quando a turba silenciou, exclamou com voz possante:

— Deuses! Entrego à sua proteção estes lugares sagrados que estão sendo atacados por profanadores...

Seu apelo foi respondido por uma voz sobre-humana que parecia vir do alto, muito acima do templo:

— Desvio meu rosto deste povo amaldiçoado, e que a noite desça sobre a terra...

E aconteceu algo terrível: à medida que a voz falava, o sol foi perdendo o brilho. E, assim que ela cessou, o dia virou noite. O céu se cobriu de estrelas e, em vez do sol, via-se um disco negro circundado por uma auréola flamejante.

Um indescritível grito de horror emanou de cem mil peitos. Os que atacavam o templo largaram as toras; os felás se prostraram...

— Eis que chegou o dia do juízo e da morte! — gritou uma voz chorosa.

— Deuses!... Apiedem-se de nós!... Santo homem, desfaça o desastre! — gritava a multidão.

— Ai dos exércitos que cumprem ordens de chefes ímpios! — ecoou uma voz poderosa vinda do templo.

Em resposta, todo o povaréu caiu com o rosto colado no chão, enquanto uma agitação sem precedentes se apossava dos dois regimentos postados junto do templo. As fileiras se romperam, e os soldados, atirando por terra suas armas, saíram correndo desordenadamente em direção ao rio. Uns, correndo na escuridão como

832 | Bolesław Prus

cegos, chocavam-se com as paredes das casas; outros tropeçavam, caíam e eram pisoteados até a morte por seus companheiros. Em questão de minutos, em vez de ordeiras colunas de soldados, machados e lanças jaziam espalhados no pátio, enquanto corpos de mortos e feridos se amontoavam junto dos acessos às ruas.

Nenhuma derrota num campo de batalha terminara num desastre de tamanhas proporções.

— Deuses!... Oh, deuses!... — gemia e chorava a multidão. — Tenham piedade dos inocentes!...

— Osíris! — exclamou Herhor, de cima do terraço. — Apiede-se e mostre sua face a este povo infeliz...

— É a última vez que vou atender às preces dos meus sacerdotes, porque sou misericordioso... — respondeu a voz sobre-humana vinda do templo.

E, no mesmo instante, a escuridão se desfez e o sol readquiriu seu brilho.

Novos gritos, novos choros e novas preces emanaram do meio da multidão. As pessoas, embriagadas de felicidade, saudavam o sol ressuscitado. Desconhecidos se abraçavam, algumas pessoas morreram pisoteadas, e todos, de joelhos, se arrastaram até o templo, a fim de beijar seus muros sagrados.

O distintíssimo Herhor permanecia no topo do portão olhando para o céu, enquanto dois sacerdotes suportavam seus braços erguidos, com os quais ele conseguira dissipar as trevas e evitar o extermínio de seu povo.

Cenas semelhantes, com pequenas variações, ocorreram em todo o Egito Inferior. Em cada cidade, no dia vinte de Paofi, o povo se aglomerara junto aos templos e, em cada cidade, um bando se lançava contra seus portões em torno do meio-dia. Em todos eles, à uma da tarde, apareciam sumos sacerdotes dos templos, maldizendo os ímpios e provocando a escuridão. E quando a multidão fugia em desespero ou se atirava ao chão, os sumos sacerdotes rezavam a Osíris, pedindo que ele mostrasse o rosto — e a luz do dia retornava à terra.

E foi dessa forma que, graças ao eclipse, a sábia casta sacerdotal abalou a autoridade de Ramsés XIII no Egito Inferior. Em questão de minutos o governo do faraó se encontrou — mesmo ainda sem se dar conta disso — à beira de um precipício. Apenas uma grande dose de sabedoria e de total conhecimento da situação poderia salvá-lo. No entanto, isso faltou no palácio real, onde, numa situação tão extrema, principiou o onipotente domínio do acaso.

No dia vinte de Paofi, Sua Santidade despertou ao raiar do sol e, no intuito de estar próximo do teatro das operações, transferiu-se do prédio principal para uma vila distante de Mênfis uma hora de caminhada. De um lado da vila em questão estavam os alojamentos das tropas asiáticas, e do outro, o palacete de Tutmozis e de sua esposa, a bela Hebron. Ramsés estava acompanhado de seus dignitários e do primeiro regimento da guarda, no qual o faraó depositava confiança ilimitada.

Ramsés XIII estava de excelente humor. Tomou banho, comeu com apetite o café da manhã e, em seguida, passou a ouvir os relatos dos mensageiros que vinham de Mênfis a cada quinze minutos.

Os relatos eram tão uniformes que chegavam a ser tediosos. Os sumos sacerdotes Herhor e Mefres, junto com alguns nomarcas, haviam se trancado no templo de Ptah. O exército estava cheio de ânimo e o povo, rebelado. Todos abençoavam o faraó e aguardavam apenas uma ordem de ataque.

Quando, às nove horas, o mensageiro repetiu a mesma informação, o faraó franziu o cenho.

— O que eles estão aguardando? — perguntou. — Quero que iniciem o ataque imediatamente.

834 | Bolesław Prus

O mensageiro respondeu que ainda não se juntara um grupo suficientemente grande para atacar o templo e derrubar seu portão de bronze. A explicação não agradou ao amo, que despachou um oficial a Mênfis, com a ordem de apressar o ataque.

— O que significa essa demora? — dizia o faraó. — Achei que seria despertado com a notícia de que as minhas tropas ocuparam o templo... Nessas ocasiões, a rapidez das ações é uma condição indispensável para o sucesso.

O oficial partiu, mas a situação em volta do templo de Ptah permaneceu inalterada. O povo aguardava algo, e o principal bando ainda não havia se agrupado.

Era possível supor que existia uma força oculta que retardava o cumprimento da ordem de um ataque imediato.

Às nove da manhã, chegou à vila ocupada pelo faraó a liteira da rainha Nikotris. A venerável dama teve de forçar seu acesso ao aposento do filho, e, chorando copiosamente, se atirou aos pés do amo.

— O que você deseja, mãe? — perguntou Ramsés, com dificuldades de ocultar sua impaciência. — Será que você se esqueceu que não há lugar para mulheres num acampamento militar?

— Não sairei daqui de forma alguma, nem por um instante! — exclamou a dama. — É verdade que você é filho de Ísis e conta com a sua proteção... Mas, apesar disso, eu morreria de preocupação...

— E qual é o perigo que me ameaça? — indagou o faraó, dando de ombros.

— O sacerdote que acompanha o movimento das estrelas — dizia a rainha com voz chorosa — comentou com uma das minhas serviçais que, caso este dia lhe seja auspicioso, você viverá e reinará por cem anos... Por outro lado...

— E onde está agora esse conhecedor do meu destino? — interrompeu-a Ramsés.

— Fugiu para Mênfis — respondeu a dama.

O faraó ficou pensativo, e em seguida disse:

— Assim como nos Lagos Salgados os líbios disparavam projéteis contra nós, hoje os sacerdotes lançam ameaças... Fique calma, mãe! As bravatas, mesmo as sacerdotais, são menos perigosas do que setas e pedras.

Um novo mensageiro vindo de Mênfis trouxe a informação de que tudo estava bem — mas que o bando principal ainda não estava formado. Uma expressão de fúria apareceu no belo rosto do faraó. Tutmozis, querendo acalmar o amo, disse:

— O populacho não é um exército. Ele não sabe entrar em forma; ao avançar, arrasta-se como lama e não obedece às ordens. Se a tarefa de ocupar os templos tivesse sido entregue às tropas, elas já estariam dentro dele...

— Você se esqueceu que, de acordo com as minhas ordens — falou Ramsés —, o exército não devia atacar os templos, mas protegê-los do ataque das massas.

— E é exatamente por causa disso que as operações não ocorrem como deveriam — respondeu Tutmozis.

— Então é assim que agem os conselheiros reais! — explodiu a rainha. — O faraó age sabiamente adotando uma postura de protetor dos deuses, e vocês, em vez de acalmá-lo, ainda o incitam à violência.

O sangue subiu à cabeça de Tutmozis, mas, por sorte, foi chamado pelo chefe da guarda, que lhe comunicou que um ancião detido junto ao portão do palácio pedia para ser recebido por Sua Santidade.

— Nos dias de hoje — murmurava o oficial —, qualquer pessoa quer falar com o amo, como se ele fosse um taberneiro e não um faraó...

Pela cabeça de Tutmozis passou o pensamento de que, nos tempos de Ramsés XII, ninguém ousaria se referir a Sua Santidade com tamanha falta de respeito... mas fingiu que não ouviu a observação.

836 | Bolesław Prus

O ancião detido pela guarda era o príncipe fenício Hiram. Vestia uma empoeirada capa militar e aparentava estar exausto e irritado.

Tutmozis ordenou que ele fosse admitido, e quando ambos já estavam no jardim falou:

— Imagino que Vossa Alteza queira tomar um banho e trocar de roupa antes de ser recebido por Sua Santidade.

O grisalho cenho de Hiram se eriçou.

— Depois do que eu vi hoje — respondeu rudemente —, talvez eu nem queira pedir uma audiência com ele.

— Vossa Alteza não está trazendo as cartas dos sumos sacerdotes aos assírios?

— Estou, mas para que vocês vão precisar delas, se entraram em conluio com os sacerdotes?

— Do que Vossa Alteza está falando? — espantou-se Tutmozis.

— Sei o que estou dizendo! — disse Hiram. — Vocês, sob o pretexto de livrar o Egito do poder dos sacerdotes, arrancaram dezenas de milhares de talentos dos fenícios, e em troca disso estão nos saqueando e matando... Basta olhar para o que está ocorrendo no país: desde o mar até as primeiras cataratas, em todos os lugares o populacho persegue os fenícios como se fossem cães, pois foi isso que lhes foi ordenado pelos sacerdotes...

— Você enlouqueceu, tirano!... Nesse momento, nosso povo está atacando o templo de Ptah...

Hiram fez um gesto depreciativo com a mão.

— Ele não irá tomá-lo! — respondeu. — Vocês estão nos iludindo ou estão sendo iludidos. O plano original foi o de, em primeiro lugar, vocês ocuparem o Labirinto e se apossarem do tesouro... e isso somente no dia vinte e três de Paofi. E o que vocês estão fazendo? Desperdiçando suas forças num ataque ao templo de Ptah e perdendo a oportunidade de entrar no Labirinto. O que está acon-

O Faraó | **837**

tecendo? Qual o sentido de atacar prédios vazios? O único resultado desses ataques é o de serem reforçadas as defesas do Labirinto...

— Que também vamos conquistar — interrompeu-o Tutmozis.

— Pois eu lhe digo que não vão!... O Labirinto poderia ser conquistado por apenas um homem, a quem a agitação de hoje em Mênfis só vai atrapalhar...

Tutmozis parou no caminho.

— O que o está incomodando? — perguntou, de forma ríspida.

— A bagunça que reina entre vocês... O fato de vocês não serem mais um governo, mas um bando de oficiais e dignitários a quem os sacerdotes conduzem como querem e para onde querem... Nos últimos três dias, o Egito Inferior virou de pernas para o ar, com o povaréu nos perseguindo, a nós fenícios, seus únicos aliados... E por que isso ocorre? Porque o governo já escapou das mãos de vocês e passou para as mãos dos sacerdotes...

— Você está falando assim porque não conhece a situação — respondeu Tutmozis. — É verdade que os sacerdotes criam dificuldades e organizam ataques aos fenícios, mas o poder continua nas mãos do faraó e, de uma forma geral, o desenrolar dos acontecimentos prossegue de acordo com os planos.

— Isso inclui o ataque de hoje ao templo de Ptah? — perguntou Hiram.

— Sim. Estive presente na reunião secreta na qual o faraó ordenou ocupar o templo hoje, em vez de no dia vinte e três.

— Muito bem — falou Hiram. — Pois eu lhe afirmo, meu caro comandante da guarda, que vocês estão perdidos... Saiba que eu disponho de informações seguras de que o ataque de hoje foi decidido numa reunião de sacerdotes e nomarcas, realizada no templo de Ptah no dia treze de Paofi.

— E por que eles iriam decidir um ataque contra eles mesmos? — perguntou Tutmozis.

838 | Bolesław Prus

— Devem ter lá as suas razões. E já me convenci de que eles são mais competentes do que vocês.

O restante da conversa foi interrompido por um ajudante de ordens convocando Tutmozis à presença de Sua Santidade.

— Um momento!... Um momento! — acrescentou Hiram. — Os soldados de vocês detiveram o sacerdote Pentuer, que tinha algo muito importante a dizer ao faraó...

Tutmozis levou as mãos à cabeça e ordenou que Pentuer fosse solto imediatamente. Em seguida, foi correndo para os aposentos do faraó, retornando logo em seguida e dizendo ao fenício que o acompanhasse.

Quando Hiram adentrou o aposento real, deparou com a rainha Nikotris, o tesoureiro-mor, o grão-escriba e alguns generais. Ramsés XIII, visivelmente irritado, caminhava pela sala.

— Eis a desgraça do faraó e do Egito! — exclamou a rainha, apontando para o fenício.

— Venerável dama — respondeu calmamente o tirano, fazendo uma reverência —, o tempo há de demonstrar quem foi fiel e quem foi indigno servidor de Sua Santidade.

Ramsés XIII parou diante de Hiram.

— Você trouxe as cartas de Herhor aos assírios? — perguntou.

O fenício tirou da bolsa um pacote e entregou-o ao faraó.

— Era o que eu precisava! — exclamou este, com voz triunfal. — Vai ser preciso informar imediatamente ao povo que os sumos sacerdotes traíram o país.

— Meu filho — implorou a rainha. — Pela sombra do seu pai... pelos nossos deuses... eu lhe suplico que se abstenha de fazer esse anúncio por alguns dias... É preciso ser muito cauteloso com presentes dos fenícios...

— Vossa Santidade pode até queimar estas cartas — falou Hiram. — Para mim, elas não têm mais qualquer utilidade.

O faraó guardou o embrulho e indagou:

— O que você ouviu no Egito Inferior?

— Os fenícios estão sendo atacados em todos os lugares — respondeu Hiram. — Nossas casas estão sendo destruídas, nossos bens, roubados, e mais de uma dezena dos nossos patrícios foi assassinada.

— Ouvi falar disso!... É coisa dos sacerdotes — disse o amo.

— Seria melhor, meu filho, se você dissesse que é o resultado da falta de religiosidade e da usura dos fenícios — observou a rainha.

Hiram deu as costas à dama e disse:

— O chefe de polícia de Pi-Bast está em Mênfis há três dias e já encontrou pistas daquele impostor e assassino, Lykon...

— Que foi criado em templos fenícios! — exclamou a rainha Nikotris.

—...Lykon — continuou Hiram —, a quem Mefres roubou da polícia e dos tribunais... O mesmo Lykon que, em Tebas, fingindo ser Vossa Santidade, corria nu e como louco pelos jardins...

— O quê?!! — exclamou o faraó.

— Vossa Santidade pode perguntar à venerável rainha, pois ela o viu... — respondeu Hiram.

Ramsés olhou para a mãe.

— É verdade — disse ela. — Vi aquele desgraçado, mas não falei disso com você para poupá-lo do sofrimento... No entanto, devo deixar bem claro que não disponho de quaisquer indícios de que Lykon foi usado pelos sacerdotes, já que poderia ter sido uma ferramenta dos fenícios...

Hiram sorriu sarcasticamente.

— Mãe!... Mãe!... — falou com tristeza Ramsés. — Será possível que no seu coração os sacerdotes lhe são mais caros do que eu?...

— Você é meu filho e meu amo mais caro — falou a emocionada rainha. — Mas não posso admitir que um estrangeiro... um

840 | Bolesław Prus

pagão... lance calúnias sobre a sagrada casta sacerdotal da qual ambos descendemos.

Nesse ponto a venerável dama caiu de joelhos e continuou:

— Oh, Ramsés!... Expulse esses conselheiros que o incitam a violar os templos!... Ainda há tempo... ainda há tempo de entrar num acordo... um acordo para salvar o Egito!

De repente, adentrou o aposento o sacerdote Pentuer.

— O que você tem a me dizer? — perguntou o faraó, com surpreendente calma.

— Hoje, possivelmente dentro de pouco tempo, haverá um eclipse solar, e o sol ficará obscurecido — respondeu o emocionado sacerdote.

O faraó ficou tão espantado que chegou a dar um passo para trás.

— E o que pode me interessar um obscurecimento do sol, principalmente num momento como este?...

— Meu amo — disse Pentuer. — Eu também pensava assim, até ler nas crônicas antigas a descrição de um eclipse solar... Trata-se de um acontecimento tão extraordinário que toda a nação deveria ser prevenida.

— Então é isso!... — murmurou Hiram.

— Por que você não nos informou antes? — perguntou Tutmozis ao sacerdote.

— Fui detido pelos soldados por dois dias... Já não dispomos de tempo para prevenir toda a nação, mas avisem pelo menos os soldados que estão aqui, para eles não entrarem em pânico.

— Isso é péssimo... — murmurou o faraó, para logo acrescentar em voz alta: — Explique o que é esse tal eclipse e quando ele deverá ocorrer.

— É como se o dia se transformasse em noite — falou o sacerdote. — Ele deve durar tanto tempo quanto é preciso para dar quinhentas passadas... Deverá começar ao meio-dia... pelo menos foi o que me disse Menes...

— Menes?... — repetiu o faraó. — Conheço esse nome...

— Ele escreveu sobre isso a Vossa Santidade... Mas não percamos tempo, e avisemos os soldados...

Soaram trombetas, a guarda e os asiáticos assumiram posição de combate, e o faraó, cercado por seu estado-maior, informou os soldados do obscurecimento do sol, acrescentando que eles não deveriam ficar com medo, pois ele seria breve, e Ramsés estaria junto deles.

— Viva eternamente! — responderam os soldados.

Os generais se postaram à frente de suas colunas, o faraó, imerso em pensamentos, ficou andando pelo pátio, os dignitários civis sussurravam baixinho com Hiram, e a rainha Nikotris, tendo ficado sozinha no aposento, prostrou-se diante da efígie de Osíris.

Já era uma da tarde e, efetivamente, a luz solar começou a esmorecer.

— Será realmente como se fosse noite? — perguntou o faraó a Pentuer.

— Sim, mas por pouco tempo...

— O que vai acontecer com o sol?

— Vai ficar oculto pela lua.

"Vou ter de prestar mais atenção ao que dizem os sacerdotes que observam as estrelas", pensou o faraó.

O céu foi escurecendo cada vez mais. Os cavalos dos asiáticos ficaram agitados, enquanto bandos de pássaros, fazendo grande algazarra, desciam para o jardim e pousavam nos galhos de todas as árvores.

— Respondam ao canto das aves! — ordenou Kalipos aos seus gregos.

842 | Bolesław Prus

Soaram tambores e flautas e o regimento grego entoou uma canção sobre a filha de um sacerdote que tinha tanto medo de espíritos que somente conseguia dormir nas casernas.

Enquanto isso, uma sombra ameaçadora caía sobre as douradas colinas líbias e, com a rapidez de um raio, cobria Mênfis, o Nilo e os jardins do palácio. A noite desceu sobre a terra e, no céu, surgiu uma esfera negra como breu, cercada por uma grinalda de chamas.

Um imenso **grito** abafou o canto do regimento grego. Eram os asiáticos que, soltando seu brado de guerra, lançavam aos céus uma nuvem de flechas para afastar o espírito maligno que queria devorar o sol.

— Você afirma que essa bola negra é a lua? — perguntou o faraó a Pentuer.

— É o que me disse Menes.

— Que homem sábio!... E a escuridão vai passar logo?

— Certamente.

— E se a lua se desprender do céu e cair sobre a terra?

— Isso não seria possível... Aliás, eis o sol de volta! — exclamou Pentuer.

Todos os regimentos soltaram um grito em honra de Ramsés XIII.

O faraó abraçou Pentuer.

— Tenho de admitir — disse — que presenciamos algo extraordinário... Mas não gostaria de vê-lo de novo... Se eu não fosse um soldado, meu coração se encheria de medo.

Hiram aproximou-se de Tutmozis e sussurrou:

— Excelência, despache imediatamente alguns mensageiros a Mênfis, pois temo que os sacerdotes lhes causaram uma desgraça...

— Você acha isso?...

Hiram fez um gesto positivo com a cabeça.

— Eles não teriam reinado por tanto tempo e enterrado vinte dinastias, caso não soubessem tirar proveito desse tipo de acontecimentos.

O faraó agradeceu às tropas pela digna postura diante daquela extraordinária ocorrência e retornou à sua vila. Continuava pensativo, falava calmamente — até gentilmente —, mas seu belo rosto denotava profunda preocupação.

Efetivamente, na alma de Ramsés travava-se uma dura batalha. O jovem faraó começou a compreender que os sacerdotes dispunham de forças às quais ele nunca dera qualquer atenção e das quais nem mesmo quisera ouvir falar.

Em questão de minutos, os sacerdotes astrólogos cresceram — e muito — a seus olhos, e o faraó dizia consigo mesmo que deveria travar conhecimento com essa estranha sabedoria, capaz de confundir de forma tão terrível as intenções humanas.

Mensageiros após mensageiros eram despachados do palácio a Mênfis, no intuito de saber o que ocorrera na cidade durante o eclipse. Mas os mensageiros não retornavam, e a incerteza estendeu suas nuvens negras sobre o séquito real. Todos tinham certeza de que algo de ruim ocorrera junto ao templo de Ptah, mas ninguém ousava qualquer hipótese sobre o que poderia ter sido. Parecia que tanto o faraó quanto seus partidários se sentiam felizes com cada minuto que passava sem qualquer notícia de lá.

Enquanto isso, a rainha Nikotris sentava-se junto do amo e lhe sussurrava:

— Deixe-me agir, Ramsés... As mulheres já prestaram relevantes serviços à nossa nação... Basta você se lembrar da rainha Nikotris, da sexta dinastia, ou então de Hatshepsut, que criou a frota do mar Vermelho!... Ao nosso sexo não faltam inteligência e energia, portanto, deixe que eu entre em ação... Se o templo de Ptah ainda não foi ocupado e os sacerdotes não sofreram qualquer dano físico,

844 | Bolesław Prus

eu serei capaz de reconciliar você com Herhor. Você se casará com a filha dele, e seu reinado será cheio de glória... Não se esqueça de que seu avô, o santo Amenhotep, também foi sumo sacerdote, e quem sabe se você não está sentado no trono somente porque os sacerdotes quiseram que este fosse ocupado por um descendente dele? E é assim que você lhes agradece?...

O faraó a ouvia, mas continuava pensando como era grande a sapiência dos sacerdotes e como era difícil combatê-los!

Foi somente às três da tarde que chegaram as primeiras notícias, trazidas por um oficial do regimento que estivera junto ao templo. O militar contou ao faraó que o templo não fora tomado por causa da ira dos deuses, que o povo fugira, que os sacerdotes estavam triunfantes e que, mesmo entre as tropas, reinava uma grande confusão, causada por aquela terrível — porém curta — noite.

Depois, o oficial aproximou-se de Tutmozis e lhe disse com toda a franqueza que o exército estava desmoralizado e que, em função de sua fuga desenfreada, sofrera grandes baixas, como se tivesse perdido uma batalha.

— E o que as tropas estão fazendo neste momento? — perguntou o assustado Tutmozis.

— É óbvio — respondeu o oficial — que conseguimos restaurar a ordem. No entanto, nem podemos cogitar em usá-las contra o templo... Principalmente agora, que os sacerdotes passaram a se ocupar dos feridos. No momento os soldados se prostram diante da visão de uma cabeça rapada ou de uma pele de leopardo, e vai se passar muito tempo até um deles ousar atravessar os sagrados portões...

— E os sacerdotes?

— Abençoam os soldados, dão-lhes de comer e de beber, e fingem que o exército não tinha nada a ver com o ataque ao templo, afirmando que se tratava de uma armação dos fenícios.

— E vocês permitem essa desmoralização dos regimentos?! — exclamou Tutmozis.

— Mas não foi o próprio faraó que ordenou que defendêssemos os sacerdotes do populacho? — retrucou o oficial. — Caso tivéssemos tido a permissão de ocupar o templo, já estaríamos dentro dele desde as dez da manhã, e os sacerdotes estariam presos nos seus porões.

A conversa foi interrompida pela chegada de um outro oficial, dizendo a Tutmozis que um sacerdote vindo de Mênfis queria falar com Sua Santidade.

Tutmozis olhou para o visitante. Era um homem ainda jovem, com um rosto que parecia ter sido esculpido em madeira. Disse que vinha a mando de Samentu.

Ramsés recebeu o sacerdote imediatamente. Este, ao ver o faraó, prostrou-se e entregou-lhe um anel cuja visão fez o amo empalidecer.

— O que isso quer dizer? — perguntou o amo.

— Que Samentu está morto... — respondeu o emissário.

— Como isso ocorreu?

— Aparentemente — disse o sacerdote —, Samentu foi descoberto numa das salas do Labirinto e suicidou-se para evitar que fosse torturado... Tudo indica que foi descoberto por Mefres, com a ajuda de um certo grego que dizem ser muito parecido com Vossa Santidade...

— Mefres e Lykon! — exclamou Tutmozis. — Meu amo, será que você nunca vai se livrar desses traidores?

Sua Santidade convocou um novo conselho secreto, com a participação de Hiram e do sacerdote que trouxera o anel de Samentu. Pentuer não quis estar presente, e a rainha Nikotris resolveu participar dele por sua própria conta.

— Vejo — sussurrou Hiram a Tutmozis — que depois da expulsão dos sacerdotes as mulheres passarão a reinar no Egito...

846 | Bolesław Prus

Quando todos já estavam presentes, o faraó passou a palavra ao enviado de Samentu. O jovem sacerdote não quis falar sobre o Labirinto. Em compensação, fez uma longa explanação, dizendo que o templo de Ptah continuava indefeso e que bastaria um punhado de soldados para aprisionar todos os que nele se encontravam.

— Este homem é um traidor!... — exclamou a rainha. — Um sacerdote que incita vocês a atacarem outros sacerdotes!

O rosto do emissário permaneceu impassível.

— Venerável dama — respondeu —, se Mefres foi o responsável pela morte do meu protetor e mestre Samentu, eu seria um cão caso não quisesse procurar me vingar... Morte por morte...

— Gostei deste jovem — murmurou Hiram.

De fato, as palavras do sacerdote pareceram trazer novo ânimo aos presentes. Os generais se empertigaram, os dignitários civis olhavam com curiosidade para o recém-chegado, até o rosto do faraó ficou mais animado.

— Meu filho, não lhe dê ouvidos!... — implorava a rainha.

O faraó se virou para o jovem sacerdote e perguntou:

— O que você acha que o santo Samentu faria, caso estivesse vivo?

— Estou convencido — respondeu categoricamente o sacerdote — de que Samentu adentraria o templo de Set, incensaria os deuses, mas castigaria os traidores e assassinos...

— E eu volto a afirmar que você não passa de um traidor! — gritou a rainha.

— Apenas cumpro o meu dever... — respondeu o imperturbável sacerdote.

— Este homem é, definitivamente, um discípulo de Samentu — falou Hiram. — É o único que tem uma visão clara do que nos resta a fazer...

O Faraó | **847**

Os dignitários militares e civis deram razão a Hiram, e o grão-escriba acrescentou:

— Já que começamos uma guerra com os sacerdotes, devemos ir até o fim, principalmente agora que temos cartas comprometedoras de Herhor aos assírios, o que representa um ato de alta traição...

— Ele está apenas conduzindo a política traçada por Ramsés XII — insistiu a rainha.

— Mas eu sou Ramsés XIII! — respondeu o faraó, já impaciente.

Tutmozis levantou-se da cadeira.

— Meu amo — disse —, permita que eu aja. É muito perigoso prolongar um estado de incerteza como este no qual nos encontramos e seria estúpido desprezar uma oportunidade. Já que este sacerdote afirma que o templo de Set está desprotegido, permita que eu vá até lá, junto com alguns homens que eu mesmo escolherei.

— Você nem precisará atacá-lo, mas apenas entrar calmamente nele, com uma ordem do faraó para prender os traidores — interrompeu-o o grão-escriba. — Isso não requer grandes forças... Quantas vezes um só policial não se atirou sobre um bando de ladrões e prendeu quem quis?

— O meu filho — falou a rainha — cede à pressão dos seus conselhos... Mas ele não quer quaisquer atos de violência, e lhes proíbe...

— Bem, se é assim — falou o sacerdote de Set —, é preciso que Vossa Santidade saiba de mais uma coisa... Nas ruas de Mênfis, os aliados dos sacerdotes espalham o boato de que... de que...

— O quê?... Fale livremente — animou-o o faraó.

— De que Vossa Santidade enlouqueceu, de que ainda não recebeu os sacramentos de sumo sacerdote e que, diante disso... pode ser removido do trono.

— Era isso o que eu mais temia — murmurou a rainha.

O faraó ergueu-se de um salto.

848 | Bolesław Prus

— Tutmozis! — gritou numa voz na qual era possível sentir energias recuperadas. — Pegue tantos soldados quantos achar necessários, vá até o templo de Ptah e me traga Herhor e Mefres, acusados de alta traição. Caso eles consigam justificar seus atos, eu lhes devolverei a minha graça; caso contrário...

— Você tem certeza de que realmente deseja isso? — perguntou a rainha.

Dessa vez o irritado faraó nem se dignou a responder, enquanto os dignitários gritavam:

— Morte aos traidores!

Ramsés XIII entregou a Tutmozis o pacote com as cartas de Herhor para a Assíria e falou num tom solene:

— Até o fim da rebelião dos sacerdotes, transfiro a minha autoridade ao comandante da minha guarda, Tutmozis. A partir desse momento, é a ele que vocês devem obedecer, e quanto a você, venerável mãe, dirija-se a ele com suas observações.

— Sua Santidade age sábia e justamente — falou o grão-escriba. — Não cabe a um faraó se envolver numa rebelião, e a falta de uma liderança enérgica poderia resultar em nossa ruína...

Todos os dignitários se inclinaram respeitosamente diante de Tutmozis, enquanto a rainha Nikotris desabava, com um gemido, aos pés do filho.

Tutmozis saiu para o pátio e ordenou que o primeiro batalhão da guarda entrasse em formação.

— Preciso de uma dezena de homens — falou — dispostos a sacrificarem suas vidas em prol da glória do nosso amo.

Um número mais do que necessário de soldados e oficiais deu um passo à frente, com Eunano no meio deles.

— Vocês estão preparados para morrer? — perguntou Tutmozis.

— Morreremos, Excelência, para a glória de Sua Santidade! — gritou Eunano.

O Faraó | **849**

— Vocês não vão morrer, mas apenas derrotar criminosos nefastos — respondeu Tutmozis. — Os soldados que participarem desta empreitada serão promovidos a oficiais, e os oficiais, a duas patentes acima. É o que lhes digo eu, Tutmozis, nomeado pelo faraó comandante em chefe.

— Que viva eternamente!

Tutmozis ordenou que os voluntários subissem em vinte e cinco carros, montou seu cavalo e, minutos depois, todo o séquito partiu para Mênfis, envolto numa nuvem de poeira.

Ao ver a cena da janela do aposento real, Hiram inclinou-se diante do faraó e murmurou:

— Somente agora acredito que Vossa Santidade não estava em conluio com os sumos sacerdotes...

— Você enlouqueceu?! — explodiu o amo.

— Perdoe-me, Santidade, mas é que o ataque de hoje aos templos foi planejado pelos sacerdotes. Quanto a como eles conseguiram envolver Vossa Santidade nesse projeto, é algo que me escapa.

Pela posição do sol no firmamento, eram cinco horas da tarde.

capítulo 66

EXATAMENTE À MESMA HORA, O SACERDOTE POSTADO NO TOPO DO pilono do templo informou que o palácio do faraó estava sinalizando algo.

— Aparentemente, Sua Santidade pretende nos pedir uma trégua — observou um dos nomarcas.

— Duvido muito... — respondeu Mefres.

Herhor subiu ao topo do pilono, pois os sinais do palácio eram dirigidos a ele. Quando retornou, informou os presentes:

— O nosso jovem sacerdote saiu-se muito bem da empreitada. Tutmozis, acompanhado por algumas dezenas de voluntários, está vindo para cá a fim de nos prender ou matar.

— E você ainda ousa defender Ramsés?! — exclamou Mefres.

— Tenho a obrigação de defendê-lo, pois o prometi solenemente à rainha... Não fosse a atuação da venerável filha do santo Amenhotep, nossa situação seria bem diferente.

— Pois eu não prometi coisa alguma! — respondeu Mefres, saindo da sala de reuniões.

— O que ele pretende fazer? — indagou um dos nomarcas.

— Ele não passa de um ancião infantilizado — respondeu Herhor.

Ainda não eram seis horas da tarde quando o destacamento da guarda chegou ao templo de Ptah. O comandante bateu no portão, que foi aberto imediatamente. Era Tutmozis com seus voluntários.

Quando o comandante em chefe adentrou o pátio, espantou-se ao ver diante de si Herhor, com a mitra de Amenhotep na cabeça e cercado apenas por sacerdotes.

— O que você deseja, meu filho? — perguntou o sumo sacerdote ao surpreso Tutmozis, que logo se recuperou e respondeu:

— Herhor, sumo sacerdote de Amon de Tebas! Baseado nas cartas que escreveu ao sátrapa assírio Sargon, você está sendo acusado de alta traição e deverá se explicar perante o faraó...

— Se o jovem amo — respondeu calmamente Herhor — quiser obter informações sobre as intenções do eternamente vivo Ramsés XII, ele pode se dirigir ao nosso Conselho Supremo, que lhe dará todas as explicações pertinentes.

— Exijo que você me acompanhe imediatamente, caso não queira que eu tenha de obrigá-lo a isso! — gritou Tutmozis.

— Meu filho, eu imploro aos deuses para que eles o resguardem de qualquer ato de violência e não o venham punir, coisa que você aliás merece...

— Você vem ou não? — perguntou Tutmozis.

— Ficarei aqui, aguardando Ramsés — respondeu Herhor.

— Então fique para sempre! — exclamou Tutmozis, sacando do seu gládio e atirando-se sobre Herhor.

No mesmo instante, Eunano, que se encontrava logo atrás do comandante, ergueu seu machado e, com toda a força, desferiu um golpe no ombro de Tutmozis, próximo ao pescoço. Uma torrente de sangue jorrou violentamente, e Tutmozis caiu, praticamente cortado em dois.

852 | Bolesław Prus

Alguns soldados se atiraram sobre Eunano, mas, após uma breve luta com seus companheiros, todos tombaram mortos. Três quartos dos voluntários haviam sido subornados pelos sacerdotes.

— Viva o santo Herhor, nosso amo! — exclamou Eunano, sacudindo no ar seu machado ensanguentado.

— Que possa viver eternamente! — ecoaram os soldados e os sacerdotes, prostrando-se.

Herhor ergueu os braços e os abençoou.

Mefres, depois de abandonar a sala de reuniões, desceu ao subsolo do templo, onde Lykon estava aprisionado. Já na porta da cela, o sumo sacerdote tirou das vestes a bola de cristal negro, cuja visão fez Lykon ficar possesso de raiva.

— Tomara que vocês sejam tragados pela terra!... Tomara que os seus restos mortais não possam ter um momento de sossego!... — gritou, mas logo se calou, caindo num sono hipnótico.

— Pegue este estilete — falou Mefres, entregando um fino punhal ao grego. — Pegue este estilete e vá aos jardins do palácio real... Uma vez lá, esconda-se no meio das figueiras e espere por aquele que seduziu Kama...

O grego começou a ranger os dentes.

— E quando o avistar, acorde... — finalizou Mefres, cobrindo o grego com uma capa de oficial, sussurrando-lhe no ouvido as senhas e conduzindo-o através de uma portinhola secreta até uma rua deserta de Mênfis.

Depois, com a agilidade de um jovem, o sumo sacerdote subiu correndo até o topo do pilono e, pegando algumas bandeirolas coloridas, pôs-se a fazer sinais na direção do palácio do faraó. Devia ter sido visto e compreendido, pois um sorriso maligno brilhou em seu rosto.

O Faraó | 853

Mefres dobrou as bandeirolas, abandonou o terraço do pilono e começou a descer a escadaria. De repente, quando já se encontrava no primeiro andar, foi cercado por três homens com capas marrons cobrindo suas túnicas listradas de preto e branco.

— Eis o distinto Mefres — falou um deles, e todos três se ajoelharam.

O sumo sacerdote ergueu os braços como se fosse abençoá-los, mas logo os baixou, e perguntou:

— Quem são vocês?...

— Zeladores do Labirinto.

— E por que bloquearam a minha passagem?...

— Não precisamos lembrá-lo de que, santo homem — disse um dos homens, ainda ajoelhado —, há poucos dias você esteve no Labirinto, cujos caminhos conhece tão bem quanto nós, embora não devesse... Sendo um dos grandes sábios, não pode deixar de conhecer as nossas leis que tratam de questões semelhantes...

— O que quer dizer com isso?! — gritou Mefres. — Vocês são assassinos enviados por Herh...

Não chegou a concluir a frase. Um dos assaltantes agarrou-o pelas mãos, outro cobriu seu rosto com um pano, enquanto o terceiro o borrifou com um líquido transparente. Mefres se contorceu algumas vezes — e caiu morto. Os homens colocaram-no num vão na parede, enfiando um papiro em sua mão morta; em seguida, sumiram nos corredores do pilono.

Três outros homens, vestidos de maneira idêntica aos que interceptaram Mefres, seguiam Lykon praticamente desde o momento em que Mefres o deixou na rua deserta.

O adormecido Lykon, como se tivesse percebido que estava sendo seguido, entrou repentinamente em uma rua movimentada, depois dirigiu-se a uma praça cheia de gente e, finalmente, correu pela rua dos Pescadores até a margem do Nilo. Uma vez lá,

854 | Bolesław Prus

encontrou um bote, pulou nele e, com extraordinária rapidez, começou a atravessar o rio.

Já estava a algumas centenas de passos da margem quando partiu atrás dele um barco com um remador e três passageiros, e logo depois um outro, com dois remadores e mais três passageiros.

Os dois barcos perseguiam ferozmente o bote de Lykon.

Naquele que tinha apenas um remador estavam os zeladores do Labirinto, que olhavam atentamente para seus concorrentes.

— Quem seriam aqueles outros três? — perguntavam-se. — Ontem, eles andavam em torno do templo e, hoje, perseguem aquele maldito grego... Será que pretendem protegê-lo de nós?...

O pequeno bote de Lykon chegou à outra margem do rio. O adormecido grego saltou de dentro dele e, com passos rápidos, começou a andar na direção dos jardins do palácio. Volta e meia cambaleava, parava e levava as mãos à cabeça; mas logo em seguida voltava a caminhar, como se estivesse sendo empurrado por uma força inconcebível.

Os zeladores do Labirinto também desembarcaram, mas haviam sido precedidos por seus rivais, e assim teve início uma curiosa perseguição, com Lykon correndo para o palácio como um velocista seguido pelos três desconhecidos, e estes pelos zeladores do Labirinto.

Já perto do jardim, os dois grupos de perseguidores se encontraram.

— Quem são vocês? — perguntou um dos zeladores do Labirinto aos desconhecidos.

— Eu sou o chefe de polícia de Pi-Bast e estou, junto com estes dois centuriões, perseguindo um grande criminoso.

— E nós somos zeladores do Labirinto, e também estamos no encalço do mesmo homem.

— E o que vocês pretendem fazer com ele?... — perguntou o policial.

O Faraó | 855

— Temos uma sentença de morte contra ele.

— E o que vão fazer com o cadáver?

— Deixá-lo no lugar onde ele for morto, com tudo que carregava consigo.

Os policiais confabularam entre si.

— Se o que vocês estão dizendo é verdade — disse finalmente o chefe de polícia —, então nós não vamos atrapalhá-los. Pelo contrário, se nós o pegarmos, o deixaremos com vocês por alguns instantes...

— Vocês prometem?

— Prometemos.

— Então podemos ir juntos.

Os dois grupos se juntaram, mas o grego já desaparecera de vista.

— Maldição!... — exclamou o chefe de polícia. — Já anoiteceu, e ele conseguiu escapar mais uma vez...

— Vamos achá-lo — respondeu o zelador do Labirinto. — Ele terá de retornar por este caminho.

— Por que ele teria ido aos jardins reais? — perguntou o policial.

— Não sabemos, deve ter sido a mando dos sumos sacerdotes, mas temos certeza de que ele retornará ao templo — respondeu um dos zeladores.

Diante disso, os perseguidores resolveram aguardar e agir em conjunto.

— Já é a terceira noite que estamos desperdiçando — comentou, bocejando, um dos policiais.

Os perseguidores se enrolaram em suas capas e se deitaram na grama.

Imediatamente após a partida de Tutmozis, a distinta dama Nikotris abandonou os aposentos do filho, furiosa e calada. E quando Ramsés quis acalmá-la, interrompeu-o rudemente:

856 | Bolesław Prus

— Despeço-me do faraó, e imploro aos deuses para que me permitam saudá-lo amanhã, ainda como faraó...

— Você tem alguma dúvida quanto a isso, mãe?

— Pode-se duvidar de tudo diante de um homem que escuta os conselhos de loucos e traidores!...

Mãe e filho se separaram com raiva no coração.

Sua Santidade não demorou muito a recuperar o bom humor e ficou conversando animadamente com os dignitários. Mas, a partir das seis horas da tarde, começou a ficar preocupado.

— Tutmozis deveria ter enviado um mensageiro... — falou. — Estou convencido de que a questão já está resolvida... de uma forma ou de outra.

— Não estou tão certo disso — respondeu o tesoureiro-mor. — O destacamento pode não ter encontrado barcos suficientes para atravessar o rio, ou o templo poder ter oferecido resistência...

— E onde está aquele jovem sacerdote? — perguntou repentinamente Hiram.

— Que sacerdote?... O emissário do falecido Samentu?... — perguntavam-se os dignitários. — É verdade, aonde ele poderia ter ido?...

Um destacamento de soldados foi despachado para fazer uma busca no palácio e no jardim, mas o sacerdote não foi localizado.

O incidente deixou os dignitários preocupados.

Ao anoitecer, um dos empregados do faraó entrou no aposento e sussurrou que a senhora Hebron adoecera gravemente e implorava que Sua Santidade fosse visitá-la.

Os dignitários sabiam qual era o tipo de relacionamento que ligava o amo à bela Hebron. Mas quando o faraó expressou o desejo de sair para o jardim, ninguém ousou protestar. O jardim, tão bem protegido quanto o palácio, não oferecia qualquer perigo, e todos estavam cientes de que Ramsés detestava que se metessem em sua vida privada.

O Faraó | 857

Quando o amo sumiu no corredor, o grão-escriba disse ao tesoureiro:

— O tempo se arrasta como uma carroça num deserto. Talvez Hebron tenha alguma notícia de Tutmozis...

— Neste momento — respondeu o tesoureiro — a sua expedição ao templo de Ptah com apenas algumas dezenas de homens me parece ter sido uma loucura.

— Por acaso o faraó agiu com precaução na batalha dos Lagos Salgados, passando uma noite inteira perseguindo Tehenna? — observou Hiram. — Às vezes, a coragem é muito mais importante do que a quantidade de soldados.

— E quanto a esse jovem sacerdote?... — perguntou o tesoureiro.

— Ele apareceu sem o nosso conhecimento, e partiu sem pedir permissão — falou Hiram. — Estamos todos nos comportando como conspiradores.

Enquanto isso, Ramsés atravessou rapidamente o jardim até o palacete de Tutmozis. Quando entrou no quarto de Hebron, esta se atirou chorando ao seu pescoço.

— Estou morrendo de medo!... — exclamou.

— Você está preocupada com Tutmozis?

— E eu lá ligo para ele? — respondeu Hebron, fazendo uma careta de desdém. — Eu só me preocupo com você... só penso em você... é só você que me interessa...

— Que seja abençoado este seu interesse que, pelo menos por um momento, pode me livrar do tédio — respondeu, rindo, o faraó. — Por deuses! Como este dia custa a passar! Se você tivesse participado das nossas reuniões, se tivesse visto as caras dos meus conselheiros!... E, ainda por cima, a venerável rainha resolveu nos agraciar com sua presença... Nunca pensei que a dignidade faraônica pudesse ser tão atormentadora...

— O que você fará caso Tutmozis não consiga conquistar o templo?

— Tirarei o comando dele, guardarei a minha coroa num baú e vestirei um capacete de oficial. Estou convencido de que quando eu aparecer pessoalmente à frente das minhas tropas, a rebelião cessará num minuto.

— Qual delas?... — perguntou Hebron.

— É verdade; temos duas rebeliões — riu Ramsés. — A do povo contra os sacerdotes e a dos sacerdotes contra mim...

Em seguida, pegou Hebron nos braços e a carregou até o sofá, murmurando:

— Como você é linda!... Cada vez que a vejo, você me parece diferente e ainda mais bela...

— Largue-me — sussurrou Hebron. — Às vezes chego a ficar com medo de que você me morda...

— Morder... não... mas seria capaz de beijá-la até a morte... Você não tem a mais vaga ideia de quanto é linda... Junto de você, eu gostaria de me transformar numa romãzeira... gostaria de ter tantos braços quanto ela tem raízes, somente para poder abraçá-la... e tantas mãos quanto folhas, tantas bocas quanto flores... tudo isso para poder beijar sua boca, seus olhos, seus seios...

— Para um rei cujo trono está ameaçado, você tem pensamentos surpreendentes... — observou Hebron.

— Num leito, eu não me preocupo com o trono — interrompeu-a Ramsés. — Enquanto tiver uma espada, terei poder.

— Seus exércitos estão dispersos — dizia Hebron, defendendo-se dos avanços amorosos.

— Amanhã chegarão novos regimentos e depois de amanhã eu já terei reagrupado os que se dispersaram. Volto a lhe dizer: não se preocupe com bagatelas... Um momento de carícias vale mais do que um ano de reinado.

Uma hora após o pôr do sol, o faraó saiu do aposento de Hebron e caminhou lentamente em direção a seu palácio. Estava em devaneio e lânguido, pensando quão tolos eram os sacerdotes ao lhe opor resistência. Desde que o Egito era Egito, nunca poderia ter havido um faraó melhor do que ele.

De repente, do meio das figueiras, saiu um homem envolto num manto escuro, bloqueando a passagem do faraó. O amo, para melhor vê-lo, aproximou seu rosto do dele, e exclamou:

— Ah, é você, seu miserável?!...

Era Lykon. Ramsés agarrou-o pelo pescoço, e o grego gemeu, caindo de joelhos. Ao mesmo tempo, o faraó sentiu uma ardente pontada do lado esquerdo do seu abdome.

— E você ainda morde?! — exclamou Ramsés.

Apertou com mais força o pescoço do grego e, ao ouvir o estalo de vértebras se partindo, atirou-o para longe, com repugnância. Lykon ficou caído, agitando-se em derradeiras convulsões.

O faraó caminhou alguns passos. Tateou o corpo na região dolorida, e sentiu o cabo de um estilete.

"Teria ele me ferido?", pensou.

Extraiu o fino punhal e apertou o ferimento com a mão.

"Gostaria de saber", pensou, "se algum dos meus conselheiros tem um emplastro."

Sentiu náuseas e apressou o passo.

Já perto do palácio, foi interceptado por um dos oficiais:

— Tutmozis está morto... Foi assassinado por Eunano!...

— Eunano? — repetiu o faraó. — E quanto aos demais?...

— Quase todos os voluntários que acompanharam Tutmozis estavam a soldo dos sacerdotes.

— Muito bem! Está na hora de acabar com essa palhaçada! — falou o amo. — Convoque os regimentos asiáticos...

Soaram trombetas e os asiáticos começaram a sair das casernas, puxando seus cavalos.

— Tragam, também, um cavalo para mim — falou o faraó.

860 | Bolesław Prus

Porém, ao sentir uma tonteira, acrescentou:

— Não... tragam-me uma liteira... não quero me cansar...

De repente, cambaleou e caiu nos braços dos oficiais.

— Quase esqueci... — falou com uma voz que se extinguia.

— Tragam-me um capacete e uma espada... aquela de aço... dos Lagos Salgados... Vamos para Mênfis...

Dignitários e servos vieram correndo do palácio. O faraó, sustentado pelos oficiais, tinha o rosto acinzentado e seus olhos estavam ficando enevoados. Estendeu o braço, como se fosse procurar uma arma, mexeu os lábios e, em meio a um silêncio sepulcral, parou de respirar — ele, o Senhor dos Dois Mundos: o terreno e o espiritual.

capítulo 67

DA MORTE DE RAMSÉS XIII ATÉ SEU ENTERRO, O EGITO FOI GOVER-nado pelo sumo sacerdote de Amon de Tebas — o venerável Sam-amen-Herhor.

Sua breve regência foi muito proveitosa. Herhor acabou com as rebeliões dos trabalhadores e restaurou o antigo costume de conceder um dia a cada seis para o descanso do povo trabalhador. Introduziu uma disciplina austera entre os sacerdotes, deu proteção aos estrangeiros, especialmente aos fenícios, e firmou um tratado com a Assíria sem entregar a Fenícia, mantendo-a na condição de vassala do Egito.

No decurso dos poucos meses em que durou sua interinidade, a justiça voltou a ser dispensada a todos, porém sem violência, e ninguém ousou bater num felá, que poderia processar seu agressor, caso dispusesse de tempo e de testemunhas.

Herhor ocupou-se também da questão das dívidas que pesavam sobre as propriedades do faraó e da nação. Nesse intuito, convenceu os fenícios a reduzir uma boa parte dos valores devidos e, para cobrir o restante, levantou do Labirinto a enorme quantia de trezentos mil talentos.

862 | Bolesław Prus

Graças a essas ações, em menos de três meses a paz voltou a reinar no Egito e as pessoas diziam:

— Abençoado seja o governo do regente San-amen-Herhor! Os deuses o destinaram a ser governante e livrar o Egito das desgraças causadas pelo frívolo e mulherengo Ramsés XIII...

Bastaram apenas algumas dezenas de dias para que a nação se esquecesse de que todas as medidas adotadas por Herhor não passavam de uma mera implementação dos projetos do jovem e nobre faraó.

No mês de Tobi (outubro-novembro), quando a múmia de Ramsés XIII já fora depositada nas cavernas reais, foi realizada uma importante reunião no templo de Amon. Participaram dela quase todos os sumos sacerdotes, nomarcas e generais, entre os quais o idoso e coberto de glória comandante do Exército Oriental, general Nitager.

No mesmo gigantesco hipostilo onde, meio ano antes, os sacerdotes haviam julgado Ramsés XII e demonstrado sua animosidade em relação a Ramsés XIII, reuniram-se os mais altos dignitários da nação para, sob a direção de Herhor, resolver a mais importante questão do país. E assim, no dia vinte e cinco de Tobi, pontualmente ao meio-dia, Herhor, com a sagrada mitra de Amenhotep na cabeça, sentou-se num trono, enquanto os demais se acomodavam em assentos mais simples.

A reunião foi extremamente curta, como se seu resultado já tivesse sido definido previamente.

— Dignos sumos sacerdotes, nomarcas e líderes militares! — começou Herhor. — Estamos reunidos aqui para resolver uma questão de fundamental importância. Junto com a morte do eternamente vivo Ramsés XIII, cujo curto e desastroso reinado terminou de uma forma tão infeliz...

Nesse ponto Herhor deu um suspiro.

—...Junto com a morte de Ramsés XIII apagou-se não somente o faraó, mas também a vigésima dinastia...

Um murmúrio percorreu o auditório.

— A dinastia não acabou — pronunciou, de forma quase rude, o poderoso nomarca de Mênfis —, pois a venerável rainha Nikotris continua viva, sendo assim, o trono pertence a ela...

Após um momento de silêncio, Herhor respondeu:

— A minha distintíssima esposa, rainha Nikotris...

Dessa vez não foi um murmúrio que se ouviu entre os presentes, mas uma gritaria que durou alguns minutos. Quando ela cessou, Herhor voltou a falar, calma e enfaticamente:

— A minha distintíssima esposa, rainha Nikotris, inconsolável com a perda de seu filho... abdicou do trono...

— Um momento!... — exclamou o nomarca de Mênfis. — O distintíssimo regente nomeia a rainha sua esposa... Trata-se de um fato novo, que, antes de tudo, deverá ser verificado...

A um sinal de Herhor, o juiz supremo leu para os presentes o contrato matrimonial, firmado dois dias antes entre o distintíssimo sumo sacerdote San-amen-Herhor e a rainha Nikotris, viúva de Ramsés XII e mãe de Ramsés XIII.

Após aquela elucidação, todos se calaram e Herhor continuou:

— Uma vez que minha esposa e única sucessora do trono abdicou dos seus direitos, o reinado da vigésima dinastia terminou, e nós temos de eleger um novo monarca... O novo líder deverá ser um homem maduro, enérgico e com prática em assuntos de Estado. Sendo assim, recomendo a Vossas Excelências elegermos...

— Herhor! — gritou alguém.

— ...Recomendo-lhes escolhermos o ilustríssimo Nitager, comandante do Exército Oriental — finalizou Herhor.

Durante um certo tempo Nitager permaneceu sentado, com os olhos semicerrados e um benigno sorriso no rosto. Finalmente, ergueu-se e disse:

864 | Bolesław Prus

— Ouso afirmar que não devem nos faltar pessoas que gostariam de assumir o posto de faraó. Provavelmente, temos mais delas do que precisamos. Por sorte, os deuses, ao eliminarem os pretendentes perigosos, nos indicaram o homem mais digno de ocupar esse posto. Creio que em vez de aceitar a coroa que me foi oferecida, estarei agindo mais sabiamente respondendo: "Que possa viver eternamente Sua Santidade San-amen-Herhor, o primeiro faraó de uma nova dinastia!"

Os presentes, com pequenas exceções, repetiram o grito, e o juiz supremo trouxe dois barretes sobre uma bandeja de ouro: um branco — do Egito Superior —, e um vermelho — do Inferior. Herhor, tendo beijado a serpente sagrada, colocou-os na cabeça.

Em seguida, teve início a cerimônia das homenagens, que durou várias horas, e em seguida foi lavrada a ata oficial. Os participantes da reunião apuseram nela seus selos e, a partir daquele momento, San-amen-Herhor se tornou efetivamente faraó, senhor dos dois mundos e da vida e da morte de seus súditos.

Ao anoitecer, Sua Santidade retornou exausto a seus aposentos, onde encontrou Pentuer. O sacerdote emagrecera e seu rosto denotava abatimento e tristeza.

Quando Pentuer prostrou-se, o amo o ergueu e disse:

— Você não endossou a minha eleição e não participou das homenagens prestadas a mim. E temo que chegue o dia em que precisarei sitiar você no templo de Ptah... E então, o que você decidiu: ficar comigo ou juntar-se ao sacerdote Menes?

— Perdoe-me, Santidade — respondeu o sacerdote —, mas a vida na corte me deixou tão enfastiado que meu único desejo é o aprender os segredos da ciência.

— Você não consegue se esquecer de Ramsés? — perguntou Herhor. — E, no entanto, conheceu-o por pouco tempo, ao passo que, comigo, você trabalhou muitos anos.

O Faraó | 865

— Não me condene, Santidade... Ramsés XIII foi o primeiro faraó que se preocupou com a miséria do povo egípcio...

Herhor sorriu.

— Oh, vocês, os sábios... — falou, meneando a cabeça. — Já se esqueceu de que foi você mesmo quem chamou a atenção de Ramsés para a situação da plebe? E agora o pranteia no seu coração, muito embora ele não tivesse aliviado em nada a sorte do povo... Foi você, e não ele, quem melhorou a vida dos pobres. Como você é engraçado, apesar do seu intelecto tão desenvolvido. O mesmo ocorre com Menes... Ele se considera o mais pacífico dos homens no Egito, quando, na verdade, foi ele quem derrubou a dinastia e pavimentou o caminho ao poder para mim... Não fosse sua carta sobre o eclipse no dia vinte de Paofi, provavelmente eu, junto com o falecido Mefres, estaríamos hoje quebrando pedras nas minas... Vá, Pentuer, e cumprimente Menes da minha parte. Lembre-se de que sei ser grato, o que é um dos grandes segredos do poder. Diga a Menes que atenderei a qualquer pedido dele, desde que não me peça que eu abdique do trono... Vá, e retorne quando tiver descansado; pode estar certo de que lhe reservarei um posto muito importante...

E ergueu o braço, abençoando a humildemente inclinada cabeça do sacerdote.

Epílogo

No mês de Mechir (novembro-dezembro), Pentuer chegou ao templo no qual Menes conduzia seus grandes estudos do céu e da terra.

O ancião, mergulhado em seus pensamentos, mais uma vez não o reconheceu. Ao se dar conta de quem era o visitante, abraçou-o e perguntou:

— E então, você está novamente rebelando os felás para reforçar o poder do faraó?

— Vim para ficar com você e lhe servir — respondeu Pentuer.

— Ho! Ho!... — exclamou Menes, olhando para ele com atenção. — Você realmente já não está mais interessado na vida da corte e suas benesses? Oh, que dia abençoado! Quando você começar a olhar para o mundo do topo do meu pilono, se dará conta de como tudo aquilo é pequeno e feio.

Uma vez que Pentuer não respondeu, Menes voltou a seus afazeres. Quando retornou algumas horas mais tarde, encontrou o discípulo sentado no mesmo lugar, com os olhos fixos num ponto onde, a grande distância, era possível vislumbrar os contornos do palácio dos faraós.

Menes lhe deu uma panqueca de cevada e um caneco de leite, deixando-o em paz.

O Faraó | **867**

Isso durou alguns dias. Pentuer comia pouco, falava ainda menos, passando dias imóvel e olhando não se sabe para onde.

Esse estilo de vida não agradou a Menes. Certo dia, sentou-se na pedra ao lado de Pentuer e disse:

— Será que você endoidou de vez, ou o espírito das trevas apossou-se apenas temporariamente do seu coração?

Pentuer virou para ele seus olhos nublados.

— Olhe à sua volta — dizia o ancião. — Estamos na mais agradável das estações do ano. As noites são longas e estreladas, os dias são frescos e a terra se cobre de flores e grama. A água está mais transparente que o cristal, o deserto permanece adormecido e o ar está repleto dos alegres cantos das aves... Se a primavera é capaz de provocar tais milagres na natureza, como deve estar empedernida a sua alma para não sentir tais maravilhas!... Acorde, porque você mais parece um monte de lama ressecada, e quase chega a feder no meio dos narcisos e das violetas.

— A minha alma está doente — respondeu Pentuer.

— O que o aflige?

— Quanto mais eu penso, mais me convenço de que se eu não tivesse abandonado Ramsés XIII e continuado a lhe prestar meus serviços, o mais nobre de todos os faraós ainda estaria vivo... Ele vivia cercado de traidores e não houve um só homem disposto a aconselhá-lo!

— E você realmente acredita que poderia tê-lo salvado? — perguntou Menes. — Oh, a empáfia de um pseudossábio!... Toda a inteligência do mundo não poderia ter salvado um falcão enredado por corvos, e você, achando-se um deus, quis mudar o destino de um homem?...

— Por que não? Por acaso ele estava predestinado a morrer?

— Certamente. Em primeiro lugar, ele foi um faraó guerreiro, e o Egito atual despreza guerreiros... Hoje, um egípcio prefere uma pulseira de ouro a uma espada, mesmo de aço; dá mais valor a um bom cantor ou dançarino do que a um soldado destemido; e está mais interessado no lucro do que numa guerra... Enquanto isso, você queria que, numa época de Amenhoteps e Herhors, sobrevivesse um faraó pertencente aos tempos dos hicsos. Todas as coisas têm seu momento para amadurecer e outro para murchar. Ramsés XIII veio ao mundo numa época inapropriada, por isso tinha de ceder.

— E você acha que nada poderia tê-lo salvado? — perguntou Pentuer.

— Não vejo tal poder. Ele não somente esteve em desacordo com sua época e sua posição, como ainda surgiu num momento de decadência do país, como uma tenra folha numa árvore apodrecida.

— E você fala tão calmamente sobre a decadência do Egito? — espantou-se Pentuer.

— Vejo-a há dezenas de anos, e ela já foi vista pelos meus antecessores neste templo... Portanto, já houve tempo suficiente para nos acostumarmos.

— Vocês têm dupla visão?

— De modo algum — respondeu Menes —, mas dispomos de gabaritos. Pelo movimento de uma bandeirola você pode reconhecer qual é o vento que está soprando, o nível de água no poço sacerdotal de Mênfis lhe mostra se o rio está crescendo ou diminuindo... Quanto a nós, há séculos que a Esfinge tem nos ensinado sobre a fraqueza do reino.

— Nunca soube disso... — murmurou Pentuer.

— Se você ler as antigas crônicas dos nossos templos, vai se convencer de que em épocas que o Egito florescia, a Esfinge estava inteira e se erguia sobre o deserto. Em contrapartida, quando o país entrava em declínio, a Esfinge rachava e se esfarelava, com a areia chegando a seus pés. Há séculos que a Esfinge está se esfarelando, e quanto mais alto for o nível da areia à sua volta e quanto mais rachaduras houver em seu corpo, maior será o declínio do Egito...

— Até perecer de todo?...

O Faraó | **869**

— De modo algum — respondeu Menes. — Assim como a noite sucede o dia, após os tempos de declínio sempre sucedem tempos de florescimento. É como na natureza: algumas árvores perdem suas folhas no mês de Mechir somente para que elas renasçam no mês de Pachon... E o Egito é uma árvore milenar, cujos galhos são as dinastias. Agora, diante dos nossos olhos, está nascendo o vigésimo primeiro galho... portanto, por que deveríamos ficar tristes? Pelo fato de uma árvore continuar viva, mesmo tendo perdido um dos seus galhos?

Pentuer ficou pensativo, mas seus olhos readquiriram um pouco de seu antigo brilho.

Alguns dias depois, Menes disse a Pentuer:

— Estamos ficando sem víveres. Precisamos sair em direção ao Nilo e conseguir algumas provisões.

Os dois sacerdotes colocaram grandes cestos às costas e começaram a visitar os vilarejos ribeirinhos. Paravam às portas das choupanas dos felás, entoando cantos religiosos, após os quais, Menes batia nas portas e dizia:

— Almas piedosas! Devotos egípcios! Ofereçam uma esmola aos servos da deusa da Sabedoria!...

E assim foram recebendo (mais frequentemente de mulheres) ora um punhado de cevada, ora um punhado de trigo, ora uma panqueca, ora um peixe seco. No entanto, houve ocasiões em que foram rechaçados por cães ferozes ou atacados a pedradas por crianças pagãs.

Como era estranha a visão daqueles dois humildes mendigos, dos quais um tivera grande influência nos destinos da nação, e o outro, graças a seu conhecimento dos segredos da natureza, mudara o curso da história!

Nos vilarejos mais ricos, os pedintes eram recebidos melhor, e numa casa em que estava sendo realizado um casamento deram-lhes de comer e beber, e permitiram que pernoitassem numa das choupanas vizinhas.

870 | Bolesław Prus

Os habitantes não se impressionavam nem com suas cabeças rapadas, nem com as gastas peles de leopardo cobrindo suas costas. O povo do Egito Inferior, uma mistura de pessoas de crenças diversas, não se destacava pela religiosidade. Além disso, não demonstrava grande respeito pelos sacerdotes da Sabedoria, totalmente negligenciados pelo Estado.

Deitados sobre um monte de feno, Menes e Pentuer escutavam a alegre música, os gritos e as eventuais brigas dos convivas da festa.

— Que coisa terrível — disse Pentuer. — Passaram-se apenas alguns meses da morte do nosso amo que foi o protetor dos felás, e eles já se esqueceram dele... Como dura pouco a gratidão humana...

— E o que você queria?... Que as pessoas cobrissem a cabeça com cinzas até o final dos tempos? — perguntou Menes. — Quando um crocodilo abocanha uma mulher ou uma criança, você acha que as águas do Nilo cessam de correr?... Elas continuam fluindo sem se importar com cadáveres, nem mesmo com a elevação ou a diminuição do nível do rio.

Pentuer olhou para ele com indignação, mas Menes continuou:

— O mesmo ocorre com a vida de um povo. Independentemente de uma dinastia ter terminado e começado outra, de o país ser sacudido por rebeliões ou envolto em guerras, ou mesmo de estar em paz e prosperidade, as massas têm de comer, beber, dormir, casar-se e trabalhar, assim como uma árvore cresce independentemente da chuva ou da falta dela... Portanto, deixe que eles pulem, desde que tenham pernas para isso, ou que chorem e cantem quando seus peitos estiverem repletos de sentimentos.

— Admita, pelo menos, que a alegria dessa gente não deixa de ser estranha se levarmos em conta o que você acabou de falar sobre o declínio da nação — observou Pentuer.

— De modo algum, pois o povo é a nação, e sua vida é a vida da nação. As pessoas sempre estão ora alegres, ora tristes, e não se passa

O Faraó | **871**

uma hora sequer sem que haja alguém rindo ou suspirando. O curso da história consiste no fato de que quando há mais alegria entre o povo, nós dizemos que o país está florescendo, e quando há mais lágrimas escorrendo do que risos, nós chamamos isso de declínio.

— Quer dizer que essas denominações não têm qualquer significado? — quis saber Pentuer.

— Não se agarre a expressões — respondeu o sábio —, mas observe o povo. Nesta choupana reina alegria, portanto a nação está florescendo, e você não tem o direito de suspirar e dizer que ela está decadente. A única coisa que você deve fazer é se esforçar para que haja o maior número possível de choupanas felizes.

— E para quê? — disse finalmente Pentuer. — Se pelo menos a vida tivesse sido criada para enaltecer a virtude. Mas não é isso que ocorre. O cruel intrigante, a mãe que casa com o assassino do próprio filho, a amante que, no meio das carícias, pensa em trair... estes são os que crescem em prosperidade e poder. Enquanto isso, os mais sábios murcham em inatividade e os corajosos e nobres morrem, junto com a lembrança dos seus feitos...

— Você já olhou para o mar quando ele está calmo? — perguntou-lhe Menes. — Ele não parece tedioso, como um sonho em que nada acontece? Somente quando o vento agita sua superfície, quando uma onda despenca num abismo e outra se eleva, quando ele faísca com luzes e do seu fundo emergem vozes ameaçadoras ou plangentes é que ele se torna belo... O mesmo ocorre com um rio: enquanto ele corre num só sentido, parece morto; mas quando começa a virar para a direita e para a esquerda, adquire beleza. Assim como as montanhas: se todos os seus picos fossem da mesma altura, seria enfadonho; mas picos irregulares e vales profundos são lindos...

Ao longe, ouviu-se uma voz doce entoando uma canção meio sacra e meio profana:

872 | Bolesław Prus

Derrame mirra sobre sua cabeça, vista-se com tecidos finos e unte seu corpo com as dádivas dos deuses... Vista-se da forma mais bela que puder e não permita que a tristeza penetre em seu coração. Goze da vida o máximo que puder enquanto estiver nesta terra, e não se entristeça até o momento em que chegar a sua hora de aflição.

— O mesmo ocorre com a vida humana — continuava Menes. — As delícias são como as ondas do mar ou os picos das montanhas, enquanto as profundezas e os desfiladeiros representam sofrimentos... e é somente quando tudo isso está junto que a vida se torna bela, digna de ser pintada e esculpida, como a cordilheira dos montes Orientais, que tanto nos encanta.

Mas aquele cujo coração já não bate mais, continuava a voz, *não ouve lamentos nem se entristece com a aflição dos outros. Portanto, sorria e se alegre com dias felizes, aumentando o seu número...*

— Você ouviu? — perguntou Pentuer, apontando na direção de onde vinha o canto. — Aquele cujo coração parou de bater não só não se entristece com a aflição dos outros, como não se alegra com a sua própria vida, por mais belamente que ela tenha sido pintada ou esculpida... Portanto, para que serve esse esforço todo, pelo qual se paga com tanta dor e tantas lágrimas de sangue?...

Anoitecia. Menes envolveu-se em sua capa e respondeu:

— Cada vez que você for assolado por esses pensamentos, vá até um dos nossos templos e olhe para suas paredes cobertas de imagens de pessoas, animais, árvores, rios, estrelas... exatamente como este mundo no qual vivemos. Para um simplório, elas não têm qualquer significado, e mais de uma pessoa vai se perguntar para que elas servem e o que fez as pessoas se esforçarem tanto para realizá-las... Mas um sábio se aproxima delas com todo o respeito e, olhando-as com atenção, lê nelas a história de tempos passados ou os mais profundos segredos da Sabedoria.

Glossário resumido

AMENEMHET III — No original de Prus se diz que foi em "3.500 anos antes de Cristo" que Amenemhet III resolveu executar o ousado empreendimento de transformar a região árida de Fayum ("um deserto côncavo, cercado por um anfiteatro de colinas desnudas") em uma região fértil e habitável. Provavelmente — ainda que Prus não desse importância a anacronismos — era isso que se supunha à época em que *O faraó* foi escrito. Hoje está comprovado que o faraó Amenemhet III reinou de 1844 a 1797 a.C.

AMENHOTEP — Assim como a maior parte dos outros nomes (Herhor, Pentuer, Tutmozis, Nikotris etc.), foi buscado nos manuais de história egípcia.

CALENDÁRIO EGÍPCIO — Calendário usado no antigo Egito, formado por anos de 365 dias grupados em 12 meses de 30 dias e cinco dias epagômenos que o completavam. O ano começava em Tot (de princípio de julho a princípio de agosto), continuava em Phaophi, Athyr, Choiak, Tybi, Mechyr, Phamenoth, Pharmuthi, Pachon, Payni, Epiphi, para terminar em Mesore (de princípio de junho a princípio de julho). A nomenclatura naturalmente varia um pouco de fonte para fonte e de época para época. Importante é perceber que a estrutura anual era muito semelhante à do calendário atual. Os cinco dias epagômenos lembravam os nascimentos de Osíris, Horus, Set, Ísis e Neftis.

DÉCADA — Os meses egípcios eram divididos em três décadas.

874 | Bolesław Prus

EGITO INFERIOR — Norte do Egito. Não fica "embaixo", no sul, ou parte meridional, e sim no norte, por causa da direção em que corre o rio Nilo. Ver EGITO SUPERIOR.

EGITO SUPERIOR — Não fica, como se poderia imaginar, "em cima" no mapa, ou seja, no norte, ou parte setentrional — e portanto no delta do Nilo –, mas sim no sul, porque o Nilo corre do sul para o norte, ficando o Egito Superior no sul. Mais uma vez é o Nilo que determina a ordem dos fatores. Ver EGITO INFERIOR.

ERPATRE — Sucessor ao trono do faraó.

ESFINGE — Monstro fabuloso, alado ou não, com corpo de leão e cabeça humana. Era representado com frequência na Antiguidade e, no Egito faraônico, erigido como guarda de santuários e túmulos.

FELÁ — Camponês ou lavrador egípcio.

FIOS DE COBRE — Eram usados como moedas no antigo Egito.

FLABELÍFERO — Homem que conduz (e abana) o flabelo (leque).

HIPOSTILO — Compartimento cujo teto é sustentado por colunas.

LABIRINTO (LOPE-RO-HUNT) — A construção não deve ser confundida com o Labirinto de Creta, no qual, segundo a mitologia grega, vivia o Minotauro. Para descrever o labirinto egípcio, o autor se baseou no livro *História*, de Heródoto. A descrição que Prus faz do Labirinto de certa forma antecipa o que seria mais tarde o Fort Knox.

LÓTUS — Ou lótus-sagrado-do-egito, ou ainda loto-sagrado-do-egito. Planta aquática, da família das ninfeáceas (*Nymphaea lotus*). Na verdade, é originária da Índia e cultivada em lagos pela grande beleza de suas folhas, arredondadas, escavadas na base e denteadas, e de suas flores, alvas, com até 25 centímetros de diâmetro, e muitos estames e pétalas. Suas sementes são comestíveis — e em muitos momentos ela constituía a base da alimentação dos felás.

MECHYR — Ver CALENDÁRIO EGÍPCIO.

MESES — Ver CALENDÁRIO EGÍPCIO.

NOMARCAS — Governantes de províncias do antigo Egito.

O Faraó | 875

NOMO — Divisão territorial do antigo Egito: espécie de distrito ou província. Ver NOMARCA.

PERISTILO — Galeria de colunas em volta de um pátio ou edifício.

PILONO — Pórtico de templo egípcio; tem a forma de duas pirâmides truncadas, entre as quais fica a entrada. Usado no romance como verdadeira torre de controle.

RAMSÉS XII — Este faraó de Prus, assim como seu sucessor, o personagem central do romance — Ramsés XIII –, é ficcional. Ainda que tenham existido dois Ramsés na 19ª dinastia e nove da 20ª dinastia, a linhagem dos Ramsés acaba justamente em Ramsés XI. Na época em que Prus escreveu o romance, o conhecimento sobre o Egito Antigo era bastante precário, e o fato de esses dois faraós terem ou não existido ainda era polêmico. Hoje, a maior parte dos egiptólogos está convencida de que eles não existiram, mas ainda há controvérsias.

RAMSÉS XIII — Ver RAMSÉS XII.

URAEUS — Representação de uma serpente sagrada e emblema de poder supremo, usada nas coroas dos deuses e faraós no antigo Egito.*

---

* O glossário foi elaborado com a ajuda de Tomasz Barcinski, tradutor do romance.

Cronologia resumida de Bolesław Prus

1847 — Nasce, em 20 de agosto, em Hrubieszów, na Polônia, perto da fronteira com a Ucrânia nos mapas de hoje, com o nome de Aleksander Głowacki. Era o filho mais novo do administrador público Antoni Głowacki e de Apolonia Głowacka, nascida Trembińska.

1850 — Aos 3 anos de idade, perde a mãe e passa a viver sob os cuidados da avó materna, Marcjanna Trembińska, em Puławy.

1854 — Passa a morar com a tia, Domicela Olszewska, em Lublin.

1856 — Perde também o pai e se torna órfão já aos 9 anos.

1857 — Ingressa no ginásio.

1861 — Seu irmão Leon, 13 anos mais velho e professor de história, o leva para Siedlce.

1862 — Muda-se, com o irmão, para Kielce, onde inicia os estudos do segundo grau.

1863 — Na revolta polonesa contra a Rússia Oriental, Prus, com apenas 15 anos, foge da escola para se juntar aos insurgentes; Leon, seu irmão, é um dos líderes da revolta, que acaba por deixá-lo em estado de debilidade mental até sua morte, em 1907. Em 1º de setembro, Prus é ferido em batalha contra as forças russas e em seguida capturado, mas, solto assim que sai do hospital é graças à insistência da tia e à pouca idade. A experiência foi responsável pela agorafobia que torturou o futuro escritor até o final da vida.

O Faraó | 877

1864 — É preso em janeiro, mas solto logo depois, em abril, e, em virtude da doença mental do irmão, entregue à custódia do tio Klemens Olszewski. Em maio passa a viver na casa de Katarzyna Trembińska, parente de Prus e mãe de sua futura esposa, Oktawia Trembińska.

1866 — Termina os estudos no ginásio de Lublin e se inscreve no Departamento de Física e Matemática da Universidade de Varsóvia.

1868 — Também devido a dificuldades financeiras, mas sobretudo por discordar do corpo docente da universidade, acaba interrompendo os estudos.

1969 — Inscreve-se no recém-fundado Instituto de Ciências Agrárias e Florestais em Puławy, onde havia passado parte da infância. Também no instituto tem dificuldades com um professor russo. A partir de então, torna-se autodidata e ganha a vida como operário de fábrica, professor particular e fotógrafo. Chega a traduzir e resumir a *Lógica* de John Stuart Mill.

1872 — Passa a trabalhar como jornalista e faz suas primeiras experiências como escritor, escrevendo contos humorísticos. A partir do momento em que passa a escrever regularmente colunas para o semanário *Correio de Varsóvia*, sua situação financeira melhora significativamente.

1873 — Prus faz duas conferências públicas, que mostram bem seus interesses: "Sobre a estrutura do universo" e "Sobre descobertas e invenções".

1875 — Em janeiro casa-se com a prima distante, pelo lado materno, Oktawia Trembińska, filha de sua senhoria nos tempos posteriores à saída da prisão.

1882 — Torna-se redator do diário *Nowiny*, de Varsóvia, recomendado pelo assim chamado profeta do Positivismo polonês, Aleksander Świętochowski. Ali passa a defender o desenvolvimento de seu país. Em menos de um ano, voltaria ao *Mensageiro de Varsóvia*. Passa o verão com a família no Palácio Małachowski,

878 | Bolesław Prus

em Nałęczów. No dia 3 de dezembro de 1961, quase 50 anos após sua morte, foi aberto um museu em sua homenagem nesse mesmo lugar.

1884 — Publica seu conhecido conto "A matriz da terra".

1886 — Seu romance *O posto avançado*, sobre a vida dos camponeses da Polônia, é publicado. Em setembro, nasce Emil Trembińska, filho de Michał Trembińska, irmão de sua mulher. Prus e a mulher adotam o órfão, que seria o modelo do Hórus no capítulo 57 de *O faraó*.

1888 — Escreve o conto "Uma lenda do Egito Antigo", embrião de *O faraó*.

1889 — Conclui *A boneca*, que conta a história do amor infeliz entre uma aristocrata e um homem simples que, por causa dela, trai seus ideais.

1893 — É publicado o romance *As emancipadas*, obra avançada, que debate a questão do feminismo.

1895 — Publica o romance *O faraó* (inicialmente em folhetim jornalístico, assim como seus romances anteriores), dedicando-o à esposa, companheira de uma vida inteira. Em 1966, *O faraó* chegou às telas do cinema, num filme monumental dirigido por Jerzy Kawalerowicz, que em 1967 concorreu ao Oscar de melhor filme estrangeiro.

1897 — Até 1899 é publicada, no *Mensageiro de Varsóvia*, a monografia *Os ideais de vida mais universais*. Na obra, Prus se ocupa da relação entre o indivíduo e a sociedade. A obra ainda hoje é estudada por filósofos e pedagogos. "Seja antes de tudo útil, depois procure ser perfeito, e apenas no final se preocupe com sua própria felicidade" é uma das frases altruístas que orienta o escrito.

1905 — Seu conterrâneo Henryk Sienkiewicz ganha o Prêmio Nobel de Literatura, para o qual Prus também foi cogitado.

1906 — Prus teria tido um filho, Jan Bogusz Sacewicz. A mãe do garoto era Alina Sacewicz, viúva do dr. Kazimierz Sacewicz, médico de

O Faraó | 879

grande consciência social, que Prus conhecera em Nałęczów. Prus se interessou intensamente pelo garoto e manteve produtiva correspondência com a mãe. Jan morreu num campo de concentração alemão depois da repressão ao Levante de Varsóvia, em agosto-outubro de 1944.

1912 — Prus falece em 19 de maio, em Varsóvia.

Posfácio

Marcelo Backes

Bolesław Prus é um dos maiores escritores poloneses de todos os tempos e nome maior da literatura universal. Sua obra bebeu da fonte humorística de Charles Dickens e Mark Twain, do realismo de Flaubert e Zola, e aplainou o caminho para a ficção polonesa do século XX.

Prus é tão conhecido que foi festejado na moeda de 10 *złoty* e seus bustos e estátuas — esculpidos por grandes artistas — se espalham por toda a Polônia. Mesmo em outros países da Europa, não faltam ruas que homenageiam seu nome. *O faraó*, sua obra mais conhecida e mais importante, é um dos maiores clássicos da história da literatura polonesa e um dos maiores romances políticos de todos os tempos. Era o romance preferido de Josef Stálin, e muitos chegam a dizer que, de certo modo, antecipa — na figura ficcional de Ramsés XIII — o fado de John F. Kennedy na condução da grande potência americana vários séculos mais tarde. Em prosa romanceada, o destino humano às voltas com o poder tal como é descrito em *O faraó* alcança o vigor da tragédia à maneira de Shakespeare.

A importância da obra é tal que Czesław Miłosz, escritor polonês e Prêmio Nobel de Literatura em 1980, escreveu que *O faraó* é provavelmente o único romance do século XIX que trata do poder estatal e o chamou de obra arquetípica no tratamento do tema, dizendo ainda que é um dos maiores romances de todos os tempos. Com *A boneca*, o

O Faraó | 881

romance faria de Prus um forte candidato ao mesmo Prêmio Nobel, que ele jamais viria a ganhar. Henryk Sienkiewicz, criticado por Prus, o ganharia em 1905, deixando o autor de *O faraó* na companhia despremiada de Kafka, Proust, Joyce e Musil. Traduzido em mais de vinte línguas, adaptado às telas do cinema por Jerzy Kawalerowicz em 1966 (o filme chegou a concorrer ao Oscar de melhor filme estrangeiro), o romance monumental de Prus chega agora também ao Brasil, na tradução de Tomasz Barcinski.

A vida

Bolesław Prus (1847-1912), batizado com o nome de Aleksander Głowacki, descende de uma família de nobres empobrecidos. O sobrenome Prus foi inspirado por seu brasão familiar e significa "prusso" em polonês. Prus conheceu a orfandade bem cedo e cresceu na casa de parentes. Quando ainda era estudante, participou do Levante de Janeiro, e em 1863, com apenas 16 anos, foi preso pelos russos depois de se envolver em pesadas batalhas. Por ser ainda muito jovem, acabou solto.

Casou-se com uma prima. Não chegou a ter filhos com a esposa, com quem viveu a vida toda. Um filho adotivo cometeria suicídio em 1904, aos 18 anos, por causa de um amor infeliz. Prus possivelmente teve ainda outro filho, bastardo, nascido em 1906 e morto num campo de concentração alemão após a derrubada do Levante de Varsóvia de 1944.

Já na mais precoce juventude, Prus viveu experiências como revolucionário e prisioneiro que marcaram decisivamente sua obra artística. Aos 25 anos, principiou uma grande carreira jornalística, na qual atuaria por quatro décadas. Adepto do Positivismo filosófico de Auguste Comte, Prus defendia a importância do jornalismo e da literatura para o fortalecimento da consciência nacional. Um dos pensadores que mais o influenciou foi o sociólogo inglês Herbert Spencer, conhe-

882 | Bolesław Prus

cido por sua teoria da "sobrevivência do mais apto". Prus o chamava de "Aristóteles do século XIX", e entendia que a sobrevivência deve ser buscada não na competição, mas na cooperação, e, assim como Spencer, compreendia a sociedade como se fosse um organismo. Prus, que serviu sua nação como soldado, filósofo e escritor, e com sua obra assegurou um lugar de destaque no panteão da literatura universal, não chegaria a vivenciar a independência definitiva da Polônia, depois do fim da Primeira Guerra Mundial.

A obra

Entre os anos de 1886 e 1895, Prus escreveu seus quatro grandes romances. Todos foram concebidos no intuito de debater e representar as circunstâncias históricas e sociais de sua época. O mais importante é o romance monumental *O faraó*.

Em *O posto avançado*, de 1886, Prus tematiza a vida dos camponeses da Polônia. O conto "Uma lenda do Egito Antigo", de 1888, é uma espécie de embrião de *O faraó*. Com *A boneca*, Prus contaria — num romance também monumental — a história do amor infeliz entre uma aristocrata e um homem simples que, por causa dela, acaba traindo seus ideais. *As emancipadas*, de 1893, mostraria um Prus avançado, numa obra que chega a debater as concepções feministas. Em *O faraó*, de 1895, ainda que a ação se situe no antigo Egito, há 3 mil anos, o verdadeiro debate continua girando em torno da Polônia e da perda de sua independência, exatamente cem anos antes. O romance ainda mostra bem como Prus defendia a importância social da ciência, da tecnologia e do conhecimento de modo geral, assunto debatido também em seus artigos jornalísticos e mais especificamente no romance *A boneca*.

Antes de publicar seus quatro grandes romances, Prus era conhecido sobretudo por sua obra humorística, que lhe deu fama e aceitação em massa. Entre suas principais influências estão escritores como Charles Dickens e Mark Twain, na vertente inglesa, Victor Hugo, Flaubert, Daudet e Zola, na vertente francesa. As histórias breves de Prus se caracterizam pela observação aguda do cotidiano — um dos fundamentos do Realismo positivista — e pelo senso de humor.

Prus é o grande prosador que surge depois dos soberbos versejadores do Romantismo polonês. Talvez também por isso, o autor muitas vezes se incline à prosa poética e a alguns elementos fantásticos ou pelo menos excêntricos em sua narrativa. Estranhamente, combatia a ficção histórica por acreditar — e sua percepção é bem moderna — que, ao contar, era impossível não distorcer, e chegou a criticar os grandes romancistas históricos de seu país por causa disso, entre eles o intocável Henryk Sienkiewicz, Prêmio Nobel de 1905 e autor do universalmente conhecido e traduzido *Quo Vadis*.

O faraó

Por criticar o romance histórico, o lançamento de *O faraó* causou espanto no meio literário do final do século XIX. Logo se percebeu, no entanto, que Bolesław Prus lançara mão do Egito Antigo para criar uma obra atemporal: um romance que tratava da luta pelo poder e era aplicável a qualquer época e qualquer país. Na "moral da história", a constatação de que nenhum homem, mesmo detendo o aparentemente imensurável poder de um faraó, é capaz de introduzir mudanças decisivas nas estruturas arcaicas e firmemente estabelecidas de um Estado.

O que mais intrigou críticos e biógrafos foi a escolha do Egito Antigo como palco dos acontecimentos, um país que Prus nunca visitara e cuja história jamais despertara nele o menor interesse, antes de escrever, em 1888, o referido conto "Uma lenda do Egito Antigo". Tudo isso muito embora o Oriente havia tempo despertasse a atenção da Europa, e Flaubert, já em 1862, em Paris, tivesse publicado um dos mais

884 | Bolesław Prus

importantes romances da fase orientalista, *Salammbô*, cuja ação se passa em Cartago. Antes disso ainda, o interesse pelo mundo antigo ficara patente num famoso e divulgado romance arqueológico: *Os últimos dias de Pompeia*, de Edward B. Lytton, editado em 1834 em Londres.

O que poderia explicar o interesse repentino de Prus pelo Egito seria seu tino comercial. Em 1864, Georg Ebers — este sim um egiptólogo de renome e professor da Universidade de Leipzig — iniciara uma série de romances egípcios que tiveram enorme sucesso editorial em toda a Europa (Christian Jacq, doutor em Estudos Egípcios pela Sorbonne, mostrou, um século e meio depois, que uma ideia não precisa ser nova para dar lucro). Prus, portanto, já na época, e provavelmente consciente de sua superioridade literária em relação a Ebers e do fato de que um livro de sua autoria sobre o Egito Antigo teria maior aceitação que os de seu concorrente, pode ter embarcado na ideia tão somente devido a esse singelo — ainda que bem tangível — motivo. Outra hipótese diz que se Cartago mereceu a atenção de Flaubert em *Salammbô*, se Roma recebeu os favores de seu conterrâneo Henryk Sienkiewicz em *Quo Vadis*, a Prus só restava o Egito. Uma derradeira hipótese — esta quase anedótica — remete a um jogo de cartas chamado "Faraó" (por causa das imagens no reverso das cartas), muito em voga na Polônia da época e apreciado por Prus. O jogo consistia em uma combinação de estratégia com sorte e azar, o que não deixa de ter tudo a ver com o enredo do livro.

Optando pelo Egito Antigo, Prus se defrontou com o problema das fontes de referência, já que, conforme foi dito anteriormente, estava longe de ser um especialista na matéria. Supõe-se que ele possa ter lançado mão das obras de Ebers. Não sendo fluente em alemão, no entanto, é bem provável que — uma vez que não queria se fiar em traduções — tenha preferido se inspirar em autores franceses, que lia no original. Entre suas principais fontes de inspiração devem ter estado inclusive os livros históricos de clássicos como Théophile Gautier,

O Faraó | **885**

Ernest Fedeau e, principalmente, Gaston Maspero, além das obras sobre o misticismo de seu amigo polonês Julian Ochrowicz.*

O faraó gira em torno da ascensão ao trono e do reinado do faraó fictício Ramsés XIII. A época do romance é o Egito Antigo de 1087 a 1085 a.C. Aos 22 anos, o ainda príncipe Ramsés é nomeado sucessor por seu pai, Ramsés XII. Desde o começo, ele mostra ser hábil na condução das tropas e sonha se tornar um grande líder como o histórico Ramsés, o Grande, vencendo e submetendo todos os inimigos do Egito e aumentando a fama e a glória de sua pátria. Nos momentos de dúvida, Ramsés prefere sempre se aconselhar com sua própria espada, e todos veem nele leão e touro numa só pessoa, um homem com mel na boca e raios no coração.

As finanças do Egito não vão bem, no entanto, e seu pai inclusive diminui o contingente das tropas sob a pressão dos sacerdotes. O país não passa de uma potência em perigo, acossada por ameaças externas e levantes internos. Quando o príncipe Ramsés descobre que os sacerdotes assinaram um tratado de não agressão com a Assíria, inimiga ancestral do Egito, percebe que os conselhos destes têm objetivos completamente diferentes de suas pretensões, e passa a ver neles o principal inimigo a ser vencido.

Depois de ascender o trono, a guerra entre Ramsés XIII e os sumos sacerdotes começa. O jovem faraó é obrigado a se confrontar com a sedução, o suborno, a difamação, a tentativa de cooptação, a intimidação e o assassinato. Mentiras e intrigas passam a orientar as relações na nação egípcia. Todos os planos de reforma do novo faraó — que objetivam uma vida melhor para o povo trabalhador e a diminuição dos privilégios absurdos da rica casta sacerdotal — são rechaçados pelos interesses de seus inimigos. O final do embate é terrível.

---

* Foi Tomasz Barcinski, tradutor do romance, quem desvendou o universo que cerca o nascimento de *O faraó* e as hipóteses que teriam levado Prus a fazer do Egito Antigo o palco de sua obra.

886 | Bolesław Prus

Publicado em três volumes na primeira edição — depois de aparecer primeiro em folhetim –, o romance conta, assim, a tragédia de um homem instável, jovem e destemido, que, ao compreender tudo, encontra a morte. Nos 67 capítulos do livro — mais introdução e epílogo –, Prus dá à literatura universal um de seus maiores estudos acerca do poder e do uso do conhecimento para controlá-lo e manipulá-lo. A prosa do romance é límpida, ainda que um tanto arcaizante, e marcada por descrições poéticas e recortes de talhe aforístico.

Já no princípio o romance mostra o estilo da crônica histórica antiga, depois de uma introdução grandiosa, que situa filosófica e geograficamente os fatos a serem narrados. Na referida introdução, percebe-se que o romance também é um estudo ficcional para a metáfora da sociedade como organismo, desenvolvida pelo filósofo e sociólogo inglês Herbert Spencer. O narrador de Prus diz que "a nação egípcia em seu ápice tinha a característica de uma só pessoa, da qual os sacerdotes eram a mente, o faraó, o poder, o povo, o corpo e a obediência, o cimento". E assim Prus leva a cabo um estudo genial dos fatores que afetam o apogeu e a queda das civilizações, mostrando em um verdadeiro monumento épico como as artes, inclusive a literatura, podem muito bem fundar um modo alternativo de estudar a realidade — inclusive a realidade histórica e política –, tão interessante e às vezes mais confiável do que o proposto pelas ciências.

Quando Ramsés XIII esboça um conceito de Estado, antes mesmo de se tornar faraó, logo no princípio do romance, já chegamos ao núcleo da questão do poder: "Um Estado é algo mais magnificente do que o templo de Tebas, algo maior do que a pirâmide de Quéops, algo mais antigo que os subterrâneos da esfinge, algo mais resistente que o granito. Neste imenso embora invisível edifício, as pessoas são como formigas numa fenda de rocha, e o faraó é como um arquiteto viajante, que mal tem tempo de colocar uma pedra numa parede e já se vai. Enquanto isso, as paredes continuam crescendo, geração após geração, e as construções seguem crescendo sem cessar."

O Faraó | **887**

O que significa exercer o poder no Egito Antigo — e metaforicamente, quando não literalmente, continua sendo assim nos dias de hoje — fica claro quando o príncipe Ramsés encontra um coletor de impostos que manda espancar um felá, alegando que ele não cumpria a lei. O príncipe aplica no coletor um formidável golpe na cabeça, que o faz cair sentado. O coletor se levanta e diz: "Deduzo que tenho a honra de me dirigir a alguém muito distinto." A posição na hierarquia piramidal egípcia determinava a ordem e o vigor das pancadas com a maior naturalidade. Extremamente atual, *O faraó* também aponta o dedo em riste para os especuladores fenícios, que jogam e especulam a torto e a direito com empréstimos e juros, antecipando os fenícios da bolsa e do sistema bancário que fazem gato e sapato hoje em dia.

A importância da cultura e da história egípcia é destacada em várias passagens. *O faraó* também alude diretamente ao Velho Testamento bíblico e à *Ilíada* de Homero. Ao explicar o comportamento dos povos ao príncipe, seu filho, Ramsés XII diz que para os gregos "todas as coisas brilham" e que por isso não se pode dar crédito às suas palavras. Em seguida chama Troia de "galinheiro", diz que ela foi atacada "por alguns vagabundos gregos" que, depois de dez anos de sofrimento em meio ao cerco, a incendiaram para acabar transformando uma "simples história de banditismo" nos mais heroicos hinos. Enquanto isso, o Egito, que fez muito mais em cidades muito mais suntuosas não sabe fabular, mas se encanta com os gregos, "mentirosos natos, mas agradáveis e... valentes". E arremata: "Cada um deles preferiria sacrificar sua própria vida a dizer uma verdade; não por ganância, como os fenícios, mas por uma necessidade d'alma." Em compensação, a história egípcia apresenta bem menos lacunas do que a grega — coisa que também fica clara em *O faraó*.

Os momentos de grande voltagem poética não são poucos no romance. Num deles, o sacerdote Pentuer — conselheiro de Ramsés XIII — diz que seus olhos e seu coração o fazem sentir dor na alma

888 | Bolesław Prus

diante da miséria dos trabalhadores egípcios, para em seguida arrematar, referindo-se à visão e ao aparelho cordial: "Eles são como um vale preso entre duas montanhas que não pode gritar, mas que, ao ouvir um grito, responde-lhe com o eco." Assim, numa comparação perfeita, que invoca o mundo natural a sua volta, o sacerdote mostra toda a dor de quem, devido às circunstâncias, não pode lutar ativamente contra as injustiças, mas mesmo assim sente dor passivamente ao entrar em contato com elas. Em outra passagem, ao analisar mais uma vez o fenômeno da massa reunida, o narrador volta a fazer uso da comparação para dizer: "Um murmúrio semelhante ao do vento no meio de árvores distantes percorreu a multidão." A sentença é cheia de poesia e aproveita os escassos meios do mundo primitivo para descrever um movimento fundamental no romance. O príncipe Ramsés, sempre na ponta dos cascos, também faz uso da comparação para revelar o que lhe vai na alma: "A minha raiva é como um vaso cheio d'água... Azar daquele sobre quem ele se derramar..." e já aponta para o responsável pela última gota, indiciando poeticamente um fenômeno psicológico dos mais cotidianos.

Mas as comparações continuam em frases sempre fulgurantes, e às vezes agressivas, como pede o talhe aforístico: "Assim como uma vaca acha que vai se livrar das moscas abanando o rabo, as mulheres pensam que com suas línguas vão se ver livres de um coletor de impostos." A linguagem também é muitas vezes simbólica, bíblica e ainda aforística: "Assim como o pó consegue penetrar em baús por mais fechados que estejam, fofocas e boatos conseguem entrar nos lares mais calmos." Quem tem mania de limpeza — caseira e social — sabe quanto a sentença é verdadeira. Em outro aforismo, a beleza da contundência chega quase ao enigma: "Você é tão imbecil quanto um cão que ladra enquanto dorme." A sabedoria universal respira por todos os poros em outro: "Quando o barco está afundando, não é hora de entrar em debate com os remadores." A "delicadeza" também encontra suas

O Faraó | **889**

metáforas justificativas; ao falar de Sara, sua primeira mulher e mãe de seu filho (que transformara em escrava da segunda, Kama, que o engambelara), Ramsés XIII diz, depois de julgar que eram injustos os espancamentos de que a primeira era vítima por parte da segunda: "Não é bom quando uma vaca, em vez de dar de mamar a seu bezerro, é atrelada a um arado e chicoteada."

Além dos belos textos religiosos reproduzidos por Prus ao longo do romance, há ainda textos antigos geniais sobre a educação e a importância de ler e escrever, num tempo em que apenas uma parcela ínfima da população era alfabetizada. Há também descrições belíssimas de paisagens e revelações cheias de verdade e materialismo, como aquela que apresenta os egípcios bebendo água com vinagre no deserto porque não há nada que mate a sede com mais eficácia, e mostrando de cara que o soldado que estende a esponja embebida em vinagre a Cristo na cruz está longe de apenas cometer mais um ato cruel conforme quer a interpretação cristã.

Outros mistérios do mundo antigo são escancarados em momentos também cheios de poesia, como aquele em que o gelo, ao ser experimentado em uma noite especialmente fria, ainda é chamado de "pedra transparente", sem "qualquer sabor", e que "somente arde nos dentes e provoca dor nos lábios". A falta de ciência vê magia em tudo, os rituais de mumificação pesam e o misticismo é onipresente: "No Egito sempre foi mais fácil encontrar bons ou maus espíritos do que uma gota de chuva." O romance mostra também que os egípcios da época andavam a cavalo, e que os camelos selvagens ainda eram tidos por grifos, monstros soltos no deserto. Pentuer acalma os que veem, assustados, um dos animais selvagens passar por perto à noite, dizendo que no futuro os homens ainda o usariam para o transporte, por ser mais rápido e muito mais resistente do que um cavalo. Prus escreve ainda que as castas sábias do Egito conheciam o uso da sugestão hipnótica e já tinham noção de que a Terra não passa de um planeta em

890 | Bolesław Prus

meio a outros. Da mesma maneira, o autor mostra que os egípcios sabiam da existência dos dinossauros em uma fase anterior do planeta e que conheciam a fabricação da pólvora. Em dado momento, Menes, mestre de Pentuer, chega a dizer que o globo terrestre é tão grande que, para dar uma volta completa nele, os exércitos egípcios teriam de marchar por cinco anos. Tomász Barcinski, tradutor de *O faraó* e engenheiro de profissão, fez o cálculo, comprovando a sabedoria de Menes (ou de Prus): uma vez que a infantaria egípcia marchava uma média de 13 milhas por dia, e já que uma milha corresponde a 1.609 metros, teríamos 38.174 quilômetros, que correspondem quase exatamente à circunferência da Terra, que, no equador, é de 40.075 quilômetros. Num lance decisivo do romance, um eclipse solar prova como o conhecimento científico de acesso restrito pode ser usado exitosamente em favor do obscurantismo. A cena teria sido inspirada num episódio da trajetória de Cristóvão Colombo, que em 1504 intimidou os nativos da Jamaica ao predizer um eclipse lunar.

Em outro trecho, este de grande profundidade psicológica — há vários no romance –, Pentuer, o grande sábio, diz que é mais fácil "um homem ver o que se passa no interior de uma pedra do que analisar o coração de outro". Apaixonado pela esposa de seu favorito, a bela Hebron, Ramsés XIII chega aos píncaros da poesia: "Junto de você eu gostaria de me transformar numa romãzeira... gostaria de ter tantos braços quanto ela tem raízes, somente para poder abraçá-la... e tantas mãos quanto folhas, tantas bocas quanto flores... tudo isso para poder beijar sua boca, seus olhos... seus seios..." E logo em seguida coloca o amor à frente do poder: "Num leito, eu não me preocupo com o trono", para terminar dizendo: "Um momento de carícias vale mais do que um ano de reinado." Logo depois Ramsés XIII é ferido mortalmente, e, ao ver o sangue brotar, murmura consigo mesmo, num momento de lucidez autoirônica: "Gostaria de saber se algum dos meus conselheiros tem um emplastro."

O Faraó | 891

O faraó combina vários gêneros literários. Muito além do romance histórico, é antes um romance político, com características de romance de formação (ainda que dê conta de apenas dois anos da vida do personagem central, e a "formação" chegue com a morte) e romance utópico. Atual, a obra mostra um país cuja população é decrescente — o Egito passa de 8 milhões a 6 milhões de habitantes –, em que o número de estrangeiros é cada vez maior, a miscigenação impera e a facilidade de trazer bens importados — é a globalização, há 3 mil anos — destrói a indústria nativa. Enquanto isso, a vida privada do faraó é devassada e instrumentalizada no sentido de derrubá-lo. Também o monopólio do conhecimento por parte da classe sacerdotal é usado contra o faraó, assim como os limites impostos pela burocracia, sempre muito bem manejada, e a ignorância das massas.

Forte, Ramsés XIII subestima a organização dos oponentes obscurantistas, paradoxalmente capazes de usar inclusive o conhecimento privilegiado para perpetuar o obscurantismo no poder. Ridicularizando mitos e rituais, Ramsés XIII acaba descartando também o saber científico, que ancestralmente ainda tinha cara de magia. Seu algoz e arqui-inimigo, o sumo sacerdote Herhor, o derruba e o mata — acaba com seu filho, enquanto sua mulher, vilipendiada por sua precipitação, morre na prisão, desesperada, tentando poupá-lo da acusação de ter, ele mesmo, matado o filho –, e ainda implementa todas as inovações pregadas pelo antecessor, inclusive usando o tesouro sagrado do Labirinto para pôr em prática as reformas sociais que Ramsés XIII planejara e ele se encarregara de bloquear, enquanto o faraó ainda estava vivo. Mesmo assim, parece ser tarde demais, e a civilização egípcia, no final do romance, ao que tudo indica, está longe de se ver livre dos perigos que a corroem.

Sátira séria — sem a acidez de um Swift, mas tematicamente aparentada de suas obras –, *O faraó* deslinda o poder e a organização do homem em sociedade. O romance é parente próximo, na pujança da

892 | Bolesław Prus

abordagem, do filme *Ivan, o Terrível*, de Eisenstein. Se há algum ana-
cronismo histórico, os anacronismos jamais incomodaram Prus, que
sempre soube que seu romance, muito mais que um romance histórico, era um romance político. A natureza humana, a condição humana
que *O faraó* perscruta é a mesma que Shakespeare investiga em suas
tragédias. Ramsés XIII, de certa maneira, faz a escolha que Aquiles faz
na *Ilíada*, aliás citada, e troca uma vida longa no ostracismo pela glória
de uma vida breve e intensa. E essa vida reflete bem o cotidiano subli-
me dos que um dia detêm o poder e, por mais "nobres" que sejam, no
dia seguinte beijam a lona do modo mais trágico.

Este livro foi composto na tipologia The Serif Light,
em corpo 10/15, e impresso em papel off white $70g/m^2$
na Prol Gráfica Editora.